HEYNE
JUBILÄUMS
REIHE

In derselben Reihe
erschienen außerdem als Heyne-Taschenbücher:

Thriller · Band 50/6
Klinik · Band 50/19
Horror · Band 50/21
Das endgültige Buch der Sprüche
und Graffiti · Band 50/26
Sinnlichkeit · Band 50/31
Noch mehr Witze · Band 50/34
Das Buch der Sprüche und
Graffiti · Band 50/39
Lust · Band 50/40
Beschwingt & heiter · Band 50/47
Sex · Band 50/50
Deutsche Erzähler des
19. Jahrhunderts · Band 50/52
Sehnsucht · Band 50/53
Körner, Sprossen, Keime ·
Band 50/57
Glück muß man haben · Band 50/59
Männerwitze · Band 50/62
Zauber der Leidenschaft · Band 50/65
Super-Sex · Band 50/67
Ärzte · Band 50/68
Immer fröhlich, immer heiter ·
Band 50/69
Alptraum · Band 50/71
Bürosprüche · Band 50/72
Lateinamerikanische Erzähler ·
Band 50/73
Louisiana · Band 50/74
Samurai · Band 50/76
Obsession · Band 50/77
Ratgeber Bauen und
Wohnen · Band 50/79
Viel Vergnügen · Band 50/80
Ekstase · Band 50/81
Österreichische Erzähler ·
Band 50/82
Ratgeber Versicherung ·
Band 50/83

Grauen Pur · Band 50/84
Fröhlich und beschwingt · Band 50/85
Arztpraxis · Band 50/86
Bombenstimmung · Band 50/87
Starke Frauen · Band 50/88
Heiter und so weiter · Band 50/89
Frauenkrimis · Band 50/90
Lachsalven · Band 50/91
Romantische Liebe · Band 50/92
Geheimnisvolles Erbe · Band 50/93
Hinter dem Schleier · Band 50/94
1000 neue Witze zum
Totlachen · Band 50/95
Herr Doktor · Band 50/96
Leidenschaftliche Liebe · Band 50/97
Glücklich und zufrieden ·Band 50/98
Crime Ladies · Band 50/99
Die große Liebe · Band 50/100
Psycho · Band 50/101
Tatmotiv: Liebe · Band 50/102
Vergnügliches · Band 50/103
Halbgott in Weiß · Band 50/104
Stürme des Herzens · Band 50/105
König Artus · Band 50/106
Lachen ist ansteckend · Band 50/107
Die Patientin · Band 50/108
Shadorun · Band 50/109
Liebesglück · Band 50/110
Verborgene Zuflucht · Band 50/111
Im Reich der Fantasy · Band 50/112
Bitte lächeln · Band 50/113
U-Boot · Band 50/114
Gefühle · Band 50/115
Thriller spezial · Band 50/116
Hoffnung · Band 50/117
Schwestern · Band 50/118
Notfall · Band 50/119
Liebeserwachen · Band 50/120
Thriller · Band 50/123

HEYNE
JUBILÄUMS
REIHE

Zärtliches Feuer

Zwei leidenschaftliche Liebesromane

**WILHELM HEYNE VERLAG
MÜNCHEN**

HEYNE JUBILÄUMSBÄNDE
Nr. 50/122

QUELLENHINWEIS

Johanna Lindsey, WILD WIE DER WIND/Brave the wild Wind
Copyright © 1984 by Johanna Lindsey
Published by Arrangement with Avon Books The Hearst Corporation
Copyright © 1986 der deutschen Ausgabe
by Wilhelm Heyne Verlag GmbH & Co. KG, München
Aus dem Amerikanischen von Uschi Gnade
(Der Titel erschien bereits in der Allgemeinen Reihe
mit der Band-Nr. 01/6750.)

Heather Graham, DIE LIEBE DER REBELLEN/Love not a Rebel
Copyright © 1989 by Heather Graham Prozessere
Published by Arrangement with Author
Copyright © 1992 der deutschen Ausgabe
by Wilhelm Heyne Verlag GmbH & Co. KG, München
Aus dem Amerikanischen von Monika Koch
(Der Titel erschien bereits in der Reihe »Romane für Sie«
mit der Band-Nr. 04/77.)

Umwelthinweis:
Dieses Buch wurde auf chlor- und säurefreiem Papier gedruckt.

2. Auflage

Copyright © 1997 dieser Ausgabe
by Wilhelm Heyne Verlag GmbH & Co. KG, München
Printed in Germany 1997
Umschlagillustration: Pino Daeni/Agentur Schlück
Umschlaggestaltung: Atelier Ingrid Schütz, München
Gesamtherstellung: Elsnerdruck, Berlin

ISBN 3-453-11591-0

Inhalt

JOHANNA LINDSEY

Wild wie der Wind

Seite 7

HEATHER GRAHAM

Die Liebe der Rebellen

Seite 273

JOHANNA LINDSEY

Wild wie der Wind

PROLOG

1863, Wyoming Territory

Thomas Blair blieb auf einem Hügel stehen, von dem aus man das Tal sehen konnte, in dem zwischen Wacholdersträuchern und Pinien seine Ranch lag. Seine Augen strahlten vor Stolz. Das Haus hatte nur drei Zimmer, ein Blockhaus, doch es würde den Schneestürmen des Winters standhalten. Rachel behauptete, es mache ihr nichts aus, daß er sie in dieses karge Heim gebracht hatte. Schließlich hatten sie erst vor zwei Jahren damit begonnen, die Ranch aufzubauen. Er hatte noch Zeit, Rachel ein großes Haus zu bauen, ein Haus, auf das sie stolz sein konnte.

Wie geduldig sie war, seine schöne junge Frau. Und wie sehr er sie bewunderte. Sie war der Inbegriff von Güte, Schönheit und Tugend. Rachel und die Ranch, von der er inzwischen wußte, daß sie gedeihen würde, waren die Gründe, aus denen Thomas behaupten konnte, alles zu haben, was er vom Leben wollte. Alles. Nun … vielleicht doch nicht ganz. Was immer noch ausstand, war ein Sohn, um den ihn eine Tochter und zwei Fehlgeburten gebracht hatten. Dennoch warf er Rachel nichts vor. Sie hatte es immer wieder versucht, ohne je zu klagen. Jessica war es, die er ablehnte, weil sie nicht der Sohn war, um den er gebetet hatte, und noch schlimmer wurde alles dadurch, daß er sie während der ganzen ersten Woche ihres Lebens für einen Jungen gehalten hatte. Er hatte sie sogar auf den Namen Kenneth getauft, Kenneth Jesse Blair. Die Witwe Johnson, die bei der Geburt geholfen hatte, weil der Arzt nicht aufzufinden war, hatte sich zu sehr vor Thomas gefürchtet, um ihm die Wahrheit zu sagen, nachdem er erst einmal angenommen hatte, daß es sich bei dem Baby um einen Jungen handelte. Und Rachel, die beinah gestorben wäre und so schwach war, daß sie das Baby kaum stillen konnte, nahm ebenfalls an, sie habe ihm einen Sohn geschenkt.

Es war ein Schock für sie beide, als Mrs. Johnson diese Situation nicht länger ertragen konnte und die Wahrheit bekannte. Wie erbittert er gewesen war! Er hatte das Baby nie mehr ansehen wollen. Und er wurde auch nie warm mit ihm, verzieh dem Kind nie, daß es ein Mädchen war.

Das war vor acht Jahren gewesen, in St. Louis. Ein Jahr vorher hatte Thomas Rachel geheiratet, und sie hatte ihn überredet, sich dort niederzulassen. Für sie hatte er die Berge und die Steppen des Westens aufgegeben, in denen er den größten Teil seines Lebens zugebracht hatte, als Trapper, Fährtensucher und Lieferant der Forts in der Wildnis.

St. Louis war zu zivilisiert, zu beengend für einen Mann, der die erhabene Pracht der Rocky Mountains gewohnt war, die ehrfurchtgebietende Stille der Steppe. Doch sechs Jahre lang hielt er durch und führte den Kolonialwarenladen, den Rachels Eltern ihr hinterlassen hatten. Sechs Jahre lang versorgte er die Siedler, die nach Westen zogen, in *seinen* Westen, in *seine* weiten, freien Landstriche, mit Gütern. Erst als in Colorado und im Oregon Territory Gold gefunden wurde, kam er auf die Idee, die Goldgräberlager und die Städte, die sich in dem Land ausbreiteten, das er so gut kannte, mit Rindfleisch zu beliefern.

Er hätte diese Ideen vielleicht nicht in die Praxis umgesetzt, wäre nicht Rachels Zuspruch gewesen. Sie kannte keine Unannehmlichkeiten und hatte nie in der Steppe genächtigt, aber Rachel liebte ihn, und sie wußte, daß ihn das Leben in der Stadt unglücklich machte. Die Vorstellung gefiel ihr zwar nicht, doch sie erklärte sich einverstanden, das Geschäft zu verkaufen, und sie war bereit, das Jahr auf Thomas zu warten, das er brauchte, um die Ranch aufzubauen, die wilden Rinder in Texas einzufangen, die man sich dort nur zu holen brauchte, die stämmigeren Rinder aus dem Osten zu erwerben, um eine Kreuzung aus beiden zu züchten und um ihnen ein Haus zu bauen. Schließlich hatte er Rachel geholt, um dort mit ihr zu leben, und sie hatte die Ranch Rocky Valley getauft.

Rachel hatte nur eine Bitte gehabt, ehe sie ein gänzlich anderes Leben begann, das ihr nicht vertraut war, und diese Bitte hatte darin bestanden, daß ihre Tochter die Ausbildung bekommen sollte, die ihr zuteil geworden wäre, wenn sie in St. Louis geblieben wären. Sie wollte, daß Jessisa in der Privatakademie für junge Damen blieb, die sie seit ihrem fünften Lebensjahr besuchte. Thomas erklärte sich bereitwillig einverstanden, da es ihm nichts weiter ausgemacht hätte, seine Tochter nie wiederzusehen.

Seine Tochter nannte sich K. Jessica Blair. Rachel hatte ihr den Namen Jessica gegeben. Jeder, der ihren Namen nicht geschrieben sah, ging davon aus, daß das K kein Buchstabe war, der einen Namen abkürzte, sondern der Name Kay. Den Namen Kenneth zu tragen, war eine entsetzliche Demütigung für das puppenartige Geschöpf, zu dem sie geworden war. Ihr Haar war so schwarz wie die Flügel eines Adlers, und ihre Augen hatten die Farbe von Türkisen, und sie glich Thomas wie aus dem Gesicht geschnitten, was ihn erst recht immer wieder daran erinnerte, wie sehr er sich danach sehnte, einen Sohn zu haben.

Doch all das würde sich jetzt ändern. Rachel war wieder schwanger, und da jetzt die härteste Arbeit, die für dieses neue Leben erforderlich gewesen war, getan war, konnte er ihr mehr Zeit widmen. Seine Herde hatte zwei Winter überlebt und sich vermehrt, und sein erster Viehtrieb nach Virginia City war ein voller Erfolg gewesen, denn er hatte für jedes Stück Vieh das Doppelte dessen eingenommen, wofür er es in St. Louis hätte verkaufen können. Jetzt war er wieder zu Hause, wesentlich eher, als Rachel ihn erwarten konnte, und er konnte es kaum erwarten, ihr von seinem Erfolg zu berichten. Er hatte es sogar so eilig, daß er seine drei Männer in Fort Laramie zurückgelassen hatte.

Er wollte Rachel überraschen, ihr mit seinem Erfolg eine Freude machen und sie für den Rest des Tages ohne jede Unterbrechung lieben. Er war fast einen Monat fortgewesen. Wie sehr er sie vermißt hatte!

Thomas machte sich auf den Weg zu seiner Ranch und malte sich den Ausdruck der Überraschung und der Freude auf Rachels Gesicht aus, wenn sie ihn sah. Draußen war niemand. Will Phengle und sein alter Freund Jeb Hart, die Thomas zurückgelassen hatte, um hier nach dem Rechten zu sehen, waren um diese Tageszeit sicher mit der Herde auf der Weide. Und das Schoschonen-Halbblut, das er Kate nannte, hatte wohl in der Küche zu tun.

Der größte Raum des Hauses war leer. Aus der Küche strömte der verlockende Duft von Bratäpfeln und Zimt, und er sah eine Pastete auf dem Küchentisch, aber keine Kate war zu sehen. Alles war so still, daß er zu dem Schluß kam, Rachel müsse in dem breiten Bett, das sie aus St. Louis mitgebracht hatten, einen Mittagsschlaf halten. Er lehnte seine Waffen an die Eingangstür, damit sie ihm nicht im Weg waren, und ganz langsam und leise öffnete Thomas die Tür zu seinem Schlafzimmer, denn er hoffte, seine bezaubernde Rachel mit dem goldenen Haar nicht gleich aufzuwecken.

Doch sie schlief nicht. Der Anblick, den Thomas vorfand, war so absolut unglaublich, daß er erstarrt in der Tür stehenblieb. Was er sah, war das Ende aller seiner Träume – seine Frau, die mit Will Phengle im Bett lag, ihre Beine unter ihm, ihre Arme um ihn geschlungen. Zum Glück war ihr Gesicht unter Will verborgen.

»Ganz ruhig, Frau.« Wills tiefes Lachen hallte von den Wänden, während sich seine Hüften an ihre Hüften stießen. »Wir haben keine Eile. Mein Gott, du bist ja ganz ausgehungert danach, stimmt's?«

Ein tiefer Laut stieg in Thomas auf, ein dumpfes Grollen, das als ein wildes Knurren aus ihm herauskam, und es klang so erschreckend, daß sich auf dem Bett nichts mehr rührte.

»Ich bring' dich um! Ich bringe euch beide um!«

Will Phengle sprang blitzschnell aus dem Bett und packte seine Kleider, die auf dem Boden verteilt waren. Als er sah, daß niemand mehr in der Tür stand, wußte er, daß Thomas Blair sein Gewehr holte. Er war ein toter Mann.

»Du brauchst nicht wegzulaufen, Will. Er muß nur sehen, daß er …«

»Bist du verrückt, Frau!« schrie Will. »Dieser Mann wird erst schießen und dann schauen. Wenn du sterben willst, kannst du bleiben und es ihm erklären, aber ich haue ab!«

Ehe er den Satz auch nur beendet hatte, stieg er schon aus dem schmalen Fenster.

Durch den roten Nebel vor seinen Augen, der ihn fast blind machte, fand Thomas schließlich den Weg ins Schlafzimmer. Er feuerte augenblicklich zwei Schüsse aus seiner Flinte ab. Als der Dunstschleier sich lichtete, sah er, daß das Bett leer war. Auch das übrige Zimmer war leer. Er hörte ein Pferd davongaloppieren und rannte ins Freie. Er schoß auf den Umriß des nackten Rückens von Will Phengle, der davonritt, bis die Flinte leer war. Mit dem letzten Schuß verfehlte er ihn ebenso wie mit den vorangegangenen.

12

»Rachel!« brüllte Thomas, während er die Flinte nachlud. »Soviel Glück wie er wirst du nicht haben. Rachel!« Er sah sich im Hof
um, dann wieder im Haus, und dann lief er auf den Stall zu. »Du
kannst dich nicht vor mir verstecken, Rachel!«
Im Stall war sie auch nicht. Und je länger er nach ihr suchte, desto zorniger wurde er. Kalt und ohne jedes Zögern erschoß er die
beiden Pferde, die im Stall standen. Dann ging er wieder zum
Haus und erschoß sein eigenes Pferd, das noch vor dem Haus
stand.

»Wir werden ja sehen, ob du jetzt noch entkommen kannst, Rachel!« plärrte er zum Himmel hinauf, und seine Stimme hallte
durch das ganze Tal. »Ohne ein Pferd kannst du nicht entkommen. Hörst du mich, du Hure? Du wirst durch meine Hand sterben, oder du wirst in dieser Wildnis sterben, aber für mich bist du
schon tot.«

Dann ging er wieder ins Haus und machte sich daran, sich
vollaufen zu lassen. Als die Wirkung einsetzte, verwandelte sich
sein Zorn in Herzensleid, dann wieder in Zorn. Immer wieder
stand er auf und sah aus den Fenstern, um nach seiner Frau Ausschau zu halten. Während er immer betrunkener wurde, dachte
er, daß er jetzt endlich den Drang der Indianer nach Rache verstehen konnte. Die Cheyenne und die Sioux, mit denen er Handel
getrieben und sich angefreundet hatte, hatten manchmal für ihre
Rachegelüste gelebt, waren für sie gestorben und hatten nicht ge-
ruht, bis sie Rache geübt hatten. Das verstand er jetzt. Die Trun-
kenheit ließ ihn die Dinge langsamer verstehen, aber er verstand
sie doch.

Als Jeb am Spätnachmittag von der Weide kam und darauf beharrte, zu erfahren, wer die Pferde getötet hatte und wo die Frau-
en waren, gab ihm Thomas keine Erklärung. Mit gezückter Waffe
bestand er darauf, daß Jeb nach Fort Laramie ritt, um Thomas'
Männer eine Woche lang dort aufzuhalten. Auch Jeb sollte sich
nicht eher blicken lassen. Er warf Jeb das Gold hin, das er für die
Herde bekommen hatte, denn ihn interessierte im Moment nichts
anderes, als ungestört zu sein.

Jeb wollte nicht mit einem Betrunkenen streiten, am allerwenigsten mit einem Betrunkenen, der eine Flinte in der Hand hielt. Er
kannte Thomas Blair seit fast dreißig Jahren, und er wäre nie auf

den Gedanken gekommen, daß die Frauen in Gefahr sein könnten, wenn er sie mit Thomas allein ließ. Daher ritt er los.

Thomas wartete und trank weiter. Irgendwann fiel ihm Kate ein, und er fragte sich, wo sie wohl sein mochte, doch er dachte nicht lange darüber nach. Er hatte noch nie viel über das Indianermädchen nachgedacht. Sie war die Tochter von Old Frenchy, und sie war eine Schoschonen-Squaw. Frenchy hatte Thomas gebeten, sich um sie zu kümmern, falls ihm etwas zustoßen sollte. Dazu kam es auch, und Thomas fand das Mädchen im Lager des Forts. Dort hurte sie für die Soldaten. Daher nahm er sie bei sich auf, und das klappte bestens, denn Kate war dankbar, ein Zuhause zu haben, und Rachel konnte Kates Hilfe gut gebrauchen.

Thomas machte sich keine Gedanken über Kate und bemerkte nicht einmal die sehnsüchtigen, hoffnungsvollen Blicke, die sie ihm häufig zuwarf. Er hatte nie auf das geachtet, was deutlich in ihren Augen zu lesen war. Er hatte immer nur Augen für Rachel gehabt, selbst nach all diesen Jahren.

Er wartete und wartete. Er sollte nicht vergebens warten. Sie betrat das Haus bei Sonnenaufgang und Thomas stürzte sich auf sie, ehe sie auch nur ein Wort sagen konnte. Er schlug hemmungslos auf sie ein und wollte nicht aufhören. Er schrie sie an und gab ihr keine Gelegenheit, auf die Beschuldigungen zu reagieren, mit denen er sie gleichzeitig mit seinen Schlägen überhäufte. Nach einer Weile hätte sie auch gar nicht mehr antworten können, weil ihre Zunge zerbissen und ihr Kiefer gebrochen war. Zwei Finger und ihr linkes Handgelenk hatte sie sich bei ihren Versuchen gebrochen, seine Fäuste abzuwehren. Ihre Augen waren trüb und schwollen schnell an, und als sie auf dem Boden zusammenbrach, setzte er seine Füße gegen sie ein. Ehe er aufhörte, brach er ihr eine Rippe. Sie wußte nicht, warum er aufhörte, doch plötzlich war es vorbei.

»Raus«, hörte sie nach der qualvollen Stille. »Wenn du es überlebst, dann komm mir nie wieder unter die Augen! Und wenn du es nicht überlebst, werde ich dich anständig begraben. Aber jetzt raus, ehe ich das beende, was ich begonnen habe.«

Jebs Neugier hatte die Oberhand gewonnen, und er kehrte noch in derselben Nacht auf die Ranch zurück, denn irgend etwas ließ ihn nicht in Ruhe. Er fand Rachel kurz vor dem Gipfel des Hügels im Norden, durch den das kleine Tal entstand. Soweit war sie gekommen, ehe sie das Bewußtsein verloren hatte. Jeb erfuhr erst später, was ihr zugestoßen war und warum. Im Moment wußte er nur, daß sie sterben würde, wenn sie keine Hilfe bekam, und der nächste Arzt war zwei Tagesritte entfernt.

1

1873, Wyoming Territory

Blue Parker sah sie bereits aus einer Meile Entfernung nahen. Der grobknochige Appaloosa, mit dem sie im letzten Jahr nach Hause gekommen war, trabte näher. Ein übellauniges, hinterhältiges Pferd, wie es kaum welche gab. Aber schließlich war auch Jessica Blair recht ruppig. Nein, natürlich nicht immer. Manchmal war sie eine bezaubernde junge Dame, ein gütiger Engel. Sie hatte eine Art, die Beschützerinstinkte eines Mannes anzusprechen und sein Herz zu rühren.

Blue hatte sein Herz verloren, als sie ihn zum allerersten Mal angelächelt hatte und ihre schönen weißen Zähne aufblitzten. Das war jetzt zwei Jahre her, und es war an dem Tag gewesen, an dem er angekommen war, um bei ihrem Vater zu arbeiten. Er hatte sich als zusätzliche Arbeitskraft für den Viehtrieb im Herbst verdingt. Nach dem Viehtrieb war er geblieben, und er hatte Jessie näher kennengelernt, während sie gemeinsam arbeiteten. Er hatte sich in sie verliebt – hatte sie zeitweilig hassen gelernt, nämlich dann, wenn sie sich ihm und allen anderen gegenüber verschloß. Oder wenn sie sich mit ihrem Vater stritt und das auf den Rücken aller, die gerade in der Nähe waren, ausfocht. Dann konnte sie grausam sein, wenngleich Blue auch daran zweifelte, daß ihre Grausamkeiten beabsichtigt waren. In ihrer Erbitterung schlug sie manchmal nach allen Seiten um sich, das war alles. Jessica Blair hatte kein leichtes Leben hinter sich. Er hätte ihr wahrhaft gern das Leben leichtergemacht, doch als er mühsam seinen Mut zusammengenommen und sie um ihre Hand gebeten hatte, hatte sie das für einen Witz gehalten.

Sie kam näher, und als sie Blue bemerkte, winkte sie. Er hielt den Atem an und hoffte, sie würde ihren Ritt unterbrechen. Er hatte sie in letzter Zeit so selten gesehen. Seit dem Tod ihres Vaters hatte sie nicht mehr in den Bergen gearbeitet, bis letzte Woche *sie* eingetroffen waren. Sie war aus dem Haus gestürmt und hatte ihr Pferd mit einem scharfen Galopp fast umgebracht.

Jessie hielt ihr Pferd an, beugte sich im Sattel vor und lehnte sich auf den Knauf. Sie grinste Blue schief an. »Jeb hat gestern an dem Bach im Süden einige Tiere ohne Brandzeichen entdeckt. Wie wäre es, wenn du mir hilfst, sie einzufangen?«

Sie wußte, wie seine Antwort lauten würde, und als er nickte und sein Gesicht sich zu einem Strahlen aufhellte, wurde ihr Grinsen breiter. Sie fühlte sich heute leichtfertig. Sie war etlichen anderen Farmhelfern begegnet, doch sie hatte keinen von ihnen um Hilfe gebeten, weil sie gehofft hatte, statt dessen Blue zu finden.

In ihrer Verwegenheit forderte sie ihn heraus. »Ich reite mit dir um die Wette, und wenn ich gewinne, schuldest du mir einen Kuß.«

»Die Wette ist angenommen, Mädchen!«

Der Bach war nur wenige Meilen entfernt. Natürlich gewann Jessica. Selbst wenn Blues Fuchs so gut gewesen wäre wie Blackstar, hätte Blue ihn nicht gewinnen lassen.

Jessica hatte alles in dieses Wettreiten investiert und einen Teil der Spannung freigelassen, die sie ständig als einen Knoten in sich trug. Erschöpft stieg sie ab und ließ sich in das hohe Gras am Flußbett fallen. Sie lachte. Im nächsten Moment war Blue bei ihr, um seinen Kuß einzulösen, und nichts hätte ihn glücklicher machen können als diese Belohnung für das verlorene Rennen.

Genau das hatte Jessica sich die ganze Zeit über gewünscht; das und noch mehr, sagte sie sich aufrührerisch. Es war angenehm, von Blue geküßt zu werden. Aber sie hatte vorher gewußt, daß es ihr gefallen würde, denn er hatte sie schon einmal geküßt, im Frühling, und das hatte ihr gut gefallen. Es war ihr erster Kuß gewesen. Auch andere Männer hätten sie gern geküßt, und das wußte sie, aber sie war die Tochter des Bosses, und sie fürchteten sich gleichermaßen vor ihrem aufbrausenden Temperament und vor seinem Zorn. Daher wagte es keiner von ihnen. Aber Blue hatte es gewagt. Sie hatte nichts dagegen gehabt.

Er war ein gutaussehender Mann, dieser Blue Parker mit seinem goldenen Haar und den braunen Augen, seinen ausdrucksvollen Augen, die ihr sagten, wie sehr er sie mochte. Die meisten Männer sahen sie so an wie Blue, obwohl ihre Weiblichkeit unter der Männerkleidung verborgen war, die zu tragen ihr Vater angeordnet hatte.

Ihr Vater. Bei dem Gedanken an ihn sank ihre Stimmung.

Vor Monaten war sie fast daran verzweifelt, wie allein sie auf

17

dieser Welt war. Doch jetzt war sie nicht mehr allein, und das war ihr noch verhaßter. Was mochte bloß in ihren Vater gefahren sein, diesen Brief zu schreiben, der *sie* auf die Ranch geholt hatte? Sie hatte den Brief gesehen, und die Handschrift ihres Vaters kannte sie zur Genüge. Aber warum hatte er das bloß getan?

Die Unfaßbarkeit, daß Thomas Blair ausgerechnet den Menschen um Hilfe bat, den er mehr als alle anderen haßte! Kannte Jessie diesen Haß nicht seit zehn Jahren?

Doch ihr Vater *hatte* diesen Brief geschrieben. Und dann war er gestorben, und der Brief war entsprechend seinem letzten Willen zugestellt worden. Dann waren *sie* gekommen und hatten Jessies Freiheit, die sie gerade erst wiedergefunden hatte, ein Ende gesetzt. Und sie konnte nichts daran ändern, da ihr Vater es so arrangiert hatte.

Es war eine große Ungerechtigkeit! Jessie brauchte keinen Vormund. Schließlich hatte ihr Vater dafür gesorgt, daß sie auf sich selbst aufpassen konnte. Sie hatte das Jagen gelernt, das Reiten, und sie schoß besser als die meisten Männer. Sie kannte sich in allen Bereichen der Viehzucht aus und konnte die Ranch ebenso gut leiten, wie es ihr Vater getan hatte.

Blue saß jetzt ein paar Meter weiter weg, denn er wußte, daß sie nachdenken mußte. Sie dachte an die ersten acht Jahre ihres Lebens, ehe ihr Vater sie aus dem Pensionat geholt und sie auf seine Ranch gebracht hatte. Er hatte sie gezwungen, die Wahrheit über ihre Mutter zu verstehen, doch sie hatte ihn trotz alledem geliebt. Vielleicht hörte sie nie auf, ihn zu lieben, selbst dann nicht, wenn sie ihn haßte. Hatte sie sich nicht schrecklich gegrämt, als er gestorben war? Hatte sie nicht den Mann töten wollen, der ihn erschossen hatte? Dennoch war ihr klargeworden, daß sein Tod für sie die Freiheit bedeutete. Sie hatte nicht gehofft, auf diese Weise ihre Freiheit zu erlangen, aber das änderte nichts daran, daß sie jetzt die Chance hatte, das zu sein, was sie in Wirklichkeit war – nicht das, was Thomas Blair aus ihr gemacht hatte. Und jetzt wurde ihr die Freiheit wieder untersagt.

Sie mußte sich eingestehen, daß das, was sie immer gewollt hatte, jetzt plötzlich an die zweite Stelle gerückt war, denn an erster Stelle stand ihr Wunsch, sie zu schockieren, ihnen zu zeigen, was Thomas Blair aus ihr gemacht hatte. Sie wollte, daß *sie* sich Vorwürfe machte, sich schuldig fühlte und Jessica für wild und unmoralisch hielt. Zu dem Zweck hatte Jessica die vielen schönen Kleider versteckt, die sie gerade erst nach Hause gebracht hatte, die Parfums und die Bänder und den Schmuck – all die Dinge, die sie sich endlich hatte selbst kaufen können. Und sie hatte sich Blue auserkoren und wollte, daß er mit ihr schlief, damit *sie* es herausfand und schockiert war. Bei dem Gedanken daran fiel ihr Blue wieder ein. Er war dichter zu ihr gekrochen, und als sie sich zu ihm umdrehte, küßte er sie wieder, diesmal drängend. Ihr blaues Leinenhemd schien sich ganz von allein zu öffnen, und sie war verblüfft, als sie seine Hand auf ihren Brüsten spürte. Sollte sie ihn davon abhalten?

Das Geräusch eines männlichen Räusperns ersparte es Jessica, Blue von weiteren Schritten abhalten zu müssen. Sie war dankbar, doch ihr wurde auch bewußt, wie das für den Farmarbeiter aussehen mußte, der auf sie gestoßen war. Sie betete, es möge Jeb sein, denn er würde es verstehen.

Vorsichtig blickte sie über Blues Schulter, und dann spürte sie die Hitze, die in ihr Gesicht strömte. Der Mann, der auf dem wunderbaren Falben saß, war ein Fremder. In seinen dunklen Zügen spiegelte sich große Belustigung wider, als er auf sie herunterblickte. Er war jung und, *verdammt noch mal,* der bestaussehende Mann, den sie je gesehen hatte. Aus unerfindlichen Gründen erstarrte sie. Warum nur konnte er seinen Blick nicht abwenden?

Blue war entsetzlich verlegen. Er wollte aufstehen, doch Jessie hielt ihn am Hemd fest und warf ihm einen wütenden Blick zu. Beinah hätte er dem fremden Eindringling das Stadium ihres Unbekleidetseins enthüllt. Blue schoß das Blut ins Gesicht, und er grinste dämlich. Jessie funkelte ihn weiterhin böse an und zog gleichzeitig ihr Hemd vor ihre Brüste. Als das getan war, stieß sie ihn an, damit er aufstand, und beide rappelten sich auf die Füße. Blue wandte sich dem Mann zu, während Jessie sich hinter ihm verbarg.

»Es tut mir leid, daß ich störe«, sagte der Mann mit einer tiefen Stimme, aus der deutlich herauszuhören war, daß es ihm keineswegs leid tat, sondern daß ihm die Situation großes Vergnügen bereitete. »Ich bräuchte allerdings wirklich ein bißchen Hilfe, und daher habe ich mein Pferd angehalten, um mit Ihnen zu sprechen.«

»Hilfe in welcher Form?« fragte Blue.

»Ich suche das Rocky Valley und eine gewisse Mrs. Ewing. In Cheyenne hat man mir gesagt, ich würde die Ranch nach einem Tagesritt in Richtung Norden finden, aber ich hatte gestern und heute kein Glück. Könnten Sie mir sagen, ob ich in die richtige Richtung reite?«

»Sie ... aua ...!«

»... befinden sich widerrechtlich auf diesem Gebiet«, beendete Jessie den Satz für Blue, nachdem sie ihn derart gekniffen hatte, daß er verstummt war. Sie kam hinter seinem Rücken hervor. »Und von Rocky Valley sind Sie weit entfernt.«

Chase Summers musterte das Mädchen, das so kriegerisch vor ihm stand. Ihre plötzliche Feindseligkeit entgeisterte ihn. Angesichts der Situation, in der er sie vorgefunden hatte, hatte er nicht damit gerechnet, daß sie ganz so jung sein könnte. Sie sah aus wie vierzehn oder fünfzehn, noch ein Kind und jung genug, um Hosen tragen zu dürfen. Der Mann schien Anfang Zwanzig zu sein und war entschieden zu alt, um ein Kind auszunutzen.

Doch das ging Chase nichts an. Sein Gesichtsausdruck veränderte sich nicht, nicht einmal dann, als die blaugrünen Augen des Mädchens Pfeile auf ihn abschossen. Verflucht hübsch sah sie aus, und diese ungewöhnlichen Augen waren umwerfend.

»Aber ...«, setzte Blue an, doch sie sprang wieder hinter seinen Rücken und kniff ihn.

»Ich wußte nicht, daß ich mich unbefugt auf Privatgrund bewege«, sagte Chase entgegenkommend. »Wenn Sie mir nur die Richtung angeben würden, bin ich auch schon fort.«

»Halten Sie sich weiterhin nach Norden, Mister«, antwortete Jessie. Dann verwarnte sie ihn mit scharfer Stimme: »Und reiten Sie nicht auf diesem Weg zurück. Wir mögen es nicht, wenn Fremde unser Land durchqueren.«

»Ich werde es mir merken«, erwiderte Chase. Dann nickte er zum Dank, überquerte den Bach und ritt weiter.

Jessie starrte ihm nach und funkelte eine ganze Weile böse seinen Rücken an, bis sie spürte, daß Blue sie auf dieselbe Weise beäugte. Sein Gesichtsausdruck war eine Mischung aus Verwirrung und Zorn, und sie blickte schnell wieder weg. Sie bückte sich, hob ihren Pistolengürtel auf, schnallte ihn um und mied seine Augen.

»Einen Moment mal, Kleines.« Blue griff nach ihrem Arm, als sie ihren Hut aufhob und auf ihr Pferd zugehen wollte. »Was zum Teufel soll das alles heißen?«

Sie versuchte, seinen Arm abzuschütteln. »Ich kann Fremde nicht leiden.«

»Was hat das mit Lügen zu tun?« bohrte er weiter.

Jessica riß ihren Arm aus seinem Griff los und sah ihm ins Gesicht. Die ganze Wut, die sich in ihr aufgestaut hatte, blitzte in ihren Augen auf. Blue hätte beinah seinen eigenen Zorn vergessen, denn sie war eine bemerkenswerte Erscheinung. In ihren Augen loderte blaugrünes Feuer auf, ihre Brüste wogten, ihr langes Haar war über ihre Schulter geworfen, und das Ende des Zopfes berührte ihre schmalen Hüften. Ihre rechte Hand lag auf ihrer Waffe, und wenn er auch bezweifelte, daß sie wirklich auf ihn schießen würde, so war es doch deutlich eine Drohung.

»Jessica, ich verstehe das nicht. Wenn du mir einfach nur sagen könntest, was dich so wütend gemacht hat?«

»Alles!« fauchte sie. »Du! Er!«

»Ich weiß, was ich getan habe, aber …«

»Das, was du getan hast, solltest du lieber nie wieder probieren, Blue Parker!«

Er runzelte die Stirn. Sie meinte es nicht so. Er hätte sie ohnehin nicht aufgegeben. Aber es schien ihm eine gute Idee zu sein, ihre Gedanken für eine Weile abzulenken.

»Was hat er dir denn getan? Warum hast du ihn belogen?«

»Du hast doch gehört, wen er sucht.«

»Ja, und?«

»Glaubst du etwa, ich kann mir nicht denken, warum er sie sucht?«

Jetzt konnte Blue ihren Überlegungen folgen. »Du kannst es nicht mit Gewißheit sagen.«

Jessie richtete sich zu ihrer vollen Größe auf. »So, kann ich das nicht? Er hat zu gut ausgesehen. Er muß einer ihrer Liebhaber sein, und ich will verdammt sein, wenn ich zulasse, daß er auf meine Ranch kommt und es unter meinem Dach mit ihr treibt.«

»Und was hast du vor, wenn er herausfindet, daß du ihn angelogen hast, und wenn er zurückkommt?«

Jessie war zu sehr außer sich, um sich damit zu befassen. »Wer

21

sagt denn, daß er zurückkommt? Wahrscheinlich kommt er aus der Stadt wie sie. Wahrscheinlich würde er den Weg nicht einmal aus einer Höhle heraus finden«, fügte sie verächtlich hinzu. »Hast du denn nicht gesehen, wie voll bepackt seine Satteltaschen waren? Er gehört zu der Sorte, die nicht ohne die Sachen leben kann, die man im Laden kauft. Wenn er Fort Laramie erreicht oder wieder nach Cheyenne kommt, wird er nicht darauf versessen sein, sich noch einmal in die Berge zu wagen, in eine Gegend, die Tage entfernt vom nächsten Geschäft ist. Er wird wieder dorthin gehen, woher er gekommen ist, und er wird warten, bis sie zu ihm kommt und mir kann das gar nicht schnell genug gehen.«

Blue schüttelte den Kopf. »Du mußt sie wirklich hassen.«

»Ja, ich hasse sie!«

»Das ist unnatürlich, Jessie«, sagte er sachte. »Sie ist deine Mutter.«

»Nein, das ist sie nicht!« Jessie wich zurück, als hätte er sie geschlagen. »Das ist sie nicht! Meine *Mutter* hätte mich nicht im Stich gelassen. Sie hätte nicht zugelassen, daß Thomas Blair aus mir den Sohn macht, den er immer haben wollte.

Meine Mutter ist hier gestorben. Diese Frau ist nichts anderes als eine Hure. Sie hat sich nicht um mich gekümmert.«

»Vielleicht hat sie dich nur verletzt, Jessie«, sagte er liebevoll.

Jessie hätte am liebsten geweint. Verletzt? Wie viele Male hatte sie sich in den Schlaf geweint, weil niemand da war, der die Qualen ihres Lebens hätte lindern können, eines Lebens, das sie haßte. Lag das nicht alles an ihrer Mutter? Alles, aber auch alles, was ihr Vater tat, diente nur dazu, diese Hure, als die er ihre Mutter bezeichnet hatte, zu kränken. Er hatte Jessie die Schule untersagt, weil ihre Mutter gewünscht hatte, daß sie eine Schulbildung bekam. Er hatte ihr alles abgeschlagen, was weiblich war, weil ihre Mutter gewollt hatte, daß eine Dame aus ihr würde. Er hatte sie zu dem gemacht, was sie war, weil er wußte, daß ihre Mutter sie hassen würde. Unlogischerweise hatte er sich in Schulden gestürzt, um ein Haus zu bauen, das einer Königin angemessen wäre, und er hatte das ausschließlich getan, weil es das war, was ihre Mutter gern gehabt hätte und nie bekommen würde.

»Ich bin schon längst über den Punkt hinaus, an dem es weh

tut, Blue«, sagte Jessie mit ruhiger Stimme. »Ich habe sie lange Zeit nicht gebraucht, und jetzt brauche ich sie ganz bestimmt nicht.«

Ehe ihr die Tränen aus den Augen schossen, rannte Jessie zu ihrem Pferd und ritt los. Sie hatte nichts dagegen zu weinen, aber sie wollte nicht, daß jemand sie dabei sah. Sie ritt nach Süden, fort von dem Grund ihrer Tränen.

2

Als Jessie auf den Hof ritt, ging die Sonne gerade unter, und im Westen zeigten sich jenseits der Berge dunkelrote und violette Streifen am Himmel. Auf die Veranda vor dem weitschweifigen Gutshaus fiel das Licht, und daher ritt sie um das Haus herum, um ungesehen durch die Küche das Haus betreten zu können. Sie stieg ab und schickte Blackstar mit einem leisen Wort und einem Klaps auf den Rücken in den Stall. Er würde direkt in seine Box laufen und dort darauf warten, daß sie kam und ihn abrieb. Sie war völlig ausgehungert, und das schon seit Stunden, und sie wollte nur eine Kleinigkeit zu sich nehmen, um den schlimmsten Hunger loszuwerden, ehe sie ihr Pferd für die Nacht versorgte.

Blackstar würde es nichts ausmachen, wenn er ein paar Minuten warten mußte. Blackstar hatte nie Einwände gegen irgend etwas, was Jessie tat. Bei anderen Leuten konnte es vorkommen, daß er sie zwickte, und ab und zu versuchte er sogar, jemanden mit seinen Hufen zu treffen, aber Jessie gegenüber war er sanft wie ein Lamm. Weißer Donner hatte gewußt, daß er zart mit ihr umgehen würde, als er ihr den Hengst gab. Weißer Donner war im Umgang mit Pferden unschlagbar, und er hatte Blackstar aufgezogen, seit er ein Füllen war, und er hatte ihn nur für Jessie aufgezogen. Von diesem Geheimnis hatte sie jedoch nie etwas geahnt. Sie hatte während der ganzen Zeit geglaubt, daß sie ihrem Freund dabei half, ein Pferd zuzureiten.

Es war ein sehr großzügiges Geschenk. Unter den Indianern galten Pferde als Zeichen für Reichtum, und man konnte nicht behaupten, daß Weißer Donner allzu viele Pferde hatte. Aber so war Weißer Donner nun einmal. Blackstar war nicht das einzige Geschenk, das er ihr in den Jahren ihrer Freundschaft gemacht hatte. Neben dem alten Jeb war er wirklich ihr engster Freund. Blackstar bedeutete ihr alles, und zwar wegen dieser Freundschaft. Schon bei dem Gedanken daran vergaß sie fast, daß sie etwas essen wollte, während sie dem Pferd nachblickte, das sich in seinen Stall begab. Doch ihr Magen brachte sich in Erinnerung, und sie trat in die dunkle Küche und schloß leise die Tür hinter sich.

Die Gerüche des Abendessens hingen noch in dem großen Raum, und Jessie freute sich schon jetzt darauf, nachher zurückzukommen und einen großen Teller von Kates Stew zu essen. Sie sah sich auf den Regalen nach etwas um, was sie sich schnell in den Mund stecken konnte, und als sie eine Platte mit frischgebackenem Sauerteigbrot entdeckte, strahlte sie. Doch dann hörte sie die Stimme ihrer Mutter aus dem Wohnzimmer am anderen Ende des Ganges, und ihr Lächeln schwand. Dann hörte sie eine andere Stimme.

Sie blieb auf der Stelle stehen und starrte durch die offene Tür, die zur Eingangshalle führte. Sie mußte sich verhört haben. Das war doch *diese* Stimme, oder? Sie schlich sich näher zur Tür und ein Stück weit durch den Gang bis zu ihrem Schlafzimmer. Dort blieb sie stehen. Sie konnte die Stimme deutlich hören, und ihr Gesicht wurde glühend rot, als sie sich an diesen Vorfall erinnerte. Verdammt noch mal, bei einer Lüge ertappt zu werden! Zentimeterweise näherte sie sich dem großen Wohnzimmer. Sie ging auf den Zehenspitzen, weil sie noch ihre Reitstiefel mit den fünf Zentimeter hohen Absätzen trug. Gott sei Dank, daß sie nie Sporen trug, wenn sie Blackstar ritt! Sie streckte ihren Kopf vor, bis sie das ganze Zimmer sehen konnte, das Zimmer, das mit all den Schätzen angefüllt war, die Thomas Blair in Schulden gestürzt hatten, Schulden, die Jessie geerbt hatte.

Auf dem dick gepolsterten Sofa saßen Seite an Seite mit dem Rücken zu Jessie ihre Mutter und der Fremde. Jessie starrte die beiden einen Moment lang an. Er hatte seinen Hut abgesetzt, und dunkles, kastanienbraunes Haar fiel gelockt in seinen Nacken. »Ich kann mir nicht vorstellen, wer das Mädchen gewesen sein könnte, Chase«, sagte Rachel. »Aber ich bin erst seit einer Woche hier, und ich habe noch keinen von Jessicas Nachbarn kennengelernt.«

»Wenn sie alle so feindselig sind wie dieses leichtsinnige junge Ding, dann solltest du dir die Mühe gar nicht machen. Wenn ich nicht auf einen der Arbeiter getroffen wäre, der mich wieder in die richtige Richtung geschickt hat, hätte ich heute nacht wieder im Freien schlafen müssen. *Eine* solche Nacht hat mir gereicht, vielen Dank!«

Rachel lachte. »Du scheinst dich ganz schön an die Zivilisation gehalten zu haben, seit ich dich das letzte Mal gesehen habe.«

»Falls man die Farmersiedlungen von Kansas als Zivilisation bezeichnen kann.« Chase schüttelte den Kopf. »Aber jedes Hotelzimmer und jede warme Mahlzeit sind besser als täglich ein einsames Lagerfeuer.«

»Ich bin jedenfalls froh, daß du da bist. Als ich diese Telegramme abgeschickt habe, war ich nicht sicher, daß du sie bekommst. Du warst immer viel unterwegs. Und außerdem war ich gar nicht sicher, ob du kommen würdest.«

»Habe ich dir nicht gesagt, daß du mich nur benachrichtigen mußt, wenn du mich jemals brauchst?«

»Ich weiß. Aber keiner von uns hätte geglaubt, daß ich darauf zurückkommen könnte. Ich bin auch nicht darauf zurückgekommen. So waren meine Telegramme nicht gemeint.«

»Du bittest nicht gern um Hilfe.« Das war eine Aussage.

»Wie gut du mich doch kennst!« Rachel lachte ein liebevolles Lachen, und dieser Laut ließ die Enden von Jessies Nerven schmerzen.

»Wo liegt denn das Problem, Rachel?« fragte Chase.

Jessie zuckte zusammen. Der zärtliche Tonfall, in dem er sprach, behagte ihr nicht.

»Ich bin nicht ganz sicher, Chase«, sagte Rachel zögernd. »Jedenfalls … ist es bisher nichts Bestimmtes. Was ich damit sagen will, ist, daß ich dich vielleicht überflüssigerweise um Hilfe gebeten habe. Ich meine …«

»Jetzt hör aber auf«, sagte Chase abrupt. »Es sieht dir gar nicht ähnlich, um den heißen Brei herumzuschleichen, Rachel.«

»Nein, ich meine nur, es wäre mir ein entsetzliches Gefühl, dich wegen nichts und wieder nichts hierhergeholt zu haben.«

»Das kannst du augenblicklich vergessen. Ganz gleich, ob an dem, was dir Sorgen macht, etwas dran ist oder nicht – es war mir ein Vergnügen, herzukommen. Es gibt nichts, was mich in Abilene gehalten hätte, und es war ohnehin an der Zeit für mich weiterzuziehen. Sehen wir es doch einfach als einen Besuch, der längst überfällig war, und wenn es etwas gibt, was ich für dich tun kann, solange ich hier bin, dann ist es auch gut.«

»Ich kann dir gar nicht sagen, wie froh ich darüber bin.«

»Schon gut. Aber jetzt sag mir, was dir Sorgen bereitet.«

»Es hat mit dem Mann zu tun, der Thomas Blair umgebracht hat.«

»Blair war dein erster Mann?«

»Ja.«

»Wer hat ihn getötet?«

»Der Mann nennt sich Laton Bowdre. Ich habe ihn vor ein paar Wochen in Cheyenne getroffen, ehe ich hierhergekommen bin, auf die Ranch. Ich ging zur Bank, um Mr. Crawley aufzusuchen, den Mann, der mir den Brief von Thomas zugeschickt hat. Ich dachte, er könnte mir vielleicht erklären, warum Thomas nach all den Jahren seine Meinung geändert hat.«

»Hat er dir in dem Brief keine Erklärung dafür gegeben?«

»Nicht wirklich.«

»Konnte dir der Bankier mehr sagen?«

»Nein. Er hat mir allerdings erzählt, daß Thomas beträchtliche Schulden bei der Bank hatte.«

»Du glaubst, er hat dich deshalb zu Jessicas Vormund ernannt? Weil er glaubte, sie käme nicht allein damit zurecht?«

»Das kann sein«, sagte Rachel nachdenklich. »Ich weiß ganz sicher, daß er nicht wollen würde, daß sie die Ranch verliert. Das ist aber auch schon alles, dessen ich mir sicher bin.«

»Jesus«, stöhnte Chase. »Wie sollst du ihr denn helfen? Du hast keine Ahnung, wie man eine Ranch leitet.«

»O nein, Thomas hat nicht von mir erwartet, daß ich die Ranch leite, nur, daß Jessica nichts zustößt, ehe sie zwanzig Jahre alt oder verheiratet ist, je nachdem, was eher der Fall ist. Er hatte das Gefühl, sie sei noch nicht soweit, die Zügel selbst in die Hand zu nehmen, wie er es ausgedrückt hat. Er hatte den Eindruck, daß sie für die nächsten Jahre noch eine gewisse Führung braucht, jemanden, der ihr notfalls in die Zügel greift. Ich bin ziemlich sicher, daß ich diesen Brief nicht bekommen hätte, wenn er zwei Jahre später gestorben wäre. Mr. Crawley sagte, daß der Brief seit vier Jahren bei der Bank gelegen hat. Thomas hat sich Sorgen um Jessica gemacht, weil sie noch so jung ist. Und was die Ranch angeht, so wird sie von Jessica geführt, und nach allem, was ich sehe, weiß sie, was sie tut.«

»Das ist doch wohl nicht dein Ernst!«

»Ich wünschte, es wäre nicht so.« In Rachels Stimme schwang Erbitterung mit. »Aber Thomas hatte zehn Jahre Zeit, mit ihr zu arbeiten, ihr alles beizubringen, was man auf einer Ranch braucht. Und Schlimmeres.«

»Schlimmeres?«

»Wenn du sie siehst, wirst du verstehen, was ich meine. Aber, wie ich schon sagte, traf ich Mr. Bowdre in der Bank. Mr. Crawley stellte uns einander vor. Natürlich drückte er sein Beileid aus – höchst unaufrichtig, um das noch hinzuzufügen – und erklärte, was vorgefallen war. Es scheint als sei es in einem der Salons zu einem Kartenspiel gekommen, und Thomas muß eine unglaubliche Summe gesetzt haben, weil er sicher war, das beste Blatt zu haben. Das hatte er aber nicht, und er warf Bowdre vor, zu betrügen. Thomas zog seine Waffe, aber Bowdre war schneller und hat Thomas erschossen.«

»Was sagt der Sheriff dazu?«

»Er sagt, daß es die Wahrheit ist. Es gab ein Dutzend Zeugen, und ich habe mit mehreren von ihnen gesprochen. Alle sagen dasselbe – daß es ein fairer Kampf war. Die Frage, ob Laton Bowdre beim Spiel betrogen hat, ist allerdings nie wirklich beantwortet worden, und jetzt ist es dafür zu spät. Das Problem besteht darin, daß er nach wie vor Thomas' Schuldschein in der Hand hat. Spielschulden sind in dieser Gegend soviel wert wie Gold.«

»Ich als As im Kartenspiel«, sagte er mit einem zynischen Grinsen, »kann nicht sagen, daß ich das ungern höre.«

»Ja, und das ist eben das Gräßliche. Er will sein Geld haben, und Jessica besitzt das Geld nicht. Ich glaube wirklich, daß er die Ranch von ihr gefordert hätte, wenn sie ihn nicht vor Zeugen mit dieser Angelegenheit konfrontiert hätte, und somit ist es ihr gelungen, ihn zu zwingen, daß er ihr mit dem Abzahlen der Schulden Zeit läßt.«

»Wieviel Zeit?«

»Drei Monate.«

»Und was sagt Jessica dazu?«

»Sie ist ganz unbesorgt. Sie sagt, daß sie sich nach dem Viehtrieb im Herbst um Bowdre kümmert. Sie hat mit etlichen der Goldgräberlager im Norden Verträge. Sie nehmen ihr das Rindfleisch ab.«

»Worin liegt dann das Problem, Rachel?«

»Mir geht es um diesen Laton Bowdre. Er scheint ein verschlagener Kerl zu sein, oder zumindest ist das der Eindruck, den ich von ihm habe.« Rachel gestand nach einigem Zögern: »Ich glaube, daß er das Geld gar nicht haben will, Chase. Ich glaube, er will die Ranch.«

»Du glaubst also, er könnte etwas unternehmen, um Jessica daran zu hindern, ihn auszuzahlen?«

»Ja. Ich habe keine Vorstellung davon, wie er das anstellen könnte. Vielleicht bilde ich mir das alles auch nur ein. Aber ich würde mich wesentlich wohler fühlen, wenn du ihn dir einmal ansiehst und mir sagst, was für einen Eindruck du von ihm hast.«

»Selbstverständlich«, erklärte sich Chase sofort bereit. »Aber warum nimmst du dich nicht einfach der Schulden an und schaffst sie aus der Welt? Das kannst du dir doch sicher leisten.«

»Glaubst du, das wollte ich nicht? Ich habe versucht, Jessica das Geld zu geben, aber sie hat es mir ins Gesicht geworfen. Sie nimmt nichts von mir.«

»Wieso denn das?«

Rachel lachte bitter. »Ihr Vater hat mich gehaßt, und er hat sie gelehrt, mich auch zu hassen. Sie war eine ausgezeichnete Schülerin.«

Einen Moment lang herrschte Schweigen. Dann sagte Chase: »Wann werde ich dieses halsstarrige Mädchen kennenlernen?«

Jessie wartete die Antwort nicht ab. Sie zog sich durch den Gang zurück und schlüpfte in ihr Schlafzimmer. Sie packte ein paar Sachen zusammen, ging dann wieder in die Küche, nahm den ganzen Brotlaib mit und verließ leise das Haus.

Sie war wutentbrannt. Wie konnten sie es wagen, über sie zu sprechen? Wie konnte Rachel es wagen, einen Fremden heranzuziehen, damit er sich in ihre Geschäfte einmischte? Halsstarriges Mädchen? Dieser Schuft! Sollte er doch ruhig nach Cheyenne reiten und herumschnüffeln! Sollte er doch zurückkommen und Rachel seinen Bericht vorlegen! Und dann, zum Teufel, sollte er aus Jessicas Leben verschwinden. Doch sie würde nicht dasein, um ihn kennenzulernen. Sie würde nicht zurückkommen, ehe er fort war.

3

Am späten Abend dieses Tages sorgte sich Rachel um Jessica, die sie immer noch nicht gesehen hatte. Sie hatte Chase bereits gebeten, in den Nebengebäuden nach ihr zu suchen, doch er war allein zurückgekommen und hatte den Kopf geschüttelt. Jessica lebte nach eigenwilligen Tageszeiten, aber so spät war sie noch nie zurückgekommen. Ihre Mutter fing an, sich entsetzliche Dinge aller Art auszumalen.

Sie machte sich auf die Suche nach Jeb, und Chase folgte ihr. Allmählich ärgerte er sich über diese nicht auffindbare Tochter, die sich anscheinend kein bißchen um die Gefühle anderer kümmerte.

Sie fanden Jeb im Stall. Er pflegte ein krankes Füllen. Es war deutlich zu erkennen, daß er nicht von ihnen belästigt werden wollte. Chase war sicher, daß Rachel nur ihre Zeit vergeudete, denn er hatte den alten Mann schon vor einer Weile gefragt, ob das Mädchen zurückgekehrt war. Jeb hatte barsch geantwortet, man könne doch sehen, daß sie nicht da sei.

»Jeb, bitte, wenn Jessica hier ist …«, setzte Rachel an.

»Ist sie nicht. Sie ist heimgekommen, hat gesehen, daß du Gesellschaft hast, und ist wieder fortgeritten.«

»Fortgeritten? Für wie lange?«

»Kann ich nicht sagen.«

»Gut. Aber wann ist sie losgeritten?«

»Vor zwei Stunden.«

»Dann kommt sie doch sicher bald zurück, meinst du nicht?« fragte Rachel ihn voller Hoffnung.

Jeb sah sie kein einziges Mal an. »Rechne nicht mit ihr.«

»Warum nicht?«

»Sie war reichlich hitzig, als sie losgeritten ist – wie früher, wenn sie sich mit ihrem Pa gestritten hat. Ich rechne nicht damit, daß wir die Kleine in den nächsten ein bis zwei Wochen wiedersehen, kann aber auch länger sein.«

»Was?«

Endlich sah Jeb zu Rachel auf. Sie wirkte so entsetzt, daß er sich erbarmte. »Wenn es im letzten Jahr gewesen wäre, wäre sie wahrscheinlich nur für ein paar Tage fort, weil sie häufig zu den Andersons gegangen ist, etwa zehn Meilen von hier. Früher ist sie gegen den Willen ihres Vaters hingeritten, weil er sich geweigert hat, sie etwas lernen zu lassen. Mr. Anderson war früher im Osten Lehrer.«

Rachel war überrascht. »Sie hat ihre Ausbildung also doch fortgesetzt?«

»Das kann man wohl sagen.« Jeb kicherte in sich hinein. »Aber, wie ich schon sagte, letztes Jahr wäre sie vielleicht dort gewesen, aber die Andersons sind wieder in den Osten gezogen.«

»Was hat es dann für einen Sinn, diese Leute zu erwähnen, Mr. Hart?« fragte Chase erbost.

Rachel legte ihre Hand auf seinen Arm, um ihn zurückzuhalten, denn sie hatte im Lauf der Zeit gelernt, daß Jeb Hart die Dinge auf seine eigene Weise ausdrückte. Er gab niemals freiwillig Informationen preis, und wenn er einmal zum Reden gebracht wurde, war das eine langwierige, verzwickte Angelegenheit.

»Mach dir nichts daraus, Jeb«, sagte sie eilig. »Wenn du mir bloß sagen könntest, wo sie deiner Meinung nach vielleicht sein könnte.«

»Das hat sie mir nicht gesagt«, antwortete er barsch. Dann wandte er seine Aufmerksamkeit wieder dem Füllen zu.

»Hast du irgendeine Ahnung, wohin sie geritten sein könnte, Jeb? Ich ängstige mich zu Tode.«

»Wenn du es wüßtest, würde das auch keinen Stein von deiner Seele nehmen«, bemerkte er.

»Bitte, Jeb!«

Er zögerte und zuckte dann die Achseln. »Vermutlich besucht sie ihre indianischen Freunde. Und sie kommt nicht eher zurück, als sie es für richtig hält.«

»Indianer? Aber sind sie nicht ... ist sie bei ihnen in Sicherheit?«

»Schätze, sie ist dort so sicher wie sonstwo.«

»Ich wußte gar nicht, daß es hier in der Nähe Indianer gibt«, murmelte Rachel geistesabwesend vor sich hin. Sie war äußerst verwirrt.

»Es gibt keine. Sie sind gut drei bis vier Tagesritte von hier entfernt, je nachdem, wie eilig sie es hat.«

»Das ist doch nicht dein Ernst«, keuchte Rachel mit weitaufgerissenen Augen. »Willst du damit sagen, daß sie drei oder vier Tage allein durch diese Wildnis reitet und allein im Freien übernachtet?«

»Das hat sie immer getan.«

»Wieso hast du sie gehen lassen?« fauchte Rachel, und ihre Angst gab ihrer Stimme mehr Schärfe, als sie beabsichtigt hatte.

Doch Jeb sagte ganz schlicht: »Man kann die Kleine nicht davon abhalten, etwas zu tun, wenn sie sich dazu entschlossen hat. Hast du das noch nicht gemerkt?«

Rachel drehte sich zu Chase um, und in ihren blauen Augen stand eine flehentliche Bitte.

»Würdest du hinter ihr her reiten? Mir ist die Vorstellung unerträglich, daß sie allein dort draußen ist. Sie ist erst seit ein paar Stunden weg, Chase. Du könntest sie heute nacht noch finden.«

»Rachel ...«

»Bitte, Chase.«

Ein Blick in diese riesengroßen blauen Augen machte es ihm unmöglich, ihr diesen Wunsch abzuschlagen. Er seufzte. »Ich bin nicht gerade der beste Fährtensucher, aber irgendwie finde ich sie schon. Also, wo liegt dieses Indianerreservat, in das sie aufgebrochen ist?«

»Das müßte das Schoschonen-Reservat sein, das stimmt doch, Jeb, oder nicht?« sagte Rachel. Sie wartete seine Antwort nicht ab. »Es liegt nordwestlich von hier. Aber allzuweit wirst du wohl ohnehin nicht reiten müssen. Sie würde doch nicht die ganze Nacht reiten, oder was meinst du, Jeb?« Diesmal wartete sie Jebs Antwort ab. Er sah die beiden an, als seien sie übergeschnappt. »Schätze, sie wird sich irgendwo hinlegen heute nacht.«

»Da, hast du es gehört«, sagte Rachel zu Chase. »Wenn du nur immer den Bergen nach Norden folgst, sollte es dir ein leichtes sein, sie zu finden.«

»Erwarte uns lieber nicht vor morgen früh zurück, Rachel. Sie hat zwei Stunden Vorsprung vor mir.«

»Ganz gleich, wie lange es dauert. Ich fühle mich schon viel wohler, wenn ich nur weiß, daß du ihr nachreitest und sie suchst.«

Jeb sah zu, wie der Fremde sein Pferd sattelte und losritt. Gar nicht so übel, der Gaul, gestand er sich mürrisch ein. Nur ein Jammer, daß dieses arme Tier ohne jeden Grund einen Tagesritt nach dem anderen vor sich hatte. Völlig sinnlos, das Ganze. Aber schließlich war es nicht Jebs Schuld, wenn sie davon ausgingen, daß Jessies Indianer die Indianer eines Reservats waren. Er hatte sich nicht verpflichtet gefühlt, sie eines Besseren zu belehren. Er hielt zu Jessie und zu niemandem sonst. Er wußte, daß Jessie gar nicht mögen würde, daß ihr jemand folgte. Hatte denn nicht gerade dieser Mann sie dazu veranlaßt, fortzureiten? War sie etwa nicht seinetwegen außer sich?

Es war wohl nur gut, daß Jeb den beiden nicht erklärt hatte, wohin Jessie ritt – zum Powder River, an dem ein Gebiet lag, das die amerikanische Armee den Indianern 1868 abgetreten hatte. Dort lagen die Jagdgründe der Cheyenne des Nordens und ihrer furchteinflößenden Verbündeten, der Sioux. Wenn Chase Summers in etwa einer Woche mit leeren Händen zurückkehrte, dann war das der rechte Zeitpunkt, ihn darüber aufzuklären. Er würde Jeb zweifellos dankbar dafür sein, daß er ihn davor bewahrt hatte, sich auf feindliches Indianergebiet zu wagen.

Was soll's, wahrscheinlich habe ich ihm das Leben gerettet, indem ich meinen Mund gehalten habe, sagte sich Jeb. Danach verschwendete er keinen Gedanken mehr an diese Angelegenheit.

4

Es war nach Mitternacht, als Jessie das kleine Häuschen erreichte, das von den Männern benutzt wurde, die in den nördlichen Bergen arbeiteten. In den wärmeren Monaten schlief hier niemand, und daher hatte sie das kleine Lagerhaus, das aus nur einem Raum bestand, ganz für sich. Sogar eine Pritsche stand dort. Am nächsten Morgen packte sie in der Dämmerung ein paar Vorräte zusammen und machte sich wieder auf den Weg. Ihr Schnitt war ausgezeichnet, und daher erreicht sie ihr Ziel am Abend des dritten Tages.

Dann stellte sie fest, daß sie den Weg umsonst zurückgelegt hatte. Sie starrte über den gewundenen Wasserlauf auf das Gebiet, auf dem sich im Winter fünfzig Indianerzelte unter den Bäumen zusammendrängten. Sie war entweder zu früh gekommen, oder die Indianer kehrten später als sonst von ihrer Verfolgung der Büffel zurück. Der kleine Stamm, dessen Häuptling Weißer Donner war, war noch nicht eingetroffen.

Sie sah einem Eichhörnchen zu, das durch das hohe Gras huschte. Das Gras war im Frühjahr und im Sommer gut gewachsen. Es würde die Pferde des Stammes für den größten Teil des Winters ernähren können, und dann zog der Stamm ohnehin weiter. Jessie stand da und sah sich versonnen um. Sie hatte sich darauf gefreut, mit Weißer Donner zu sprechen, und sie war schrecklich enttäuscht. Sie hatte ihn seit dem Frühling nicht mehr gesehen, und daher wußte er noch nicht, daß ihr Vater gestorben war. Jetzt würde sie Weißer Donner wahrscheinlich nicht vor dem Spätherbst wiedersehen. Es war ihr wohl kaum möglich, noch einmal hierherzureiten, erst nach dem herbstlichen Viehtrieb.

Jessie überquerte den Fluß und entschloß sich, hier ihr Lager für die Nacht aufzuschlagen. Sie ging direkt zu der Stelle, an der sie so viele Nächte verbracht hatte, dem Ort, an dem die Mutter von Weißer Donner, Breiter Fluß, immer ihren Wigwam errichtet hatte. Doch sie fühlte sich einsam hier ohne ihren Freund und seine Familie, ohne die Laute der Kinder, ohne die Frauen, die Geschichten erzählten, während sie arbeiteten, und die Männer, die nach einer Jagd triumphierende Schreie ausstießen. Hier erschien es ihr einsamer als an irgendeiner anderen Stelle während ihres langen Ritts.

Während sie ihren leichten Schlafsack ausbreitete und Feuerholz sammelte, dachte Jessie daran, wie sie vor acht Jahren zum ersten Mal in diese Gegend gekommen war. Sie war ihrem Vater ohne dessen Wissen gefolgt, und sie war ihm gefolgt, weil er ein neugeborenes Baby bei sich hatte und sie fürchtete, daß er das Baby irgendwo aussetzen wollte, damit es starb. Er war wütend gewesen, weil es ein Mädchen war. Jessie war nicht so dumm, daß sie nicht gewußt hätte, wer dieses Baby war. Es war ihre Stiefschwester.

33

Ihr Vater hatte das Baby hierhergebracht, und sie war erleichtert gewesen. Ihr war allerdings nicht klargewesen, daß er das Baby der Pflege seiner Großmutter übergeben hatte. Die indianische Mätresse, die ein Jahr lang mit Thomas zusammengelebt hatte, war bei der Geburt gestorben. Es war die ältere Stiefschwester von Weißer Donner. All das erfuhr Jessie erst wesentlich später.

Da sie sich vergewissern wollte, daß das Baby hier in Sicherheit war, ging Jessie zu den Indianern, nachdem ihr Vater das Lager verlassen hatte, und sie gestand ihnen, daß sie Zeuge der Vorgänge gewesen war. Die Mutter von Weißer Donner schloß aus Jessies Ähnlichkeit mit ihrem Vater, wer das Mädchen war, und da sie Englisch sprach, freundeten Jessie und sie sich miteinander an. Selbst der gestrenge Stiefvater von Weißer Donner, Rennt Mit Dem Wolf, duldete Jessies Anwesenheit. Er kannte Thomas Blair schon aus seinen früheren Zeiten als Trapper – Ende der dreißiger Jahre –, und sie hatten über lange Zeit hinweg freundschaftlichen Handel miteinander betrieben.

In jenem Jahr kam Jessie einmal im Monat, um nach dem Baby zu sehen, bis das Wetter zu rauh für den Ritt wurde. Sie freundete sich enger mit Weißer Donner und seiner jüngeren Schwester, Kleiner Grauer Vogel, an, und sie genoß es, zum ersten Mal in ihrem Leben Freunde zu haben. Ihr Vater war kein warmherziger Mensch, und die Indianer füllten eine Lücke, die bis dahin schmerzlich in Jessies Leben geklafft hatte.

Im folgenden Jahr, als das Wetter es Jessie endlich ermöglichte, wieder in den Norden zu reisen, mußte sie herausfinden, daß ihre kleine Schwester in diesem harten Winter gestorben war. Jessie hätte jetzt keinen Grund mehr gehabt, weiterhin das Lager aufzusuchen, doch sie hatte festgestellt, daß dieses Indianerlager der einzige Ort war, an dem sie sie selbst sein konnte. Sie durfte sich sogar wie ein Mädchen kleiden, was ihr Vater nie zugelassen hätte. Die Freundschaften, die sich gebildet hatten, vertieften sich, insbesondere ihre Freundschaft mit Weißer Donner.

Wenn sie bei den Indianern war, genoß sie die Vorteile beider Welten. Sie konnte sich im Zelt aufhalten, wie es von jungen Mädchen erwartet wurde, dort das Nähen und die Fertigung von Perlenschmuck erlernen, das Kochen, das Schneidern und das Färben von Büffelhäuten. Aber es sah sie auch niemand schief an, wenn sie mit Weißer Donner jagen gehen wollte, bei einem Wettreiten teilnahm oder bei den Spielen der Jungen mitmachte. All das duldete man freundlich, weil sie nicht eine der ihren war und auch deshalb weil sie in Männerkleidung zu ihnen gekommen war und die männlichen Fertigkeiten oft ausgezeichnet beherrschte.

Sie akzeptierten sie. Sie nannten sie Sieht Wie Frau Aus. Mit ihrem mitternachtsschwarzen Haar und ihrer sonnengebräunten Haut sah sie wie eine Indianerin aus. Jessica liebte ihren indianischen Namen.

Der Gedanke an die Menschen, die sie mehr als alle anderen auf Erden liebte, rief ihr wieder den Mann in Erinnerung, den sie mehr als jeden anderen haßte – Laton Bowdre. Er war in seinen mittleren Jahren und wurde bereits kahl, und er hatte braune Augen, die deutlich die Gaunereien kundtaten, die ihm unablässig durch den Kopf gingen. Es gab nicht viel, was für diesen Mann sprach, bestimmt nicht seine prunkvolle Aufmachung und noch weniger seine finstere Gestalt. Er war häßlich. Er erinnerte Jessie an ein Wiesel, das nichts als sein eigenes Vergnügen im Sinn hat.

Als sie zum ersten Mal mit ihm zusammengetroffen war, weil er die Einlösung des Schuldscheins forderte, den er von ihrem Vater besaß, waren seine Augen währenddessen dreist über Jessies Körper gestreift. Sie hatte das Gefühl, wenn nicht andere dabeigewesen wären, wären seine Hände seinen Augen gefolgt.

Wie recht sie gehabt hatte! Als sie diesem Mann das zweite Mal über den Weg gelaufen war, war es nicht so einfach gewesen. Bowdre hatte sie auf dem Weg zur Bahnstation abgefangen, als sie nach Denver fahren wollte, um dort einen Einkaufsbummel zu machen. Niemand war in der Nähe, der ihr zur Hilfe hätte kommen können.

Sie konnte sich nur zu genau an diese schnarrende Stimme erinnern.

»Toll, daß wir uns treffen, Miß Blair. Ich hätte Sie kaum erkannt, meine Liebe – in einem Kleid.«

»Wenn Sie mich jetzt entschuldigen.« Jessie wollte weiterreiten, doch Laton Bowdre versperrte ihr den Weg.

»Haben Sie nicht vielleicht etwas für mich?« fragte Bowdre in seiner schmierigen Art.

Jessie wurde wütend. »Wir haben uns darauf geeinigt, daß Sie Ihr verfluchtes Geld in drei Monaten bekommen.«

Der Mann zuckte die Achseln. »Ich dachte ja nur, daß Sie vielleicht doch eher zahlen wollen. Aber das können Sie sich natürlich nicht leisten, oder etwa doch? Nein, natürlich nicht, wie konnte ich das bloß vergessen?« Er grinste. »Es war recht großzügig von mir, Ihnen Zeit zu lassen, finden Sie nicht? Meine Freundlichkeit ist mir nie angemessen gedankt worden.«

Jessie fletschte die Zähne. »Das war anständig von Ihnen«, sagte sie steif.

»Es freut mich, daß Sie das zur Kenntnis nehmen. Natürlich könnte ein wenig Interesse auch nicht schaden.« Ehe sie antworten konnte, fuhr er fort. »Meine Liebe, ich könnte mich sogar beschwatzen lassen, einen Teil Ihrer Schulden zu streichen, wenn Sie …«

»Das können Sie glatt vergessen!« fauchte Jessie. »Ich werde diese Schulden abzahlen – in Form von Geld!«

Bowdre kicherte über ihre Entrüstung und streckte eine knochige Hand aus, um ihr Gesicht zu berühren. »Denken Sie noch mal darüber nach. Ein Mädchen braucht einen Mann. Vielleicht würde ich sogar eine Heirat in Betracht ziehen. Schließlich kann man nicht erwarten, daß Sie ganz allein eine Ranch führen. Ja, eine Heirat könnte durchaus in Frage kommen.« Er ließ seine Hand auf ihre Schulter fallen und wollte sich weiter nach unten tasten.

Jessie reagierte instinktiv. Sie ballte eine Faust und holte aus. Das Ergebnis war, daß ihr die Hand noch in Denver weh tat. Weder seine Überraschung noch das Blut, das ihm aus einem Mundwinkel rann, konnten ihren Zorn mildern.

»Legen Sie nie mehr Hand an mich, Mr. Bowdre«, verwarnte sie ihn eisig.

»Das wirst du noch bereuen, kleines Mädchen«, sagte Bowdre ebenso kalt. Jegliche Heuchelei war von ihm abgefallen.

»Das möchte ich bezweifeln«, gab Jessica hitzig zurück. »Ich könnte eine gewisse Reue empfinden, wenn ich meine Waffe bei mir hätte, denn dann müßte ich dem Sheriff erklären, warum ich Ihnen eine Kugel durch den Kopf gejagt habe. Guten Tag, Mr. Bowdre.«

Allein der Gedanke an diesen Zwischenfall ließ ihr einen Schauer über den Rücken laufen, und sie schob diese Erinnerung weit von sich.

Jessie setzte sich an das Feuer, das sie angezündet hatte, und rupfte das große Waldhuhn, das sie im Laufe des Tages geschossen hatte. Sie zerlegte es und warf es in einen Topf mit Wasser. Dazu warf sie getrocknete Erbsen, Kräuter und ein bißchen Mehl, und dann knetete sie den festen Teig, der unter ihren Vorräten war, formte ihn zu Klößen und warf auch diese in den Topf. Sie hatte schon vor langem gelernt, daß man nie an einer Mahlzeit sparen sollte, wenn man ganz allein war. Eine üppige Mahlzeit reichte lange. Endlose, ermüdende Tage im Sattel erforderten deftiges Essen.

Als das Essen über dem Feuer kochte, ging sie zu Blackstar und rieb ihn gründlich trocken. Dann warf sie ihm für die Nacht eine Decke über. Ihre Lederjacke mit den Fransen behielt sie an, um nicht zu frieren. Ihr wurde bewußt, daß der Sommer vorübergegangen war. Sie wickelte sich die einzige andere Decke, die sie bei sich hatte, um die Beine und setzte sich ans Feuer, um zu essen.

Sie war gerade beim Essen, als Blackstar anfing, zu schnauben und mit seinen Hufen zu stampfen. Sie wußte, daß sie nicht mehr allein war. Jessie kannte sich zu gut mit den Indianern aus, um erschreckt aufzuspringen. Genau das erwarteten die Indianer von den Weißen, und diese Dummheit hätte ihr einen Pfeil im Rücken einbringen können. Sie blieb einfach sitzen.

Nachdem sie noch einen Moment gewartet hatte, sprach sie mit lauter, deutlicher Stimme. Ihr Tonfall war freundlich. »Ich hätte gern Gesellschaft, und ich habe noch genug Essen, um etwas abzugeben, wenn du ans Feuer kämst, damit ich dich sehen kann.«

Jemand antwortete. Sollte sie dasselbe noch einmal in der Sprache der Cheyenne sagen?

Sie rührte sich weiterhin nicht von der Stelle, doch sie probierte es mit Cheyenne. »Ich bin Sieht Wie Frau Aus, eine Freundin der Cheyenne. Ich kann mein Feuer und mein Essen mit dir teilen, wenn du dich mit mir bekannt machst.«

Immer noch keine Antwort. Sie schwankte zwischen Angst und Erleichterung, als zehn Minuten vergingen, ohne daß ein Laut zu hören war. Blackstar hatte sich ebenfalls beruhigt. Und doch sah es Blackstar gar nicht ähnlich, einen Wirbel um nichts zu machen.

Dann war er plötzlich da, stand direkt neben ihr. Jessie war so schockiert, daß ihre Hand sich automatisch an ihre Brust hob. Sie hatte nicht gehört, wie er näher gekommen war. Im einen Moment war sie allein, und im nächsten Moment standen diese Füße in den Mokassins neben ihr, leicht auseinandergespreizt und nur wenige Zentimeter von ihren Beinen entfernt. Sie saß im Schneidersitz da.

Ihre Augen wanderten an seinen langen Beinen nach oben, die in einer Lederhose mit Fransen steckten, höher auf den Beinkleidern, die nur bis auf seine Schenkel reichten, über seine kräftige Brust, die bloß und sehr muskulös war. Narben bezeugten seinen Mut und seine Ausdauer. Weißer Donner hatte ähnliche Narben, Narben, die von einem Sonnentanz vor etlichen Jahren stammten.

Während ihre Augen immer höher wanderten, stellte sie überrascht fest, daß sie einen Mann vor sich hatte, der nicht älter als fünfundzwanzig Jahre war. Sein Gesicht war faszinierend. Kupferbraune Haut spannte sich über hohen Backenknochen, dazu kamen eine Adlernase und Augen, die die Farbe von Ebenholz hatten. Diese Augen verrieten nichts. Sein schwarzes Haar war lang und fiel ihm lose auf den Rücken. Vorn war es zu zwei dünnen Zöpfen geflochten. In einem der Zöpfe trug er eine einzige blaue Feder. Über die Schulter hatte er sich Pfeil und Bogen geschlungen. Seine Hände waren leer, was bewies, daß er in ihr keine Bedrohung sah.

»Du siehst wirklich gut aus, weißt du das?« sagte Jessie, als sie ihn von Kopf bis Fuß gemustert hatte.

Ihre Blicke trafen sich mit denen des kühnen Kriegers, und sie errötete, als ihr klarwurde, was sie gerade gesagt hatte. Aber sein Gesichtsausdruck veränderte sich nicht. Hatte er verstanden, was sie gesagt hatte? Sie stand langsam auf, um ihn nicht zu erschrecken. Dann ließ er erstmals eine Reaktion erkennen, als die Decke auf den Boden fiel und ihre hautenge Hose und den Waffengürtel freilegte.

Sie hatte keine Zeit, sich etwas zu überlegen, ehe er nach ihrer Jacke griff und sie öffnete. Seine Augen verweilten auf den zarten Rundungen, die sich gegen ihr Hemd preßten, doch Jessie wagte es nicht, sich loszureißen.

Endlich ließ er sie los, und Jessie stieß den Atem aus, den sie angehalten hatte. »So, nachdem wir das geregelt haben, können wir uns jetzt vielleicht verständigen. Sprichst du Englisch? Nein?« Sie ging zu der einzigen Indianersprache über, die sie beherrschte. »Cheyenne? Bist du ein Cheyenne?«

Er überraschte Jessie, indem er mit einer tiefen, klangvollen Stimme einen Wortschwall losließ. Leider war das einzige Wort, das sie verstand, ein Dakota-Wort.

»Du bist Sioux«, schloß sie enttäuscht daraus, denn wenn sich die Dialekte der Cheyenne und der Sioux auch ähnelten, so war es doch nicht dieselbe Sprache.

Jessie hatte noch nie mit einem Sioux-Krieger geredet und nur einige von ihnen im Laufe der Jahre gesehen, die wenigen, die das Lager von Weißer Donner aufgesucht hatten. Dieser kühne Krieger gehörte zu den Stämmen, die nach wie vor aktive Feindseligkeiten mit den Weißen austrugen, zu den Stämmen, die so mächtig waren, daß sie die Armee gezwungen hatten, dieses Gebiet aufzugeben. Die Sioux und die Cheyenne aus dem Norden hatten sich im Gegensatz zu den meisten anderen Indianern der Prärien nicht von den Weißen unterwerfen lassen. Sie hatten die gesamte Region am Powder River als Jagdgrund für sich gefordert – und sie hatten das gesamte Gebiet bekommen. Da stand sie jetzt, einem Sioux-Krieger gegenüber, und er hatte sie auf seinem Territorium entdeckt.

Die Richtung, die ihre Gedanken einschlugen, war erschreckend, und Jessie gebot ihnen auf der Stelle Einhalt. Es bestand kein Grund, sich vor diesem tapferen Krieger zu fürchten. Bisher jedenfalls nicht. Er hatte sich dazu herabgelassen, mit ihr zu sprechen, und das war ein gutes Zeichen.

»Von den Weißen werde ich Jessica Blair genannt, und die Cheyenne nennen mich Sieht Wie Frau Aus. Ich komme oft hierher, um meinen Freund Weißer Donner und seine Familie zu besuchen, aber dieses Jahr bin ich zu früh gekommen, und daher werde ich morgen früh wieder nach Hause reiten, in den Süden. Kennst du Weißer Donner?«

Sie unterstützte ihre ausgiebigen Erklärungen mit den Gesten der Zeichensprache, die sie kannte, aber er gab ihr mit keinem Zeichen zu erkennen, daß er sie verstand. Sie verstummte, und er wandte seinen Blick von ihr ab und ihrem Pferd zu.

Er trat zu dem Pferd, um Blackstar näher zu mustern, und sie rief: »Weißer Donner hat ihn mir geschenkt.«

Endlich sagte der tapfere Krieger etwas, doch sie konnte es nicht verstehen. Er streckte die Hand aus und ließ sie über die Flanken des Pferdes gleiten. Als Blackstar seinen Kopf wandte und ihn beißen wollte, lachte er.

Jetzt verlor Jessie die Geduld. Sie fauchte: »Verdammt noch mal, du kannst jetzt wirklich aufhören, dir mein Pferd genau anzusehen. Du kriegst es nicht!«

Der Zorn, der in ihrem Tonfall mitschwang, war unverkennbar, auch wenn die Worte unverständlich waren. Es war ihr gelungen, seine Aufmerksamkeit wieder auf sich zu lenken, und er schlenderte zu ihr herüber und baute sich vor ihr auf. Diesmal stand er so dicht vor ihr, daß sie gezwungen war, aufzublicken, um ihm in die Augen zu sehen.

Sein Gesichtsausdruck war jetzt nicht mehr ganz so finster. Er sprach wieder mit ihr und gab ihr mit Zeichen zu verstehen, daß er ihr seinen Namen nannte. Sie bemühte sich, seine Worte zu entziffern, und schließlich grinste sie, weil sie ihm die entsprechende englische Bezeichnung nennen konnte.

»Kleiner Falke!« sagte sie stolz, aber er schüttelte den Kopf. Er hatte sie nicht verstanden.

Jessie lächelte und bedeutete ihm noch einmal, daß er herzlich eingeladen war, Feuer und Essen mit ihr zu teilen. Diesmal nahm er ihr Angebot an und setzte sich ans Feuer. Jessie setzte sich wieder auf den Platz, auf dem sie gesessen hatte, und wickelte sich die Decke wieder um die Beine. Sie hatte nur einen Teller, auf den sie jetzt eine neue Portion häufte. Dann reichte sie ihm den Teller. Als von dem Essen nur noch das übrig war, was sie ihm auf den Teller gehäuft hatte, gab er ihr den Teller zurück. Er sah zu, während sie eilig den Rest aufaß, und als sie gegessen hatte, stand sie auf, um das Kochgeschirr zu reinigen und zu verstauen. Sie konnte spüren, daß seine Augen jeder ihrer Bewegungen folgten.

Als sie zum Feuer zurückkehrte, fand sie ihn ins Gras gestreckt vor. Er lehnte auf einem Ellenbogen und sah auf ihren Platz am Feuer.

Sie hätte sich eine andere Stelle suchen können, aber sie war zu sehr auf der Hut, um irgendwelche Veränderungen zu riskieren. Sie legte sich hin und wandte ihm ihr Gesicht zu. Ihre Blicke trafen sich, und es schien, als starrten sie einander eine Ewigkeit an. Sein

Blick wurde kühner. War das nicht der Blick, mit dem Blue sie angesehen hatte? Es war offensichtlich, daß Kleiner Falke sie begehrte, und doch war sie überrascht, als er auf das Gras neben sich klopfte und ihr bedeutete, daß er sie neben sich haben wollte. Sie schüttelte langsam den Kopf, ohne den Blick auch nur eine Sekunde lang von seinen Augen abzuwenden. Kleiner Falke zuckte die Achseln, sah sie lange an und legte sich dann hin und schloß die Augen.

Jessie starrte ihn immer noch an. Sie war erleichtert und zugleich merkwürdig verstört. Was war bloß mit ihr los? Es lag an seinen Augen, entschied sie schließlich, an der Art, wie er sie angesehen hatte, mit diesen dunklen, faszinierenden Augen Liebe mit ihr gemacht hatte.

Doch während Jessie in den Schlaf hinübertrieb, waren es nicht die Augen von Kleiner Falke, die sie vor sich sah, sondern andere Augen, die ebenso dunkel waren – die Augen von Chase Summers.

5

»Du hättest ihn sehen sollen, Jeb«, sagte Jessie, während sie Blackstar den Sattel abnahm. Sie war gerade zurückgekehrt, und seit ihrer Ankunft vor zehn Minuten redete sie ohne Punkt und Komma. »Er war so stolz und arrogant, so unwahrscheinlich indianisch, wenn du verstehst, was ich meine.«

Jeb zog auf einer Seite die Augenbraue herunter. »Und du hast dich nicht vor ihm gefürchtet? Er war doch schließlich ein Sioux.«

»Ja, doch, ein bißchen schon, vor allem, als er deutlich ausgedrückt hat, daß er … mich will.«

»So, hat er das getan?« sagte Jeb. »Also, dafür, daß er dich gehabt hat, siehst du gar nicht schlecht aus.«

»Hat er doch gar nicht«, sagte Jessie ganz schlicht. »Ich habe abgelehnt, und er hat meine Wünsche geachtet.«

»Ist das wahr?«

»Du glaubst mir nicht?« fragte sie. »Tatsache ist, daß er mich nicht so ohne weiteres angreifen konnte, nachdem ich mein Essen mit ihm geteilt habe. Sie haben ein sehr ausgeprägtes Ehrgefühl, verstehst du. Oder zweifelst du vielleicht daran, daß er mich haben wollte? Manche Männer finden mich anziehend, Jeb Hart, sogar in einer solchen Aufmachung.«

»Jetzt sei bloß nicht sauer, Mädchen.«

Sie war nicht sauer. »Jedenfalls«, fuhr sie fort, »war er am nächsten Morgen schon fort, als ich aufgestanden bin. Ich dachte sogar, ich hätte das alles nur geträumt.«

»Bist du sicher, daß es kein Traum war?«

Sie bedachte ihn mit einem bösen Blick. »Ja, ich bin sicher. Das Gras war an der Stelle, an der er geschlafen hat, noch ganz flach, und das hier hat er zurückgelassen.« Sie zog die blaue Feder heraus, die sie in ihrer Tasche aufbewahrt hatte.

»Was glaubst du – warum hat er die Feder zurückgelassen?«

Jessie zuckte die Achseln. Sie wußte es nicht. »Ich denke, ich werde sie behalten.« Sie grinste. »Als Erinnerung an einen gutaussehenden Mann, der mich begehrt hat.«

Jeb knurrte. »Du entwickelst dich zu einem ungezogenen Mädchen, Jessie Blair. So was habe ich noch nie gehört, dieses ganze Gerede von Begierden, und dabei bist du erst achtzehn.«

»Das liegt nur daran, daß du in mir einen Jungen siehst. Jeb, du hast mich immer als einen Jungen angesehen. Aber viele Mädchen sind in meinem Alter und eher schon verheiratet, und daher sage ich mir, daß es längst überfällig ist, wenn ich von Flirts rede.«

»So, dann laß das Rachel lieber nicht zu Ohren kommen«, brummte er. »In dieser letzten Woche hat sie sich zu Tode um dich gesorgt.«

Bei der Erwähnung ihrer Mutter veränderte sich Jessies gesamtes Verhalten.

»Sie hat uns mit ihrem Kummer verfolgt und uns die Hölle heiß gemacht. Sie hat sogar diesen Kerl noch in der Nacht, in der du losgeritten bist, ausgeschickt, damit er dich sucht.«

»Sie hat was getan?« brauste Jessie auf. »Wie kann sie es wagen ...«

»Jetzt aber Schluß. Er hat dich schließlich nicht gefunden, oder? Tatsache ist, daß er bis jetzt noch nicht zurückgekommen ist.«

Jessie mußte diese Neuigkeit erst einsickern lassen. Sie grinste.

Dann lachte sie schallend. »Wirklich? Das ist ja wunderbar! Wir sind ihn also doch noch losgeworden.«

Jeb sah sie einen Moment lang an, ehe er fragte: »Du stehst ihm nicht gerade freundlich gegenüber, was?«

»Wie würdest du dich denn fühlen, wenn sich ein Fremder in deine Angelegenheiten einmischt?«

»Ist es das, was er getan hat?«

»Noch nicht«, sagte sie und preßte die Lippen zusammen. »Aber ich habe gehört, daß Rachel ihn darum gebeten hat, und ich habe gehört, daß er sich einverstanden erklärt hat. Also paßt es mir nur zu gut in den Kram, wenn er nie mehr zurückkommt.«

Fünf Tage später kam Chase zurück. Er war erschöpft, die Knochen taten ihm weh, der Sattel hatte ihn aufgescheuert, und er war schmutzig und freute sich nicht gerade darauf, Rachel mitzuteilen, daß er das Mädchen nicht gefunden hatte. Mehr als zweihundert elendigliche, staubige Meilen, um nur endlich dieses Reservat zu erreichen, und wozu das Ganze? Der dortige Agent hatte den Namen Jessica Blair noch nie gehört, und die Indianer, die Englisch sprachen, hatten ihm auch nicht das geringste sagen können. Einen Tag hatte er damit verbracht, das Gebiet abzureiten und Fragen zu stellen, aber er war sicher, daß niemand etwas wußte.

Jeb hielt sich im Geräteschuppen im vorderen Teil des Stalls auf, als Chase Goldenrod in den Stall führte. Chase starrte ihn an, und die gesamte Erschöpfung und der Zorn der vergangenen eineinhalb Wochen waren ihm anzumerken. Aber wenn Jeb in sechzig Jahren irgend etwas gelernt hatte, dann, mit welchen Worten man sich aus der Affäre zog, wenn man es mit miesen Skunks zu tun hatte.

»So, ich muß sagen, Sie sind flott vorwärtsgekommen, nicht wahr, Sie junger Spund?« lautete Jebs angemessene Äußerung.

»So, finden Sie?« erwiderte Chase barsch. »Überrascht Sie das denn gar nicht?«

»Nicht, daß ich wüßte.«

»Wirklich? Ich als Spieler glaube, ruhigen Gewissens jeden Cent, den ich besitze, darauf wetten zu können, daß Sie damit gerechnet haben, mich nie wiederzusehen.«

Jeb grinste. »Es wäre leicht ergaunertes Geld, aber ein glatter Betrug von mir, wenn ich Sie auf diese Wette festnageln würde.

Tatsache ist, daß ich um ziemlich genau diese Zeit mit Ihnen gerechnet habe – und das in einem Stück, denn der Weg, den Sie eingeschlagen haben, ist wahrhaft sicher. Auf dieser Strecke hat es seit ganz schön vielen Jahren keinen Ärger mehr gegeben.«

»Das steht nicht zur Debatte«, sagte Chase kalt. »Es war reine Zeitverschwendung, ins Reservat der Schoschonen zu reiten, und ich nehme an, daß Sie das vorher wußten.«

»Tja, zum Teufel, ich hätte Ihnen sagen können, daß ...«

»Warum haben Sie es mir nicht gesagt?«

»Sie haben mich nicht gefragt«, erwiderte Jeb Achselzuckend. »Es ist nicht meine Schuld, daß Sie und die Dame sich ausgerechnet haben, daß Jessies Indianer Schoschonen sind. Mister, ich habe Ihnen einen Gefallen damit getan, daß ich meinen Mund gehalten habe, wenn man bedenkt, wie sehr Rachel darauf aus war, daß Sie losreiten. Dorthin, wo das kleine Mädchen war, wären Sie bestimmt nicht geritten. Kein Weißer reitet in diese Gegend, wenn er auch nur einen Funken Verstand hat.«

»Von welcher Gegend sprechen Sie? Wohin, zum Teufel, ist sie denn geritten? Und hören Sie endlich auf, mir diesen Unsinn über Indianer zu erzählen.«

»Ich kann gar nicht verstehen, warum Sie sich so aufregen«, brummte Jeb. »Ich habe Ihnen wahrscheinlich das Leben gerettet, und das ist der Dank, den ich dafür bekomme!«

»Zum Teufel mit dir, du alter Mann!« explodierte Chase. »Wenn du nicht schon in der Nähe des Grabes stündest, würde ich dich ins Grab befördern. Und jetzt will ich anständige Antworten und nicht ...«

»Lassen Sie ihn in Ruhe!«

Chase wirbelte zu dieser zornigen Stimme herum und war verblüfft, als er das Mädchen vor sich sah, das ihn in die falsche Richtung geschickt hatte, als er erstmals auf dem Weg hierher gewesen war. »Du schon wieder! Was tust du denn hier?« Als sie nicht antwortete, fragte er Jeb: »Wer ist das?«

Jeb bemühte sich, seine Belustigung nicht zu zeigen, doch ganz gelang es ihm nicht. Er wußte, daß die Funken fliegen würden, und es bestand kaum ein Zweifel daran, wer sich verbrennen würde. Das würde dem Kerl recht geschehen, dachte er sich.

»Aber, aber, das ist doch das Mädchen, das Sie gesucht haben«, erwiderte Jeb mit Unschuldsmiene.

Chase drehte sich wieder zu dem Mädchen um, und der Zorn gewann die Oberhand über seine Vernunft. »Du Miststück!« fluchte er. Er war außer sich vor Wut. »Dir sollte ich das Fell gerben.« Jessie trat einen Schritt zurück, und ihre Hand legte sich automatisch auf die Waffe an ihrer Hüfte. »Das würde ich an Ihrer Stelle nicht versuchen, Mister«, teilte sie ihm mit kühler, ruhiger Stimme mit. »Ich würde gar nicht erst an so etwas denken, wenn ich Sie wäre.«

Chase musterte sie vorsichtig. Die Waffe hatte er bisher nicht zur Kenntnis genommen, denn er hatte nur das fein geschnittene, ovale Gesicht gesehen, ein Gesicht, das ihm in den letzten eineinhalb Wochen aus irgendwelchen ärgerlichen Gründen immer wieder vor Augen gestanden hatte. In der Zeit, die er damit vergeudet hatte, sie zu suchen, *dieses* Mädchen, nicht Rachels gesichtslose Tochter, sondern diesen kleinen Wildfang, der wie ein Junge angezogen war. Jesus, er wollte Hand an sie legen!

Chase kochte immer noch vor Wut, doch es gelang ihm, seinen Zorn nicht zu deutlich zu zeigen. »Würdest du mich wirklich erschießen, Kind?« fragte er.

»Besser für Sie, wenn Sie es glauben«, steuerte Jeb, der hinter ihm stand, freiwillig bei.

Chase ließ seine Gesichtszüge weicher werden und wiederholte mit seiner trügerischsten, einschmeichelndsten Stimme: »Tätest du das, Jessica?«

Jessie wußte nicht, was sie mit dieser direkten Frage anfangen sollte, aber sie ließ sich nicht einlullen. Ein Teil ihres Zorns diente zu ihrer Verteidigung, weil sie diesen Mann belogen hatte und beide es wußten. Doch ein Großteil ihres Zorns rührte daher, daß es ihm nicht zustand, Jeb anzuschreien.

»Wenn Sie mir nicht in die Nähe kommen, muß sich Ihnen diese Frage nicht stellen.«

»Ich denke, wenn das so ist, halte ich Distanz«, räumte er ein, während er sich an die Wand lehnte. »Aber du bist doch wohl meiner Meinung, daß zwischen dir und mir ein paar offene Worte fällig sind.«

»Nein«, antwortete sie geradeheraus. »Ich bin Ihnen keine Erklärung schuldig, aber das, was ich Ihnen jetzt sage, sollten Sie sich aufmerksam anhören. Wagen Sie es nicht, Jeb noch einmal schlecht zu behandeln. Er arbeitet für mich, und er braucht Ihre Fragen nicht zu beantworten. Er braucht Ihnen nicht einmal die Tageszeit zu sagen, wenn er keine Lust hat. Sie arbeiten hier nicht, und daher ist es nicht Ihre Angelegenheit, ihn bei der Arbeit zu stören. Ist das klar genug, Mister?«

»Absolut«, erwiderte Chase unerschrocken. »Und da du hier diejenige zu sein scheinst, die die Antworten parat hat – warum sagst du mir nicht, warum du mich belogen hast?«

Jessie funkelte ihn böse an. »Weil ich Sie hier nicht haben will!« fauchte sie. »Mehr brauchen Sie nicht zu wissen.«

Sie drehte sich auf dem Absatz um und wollte den Stall verlassen, doch Chase hielt sie durch das unheilvolle Klicken seiner Flinte und seine eisige Warnung auf: »Du bleibst jetzt sofort stehen!«

Sie war keinen Meter von ihm entfernt, und als sie sich umdrehte, starrte sie ihn ungläubig an. Einen Moment lang sah sie auf die Waffe, die er auf sie gerichtet hatte, und dann trat Verachtung in ihr Gesicht. »Das täten Sie nie«, bemerkte sie herablassend. »Wie würden Sie Ihrer teuren Rachel erklären, daß Sie mich erschossen haben?«

Mit diesen Worten ging sie aus der Tür. Chase steckte seine Waffe wütend weg. Jebs krächzendes Kichern brachte ihn noch mehr in Wut. Er konnte sich nicht erinnern, wann eine Frau ihn jemals so rasend gemacht hatte, und er würde den Fall nicht dabei belassen.

Er folgte Jessie und holte sie auf halber Strecke zwischen dem Stall und dem Haus ein. Zu spät hörte sie ihn hinter sich, und ehe sie Zeit hatte, zu reagieren, hatte er sie herumgerissen und ihr Gewehr durch den Hof geschleudert.

»Und jetzt unterhalten wir uns«, sagte Chase barsch.

»Den Teufel tun wir!« schrie Jessie, und ihre Stimme wurde von Wort zu Wort lauter. Noch ehe sie ausgeredet hatte, holte sie zu einem Fausthieb aus.

Chase fing ihr Handgelenk in der Luft ab und bog ihr den Arm auf den Rücken. Dann packte er ihren anderen Arm und bog ihn ihr ebenfalls auf den Rücken. Jetzt konnte sie nur noch mit den Füßen nach ihm treten. »Du hast vorhin nur teilweise recht gehabt«, sagte er mit scharfer Stimme zu ihr. »Es ist nicht so, daß ich es nicht wagen würde, auf dich zu schießen, Kind. Es geht darum, daß ich es nicht will. Aber ich wäre nicht abgeneigt, dir eine wohlverdiente Tracht Prügel zu verpassen, wenn du nicht sofort Ruhe gibst.«

Jessie gab augenblicklich jeden Widerstand auf und ließ sich ermattet gegen ihn fallen. Chase hielt sie fest und wartete darauf, daß sie sich etwas abregen würde. Während des Wartens wurde er sich der Nähe ihres Körpers akut bewußt. Die Verwirrung setzte ein. Was hatte Rachel über das Alter ihrer Tochter gesagt? Achtzehn! Sie war eine ausgewachsene Frau, auch wenn sie sich nicht so benahm und ihre Kleidung diesen Umstand verbarg. Ein zarter, voller Busen schmiegte sich an seine Brust. Kein Wunder, daß er anfing, auf ihre Nähe zu reagieren.

Chase fluchte leise vor sich hin und stieß Jessie von sich. Ihre Handgelenke hielt er auf Armeslänge fest. Er sah sie von Kopf bis Fuß an und bemerkte die verlockenden Rundungen, die ihm bisher entgangen waren; er bemerkte, daß ihre Hose saß wie eine zweite Haut und daß sich ihr Hemd über ihren Brüsten spannte.

»Wirst du dich jetzt benehmen?«

Jessie hatte den Kopf gesenkt und schien gebändigt zu sein.

»Sie tun mir weh«, sagte sie.

Er lockerte seinen Griff. Noch im selben Moment riß sie sich los und lief auf das Haus zu. Als er sie einholte, hatte sie schon die Stufen zur Veranda erreicht. Diesmal hatte er es satt. Jessie schrie, als er sich auf die Stufen setzte und sie quer über seine Knie zog. Sie wand sich mit aller Macht und wollte sich zu ihm umdrehen, doch er stieß sie wieder auf seinen Schoß. Sie hörte nicht auf zu schreien.

Rachel hörte das Gebrüll und eilte auf die Veranda. Der Anblick, den sie vorfand, schockierte sie. »Hör auf, Chase!«

Chase, der mit einer fauchenden, zischenden Wildkatze alle Hände voll zu tun hatte, konnte sich nicht zu ihr umdrehen und sie ansehen. Erbost sagte er: »Sie hat es verdient, Rachel.«

»So kannst du nicht mit Jessica umgehen, Chase.« Sie ging um ihn herum, um ihm ins Gesicht zu sehen. »Und jetzt laß sie los.«

Chase sah sie fest an, und ganz allmählich kam er wieder zur Vernunft. »Du hast recht. Es ist nicht meine Sache, dein Kind zur Disziplin zu erziehen, ganz gleich, wie sehr es das auch bräuchte.«

47

Er ließ Jessie los, und in dem Moment, in dem sie auf die Füße kam, baute sie sich energisch vor ihm auf, holte aus und versetzte ihm einen Hieb auf die Nase. Er war derart überrascht, daß es ihr möglich war, ins Haus zu laufen, ehe er reagieren konnte. Knurrend stand er auf und wollte ihr nachlaufen.

Rachel griff nach seinem Arm. »Laß sie in Ruhe, Chase.«

»Hast du gesehen, was dieses kleine Miststück mit mir gemacht hat?« schrie er wütend.

»Ja, und das war das mindeste, was du verdient hast«, verkündete Rachel nicht ohne Schärfe. Dann sagte sie in einem ruhigeren Tonfall: »Sie ist eine junge Frau, Chase. So kannst du nicht mit ihr umspringen.«

»Zum Teufel, von wegen junge Frau! Sie ist eine verzogene Göre.« Er tastete seine Nase ab, und als er seine Hand zurückzog, war sie blutbeschmiert. »Ist sie gebrochen?«

»Laß mal sehen.« Rachel tastete die Nasenflügel und den Nasenrücken ab und schüttelte den Kopf. »Ich glaube nicht, aber du blutest ziemlich stark. Komm rein, und ich kümmere mich darum.«

Chase trat durch die Haustür, doch er betrat das Haus so wachsam, als rechne er damit, daß Jessie nur darauf wartete, ihm den nächsten Hieb zu verpassen. Rachel merkte, daß er sich umsah, und sie sagte: »Die Tür zu ihrem Zimmer steht offen. Das heißt, daß sie wahrscheinlich durch den Hintereingang aus dem Haus gelaufen ist.«

»Falls ihr von Jessie sprecht«, ergriff Billy Ewing, der ihnen entgegenkam, unaufgefordert das Wort, »dann kann ich nur sagen, daß sie gerade auf Blackstar losgeritten ist.«

»Wahrscheinlich verdrückt sie sich, um zu schmollen«, sagte Rachel.

»Jessie?« fragte Billy höhnisch. »Nee, die hat zu tun. Sie hat mir gesagt, daß sie arbeiten muß, als ich sie gefragt habe, wohin sie reitet. Und was ist dir zugestoßen?«

»Das geht dich nichts an.«

»Mann!« rief Billy, als er sich umdrehte und wieder in die Richtung ging, aus der er gekommen war. »Von Erwachsenen bekommt man aber auch nie eine direkte Antwort.«

Rachel lächelte ihrem Sohn nach. Er war so ganz anders als ihr erstes Kind. Es machte einen solchen Unterschied, ob ein Kind die Liebe von zwei Elternteilen bekam. Billy war so umgänglich, so anders als Jessica. Es war alles ein solcher Jammer.

»Aus frechen jungen Dingern kriegt man auch keine direkten Antworten raus«, knurrte Chase.

»Was?«

»Hat deine Tochter dir zufällig mitgeteilt, wo sie war? Und wann ist sie überhaupt zurückgekommen?«

»Vor fünf Tagen«, erwiderte Rachel. »Nein, sie wollte mir nicht sagen, wo sie gewesen ist. Ich habe versucht, mit ihr zu reden, aber sie hat mir vorgeworfen, daß ich nur Sorge heuchle, daß ich ihr etwas vormache. Sie hat gesagt, daß es mich nichts angeht, wo sie war, und daß ich nicht das Recht hätte, dich hinter ihr herzuschicken. Ich glaube, das hat sie am allermeisten erbost der Umstand, daß du ihr nachgeritten bist.«

»Langsam glaube ich, daß deine Jessica als Dauerzustand wütend ist. Willst du wissen, warum sie damals in der Nacht weggeritten ist? Sie hat es getan, weil ich hier war.«

»Hat sie dir das gesagt?«

»Das war nicht nötig«, erwiderte Chase. »Zufällig handelt es sich bei ihr nämlich um das Mädchen, von dem ich dir erzählt habe; das Mädchen, das mich an jenem Tag in die falsche Richtung geschickt hat. Sie hat mich belogen. Deshalb ist sie abgehauen. Ich bin sicher. Sie hatte nicht den Mumm, mir gegenüberzutreten, als sie feststellen mußte, daß ich doch noch hier angekommen bin.«

»Aber, Chase, du hast doch gesagt, daß dieses Mädchen mit einem Mann zusammen war, daß die beiden …«

»Ich weiß, was ich gesagt habe. Aber es war Jessica, ein und dieselbe.« Dann fügte er noch gehässig hinzu, ob er nun daran glaubte oder nicht: »Es würde mich nicht wundern, wenn es das war, womit sie diese Woche verbracht hat. Irgendwo zusammen mit einem Mann.«

»Du gehst zu weit, Chase Summers«, sagte Rachel abwehrend.

»Okay, aber wie soll das weitergehen? Schließlich bist du ihr Vormund, Rachel. Ihr Vater hat sie deiner Obhut anvertraut. Willst du sie einfach wüst ins Kraut schießen lassen?«

»Was soll ich denn tun, wenn sie sich weigert, mit mir zu re-

49

den? Sie glaubt mir nicht, daß ich mir etwas aus ihr mache. Wie kann ich sie erreichen, wenn sie mich haßt?«

»Ich kann dir sagen, was ich täte.«

»Was du tätest, habe ich bereits gesehen«, sagte Rachel finster. »Und darin liegt die Antwort bestimmt nicht. Es muß eine andere Möglichkeit geben.«

»Du solltest ganz einfach einen Mann für sie suchen, damit du sie los bist. Soll sich doch jemand anders Sorgen um sie machen.«

Rachel antwortete nicht, aber sie sah ihn nachdenklich an. Eine Idee begann in ihrer Vorstellung Gestalt anzunehmen, eine Idee, die Jessica ganz und gar nicht gefallen hätte.

6

»Hast du meine Schwester gesehen?« fragte Billy, als Chase zu ihm auf die Veranda trat.

»Seit gestern nicht mehr«, knurrte Chase. »Wenigstens hat deine Mutter mich diesmal nicht gebeten, ihr nachzureiten, als sie gestern nacht nicht nach Hause gekommen ist.«

»Aber sie ist doch nach Hause gekommen«, sagte Billy. »Es war schon spät, aber ich habe gehört, daß sie zurückgekommen und in ihr Zimmer gegangen ist. Heute morgen habe ich sie verpaßt. Ich habe nämlich gehofft, daß ich heute mit ihr ausreiten darf.«

Chase lächelte über Billys Begeisterung. »Ich habe ganz den Eindruck, daß es dir hier besser gefällt als in der Stadt, stimmt's?«

»Ja, klar. Hier muß es doch jedem besser gefallen.«

»Ich persönlich mag das Stadtleben recht gern.«

»Aber du warst lange Zeit draußen im Westen. Jedenfalls hat meine Mutter das gesagt. Für mich ist das alles ganz neu hier.«

»Und was ist mit deiner Schule? Wenn ich mich recht erinnere, war es eine der goldenen Regeln im Haushalt der Ewings, daß du eine Ausbildung bekommst oder die Folgen selbst zu tragen hast. Oder sollte sich daran etwas geändert haben, nachdem Jonathan Ewing ...« Chase unterbrach sich. Er verfluchte sich für seine dumme Plumpheit. Warum hatte er das gesagt?

»Das stimmt schon«, kam ihm Billy zur Rettung. »Vater ist jetzt seit drei Jahren tot. Es tut nicht mehr weh, darüber zu reden. Aber was die Schule betrifft, wünschte ich, du hättest nicht davon angefangen. Ich wollte nicht daran erinnert werden. Mutter hat gesagt, daß sie mich wahrscheinlich bald nach Chicago zurückschickt, weil hier die nächste Schule einen Tagesritt entfernt ist.«

»Du willst nicht nach Chicago gehen?«

»Nicht allein«, gab Billy zu. »Aber Mutter sagt, daß sie Jessie auch nicht allein lassen kann und daß es für Jessie nicht in Frage kommt, mit uns zu gehen. Das kann man Jessie allerdings nicht vorwerfen. Ich würde diese Ranch auch nicht aufgeben, wenn es meine wäre. Ich wünschte nur, ich könnte auch hierbleiben.«

»Also ich kann mir nicht vorstellen, daß deine Mutter sich gern von dir trennt«, sagte Chase mit einem breiten Grinsen. »Insofern bist du wohl noch eine ganze Weile hier. Genieße es, solange es geht.«

»O ja, das werde ich tun«, erwiderte Billy. Als er merkte, daß Chase sich geistesabwesend den Nasenrücken rieb, fragte er: »Was war gestern los?«

Chase warf ihm einen Seitenblick zu und hatte bereits eine bissige Antwort bereit. Dann zuckte er die Achseln. Billy meinte es nicht böse. »Deine Schwester hat mir einen Hieb verpaßt.«

»Hat sie das wirklich getan?« Billy grinste, und seine blauen Augen strahlten.

»Ich weiß gar nicht, was daran so komisch sein soll«, sagte Chase mit gereizter Stimme. Seine Augen zogen sich zusammen.

»Ich finde es gar nicht komisch«, versicherte Billy ihm eilig. »Es ist nur … ja, also, ich meine, sie ist nicht viel größer als ich, und du, du bist doppelt so groß wie sie. Aber so ungewöhnlich ist es nun auch wieder nicht, wenn man bedenkt, daß es Jessie war. Sie kann *alles*.«

Chase schüttelte den Kopf. Hier lag ganz offensichtlich Heldenverehrung vor, und die Heldin, das Idol, das angebetet wurde, war ein Mädchen. Das war doch absurd. Wußte Rachel etwas davon?

»Mir scheint, du kannst sie gut leiden?« sagte Chase trocken.

»Und wie. Ich wußte überhaupt nicht, daß ich eine Schwester habe, bis Mutter diesen Brief bekommen hat, und dann hat sie mir von Jessica erzählt – ich meine: Jessie«, verbesserte er sich. »Verstehst du, sie mag es nicht, wenn man sie Jessica nennt. Und sie ist so ganz anders! Und so schön. Die Jungen zu Hause werden mir niemals glauben, wenn ich ihnen von ihr erzähle.« Er senkte die Stimme. »Ich wünschte nur, daß sie mich auch ein bißchen mag.« Chase richtete sich auf. »Was soll das heißen? Hat sie ihre Übellaunigkeit etwa auch schon an dir ausgelassen?«

Billy wandte verlegen den Blick ab. »Ich wünschte, sie hätte es getan«, sagte er. »Aber Tatsache ist, daß sie mich völlig übersieht. Ich werde sie aber doch noch für mich gewinnen«, fügte er zuversichtlich hinzu. »Sie versucht doch nur, grob zu sein, weil sie glaubt, sich so verhalten zu müssen. Das kann ich gut verstehen. Schließlich ist sie erst achtzehn, und sie muß Männern Vorschriften machen, die älter sind als sie. Um so was hinzukriegen, muß ein Mädchen hart sein. Hier draußen muß ein Mädchen sowieso schon zäh sein, weil es schwer ist, hier ein Mädchen zu sein.«

Chase lehnte sich versonnen zurück. Diese ganze Logik, die hier aus einem Jungen hervorsprudelte, der nur neun Jahre alt war! Er war erstaunt. Das, was Billy gesagt hatte, war durch und durch vernünftig und richtig. Und es erklärte stimmig das Gesamtverhalten des Mädchens. Chase sah Jessica Blair plötzlich in einem anderen Licht.

Chase wandte sich an Billy. »Was hältst du davon, daß wir beide statt dessen ausreiten? Wie du gerade ganz richtig gesagt hast, muß deine Schwester eine Ranch leiten und ist wahrscheinlich zu beschäftigt, um mit dir auszureiten.«

Jessie war erschöpft, als sie am späten Abend in den Hof ritt. Sie hätte draußen im Gelände bleiben und am nächsten Morgen zeitig mit der Arbeit beginnen können. Das Zusammentreiben der Rinder, die in den Norden gebracht werden sollten, damit sie ihre Verpflichtungen einlösen konnte, hatte begonnen, und im Lauf der nächsten Wochen stand lange, harte Arbeit bevor. Doch Jessies Neugier hatte gesiegt, und daher war sie zur Ranch zurückgeritten. Sie wollte sehen, ob der Freund ihrer Mutter abgereist war.

Ihre Frage beantwortete sich, sobald sie Blackstar in den Stall führte, denn dort stand der wunderbare Falbe neben Jebs altem Rotschimmel. Seltsam war, daß Jessie nicht wußte, was sie wirklich empfand. Doch sie war zu müde, um sich ausgerechnet jetzt damit auseinanderzusetzen.

52

Die Aussicht, Blackstar in ihrem Zustand der Erschöpfung den Sattel abzunehmen, der dreißig Pfund wog, verlangsamte Jessies Bewegungen. Sie zündete eine Lampe an und führte Blackstar in seine Box. Sie bedauerte, daß Jeb schon zu Bett gegangen war. Es blieb ihr nichts anderes übrig, als die Sache hinter sich zu bringen und die Vorkehrungen für die Nacht zu treffen. Obwohl sie völlig ausgehungert war, hatte Jessie die Männer in dem Moment zurückgelassen, in dem sich diese zum Essen setzten. Sie dagegen hatte den dreistündigen Ritt zur Ranch zurückgelegt. Sie war zu müde, um sich auch nur noch etwas Eßbares zu organisieren.

»Brauchen Sie Hilfe?«

Jessie fuhr zusammen und drehte sich um. Sie sah Chase Summers, der an Blackstars Box lehnte. Er trug ein blaues Baumwollhemd, das in eine schwarze Hose gesteckt war. Sein offenes Hemd gab den Blick auf seine flächige schwarze Brustbehaarung frei. Seine starke Anziehungskraft brachte Jessie aus der Fassung, und sie spürte ein Aufwallen des Bedauerns darüber, daß sie ihn niemals mögen konnte.

»Ich konnte nicht schlafen, und ich habe zufällig gesehen, daß das Licht angegangen ist«, sagte er mit freundlicher Stimme. »Daher dachte ich mir, ich gehe mal raus und sehe nach, wer so spät noch auf ist.«

Jessie äußerte sich dazu gar nicht. Sie war auf der Hut und mißtraute seinem plötzlichen Entgegenkommen. Sie würde ihm nie verzeihen, was er ihr hatte antun wollen. Warum war er so freundlich, nachdem sie ihm einen Hieb verpaßt hatte? Sie stellte fest, daß seine Nase nicht angeschwollen war, sondern nur eine leichte Verfärbung aufwies, die man kaum wahrnehmen konnte. Unwillig gelobte sie sich, beim nächsten Mal fester zuzuschlagen.

Sie wandte sich von ihm ab und fing an, die Sattelgurte aufzuschnallen. Wenn sie ihn weiterhin ignorierte, konnte sie hoffen, daß er wieder verschwand. Doch als sie den Sattel vom Pferd heben wollte, stand er neben ihr. Er packte den Sattel und warf ihn mit Leichtigkeit über die Einfassung der Box. Jessie bedankte sich nicht für seine Hilfe und sah ihn auch kein einziges Mal an, während sie Blackstar mit kräftigen Bewegungen trockenrieb und sich dann um Futter und Wasser für ihn kümmerte.

53

Als sie fertig war, ging sie an Chase vorbei, nach wie vor wortlos, und sie löschte das Licht und ging auf das Haus zu. Er fiel an ihrer Seite in ihren Schritt ein.

»Sie wollen es uns wohl nicht gerade leichtmachen, oder?« fragte Chase mit sanfter Stimme. Als sie nicht antwortete, seufzte er. »Sehen Sie, Miß Blair, mir ist klar, daß wir beide einen schlechten Start miteinander hatten, aber sehen Sie einen Grund, so weiterzumachen? Ich würde mich gern entschuldigen, wenn Sie es zulassen.«

Jessie blieb nicht stehen, aber nach einer Weile fragte sie: »Wofür genau entschuldigen Sie sich eigentlich?«

»Ja, also ... für alles.«

»Tut es Ihnen wirklich leid, oder hat Rachel Ewing Sie überredet, sich zu entschuldigen?«

Chase zuckte innerlich zusammen, als er hörte, mit welcher Kälte in der Stimme sie den Namen ihrer Mutter aussprach. Rachel hatte nicht übertrieben. Dieses Mädchen haßte sie. Er wollte herausfinden, woran das lag, doch das war jetzt nicht der geeignete Augenblick. Endlich hatte er sie dahin gebracht, mit ihm zu reden, und es war wohl besser, wenn er behutsam vorging.

»Ich entschuldige mich nicht oft, Miß Blair. Wenn es nicht meine eigene Idee wäre, täte ich es nicht, das können Sie mir glauben.«

»Sie reisen also ab?«

Chase blieb die Luft weg. Er war entgeistert. »Können Sie meine Entschuldigung nicht einfach annehmen?«

»Klar kann ich das«, sagte sie leichthin, während sie weiterging. »Aber Sie haben mir meine Frage noch nicht beantwortet.«

Jessie wartete seine Antwort auch gar nicht erst ab. Als sie die Hintertür erreicht hatte, die zur Küche führte, trat sie ein. Rachel hatte eine Lampe brennen lassen, und Jessie stellte sie heller.

Chase folgte ihr ins Haus und fand sie am Küchentisch vor. Sie stand mit dem Rücken zu ihm und machte eine Dose Bohnen auf. Als sie anfing, die Bohnen kalt aus der Dose zu essen, schnitt er eine Grimasse.

»Wir haben Sie beim Abendessen vermißt«, sagte er, während er die Tür hinter sich schloß. »Ich glaube, die Reste stehen noch auf dem Herd, wenn Sie hungrig sind.«

Sie drehte sich um, und ihre Augen schossen Blitze. Ihm wurde klar, daß er an einen wunden Punkt gerührt haben mußte. Es war tatsächlich ein wunder Punkt, denn Jessie hatte sich an keiner einzigen der köstlichen warmen Mahlzeiten beteiligt, die Kate zubereitete, seit Rachel und Billy gekommen waren. Das rief ihr ins Gedächtnis, daß es ihnen gelungen war, sie aus ihrem eigenen Haus zu vertreiben. Auch wenn es ihre eigene Entscheidung war, änderte das nicht viel daran.

»Aber das Abendessen war ohnehin wieder mal nicht besonders gut heute«, fügte Chase eilig hinzu, eine glatte Lüge, doch diese Lüge schien Jessie zu beschwichtigen. Sie hörte auf, ihn böse anzufunkeln, und aß ihre kalten Bohnen auf.

Jessie hatte nicht vorgehabt, überhaupt etwas zu essen, denn sie hatte sich durch nichts davon abhalten lassen wollen, augenblicklich ins Bett zu fallen. Doch aus irgendwelchen Gründen war sie nicht mehr ganz so müde.

»Sie haben meine Frage noch nicht beantwortet, Mr. Summers«, sagte Jessie beiläufig.

»Ich kann mich nicht erinnern, daß Sie sich mit mir unterhalten wollten«, sagte Chase grinsend. Er bemühte sich, einen lockeren Ton beizubehalten.

Jessie runzelte die Stirn. »Ich habe die einzige Frage beantwortet, die zu stellen Ihr Recht war. Ich habe Ihnen gesagt, warum ich Sie belogen habe. Aber meine Frage geht mich etwas an, und daher hätte ich gern eine Antwort von Ihnen.«

»Und wie lautete Ihre Frage?« versuchte es Chase.

Jessie knallte die Konservendose auf den Tisch. »Versuchen Sie bewußt, mich zu provozieren, Summers?«

»Ist Ihnen alles so ernst? Macht Ihnen das Leben denn nie Spaß?« Als sie die Küche verlassen wollte, griff Chase nach ihrem Arm, diesmal jedoch zart. »Würden Sie bitte noch einen Moment bleiben?«

Sie sah nicht ihn an, sondern seine Hand, und er ließ ihren Arm los. »Was ist?« fragte sie barsch.

»Ich weiß einfach nicht, wie ich Ihnen antworten soll. Ich weiß, daß Sie meine Anwesenheit hier nicht wünschen, aber Rachel hat mich um meine Hilfe gebeten, und die kann ich ihr nicht so ohne weiteres abschlagen.«

»Warum nicht?« fragte Jessie.

Er erwiderte mit gepreßter Stimme: »Sie hat sonst niemanden, der ihr hilft. Und Sie verhalten sich auch nicht gerade kooperativ.«

»Kann man das etwa von mir erwarten?« fauchte Jessie. »Ich habe sie nicht gebeten herzukommen!«

»Nein, nicht Sie, aber Ihr Vater hat sie darum gebeten.«

In ihren türkisfarbenen Augen wogten Stürme, doch sie behielt ihre Stimme unter Kontrolle, als sie sagte: »Wollen Sie wissen, warum? Ich habe gehört, wie Sie damals nachts mit ihr darüber geredet haben, und ich kann Ihnen einen besseren Grund nennen als den, den sie genannt hat. Er hat sie so sehr gehaßt, daß er sich selbst nach seinem Tod noch an ihr rächen wollte! Er wollte, daß sie sieht, was er aus mir gemacht hat. Er wollte, daß sie dieses schöne Haus sieht und bedauert, daß es nicht ihr gehört.«

»Aber sie ist doch selbst reich, Jessie, oder wußtest du das nicht?« sagte Chase ganz ruhig. »Schließlich ist ihr Haus in Chicago viermal so groß wie dieses hier.«

»Aber das hat er nicht gewußt. Alles, was er wollte, war, daß wir zusammenkommen, damit die Funken fliegen. Er wußte, daß es so kommen würde. Er wußte, daß ich sie hasse. Er hat dafür gesorgt, daß es so ist.«

»Warum haßt du sie so sehr, Jessie?«

»Verdammt noch mal, Summers!« zischte sie durch Lippen, die nur noch ein Strich waren. »Stecken Sie Ihre Nase nicht in meine Angelegenheiten. Und außerdem habe ich Ihnen nicht erlaubt, mich Jessie zu nennen!«

»Schon gut, es tut mir leid.«

»Und noch etwas«, fuhr sie fort. »Ich habe auch gehört, worum sie Sie gebeten hat, als sie sich mit Ihnen über mich unterhalten hat – was Sie ohnehin nichts angeht. Es ist eine Tatsache, daß mir durchaus klar ist, mit was für einer Art von Mann ich es bei Laton Bowdre zu tun habe. Ich glaube nicht nur, daß er versuchen wird, mich zu begaunern, sondern ich weiß, daß er es versuchen wird. Darauf bin ich bereits eingestellt. Sie verschwenden somit nur Ihre Zeit, wenn Sie sich damit befassen.« Dann fügte sie aus reiner Gehässigkeit hinzu: »Aber Sie verschwenden Ihre Zeit wohl öfter, nicht wahr?«

Diese Stichelei war ein Volltreffer. Chases Augen wurden so gut wie schwarz. »Ich frage mich, woran das liegt. Könnte es daran liegen, daß ein gewisses Mädchen, das wir beide kennen, einfach noch nicht erwachsen ist?«

»Sie scheinen einen zweiten Hieb auf Ihre Nase herausfordern zu wollen, Mister!« gab Jessie hitzig zurück.

»Sehen Sie«, erwiderte er, »ich sage damit nur, daß gehässige Lügen und anschließendes Schmollen nicht auf eine reife junge Frau hinweisen.«

»Und nur ein Dummkopf läßt sich dämliche Botengänge aufbrummen!«

Jetzt, da ein Patt erreicht war, standen beide nur noch da und funkelten einander wütend an. Jessie sagte sich, daß sie einfach gehen sollte, doch irgend etwas zwang sie zu bleiben. Es war spannend und reizvoll, sich an ihm zu messen. Sie fragte sich, was er wohl als nächstes tun würde.

Wie üblich gelang es ihm, sie zu erstaunen. Er gestand mit sanfter Stimme ein: »Sie haben natürlich recht. Ich habe mich zu einem dämlichen Ritt ausschicken lassen, und damit hat man mich für dumm verkauft.«

»*Sie* sind derjenige, der sich geirrt hat«, sagte Jessica. »Ich bin nicht losgeritten, um zu schmollen.«

»Warum sind Sie dann eine ganze Woche fortgeblieben?«

»So lange braucht man, um dahin zu kommen, wo ich war, und wieder zurück.«

Chase seufzte. »Und wo waren Sie?«

Jessica runzelte die Stirn. »Warum fragen Sie mich? Jeb hat Ihnen doch schon gesagt, wo ich war.«

»Nein«, sagte er. »Er hat irgendeinen Unsinn über Indianer zusammengesponnen, aber ich weiß ganz sicher, daß Sie nie im Reservat Wind River gewesen sind.«

Jessie lächelte. »Da waren Sie also?«

»Natürlich«, erwiderte er knapp und deutlich. »Aber die Frage ist, wo Sie waren.«

Jessie schüttelte den Kopf. »Sie sollten wirklich mehr über eine Gegend in Erfahrung bringen, ehe Sie sie betreten, Mr. Summers. Ich schließe daraus, daß Sie noch nie so weit nördlich waren, denn sonst wüßten Sie, daß die zahmen Schoschonen nicht die einzigen Indianer sind, die es in unserer Gegend gibt. Es gibt außerdem noch die Cheyenne und die …«

57

Chase fiel ihr ins Wort. »Ich habe mich lange genug westlich des Mississippi aufgehalten, um zu wissen, daß die Cheyenne schon vor langem geschlagen wurden, und das, was noch von ihnen übrig ist, sitzt in einem Reservat etwa fünfhundert Meilen südlich von hier fest.«

Jessie stemmte die Hände in die Hüften. »So, Sie glauben also, Sie wüßten alles, was? Okay. Die Cheyenne von Schwarzer Kessel, die, von denen Sie eben sprechen, sind auf ein Reservat beschränkt, ja. Sie hatten keine andere Wahl, nachdem die Kavallerie ihr friedliches Dorf angegriffen und die meisten von ihnen massakriert hat. Dieses Gemetzel der Armee war es, was die Stämme im Norden erzürnt und sie zu engeren Verbündeten der Sioux gemacht hat. Nicht alle Cheyenne sind in ihrer Bewegungsfreiheit eingeengt, in Reservaten zusammengepfercht, Mr. Summers. Die Cheyenne des Nordens streifen immer noch durch die Steppen und beschützen das bißchen Land, das ihnen geblieben ist.«

»Und Sie erwarten von mir, daß ich Ihnen glaube, daß Sie diese Indianer besucht haben?« fragte er ungläubig.

»Ich gebe keinen Pfifferling darauf, was Sie glauben«, sagte sie mit ruhiger Stimme. Dann wandte sie sich ab, ging in ihr Zimmer und ließ ihn stehen.

Chase hörte, wie sich die Tür zu ihrem Zimmer schloß. Er fuhr sich matt mit einer Hand durch das Haar. Sie würde nicht zurückkommen, um die Auseinandersetzung zu beenden. Auseinandersetzung? Zum Teufel, er hatte keinesfalls vorgehabt, sich wieder mit ihr zu streiten. Er hatte vorgehabt sich sehr vernünftig zu verhalten, Er hatte sich reumütig zeigen wollen, ja, sogar charmant. Er hatte wirklich den Wunsch gehabt, die feindselige Haltung zu beenden. Verflucht noch mal! Was war danebengegangen?

7

Jessie war gewöhnlich keine Langschläferin, doch als sie erwachte, war es schon recht hell in ihrem Zimmer. Die ersten Morgenstunden waren vorüber. Wieso? Gewöhnlich kam Kate, um sie zu wecken, wenn sie um sieben Uhr noch nicht auf war. Vielleicht war Kate davon ausgegangen, sie sei bereits aufgestanden und losgeritten.

Während sie sich anzog, fragte sich Jessie, was Kate wohl von diesem ganzen Aufruhr in ihrer beider Leben hielt. Kate hätte es ihr wohl kaum gesagt, selbst dann nicht, wenn sie sie danach gefragt hätte. So weit Jessie zurückdenken konnte, war die Indianerin schon hier, wie so vieles andere auf der Ranch. Doch Kate und sie waren einander nie nähergekommen. Die ältere Frau ermutigte sie niemals zu einem offenen oder persönlichen Gespräch. Vor allem in letzter Zeit war sie oft ausgesprochen verdrießlich. War Kate irgendwann einmal die Mätresse ihres Vaters gewesen? Jessie wußte, daß sie nie eine Antwort auf diese Frage bekommen würde. Oft tat es ihr leid für Kate, daß sie ihr Leben hier vergeudete und keine Familie hatte. Doch jedesmal, wenn Jessie Kate gefragt hatte, warum sie hierblieb, hatte Kate unweigerlich erwidert, daß Thomas sie brauchte. Selbst nach seinem Tod, als Jessie Kate angeboten hatte, sie irgendwo anders unterzubringen, wo es ihr gefiel, hatte Kate abgelehnt. Es gab keinen Ort, der sie hätte reizen können. Die Ranch war alles, was Kate jetzt noch geblieben war.

Daraufhin hatte Jessie es beim alten belassen, und sie war froh, daß die Indianerin da war und sich um das Haus kümmerte, denn Jessie hatte bestimmt nicht die Zeit, auch noch das zu übernehmen. Der Haushalt wurde makellos geführt, und wenn Jessie nach einem langen Arbeitstag nach Hause kam, war immer ihr Bett gemacht, ihre Kleider waren gewaschen und hingen in ihrem Kleiderschrank, und eine heiße Mahlzeit erwartete sie.

Sobald sie sich angezogen hatte, eilte Jessie in den Stall. Sie war wütend auf sich, weil sie so spät dran war. Rachels Stimme, die von der Veranda herüberdrang, nahm sie kaum zur Kenntnis, doch sie blieb stehen, als sie hörte, daß Chase Summers seine Stimme gehoben hatte. Endlich einmal ärgerte er sich über einen anderen Menschen, nicht über Jessie.

»Rachel, deine verzogene Göre würde ich nicht einmal heiraten, wenn du mir Geld dafür zahlen würdest! Wie, zum Teufel, bist du auf eine derart dämliche Idee gekommen?«

Jessie erstarrte.

»Du hast mich auf diese Idee gebracht«, erwiderte Rachel ruhig.

»Du hast gesagt, ich sollte ihr einen Mann suchen, wenn ich die Verantwortung loswerden will.«

»Das habe ich doch im Zorn gesagt und nicht im Ernst. Sie ist noch ein Kind. Sie braucht keinen Mann, sie braucht einen Vater.«

»Sie *hatte* einen Vater. Du siehst ja selber, wie gut ihr das getan hat«, gab Rachel erbittert zurück. »Und du weißt ganz genau, daß sie alt genug ist, um zu heiraten.«

»Das hat doch nichts mit dem Alter zu tun. Ihr Benehmen ist das eines Kindes. Vergiß es, Rachel. Such dir einen anderen, an den du sie abschieben kannst, wenn es sein muß, aber ich will nichts mit dieser Göre zu tun haben.«

»Willst du es dir nicht wenigstens noch einmal überlegen?«

Rachels Stimme war jetzt zart und flehend. »Du bist jahrelang durch die Gegend gezogen, Chase. Das hier ist ein hübscher Flekken Land, um sich niederzulassen, und die Ranch ist nicht klein und gut eingeführt.«

»Und mit Schulden belastet«, rief er ihr ins Gedächtnis.

»Die Schulden würde ich bezahlen«, sagte sie eilig. »Sie bräuchte nichts davon zu erfahren.«

»Hör dir doch einmal selbst zu, Rachel!« fauchte Chase. »Ich kann nur hoffen, daß du keinem anderen ein solches Angebot machst. Jeder andere Mann würde freudig darauf eingehen, und damit tätest du dem Mädchen keinen Gefallen. Nein, ich will dir wirklich gern helfen, aber nicht bis zu diesem Punkt des Menschenopfers. Auch du bist nicht so kaltblütig, und daher tun wir jetzt am besten so, als wärst du nie auf diese Idee gekommen.«

»Dann sag mir doch, was, um Gottes willen, ich tun soll!« Rachel fing an zu weinen. »Ich halte das nicht mehr lange aus. Eine derartige Feindseligkeit bin ich nicht gewohnt, und das auch noch von meiner eigenen Tochter – es ist einfach unerträglich! Sie will mich hier nicht haben. Wenn ich versuche, mit ihr zu sprechen, läßt sie mich stehen. Sie wäre glücklicher, wenn ich fortginge, aber ich kann sie doch nicht einfach allein lassen. Das geht doch nicht. Sie braucht jemanden, der sich um sie kümmert.«

»Jetzt beruhige dich erst mal, Rachel.« Chase bemühte sich, sie zu beschwichtigen. »Vielleicht ist es jetzt an der Zeit zu überlegen, ob du einen Vormund für sie suchst, den du bezahlst, damit du dich nicht darum kümmern mußt.«

60

»Aber wem könnte ich diese Verantwortung anvertrauen? Wem könnte ich trauen, wenn ich sicher sein will, daß sie nicht ausgenutzt oder übervorteilt wird?« Plötzlich hellte sich ihr Gesicht auf. »Dir könnte ich trauen, Chase. Würdest du nicht vielleicht ...«

»Nein, ganz bestimmt nicht! Ich käme nicht damit zurecht, Rachel. Aus irgendwelchen Gründen platzt mir jedesmal der Kragen, wenn ich mit diesem Mädchen rede. Wenn man sie meiner Obhut anvertrauen würde, würde ich ihr irgendwann den Hals umdrehen.«

Jessie setzte sich in Bewegung. Ihr Entsetzen und ihr Gefühl der Demütigung gingen über alles hinaus, was sie je empfunden hatte. Sie spürte einen Stich in ihrer Brust, und ihre Kehle zog sich schmerzhaft zusammen. Sie litt höllische Qualen, den Schmerz, verachtet und verhöhnt zu werden, den Schmerz, abgelehnt und zurückgewiesen zu werden. Es tat weh, es tat so schrecklich weh, daß sie am liebsten geweint hätte. Doch wegen dieser Menschen würde sie nicht weinen, sagte sie sich. Nein, das würde sie nicht tun.

Als sie den Stall erreichte, war sie tränenblind. Sie stand kurz vor dem Zusammenbruch, als eine Kinderstimme sagte: »Was ist denn los, Jessie?«

Es war ihr unerträglich, daß jemand wissen könnte, was ihr fehlte, am allerwenigsten Rachels Sohn.

»Nichts ist los«, fauchte sie. »Ich habe nur ein Staubkorn im Auge.«

»Kann ich dir helfen?«

»Nein, es ist schon wieder gut. Das Staubkorn ist schon rausgespült.«

Sie ging an ihm vorbei zu Blackstars Box, doch Billy folgte ihr. »Ich wußte gar nicht, daß du noch da bist.«

»Ich bin noch da, das siehst du doch.«

Er ließ sich nicht abwimmeln. »Reitest du jetzt raus?« fragte er, als sie Blackstar sattelte. Als sie ihm keine Antwort gab, blieb er beharrlich. »Darf ich heute mitkommen?«

»Nein!«

»Aber ich bin dir auch nicht im Weg, Jessie, ich verspreche dir, daß ich dir nicht im Weg bin. Bitte!«

Seine Stimme war so eifrig und so flehentlich, daß Jessie sich dem nicht ganz entziehen konnte. Sie ließ sich erweichen.

»Na gut.« Dann fügte sie streng hinzu, damit er nicht auf den Gedanken kommen konnte, sie sei leicht von ihrer Meinung abzubringen: »Aber nur heute. Du kannst den Fuchs da drüben nehmen, wenn du weißt, wie man ihn sattelt.«

Billy stieß einen Freudenschrei aus und lief zu dem Pferd. Leider war es aber so, daß der alte Jeb jedesmal, wenn er ihm gezeigt hatte, wie man ein Pferd sattelt, damit Billy durch das Tal reiten konnte, das Pferd letztlich doch selbst gesattelt hatte. Billy war in einer üblen Klemme. Er konnte den schweren Sattel gar nicht erst hochheben, ganz zu schweigen davon, daß er nicht allein aufsitzen konnte. Sowohl das Pferd als auch die Einfassung der Box waren höher als er.

Jessie hatte Blackstar gesattelt und führte ihn jetzt zu der Stelle, an der Billy sich abmühte. Belustigt schüttelte sie den Kopf. Der Sattel, mit dem Billy kämpfte, war ein altes Modell, das vierzig Pfund schwer war. Weit und breit war kein anderer Sattel zu sehen. Sie mußte zugeben, daß der Junge Entschlossenheit bewies.

Sie half ihm, den Sattel von der Brüstung zu ziehen. »Und jetzt zusammen … eins, zwei, *drei.*« Sie schwangen den Sattel nach oben und auf den Rücken des Pferdes, und Jessie trat einen Schritt zurück. »Kommst du jetzt wirklich allein zurecht?«

»Klar, und danke auch.«

Jessie wartete ungeduldig, während er sich abmühte, die Gurte zuzuschnallen, die unter dem Sattel steckten. Mit seinen kurzen Armen kam er nicht an den Gurt. Schließlich ging er um das Pferd herum, zog den Gurt unter dem Pferd durch und schnallte den Gurt zu locker.

»Sag mal ehrlich, was kannst du überhaupt?« sagte sie mürrisch, als sie ihm wieder zu Hilfe kam.

Billy besah sich ihren finsteren Gesichtsausdruck, während sie die Sache zu Ende führte, die er begonnen hatte. Er grinste beseligt. Das, was sie hier tat, sagte mehr aus als Worte.

»Du haßt mich doch nicht wirklich, oder, Jessie?«

Sie sah verblüfft auf. Wie kam es, daß er sie derart durchschauen konnte? »Natürlich hasse ich dich.«

Doch Billy blieb beharrlich, und auch das breite Grinsen schwand nicht von seinem Gesicht. »Ich glaube, ein bißchen magst du mich doch.«

»Damit hast du ja wohl selbst gesagt, wieviel du weißt«, sagte sie leichthin. Sie hatte ihn nur necken wollen, doch als sie ihn ansah, glitzerten Tränen in seinen Augen. »Oh, Billy, das war doch nur Spaß. Ganz ehrlich. Natürlich mag ich dich.« Er wirkte erleichtert, und sie fügte hinzu: »Aber wage es nicht, deiner Mutter zu sagen, daß ich dir das gesagt habe, hörst du?«

8

Der alte Jeb war in seinem Element, wenn er Geschichten erzählte, und in Billy Ewing hatte er einen begeisterten Zuhörer gefunden. Jessie lehnte sich belustigt an eine Box und beobachtete die Veränderungen im Gesichtsausdruck ihres Stiefbruders, während er gebannt Jeb lauschte, der gerade erzählte, wie es so *dicht* bevorgestanden hatte, daß man ihn hängte.

Damals, Ende '63, hätte die Freiwillige Bürgerwehr von Montana Jeb beinah aufgehängt. Diese Bürgerwehr hatte sich in Virginia City gebildet, einer Stadt, zu deren Schande es bekannt war, daß sie in nur sechs Monaten der Schauplatz von mehr als zweihundert Morden gewesen war. Jeb war ganz schlicht verwechselt und für ein Mitglied einer großen Bande gehalten worden. In einem Verfahren hatte man ihn zum Tod durch Hängen verurteilt. Der einzige Grund, aus dem er verschont blieb, war der, daß genau das Bandenmitglied, für das man ihn gehalten hatte, sich unter die Menge mischte, um der Hinrichtung zuzuschauen. Man erkannte ihn in der Menschenmenge. Das war ein Erlebnis, von dem Jeb leidenschaftlich gern erzählte.

Jessie hatte diese Geschichte schon sehr oft gehört. Sie verließ den Stall, ohne bemerkt zu werden, da beide Männer, der junge und der alte, zu vertieft waren, um ihr Verschwinden wahrzunehmen.

Langsam ging sie auf das Haus zu. Sie blieb auf der Veranda und streckte sich auf einem der Ledersofas aus. Die Luft war still und nicht zu kühl. Jessie wollte nicht gleich ins Haus gehen. Es war schon spät, aber noch nicht zu spät.

Jessie schloß die Augen, um sich von ihren Gedanken abzulen-

ken, und sie hoffte, die frische Luft würde ihren Kopf so weit frei-
wehen, daß sie schlafen konnte. Als sie gerade spürte, daß sie sich
ruhiger und friedlicher fühlte, hörte sie die Frage: »Wo ist der
Junge?«

Jessie öffnete langsam die Augen. Im ersten Moment sah sie
Chase nicht. Als sie sich umsah, stellte sie fest, daß er auf den Stufen hockte, an das Geländer gelehnt. Er saß ihr gegenüber und sah
sie an.

»Sie finden Billy bei Jeb im Stall.«

»Ich habe ihn nicht gesucht. Ich habe mich nur gefragt, wo er
stecken könnte. Ich dachte, nach dem langen Ritt sei er vielleicht
schon im Bett.«

Jessie lachte in sich hinein, als sie daran dachte, wie sehr Billy
sich bemüht hatte, mit ihr Schritt zu halten. »Morgen früh ist er
wahrscheinlich wund gescheuert, aber ich glaube, es hat ihm Spaß
gemacht.«

»Das bezweifle ich nicht. Er will schon lange mit dir ausreiten.«

Jessie richtete sich abrupt auf und sah ihn an. »Woher wollen
Sie das wissen?«

»Er erzählt mir manches«, erwiderte Chase nicht ohne Stolz.
»Wirst du ihn noch mal mitnehmen?«

»Das habe ich mir noch nicht überlegt.« Jessie zuckte die Achseln. »Morgen jedenfalls bestimmt nicht. Ich werde morgen nicht
hiersein.«

»Ach?«

Jessie spürte Zorn in sich aufsteigen, und unterschwellig empfand sie wieder einen Teil des Schmerzes, den Chase ihr an jenem
Morgen zugefügt hatte.

»Ja, ›Ach‹, und der Grund geht Sie nichts an, Mister.«

»Es würde mich freuen, wenn du mich als Chase sehen würdest«, sagte er liebenswürdig.

»Dazu kenne ich Sie nicht gut genug.«

Er grinste. »Das läßt sich leicht ändern. Was möchtest du über
mich wissen?«

»Nichts«, sagte sie halsstarrig, ohne ihre Augen zu öffnen.

»Das ist zu schade, weil ich unendlich neugierig bin, was dich
angeht.«

Sie sah ihn scharf an. Machte er sich über sie lustig?

»Wieso?« fragte sie.

»Weil du ganz anders bist als die meisten Mädchen. Mich fasziniert, wie du aufgewachsen bist. Sag mir eins: ist diese Art von Leben, wie du es lebst, das, was du wolltest?«

»Worin liegt der Unterschied?« sagte sie. »Es ist geschehen und
vorbei. Ich bin so, wie ich bin.« Sie bemühte sich sehr, die Bitterkeit, die sie empfand, nicht hörbar werden zu lassen. Niemals
würde sie diesem Mann oder Rachel eingestehen, wie sehr sie ihr
Leben haßte. Mehr als alles andere auf Erden wollte sie so aussehen und sich so verhalten wie andere Mädchen. Als ihr Vater gestorben war, hatte sich ihr die Gelegenheit geboten, sich zu ändern, die Gelegenheit, endlich ein normales Leben zu führen.
Diese Chance würde sie erst dann wieder bekommen, wenn diese
beiden Eindringlinge verschwunden waren.

»Ja«, sagte Chase freundlich. »Du bist mit Sicherheit einzigartig.
Deshalb kannst du es einem Mann nicht vorwerfen, wenn er neugierig ist, oder?«

Sein Lächeln war ausgesprochen gewinnend. Seine Zähne waren
so gerade, gleichmäßig und weiß, seine Lippen so voll und doch
nicht zu voll. Und das dunkle Haar fiel ihm in die Stirn wie …

Jessie schüttelte sich. Was war bloß in sie gefahren, ihn so anzu-
starren?

»Die Männer hier draußen stellen nicht viele Fragen, ob sie nun
neugierig sind oder nicht«, sagte sie zu ihm. »Aber ich scheine zu
vergessen, daß Sie nicht von hier sind. Ich reite morgen nach
Cheyenne, da es Sie interessiert. Ich muß noch ein paar Männer
für den Viehtrieb anheuern.«

»Hättest du was dagegen, wenn ich mitreite?«

»Weshalb? Um das zu tun, worum Rachel Sie gebeten hat? Ich
sagte Ihnen doch, daß Sie Ihre Zeit vergeuden.«

»Warum läßt du mich das nicht selbst beurteilen? Ich reise nämlich nicht ab, ehe ich das getan habe, worum mich deine Mutter
gebeten hat.« Er bemühte sich, es so behutsam wie möglich zu sagen.

»Wenn das so ist, können Sie selbstverständlich unter allen Umständen morgen mitkommen«, erwiderte Jessie.

Chase lachte kurz auf. »Wie eilig du es hast, mich loszuwerden!
Du verletzt mich ganz schrecklich, Jessica. Die meisten Frauen fin-

65

den mich charmant und geistreich. Gewöhnlich haben mich die Frauen gern um sich, ob du es nun glaubst oder nicht.«

»So? Aber schließlich bin ich ja keine Frau, oder doch?« sagte Jessie mit absolut ruhiger Stimme und unverändertem Gesichtsausdruck. »Ich bin nichts weiter als eine verzogene Göre. Und daher macht es so oder so keinen Unterschied, was ich von Ihnen halte, das stimmt doch?«

Chase runzelte die Stirn. Das klang zu verdächtig nach dem, was er am Morgen desselben Tages zu Rachel gesagt hatte. Sie konnte dieses Gespräch unmöglich mit angehört haben, oder etwa doch? Nein. Wenn sie es gehört hätte, würde sie jetzt kein Wort mit ihm reden.

»Wo ist Rachel?« unterbrach Jessie seine Gedanken.

»Sie ist schon ins Bett gegangen«, antwortete er, wobei er sie abschätzend musterte. »Findest du nicht, es wäre angemessener, wenn du sie Mutter nennen würdest?«

»Nein, das finde ich nicht«, erwiderte sie schlicht und einfach. »Und ich glaube, ich lege mich jetzt auch gleich schlafen.«

Jessie richtete sich auf und streckte sich, um zu betonen, daß sie erschöpft war und nicht gewaltsam das Gespräch abbrechen wollte. Seine Augen streiften über ihren Körper, insbesondere in der Höhe, in der sich ihre Brüste durch ihr Hemd abzeichneten.

Das war also alles, was nötig war, damit er sie als eine Frau ansah! Jessie streckte sich noch etwas ausgiebiger, ehe sie aufstand. Sie kostete seinen Gesichtsausdruck aus. Es schien ihm nicht bewußt zu sein, daß er sie unverhohlen anstarrte.

»Ich breche vor der Morgendämmerung auf, falls Sie immer noch entschlossen sind mitzureiten«, äußerte sich Jessie unaufgefordert.

»Ja, gut ...«

»Gute Nacht, Mr. Summers.«

Chase sah ihr nach, als sie ins Haus ging. Allein in der Abgeschiedenheit ihres Zimmers würde sie ihre Kleider ausziehen, diese Männerkleider, die ihre Weiblichkeit in Wirklichkeit gar nicht verbergen konnten. Wie mochte das Nachtgewand aussehen, das sie sich überzog? Ein Nachthemd? Gar nichts? Er mußte bemerken, daß er sie sich sehr gut vollkommen nackt vorstellen konnte.

Er fing an, sich zu fragen, ob das Bild, das er sich von ihr machte, der Realität entsprach. Waren ihre Brüste wirklich so voll und rund, wie sie wirkten, ihre Taille so schmal? Ihr Gesicht und ihre Hände waren von der Sonne bestrahlt, doch den Rest ihres Körpers stellte er sich so hell und zart wie eine weiße Rose vor. Ihre Beine dürften das Aufregendste von allem sein. Sie waren wunderbar lang, wenn man sie an ihren übrigen Proportionen maß, doch sie verbrachte viele Stunden täglich auf dem Sattel, und daraus mußten feste, straffe Muskeln entstehen. Diese Beine mußten kraftvoll sein und einen Mann zwischen sich gefangenhalten können, bis sie ihn freiwillig losließ. Ja, in der Liebe war Heftigkeit, wenn nicht Aggressivität von ihr zu erwarten.

Gütiger Himmel, was, zum Teufel, tat er hier? Dazusitzen und sich solche Dinge durch den Kopf gehen zu lassen! Ungeachtet ihres wohlgestalteten Körpers war sie noch ein Kind, nichts weiter als ein Kind. Er hatte sie nicht auszuziehen, nicht einmal in seinen Gedanken. Sie war sehr hübsch, sogar wirklich schön, wenn er sich selbst gegenüber ehrlich war. Sogar absolut umwerfend, wenn sie lächelte.

Aber er konnte sie wirklich nicht leiden. Nein, er mochte sie überhaupt nicht.

9

Es bereitete Jessie keine Schwierigkeiten, früh wach zu werden. Es war noch dunkel, und sie zündete ihre Lampe an, um sich fertig zu machen. Sie kleidete sich mit Sorgfalt und wählte ihre weichste Wildlederhose aus, hellbeige, und dazu eine passende Weste, die beidseits mit silbernen muschelförmigen Nieten versehen war. Die Weste wurde mit Silberschnüren zugebunden. Ein schwarzes Seidenhemd vervollständigte ihre Aufmachung. Ehe sie ihr Zimmer verließ, tat sie etwas, was sie fast noch nie getan hatte. Sie öffnete die Truhe, die unter ihrem Bett stand, holte eine Flasche Jasminparfüm heraus und rieb sich einen Hauch Parfüm hinter beide Ohren. Wie er das wohl finden wird? Sie lächelte vor sich hin.

Kate war in der Küche, und sowie sich Jessie an den Tisch setzte, servierte sie ihr ein Steak und Eier. Kate schnupperte, als sie den blumigen Duft roch, der von Jessie ausging. Sie zog eine Augenbraue hoch, aber sie gab keinen Kommentar dazu ab. Jessie sah ihr mit einem breiten Grinsen nach. Natürlich sagte Kate nichts. Sie sagte nie etwas.

Dann legte sich Jessies Stirn in Falten, als sie sah, wie matt Kates Schultern herunterhingen. »Warum gehst du nicht einfach wieder ins Bett, nachdem du Mr. Summers das Frühstück serviert hast, Kate? Du siehst so müde aus«, sagte Jessie. »Rachel kann selbst für sich sorgen.«

»Mir macht es nichts aus«, sagte Kate leise. »Und Mr. Summers hat schon gefrühstückt.«

Das überraschte Jessie. Sie hatte nicht damit gerechnet, daß er so früh aufstehen würde. Sie aß eilig ihr Frühstück auf und eilte in den Stall. Das kalte Mittagessen, das Kate vorbereitet hatte, nahm sie mit. Chase sprach mit Jeb, und sein Pferd war gesattelt. Sie begrüßte ihn mit einem Lächeln, denn sie war entschlossen, den Tag angenehm beginnen zu lassen, und er entlohnte sie nur allzu großzügig.

Sie freute sich über den bewundernden Blick, mit dem Chase sie musterte. Während sie Blackstar sattelte und aufstieg, ließ er sie nicht aus den Augen. Sie war sich ihrer eigenen Bewegungen noch nie so bewußt gewesen wie jetzt in diesem Moment. Es war aufregend, dieses Spiel. Würde sie sein Interesse so lange fesseln können, daß er zugeben würde, daß sie kein Kind mehr war, keine Göre?

Der Himmel wurde rötlich, als sie losritten. Jessie ritt voraus, um ihm den Weg zu weisen, der aus dem Tal führte. Der Pfad lag noch im Dunkeln. Sobald die Sonne aufgegangen war, ritten sie Seite an Seite, doch sie sprachen nicht miteinander. Es war kein Ritt zum Vergnügen. Jessie mußte die Stadt am frühen Nachmittag erreichen, und sie sorgte für ein rasches Fortkommen und fiel auf ebenen Strecken manchmal sogar in einen Galopp.

Fünf Stunden später hielten sie ihre Pferde an dem kleinen Bach an, an dem sie immer Rast machte, wenn sie nach Cheyenne ritt. Es war ein hübsches Fleckchen im Schatten der Bäume, das auf einer Höhe mit dem Wasser lag, und das rote und goldene Herbstlaub verlieh dem Ort einen zusätzlichen Zauber. Zudem war man hier sicher, da die gesamte Umgebung Flachland war. Jeden Fremden, der sich näherte, hätte man sofort gesehen.

Als erstes versorgten sie ihre Pferde, und dann setzten sie sich unter die Bäume, um gemeinsam einen Laib Brot, aufgeschnittenes Roastbeef und Käse zu verzehren. Jessie wusch nach dem Essen das Geschirr ab und lehnte sich an ihren Sattel, um sich eine Weile auszuruhen. Chase, der noch nicht mit dem Essen fertig war, saß neben ihr.

Jessie verschränkte die Arme hinter dem Kopf und zog sich die Krempe ihres schwarzen Filzhutes mit einem Ruck über die Augen. Sie zog ein Bein an und bewegte das Knie träge von einer Seite auf die andere, damit er wußte, daß sie nicht schlief. Diese Haltung drückte ihre Brüste heraus und lenkte die Aufmerksamkeit auf ihren flachen Bauch, und genauso hatte sie es beabsichtigt. Seine Blicke ruhten auf ihr, und sie behielt ihren Hut auf dem Gesicht, damit er sie in aller Ruhe ansehen konnte.

Jessies Stimme war verblüffend laut, als sie fragte: »Wie lange kennen Sie Rachel schon, Mr. Summers?«

Er seufzte. »Falls du doch noch anfangen willst, mich kennenzulernen, findest du nicht, daß es dann an der Zeit ist, mich Chase zu nennen?«

»Ich denke schon.«

Sie sah sein Grinsen nicht. »Ich kenne deine Mutter seit etwa zehn Jahren.«

Jessie zuckte zusammen. Vor zehn Jahren hatte Rachel Thomas Blair verlassen. Jessie war damals acht Jahre alt gewesen. Ihr wurde nicht klar, daß Chase zu dem Zeitpunkt nicht älter als fünfzehn oder sechzehn gewesen sein konnte.

Daher ging sie augenblicklich davon aus, daß Chase exakt zu der Zeit, nachdem Rachel Thomas verlassen hatte, Rachels Liebhaber gewesen war.

»Lieben Sie sie immer noch?« fragte Jessie mit gepreßter Stimme.

Es folgte eine Pause.

»Was genau willst du eigentlich wissen?«

Jessies Tonfall veränderte sich, denn sie versuchte, die Sache so leichtfertig hinzustellen, als sei ihr völlig egal, ob es nun so war oder nicht. »Sie sind doch einer ihrer Männer, oder etwa nicht?«

Chase holte tief Atem. »Moment mal, Mädchen. Ist es das, was du geglaubt hast?«

Jessie setzte sich jetzt auf und sah ihn direkt an. »Sie sind doch sofort hergekommen, als sie nach Ihnen geschickt hat, oder?«

Er lachte über ihren harten, anklagenden Blick.

»Du hast eine schmutzige Fantasie, Jessie. Oder liegt es nur daran, daß du von deiner Mutter immer nur das Schlechteste denkst?«

»Du hast meine Frage noch nicht beantwortet«, sagte sie hartnäckig.

Er zuckte die Achseln. »Ich denke schon, daß ich sie liebe, soweit ich eine Frau irgend lieben kann.«

Jetzt brauchte Jessie eine Atempause. Es dauerte eine Weile, bis sie entschieden hatte, was sie als nächstes sagen sollte. »Klingt ganz so, als würdest du Frauen nicht allzusehr mögen.«

»Jetzt hast du mich aber ganz falsch verstanden. Ich mag alle Frauen. Es geht nur darum, daß ich es überflüssig finde, mich für eine bestimmte zu entscheiden.«

»Du teilst dich wohl gern unter den Frauen aus?« sagte sie gehässig.

»So könnte man es sagen.« Er grinste. »Aber das liegt nur daran, daß ich noch nie eine Frau gefunden habe, die ich für längere Zeit in meiner Nähe ertragen könnte. Wenn Frauen erst einmal glauben, einen Mann geködert zu haben, ist es aus mit der Romanze, und die Launenhaftigkeit setzt ein, das Nörgeln, die Eifersucht. Dann ist der Zeitpunkt gekommen, an dem man besser weiterzieht.«

»Versuchst du, mir weiszumachen, alle Frauen seien so?« fragte Jessie leise.

»Natürlich nicht. Im Osten gibt es alle Arten von Frauen, aber man muß einfach wissen, daß nur ein bestimmter Typ Frau in den Westen kommt. Die, die bereits verheiratet sind und deren Töchter verheiratet werden wollen, Frauen, die sich uninteressiert geben, bis man sie auffordert.«

»Ich nehme an, daß unter diese zweite Gruppe von Frauen auch die Mädchen aus den Saloons und Tanzbars fallen?«

»Mit denen hat man den meisten Spaß«, sagte er. Er wußte, daß er sich auf einem gefährlichen Territorium befand.

»Mit anderen Worten: Huren?«

»Als das würde ich sie nicht bezeichnen«, sagte er entrüstet.

»Hast du so Rachel kennengelernt?« höhnte sie.

Er legte verärgert die Stirn in Falten. »Da es dir offensichtlich niemand erzählt hat, kann ich es dir ebensogut jetzt erzählen. Rachel war allein und am Verhungern und offensichtlich schwanger, als mein Stiefvater Jonathan Ewing sie zu uns nach Hause geholt hat.«

»Dein Stiefvater?«

»Das überrascht dich?«

Jessie war weit mehr als nur überrascht. Sie hatte Ewing für Billys Vater gehalten, doch offensichtlich war Will Phengle Billys Vater. Ob Billy das wußte? Dann ging ihr auf, daß Rachel heute vierunddreißig war. Vor zehn Jahren, mit vierundzwanzig, mußte sie wesentlich älter gewesen sein als Chase. Das hieß, daß sie wahrscheinlich keine Affäre miteinander gehabt hatten.

»Und wo war deine Mutter?« fragte Jessie.

»Sie war schon lange tot.«

»Das tut mir leid.«

»Kein Anlaß«, sagte er hämisch.

Erbitterung war deutlich aus seinem Ton herauszuhören, doch Jessie wollte nichts darüber wissen. Erbitterung kannte sie selbst gut genug.

»Dein Stiefvater hat Rachel also geheiratet, obwohl sie das Kind eines anderen Mannes austrug?«

»Wegen dieses Kindes«, erwiderte Chase knapp.

Gütiger Himmel, dachte Jessie, was ging hier vor?

»Dieser Schuft hat sie erst geheiratet, nachdem sie einen Sohn geboren hatte. Ich bezweifle nicht, daß er sie vor die Tür gesetzt hätte, wenn das Kind ein Mädchen gewesen wäre.«

Jessie schnappte nach Luft. »Noch so ein Mann wie Thomas Blair! Und ich dachte, das sei nur bei ihm so!«

»In dem Fall gab es einen Grund. Dein Vater konnte Kinder haben. Jonathan Ewing konnte das nicht. Er war ein reicher Mann, und er wollte einen Sohn haben, der sein kleines Reich eines Tages übernimmt. Das war der einzige Grund, aus dem er meine Mutter geheiratet hat. Er hat sie nicht geliebt, er wollte nur einfach mich haben. Und sie machte sich nichts aus ihm, sondern nur aus seinem Reichtum. Aber mir machte das etwas aus. Ich haßte ihn.« Er schwieg, sprach aber dann doch weiter.

»Ich war alt genug, um seine Motive zu verstehen, alt genug, um seine hochfahrende Art abzulehnen. Er glaubte, mit seinem Reichtum könne er sich alles kaufen. Ich war nicht bereit, ihn zu akzeptieren, denn irgendwo hatte ich ja schon einen Vater. So kam es zwischen Ewing und mir zu einem langen, zermürbenden Kampf – der nie endete. Im letzten Jahr, das ich dort verbracht habe, hat Rachel mir die Sache leichter gemacht. Sie war freundlich. Sie mochte mich und hat sich um mich gekümmert, und sie war ein Puffer zwischen uns beiden. Sie hat mir sehr geholfen. Verstehst du jetzt, warum ich ihr gern einen Gefallen tue?«

Jessie blieb stumm. Seine Kindheit mußte grauenhaft gewesen sein, der Kampf gegen einen Vater, der Verlust einer Mutter. Dennoch wiesen ihn seine kurz zuvor gemachten Bekenntnisse auf anderen Gebieten als einen schäkernden Bösewicht aus.

»Du kennst Rachel nicht gut genug«, sagte Jessie.

»Ich glaube, ich kenne sie besser als ...« Er unterbrach sich und starrte über ihren Rücken in die Ferne. »Jemand scheint sich ganz furchtbar für uns zu interessieren.«

»Was?«

»Zweifellos einer deiner freundlichen Indianer.«

Jessie wirbelte sofort herum und folgte seinem Blick mit ihren Augen. Ein gutes Stück von ihnen entfernt saß ein Indianer auf einem gescheckten Pony. Er saß ganz einfach da und starrte in ihre Richtung. War das Weißer Donner? Nein, er wäre näher gekommen, um sie zu begrüßen. Jessie stand auf, wühlte in ihren Satteltaschen, holte ihren Feldstecher heraus und richtete ihn auf den Indianer.

Im nächsten Moment senkte sie den Feldstecher und sagte: »Was hat *der* denn hier zu suchen? Was glaubst du?«

»Ein Indianer aus dem Reservat?« fragte Chase.

Sie warf ihm einen flüchtigen Blick zu und schüttelte den Kopf. »Für dich sind wohl alle Indianer Reservats-Indianer, was? Mein Gott, bist du ein Dickschädel. Ich habe mich wirklich bemüht, dir zu erklären ... ach, was soll das, es macht ja doch keinen Unterschied.«

Chase kniff die Augen zusammen. »Willst du damit sagen, daß wir in Gefahr sind?«

»Ich bin nicht in Gefahr, aber ich weiß nicht, wie das mit dir ist«, lautete ihre brutale Antwort.

»Hör mal«, sagte er ungeduldig, »könntest du mir das vielleicht erklären?«

»Das da draußen ist ein Sioux-Krieger. Sie verlassen ihr Territorium nicht, wenn sie nicht einen guten Grund dafür haben, und ohne guten Grund sitzen sie auch nicht da und beobachten einen.«

»Hältst du es für möglich, daß es mehrere sind?«

Jessie schüttelte den Kopf. »Nein, das glaube ich nicht. Als ich letzte Woche Kleiner Falke getroffen habe, war er allein.«

»Du hast ihn letzte Woche getroffen?« echote Chase.

Sie wandte sich ab, um ihren Feldstecher wieder einzupacken. Die Verwirrung, in die sie ihn gestürzt hatte, bereitete ihr großes Vergnügen. »Er hat mit mir gegessen und eine Nacht lang das Lagerfeuer mit mir geteilt. Allzu freundlich war er trotzdem nicht. Genaugenommen war er sogar ziemlich arrogant. Aber das findet man oft.« Dann grinste sie Chase an. »Man muß sagen, daß er in einer Hinsicht äußerst freundlich zu mir sein wollte, aber ich habe nein gesagt.«

Chase gelang es mühsam, seinen Unglauben zu verhehlen. »Er wollte dich also? Ich nehme an, dann ist er deshalb hier.«

Jessie sah ihn scharf an, doch sein Gesichtsausdruck zeigte nicht, was er sich wirklich dachte. »Ich kann mir zwar nicht vorstellen, was er hier zu tun hat, aber ich bin nicht so eingebildet zu glauben, daß er meinetwegen hiersein könnte.«

»Und wenn es doch so sein sollte – warum zeigen wir ihm nicht, daß du nicht zu haben bist?«

Ehe sie erfaßt hatte, was Chase meinte, hatte er sie schon in seine Arme gezogen, und sein Mund senkte sich auf ihre Lippen. Sie hätte nicht erstaunter sein können, wenn ein Pferd sie abgeworfen hätte. Diese Berührung war atemberaubend. Jessie war entgeistert. Sie ließ sich in seine Arme sinken und gab sich dem zarten Druck seiner Lippen hin. Selbst, als sie wieder bei Sinnen war, rührte sie sich nicht von der Stelle. Seine Berührung und seine Nähe gefielen ihr, der Taumel, an dem sie sich berauschte. So war sie wahrhaftig noch nie geküßt worden, und das mußte daran liegen, daß er genau wußte, was er tat.

Natürlich, es war eine Frage von Erfahrung! Chase kannte die Frauen schließlich gut, wie sie sich jetzt ins Gedächtnis zurückrief.

Jessie gelang es jedoch trotz der Empörung, die jetzt einsetzte, nicht ganz, sich von ihm loszureißen.

Aber alle beide hatten Kleiner Falke vergessen. Chase ließ Jessie los, als er das Pferd hörte, das im Galopp auf sie zukam. Im nächsten Moment sprang der Indianer von seinem Pferd ab. Chase kam nicht dazu, auch nur zu seiner Verteidigung die Hände zu heben, ehe Kleiner Falke, der regelrecht durch die Luft flog, ihn an der Kehle packte und auf den Boden warf.

Jessie sah ihn mit weit aufgerissenen Augen an. Einen derart eleganten Sprung von einem galoppierenden Pferd hatte sie noch nie gesehen. Aber warum stand Chase nicht auf und kämpfte? Er rührte sich nicht. Kleiner Falke zog sein Messer.

»Nein!« rief sie ihm zu. »Kleiner Falke!«

Sie rannte auf ihn zu und stand in dem Moment vor ihm, als er Chase packen wollte. Sie stellte sich zwischen ihn und Chase. Kleiner Falke und sie starrten einander länger an. Endlich steckte er sein Messer ein und richtete seinen Blick auf Chase. Er ließ einen wütenden Wortschwall los und überschüttete sie dann mit schnell aufeinanderfolgenden Zeichen.

In ihrer Verwirrung interpretierte sie die Zeichensprache, so gut es ging. »Du willst wissen, was er mir bedeutet? Aber ich wüßte nicht ...«

Sie unterbrach sich, als sie sich erinnerte, daß er sie nicht verstehen konnte. »Vielleicht bist du auch nur verrückt«, murmelte sie. »Ich kann es nicht erklären ... er bedeutet mir nichts.«

»Warum hast du ihn dann geküßt?«

Jessie schnappte nach Luft. »Das ist ja die Höhe, du gemeiner Kerl!« schrie sie. »Du hast von Anfang an Englisch verstanden. Und ich habe mein Gehirn strapaziert, um mich wieder an die Zeichensprache zu erinnern, damit – oh! Wenn ich nur daran denke, wie sehr ich mich gefürchtet habe, und du hättest mir nur sagen müssen ...«

»Du redest zuviel, Frau«, schnaubte Kleiner Falke. »Sag mir, warum du diesen Mann geküßt hast.«

»Ich habe ihn nicht geküßt. Er hat es getan, und er hat es nur getan, damit du weiterreitest. Einen anderen Grund gab es nicht, denn er mag mich nicht, und ich kann ihn nicht ausstehen. Und warum zum Teufel muß ich dir das erklären? Warum hast du ihn angegriffen?«

74

»Wolltest du seine Aufmerksamkeiten?«

»Nein, aber …«

Kleiner Falke hörte sich das nicht an, sondern ging zu seinem Pferd. Er stieg auf, ritt zu ihr herüber und sah auf sie herab.

»Weißer Donner ist in sein Winterlager zurückgekehrt«, sagte er beiläufig.

»Du kennst ihn also?«

»Ich habe seine Bekanntschaft gemacht, nachdem wir uns getroffen haben. Er sagt mir, daß du keinen Mann hast, nur deinen Vater.«

»Mein Vater ist vor kurzem gestorben.«

»Dann hast du gar keinen Mann?«

»Ich brauche keinen«, antwortete sie matt.

Kleiner Falke lächelte und versetzte sie in neuerliches Staunen.

»Wir werden uns wiedersehen, Sieht Wie Frau Aus.«

»Verdammt noch mal!« fluchte sie. Sie wandte sich zu Chase um, während Kleiner Falke fortritt. Er lag immer noch auf dem Boden, doch sein Atem ging normal. Sie untersuchte seinen Kopf nach eventuellen Verletzungen und fand eine dicke Beule. Sie ging zum Bach, füllte ihren Hut mit Wasser und schüttete ihm das Wasser ins Gesicht.

Spuckend und stöhnend richtete er sich auf, und sie stieß einen Seufzer der Erleichterung aus.

»Hat dieser Mistkerl mich angegriffen?« frage Chase, der seinen Kopf abtastete. Er stieß einen jämmerlichen Laut aus, als er die Beule fand.

»Er hätte dich töten können«, sagte Jessie barsch. »Ein großer Kämpfer bist du nicht gerade.«

Er runzelte die Stirn. »Warum bist du so sauer? Mußtest du ihn erschießen?«

»Nein, ich mußte ihn nicht erschießen. Und ich würde sein Leben ohnehin nicht für dein Leben aufs Spiel setzen.«

Ihre Gehässigkeit versetzte ihm einen Stich. »Du haßt mich wirklich, stimmt's?«

»Merkt man das?«

Sie ging weg, um ihr Pferd zu satteln. Chase fehlte nichts. Um ihn brauchte sie sich nicht mehr zu kümmern.

Mit äußerst vorsichtigen Bewegungen ging Chase zu seinem

Pferd, um es ebenfalls zu satteln. »Warum hat er mich angegriffen? Weißt du das?« fragte er.

»Vielleicht kommst du selbst dahinter, du Greenhorn.«

»Verdammt noch mal!« fluchte er. »Ist es zuviel verlangt, daß du ein bißchen freundlicher bist? Schließlich bin ich derjenige, der verletzt worden ist.«

»Und weißt du auch, warum?« höhnte Jessie. »Wegen deiner Aufschneiderei, deshalb.«

Er sah sie nachdenklich an. »Bist du deshalb so wütend? Weil ich dich geküßt habe?«

Sie antwortete nicht. Schweigend stieg sie auf und ritt los. Sie überließ es ihm, ihr zu folgen oder auch nicht. Chase kletterte mit pochendem Schädel auf den Sattel. Er war sich nicht mehr sicher, warum er sie geküßt hatte, aber es war eine Dummheit gewesen. Er würde sich in acht nehmen und sich nicht mehr in Versuchung bringen lassen, es noch einmal zu tun, das nicht, nein, nie mehr!

10

Der Ärger ging los, als sie gerade erst in Cheyenne angekommen waren. Sie ließen ihre Pferde im Mietstall stehen, und Jessie ging ins Hotel, um sich ein Zimmer zu nehmen. Sie hatte Chase nicht von ihren Plänen unterrichtet, und daher war er gezwungen, ihr wortlos zu folgen und zu rätseln, was sie vorhaben mochte. Sie sprachen kaum ein Wort miteinander. Jessie teilte ihm mit, wo er einen Arzt finden konnte, falls er es für nötig halten sollte. Dann ignorierte sie ihn wieder wie bisher. Ihre verbissenen Gesichtszüge und ihr erboster Gang zeigten ihm deutlich, daß ihr seine Gesellschaft unangenehm war, und er wußte verdammt gut, daß es keinen Sinn hatte, sie nach ihren weiteren Plänen zu fragen. Sie hätte darauf nur geantwortet, das ginge ihn nichts an.

Im Hotel trug sich Jessie in das Gästebuch ein, und Chase wollte sich ebenfalls eintragen. Doch ehe er auch nur seinen Namen schreiben konnte, wurde ihm das Buch abrupt aus den Händen gerissen.

»Es ist genauso, wie er gesagt hat, Charlie«, rief der Mann, der neben Chase stand, über seine Schulter. Er kicherte in sich hinein. »Vor ihrem Namen steht ein K.«

»Kann ich das Gästebuch vielleicht wiederhaben?« fragte Chase erbost.

»Ja, klar, Mister.« Der Mann schob ihm das aufgeschlagene Buch wieder hin. Er grinste. »Wollte nur mal schnell was nachschauen.«

Als er weggegangen war, warf Chase einen Blick auf Jessies Namenszug. Ja, vor ihrem Namen stand ein K. Als er sich wieder umdrehte, mußte er feststellen, daß ihnen der Weg zur Eingangstür von einem quadratischen Kerl mit breiter Brust verstellt wurde. Der schlaksige Mann, der eben noch neben Chase gestanden hatte, näherte sich Jessie von hinten und zog ihre Waffe aus ihrem Gurt, ehe sie ihn davon abhalten konnte.

Chase erwartete gespannt ihre Reaktion. Er freute sich darauf, beobachten zu dürfen, daß sie ihre grauenhafte Laune zur Abwechslung an einem anderen ausließ.

Doch Jessie stand nur einfach da, mit steifem Rücken und den Händen auf den Hüften und finsterem Gesicht.

»Laton hat uns also doch nicht auf die Schippe genommen«, lachte Charlie. »Er hat gesagt, daß der Name Kenneth Jesse Blair auf dem Dokument steht. Aber ich habe gesagt nein, der alte Blair muß irgendwo einen Sohn haben. Und dem hat er seine Ranch vermacht. Kann kein Mädchen sein, was Kenneth heißt. Hab' ich's nicht gesagt, Clee?«

»Exakt deine Worte«, stimmte der schlaksige Clee mit einem Nicken zu.

»Aber Laton hat wie üblich recht gehabt«, fuhr Charlie fort. »Da haben wir aber einen schönen Kenneth geschnappt. Sieht sie nicht ganz wie ein Kenneth aus?«

»Mit Reithosen und allem, was dazugehört«, stimmte Clee mit einem meckernden Lachen zu.

»Sie haben Ihren Spaß gehabt, Mister, und mir reicht es jetzt von Ihnen«, sagte Jessie mit gesenkter Stimme. Sie sah Clee an. »Und jetzt hole ich mir meine Waffe zurück.«

»So?« sagte Clee grinsend. »Wozu, wenn du nicht Manns genug bist, sie zu benutzen? Bist du Manns genug?«

Die Männer lachten und freuten sich über den Scherz. Jessie überlegte nicht lange, ehe sie Clee einen Kinnhaken versetzte. Ihre Waffe fiel ihm aus der Hand, und Charlies Gesicht wurde fleckig vor Zorn. Er trat die Waffe aus Jessies Reichweite und hielt ihr die Arme fest.

Chase hatte genug gesehen.

»Jetzt läßt du die Dame los, Freund«, sagte Chase. Er stieß Clee gegen die Wand.

»Sie bezeichnen diese Wildkatze als Dame?« knurrte Charlie.

Aber er ließ Jessie los, und sie holte sich ihre Waffe. »Hat Bowdre euch geschickt, damit ihr mir Ärger macht?« fragte sie. Dabei sah sie Charlie ins Gesicht.

Diese Wendung der Ereignisse gefiel Charlie gar nicht. Laton würde nicht erfreut sein, wenn er davon hörte. Wenn sie zu ihm ging oder in Gegenwart von anderen Wirbel machte, würde er wütend sein. Laton wollte sichergehen, daß niemand mit dem Finger auf ihn zeigte.

»Laton will keinen Ärger mit dir haben, Mädchen. Alles, was er will, ist sein Geld. Es war Clees Idee, daß wir uns einen kleinen Scherz mit dir erlauben. Und es war nur ein Scherz. Du hast halt keinen Humor, Mädchen«, brummte Charlie.

»Oh, doch, ich habe durchaus Humor.« Jessies Lächeln war beißend. »Ich stelle mir vor, daß es wirklich ein Spaß wäre, dir eine Kugel in die Eingeweide zu jagen.« Dann sagte sie: »Kommen Sie mir bloß nicht zu nah, Mister!«

»Ist sie nicht angenehm, die Kleine?« höhnte Charlie, während Clee und er ihr nachsahen, als sie das Hotel verließ und auf die Straße stolzierte.

Chase holte sie mitten auf der Straße ein. »Bleib stehen, Mädchen.« Er mußte sie am Arm festhalten, weil sie nicht stehenbleiben wollte.

»Was willst du?« fauchte sie.

Er starrte sie ungläubig an. Sie war wirklich wütend, weil er sich eingemischt hatte!

»Ich schwöre es dir, Kleines, jemand sollte dir den Hintern verhauen. Du kannst doch nicht einfach rumlaufen und nach Lust und Laune mit deinen Fäusten um dich schlagen. Beim nächsten Mal könntest du weniger Glück haben.«

»Wer, zum Teufel, hat dich zu meinem Schutzengel bestimmt, Summers?« fauchte sie.

Schon wieder einmal hatten sie ein Unentschieden erreicht. Und sie hatte recht. Er war nicht ihr Hüter.

Er grinste. »Ich dachte, wir hätten uns darauf geeinigt, daß du mich Chase nennst.«

»Ich habe auch einen Namen, und der ist bestimmt nicht ›Kleines‹«, sagte Jessie unerbittlich.

Er lachte. »Touche.« Sie ging weiter, und er lief neben ihr her. »Wohin gehst du jetzt – falls es dir nichts ausmacht, wenn ich frage?«

»Ins Büro des Sheriffs.«

»Wegen des Vorfalls, zu dem es gerade gekommen ist?«

»Weshalb sollte ich denn den Sheriff damit belästigen?« Sie wirkte ehrlich verblüfft.

»Warum sonst?«

»Wer sonst weiß so genau, wer sich in der Stadt aufhält, wer gerade auf der Durchreise ist und wer Arbeit sucht? Ich hoffe, daß er mir ein paar Leute vorschlagen kann, damit ich die geschäftlichen Dinge heute noch erledigen und morgen früh zur Ranch zurückreiten kann.«

»Wenn das so ist, komme ich einfach mit, wenn du nichts dagegen hast«, sagte er. »Der Sheriff sollte von deinem Zusammenstoß mit diesem Indianer unterrichtet werden.«

Jessie blieb abrupt stehen. »Wieso?«

»Es könnten sich noch mehr Indianer in dieser Gegend aufhalten«, erwiderte Chase. »Findest du nicht, daß er das wissen sollte?«

»Nein«, sagte sie mit Nachdruck. »Sieh mal, der Sheriff würde dich nur auslachen, wenn du etwas über Feindseligkeiten in dieser Gegend faseln würdest. Er weiß es ja besser. Aber wenn andere Leute hören, was du sagst, dann gäbe es ein Tohuwabohu. Und dann ständest du reichlich dumm da, weil Kleiner Falke allein war und ich außerdem sicher bin, daß er bereits wieder nach Norden geritten ist.«

Sie ging weiter, doch Chase folgte ihr nicht mehr. Er starrte ihr mit Augen nach, die wie brennende Kohlen glühten. Sie hatte es wieder getan, ihm das Gefühl gegeben, ein absoluter Trottel zu sein. Verdammt, das tat sie doch absichtlich!

79

Er fand einen Saloon, ohne länger suchen zu müssen. Nach mehreren Drinks war er in der Lage, sich abzuregen. Er beteiligte sich sogar an einem Kartenspiel. Zu seiner Überraschung wurde ihm Laton Bowdre vorgestellt, der mit von der Partie war. Der dürre Mann mit dem Schnurrbart, dem dünnen, strähnigen Haar, den hervortretenden Backenknochen, der eine unglaubliche Habgier ausstrahlte, entsprach ganz dem Bild, das sich Chase von ihm gemacht hatte. Somit sollte der Tag doch noch nicht ganz verloren sein.

11

Als es an der Tür klopfte, hatte Jessie gerade ihre Stiefel angezogen. Es war Chase. Sie hatte sich entschlossen, sich wirklich zu bemühen, heute netter zu ihm zu sein, und daher begrüßte sie ihn mit einem »Guten Morgen«, das fast herzlich klang.

Er sah grauenhaft aus. Die Bartstoppeln ließen sein Kinn dunkel wirken, seine Kleider waren verknittert, und seine Augen waren von zu viel Rauch und zu wenig Schlaf gerötet. Vielleicht hatte er überhaupt nicht geschlafen.

Chase war nicht so müde, daß er den Wandel, der sich mit Jessie vollzogen hatte, nicht augenblicklich bemerkt hätte. Ganz abgesehen davon, daß sie frisch und sauber wirkte und hübscher aussah, als es irgendeinem Mädchen erlaubt sein dürfte, am frühen Morgen direkt nach dem Aufstehen auszusehen, lächelte sie ihn tatsächlich an.

Er zog daraus seine eigenen Schlüsse. »Ich nehme an, du hast deine fünf Helfer angeheuert und freust dich darauf, wieder nach Hause zu reiten?«

»In der Tat habe ich nur einen einzigen Mann gefunden, der etwas taugt«, erwiderte Jessie. »Die beiden anderen, mit denen ich gesprochen habe, könnten eine Kuh nicht von einem Ochsen unterscheiden.«

Chase kicherte. »Städter.«

»Städter«, stimmte sie zu, und sie grinste jetzt auch.

»Du wirst die Stadt also heute gar nicht verlassen?«

»Ich glaube kaum, es sei denn, ich habe heute morgen mehr Glück. Ich habe Ramsey, den Kerl, den ich angeheuert habe, schon auf die Ranch vorausgeschickt. Es hat keinen Sinn, seine Arbeitskraft auch nur einen Tag lang zu vergeuden.«

»Bist du sicher, daß du ihm erklärt hast, wie er die Ranch findet?«

Er zog sie auf, um ihr zu zeigen, daß er ihr nicht mehr wegen jenes Tages grollte, an dem sie ihn in die falsche Richtung geschickt hatte.

Sie grinste. »Ich nehme an, er findet den Weg, da er hier aus der Gegend ist.«

Es machte Spaß, sie einmal bei guter Laune zu erleben, und impulsiv sagte er: »Sieh mal, eigentlich ist es Unsinn, daß du noch jemanden anheuerst. Ich bin doch ohnehin auf der Ranch, und solange ich dort bin, könnte ich eigentlich etwas dazu beitragen, mir meinen Unterhalt zu verdienen.«

Jessie nahm das nicht ernst. »Du verstehst doch nichts von Rindern«, sagte sie verblüfft.

»Wer sagt, daß ich nichts davon verstehe? Ich habe Rinder von Texas nach Kansas getrieben.«

»Wie oft?« fragte sie.

»Nur einmal«, gab er zu. »Ich habe mich nur für den Viehtrieb anheuern lassen, um Gesellschaft zu haben, weil ich ohnehin in diese Richtung reiten wollte und es nicht eilig hatte. Einmal hat mir gereicht.«

Sie war erstaunt. »Du verstehst also wirklich etwas von Rindern? Das hätte ich nie gedacht.«

»Ich gebe zu, daß ich nie mit den Brandzeichen zu tun hatte, aber mit einem Lasso kann ich ganz gut umgehen. Außerdem kann ich einen Ochsen und eine Kuh auseinanderhalten.«

Sie lachte. »Wenn das so ist, dann bist du wohl engagiert – Chase.«

Er lächelte. »Gib mir eine Stunde Zeit, um mich frischzumachen, und dann können wir gemeinsam zurückreiten.«

Jessie lächelte wieder. »Wir treffen uns unten zum Frühstück.«

Doch als sie Chase, der das Zimmer verließ, nachblickte, schüttelte sie den Kopf. Das hätte sie nie geglaubt. Er brauchte sich seinen Unterhalt auf der Ranch doch nicht zu verdienen. Rachel hatte ihn eingeladen, und er war ihr Gast. Warum also hatte er ihr seine Hilfe angeboten?

Chase stellte sich exakt dieselbe Frage. Was die ganze Sache noch verwirrender für ihn machte, war der Umstand, daß er Thomas Blairs Schuldschein in der Tasche hatte. Er hatte die ganze Nacht gebraucht, um diesen Schuldschein von Bowdre zu gewinnen, doch es war ihm schließlich gelungen.

Warum war er nicht gleich damit herausgerückt und hatte Jessie erzählt, daß er den Schuldschein zurückgewonnen hatte? Er war nicht sicher, warum er es für sich behielt. Vielleicht hatte er das Gefühl, sie könnte wütend auf ihn sein – wieder einmal.

Er seufzte. Er war sich keineswegs sicher, daß Jessies Sorgen ein Ende hatten, nicht, nachdem er gesehen hatte, wie unwürdig Bowdre den Schuldschein verloren hatte. Chase erkannte, daß er die Lage eventuell nur verschlimmert hatte.

Sie erreichten Rocky Valley am späten Nachmittag. Jeb erzählte ihnen sofort von dem großen Springbock, der vor der Hintertür gelegen hatte, nachdem Jessie nach Cheyenne geritten war. Niemand hatte beobachtet, wer das Tier, das gerade erst getötet worden war, dort hingelegt hatte. Niemand wußte, wer es gewesen sein könnte. Wenn jemand Frischfleisch verschenkte, erwartete er im allgemeinen ein Dankeschön.

Nur Jessie wußte augenblicklich, wer der mysteriöse Besucher war, der dieses Geschenk zurückgelassen hatte. Es konnte nur Kleiner Falke gewesen sein.

Während sie die Pferde versorgten, sagte Jessie zu Jeb: »Du erinnerst dich an den jungen Sioux, von dem ich dir erzählt habe? Kleiner Falke? Wir haben ihn gestern nachmittag im Flachland getroffen.«

»Ist das wahr?« Jeb stieß einen Pfiff aus. »Er war es also?«

»Es sieht ganz danach aus.«

»Schrecklich nett von ihm«, sagte Jeb kichernd.

Jessie warf einen Seitenblick auf Chase. Er rieb das goldene Fell seines Falben und tat so, als hörte er nicht zu.

»Ich nehme an, du bist nicht dieser Meinung?« fragte Jessie betont.

Er blickte nicht auf. »Ich bin sicher, daß ihr beide gute Gründe dafür habt anzunehmen, daß es Kleiner Falke war. Ich sterbe vor Neugier, bis ich weiß, was er damit erreichen wollte, das ist alles.«

»Sie wissen nicht viel über die Indianer, stimmt's, junger Mann?« fragte Jeb spöttisch.

»Allmählich glaube ich selbst, daß ich nicht viel über sie weiß«, antwortete Chase ohne jeden Groll.

»Indianer stehen nicht gern in der Schuld eines anderen, und schon gar nicht, wenn der andere ein Weißer ist. Kleiner Falke hat Jessies Angebot angenommen, ihr Abendessen und ihr Feuer mit ihm zu teilen, ohne ihr etwas dafür zu geben.« Jeb kicherte schon wieder. »Das muß ihn gewurmt haben. Daher hat er seine Schuld jetzt beglichen, und zwar gehörig. Ausgesprochen großzügig sogar. Dieser riesige Springbock hätte für seinen ganzen Stamm gereicht.«

»Jetzt weißt du, warum er so weit im Süden war«, fügte Jessie hinzu. »Er mußte es so anstellen, daß ich ihn sehe, weil ich sonst nie erfahren hätte, daß er seine Schuld bei mir beglichen hat.«

»Ja, aber das erklärt noch lange nicht den Vorfall, zu dem es gestern gekommen ist«, sagte Chase unwillig.

Jessie lachte, als sie sich neben ihn stellte und eine Hand auf seinen Arm legte. »Jetzt komm schon. Ich bin sicher, daß Billy sich mit Begeisterung die Geschichte anhören wird, wie du von einem wilden Sioux angegriffen worden bist und es überlebt hast, damit du es ihm jetzt erzählen kannst. Ich verspreche dir auch, dir nicht ins Wort zu fallen, wenn du die Geschichte ausschmückst.«

Er merkte, daß sie ihn hänselte, aber das störte ihn nicht weiter. Das, worüber sie sprachen, nahm er eigentlich gar nicht mehr wahr, seit sie ihn berührt hatte. Ihre Berührung schien seinen Arm zu versengen, selbst dann noch, als sie ihre Hand weggezogen hatte.

12

Trotz seiner großen Erschöpfung konnte Chase in jener Nacht beim besten Willen keinen Schlaf finden. Seine Gedanken ließen ihn nicht zur Ruhe kommen. Was zum Teufel sollte ein Mann machen, wenn er feststellen mußte, daß er ein Mädchen begehrte, das für ihn verboten war?

Jessie war noch ein Kind. Nun, vielleicht nicht direkt ein Kind. Aber sie war Rachels Tochter. Das hieß, daß er sie selbst dann nicht haben konnte, ohne sie zu heiraten, wenn sie ihn gewollt hätte – nicht Rachels Tochter.

Chase war noch lange nicht soweit, sich seßhaft machen zu wollen. Er war erst sechsundzwanzig, und es gab noch viel zu viele Dinge, die er vorher unternehmen wollte. Dazu gehörte unter anderem, daß er seinen richtigen Vater finden wollte. Er hatte diesen Plan für ein paar Jahre zurückgestellt, nachdem er in Kalifornien kein Glück gehabt hatte, obwohl seine Mutter behauptet hatte, Carlos Silvela dort kennengelernt zu haben. Vielleicht war jetzt der richtige Zeitpunkt gekommen, um die Suche fortzusetzen. Sollte er nach Spanien reisen, der angeblichen Heimat seines Vaters? Auf alle Fälle war es besser, darüber nachzudenken als über ein achtzehnjähriges Kind, an das zu denken ihm nicht zustand.

Doch es klappte nicht lange. Nichts half dagegen. Immer wieder sah er diese strahlenden Türkisaugen vor sich, diese Stubsnase und das vorgereckte Kinn, die zarte Rundung ihres Hinterns.

»Verflucht noch mal!«

Er sprang aus dem Bett, als hätte er sie dort vorgefunden. Er brauchte frische Luft, kühle Nachtluft, und vielleicht würde er sogar ein Bad in dem Fluß nehmen, der hinter dem Haus vorbeifloß.

Er warf sich im Dunkeln etwas zum Anziehen über und verließ sein Zimmer, doch nur, damit ihm die Ursache seiner inneren Aufgewühltheit direkt in die Arme lief. Im ersten Moment fragte er sich, ob er träumte, doch ihre Wärme und ihr Duft waren wirklich. Dann stellte er fest, daß sie ihm versehentlich in die Arme gelaufen war. Sie stieß sich von ihm ab.

»Es tut mir leid«, flüsterte sie. »Ich habe dich im Dunkeln nicht gesehen.«

»Es ist wirklich sehr dunkel hier«, brachte Chase mühsam heraus. Er wußte selbst nicht, was er sagte.

»Ich konnte nicht schlafen«, erklärte Jessie. »Ich dachte, ich reite aus. Der Mond ist hell genug für einen Ausritt.«

»Das war auch mein Problem. Warum reiten wir nicht gemeinsam aus?«

»Wenn du magst«, sagte sie. Sie ging in die Küche, ohne auf ihn zu warten.

Chase rührte sich nicht von der Stelle. Er hätte sich am liebsten selbst den Hals umgedreht. Wenn es um sein Leben gegangen wäre, hätte er trotzdem nicht erklären können, wie er dazu gekommen war, ihr das Angebot zu machen, gemeinsam auszureiten. Das war das letzte auf Erden, was er wollte. Gerade vor ihr hatte er davonlaufen wollen. Dann riß Chase sich zusammen und schalt sich dafür, sich vor einem kleinen Mädchen zu fürchten. Es ging ohnehin nicht an, daß er sie nachts allein ausreiten ließ.

Jessie ritt voraus auf die kleineren Hügel der Gebirgskette und nicht in die Ebene, wie er erwartet hatte. Sie hielt ihr Pferd an einer Stelle an, von der aus man einen wunderbaren Blick auf das Tal hatte. Es dauerte nicht allzu lange, bis sie diese Stelle erreicht hatten. Auf einem Bergrücken teilten sich die Bäume und gaben einen Blick frei, der vor allem bei Mondschein so atemberaubend schön war, daß beide völlig verzaubert waren.

»Ist es nicht bezaubernd?« sagte er leise, als beide abstiegen.

»Bei diesem Licht sieht der Fluß wie flüssiges Silber aus«, sagte sie, während sie in die Richtung deutete. »Und dort drüben siehst du noch ein paar andere Gebirgsbäche. Weiter oben ist einer, in dem ich gern schwimme, eine schöne, sonnige Stelle, die völlig abgeschieden ist.«

»Du willst doch nicht etwa jetzt schwimmen gehen, oder?« fragte Chase entgeistert.

Jessie lachte leise. »Natürlich nicht. Nachts ist es zu kalt.« Sie sah ihn genauer an und sagte mit strengem Blick: »Sieh dich nur an. Warum hast du keine Jacke angezogen?«

»Daran habe ich nicht gedacht«, sagte er unbeholfen. »Aber das macht nichts, wirklich, mir ist es nicht zu kalt.«

»Unsinn«, sagte sie. Sie holte die Decke, die sie immer in ihrer Satteltasche hatte. »Hier. Du kannst dich auf dem Heimritt in diese Decke wickeln.«

Sie beugte sich vor, um ihm die Decke über die Schultern zu werfen. Diese Nähe war einfach mehr als er ertragen konnte. Sie war nur wenige Zentimeter von ihm entfernt. Seine Arme handelten eigenmächtig, schlangen sich um sie und zogen sie an seinen Körper. Sein Mund suchte ihre Lippen. Es stand nicht in seiner Macht, seinen höheren Instinkten zu gehorchen, und daher überließ er es Jessie. Er flehte sie stumm an, sich gegen ihn zu wehren. Vielleicht konnte sie ihn wieder zu Sinnen bringen.

Doch Jessie dachte gar nicht daran, sich gegen ihn zu wehren. Er hatte sie in einem Moment erwischt, in dem sie nicht auf der Hut war, und sie dachte an nichts anderes mehr als an die Empfindungen, die sie durchzuckten, und an die Wärme, die sie durchflutete. Der Druck seiner Lippen wurde heftiger, und gleichzeitig wuchs ihr Verlangen.

Seine Zunge bahnte sich gewaltsam einen Weg durch ihre Lippen, und sogleich öffnete sie ihren Mund, um ihn in sich aufzunehmen, denn dieser neuerliche Vorstoß war wohltuend. Sie stöhnte leise und preßte sich dichter an seine feste, muskulöse Gestalt. Sie konnte den Beweis seines Verlangens spüren, und das erregte sie außerordentlich. Chase gab seinen stummen Kampf auf und beugte sich. Sie würde die seine sein. Er verschwendete nicht einen Gedanken an die Folgen.

Er zog sie auf den Boden, und die Decke breitete sich von selbst unter ihnen aus. Es gelang ihm, sie so auf sich sinken zu lassen, daß sich wenig an der bisherigen Nähe änderte. Sie lag auf ihm, und ihre Beine lagen zwischen seinen Beinen. Ihr gesamtes Gewicht, das jetzt auf ihm lag, bedeutete einen leichten Schock für ihn. Er rollte sich auf die Seite und plazierte sie unter sich. In jeder einzelnen seiner Bewegungen lag etwas unbändig Drängendes.

Jessie spürte, daß er ihren Gürtel aufschnallte und an ihrem Hemd zog. Seine Hand schlich sich unter ihr Hemd, und als sie auf ihren Brüsten angelangt war, entrang ihr das kleine Laute des Vergnügens, die ihn vollständig wild machten. Er war zu lodernd entflammt, um zart mit ihr umzugehen, doch ihr ging es auch nicht anders. Sie riß einen Knopf von seinem Hemd ab, als sie versuchte, seine bloße Haut zu berühren. Seine Haut war heiß und versengte sie, und die Muskeln auf seinem Rücken waren hart und angespannt. Sie grub ihre Finger in diese Muskeln und krallte sich fest.

Eine winzige Stimme in ihrem Hinterkopf fragte, was zum Teufel sie hier eigentlich tat, doch sie hörte nicht auf diese Stimme. Sie legte beide Hände auf seine Brust, ließ ihre Finger durch seine Brustbehaarung gleiten, griff nach seinen Schultern, umfaßte seinen muskulösen Nacken und strich durch sein Haar.

Inzwischen verschlang sein Mund ihre Lippen, und er tat ihr weh, doch sie drängte ihn, weiterzumachen. Er zerrte an ihrer Hose, und sie half ihm, die Hose bis auf ihre Füße zu ziehen. Doch als er sich bewegte, um mit ihren Stiefeln zu kämpfen, um sie ganz entkleiden zu können, hielt sie ihn davon ab. Sie stand in Flammen. Sie hätte es nicht ertragen, wenn er sich auch nur einen Moment lang von ihr entfernt hätte, um sich mit ihren Stiefeln zu befassen.

Sie packte sein Haar und zog ihn wieder auf sich. »Ich will dich jetzt«, flüsterte sie heiser. »Jetzt gleich.«

Seine Lippen versengten ihre Kehle und wanderten zu ihrem Ohr. »Aber ich will dich ganz spüren ...«

»Jetzt sofort, Chase!«

Sein Verlangen, ihre Haut von Kopf bis Fuß an seiner Haut zu spüren, sie im Mondschein von Kopf bis Fuß zu betrachten, konnte nicht gegen ihr dringliches Flehen ankommen. Er zog sich in Windeseile aus, und sie winkelte beiderseits seines Körpers ihre Knie an. Ihre feuchte Wärme machten ihm das Eindringen leicht, doch Chase hielt sich einen genüßlichen Augenblick lang zurück, weil er diesen ersten Stoß voll auskosten wollte. Und dann wurde ihm der Weg durch etwas versperrt, was das allerletzte war, womit er gerechnet hätte.

»Oh, mein Gott«, keuchte er. Nie in seinem Leben hatte er sich elender gefühlt. »Es tut mir leid, Jessie.«

Sie achtete nicht auf das, was er sagte, und stieß ihm ihre Hüften eindringlich entgegen. Jessie schnappte nach Luft. Niemand hatte ihr je gesagt, daß es weh tun würde. Doch der Schmerz ließ nach und verschwand ganz. Augenblicklich kehrte ihre Begierde zurück und wogte wie eine Flutwelle durch ihren Körper.

Er bewegte sich in ihr, und sie kostete jeden Zentimeter von ihm aus. Er ging sachter mit ihr um, als es ihr lieb war, langsamer auch, aber sie stellte fest, daß diese köstliche Folter belohnt wurde, ihre Lust nur immer stärker werden ließ und ihr Sehnen hinauszögerte. Und als sie erst den Punkt erreichte, an dem diese Welle überschwappte, folgte eine Explosion, die nicht mehr aufzuhören schien.

Wenige Momente später, als Chase bewegungslos auf ihr zusammengebrochen war, drückte Jessie ihn zärtlich an sich. »Wie wunderschön«, murmelte sie träumerisch.

Er hob seinen Kopf. »Noch schöner, als du glaubst«, sagte er zärtlich.

Seine Lippen kosten zart wie Federn ihre Lippen und bewegten sich dann zu ihrem Hals, ihrem Ohr. Mit einem tiefen, zufriedenen Seufzen legte er seinen Kopf auf ihre Schulter. Chase hatte sich nie entspannter, nie seliger gefühlt. Der Schlaf griff nach ihm, doch er kämpfte dagegen an, weil er es auskosten wollte, wie sie sich an ihn schmiegte.

Sie war wie keine andere Frau, mit der er je zusammengewesen war. Eine derart heftige Leidenschaft von seiten einer Frau kannte er nicht. Sie war ebenso wild darauf gewesen, ihn zu haben, wie er wild darauf gewesen war, sie zu haben. Nicht einmal ihre Jungfräulichkeit hatte sie zurückhalten können. Ihre Jungfräulichkeit! Das hatte er zwischendurch vergessen. Verdammt noch mal! Jetzt war es aus mit ihm!

Jessie spürte, daß er sich plötzlich verspannte. »Was ist los mit dir?« fragte sie.

»Nichts«, erwiderte er zu schnell.

Jessie runzele die Stirn. »Es tut dir leid, daß wir das getan haben, oder?«

»Tut es dir nicht leid?« gab er zurück.

»Weshalb sollte es mir leid tun?«

»Du warst noch Jungfrau!« sagte er schmerzlich.

Jessie lächelte. »Natürlich war ich das. Hast du etwa etwas anderes von mir geglaubt?«

Er hatte das Gefühl, in eine Falle gelaufen zu sein. »Du hast dich nicht gerade wie eine Jungfrau benommen, als ich dich zum ersten Mal gesehen habe.«

»Ach, das«, wehrte Jessie ab. »Das war gar nichts. Ich habe nur zu spät gemerkt, was Blue da getan hat.«

»Ich nehme an, das wirst du auch über das sagen, was sich heute nacht hier abgespielt hat.«

Jessie grinste, weil sie glaubte, er sei eifersüchtig. »Ich war mir durchaus bewußt, was du getan hast.«

Er blieb stumm, und sein Schweigen fing an, sie zu verwirren.

»Ich verstehe nicht, worüber du dich aufregst«, sagte sie.

»Du warst Jungfrau! Ich hatte nicht das Recht ... ich hätte aufgehört.«

»Ich weiß«, sagte sie zart, und sie erinnerte sich an den Moment, in dem er wirklich aufgehört hatte. »Aber ich bin froh, daß du nicht aufgehört hast.«

»Du hast doch dafür gesorgt, daß ich nicht aufhöre, oder etwa nicht?«

Sie kicherte.

»Ich weiß nicht, was daran komisch sein soll, Jessie.«

»Und ich weiß nicht, wo das Problem liegt. Ich wollte dich doch auch. Und wenn ich mich nicht darüber aufrege, was passiert ist, warum solltest du dich dann darüber aufregen?«

»Du erwartest doch nicht … irgend etwas … wegen dieser Geschichte?«

Schon während er diese Frage stellte, rollte er sich von ihr herunter und fing an, sich anzuziehen.

»Was soll das heißen, etwas erwarten?« fragte sie vorsichtig.

»Jetzt hör aber auf, Jessie, du weißt ganz genau, was ich meine. Ich bin sicher, daß du nicht so bist wie die meisten Jungfrauen, die ihre Unschuld nur hergeben, um einen Mann in die Falle zu locken, aber wenn Rachel etwas von diesem Vorfall erführe, würde sie darauf bestehen, daß …«

»Wir heiraten«, beendete Jessie seinen Satz. In ihren Augen war ein plötzliches und volles Verständnis getreten, und sie flammten auf. »Und ich bin natürlich nicht gut genug für eine Heirat mit dir.«

»Das habe ich nicht gesagt.«

Mit der Kraft der gesamten Wut, die in ihr aufstieg, schlug sie ihm ins Gesicht. »Du Schurke!« zischte sie, während sie aufsprang. »Während du bekommen hast, was du wolltest, hat es keine Rolle gespielt, aber hinterher hast du angefangen, dich vor den Folgen zu fürchten, stimmt's?«

»Jessie, ich …«

»Du verfluchter Kerl, ich hasse dich! Du hast mir das Gefühl gegeben, schmutzig und berechnend und hinterlistig zu sein. Aber so bin ich nicht! Dafür hasse ich dich!«

Er hätte sich am liebsten die Zunge herausgeschnitten. »Jessie, es tut mir leid«, setzte er zerknirscht an aber sie ließ ihn stehen, um sich – ungesehen von ihm – anziehen zu können. Sowie sie angezogen war, packte sie ihre Decke und stieg auf ihr Pferd.

»Du hast das, was geschehen ist, kaputtgemacht, und daran kannst du nichts mehr ändern«, rief sie ihm zu. »Ich würde dich selbst dann nicht heiraten, wenn du mich darum bitten würdest. Du brauchst dir also keine Sorgen zu machen, daß ich Rachel etwas erzählen könnte. Das fehlte mir gerade noch, daß sie mich an etwas erinnert, was ich vergessen will.«

Jessie ritt los. Wenigstens kam er nicht auf die Idee, ihr zu folgen.

13

Chase erwachte in der Morgendämmerung. Auf dem Ritt zur Ranch ließ er sich Zeit, weil er darüber nachzudenken versuchte, was er Jessie sagen sollte. Er hatte ihr den ersten Geschmack an der Liebe verdorben, und es war ihm ein schreckliches Bedürfnis, etwas dazu beizutragen, daß sie sich wohler fühlte.

Rachel stand auf der Veranda und sah noch bezaubernder aus als sonst. Sie trug ein frühlingsgrünes Kleid mit weißen Rüschen. Ihr goldblondes Haar war zu einem straffen Knoten in ihrem Nacken frisiert, und einzelne Löckchen fielen auf ihre Schläfen.

Sie sah elegant aus. Rachel wirkte immer elegant, vornehm und ausgeglichen, als könne nichts sie aus der Fassung bringen. Das gehörte zu den Dingen, die Jonathan Ewing an ihr bewundert hatte. Und gleichzeitig war es das einzige, was Chase an Rachel störte – diese natürliche Selbstbeherrschung.

»Du meine Güte, Chase, du siehst aus, als seist du die ganze Nacht im Freien gewesen«, sagte Rachel, als er sein Pferd vor der Veranda anhielt.

Er sah an sich herunter, grinste und rieb sich die Stoppeln auf dem Kinn. »War ich auch. Ich konnte letzte Nacht nicht schlafen und bin ausgeritten. Leider bin ich in der Dunkelheit vom Weg abgekommen, und daher habe ich mich bis zum Einbruch des Tageslichts hingelegt.«

Sie schüttelte den Kopf. »Also wirklich, Chase, das sieht dir gar nicht ähnlich.«

»Ich bin eigentlich nicht mehr ganz der Alte, seit ich hierhergekommen bin, Rachel«, gab er zurück. »Diese Tochter, die du hast, hat eine Art, Leute zu verändern..«

Darauf ging sie nicht ein. »Hättest du nicht heute morgen mit deiner Arbeit beginnen sollen?«

Er schämte sich. Das hatte er ganz vergessen. »Doch, ich denke schon. Ich nehme an, Jessie ist schon losgeritten?«

»Ich weiß es nicht«, seufzte Rachel. »Sie erzählt mir nie etwas.«

»Morgen, junger Mann.« Jeb war um das Haus herum gekommen und hatte Chase entdeckt. »Hab' schon gemerkt, daß Ihr Pferd heute nacht nicht im Stall geschlafen hat. Kommen Sie gerade erst von irgendwo zurück?«

»Ja«, erwiderte Chase, ohne dem etwas Näheres hinzuzufügen.

Jeb brummte, als er merkte, daß er keine weiteren Informationen bekommen würde. Dann wandte er sich an Rachel und tat Chase damit ab, daß er ihm den Rücken zukehrte.

»Hab' mir gedacht, das zeige ich Ihnen lieber, ehe Sie sich wieder so aufregen wie beim letzten Mal«, sagte er mürrisch zu ihr.

Sie riß Jeb den Zettel aus der Hand und überflog ihn eilig. Dann stöhnte sie. »Nicht schon wieder!«

Chase stieg ab und las, was auf dem Blatt Papier stand.

Jeb,
ich muß für eine Weile fort. Kümmere du dich an meiner Stelle um alles. Sag Mitch, daß er ohne mich mit dem Viehtrieb anfängt, wenn ich nicht zurück bin, ehe er alles soweit hat. Er kommt allein zurecht. Du weißt, wo ich zu finden bin, wenn ich gebraucht werde.   Jessie

»Wo steckt sie denn diesmal, Jeb?« fragte Chase.

»Da, wo sie letztes Mal auch war«, sagte Jeb nicht allzu freundlich.

»Willst du schon wieder damit anfangen?« schrie Chase. Er explodierte.

»Du weißt, wo du sie findest, Jeb. Du mußt ihr nachreiten«, sagte Rachel.

»Das geht nicht.« Jeb schüttelte hartnäckig den Kopf. »Nur wenn sie gebraucht wird. Das schreibt sie doch selbst.«

Rachel wandte sich an Chase, und in ihren großen Augen stand

entsetzliche Angst. »Schon gut, Rachel«, stöhnte er. »Soviel bin ich
nicht mehr geritten, seit ich Kalifornien nach meinem Vater durch-
gekämmt habe.«

Sie legte eine Hand auf seinen Arm. »Ich kann dir gar nicht sagen, wie froh ich bin, daß du das für mich tust, Chase.«

»Ich weiß«, sagte er. »Aber deine Tochter wird sich gar nicht
freuen, wenn ich sie einhole.«

Diese zweite Hetzjagd paßte ihm überhaupt nicht in den Kram.
Und nach dem, was in der vergangenen Nacht passiert war, bereitete ihm der Umstand, daß Jessie wieder ausgerissen war, ganz
entschiedenes Unbehagen. Sie war seinetwegen verschwunden.

14

Es war so wunderschön, wieder bei Weißer Donner und seiner Familie zu sein, so schön, ihre Waffen abzulegen und das indianische Kleid zu tragen, das sie mit Hilfe von Kleiner Grauer Vogel
genäht hatte, ihr Haar zu flechten und sich Perlen- und Feder-
schnüre um ihre Zöpfe zu binden. Es war einfach wunderbar.
Aber es war nicht dasselbe wie früher, denn diesmal gab es einen
Störfaktor, einen Eindringling.

Kleiner Falke war ihr zum Dorf der Cheyenne gefolgt. Er war
keineswegs in den Norden zurückgekehrt, sondern hatte sich in
ihrer Nähe aufgehalten. Wenn er sich in der Gegend herumgetrie-
ben und sie beobachtet hatte, konnte er sie dann nicht auch in jener Nacht mit Chase gesehen haben? Sie war so verlegen wie in ihrem ganzen bisherigen Leben noch nicht. Warum hatte er darauf
beharrt, ihr zu folgen? Weißer Donner konnte ihr das auch nicht
erklären. Er sagte nur, daß Kleiner Falke darum gebeten habe, mit
ihr sprechen zu dürfen.

In der vergangenen Nacht war es ihr gelungen, Kleiner Falke zu
vergessen. Sie und Weißer Donner hatten sich viele Stunden lang
unterhalten, und sie hatte ihm ihr Herz ausgeschüttet, insbesondere, was den Tod ihres Vaters betraf. Sein Mitgefühl hatte es ihr erlaubt, sich auszuweinen, und das hatte ihr gutgetan. Dann hatte
sie ihm von Rachel erzählt und von den Sorgen, die sie im Mo-

ment belasteten, doch er hatte ihr keine Lösung anbieten können. Aus irgendwelchen Gründen sprach sie mit keinem Wort über Chase. Vielleicht schämte sie sich zu sehr.

An jenem Nachmittag saß Jessie mit ihrem Freund in einem Wigwam, und sie erwartete das Eintreffen von Kleiner Falke. Sie hatten einen großen Wigwam ganz für sich. Der kleine Bruder von Weißer Donner war mit seinen Freunden ausgeritten, um mit kleinen Pfeilen und Bögen Steppenhunde und Hasen zu jagen. Rennt Mit Dem Wolf war ausgegangen und spielte mit einigen der älteren Männer. Breiter Fluß und Kleiner Grauer Vogel färbten hinter dem Wigwam eine Büffelhaut, und immer wieder hörte Jessie ihre leisen Stimmen. Die Unterhaltung, die sie hörte, belustigte sie.

»Ich habe gesehen, daß du Grauer Kessel angelächelt hast, Tochter, und dabei habe ich dir schon so oft gesagt, daß du niemals einen Mann anschauen oder anlächeln darfst, und am allerwenigsten einen Mann, der dir den Hof macht.«

»Aber es war doch nur ein kleines Lächeln, Mutter«, protestierte Kleiner Grauer Vogel.

»Mit jedem kleinen Lächeln verlierst du an Wert. Er wird glauben, daß er dich bereits für sich gewonnen hat, und daher wird er nicht so viele Pferde für dich bieten. Willst du eine arme Ehefrau sein?«

»Nein, Mutter.« Die Stimme von Kleiner Grauer Vogel war unterwürfig. »Und ich werde daran denken, nicht so oft zu lächeln.«

»Überhaupt nicht zu lächeln, Tochter«, wurde sie von Breiter Fluß ermahnt. »Und du darfst nicht zulassen, daß Grauer Kessel oder Weißer Hund so lange bleiben, wenn sie zu Besuch kommen.«

»Ja, Mutter.«

»Hat einer von den beiden jungen Männern dich gefragt, ob du ihn heiraten willst?« In der Stimme von Breiter Fluß lag jetzt noch mehr Ernst.

»Nein, bisher noch nicht.«

»Du mußt immer daran denken, daß du ablehnst, wenn du zum ersten Mal gefragt wirst. Lehne freundlich ab, aber laß sie wissen, daß du nicht leicht zu erobern bist.«

»Aber, Mutter ...«

»Hör auf mich. Ich sage dir diese Dinge zu deinem eigenen Besten«, sagte Breiter Fluß geduldig. »Laß niemals zu, daß einer der beiden jungen Männer dich sieht, wenn du allein bist, auch nicht, wenn es der Mann ist, den du bevorzugst. Du darfst dich nicht von einem Mann berühren lassen, Tochter, vor allem deine Brüste nicht. Wenn ein Mann deine Brüste berührt, betrachtet er dich als seinen Besitz. Willst du vielleicht, daß es dazu kommt, daß die beiden Männer gegeneinander kämpfen, weil einer von beiden damit prahlt, dich für sich gewonnen zu haben, ehe er die Einwilligung hat? Nein, natürlich willst du das nicht, denn der, den du bevorzugst, könnte verlieren. Hast du deine Wahl schon getroffen? Mein Mann zieht Weißer Hund vor, und ich bin seiner Meinung, aber wenn Grauer Kessel mehr bieten sollte, dann …«

Ihre Stimmen ebbten ab. Jessie war knallrot geworden. Sie hatte zugelassen, daß Chase Summers ihre Brüste berührt und sogar noch weit mehr getan hatte. Aber er war kein Indianer. Er würde sie nicht als seinen Besitz ansehen. Nein, ganz im Gegenteil. Chase hatte sie so intim, wie es nur irgend ging, kennengelernt, und dann hatte er nichts mehr mit ihr zu tun haben wollen!

Weißer Donner hatte Jessie aufmerksam beobachtet, und er kannte sie schon lange.

»Du errötest. Bist du von einem Mann berührt worden, Sieht Wie Frau Aus?«

Jessie blieb die Luft weg. Konnte er ihre Gedanken lesen? Es war unheimlich, und doch war es schon so oft so gewesen.

»Möchtest du darüber reden?« fragte er zögernd.

»Nein, noch nicht.«

»Es war aber nicht Kleiner Falke?«

Sie lachte bitter, und er war schockiert.

»Er würde eine Frau wenigstens nicht im einen Moment wollen und im nächsten Moment beschließen, daß sie seiner unwürdig ist.«

»Wer hat dich so behandelt?« Weißer Donner stand auf. Er war wutentbrannt.

»Setz dich, mein Freund«, sagte Jessie zart. »Wahrscheinlich trifft mich ebensoviel Schuld an dem, was vorgefallen ist, wie ihn. Ich war naiv.«

»Aber es hat dich verletzt.«

»Ich werde darüber hinwegkommen.«

Jessie wandte sich wieder den wilden Kirschen zu, die sie mitsamt den Kernen und allem in einen Steinmörser warf. Später würden sie getrocknet und mit Streifen von Büffelfett und Fleisch vermengt werden, um Pemmikan daraus zu machen, eine Speise, die monatelang haltbar war.

Er stand auf und überließ sie ihren Gedanken. Jessie war froh, daß sie es ihm gesagt hatte. Jetzt würde er verstehen, wenn sie plötzlich trübsinnig wurde.

Weißer Donner war so weise und verständig für einen so jungen Mann. Er war nicht mehr als zwei Jahre älter als sie. Wie sehr sie ihn liebte, diesen teuren Freund! Sie sah ihn von der Seite an und lächelte, als er sie ansah.

Die Cheyenne waren der größte Stamm unter den Prärie-Indianern, und Weißer Donner war einen Meter achtzig groß. Außerdem war er ein fast beunruhigend gut aussehender Mann mit diesen erstaunlich braunen Augen, die er von seinem Vater geerbt hatte. Seine Haut hatte die Farbe von Kupfer, doch das kam von der Sonne. Er war ein junger Krieger, der sich bereits als überdurchschnittlich geschickt und stärker als die meisten anderen erwiesen hatte. Sie war stolz auf ihre Freundschaft mit ihm.

Kleiner Falke kam wenige Minuten später. Schweigend betrat er den Wigwam. Er trug ein Hemd, das besonderen Anlässen vorbehalten war, ein Hemd aus dem Leder der Dickhornschafe. Die langen Ärmel waren ebenso wie die Beinkleider mit Fransen besetzt, und sein Perlenschmuck war sehr schön. Da und dort hingen auch Troddeln und Quasten und Metallstückchen und Muscheln. In seinen Zöpfen waren weiße Fellstreifen geflochten, und er trug eine einzelne blaue Feder im Haar, ganz so wie die, die er ihr zurückgelassen hatte.

Weißer Donner war beeindruckt, aber auch besorgt. Die Kleidung und der Schmuck des Sioux sprachen dafür, daß sein Anliegen von Bedeutung war, und Weißer Donner fürchtete zu wissen, worum es sich handelte. Das gefiel ihm gar nicht.

Kleiner Falke hielt alle förmlichen Anstandsregeln ein und wartete auf eine Aufforderung, sich hinzusetzen. Weißer Donner ließ ihn einen Moment lang warten und sah Jessie an, weil er wissen wollte, ob sie sich über die Bedeutung dieses Besuchs im klaren war. Schließlich seufzte er und hieß Kleiner Falken in der Sprache der Sioux willkommen. Jessie sah die beiden an, während sie miteinander sprachen, und sie wurde ungeduldig, als die Unterhaltung fortgesetzt wurde, ohne sie einzubeziehen, da sie kein Wort verstand. Sie dachte, Kleiner Falke sei gekommen, weil er sich mit ihr unterhalten wollte. Sie fing an, sich zu ärgern.

Endlich drehte sich Kleiner Falke zu ihr um, und Weißer Donner sagte: »Er bittet um die Erlaubnis, mit dir sprechen zu dürfen.«

Jessie erwiderte: »Aber ich habe mich doch längst einverstanden erklärt, mit ihm zu sprechen. Ist er denn nicht deshalb gekommen?«

»Er bittet jetzt förmlich um diese Erlaubnis.«

Jessie unterdrückte ein Grinsen über diese absurde Situation. »Dann willige ich förmlich ein.«

Weißer Donner fuhr feierlich fort: »Er hat außerdem darum gebeten, daß ich für ihn übersetze.«

»Aber wozu denn das? Er spricht Englisch.«

»Er verschmäht den Gebrauch dieser Sprache, wenn es nicht unbedingt notwendig ist«, erklärte Weißer Donner.

Jessie war gereizt. »Warum hat er diese Sprache dann überhaupt gelernt?«

»Willst du, daß ich ihm diese Frage stelle?«

»Ich kann ihn auch selbst fragen«, sagte sie barsch.

»Sprich ihn nicht direkt an«, warnte sie Weißer Donner leise aber eindringlich. »Und sieh ihn auch nicht so kühn an, oder enthülle, was du denkst.«

Sie lachte. »Jetzt klingst du schon genauso wie deine Mutter.«

»Bleib ernst, Frau.« Weißer Donner sah sie finster an. »*Ihm* ist es ernst. Im übrigen ist es bei einem Anliegen wie dem seinen Sitte, daß er durch einen Dritten spricht.« Er zog die Augenbrauen hoch und sah sie fragend an. »Hast du jetzt verstanden?«

Jessie legte ihre Stirn in Falten. Was versuchte er ihr anzudeuten? So mysteriös drückte sich Weißer Donner doch sonst nie aus.

»Wenn wir jetzt vielleicht einfach anfangen würden«, schlug Jessie vor. Sie warf Kleiner Falke einen besorgten Seitenblick zu.

Die beiden Männer sprachen länger miteinander, und Jessies Besorgnis wuchs, als offensichtlich zu erkennen war, daß sie miteinander stritten. Wenn sie doch wenigstens einen Schimmer hätte, worum es bei diesem Besuch eigentlich ging!

Die Männer verstummten, und Jessie stellte fest, daß sie den Atem angehalten hatte. Als keiner der beiden Männer wieder ansetzte, zu sprechen, fragte sie: »Nun?«

»Es ist so, wie ich es mir dachte«, sagte Weißer Donner kurz und bündig zu ihr. »Er will dich zur Frau haben.«

Jessie war sprachlos. Sie sagte sich, daß sie sich gar nicht zu wundern brauchte, doch ihr Erstaunen war grenzenlos.

Dann wandte sie sich an kleiner Falke, und ihre Blicke trafen sich für einen Moment, ehe sie ihre Augen wieder abwandte. Ja, er wollte sie haben. Plötzlich fühlte sie sich geschmeichelt. Nach der widerwärtigen Behandlung, die sie von Chase erfahren hatte, war das Balsam für ihre Seele.

»Will er mich zur Frau haben oder als seine Ehefrau?« fragte sie geschwind.

»Als seine Ehefrau.«

»Ich verstehe …«, sagte Jessie. Versonnen richtete sie ihren Blick zur Spitze des Wigwams.

Weißer Donner war entgeistert. »Du spielst doch nicht etwa mit dem Gedanken, seinen Antrag anzunehmen?«

»Wieviel hat er für mich geboten?«

»Sieben Pferde«, antwortete er.

»Sieben?« Jessie war beeindruckt. »Warum so viele? Ist er reich?«

»Ich halte ihn eher für fest entschlossen. Ein Pferd wäre für mich, weil ich mich bereit erklärt habe, für ihn zu sprechen, da er hier keinen guten Freund hat, der das für ihn hätte übernehmen können. Zwei Pferde würde Rennt Mit Dem Wolf bekommen, weil es sein Wigwam ist, in dem du untergebracht bist. Die übrigen vier Pferde sind für dich und würden gemeinsam mit deiner eigenen Habe in deinem Besitz bleiben.«

»Und das Wigwam gehört mir«, fügte sie hinzu, da sie wußte, daß ein Wigwam als der Besitz der Ehefrau angesehen wurde.

»Nein, das Wigwam nicht«, gestand Weißer Donner behutsam ein. »Das ist der Hauptgrund, aus dem ich ihm gesagt habe, daß nichts daraus werden wird. Er hat bereits eine erste Ehefrau.«

»Er ist verheiratet?«

»Ja.«

»Ich verstehe«, sagte Jessie steif.

Sie wußte nicht, warum sie plötzlich so erbost war. Vielleicht lag es daran, daß es ihr gutgetan hatte, sich begehrt zu wissen und ihre Sorgen zu Hause auf der Ranch zu vergessen. Auch wenn das hier nichts weiter als ein Märchen war.

»Sag Kleiner Falke, daß ich mich geschmeichelt fühlte«, sagte Jessie, »aber daß ich seinen Antrag unmöglich annehmen kann. Sag ihm, daß weiße Frauen ihre Ehemänner nicht teilen. Ich werde nicht eine zweite Ehefrau sein.«

Zu Jessies Erleichterung nahm Kleiner Falke ihre Ablehnung gelassen hin. Er wechselte noch ein paar Worte mit Weißer Donner, ehe er den Wigwam verließ.

»Er hat gesagt, daß er erwartet hat, daß du seinen Antrag beim ersten Mal ablehnst«, teilte Weißer Donner ihr sehr ernst mit. »Er scheint zu glauben, daß du dich an die Vorstellung gewöhnen wirst und es dir schließlich anders überlegst.«

»Oh!« Jetzt war Jessie wirklich besorgt. »Ich nehme an, daß er in der Nähe bleiben wird, um seinen Antrag zu wiederholen?«

»Ich kann dir garantieren, daß du ihn nicht zum letzten Mal gesehen hast«, erwiderte Weißer Donner.

Jessie schüttelte den Kopf. Noch vor wenigen Tagen war sie ohne einen Mann und so frei gewesen, wie man es sich nur denken konnte. Jetzt gab es mehr Männer in ihrem Leben, als sie bewältigen konnte.

15

Es war am späten Nachmittag des vierten Tages, seitdem Chase ihrer Fährte gefolgt war. Er hätte nie geglaubt, daß er so weit reiten müßte. Im Fort Laramie hatte er Rast gemacht und eine Nacht dort verbracht. Hier hatte man ihm den Weg zum Dorf von Weißer Donner beschrieben. Er wußte, daß das der richtige Ort war. Es mußte der richtige Ort sein. Hier gab es sonst keine Ansiedlungen.

In der späten Nachmittagssonne lag das Dorf friedlich da. Er sah Kinder beim Spielen, Frauen bei der Arbeit und Männer, die in Gruppen zusammenstanden. Viele Pferde waren an den Wigwams angebunden, Fleisch hing zum Trocknen an Schnüren, Büffelhäute waren zum Färben ausgebreitet. Es schien ein wohlhabendes, stilles Dorf zu sein. Er kauerte am Ufer eines Baches und sah sich um. Konnte sie hier sein?

Seine Frage wurde augenblicklich beantwortet, als er sich vorsichtig flußabwärts vortastete und eine Stelle erreichte, an der üppige Sträucher und Bäume den Blick auf das Dorf verstellten. Hier hatte er sich verbergen wollen, doch er rührte sich nicht mehr von der Stelle, als er eine Frau sah, die im Fluß badete. Sie war nackt bis zur Taille und trug einen indianischen Lendenschurz. Chase führte sein Pferd langsam näher zum Ufer. Er war weit genug entfernt, um nicht von der Frau gesehen zu werden.

Er vergaß das ganze Dorf und alles andere auch, während er diese Frau beim Baden beobachtete. Es war Jessie. Er war ganz sicher. Sie hatte ihr Haar gelöst, und es hing naß auf ihrem Körper. Bei allen Himmeln, sie war schön, eine Göttin, die die Sonne geküßt hatte. Ihre Brüste waren wesentlich voller, als er sie in Erinnerung hatte, und sie waren von keinem Hemd bedeckt. Stolz und aufrecht hoben sie sich über ihrer schmalen Taille und den zarten Rundungen ihrer Hüften ab. Chase war von diesem Anblick gebannt. Was war es bloß, das sie so schön machte, sie etwas ganz Besonderes sein ließ?

Seiner Versonnenheit wurde ein jähes Ende gesetzt, als er sah, daß Jessie mit jemandem sprach. Dann sah er den Indianer. Er saß da und lehnte mit dem Rücken an einem knorrigen Baumstamm. Der Indianer saß nicht mit dem Gesicht zu Jessie, doch als sie mit ihm sprach, drehte er sich zu ihr um.

Chase war außer sich vor Wut. Ein Mann beobachtete Jessie beim Bade! Es war eine Schande, daß sein Zorn ihn übermannte, denn dadurch nahm er seine gesamte Umgebung nicht mehr wahr. Schwarzer Bärenjäger, der ältere Bruder von Weißer Donner, bewegte sich langsam auf den fremden Weißen zu. Er kam aus einer Richtung, aus der er weder Jessie noch Weißer Donner sehen konnte, den Mann, mit dem sie sprach. Für ihn entstand der Eindruck, daß der fremde Weiße sein Dorf ausspionierte. Schwarzer Bärenjäger näherte sich Chase mit äußerster Behutsamkeit.

Als sie das kühle Wasser des Gebirgsbaches über ihren Körper rinnen ließ, gelang es Jessie endlich, Kleiner Falke aus ihren Gedanken zu verbannen. Sie und Weißer Donner hatten oft gemeinsam im Fluß gebadet, als sie beide noch jünger waren, doch Breiter Fluß hatte dem Einhalt geboten, als Jessies Körper erste Rundungen zu entwickeln begann. Weißer Donner begleitete sie jedoch weiterhin, um sie beschützen zu können.

Der eigentliche Grund dafür, daß Weißer Donner Jessie begleitete, war Schwarzer Bärenjäger. Er war der einzige im Dorf, der Jessies Besuche nie hatte dulden wollen. Zweimal hatten sich die Brüder ihretwegen zerstritten, und etliche Male hatte Schwarzer Bärenjäger Jessie allein angetroffen und sie ganz schrecklich verängstigt.

Weder im letzten Jahr noch während ihres Besuchs im Dorf in diesem Jahr hatte sie Schwarzer Bärenjäger gesehen. Sie wußte, daß er sich kürzlich eine Frau genommen hatte und jetzt mit ihr in einem eigenen Wigwam wohnte. Sie fragte sich, ob er nun vielleicht weniger bedrohlich war.

Jessie schnitt dieses Thema an, indem sie Weißer Donner über ihre Schulter zurief: »Haßt dein Bruder mich eigentlich immer noch?«

Weißer Donner war so erstaunt über diese Frage, daß er sich vergaß und sich zu ihr umdrehte. »Aber er hat dich doch nie gehaßt.«

»Natürlich hat er mich gehaßt.«

Weißer Donner wandte sich schnell wieder ab. Es war lange her, seit er sie zum letzten Mal unbekleidet gesehen hatte. Ihm wurde heiß. Es war passiert. Er konnte nicht dulden, was er ihr gegenüber manchmal empfand. Sie waren Freunde. Das würde er nicht aufs Spiel setzen.

»Hast du mich gehört, Weißer Donner?«

»Ja«, rief er zurück, ohne sie anzusehen. »Aber du irrst dich, wenn du das, was er für dich empfindet, als Haß auslegst.«

»Du weißt doch selbst, wie er sich mir gegenüber immer verhalten hat«, rief Jessie ihm ins Gedächtnis zurück.

»Ihm war nicht recht, daß du hierherkommst, aber doch nur, weil du weiß bist wie mein Vater, der Mann, der Breiter Fluß von ihrem ersten Ehemann fortgeholt hat, dem Vater von Schwarzer Bärenjäger. Dadurch hat er seinen Vater verloren, und seit damals

100

hegt er einen Groll gegen Weiße, der sich unterschiedslos gegen alle Weiße richtet.«

»Aber ich war doch noch ein Kind. Mir konnte er doch keine Schuld daran geben.«

»Das wußte er selbst. Er hat sogar später bereut, daß er dich so schlecht behandelt hat, aber damals war es zu spät.«

»Wieso? Ich hätte das verstanden.«

»Ja, aber hättest du alle Gründe dieser Veränderung verstanden, die sich in ihm vollzogen hat? Siehst du, er wollte dich eines Tages haben.«

Sie war erstaunt und konnte es nicht recht glauben. »Er hatte allerdings eine seltsame Art, mir das zu zeigen«, spottete sie.

»Weil du weiß bist. Weil er es sich nicht gestatten konnte, eine weiße Frau zu wollen. Er hat große Qualen auf sich genommen, um es dich nie ahnen zu lassen. Er war grob zu dir, weil es nicht leicht für ihn war, das zu verbergen, was er für dich empfand.«

»Aber woher weißt du das, Weißer Donner?« fragte Jessie. »Hat er es dir gesagt?«

»Nein. Ich weiß es ganz einfach.«

»Du könntest dich irren, meinst du nicht?«

»Das bezweifle ich. Wäre es dir denn wirklich lieber, weiterhin zu glauben, daß er dich haßt, wenn das gar nicht wahr ist?«

»Ja, es wäre mir lieber.« Sie schien es durchaus ernst zu meinen. »Es ist reichlich verwirrend, plötzlich festzustellen, daß ich von vielen Männern begehrt werde. Das bin ich nicht gewohnt, und ich kann es auch nicht verstehen. Ich bin doch schließlich alles andere als eine Schönheit. Im allgemeinen bin ich staubig und verschwitzt von der Arbeit, und ich trage Hosen. Schau mal, Kleiner Falke hat mich bis heute nie auch nur in einem Kleid gesehen. Und doch wollen er und Chase ...«

»Das ist also der Name dieses anderen?« fiel ihr Weißer Donner ins Wort.

»Über *ihn* reden wir jetzt ganz bestimmt nicht«, sagte Jessie eisern. »Aber sag mal, ist Schwarzer Bärenjäger glücklich mit seiner Frau? Kann ich damit rechnen, daß er mir jetzt weniger feindselig begegnet?«

»Er ist glücklich, aber was er dir gegenüber empfinden wird, kann ich dir nicht sagen.«

»Wo ist er?«

»Er ist auf die Jagd gegangen und muß demnächst zurückkommen. In der Tat …« Weißer Donner stand auf, und auf sein Gesicht trat ein wachsamer Ausdruck. »Ich glaube, das ist sein Siegesschrei. Hörst du das?«

»Ja. Geh schon voraus, Weißer Donner. Ich bin gleich soweit.«

»Bist du sicher?«

»Ja. Kleiner Falke wird sich die Beute von Schwarzer Bärenjäger ansehen, und somit wird er mich nicht belästigen, und im übrigen mache ich mir wegen niemandem Sorgen. Geh schon voraus.«

Jessie wusch sich noch die Haare. Sie ließ sich Zeit. Ihr ging soviel durch den Kopf, daß sie nicht neugierig auf die Beute war, die Schwarzer Bärenjäger mitbringen würde. Sie war sicher, daß sie die ganze Geschichte später noch ausführlich hören würde.

Sich vorzustellen, daß auch Schwarzer Bärenjäger sie begehrte …! Sie schüttelte verwirrt den Kopf. Es war alles so seltsam, diese verschiedenen Aspekte des Wollens. Blue hatte sie begehrt. Kleiner Falke begehrte sie. Chase hatte sie begehrt, aber nur für dieses eine Mal. Und Schwarzer Bärenjäger kämpfte gegen sein Begehren an und hatte sie ständig mit Feindseligkeiten verfolgt, weil er sie eigentlich haben wollte. Und ansonsten? Rachel hatte nur so getan, als würde sie Thomas lieben, und das, was Thomas empfunden hatte, konnte man nicht als Liebe bezeichnen, weil es in Haß umgeschlagen war. In Büchern war die wahre Liebe überschwenglich, doch Jessie hatte nie zwei verheiratete Menschen gesehen, die die Art von Liebe zur Schau stellten, von der sie in den Büchern gelesen hatte. Gab es wirklich so etwas wie Liebe?

Eine Weile später war Jessie angezogen. Ihr Haar war noch naß, doch es war in zwei glatte Zöpfe geflochten. Sie bog auf den schmalen Pfad ein, der zum Indianerlager führte. Doch dort stand Kleiner Falke und versperrte ihr den Weg. Seine Beine waren leicht gespreizt, seine Arme über seiner breiten Brust verschränkt. Er hatte sein Hemd für besondere Anlässe und seine Beinkleider abgelegt und trug nur noch seinen Lendenschurz und Mokassins.

Es gelang Jessie, ihre Überraschung zu verbergen. Sie sah ihn fest an.

»Wenn du fertig bist, begleite ich dich zum Dorf zurück«, erbot sich Kleiner Falke.

»Jetzt bist du plötzlich bereit, Englisch zu sprechen?«

»Wenn nur wir beide allein sind, ist es unvermeidlich«, erwiderte er achselzuckend. Dann sagte er abrupt: »Du solltest hier nicht ohne die Waffe herumlaufen, die du sonst an deiner Hüfte trägst.«

»Das war nicht nötig. Ich war bis vor einem Moment nicht allein, kurz bevor du gekommen bist. Du bist doch gerade eben erst gekommen, oder etwa nicht?«

»Wenn ich ja sage, macht dich das glücklich?«

»Was ist denn das für eine Antwort?« fauchte Jessie.

»Willst du lieber hören, daß ich gekommen bin, während du dich noch abgetrocknet hast?«

Jessies Augen flammten auf. »Warum hast du mir nicht zu erkennen gegeben, daß du da bist? Du hattest nicht das Recht ... dazustehen und mich zu beobachten!«

»Du hast dir von Weißer Donner beim Baden zusehen lassen.« Diese Feststellung äußerte er ganz ruhig.

»Er hat mir nicht zugesehen«, beharrte sie. »Das täte er nie. Er ist mein Freund. Ich vertraue ihm.«

Kleiner Falke grinste. »Du wirst es lernen, auch mir zu vertrauen.«

»Wie kann ich dir vertrauen, wenn du dich heimlich an mich heranschleichst?«

»Bleib stehen, Sieht Wie Frau Aus.« Er schnitt ihr mit zwei schnellen Schritten den Weg ab und zwang sie, ihm in die Augen zu sehen. »Warum bist du wütend? Mißgönnst du mir den Anblick deines Körpers, nachdem ich meine Absichten deutlich ausgedrückt habe? Ist es nicht verständlich, daß ein Mann die Nähe der Frau sucht, die er gebeten hat, ihn zu heiraten? Ich wußte nicht, daß ich dich so vorfinden würde, aber es tut mir nicht leid. Dein Anblick hat mir viel Vergnügen bereitet.«

Er sagte noch mehr, doch er war zu seiner Sprache übergegangen, und während Jessie noch verwirrt zuhörte, küßte er sie.

Es war ein Schock. Sie spürte seinen Kuß bis in ihre Zehenspitzen. Sein Kuß erschreckte sie, aber sie war machtlos und konnte sich nicht dagegen wehren.

Als er sie schließlich losließ, blieb er vor ihr stehen und sah sie eindringlich und leidenschaftlich an. Er lächelte, denn er war in dem Glauben, diese Runde gewonnen zu haben. »Du hast den Himmel und auch den Wald in deinen Augen, und wenn du wütend bist, leuchten sie auf wie die Sterne. Aber du mußt noch lernen, dein Temperament zu zügeln, Sieht Wie Frau Aus. Meine erste Frau ist ein zartes Wesen – sie würde deine Gefühle nicht verstehen, die wie Stürme wüten.«

»Du brauchst dir darum keine Sorgen zu machen!« sagte sie hitzig. »Ich werde deine Frau nicht kennenlernen – niemals. Und außerdem kann ich allein zum Lager zurückgehen, vielen Dank für das Angebot.«

Sie versuchte, an ihm vorbeizugehen, aber er hielt ihre Arme fest. »Stört es dich so sehr, daß ich schon eine Frau habe?« fragte er sanft.

»Natürlich stört es mich.«

»Aber ich kann euch beide lieben.«

»Ich kenne eure Gebräuche«, sagte sie vorsichtig. »Aber ich komme aus einer anderen Kultur, und mich würde es nicht glücklich machen, einen Mann zu teilen.«

»Dann werde ich meine Frau aufgeben.«

»Wag das bloß nicht!« keuchte Jessie. »Damit würde ich nicht fertig. Mit dieser unerträglichen Vorstellung, daß du das meinetwegen tätest, könnte ich nicht leben. Du mußt dich um sie kümmern.«

»Ja, aber ich will dich, Sieht Wie Frau Aus.«

Jessie hätte am liebsten laut aufgeschrien. »Sieh mal, ich bin nicht einmal mehr eine Jungfrau«, sagte sie leise, und ihre Wangen erröteten. »Also vergiß mich und ...«

»Das macht nichts.«

»Das macht nichts?« fragte sie ungläubig.

»Nein.«

Da sie ihm nichts mehr zu sagen hatte, stieß sie ihn von sich und rannte auf dem Pfad zum Dorf.

Er ließ sie laufen, doch er rief ihr nach: »Ein Sioux gibt nicht so leicht auf, Sieht Wie Frau Aus!«

»Um deinetwillen solltest du es lernen!« rief sie zurück, ehe sie sich durch die Büsche zwängte und das Lager vor sich sah.

Sie hörte ihn lachen und lief schneller. Sie rannte, bis sie vor dem Wigwam von Rennt Mit Dem Wolf stand.

16

Chase kam langsam wieder zu sich, doch der Schmerz in seinem Kopf betäubte ihn und nahm ihm jede Orientierung. Seine Schultern taten weh, und seine Hände waren taub. Was zum Teufel hatte das zu bedeuten?

Er schlug die Augen auf. Er lag zwischen Wigwams, und nicht weit von ihnen entfernt saß eine Gruppe von Indianern um ein Feuer herum. Er versuchte, seine Arme zu bewegen, und eine ungegerbte Lederschnur schnitt in seine Handgelenke. Dieser Schmerz brachte ihn vollends wieder zu sich. Chase stöhnte. Er wünschte, er wäre nicht erwacht.

Einer der Indianer hörte das Stöhnen und gab den anderen ein Zeichen. Zwei der Indianer standen auf und näherten sich ihm. Sie sahen auf ihn herunter. Er saß auf dem Boden, und seine Hände waren an einen Pfahl hinter seinem Rücken gebunden. Als er aufblickte, bemühte er sich, nicht verängstigt zu wirken. Beide Indianer waren jung, vermutlich jünger als er, aber das trug auch nicht dazu bei, daß er sich wohler fühlte.

»Du hast unser Abkommen gebrochen, Bleichgesicht«, sagte der größere der beiden Indianer. »Dafür wirst du die Strafe auf dich nehmen müssen. Aber sag uns erst, wer dich hierhergeschickt hat, damit du uns nachspionierst?«

Chase erkannte in dem Mann, der mit ihm sprach, nicht denjenigen wieder, den er mit Jessie am Bach gesehen hatte. Doch er bemerkte die blauen Augen und die ähnlichen Gesichtszüge, und er faßte sich ein Herz.

»Sie sind ein halber Weißer, nicht wahr?«

»Du wirst Fragen beantworten, nicht Fragen stellen«, lautete die rauhe Antwort.

»Das ist doch lächerlich«, sagte Chase ungeduldig. »Ich weiß nicht, wer mich angegriffen hat, aber es war ein Fehler. Ich bin nicht aus dieser Gegend, und ich weiß nichts von eurem Abkommen. Und spionieren tue ich ganz gewiß nicht.«

Chase wartete, während sich die beiden Männer in ihrer eigenen Sprache verständigten. Dann sah ihn der größere der beiden Männer zornig an.

»Schwarzer Bärenjäger sagt, daß du lügst. Er ist derjenige, der dich gefangengenommen hat. Er hat dich gefunden, als du dich am Flußufer versteckt hast, um unser Dorf zu beobachten. Er glaubt, daß die Armee dich zu uns geschickt hat, und er wird die Wahrheit erfahren, selbst wenn er dich zwingen muß, ihm die Wahrheit zu sagen.«

Chase spürte, daß sich seine Eingeweide zusammenzogen. »Darum geht es doch gar nicht. Ich bin hierhergekommen, weil ich Jessica Blair suche. Und ich weiß, daß sie hier ist. Fragt sie doch nach mir.«

Die beiden Indianer sprachen wieder miteinander, und diesmal entfernte sich der kleinere von beiden zornig. Chase wagte es, Hoffnung zu schöpfen, als der andere Indianer sich wieder zu ihm umdrehte und auf sein Gesicht, dessen Ausdruck gelockerte war, langsam ein Lächeln trat.

»Das hättest du gleich sagen sollen«, schalt ihn der tapfere Krieger.

»Das ist mir jetzt auch klar«, erwiderte Chase. »Aber Ihr Freund war nicht allzusehr darüber erfreut, oder?«

»Nein. Er hätte es vorgezogen, dich zu töten.«

Chase erbleichte. »Ist das die Strafe, die darauf steht, das Abkommen zu brechen? Das kann die Armee nicht vereinbart haben.«

»Die Armee hat uns die Ansprüche auf dieses Gebiet abgetreten. Wir haben ihre Forts zerstört und sie vertrieben. Wegen eines Mannes würde die Armee das Abkommen nicht brechen, selbst, wenn sie diesen Mann selbst ausgeschickt hätte. Dieses Gebiet gehört den Cheyenne und den Sioux, und die Armee hat das unbefugte Betreten dieses Gebietes durch Weiße untersagt.«

»Und doch erlauben Sie Jessica Blair, dieses Abkommen zu brechen?«

Der Indianer sah ihn finster an. »Wir betrachten sie als unseren Freund. Wer bist du überhaupt?« fragte er mit strengem Gesicht.

»Jessie kennt mich. Wenn Sie ihr nur sagen würden, daß Chase Summers ...«

»Chase!« wiederholte der Indianer. Seine Augen wurden schmaler. »Ich glaube, Sieht Wie Frau Aus würde es vorziehen, dich meinem Bruder zu überlassen.«

Mit diesen Worten wandte er sich ab. Chase versuchte, ihn zurückzurufen, doch er blieb nicht stehen.

106

Was zum Teufel hatte dieser Indianer plötzlich so erzürnt? Er hatte nichts weiter gesagt, lediglich seinen Namen genannt. Chase spürte ein wachsendes Unbehagen in sich aufsteigen. Jessie mußte etwas über ihn erzählt haben, und was sie auch gesagt haben mochte – es konnte nichts Gutes gewesen sein.

Die Sonne ging unter. Niemand kam. Die Indianer, die um das Feuer herum gesessen hatten, verschwanden einer nach dem anderen, und noch immer kam niemand zu ihm. Chase versuchte, sich aus seinen Fesseln zu befreien, aber sie saßen zu fest. Allmählich begann er zu verzweifeln. Wo blieb Jessie?

Als Jessie kam, war der blauäugige Indianer in ihrer Begleitung, und Chase erkannte sie im ersten Augenblick kaum. Sie sah aus wie eine Indianerin, und sie trug ein indianisches Kleid und kniehohe Mokassins, und ihr Haar war in zwei Zöpfe geflochten. Es schien ihm unmöglich, in ihrem Gesicht etwas zu lesen. War sie gekommen, um ihm zu helfen, oder kam sie, um sich an seiner mißlichen Lage zu ergötzen?

»Du hättest etwas eher kommen können«, sagte Chase. Er bemühte sich, seinen Tonfall beiläufig klingen zu lassen.

Jessies Gesichtsausdruck änderte sich nicht. »Ich habe geschlafen. Weißer Donner hat keinen Grund gesehen, mich zu wecken, nur um mir mitzuteilen, daß du hier bist. Weggehen konntest du ohnehin nicht.«

»Danke.«

Jessies Augen wurden zu Schlitzen. »Behalte deinen Sarkasmus für dich, Summers. In diese Lage hast nur du selbst dich gebracht.«

»Verdammt noch mal, ich habe nichts weiter getan, als hierherzukommen, um dich zu holen«, fauchte Chase.

Weißer Donner trat einen Schritt näher an Chase heran, und Jessie hielt seinen Arm fest. Sie zog ihn fort, und Chase sah, wie die beiden miteinander stritten. Dann kam Jessie allein zu ihm zurück.

Chase war überrascht. »Du sprichst ihre Sprache.«

»Ja.«

»Worum ist es gegangen?«

»Es hat ihm nicht gefallen, daß du mich angeschrien hast. Ich kann ja verstehen, daß du dich aufregst, aber ich rate dir, einen höflicheren Ton anzuschlagen. Es wäre unsinnig, ihn zu erzürnen, wenn er dich ohnehin hier behalten will.«

»Wieso denn das?« fragte Chase erbost. »Was zum Teufel hast du ihm über mich erzählt?«

»Nur die Wahrheit. Das du mich ausgenutzt hast. Du hattest deinen Spaß, und dann bist du in Panik geraten, ich könnte dich deswegen heiraten wollen. Leugnest du das etwa?«

»Du hast mir nie Gelegenheit gegeben, es dir zu erklären, Jessie.«

»Es gab nichts zu erklären. Der Fall lag reichlich klar«, sagte sie steif.

Bei Gott, wie gern er diese Fassung von ihr abgeschüttelt hätte. »Und was ist mit dir, Jessie? Ich könnte denselben verdammten Mist auch von dir behaupten. Du hattest deinen Spaß. Du hast mich ausgenutzt. Was wäre denn gewesen, wenn ich darauf bestanden hätte, dich deswegen zu heiraten?«

»Erzähl mir bloß keinen Unsinn!« fauchte sie.

»Jetzt stell dir das mal genau vor. Wer wäre denn derjenige gewesen, der einen Rückzieher gemacht hätte?«

»Aber du hättest nicht auf einer Heirat bestanden«, sagte sie. Ihre Stimme war wieder ganz ruhig. »Und du hast mir nie auch nur die Gelegenheit gegeben, herauszufinden, was ich empfunden habe.«

Aus ihrer Stimme war so deutlich herauszuhören, wie verletzt sie war, daß es ihm einen Stich versetzte. »Ich habe dir gesagt, daß es mir leid tut, und das war ernst gemeint. Vielleicht hast du es nicht als eine größere Sache empfunden, deine Jungfräulichkeit zu verlieren, aber ich war so schockiert über diesen Umstand, daß ich nicht mehr wußte, was zum Teufel ich sage, Jessie.«

»Das tut alles nichts zur Sache. Ich habe dir gesagt, daß ich das alles vergessen will.«

»Das tut durchaus etwas zur Sache, wenn dein indianischer Freund mir aufgrund dessen, was du ihm von mir erzählt hast, die Kehle durchschneiden will.«

»Wenn du es unbedingt wissen willst – ich habe ihm so gut wie nichts von dir erzählt. Er hat gesehen, daß ich außer mir war, und er hat seine eigenen Schlüsse daraus gezogen. Er fühlt sich in hohem Maß als mein Beschützer.«

»Was bedeutet er dir, wenn ich fragen darf?«

»Er ist ein sehr guter Freund. Und jetzt hast du es lange genug hinausgeschoben, mir zu sagen, was du hier zu suchen hast.«

»Wie gut?«

»Das geht dich nichts an!« fauchte Jessie. »Was ist auf der Ranch passiert? Weshalb bist du hier?«

»Gar nichts ist auf der Ranch passiert.«

»Nichts?« Ein glühendes Funkeln trat in ihre Augen. »Erzähl mir jetzt bloß nicht, daß Rachel dich wieder hinter mir hergeschickt hat.«

»Sie hat sich Sorgen gemacht.«

»Verdammt noch mal!« explodierte Jessie. »Was bist du denn, ein Schoßhund, daß du ihr aufs Wort folgst? Sie hätte dich damit in den Tod treiben können.«

»Jetzt hör aber auf.« Chase fühlte sich unbehaglich, da Weißer Donner, der sie beide nicht aus den Augen ließ, jetzt die Stirn runzelte.

»Du hörst mir jetzt zu.« Jessie senkte ihre Stimme. »Du hattest kein Recht, mir zu folgen. Ich brauche keinen Wachhund, und wenn ich einen bräuchte, dann ganz bestimmt nicht dich. Dieses Gebiet hier ist für mich ein zweites Zuhause, aber für dich ist es eine Todesfalle. Du hast verfluchtes Glück gehabt, daß Schwarzer Bärenjäger dich nicht auf der Stelle getötet hat, als er dich gefunden hat. Du solltest lieber hoffen, daß dein Glück noch eine Weile anhält, denn du wirst allein zurückreiten. Ich bin nicht da, um dir beizustehen. Du hast deine Zeit vergeudet – wieder einmal.«

Wenigstens hatte sie gesagt, daß er zurückreiten würde. Doch Chase ließ es nicht dabei bewenden. Er starrte Weißer Donner an, der am Feuer stand. Der Indianer hatte sich abgewandt, als Jessie ihre Stimme senkte. Chase konnte nur sein Profil sehen. Das brachte ihm wieder in Erinnerung, welches Schauspiel er am Bach vorgefunden hatte. Ungeheißen übermannte ihn wieder der Zorn.

»Wann werde ich freigelassen, Jessie?« fragte Chase.

»Weißer Donner wird deine Stricke durchschneiden«, teilte sie ihm mit.

»Würdest du mir eine Frage beantworten, ehe du ihn rufst?«

Jessie hätte darauf gefaßt sein müssen, doch die Eiseskälte in seiner Stimme entging ihr. »Was soll ich dir beantworten, Summers?«

»Bin ich dafür verantwortlich, daß du zur Hure geworden bist, oder hattest du schon immer dieses Potential? Ich wüßte nur zu gern, ob ich mir die Schuld daran geben muß.«

Jessie schnappte nach Luft. »Bist du verrückt?«

»Das meintest du doch, als du gesagt hast, daß dein Freund dort ein sehr guter Freund ist, oder?« fragte Chase weiter. Er spürte den Drang, gemein zu sein. »Oder macht es dir nur Spaß, manchmal eine Schau für ihn abzuziehen?«

»Wovon sprichst du?« flüsterte Jessie entgeistert.

»Ich habe ihn mit dir am Fluß gesehen«, schnaubte Chase. »Als dieser andere Indianer mich gefunden hat, habe ich nicht das Lager beobachtet, sondern dich. Und ich war nicht der einzige, der dich beobachtet hat«, höhnte er. »Hatte er bereits das …«

Jessie ließ ihn nicht ausreden. Sie schlug ihm ins Gesicht. »Du Schuft! Wie kannst du es wagen, etwas Derartiges zu unterstellen? Er ist wie ein Bruder zu mir!«

Sie bebte vor Wut. Weißer Donner trat zu ihr und drehte sie an den Schultern zu sich herum. Sie wich seinen Blicken aus.

»Du hast gehört, was er gesagt hat?« fragte sie jämmerlich.

»Ja. Beschämt es dich?«

Sie brauchte nicht zu antworten. Weißer Donner führte Jessie fort und fragte sie: »Willst du, daß ich ihn für dich töte?«

Chase hörte die Frage, aber er konnte Jessies Antwort nicht hören. Er sah den beiden nach, bis sie hinter den Wigwams am anderen Ende des Lagers verschwunden waren. Dann schloß er die Augen. Es war seltsam, aber er war vollkommen ruhig. Vielleicht war er verrückt. Warum sonst hätte er sich mit einem Menschen angelegt, der sein Leben in der Hand hatte? Er schien sich selbst nicht mehr zu kennen.

17

Jessie kniete neben Chase. Es war noch dunkel. Sie hatte ihm etwas zum Essen gebracht und trug außerdem ein Messer bei sich, um ihm die Fesseln durchzuschneiden. Er schlief, und sie weckte ihn nicht. Nachdenklich sah sie ihn sich genauer an. Wieso besaß er die Macht, sie zum Weinen zu bringen? Thomas Blair war früher der einzige Mann gewesen, der das erreichen konnte.

Weißer Donner hatte Jessie erklärt, daß Chase das, was er gesagt hatte, nicht so meinte. Er hatte Chase sogar tatsächlich verteidigt, und das, nachdem er sich erboten hatte, ihn um Jessies willen zu töten. Sie war schockiert gewesen, doch hinterher, als sie allein war, hatte sie sich das, was er gesagt hatte, noch einmal durch den Kopf gehen lassen, und ihr war klar geworden, daß es wahrscheinlich stimmte.

Weißer Donner hatte Jessie noch ganz andere Gedankengänge nahegelegt, empörende Dinge, und sie war ganz und gar nicht seiner Meinung gewesen. Er hatte gesagt, es könne sein, daß Chase nach allem, was zwischen ihnen passiert war, das Gefühl hätte, sie gehöre ihm, und seine Vorwürfe könnten ausschließlich von seiner Eifersucht herrühren. Jessie wußte es besser. Ein Besitzanspruch auf sie wäre das allerletzte, was Chase angestrebt hätte. Das hatte er wahrhaft klargestellt.

»Wie lange bist du schon hier?«

Jessies Blicke trafen sich mit seinen Blicken, doch sie wandte ihre Augen schnell ab. »Ich bin gerade erst gekommen.«

Sie trat von hinten an ihn heran und durchschnitt die ungegerbte Lederschnur, mit der seine Handgelenke gefesselt waren. Chase bewegte behutsam seine Arme, doch als das Blut wieder in seine Hände strömte, schnappte er nach Luft. Er schüttelte seine Hände, doch das nutzte auch nichts.

Jessie trat wieder neben ihn und steckte ihr Messer in ihre kniehohen Mokassins. »Ich habe dir deine Sachen und etwas zum Essen gebracht.«

Er sah seinen Sattel, seine Waffen und seine übrige Habe auf dem Boden liegen. Er warf Jessie einen Seitenblick zu. »Danke. Ich hatte wirklich meine Zweifel daran, daß du mir helfen wirst.«

»Dir helfen?«

»Hier wieder rauszukommen. Nach allem, was ...«

»In dem Glauben sollte ich dich eigentlich lassen.« Sie schnitt die Fesseln an seinen Füßen durch. Verbittert sagte sie: »Es würde dir recht geschehen, dich einer Hure zu Dankbarkeit verpflichtet zu fühlen.«

»Oh, Jessie«, stöhnte er. »Du mußt doch wissen, daß ich es nicht so gemeint habe.«

»Ja, das weiß ich«, sagte sie verdrossen. »Weißer Donner hat mich darauf hingewiesen, daß du heute eine ganze Menge durchgemacht hast. Ein Mann sieht dem Tod tapfer oder gar nicht tapfer ins Angesicht. Du hast deine Sache schlecht gemacht. Aber das war ja nicht anders zu erwarten.«

Diese Erklärung war ihm lieber als die eigentlich zutreffende, und daher stimmte er ihr bereitwillig zu. »Ja. Es stimmt, daß ich in letzter Zeit nichts von dem, was ich getan habe, gut gemacht habe, findest du nicht?«

»Nein, das hast du nicht getan.«

Er stand auf und streckte sich genüßlich. »Danke für das Losschneiden. Ich hatte nicht den Eindruck, daß einer der anderen in näherer Zukunft die Absicht gehabt hätte.«

Sie tat das mit einem Achselzucken ab, denn seine Dankbarkeit bereitete ihr Unbehagen. »Irgend jemand hätte es schon getan, wenn du nur lange genug gewartet hättest. Du hast es hier nämlich nicht mit Wilden zu tun. Du warst bereits von dem Moment an kein Gefangener mehr, als sie wußten, daß du meinetwegen gekommen bist.«

»So ist mir die Sache aber gar nicht vorgekommen.«

»Wenn du Unannehmlichkeiten hattest, dann geschieht dir das schon allein deshalb recht, weil du hierher gekommen bist«, hob sie deutlich hervor. »Niemand hat dich gebeten, hierherzukommen.«

»Das ist wahr«, gestand er ein. »Und ich gehe auch nur zu gern wieder. Können wir jetzt losreiten?«

»Du kannst jederzeit gehen. Ich würde dir jedoch raten, bis zum Morgen zu warten. Am Morgen ziehen mehrere der Indianer aus, um zu jagen, und sie werden dich aus dem Gebiet der Indianer sicher hinausbegleiten. Wenn du mit ihnen zusammen reitest, bist du in Sicherheit. Andernfalls ...«

Er sah sie einen Moment lang nachdenklich an, ehe er sagte: »Mit dir wäre ich doch auch sicher, oder?«

»Ja, aber ich komme nicht mit.«

»Doch, du kommst mit, Jessie. Ich bin nicht umsonst den ganzen Weg geritten.«

»Komm mir bloß nicht damit, Summers«, warnte sie ihn kühl.
»Das steht hier überhaupt nicht zur Debatte. Selbst wenn ich morgen zurückreiten wollte, würde ich nicht mit dir gehen. Deine Gesellschaft ist mir nun einmal nicht erwünscht.« Chase trat auf sie zu, doch Jessie wich ihm geschickt aus.

»Vielleicht sollte ich mich anders ausdrücken«, sagte Jessie. »Ich brauche nur einmal zu schreien, und sämtliche Wigwams sind innerhalb von Sekunden leer. Dann kannst du selbst sehen, wie du den Zwischenfall erklärst.«

Chase seufzte. »Ein Punkt für dich.«

Jessie geriet jetzt, da sie sich nicht mehr bedroht fühlte, erst richtig in Rage. »Weißt du eigentlich, daß du verrückt bist? Wozu zum Teufel sollte das Ganze überhaupt gut sein?«

Er zuckte die Achseln und sagte kühl: »Ich wollte mich wenigstens ein bißchen für den Ärger entschädigen, den ich gehabt habe. Und dich vielleicht auch dazu bringen, an deinen eigenen Worten zu ersticken, was meine unerwünschte Gesellschaft betrifft.«

Jessie schnappte entgeistert nach Luft. »Du glaubst, du brauchst mich nur zu küssen, und schon vergesse ich alles andere? Mein Gott, bist du eingebildet!«

»Hast du Angst, es könnte stimmen?«

»Eine so dumme Frage beantworte ich nicht. Ich weiß überhaupt nicht, warum ich eigentlich noch dastehe und mit dir rede. Wenn du jetzt losreiten willst, hole ich mein Pferd.«

»Du kommst also doch mit?«

»Nein«, erwiderte Jessie zögernd. »Ich gestatte es dir, mein Pferd auszuleihen.« Sie betete, er möge nicht explodieren.

Er hob die Stimme. »Stimmt irgend etwas nicht mit Goldenrod?«

»Nein, aber …«« Er ließ es sich gar nicht erst von ihr erklären, sondern drehte sich um und ließ sie stehen.

»Wohin gehst du?«

»Ich hole mein Pferd.«

Jessie sah das Tier, und sie sah auch, an wessen Wigwam es angebunden war. Sie lief hinter Chase her und hielt ihn am Arm fest.

»Mach dich am Wigwam von Schwarzer Bärenjäger zu schaffen, und du wirst feststellen, daß du einen Haufen Ärger kriegst.«

»Wie sonst soll ich an Goldenrod kommen?«

»Gar nicht. Er behält dein Pferd. Glaubst du, ich würde dir mein Pferd borgen, wenn es nicht unbedingt sein müßte?«

Seine Augen wurden so schwarz wie Kohlen. »Ich hoffe in deinem Interesse, daß das ein Witz ist.«

»Nein, eben nicht«, sagte sie steif.

»Ist das auch einer der hiesigen Bräuche? Wie zum Beispiel, einen Mann grundlos den ganzen Tag lang festzubinden?«

»Nein. Du hast nur einfach das Pech gehabt, daß Schwarzer Bärenjäger derjenige war, der dich gefunden hat. Er haßt Weiße – mich inbegriffen. Wenn er nicht in bezug auf deine Person eine falsche Schlußfolgerung gezogen hätte, lägen die Dinge anders, aber so war es nun einmal, und er war wütend, als er erfahren mußte, daß er sich geirrt hat, insbesondere, da ich auch noch in diese Geschichte verwickelt war. Dadurch hat er sich zum Narren gemacht. Er bewahrt sein Gesicht, indem er dein Pferd behält. Du hast keine andere Wahl.«

»Vergiß es, Jessie. Ich habe dieses Pferd schon zu lange, um mich von ihm zu trennen.«

»Verdammt noch mal, du kannst froh sein, daß er nicht auch deinen Sattel und deine Waffen für sich beansprucht. Er hätte dir alles wegnehmen können. Schließlich hat er dich gefangen genommen, ob Spion oder nicht, ob Irrtum oder nicht.«

»Ohne mein Pferd gehe ich nicht, und mehr ist dazu nicht zu sagen.«

»Sei nicht albern«, zischte sie. »Du müßtest um dein Pferd kämpfen, und …«

»Dann kämpfe ich eben um mein Pferd.«

Ihre Blicke trafen sich, und keiner von beiden schlug die Augen nieder. »Du hast dich zehnfach zum Narren gemacht, indem du hierhergekommen bist«, sagte sie mit einer Stimme, deren Ruhe erzwungen war. »Welche Chance hättest du gegen einen Krieger der Cheyenne? Er würde keine Minute brauchen, um dich zu töten.«

»Dazu muß er erst gewinnen.«

»Verdammt noch mal, wir reden hier nicht von einem sportlichen Wettkampf. Ich habe dir doch gesagt, daß er mich nicht leiden kann. Er würde es dir nicht um meinetwillen leicht machen, wie es die anderen Krieger täten. Er wird ernstlich versuchen, dich zu töten.«

»Du hältst wohl nicht allzu viel von mir, was?«

Sie starrte ihn entgeistert an. »Nein, Summers, das tue ich wahrhaftig nicht.«

»Vereinbare einen Kampf, Jessie.«

»Warum willst du nicht auf mich hören?«

Er zog die Brauen zusammen. »Seit wann interessiert es dich, ob mir etwas zustößt?«

»Oh!« fauchte Jessie erbost. »Dann kämpf doch gegen ihn!« Sie stolzierte davon. Chase atmete tief ein. Er würde diesen Ort nicht ohne Goldenrod verlassen – und auch nicht ohne Jessie.

18

Jessie und Weißer Donner suchten Schwarzer Bärenjäger auf, um ihm mitzuteilen, daß er eine Kampfansage um das goldene Pferd erhalten hatte. Er erklärte sich eilfertig bereit, nur zu eilfertig. Jessica flehte ihn an, Chase nicht zu töten, im Kampf mit ihm nur seine Kräfte zu messen, doch Schwarzer Bärenjäger starrte sie nur versteinert an. Nichts hatte sich geändert.

Der gesamte Stamm erschien, um sich dieses Schauspiel anzusehen. Wetten wurden abgegeben, denn die Indianer liebten das Spiel. Es gingen nicht allzu viele Wetten ein, bis Chase seinen Oberkörper entblößte. Erst jetzt ging das Wetten ernstlich los. Jessie faßte wieder Mut. Sie hätte sich an diese strammen Muskeln erinnern müssen. Zum Glück waren Chase und Schwarzer Bärenjäger etwa gleich groß und ähnlich muskulös.

»Hör mal, bis jetzt kannst du es dir immer noch anders überlegen«, sagte Jessie zu Chase.

Doch ehe er antworten konnte, traten harte Züge auf sein Gesicht, und er sagte: »Was hat der denn hier zu suchen?«

Sie folgte der Richtung seines Blickes und sah Kleiner Falke, der sich der Menge näherte.

»Ich habe ihn genau gesehen, ehe er mich damals niedergeschlagen hat, Jessie«, sagte Chase erbost.

»Paß auf, was du sagst! Er spricht Englisch«, zischte sie ihm zu.

»Soll das eine Warnung sein?« fragte Chase geringschätzig. »Kann ich damit rechnen, daß er sich wieder auf mich stürzt?«

Jessie zog Chase schnell ein paar Schritte zurück und flüsterte: »Verdammt noch mal, halte deinen vorlauten Mund.«

Besaß er denn keinen Funken Verstand? »Er gehört nicht zu diesem Stamm, aber was du tust, zählt trotzdem. Du bist meinetwegen hergekommen, und daher fällt das, was du hier tust, auf mich zurück.«

»Aber er ...«

»Ich spreche nicht nur von ihm. Schwarzer Bärenjäger ist zufällig der Bruder von Weißer Donner. Ich bitte dich, ihn nicht zu töten, Chase.«

»Oh, du erwartest also von mir, daß ich mich ganz einfach von ihm töten lasse?« schrie Chase. Ihm war völlig egal, wer ihn jetzt hören konnte.

»Natürlich nicht«, zischte Jessie ungeduldig. »Aber wenn du ihn tötest, kann ich nie mehr hierherkommen. Ich sage doch nur ... tu es nicht, wenn es nicht sein muß. Sei ihm nur überlegen. Verstehst du jetzt?«

»Klar verstehe ich«, sagte Chase sarkastisch. Dann wandte er sich von ihr ab und trat in die Runde. Schwarzer Bärenjäger erwartete ihn bereits, und sobald Chase vor ihm stand, trat Weißer Donner zwischen die beiden. Er sprach ein paar Worte, die Jessie nicht hören konnte, und dann band er ein langes Tuch um die Taillen beider Männer. Somit waren sie für diesen Wettkampf aneinander gefesselt, und es war jedem der beiden unmöglich, einfach vor dem anderen davonzulaufen. Das machte den Kampf natürlich gefährlicher, weil keiner der Männer aus der Reichweite des Messers des anderen entkommen konnte.

Chase schien ausgesprochen ruhig zu sein. Jessie hatte ihn hinsichtlich des Bandes gewarnt, mit dem sie zusammengebunden waren, und sie hatte ihm außerdem gesagt, daß es für diesen Wettkampf keine vorgeschriebenen Regeln gab. Er hatte den Kopf geschüttelt. Keine Regeln?

Schwarzer Bärenjäger begann den Kampf mit einem unerwarteten Sprung, auf den Chase überhaupt nicht gefaßt war, und beide Männer stürzten auf den Boden. Im nächsten Moment standen beide wieder auf den Füßen. Der Indianer holte zu einer Serie von knappen, schnellen Hieben mit seinem Messer aus, während Chase nichts anderes tat, als dem Messer auszuweichen. Dann griff Schwarzer Bärenjäger an und hielt sein Messer über seinen Kopf. Die beiden umklammerten sich an ihren Handgelenken, und jeder hielt die Hand des anderen fest, in der das Messer war. Das Muskelspiel war überwältigend, und die Klingen waren dicht an ihrem Ziel, doch keiner der Männer konnte die Hand mit dem Messer die wenigen Zentimeter von der Stelle rühren, die erforderlich waren, um Blut zu sehen.

Jessie war außer sich vor Entsetzen, als sie sah, daß sich die Klinge in der Hand von Schwarzer Bärenjäger umdrehte und auf Chases Unterarm einstach. Chase ließ das Handgelenk los, und die Klinge fuhr nach unten und schlitzte seinen Oberkörper seitlich auf. Der Indianer holte zu einem weiteren Stich aus, doch Chase hielt ihn mit seinem blutigen Unterarm zurück und stellte ihm dann geschickt ein Bein.

Schwarzer Bärenjäger fiel zu Boden. Das Band zog Chase ebenfalls hinunter, doch es gelang ihm, auf Schwarzer Bärenjäger zu landen. Sie wälzten sich auf dem Boden herum, und jeder von beiden kämpfte darum, die Oberhand zu gewinnen und den anderen am Boden festzuhalten. Chase versuchte aufzustehen, doch Schwarzer Bärenjäger nutzte das Seil, um ihn wieder herunterzuziehen, und mit einem geschickten Beinspiel ließ er Chase auf dem Rücken landen. Er prallte mit einem dumpfen Schlag auf den Boden.

Sie lagen ausgestreckt auf dem Boden, Kopf an Kopf. Schwarzer Bärenjäger zog sich auf einen Ellbogen und ließ heimtückisch seine andere Hand mit dem Messer durch die Luft sausen. Es wäre exakt in Chases Kehle gelandet, doch Chase sah es rechtzeitig und wich im allerletzten Moment aus.

In seinem Gesicht stand Mordlust, und Jessie spürte, wie eine Woge von Furcht über sie hinwegschwemmte. Wenn Chase die Kontrolle über sich verlor, dann gab das Schwarzer Bärenjäger den letzten Biß, der ihm noch fehlte, denn der Zorn ließ einen Mann unvorsichtig werden.

Chase stand auf und wartete darauf, daß sich sein Gegner erheben würde. Jessie hätte ihm am liebsten zugeschrien, daß er seinen

117

Vorteil nutzen sollte, solange Schwarzer Bärenjäger noch am Boden lag, doch sie brachte keinen Ton heraus. In dem Moment, in dem der Indianer auf den Füßen war, hieb ihm Chase mit aller Wucht die Faust mit dem Messer in den Bauch. Schwarzer Bärenjäger überschlug sich, und die Wucht des Schlages riß ihm die Füße vom Boden.

Die Menge blieb stumm. Jessie spürte, daß sich ihr Magen umdrehte. Chase hatte gewonnen, aber sie hatte ihn gebeten, nicht *so* zu gewinnen. Doch er hörte noch gar nicht auf! Sein Zorn trieb ihn an, noch einmal auf Schwarzer Bärenjäger einzuschlagen. Er schlug ihm die andere Faust ins Gesicht und streckte ihn regungslos zu Boden.

Dann schnitt Chase ganz ruhig mit seinem Messer das Band durch, mit dem sie zusammengebunden waren. Doch auf dem Tuch war kein Blut zu sehen ... und auch nicht auf der Klinge seines Messers. Ihre Blicke flogen wieder zu Schwarzer Bärenjäger. Kein Tropfen Blut war auf ihm zu sehen! Chase hatte die Klinge abgewandt, ehe er ihm den Hieb versetzt hatte!

Am liebsten hätte sie gelacht. Fast hätte sie es auch getan, denn in dem Moment stieß Chase einen brüllenden Siegesschrei aus, und die Menge fiel in sein Triumphgeheul ein. Diejenigen, die Wetten auf Chase abgeschlossen hatten, eilten zu ihm, um ihm zu gratulieren.

»Das hat er gut gemacht«, gestand Kleiner Falke ein.

Jessie zwang sich, jetzt nicht zu grinsen. »Ja, das hat er«, sagte sie heiter.

Sie wußte nicht, warum sie sich so sehr freute. Lag es nur daran, daß Chase Schwarzer Bärenjäger besiegt hatte, ohne ihn zu verletzen?

»Jessie!« rief Chase ihr fröhlich zu. »Pack deine Sachen, junge Frau. Wir reiten nach Hause!«

Jessie zuckte zusammen. »Ich gehe nicht mit«, sagte sie.

»Ich gehe aber nicht ohne dich«, antwortete er entschlossen. Er kam auf sie zu und blieb regungslos neben ihr stehen.

»Du solltest jetzt lieber losreiten«, sagte Jessie. Ihr war unbehaglich zumute. Er wirkte allzu entschlossen.

»Wenn du nicht freiwillig mitkommst, schnappe ich mir dich und schleppe dich gewaltsam mit«, verkündete Chase.

»Sie würden dich töten!«

»Dann hättest du mein Leben auf dem Gewissen, oder etwa nicht?«

Sie wußten beide, daß sie keine Wahl hatte. Mit weit aufgerissenen Augen starrte sie ihn an. Sie war außer sich vor Wut. »Du verfluchter Kerl, das wirst du mir noch büßen! Du wirst selbst sehen, daß ich es dir heimzahle, Chase Summers!«

Chase sah ihr mit einem breiten Grinsen nach, als sie davonstapfte und das Lager durchquerte. Er wollte seine Sachen und Goldenrod holen, doch dabei kam er an Jessies beiden Favoriten vorbei. Er war zu gut aufgelegt, um sich eingeschüchtert zu fühlen. Einen Moment lang blieb er stehen und lächelte. »Sieht ganz so aus, als käme sie mit mir nach Hause, Jungens. Seht ihr, ihre Mutter hat mich losgeschickt, damit ich sie hole. Sie mag zwar einen großen Wirbel darum gemacht haben, aber sie macht schließlich um alles einen großen Wirbel, ganz gleich, ob dies oder das, stimmt's?«

Er nickte ihnen höflich zu und ging dann weiter. Weißer Donner mußte Kleiner Falke zurückhalten, der sich auf ihn stürzen wollte. Chase kicherte in sich hinein, denn er wußte verflucht gut, was sich hinter seinem Rücken abspielte, und er brauchte sich nicht umzusehen, um es zu wissen. Er machte sich nichts daraus. Er fühlte sich ganz verflucht wohl.

19

Sie waren erst seit drei Stunden unterwegs, als Kleiner Falke sie einholte. Jessie hörte, daß er sie rief, und sie hielt ihr Pferd an. Dann hörte Chase den Namen, der gerufen wurde, und er griff Jessie in die Zügel. Kleiner Falke hielt sein Pferd an und beobachtete die beiden.

»*Du* bist also Sieht Wie Frau Aus?« sagte Chase.

»Die Indianer nennen mich Sieht Wie Frau Aus«, sagte sie ungeschickt.

»Dein Freund hat gesagt, der Sioux sei deinetwegen hier. Ist das wahr?«

»Ja. Er hat sich die ganze Zeit über auf der Ranch aufgehalten und ist mir in das Dorf der Indianer gefolgt. Er hat mich gebeten, seine Frau zu werden.«

Chase starrte sie eine Weile an, ehe er sagte: »Dann hat er mich also damals angegriffen, weil ich dich geküßt habe?«

»Ja, ich nehme an, daß das der Grund war. Aber das wußte ich zu dem Zeitpunkt noch nicht.«

Chase lachte spöttisch. »Aber das ist doch einfach lächerlich. Er und dich heiraten wollen!«

»Was soll daran so lächerlich sein?« fragte sie mit bedrohlich ruhiger Stimme.

»Um Gottes willen, er ist Indianer!«

»Mein bester Freund ist Indianer«, sagte sie. »Ich besuche ihn und seinen Stamm jetzt seit acht Jahren. Ich kenne ihre Kultur ebenso gut wie meine eigene. Du glaubst, ich könnte nicht mit einem Indianer glücklich verheiratet sein? Dann sage ich dir jetzt eins, Summers. Der einzige Ort auf Erden, an dem ich in diesen letzten zehn Jahren jemals überhaupt glücklich war, war bei Weißer Donner und seiner Familie. Erzähl mir also nicht, meine Entscheidung hätte irgend etwas damit zu tun, daß er Indianer ist.«

Chase war absolut sprachlos. Kleiner Falke beobachtete sie, und er konnte seine Blicke spüren. »Was hast du ihm gesagt?«

»Das, Chase Summers, geht dich wirklich nichts an«, sagte Jessie, während sie ihm die Zügel aus der Hand riß. Sie wandte sich um und ritt direkt auf Kleiner Falke zu.

Im ersten Moment sagten beide gar nichts, sondern starrten einander nur an. Kleiner Falke forschte in ihren Augen, und Jessie wünschte, sie wären allein miteinander gewesen.

Endlich sagte Kleiner Falke: »Ich hatte nicht vor, dich gehen zu lassen, ohne vorher noch mit dir zu sprechen, aber ich war zu zornig.«

»Das tut mir leid.«

»Du warst es nicht, die meinen Zorn hervorgerufen hat, sondern der da. Er macht dir Ärger.«

»Mach dir um ihn keine Sorgen. Er ist nichts weiter als ein hartnäckiger Nichtsnutz, der tut, was meine Mutter ihm befiehlt.«

»Es gefällt mir nicht, daß du allein mit ihm reitest. Ich werde mit euch reiten.«

»Nein.« Sie schüttelte nachdrücklich den Kopf. »Damit ihr beide euch bekämpft? Nein.«

»Wenn er dich anrührt ...«

»Hör auf«, sagte sie eilig. »Mit dem komme ich zurecht. Ich bin wieder bewaffnet, siehst du?« Sie klopfte auf ihre Waffe, ehe sie zart hinzufügte: »Du mußt aufhören, dich mit mir zu befassen. Ich werde dich nicht heiraten, Kleiner Falke, und ich werde meine Meinung ganz bestimmt nicht ändern. Geh jetzt nach Hause zu deiner Frau.«

Er vermied es, darauf zu antworten. Statt dessen fragte er: »Wirst du wieder in das Lager von Weißer Donner kommen?«

Sie sah ihn stirnrunzelnd an. »Du darfst mich nicht mehr suchen.«

»Sieht Wie Frau Aus ...«

»Oh, bitte, mach es mir nicht so schwer«, flehte sie ihn an. »Wir sind nicht dazu bestimmt, zusammen zu sein. Frag deinen Medizinmann, und er wird es dir sagen. Halte nicht mehr nach mir Ausschau. Mein Geist kann deinen Geist nicht ungestört treffen. Verstehst du, Kleiner Falke? Du bist zu ... zu stark für mich.«

Dann wandte sie sich ab und ritt zu Chase zurück. Sie drehte sich noch einmal um und sah Kleiner Falke, der dort saß und sie beobachtete. Sein Gesichtsausdruck war nicht zu bestimmen. Es tat ihr so weh, ihm diese Dinge zu sagen. Doch es sollte nicht so sein, und sie hatte ihn davon abhalten müssen, sich noch tiefer zu verletzen.

Ohne ein Wort ritt sie an Chase vorbei und ließ ihr Pferd in einen stetigen Galopp fallen. Sie sah die beiden Männer nicht, die einander lange Zeit anstarrten, ehe sie sich gleichzeitig voneinander abwandten und Kleiner Falke in den Norden ritt, während Chase ihr folgte. Von Zeit zu Zeit spürte sie Chases Blicke auf sich, während sie die Prärie durchquerten. Es war eine wunderbare Gegend. Die Big Horn Mountains lagen direkt im Westen von ihnen und trafen sich mit vielen anderen Gebirgsketten, die sich durch das Land erstreckten und die Rocky Mountains bildeten. Im Osten befanden sich die Black Hills. Selbst das wellige Weideland, das unendlich erschien, war wunderschön. Die Bäume an den Flußbetten prunkten mit leuchtend buntem Herbstlaub. Eine Büffelherde, die langsam voranzog, wirkte aus der Ferne wie eine Schar von Schildkröten.

Jessie kannte dieses Land und liebte es. Auch die Ranch liebte sie. Eigentlich hatte sie auch nichts anderes. Sie wollte mit Sicherheit nirgends sonst leben. Dennoch hatte sie das Gefühl, daß ihr Leben an einem toten Punkt angelangt war. Sie fühlte sich verwandelt, ohne eine neue Richtung zu kennen, die sie hätte einschlagen können. Sie spürte, daß sie etwas brauchte, doch sie wußte nicht, was dieses Etwas war.

An jenem Tag machten sie keine Rast, sondern tränkten nur die Pferde. Es war schon spät, als sie schließlich den Bach erreichten, an dem Jessie ihr Lager aufschlagen wollte. Die Sonne war untergegangen, und der Mond würde erst später aufgehen, doch sie wußte trotzdem, wo sie Feuerholz finden konnte. Sie hatte bereits ein Feuer entfacht, ehe Chase auch nur sein Pferd abgesattelt hatte.

Da Jessie den Heimritt anführte und bestimmte, blieb Chase nichts anderes übrig, als ihr die Entscheidungen zu überlassen. Er dachte gar nicht daran, sie zu bitten, früher anzuhalten. Dennoch schöpfte er seine letzten Reserven aus. Der Kampf mit Schwarzer Bärenjäger war ein harter Kampf gewesen. Trotzdem schwieg er.

Seine Schnittwunden bluteten wieder. Eine Indianerin hatte Salbe darauf geschmiert und sie verbunden, während er am Morgen auf Jessie gewartet hatte, doch die Schnittwunde an seinem Oberkörper blutete durch sein Hemd und mußte behandelt werden. Selbst dazu war er zu müde. Wenn doch bloß jemand dagewesen wäre, der sein Pferd hätte trockenreiben können ...

»Setz dich hin, ehe du umfällst!« befahl ihm Jessie mit einer Stimme, die es ernst meinte. »Also ehrlich, wenn du so müde bist, hättest du etwas sagen sollen.«

Sie stand hinter ihm, und ihm war nicht bewußt gewesen, daß sie ihn beobachtete.

»Ich wollte dir keine Umstände machen«, erwiderte er unbeholfen.

Sie seufzte, riß ein Büschel Gras aus und rieb Goldenrod trocken. Dabei sagte sie: »Das Essen steht am Feuer. Die Schwester von Weißer Donner hat es für uns zubereitet. Bedien dich selbst.«

»Ich glaube, ich lege mich ganz einfach schlafen.«

»Vorher wird gegessen«, sagte Jessie mit fester Stimme. »Du brauchst es nötig, damit du den morgigen Ritt durchhältst.«

Ihr Tonfall versprach, daß der morgige Ritt wieder brutal werden würde. »Warum hast du es so eilig?« brummte Chase.

»Ich habe es dir doch gesagt. Deine Gesellschaft behagt mir nicht. Je eher wir zurück sind, desto besser.«

Chase zog ein finsteres Gesicht. »Wenn das so ist, werde ich unter allen Umständen etwas essen. Es geht nicht an, daß du dich über die wenigen Stunden grämst, die du eventuell mehr mit mir verbringen müßtest.«

»Vielen Dank.«

Wie sehr sie ihn mit dieser unbeugsamen Feindseligkeit anstachelte! Wer hätte glauben können, daß sie eine Nacht miteinander verbracht und sich so unglaublich geliebt hatten, wie er es nur selten in seinem Leben erlebt hatte?

Er setzte sich und stocherte in dem Essen herum, das auf einer dünnen Lederhaut ausgebreitet war. Als Jessie sich setzte, hatte er ein paar Stücke Fleisch gegessen. Sie setzte sich so neben ihn, daß sie das Essen zwischen sich hatten. Ihr Gesichtsausdruck war denkbar unfreundlich.

»Ich habe Schmerzen, Jessie«, sagte er zaghaft.

»Wieso?«

Ihr Tonfall war nicht mehr ganz so frostig.

»Die Schnittwunde neben meinen Rippen tut weh.«

»Wie schlimm ist es?«

»Ich habe es selbst noch nicht genau gesehen«, gestand er ein.

Es gelang ihm, den linken Ärmel seiner Jacke abzustreifen. Als der Ärmel herunterfiel, konnte man das Blut sehen, das sein Hemd durchnäßte. Er merkte, daß Jessie schockiert war, und er freute sich. Dann sah er an sich selbst hinunter und stellte fest, daß das Blut ihm eine verdammt gute Hose ruinierte.

Jessie sprang augenblicklich auf und half ihm, seine Jacke ganz auszuziehen. Als nächstes befaßte sie sich mit seinem Hemd, das sie ihm aus der Hose und über den Kopf zog. Sie sagte gar nichts, ehe sie den Verband entfernt und sich die Wunde sorgsam angesehen hatte. Dazu zog sie ihn näher an den Lichtschein des Feuers, damit sie mehr sehen konnte.

»So schlimm ist es nicht«, murmelte sie. »Aber das Holpern des Ritts hat jede Schorfbildung verhindert.«

Während sie zum Bach ging, um Wasser zu holen, hob Chase

den Arm, um sich die Wunde genauer anzusehen. Ihm kam sie böse vor, gut einen halben Zentimeter tief und mindestens fünfundzwanzig Zentimeter lang. Er erinnerte sich daran, daß Jessie gar nicht überempfindlich gewesen war.

Nachdem sie zurückgekommen war, säuberte sie die Wunde gründlich. Chase sah ihr ins Gesicht, sah, wie sie die Stirn in Falten legte, weil sie mit großer Konzentration vorging, sah, wie sie sich auf die Unterlippe biß. Sie war ihm zu nah, und er begann, an Dinge zu denken, an die er nicht hätte denken sollen.

In Ermangelung eines neuen Verbandes mußte Jessie den alten wieder verwenden, doch sie erbot sich: »Wenn du ein Hemd zum Wechseln hast, wasche ich dir das da aus.«

»In meiner Satteltasche. Was hältst du davon, meine Hose auch auszuwaschen?«

»Deine Hose wirst du brauchen, um nicht zu frieren. Es wird eine kühle Nacht.«

»Ich brauche nichts weiter als eine Zudecke und einen warmen Frauenkörper«, sagte Chase grinsend.

»Du bekommst aber nur eine Decke«, gab sie zurück.

Chase grinste immer noch, als sie ihm sein sauberes Hemd und eine Decke zuwarf, ehe sie wieder zum Bach ging. Sie war weniger feindselig, und er genoß es.

Als Jessie zurückkam, hatte er sich in die Decke gewickelt und mühte sich damit ab, sein Hemd zuzuknöpfen. Sie knöpfte die letzten Knöpfe zu und half ihm dann, seine Jacke wieder anzuziehen. Er legte sich hin, und sie kniete sich neben ihn, um die Decke glattzustreichen. Als sie sich über ihn beugte, schlang er einen Arm um sie und zog sie an sich. Sie kam nicht auf den Gedanken, sich zu wehren, ehe es zu spät war. Er flüsterte: »Danke«, und dann streiften seine Lippen leicht ihren Mund. Sein Arm fiel herunter, und seine Augen schlossen sich. Jessie rückte ein Stückchen von ihm ab und legte sich hin. Sie wandte ihm ihr Gesicht zu und sah ihn noch lange an, während er schlief.

20

Jessie rührte den Topf mit den Bohnen noch einmal um, ehe sie ihn auf den Tisch stellte. Chase bediente sich bereits, denn die heißen Toasts und das gebratene Kaninchen hatte sie schon auf den Tisch gestellt. Zum Nachtisch hatte sie einen Pudding vorbereitet, ganz so, wie Jeb ihn so gerne machte – mit Rosinen, Nüssen, braunem Zucker und den Gewürzen, die sie gefunden hatte.

Sie benutzten das kleine Vorratshäuschen auf dem nördlichen Gebirgszug. Jessie war hart geritten und hatte sich wirklich bemüht, vor Anbruch der Nacht zu Hause anzukommen, doch daraus war nichts geworden. Der Himmel hatte sich bewölkt, und es war früh dunkel geworden. Als es dunkel wurde, waren sie noch drei Stunden von der Ranch entfernt.

Seit jenem überraschenden Kuß hatte sie sorgsam Abstand gehalten, und er war ihr auch nicht mehr nahegetreten. Dennoch war es ärgerlich, ihm so verwirrend nah zu sein. Sie brauchte Ablenkung.

»Wo hast du gelernt, so geschickt mit einem Messer umzugehen?« fragte Jessie vorsichtig.

Chase sah nicht auf. »In San Francisco. Ich habe einen alten Kapitän kennengelernt, der mir ein paar Tricks beigebracht hat, damit ich an der Küste zurechtkomme. Diese Küste war nachts nicht gerade der liebenswürdigste Ort, und tagsüber war es dort auch nicht viel besser.«

»Warum bist du dort gewesen?« fragte Jessie weiter.

»Ich habe ein paar Jahre lang dort gearbeitet.«

»Als was?«

Jetzt sah Chase doch von seinem Essen auf. »Erstaunlich, wie viele Fragen du heute abend hast.« Er lächelte sie an.

»Hast du was dagegen?«

»Nein, ich glaube nicht. Ich habe in einem Spielsalon die Karten ausgeteilt. Das hat mich wohl erstmals auf den Geschmack gebracht, was das Spielen angeht.«

»Du spielst gern?«

»Das kann man allerdings sagen.«

»San Francisco ist weit weg von Chicago. Hast du immer in Chicago gelebt, bevor du nach San Francisco gekommen bist?«

»Ich bin in New York geboren, aber meine Mutter ist nach Chicago gezogen, als ich noch ein Säugling war. Wenn man es genau nimmt, hat sie sich dort versteckt. Ihr Vorname war Mary, aber ihren Nachnamen hat sie in Summers umgeändert. Sie hat mir nie gesagt, wie sie in Wirklichkeit mit Nachnamen heißt.«

Aus seinem Tonfall war die Bitterkeit herauszuhören, die sich schon gezeigt hatte, als er zum ersten Mal von seiner Mutter sprach.

»Wovor hat sie sich versteckt?« fragte Jessie zögernd.

»Ich bin ein uneheliches Kind«, antwortete er nonchalant. »Sie konnte nicht mit dieser Schande fertig werden. Sie hat entsprechend dafür gesorgt, daß auch ich es nie vergesse, und auch nicht, daß mein Vater weder sie noch mich haben wollte. Trotzdem frage ich mich manchmal, ob das stimmt. Wenn sie betrunken war, sind ihr gewisse Dinge rausgerutscht, die sie abgestritten hat, wenn sie nüchtern war. Wie zum Beispiel der Umstand, daß sie meinen Vater gar nicht mehr gesehen hat, seit sie wußte, daß sie schwanger war.«

»Du meinst, daß er vielleicht nie etwas von deiner Existenz gewußt hat?«

»Das ist gut möglich«, erwiderte er. »Ich habe vor, das eines Tages herauszufinden. Jedenfalls sind wir nach Chicago gegangen, und sie hat eine Schneiderei eröffnet, die gut gelaufen ist. Durch diesen Laden hat sie Ewing kennengelernt. Ich war zehn Jahre alt, als er anfing, seine Mätressen in den Laden zu bringen, um sie modisch ausstatten zu lassen. Er war auf der Suche nach einer respektablen Ehefrau, einer Frau mit einem Kind, und die Witwe Summers schien ideal dafür zu sein; auch wenn sie ihn nicht liebte. Und es war auch nicht so, als hätten wir seinen Reichtum gebraucht, denn uns ging es recht gut. Doch sie behauptete, ihn zu lieben. Das war ihre Ausrede und nichts weiter als ein Vorwand dafür, daß sie in Wirklichkeit nichts anderes wollte als die Luxusgüter, die sie sich von seinem Reichtum kaufen konnte.«

»Was war daran so falsch? Es wird nicht leicht gewesen sein, dich allein aufzuziehen. Vielleicht kommt deine Bitterkeit daher, daß du sie nach all den Jahren, in denen nur ihr beide allein zusammen wart, mit jemandem teilen mußtest.«

»Sie mit jemandem teilen?« sagte Chase. »Ich habe sie fast nie gesehen. Sie hatte ständig irgendwelche gesellschaftlichen Verpflichtungen, oder sie machte einen Einkaufsbummel nach dem anderen. Sie hat mich vollständig an Ewing abgeschoben.«

»Und das war dir zuwider?«

»Allerdings! Plötzlich ist da ein absolut Fremder, der dich behandelt, als seist du ihm geboren worden, doch gleichzeitig mit eiserner Strenge erzieht; der dich für den kleinsten Fehler schlägt, für die winzigste Regung, den eigenen Willen zu behaupten.«

»Das tut mir leid.«

»Es braucht dir nicht leid zu tun. Ich habe mich ihm nur sechs Jahre lang beugen müssen.«

Jessie wußte, daß er versuchte, etwas leichter darzustellen, was für ihn mit gräßlichen Erinnerungen verbunden war. Eine unliebsame Erinnerung mußte ihn eingeholt haben, denn er zog ein finsteres Gesicht, und Jessie überließ ihn eine Weile sich selbst.

»Du warst erst sechzehn, als du von zu Hause fortgegangen bist?« wagte sie sich nach einer Weile vor. »Hattest du denn keine Angst? Wie bist du zurechtgekommen – so jung, wie du warst?«

»Man könnte sagen, daß ich mich einer anderen Familie angeschlossen habe, dem Heer.«

»Und du bist so jung angenommen worden?«

Chase grinste. »Das war '64, Jessie. Damals hat die Armee jeden genommen.«

»Natürlich«, seufzte sie. »Im Bürgerkrieg. Du hast für den Norden gekämpft?«

Er nickte. »Ich habe mich auf Zeit verpflichtet, als grüner Junge, der auf die harte Tour gelernt hat, wie man ein Mann wird. Nach Ablauf dieser Zeit bin ich nach Kalifornien gegangen.«

»Weshalb nach Kalifornien?«

»Dort hat meine Mutter meinen Vater kennengelernt.«

»Du bist also nach Kalifornien gegangen, um ihn zu suchen?«

Er nickte. »Ja, aber ich habe ihn nicht gefunden. Als der Goldrausch einsetzte, war die Silvela-Ranch verkauft worden. Inzwischen waren so viele Jahre vergangen, daß niemand mehr da war, der mir hätte sagen können, wohin die Silvelas gegangen waren, doch ich habe mir gedacht, daß sie wohl wieder nach Spanien gegangen sind.«

»Dein Vater war Rancher?«

»Nach allem, was mir meine Mutter erzählt hat, war es die Ranch seines Onkels.«

»Ein Spanier«, bemerkte sie nachdenklich. »Du mußt ihm nachgeschlagen sein.«

»Ich denke schon.« Chase lächelte matt. »Meine Mutter war ein Rotschopf mit leuchtend grünen Augen.«

»Aber soweit ich verstanden habe, dachte ich, sie sei aus New York. Was hat sie in Kalifornien getan?«

»So, wie sie es mir erzählt hat, war ihre Mutter gerade gestorben. Es gab nur noch sie und ihren Vater, und er war häufiger auf See als zu Hause. Er war der Kapitän eines Schiffs, das regelmäßig von der kalifornischen Küste in den Osten fuhr. Es war das erste Mal, daß er sie überhaupt auf eine dieser Reisen mitgenommen hatte, und die Silvelas gehörten zu den Rancher-Familien, mit denen ihr Vater Handel trieb. Ganz offensichtlich hat Carlos Silvela, der jung und attraktiv war, ihr den Kopf verdreht. Allerdings hat er ihr nicht die Ehe versprochen.

Ehe ihr Vater wieder in den Osten segelte, stellte sie fest, daß sie schwanger war, und sie unterrichtete ihren Vater davon. Er bestand auf einer Heirat, und das, was dann folgte, habe ich in etlichen Varianten gehört. Die eine besagt, daß meine Mutter Carlos Silvela angefleht hat, sie zu heiraten, doch er wollte nicht. Eine andere Version lautet, daß der Onkel, das Oberhaupt des Clans, sich weigerte, seine Zustimmung zu geben, und meine Mutter gedemütigt haben soll, indem er sagte, eine *americana* sei nicht gut genug für seinen Neffen. Außerdem gibt es noch die Version, die meine Mutter betrunken erzählte, wenn sie geschworen hat, daß Carlos sie liebte und sie geheiratet hätte, *wenn er etwas davon gewußt hätte.*«

»Und du weißt nicht, welche dieser Versionen die Wahrheit ist?«

»Nein. Aber eines Tages finde ich es heraus.«

»Du wirst nach Spanien reisen müssen, um das herauszufinden. Warum warst du noch nicht dort?«

Chase zuckte die Achseln. »Es erschien mir aussichtslos. Ich wußte nicht, wo ich anfangen soll. Spanien ist ein großes Land. Hinzu kommt, daß ich die Sprache nicht spreche.«

»Spanisch ist nicht schwierig zu lernen«, schalt sie ihn aus.

»Ich vermute, du sprichst es?«

»Nun ... ja«, gab sie zu.

Spanisch war die einzige Sprache außer dem Englischen gewesen, die John Anderson gekannt hatte, und Jessie war eifrig darauf versessen gewesen, sich alles von ihm beibringen zu lassen, was er ihr beibringen konnte. Doch das wollte sie Chase jetzt nicht erklären.

»Warum hast du kein Spanisch gelernt, wenn dir das helfen könnte, deinen Vater zu finden?« drängte sie weiter.

»Ich war zu enttäuscht und zu wütend darüber, daß ich meinen Vater dort nicht gefunden habe, wo ich ihn vermutete. Es hat mich schon eine teuflisch lange Zeit gekostet, auch nur nach Kalifornien zu kommen. Und als ich dann herausfinden mußte, daß ich diese Reise umsonst unternommen hatte ...«

»Du hast also einfach aufgegeben?«

»Ich war zwanzig und ruhelos, Jessie. Außerdem hätte ich gar nicht das Geld gehabt, um nach Spanien zu reisen.«

»Und daraufhin hast du Arbeit angenommen und in San Francisco Karten ausgeteilt?« schloß sie.

»Ja. Anschließend bin ich langsam wieder in Richtung Osten gezogen. Ich dachte, ich sehe mir ein bißchen mehr von diesem Land an«, erklärte er. »Zwei Jahre lang habe ich versuchte, auf dem Mississippi zu leben, aber irgendwann kam es zu einer Kesselexplosion zuviel und zu einem Schiffbruch zuviel, und das hat den Dampfschiffen auf dem Fluß den Reiz genommen. Ein großes Spiel hat mich nach Texas gelockt, und dann bin ich nach Kansas weitergezogen. In den Nestern auf dem Land gibt es dort ein paar reizvolle Saloons, wenn man sich nicht daran stört, wie wild es dort zugeht.«

»Du bist ein Spieler!« stellte Jessie schließlich fest. »Mein Gott! Die schlimmste aller unsoliden Faulenzereien!«

Chase kicherte angesichts ihrer Verachtung. »Es läßt sich gut leben. Ich kann jederzeit entscheiden, ob ich weitermache oder aufhöre. Und es vereinfacht das Reisen. Zufällig habe ich nun mal ein ungewöhnliches Glück mit den Karten. Warum sollte ich diesen Umstand nicht nutzen?«

Sie hatte sich wieder ein wenig beruhigt. »Kannst du dir mit dem Spielen wirklich den Lebensunterhalt verdienen?«

»Es reicht, um recht bequem in den guten Hotels zu hausen«, gestand er ein.

»Aber was ist das für ein Leben?«

Sie hatte einen wunden Punkt berührt. »Sagen wir doch einfach: ein Leben ohne Verpflichtungen. Und jetzt bin ich an der Reihe, ein paar Fragen zu stellen, meinst du nicht auch?«

Jessie zuckte die Achseln und nahm sich den letzten Toast. »Was willst du wissen?«

»Du hast gesagt, du seist nur bei deinen indianischen Freunden glücklich gewesen. Wie kommt das?«

»Dort darf ich ich selbst sein.«

»Ich habe gesehen, daß du so ausgesehen und dich so verhalten hast wie eine der ihren. Bezeichnest du das als ein Du-selbst-Sein?«

»Ich habe ausgesehen wie ein Mädchen, oder etwa nicht?« warf Jessie ein.

»Du hast indianisch ausgesehen.«

»Ja, aber wie ein Mädchen«, beharrte sie.

»Ja, natürlich, aber was hat das damit ...«

»Es ist der einzige Ort, an dem ich ein Mädchen sein darf – das, was ich bin. Verstehst du, mein Vater hat mich nie ein Mädchen sein lassen. Er hat alle meine Kleider verbrannt, mit denen ich hierhergekommen bin, und er hat nie zugelassen, daß ich mir ein Kleid kaufe. Für die Dinge, die er mir beigebracht hat, waren Kleider nicht angemessen. Er wollte durch nichts daran erinnert werden, daß ich ein Mädchen bin.«

Chase stieß die Luft durch die Zähne. »Ich dachte, es sei dein Entschluß, dich so zu kleiden.«

»Wohl kaum.«

»Aber dein Vater ist inzwischen tot.«

»Ja«, erwiderte Jessie, ohne vorher nachzudenken. »Aber meine Mutter ist da.«

»Aber ihr gefällt es nicht, wie du dich anziehst und wie du dich verhältst. Das mußt du wissen.« Dann stieß er einen leisen Pfiff aus. »Ja, natürlich weißt du es längst. Ich verstehe.«

»Das geht dich überhaupt nichts an«, fauchte Jessie.

»Jedesmal, wenn ich an ein heikles Thema rühre, geht es mich nichts an«, sagte er seufzend. »Ich verurteile dich nicht, Jessie. Mir ist ganz gleich, wie du dich anziehst. Trotzdem hast du in diesem indianischen Kleid unglaublich hübsch ausgesehen«, sagte er liebenswürdig. Er wollte sie gern wieder beschwichtigen.

Doch davon wollte Jessie nichts hören. Sie stand auf, und ihre Augen sprühten Funken. »Ich habe gekocht, und du kannst jetzt spülen. Ich komme bald wieder.«

Er richtete sich kerzengerade auf. »Wohin gehst du?«

»Ich gehe mich waschen.«

Doch ehe sie gehen konnte, war er aufgesprungen und stand vor ihr. »Was hast du Kleiner Falke auf seinen Heiratsantrag geantwortet? Du hast ihm doch eine Antwort gegeben, stimmt's?«

»Wenn du es unbedingt wissen willst – ich habe abgelehnt. Ich bin nicht bereit, den Mann zu teilen, für den ich mich entscheide. Kleiner Falke hat schon eine Ehefrau.«

Chase ließ das langsam einsickern. »Und wenn er keine Ehefrau hätte?«

»Dann hätte ich ihn wahrscheinlich genommen.«

Sie ging ins Freie, und Chase starrte noch lange die geschlossene Tür an.

Eine Weile später kam Jessie wieder und schüttelte ihr nasses Haar. Ihr Haar war gelöst, und es war so schwarz und schimmernd wie Zobel. Ohne auch nur einen Blick in seine Richtung zu werfen, ging sie zu ihren Satteltaschen, die am Fußende ihrer Pritsche standen. Sie holte eine Bürste heraus und setzte sich auf das zottige Fell, das vor dem Feuer lag.

Chase sah ihr zu, als sie anfing, mit der Bürste durch ihr Haar zu fahren, doch dann wandte er sich ab, denn er fühlte sich angespannt. Er ging zu seiner eigenen Bettstelle, die nur wenige Meter von ihrem Bett entfernt war. Er sah sich das schmale Ding an, dann ihre Pritsche, und ihm ging auf, daß es eine Kleinigkeit wäre, die beiden Schlafstellen zusammenzurücken.

»Danke für das Spülen und Aufräumen«, sagte sie plötzlich.

»Danke für das Abendessen«, gab er zurück.

Beide verstummten. Sie wandte sich wieder mit dem Gesicht zum Feuer, und er konnte ihr Profil sehen. Chase konnte seine Blicke nicht von ihr abwenden. Geistesabwesend begann er, sein Hemd aufzuknöpfen. Sie hob ihr Haar mit den Händen in den warmen Luftstrom und schüttelte und wedelte es trocken. Dann bürstete sie es wieder. Dieses wallende schwarze Haar begann, ihn in seinen Bann zu ziehen. Es schimmerte seidig und reflektierte den Schein des Feuers. Als sie sich zurücklehnte und den

131

Kopf in den Nacken warf, verzückte ihn der zarte Schwung ihres Halses.

Chase wußte selbst nicht, was er vorhatte, als er aufstand und zu Jessie trat. Er kniete sich hinter sie, nahm ihr Haar in seine beiden Hände und preßte seine Lippen auf ihren Hals. Sie versuchte, sich ihm zu entziehen, und er kam wieder zu Sinnen und ließ sie los.

Jessie zog sich eilig auf die Knie und drehte sich zu ihm um. »Was ...«

»Ich möchte mit dir schlafen, Jessie.«

Seine Augen waren sengend, als sie ihr Gesicht, ihren Nacken, ihr Haar liebkosten. Sie konnte an nichts anderes mehr denken als an jene Nacht, in der er sie ganz genauso angesehen hatte. Komisch, aber das war wirklich alles, woran sie denken konnte. Jessie rückte näher zu ihm und ließ sich von ihm in seine Arme ziehen. Eine Hand grub sich in ihr Haar, die andere lag auf ihrem Rücken, und er zog sie dicht an sich. Sein Mund nahm ihre Lippen in einem Kuß gefangen, der sie entflammen ließ, und es wurde immer schlimmer, bis sie nichts anderes mehr wahrnahm als dieses Gefühl. Seine Lippen wanderten zu ihrem Hals, und sie stöhnte, als seine Lippen ein Prickeln verursachten. Er ließ sie auf das Fell sinken, und sie versuchte, ihn zu sich herunterzuziehen, ihn auf sich zu ziehen, doch er hielt sich zurück und wand sich erst aus seinem Hemd. Sie verschlang ihn gierig mit ihren Blicken und sah die kräftigen Muskeln an, die unter seiner Haut spielten, unter dieser dunklen gebräunten Haut. Sie ließ ihre Finger durch das Haar auf seiner Brust gleiten und dann über diese Muskeln, die sie so sehr faszinierten, an seinen starken Armen hinunter.

Chase sah ihr dabei zu, wie sie ihn ansah, und das erregte ihn so sehr, daß der Druck in seiner Hose schmerzhaft wurde, und er zog sie rasch aus.

Jessie streckte eine Hand aus und berührte das steife, pralle Glied, das so stolz aufgerichtet war. Er stöhnte, und sie schlang ihre Arme um seine Hüften und preßte ihre Wange an seinen flachen, festen Bauch. Er riß sie zu sich hinauf und schloß ihren Mund wieder wild und leidenschaftlich mit seinen Lippen. Sie grub ihre Finger in sein Haar, und er knöpfte eilig ihre Bluse auf und zog sie ihr aus. Sie schien keine Peinlichkeit zu empfinden, als sie ihre übrigen Kleidungsstücke verstreute. Es gab nichts anderes mehr als die Glut seiner Augen und dann seine heißen Hände, als er jede Stelle ihres Körpers berührte, die sie entblößte.

Als sie genauso nackt war wie er, lehnte sie sich zurück und zeigte ihm ihre Bereitschaft, ihn zu empfangen. Doch er gab ihr nicht das, wonach sie sich sehnte – noch nicht. Er beugte sich vor und strich mit seinen Händen über ihre Hüften. Als er seine Wange auf ihren Bauch legte und zart mit dem Gesicht ihren Bauch streichelte, wußte sie, was er empfunden hatte, als sie dasselbe bei ihm getan hatte. Es war kaum zu ertragen.

»Du bist so schön, Jessie. Du bist wunderschön.«

Sie glaubte es ihm. Sie fühlte sich angebetet. Sie fühlte sich ganz und gar als Frau.

Chase küßte die Innenseite ihrer Oberschenkel. Ihre Beine waren fantastisch und keineswegs so, wie er sie sich vorgestellt hatte. Die Muskeln, die er sich ausgemalt hatte, waren vorhanden, doch wenn sie sich entspannte, waren ihre Beine zart und füllig.

Er ließ seine Hände auf ihre Brüste gleiten. Sie waren so zart, so weich und voll, und die Brustwarzen waren steif und sprangen hervor. Er schmeckte sie und fuhr mit seiner Zungenspitze über sie, bis sie aufschrie: »Nein, nicht noch mehr!«

Ihre Finger gruben sich in sein Haar, und sie zog ihn zu ihrem Gesicht hinauf. Ihre Lippen legten sich mit einem solchen Drängen auf seine Lippen, daß er verloren war. Sie bog ihren Rücken durch, um ihm entgegenzukommen, und als ihre Haut sich wo es nur irgend ging mit seiner Haut verschmolz, drang er in sie ein. Sie schlang ihre Beine um seine Hüften, und er versank tief in ihr.

»Oh, ja! Jessie ... Jessie.«

Ihre Glut steigerte sich und entlud sich in einem Ausbruch von explosiven, ekstatischen Zuckungen. Er hatte sich kein einziges Mal bewegt, seit er in sie eingedrungen war, und das war auch gar nicht nötig. Diese Ekstase der Erfüllung, die so schnell bei ihr kam, war genug, um ihn über den Gipfel hinauszutragen, und als er seinen Samen in sie ergoß, ließ sein Pochen ihren eigenen Genuß andauern und immer weitergehen.

Jessie trieb in den Schlaf hinüber. Chase stand auf, um sich eine Decke zu holen. Er deckte Jessie zu, kroch unter die Decke und kuschelte sich dicht an sie. Dann fiel er in einen tiefen, zufriedenen Schlaf.

21

Jessie wachte vor Chase auf. Ihr wurde klar, was geschehen war, und sie stand eilig auf und sammelte leise ihre Sachen zusammen.

Sie forderte Blackstar bis an seine Grenzen, aber sie ritt nicht zur Ranch zurück, sondern zum Weideland, weil sie sich sofort in die Arbeit stürzen wollte, damit sie nicht nachdenken mußte. Wie hatte das passieren können? Sie hätte etwas dagegen unternehmen können. Schließlich war es nicht so, daß er sie dazu gezwungen hatte. Sie hatte ihn begehrt. Aber warum bloß? Verdammt noch mal!

Es war schon ziemlich spät, als Chase erwachte, und es dauerte nicht lange, bis er feststellte, daß in der Holzhütte keine Spur von Jessie zu sehen war. Zum Teufel mit allen unabhängigen Frauen, fluchte er, und er kam sich vor, als sei er ausgenutzt worden.

Seine Reizbarkeit nahm zu, während er zur Ranch zurückritt. Gleichzeitig war er froh, daß er zumindest den Weg kannte. Er hatte es satt, sich von dieser einen, ganz speziellen Frau auf den Kopf stellen zu lassen. Wenn er mit ihr zusammen war, verhielt er sich nicht so wie sonst, und er konnte nicht einmal einen klaren Gedanken fassen, wenn sie in seiner Nähe war. Er würde Rachel sagen, worauf sie zu achten hatte, er würde Jessie den Schuldschein ihres Vaters geben, und dann würde er sich aus dem Staub machen.

Als Chase das Haus betrat, hielt Rachel sich im Wohnzimmer auf. Sie saß auf einem Schaukelstuhl und häkelte. In einem moosgrünen Gewand mit schwarzer Spitze sah sie ganz reizend und vornehm aus. Er erinnerte sich an den Haushalt der Ewings, daran, wie wohltuend es gewesen war, dazusitzen und ihr zuzusehen, wenn sie häkelte, strickte oder Blumen arrangierte. Der Anblick von Rachels Schönheit linderte seinen Kummer, wie er ihn immer schon gelindert hatte. Wenn er nicht in Gedanken bei Jessie gewesen wäre, hätte diese wohltuende Wirkung helfen können.

»Ist sie da?« fragte er.

»Nein. Ein junger Mann, Blue, kam gegen Mittag angeritten, um Lebensmittel zu holen«, erklärte sie. »Er hat Jeb gesagt, daß sie draußen auf den Weiden arbeitet.«

Chase sank schwer auf einen Stuhl und stöhnte. »Ich hätte ja wissen können, daß sie sich gleich wieder mitten in die Arbeit stürzt. Sind sie immer noch dabei, die Herde zusammenzutreiben?«

»Ja. Jeb sagt, daß sie nur noch ein paar Tage brauchen, bis sie damit fertig sind. Daher wird er auch morgen in die Stadt reiten, um die Vorräte zu besorgen, die sie für den Viehtrieb brauchen.« Sie senkte ihren Blick wieder auf ihren Schoß, als wollte sie nichts mehr sagen, doch sie fügte leise hinzu: »Chase, sie war doch nicht wirklich bei den Indianern, oder?«

Er fragte sich, woher sie wußte, daß er Jessie gefunden hatte, doch dann entschloß er sich, diese Überlegung wieder fallen zu lassen.

»Sie sucht diese Indianer schon seit etwa acht Jahren immer wieder auf, Rachel.«

»Dann stimmt es also doch!«

»Das Schlimmste weißt du noch gar nicht. Ich habe sie bei den Cheyenne gefunden. Sie verhalten sich freundschaftlich ihr gegenüber, aber andere Weiße sind auf ihrem Territorium nicht willkommen. Ich wäre wirklich beinahe getötet worden. Man hat mir mein Pferd weggenommen, und ich mußte darum kämpfen, es wiederzubekommen. Einen halben Tag lang war ich gefesselt, und wenn Jessie ihnen nicht gesagt hätte, daß sie mich kennt, hätten sie mich gefoltert und vielleicht auch getötet. So geht es in den Kreisen zu, in denen sie sich aufhält. Nett, findest du nicht?«

Rachel starrte ihn an. Ihr war klar, daß er noch mehr zu sagen hatte.

»Der beste Freund, den deine Tochter hat, ist ein Halbblut, ein Cheyenne, der Weißer Donner genannt wird. Sie sind so eng miteinander befreundet, daß sie nackt im Fluß badet, während er nur wenige Meter entfernt von ihr dasteht.«

»Ich glaube es einfach nicht.« Rachel schüttelte den Kopf.

»Ich habe sie selbst gesehen. Aber das Schlimmste habe ich dir noch gar nicht gesagt. Sie hat einen Freier, einen Sioux-Krieger. Er will sie heiraten, und der einzige Grund, aus dem sie ihn abgelehnt hat, ist, daß er schon eine Ehefrau hat. Das hat sie selbst gesagt! Sie behauptet, der einzige Ort auf Erden, an dem sie glücklich gewesen sei, sei bei den Indianern. Wer weiß? Es kann gut

135

sein, daß der nächste Krieger, der um ihre Hand anhält, noch keine Frau hat. Du kannst durchaus in die Situation kommen, plötzlich einen Indianer zum Schwiegersohn zu haben, Rachel.«

Sie war zu entgeistert, um darauf etwas zu antworten. Schließlich sagte sie: »Und was soll ich tun?«

»Du bist ihre Mutter«, erwiderte Chase zornig, »ganz zu schweigen davon, daß ihr Vater dich als Vormund ausgewählt hat. Du hast die Möglichkeit, ihr Dinge zu verbieten. Tu es! Laß nicht zu, daß sie einfach tut, was sie will.«

»Aber wie?« fragte Rachel.

»Woher zum Teufel soll ich das wissen?« fauchte er. Dann erbarmte er sich. »Oh, Rachel, hör bitte damit auf. Es wird dir schon etwas einfallen. Aber du mußt endlich aufhören, mich in diese Geschichte hineinzuziehen. Ich habe das getan, worum du mich gebeten hast, und morgen früh mache ich mich aus dem Staub.«

»Aber, Chase!«

»Ich lasse mich nicht dazu überreden, länger hierzubleiben. Ich habe mir Bowdre angesehen, und er ist genau das, wofür du ihn hältst. Aber er hat kein Recht mehr, Jessie Schwierigkeiten zu machen«, sagte er stolz.

»Und weshalb nicht?« rief sie.

»Ich habe mit ihm Karten gespielt.« Er legte eine Pause ein. »Ich habe den Schuldschein zurückgewonnen.«

Sie schnappte nach Luft. »Du hast den Schuldschein zurückgewonnen? Was hat Jessie dazu gesagt?«

»Sie weiß bisher noch nichts davon, aber ich werde ihr den Schuldschein geben, ehe ich abreise. Wenn es trotzdem noch Ärger mit Bowdre geben sollte, dann ist das eine Angelegenheit für den Sheriff, und er kann sie regeln. Ich habe den Schuldschein in einem fairen Kartenspiel gewonnen. Bowdre kann keine Ansprüche mehr geltend machen. Und ich habe hier nichts mehr zu tun.«

»Natürlich. Es ist egoistisch von mir, daß ich versuche, dich hier festzuhalten, wenn du gehen willst, Chase«, sagte sie leise. »Ich danke dir.«

Chase grinste gegen seinen Willen. »Jetzt probieren Sie nicht, Ihre Taktiken gegen mich einzusetzen, gnädige Frau. Das zieht nicht.«

»Es tut mir leid«, sagte Rachel ernsthaft. »Ich fühle mich nur einfach so hilflos, wenn es um meine eigene Tochter geht. Du weiß gar nicht, wie sehr sie mich haßt, Chase. Wenn ich ihr sagen würde, daß sie mit dem Feuer vorsichtig sein soll, würde sie geradewegs ins nächste Feuer laufen – nur mir zum Trotz.«

»Warum haßt sie dich, Rachel?« fragte er leise.

Sie wandte ihren Blick ab und sagte ausweichend: »Ich habe es dir doch gesagt. Ihr Vater hat es sie gelehrt.«

»Aber warum?«

»Ich habe doch früher hier gelebt. Oh, nein, nicht in diesem Haus. Es war nur ein kleines Haus mit drei Zimmern.«

»Ich weiß. Jessie hat mir erzählt, daß ihr Vater dieses Haus nur gebaut hat, weil du nie darin leben kannst.«

»Das hat er getan? Stimmt, ich zweifle nicht daran.« Sie schwieg einen Moment lang, ehe sie fortfuhr. »Eines Abends bin ich nach Hause gekommen, hierher, und er hat mich geschlagen, und dann hat er mich rausgeworfen.«

»Warum?«

»Er hat mir Untreue vorgeworfen. Mich als Hure beschimpft«, fügte sie widerwillig hinzu. »Aber er hat mir nie Gelegenheit gegeben, mich zu verteidigen. Er hat mich so übel geschlagen, daß ich fast gestorben wäre. Das wäre ich auch, wenn der alte Jeb mich nicht gefunden und mich zum Arzt im Fort Laramie gebracht hätte.«

»Weiß Jessie das?«

»Ich weiß es nicht, aber ich nehme nicht an, daß sie es weiß. Ich glaube, sie hat das Gefühl, daß ich sie im Stich gelassen habe. Es kann gut sein, daß Thomas es ihr genauso gesagt hat. Für mich gibt es nichts Übleres als einen Mann, der seiner Tochter einredet, ihre Mutter sei eine Hure! Er war während all der Jahre so gehässig und hat mir nie erlaubt, sie zu sehen. Ja, ich bezweifle nicht, daß er ihr gesagt hat, ich hätte sie im Stich gelassen.«

»Bist du gerade von hier gekommen, als Ewing dich gefunden hat?« fragte Chase nachdenklich.

»Ja.«

Chase stieß einen leisen Pfiff aus. »Der Junge ist von ihm, nicht wahr? Billy ist Thomas Blairs Sohn!« Rachel antwortete nicht und wollte ihn auch nicht ansehen, doch Chase bohrte weiter. »Du hast es ihm nie gesagt, stimmt's?«

137

»Thomas hatte mir bereits ein Kind weggenommen«, sagte Rachel zu ihrer Verteidigung. »Ich wollte nicht, daß er mir Billy auch noch wegnimmt. Außerdem hätte er niemals geglaubt, daß Billy sein Sohn ist.«

»Aber warum hast du das Jessie nicht gesagt?«

»Sie würde mir auch nicht glauben, Chase. Sie glaubt mir kein Wort. Ich glaube, es ist ihr lieber, mich zu hassen. Das machte es leichter für sie. Sie hat Angst, daß sie mich mögen könnte, und sie hat Angst, daß sie wieder verletzt wird. Wenn ich daran denke, wie sehr sie all das verletzt haben muß, dann blutet mein Herz für sie. Aber ich kann sie nicht erreichen, wenn sie sich gegen mich sperrt.«

Chase war nachdenklich. Was Thomas Jessie angetan hatte, war geradezu unnatürlich. Es war empörend! Aber, verdammt noch mal, es war nicht seine Angelegenheit – nein, das war es nicht!

»Ich will mich nicht in diese Geschichte hineinziehen lassen, Rachel. Das ist eine Sache zwischen dir und Jessie.«

»Ich weiß.« Sie lächelte verständnisvoll. »Und mach dir keine Sorgen. Irgendwie kriege ich das schon hin. Ich habe dich ohnehin schon genügend in die Angelegenheit meiner Tochter hineingezogen.«

Mein Gott, wenn sie bloß wüßte, wie sehr er sich in die Sache hatte hineinziehen lassen, dachte er.

22

Rachel wartete an jenem Abend in der Küche auf Jessie. Kate hatte sich schlafen gelegt. Chase war nach dem Abendessen in sein Zimmer gegangen, und Rachel hatte Billy ins Bett gebracht.

Jessie kam erst spät zurück. Sie hatte sich im Stall gewaschen, doch ihre Kleider waren schmutzig. Sie benutzte ihren Hut, um einen Teil des Staubes aus ihren Kleidern zu klopfen, ehe sie die Küche betrat. Als sie Rachel am Tisch sitzen sah, verfinsterte sich ihr Gesicht.

»Ich habe dir das Essen warmgehalten«, sagte Rachel in einem beiläufigen Tonfall.

Jessie starrte sie an. »Ich habe keinen Hunger.«

»Hast du schon gegessen?«

»Nein.«

»Dann setz dich hin und iß.« Rachels Stimme war jetzt fester. »Ich will ohnehin mit dir reden.«

Rachel stand auf, um Jessie das Essen hinzustellen, und Jessie wandte nichts mehr dagegen ein. Schließlich war sie wirklich sehr hungrig, und sie war zu müde, um eine Diskussion anzufangen. Sie zog sich einen Stuhl an den Tisch und ließ sich mit gespreizten Beinen auf den Stuhl fallen, auf dem sie wie auf einem Sattel saß. Sie lehnte sich zurück und ließ einen Arm über die Stuhllehne hängen.

»Tust du das nur, um mich zu ärgern?« fragte Rachel ganz ruhig, als sie den Teller vor Jessie hinstellte.

»Was?«

»Dich so hinzusetzen.«

»Was paßt dir daran nicht, wie ich mich hinsetze?« fragte Jessie streitlustig.«

»Wenn du das noch fragen kannst, dann könntest du ein paar Lektionen in weiblichem Auftreten gebrauchen.«

»So, und bei wem? Bei dir?«

Aus Jessies Stimme war eine solche Verachtung herauszuhören, daß es Rachel den Atem verschlug. »Hältst du das für ein annehmbares Benehmen für eine junge Frau?«

»Was zum Teufel macht das schon für einen Unterschied?« konterte Jessie. »Ich lebe in meiner eigenen Welt. Ich bin nicht direkt ein eitles Modepüppchen, siehst du das denn nicht selbst?«

»Trotzdem bist du hier nicht allein«, hob Rachel hervor. »Du hast einen Gast. Was glaubst du wohl, was ein Mann, der so kultiviert ist wie Mr. Summers, von einem derart unzüchtigen Benehmen hält?«

»Ich gebe keinen Furz auf …«

»Jessica!«

»Jedenfalls ist es mir völlig egal«, beharrte Jessie. Dann wurde sie versöhnlicher. »Ich habe die ersten acht Jahre meines Lebens nicht vergessen, Rachel. Ich kann mich angemessen benehmen, wenn die Umstände entsprechend sind.«

»Warum um Himmels willen tust du es dann nicht?« fragte Rachel matt.

»Um einen *Spieler* zu beeindrucken? Weshalb sollte ich ihm imponieren wollen?«

»Nein, um meinetwillen.«

Jessie sagte nichts dazu.

»Das ist aber nicht das, worüber ich mit dir reden wollte«, fuhr Rachel fort.

Jessie richtete sich auf, um zu essen. »Ich habe heute schon genug geredet.«

»Ein paar Minuten wirst du für mich erübrigen.«

Jessie zog die Brauen hoch, als sie diese feste Stimme hörte. Sie war erstaunt und auch ein wenig neugierig.

»Hier bin ich. Rede. Ich hoffe nur, daß es nicht langweilig wird.«

»Ich kann dir versprechen, daß dich das, was ich dir zu sagen habe, nicht langweilen wird. Du wirst vielleicht anderer Meinung sein, aber ...«

»Komm zur Sache, Rachel.«

Die ältere der beiden Frauen nahm einen Anlauf. »Gut, ich werde direkt auf das zu sprechen kommen, was ich dir sagen will. Du wirst nicht mehr allein ausreiten, um deine indianischen Freunde zu besuchen.«

Rachel machte sich auf einen Ausbruch gefaßt, doch es kam zu nichts dergleichen. Jessie starrte sie ausdruckslos an, als erwarte sie, noch mehr zu hören.

Schließlich fragte Jessie: »Ist das alles, was du mir zu sagen hast?«

Rachel war verblüfft. Sie wollte keinen Streit. »Ja, also, eigentlich hatte ich meine Gründe dafür, auf diesem Verbot zu bestehen. Es hätte ja sein können, daß du sie hören wolltest. Aber da du vernünftig bist, halte ich es nicht für nötig, meine Gründe näher auszuführen.«

»Das würde ohnehin nichts ändern«, sagte Jessie beiläufig. »Du kannst so viele Verbote aussprechen, wie du nur Lust hast, Rachel. Ich tue das, was ich will.«

Rachel lehnte sich zurück, und ihr Gesicht glühte. Sie hätte es wissen müssen. »Diesmal wirst du tun, was ich sage, Jessica.«

Jessie grinste unbesorgt. »So, werde ich das tun?«

»Ja, das wirst du tun, wenn du weiterhin diese Ranch leiten willst.«

»Misch dich nicht in meine Angelegenheiten ein, Rachel« warnte sie sie leise. »Du verstehst nichts von einer Ranch. Und die Männer würden ohnehin nicht auf dich hören.«

»Ich habe mir auch gar nicht eingebildet, daß sie auf mich hören würden, aber ich bin in einer Position, in der ich Hilfe von außen heranziehen kann, wenn ich es für notwendig erachte.«

»Meine Männer nehmen ihre Befehle von mir entgegen!«

Auch Rachel hob jetzt ihre Stimme. »Deine Männer können gefeuert und neue Männer können engagiert werden.«

»Dazu hast du kein Recht!«

»Oh, doch, Jessica«, sagte Rachel freundlicher. »Ich bin dein Vormund.«

Jessie war außer sich. »Wann geht es endlich in deinen dummen Schädel, daß mein Vater dich nur deshalb zu meinem Vormund bestimmt hat, damit du siehst, was für eine anständige junge Dame er aus mir gemacht hat? Er hat dich hierher geholt, um uns beiden eins auszuwischen. Er hat gewußt, daß ich dich in Wirklichkeit gar nicht brauche. Er hat mich dazu erzogen, auf eigenen Füßen zu stehen – wie jeder Mann!«

»Ganz gleich, welche Gründe er auch gehabt haben mag«, sagte Rachel steif. »Ich bin hier, und es steht mir zu, genau das zu tun, was ich gesagt habe.«

»Warum, verdammt noch mal?« schrie Jessie, die jetzt ihre Selbstbeherrschung verlor. »Was steckt wirklich hinter all dem?«

»Allein in diesem letzten Monat hast du zweimal die Ranch verlassen und bist ausgeritten und warst tagelang nicht erreichbar. Das ist unverantwortliches Verhalten, Jessica.«

»Das zieht nicht, und das weißt du selbst«, zischte Jessie. »Mitch Faber hat alles für mich erledigt, und Jeb wäre im übrigen mit jedem Zwischenfall, zu dem es hätte kommen können, zurechtgekommen. Und deshalb solltest du verdammt noch mal bessere Gründe haben als diesen.«

»Wo du warst, ist Grund genug«, sagte Rachel verstockt. »Es ist undenkbar, daß du dich in ein Gebiet wagst, das den Weißen verboten ist. Ich dachte, deine Indianer seien friedfertige Indianer. Wenn ich gewußt hätte, daß sie das nicht sind, hätte ich dem eher Einhalt geboten.«

»So ein totaler Blödsinn! Glaubst du, ich würde sie besuchen, wenn ich dort nicht willkommen wäre?«

»Du magst diesen Indianern vielleicht willkommen sein, aber andere Weiße sind es nicht. Ich lasse nicht zu, daß du dich mit Indianern abgibst, die den Weißen feindselig gegenüberstehen. Sie haben ganz offensichtlich einen schlechten Einfluß auf dich ausgeübt, und dieser Einfluß wird nicht weiterhin bestehen.«

»Was soll denn das jetzt heißen?«

»Um Himmels willen, Jessica, deine Manieren hier sind wirklich schon schlecht genug, aber dort wirfst du anscheinend jegliche Anstandsregeln unserer Zivilisation über Bord. Wenn ich bedenke, daß du nackt in einem Fluß badest, während ein Indianer dir zuschaut, dann ist dies das Unerhörteste, was mir je zu Ohren gekommen ist.«

Jessie sprang so abrupt auf, daß ihr Stuhl umkippte und über den Fußboden schlitterte. Leuchtende Flecken traten auf ihre Wangen, und ihre weitaufgerissenen Augen sprühten zornige Funken.

»Das mußte dieser Mistkerl dir natürlich als erstes erzählen, so war es doch?« schrie Jessica erbost. »Dann kann ich wohl annehmen, daß er dir auch von Kleiner Falke erzählt hat? Natürlich! Darum dreht es sich doch, oder? Oder?«

»So beruhige dich doch, Jessica.«

»Ich soll mich beruhigen? Wenn du damit drohst, mir die Geschäfte auf der Ranch aus der Hand zu nehmen? Und das wegen irgendwelcher verzerrter Darstellungen, die dir dieser Mistkerl gegeben hat? Was hat er dir sonst noch erzählt?«

»Das reicht doch wahrhaftig schon, oder findest du das etwa nicht?« Rachel bemühte sich, ihre Stimme nicht anzuheben.

»Nein, das finde ich ganz bestimmt nicht, vor allem dann nicht, wenn er unschuldige Vorfälle verdreht, bis – wie hast du das genannt – die größte Ungeheuerlichkeit, von der du je gehört hast, dabei rauskommt. Was zum Teufel ist schlimm daran, daß ich in einem Fluß bade? Das tue ich hier doch auch bei jeder Gelegenheit, die sich mir bietet, wenn ich allein bin. Dort ist das Dorf zu nah, und daher begleitet Weißer Donner mich, damit ich nicht gestört werde. Er hat mir nicht zugesehen, um Himmels willen! Er ist wie ein Bruder zu mir.«

»Dieser Sioux-Krieger war nicht wie ein Bruder zu dir«, sagte Rachel unerbittlich.

»Weil er mich gebeten hat, ihn zu heiraten? Na und? Ich habe seinen Antrag abgelehnt. Wenn du auf deinem hohen Roß sitzen bleibst, dann frag deinen Freund doch mal, was er dir um seiner Bequemlichkeit halber *nicht* erzählt hat!«

»Wenn es noch mehr dazu zu sagen gibt, bin ich sicher, daß es mich nur in meiner Auffassung bestärken wird, daß du nicht mehr dort hingehen solltest, Jessica«, sagte Rachel ruhig. »Ein Indianerlager ist nicht der rechte Platz für ein junges weißes Mädchen. In dem Punkt lasse ich mich nicht erweichen.«

Jessie funkelte sie böse an. Sie zitterte vor Wut. Chase hatte das Pech, sich ausgerechnet diesen Moment dazu auszusuchen, die Küche zu betreten.

»Mit diesem Geschrei kann man die Toten zum Leben erwecken. Worum geht es eigentlich?«

Jessie wandte ihm ihre Augen zu, in denen ein größerer Sturm brauste als alles, was er je gesehen hatte. Sie griff nach ihrem Teller und warf ihm den Teller an den Kopf. Er duckte sich, und der Teller prallte von der Wand ab und fiel auf den Boden.

»Du verdammter, hundsgemeiner Kerl! Du mußtest sie natürlich sofort aufhetzen! Als ob es nicht schon genug wäre, daß du mich wieder hier hergeschleppt hast, mußtest du auch noch alles, was vorgefallen ist, entstellen! Aber du hast vergessen, dich selbst in diesen Schauermärchen zu erwähnen, stimmt's?«

»Das reicht jetzt, Jessie«, verwarnte Chase sie finster.

»Es reicht?« kreischte sie. »Du warst doch derjenige, der so versessen darauf war, ihr alles brühwarm unter die Nase zu reiben! Warum hast du ihr nicht auch den Rest erzählt? Wenn sie unbedingt von meinem empörenden Verhalten bei den Indianern erfahren mußte, dann sollte sie auch erfahren, daß ihr Freund und Vertrauter mich verführt hat – und das nicht einmal, sondern gleich zweimal! Ich meine, wenn wir hier Schmutzwäsche waschen, dann können wir gleich alles auf einmal hinter uns bringen. Oder war der Verlust meiner Unschuld vielleicht weniger wichtig als mein sündiges Benehmen bei den Indianern? Du Schuft! Wenn du etwas anfängst, dann bring es auch zu Ende.«

Mit diesen Worten schoß Jessie an Chase vorbei und stieß ihn mit einer solchen Wucht aus dem Weg, daß er rückwärts in den Schrank neben der Tür fiel und zwei der Glasscheiben zerbrach. Im nächsten Moment wurde die Tür des Zimmers ebenso heftig zugeknallt, und das Geräusch war so laut wie ein Schuß.

»Was ist hier eigentlich los?« rief Bill aus dem Treppenhaus.

»Geh wieder ins Bett, Billy«, befahl Rachel mit scharfer Stimme. Er tat es, ohne eine weitere Frage zu stellen. Chase hätte am liebsten dasselbe getan. Das Schweigen, das jetzt folgte, dauerte eine Ewigkeit an. Er fürchtete sich, Rachel in die Augen zu sehen, fürchtete sich vor der Anklage, die in ihrem Blick stehen würde.

Rachel wartete eine Weile, um ihm die Gelegenheit zu geben, von sich aus etwas zu sagen, doch als er nichts sagte, sagte sie: »Hat sie die Wahrheit gesagt?«

Er wollte etwas sagen, aber kein Wort kam ihm über die Lippen.

Rachel stieß einen kleinen, spitzen Schrei aus, ehe sie flehentlich sagte: »Chase, das hast du doch nicht getan? Doch nicht mit meiner Jessica!«

Er zuckte zusammen, aber antworten konnte er immer noch nicht. Endlich sah er sie an. Unter ihren Blicken fühlte er sich etwa einen Zentimeter groß. Sie wartete nicht länger auf eine Antwort, sondern lief tränenüberströmt aus der Küche.

Chase stand einige unendlich lange Minuten da. Konnte er hier noch irgend etwas retten?

23

»Was tätest du an meiner Stelle, Goldy? Würdest du eine Frau heiraten, bloß weil du dich ein bißchen schuldig fühlst?« fragte Chase.

Das Pferd schnaubte. »Tut mir leid, alter Junge. Hab' vergessen, daß du es nicht magst, wenn man dich Goldy nennt. Aber das war doch eine gute Frage, was?«

Chase lehnte in Goldenrods Box an der Wand und saß vertrauensvoll vor den Füßen des Pferdes. Neben ihm stand eine halbvolle Flasche Whiskey. Er hatte die ungeöffnete Flasche im Geräteschuppen gefunden, nachdem er die Küche von oben bis unten durchsucht hatte. Zweifellos handelte es sich dabei um Jebs Versteck. Er mußte unbedingt daran denken, die Flasche zu ersetzen.

Chase öffnete die Flasche wieder und trank mit einem großen Schluck nochmals einen guten Zentimeter mehr. Dann beäugte er mit ernstem Blick sein Pferd. »Ich meine, verflixt, schließlich hat mir die Kleine doch nie ein schlechtes Gewissen verursacht, oder? Diese verfluchte Rachel ist es, die mir das Gefühl gibt, eine miese kleine Kröte zu sein. Und weißt du auch, was sie sagen wird, sowie sie dazu kommt?«

Chase rülpste. Dann lachte er. »Nein, das nicht. Nein, Rachel wird sagen: ›Du hast ihr Leben verpfuscht, und jetzt wirst du sie heiraten.‹ Glaubst du, sie bringt es fertig, mir eine Knarre in die Rippen zu bohren? Nein, Rachel nicht. Aber sie besitzt eine andere Waffe, ihr verdammtes Gesicht, diesen verfluchten Blick, der sagt, daß ich sie heimtückisch aus dem Hinterhalt überfallen habe.« Er holte tief Atem. »Warum zum Teufel reite ich nicht einfach jetzt gleich los?«

Chase versuchte aufzustehen, doch das gelang ihm erst nach mehreren Anläufen. Er beäugte seinen Sattel, der auf der Einfassung hing, als sei er ein störrisches Biest, das ihm Ärger machen wollte. Das war er auch. Er konnte ihn nicht von der Einfassung ziehen. Schließlich lehnte er sich an den Sattel und sprach wieder mit seinem Pferd.

»Sieht so aus, als müßte ich vorher wieder nüchtern werden. Aber ich komme wieder, Goldenrod. Ich werde dich satteln, und dann machen wir uns auf den Weg. Ich kann diese Göre nicht heiraten. Das wäre, als würde ich mich an einen Wirbelsturm binden.«

Chase tastete sich aus dem Stall heraus und zu dem Fluß, der hinter dem Haus vorbeifloß. Er fiel ins Wasser, und einen Moment lang glaubte er, er könnte ertrinken. Das Wasser war jedoch nur dreißig Zentimeter tief. Nachdem er eine beträchtliche Weile im Wasser geplanscht hatte, zog er sich ans Flußufer und blieb dort liegen, während das eisige Wasser ihn frösteln ließ.

Zu seinem Verdruß sah er Jessie bildhaft vor sich. Nicht die Jessie des heutigen Abends, sondern die Jessie der letzten Nacht. Auch in der gestrigen Nacht war sie ein Wirbelsturm gewesen, aber ein leidenschaftlicher, liebevoller Wirbelsturm.

Wäre es denn wirklich so schlimm, sich an sie zu binden? fragte er sich. Sie war das hübscheste Geschöpf, das er je gesehen hatte. Und hatte er das Herumziehen nicht längst satt? Rachel hatte gesagt, es sei an der Zeit, daß er sich seßhaft machte, und vielleicht hatte sie sogar recht. Würde sich dieser Wildfang nicht zähmen lassen, wenn er sich nur genügend Mühe gab?

Jessie war zu wütend, um zu weinen, aber sie war gleichzeitig zu sehr außer sich, um es nicht zu tun. Daraus entstand ein Kloß in ihrer Kehle, an dem sie zu ersticken glaubte, und sie lag wach und warf sich von einer Seite auf die andere. Da sie wach war, hörte sie das leise Klopfen deutlich. Es paßte ihr gar nicht.

Sie machte sich gar nicht erst die Mühe, eine Hose anzuziehen, sondern ging in dem viel zu großen langärmeligen Hemd an die Tür, in dem sie im allgemeinen schlief. Ihr war ganz gleich, was Rachel davon halten würde. Sie spielte sogar mit dem Gedanken, das Hemd auszuziehen, um Rachel glauben zu machen, daß sie nackt schlief.

Sie war froh, daß sie diese aufsässige Überlegung nicht in die Tat umgesetzt hatte, als sie die Tür öffnete und Chase im Korridor stand. Jessie knallte die Tür zu, doch die Tür prallte an seinen Schultern ab und flog wieder auf. Sie war gezwungen, zurückzutreten, als er sich roh seinen Weg bahnte und die Tür hinter sich schloß.

»Raus!« sagte sie.

»Gleich.«

»Nein, jetzt sofort!«

»Verdammt noch mal, schrei nicht so. Sonst kommt Rachel angestürzt und schleppt uns noch heute nacht vor einen Priester. Das tut sie ohne weiteres. Ich muß mich ausnüchtern, ehe es dazu kommt.«

»Dazu wird es nicht kommen, und zwar unter keinen Umständen!« versicherte sie ihm. »Du stinkst! Du bist betrunken! Hat dir das Mut gemacht, mitten in der Nacht in mein Zimmer zu platzen?«

»So betrunken bin ich nun auch wieder nicht, jedenfalls jetzt nicht mehr. Nicht genügend, um nicht zu wissen, was ich tue.«

Sie zündete die Lampe an, die neben ihrem Bett stand. Dann

wirbelte sie herum, um ihn anzusehen. Er trug nur seine Hose, und sein Haar war triefnaß, und dieser Anblick ließ ihren Zorn für einen Moment vergehen. »Was hast du denn getan? Bist du in den Fluß gefallen?«

»In der Tat ...« Mit einem breiten Grinsen vervollständigte er seine Erklärung, doch Jessie fand das gar nicht komisch. »Ich habe mich allerdings umgezogen«, versuchte er ihr entgegenzukommen. »Ich wollte nicht den ganzen Boden deines Zimmers volltröpfeln.«

»Jedenfalls hast du vergessen, dir das Haar zu trocknen. Findest du es angemessen, daß du mich dürftig bekleidet hier aufsuchst?«

Sein Grinsen wurde breiter. »Von dürftig bekleidet würde ich an deiner Stelle nicht sprechen. Nicht so, wie du die Tür aufgemacht hast.«

Jessie sah an ihrem Baumwollhemd herunter, das kaum bis auf ihre Knie reichte. »Ich habe dich nicht aufgefordert, zu mir zu kommen, und jetzt scher dich zum Teufel. Für heute hast du schon genug Ärger gemacht.«

»Ich?« Sein Humor verflüchtigte sich. »Und was hast du getan?«

»Dir heimgezahlt, was du angerichtet hast, und sonst gar nichts«, sagte Jessie kühl. »Nichts anderes als das, was ihr beide verdient habt.«

»Wenn das so ist, freut es mich zu hören, daß ich nicht das einzige Opfer deines gehässigen Angriffs war«, erwiderte Chase sarkastisch. »Vor allem, da ich derjenige bin, der dafür büßen wird.«

Jessie funkelte ihn wütend an. »Du glaubst, du bist der einzige, der Schaden genommen hat? Aufgrund dessen, was du ihr erzählt hast, kann sie versuchen, mir die Leitung der Ranch aus der Hand zu nehmen, wenn ich noch einmal in den Norden reite. Und wenn ich einen Freund verlieren mußte, dann war es doch nur gerecht, daß jeder von euch beiden auch einen Freund verliert – nämlich ihr beide einander.«

»Und du glaubst, daß das die einzige Konsequenz ist?«

»Was ist los, Summers?« schnurrte Jessie. »War sie etwa nicht verständnisvoll? Hat sie deine Gefühle verletzt?«

»Es macht dir wohl wirklich nichts aus, daß du sie verletzt hast, oder?« fragte er mit gepreßter Stimme.

147

»Ich kann mich nicht erinnern, mit mir selbst geschlafen zu haben«, gab Jessie zurück. »Ich kann mich auch nicht erinnern, bei einem der beiden Male den ersten Schritt getan zu haben. Wer ist also der Verantwortliche?«

»Ich habe dich gewarnt, daß es so kommt, wenn sie etwas davon erfährt, Jessie.«

Zu seinem Erstaunen fing Jessie an zu lachen. »Deshalb bist du also hier! Es ist mir verhaßt, dir einen Stein vom Herzen zu nehmen, Summers, es ist mir wirklich verhaßt, aber das braucht nicht dein Kummer zu sein. Du hast lediglich ihren Respekt verloren. Warum du von einer Hure respektiert werden willst, ist mir zwar zu hoch, aber ...«

»Sie ist keine Hure, Jessie«, sagte Chase barsch.

»Erzähl du mir nicht, was sie ist und was nicht! Ich weiß es besser als du!«

»Ich bin nicht gekommen, um schon wieder mit dir zu streiten. Ich bin gekommen, um dich zu bitten, daß du mich heiratest.« Sie war entgeistert, doch sie fing sich wieder.

»So, hiermit hast du mich gefragt. Jetzt kannst du beruhigt zu ihr gehen und ihr sagen, daß du ein braver Junge warst und das getan hast, wozu sie dich aufgefordert hat.«

»Sie hat mich nicht hier hergeschickt, Jessie. Sie hat bisher kein Wort gesagt. Sie hat tränenüberströmt die Küche verlassen, und von da an habe ich sie nicht mehr gesehen.«

»Was tust du dann hier? Dich edelmütig zeigen?« höhnte sie. »Oder versuchst du nur, ein paar Pluspunkte für dich einzuheimsen, indem du das Rechte tust, ehe du dazu angehalten wirst?«

»Was hast du daran auszusetzen, daß wir heiraten?« fragte er sachlich, und er kannte jeden einzelnen Grund, den sie nennen würde.

»Wofür hältst du mich eigentlich?« fauchte sie. »Glaubst du, ich kann mich nicht daran erinnern, daß der Gedanke an eine Heirat dich in Panik versetzt?«

»Das war damals«, beharrte er.

»So ein Quatsch. Nichts hat sich geändert. Du willst mich genauso gern heiraten, wie ich dich heiraten will, nämlich ganz und gar nicht. Also hau jetzt ab, und hör auf, mich mit deinem betrunkenen Unsinn zu belästigen.«

»Es ist kein Unsinn, und ich habe dir gesagt, daß ich nicht betrunken bin. Rachel wird ohnehin darauf bestehen, daß wir heiraten. Warum sollen wir ihr nicht die Gelegenheit vermasseln, eine große Sache daraus zu machen?«

»Warum? Um ihr den Spaß zu verderben? Wie oft geschieht es denn einer Hure, daß ihr etwas rechtmäßig zusteht und daß sie auf Anstand beharren darf?«

»Das ist nicht dein Ernst, Jessie«, sagte er.

»Nichts ist ernst an dieser ganzen Angelegenheit!« fauchte sie. »Es kann sein, daß ich in einigen Punkten nachgeben muß, aber dich heiraten? Ich würde von hier verschwinden und mich so lange wie nötig rar machen, ehe ich mich von ihr dazu zwingen ließe, jemanden zu heiraten, den ich nicht ausstehen kann.«

»So hast du letzte Nacht nicht empfunden.«

»Letzte Nacht war ich dumm.«

Das ließ seinen Zorn aufflackern. »Vielleicht waren wir beide dumm. Aber trotzdem bleibt die Tatsache bestehen, daß es zwischen uns auf eine ganz besondere Weise funkt, Jessie.«

»Mach dir doch nichts vor. Du bist ganz einfach der erste Mann, der mich berührt hat. Du wirst nicht der letzte sein, das kannst du mir glauben.«

Mit zwei Schritten stand er vor ihr und packte sie. Wut und Begierde verdunkelten seine Augen. »Was zwischen dir und mir passiert, passiert nicht einfach zwischen irgendwelchen anderen Menschen«, sagte er heiser. »Du kannst es abstreiten, aber du weißt selbst, daß du mich willst, Jessie. Heirate mich. Sag ja.«

Als er sie nicht loslassen wollte, versetzte sie ihm einen Hieb, der kräftig genug war, um sich zu befreien, doch er war lediglich überrascht. Sie ließ diesem Hieb eine klatschende Ohrfeige folgen.

»Beweist dir das, daß ich dich nicht will?« schrie sie mit bebender Brust. Ein Kloß in ihrer Kehle erschwerte es ihr, diese Worte herauszubekommen. »Vielleicht bist du gut für einen Seitensprung, aber deshalb würde ich dich noch lange nicht heiraten. Für eine Ehe ist ein gewisses Maß an Respekt erforderlich, und ich habe nicht den geringsten Respekt vor dir.«

»Dann sollte ich dir vielleicht Respekt beibringen«, knurrte Chase, und in seine Augen trat ein bedrohliches Glitzern.

Jessie wich zurück, aber sie war nicht schnell genug. Er packte sie an ihren Handgelenken und zerrte sie zum Bett, doch seine Absichten waren nicht die, die sie ihm unterstellte.

»Verdammt noch mal, aber das will ich schon tun, seit ich dich zum ersten Mal gesehen habe«, fluchte er. Sein Tonfall drückte die reinste Zufriedenheit aus.

Er zog sie auf seinen Schoß. Jessie schnappte nach Luft, als sie den ersten klatschenden Schlag auf ihrem Hintern verspürte. Dem folgte ein zweiter, dann noch einer. Sie hätte am liebsten laut geschrien, doch diese Befriedigung gönnte sie ihm nicht. Statt dessen wehrte sie sich und zappelte und wand sich, um von seinem Schoß herunterzukommen, doch er schwang ein Bein über ihre beiden Beine und hielt sie damit in einem Klammergriff fest. Die Hand, die er freihatte, preßte er in ihr Kreuz, damit sie sich nicht mehr rühren konnte. Durch ihr Zappeln war ihr Hemd hochgerutscht, und seine Hand schlug auf bloße Haut.

Jessie mußte sich auf die Lippen beißen, um nicht loszuheulen. Er hörte einfach nicht auf.

»Ich würde gern sagen, daß es mich mehr schmerzt als dich, aber es ist nicht so«, sagte er, während er auf ihr Hinterteil einschlug. »Das hätte schon längst jemand tun müssen, Jessie. Vielleicht würdest du dann nicht ganz so schnell Schläge austeilen, sowie dir danach zumute ist.«

Die Tränen in ihren Augen standen kurz vor dem Überquellen, doch das konnte er nicht sehen. Er sah nur das flammende Rot ihres Hinterns. Plötzlich vergaß er, warum er so brutal gewesen war, und er beugte sich vor und küßte die Stellen, die er verletzt hatte.

Jessie spürte es nicht. Es brannte zu sehr, als daß sie etwas anderes als Schmerz hätte empfinden können. Auch das wußte Chase nicht, und er ärgerte sich über sich selbst, weil er überhaupt das Bedürfnis verspürte, sie zu trösten. Er hob sie von seinem Schoß und legte sie auf ihr Bett. Dann stand er auf und stapfte zur Tür. Er öffnete die Tür und stand schon im Korridor, als ihm der Schuldschein in seiner Hosentasche einfiel und er ihn herauszog. Er kam in dem Moment zurück, in dem Jessie sich mit dem Rükken zu ihm aufsetzte und ihr prachtvolles Haar sich über ihren Rükken ergoß. Dieser Anblick wühlte ihn auf, und jeder Muskel seines ganzen Körpers zog sich zusammen.

»Ich habe etwas für dich«, sagte er. Er ließ den Schuldschein auf

das Bett fallen, doch sie drehte sich nicht um. »Es war als Hochzeitsgeschenk gedacht, aber da es mich nicht mehr gekostet hat als
ein Kartenspiel, könnten wir es ebenso gut als Zahlung für genos-
sene Vergnügungen ansehen. Somit wären wir also quitt.«

Er hatte auf eine Reaktion auf seine gemeinen spitzen Bemer-
kungen gehofft, doch er bekam nichts dafür, nicht einmal einen
wütenden Blick. Sie war nicht bereit, ihn anzusehen. Er verließ das
Zimmer und schloß die Tür hinter sich. Das sollte jetzt nicht seine
Sorge sein. Dieser letzte Pfeil, den er zum Abschied auf sie abgeschossen hatte, war auch nicht gemeiner als vieles, was sie zu ihm
gesagt hatte. Seine Sorge sollte das nicht sein. Er war jetzt frei.

24

Eine Woche lang konnte Jessie nicht allzu gut auf einem Pferd sitzen, und jedesmal, wenn sie ausritt, dachte sie an Chase. Er war
am nächsten Morgen aufgebrochen. Sie war in ihrem Zimmer geblieben, bis er fort war, und er war nicht zu ihr gekommen, um
sich zu verabschieden. Vor seiner Abreise hatte er sich mit Rachel
gestritten, und Jessie hatte gegen ihren Willen den größten Teil
dieses Streits gehört.

»Ich habe sie gebeten, mich zu heiraten. Sie hat mich abgewiesen. Verdammt noch mal, Rachel, was hätte ich denn sonst noch
tun können?«

»Du hättest sie in Ruhe lassen können!« Rachel hatte ihn tatsächlich angeschrien. »Ich habe dir vertraut!«

»Was willst du von mir, Rachel? Es ist passiert. Glaubst du vielleicht, ich hätte es nicht bereut, als ich feststellen mußte, daß sie
noch Jungfrau ist? Aber es war zu spät, um noch aufzuhören.«

»Du wolltest gar nicht aufhören!«

Daraufhin hatten beide ihre Stimmen gesenkt, und Jessie hatte
nichts mehr gehört, bis die Tür endgültig zugeschlagen wurde, als
Chase das Haus verließ. Sie wunderte sich über seinen Versuch,
Edelmut zu zeigen. Sie wußten beide, daß sie diejenige war, die
nicht zugelassen hatte, daß ihn die gesamte Schuld traf. So etwas
Dummes. Was wollte er sich damit beweisen?

In den folgenden Wochen dachte Jessie oft darüber nach. Sie konnte nichts daran ändern, daß sie daran dachte. Rachel erinnerte sie mit ihrem vergrämten, mitleidigen Blick immer wieder daran. Das war doch absurd. Diese Frau benahm sich, als sei das verruchteste aller Verbrechen begangen worden. Wie konnte sie eine solche Heuchlerin sein, sie, die doch selbst eine Hure war? Der Verlust ihrer Jungfräulichkeit hatte Jessie nicht weiter betroffen, aber Rachel tat ganz so, als sei sie vergewaltigt worden.

Rachel sprach auch den Namen Chase nie wieder aus. Es war, als sei Jessie plötzlich zerbrechlich, als könne das geringste falsche Wort sie vernichten. Einfach lächerlich.

Rachels Verhalten war auch in einer anderen Hinsicht äußerst ärgerlich. Ihr Mitgefühl war Jessie nicht nur unerwünscht, sondern machte es ihr auch unmöglich, Chase Summers zu vergessen, und genau das strebte sie inbrünstig an.

Beide, Mutter und Tochter, verachteten ihn jetzt, wenngleich auch aus verschiedenen Gründen. Daß er sie mißhandelt hatte, daß er einen letzten Pfeil auf sie abgeschossen hatte, ehe er abgereist war, würde Jessie ihm nie verzeihen. Er war endgültig aus ihrem Leben verschwunden, und sie würde ihn nie wiedersehen, und daher würde sie niemals Gelegenheit haben, ihm das heimzuzahlen. Das erboste sie über alle Maßen.

Es war ein Segen, daß Jessie Mitte Oktober krank wurde, denn die Krankheit diente dazu, daß sie an nichts anderes mehr dachte als an sich selbst. Während der ersten Tage ihrer Krankheit rechnete sie damit, daß es schnell vorübergehen würde. Es ärgerte sie, daß sie überhaupt krank geworden war. Doch als ihre Krankheit nicht schnell vorüberging, fing sie an, sich Sorgen zu machen. Es gelang ihr, ihre Krankheit vor allen anderen geheimzuhalten, wenngleich das auch äußerst schwierig war. Sie wollte nicht, daß jemand großen Wirbel um sie machte, am allerwenigsten Rachel. Sie war bisher kaum einen Tag ihres Lebens krank gewesen, und sie war es nicht gewohnt, krank zu sein. Nach einer Woche beschloß sie, es sei an der Zeit, einen Arzt aufzusuchen, aber sie fühlte sich nicht in der Verfassung, einen langen Ritt auf Blackstar zurückzulegen. Sie fand einen Vorwand dafür, den Wagen anzuspannen, indem sie ganz schlicht den Absatz ihres einen Reitstiefels abbrach.

Jessie hatte nicht damit gerechnet, daß Billy mitkommen wollte, aber sie schlug es ihm nicht ab. Es würde ein Leichtes sein, ihn abzuschütteln, sobald sie in der Stadt angekommen waren, denn er wollte nur allzu gern zum Hotel gehen und sie beide für die Nacht anmelden. Sobald er aus ihrer Sichtweite verschwunden war, machte sie sich auf den Weg in die Praxis von Doc Meddly.

Ob er ein richtiger Arzt war oder ein Pferdedoktor, oder nur einfach ein Mann, der ein wenig von Medizin verstand, wußte sie nicht. Doch Cheyenne konnte sich glücklich schätzen, überhaupt irgendeine ärztliche Hilfe zu haben. In vielen Städten des Westens war das nicht der Fall. Er schien auch etwas von seinem Gewerbe zu verstehen, und er stellte die richtigen Fragen und konzentrierte sich, als wüßte er genau, was er tat. Das Ärgerliche war, daß er immer noch die Stirn runzelte, nachdem sie am Ende ihrer Erklärungen angelangt war. Sie wurde schrecklich nervös.

»So, und was ist das jetzt?« fragte sie. »Ist es ansteckend? Werde ich daran sterben?«

Der Mann war eindeutig in Verlegenheit. »Tatsache ist, Miß Jessie, daß ich keine Ahnung habe, was Ihnen fehlt. Wenn ich es nicht besser wüßte, würde ich sagen, daß Sie schwanger sind. Aber da Sie ein ungebundenes junges Mädchen sind, muß ich diese Möglichkeit wohl streichen. Aber Ihre Schilderung paßt auf nichts anderes. Ihnen ist nur morgens übel, und dann geht es Ihnen den ganzen Tag lang gut.«

Jessie hörte kein Wort von dem, was er sagte – seit er das Wort ›schwanger‹ ausgesprochen hatte. »Aber das ist doch noch zu früh ... ich meine, es ist doch erst drei ... nein, vier Wochen her, seit – verdammt!«

Nach diesem gestammelten Bekenntnis räusperte sich Doc Meddly verlegen und beschäftigte sich damit, die Papiere, die auf seinem Tisch lagen, neu zu sortieren. Er wich Jessies Augen aus. »Nun, ja, es dauert gar nicht lange, dahinterzukommen, ob eine Befruchtung stattgefunden hat ... äh, das heißt, falls Sie mit einem Mann zusammen waren ... äh, verflixt, Miß Jessie. Ich bin es nicht gewohnt, über so was zu sprechen. Die Frauen hier in dieser Gegend kommen mit so heiklen Angelegenheiten nicht zu mir. Sie machen das unter sich aus.«

»Sie glauben also wirklich, daß ich schwanger bin?«

»Wenn Sie verheiratet wären, Miß Jessie, würde ich nicht zögern, ja zu sagen.«

»Nun, ich bin aber nicht verheiratet!« sagte Jessie hitzig. »Und es wäre mir lieber, wenn ich wüßte, daß ich sterbe.«

Vor der Praxis des Arztes blieb Jessie stehen und lehnte sich an die Tür. Sie bemühte sich verzweifelt, ihre Gedanken zu sortieren, ohne einen Zorn zuzulassen, der jeden Gedanken unmöglich machte. Aber es gab zuviel zu bedenken. Ein Baby!

Jessie erreichte das Hotel, ohne auch nur wahrzunehmen, daß sie durch die Stadt gelaufen war. Billy erwartete sie und folgte ihr bestürzt in ihr Zimmer. So geistesabwesend hatte er sie noch nie erlebt. »Stimmt etwas nicht, Jessie?«

»Was sollte nicht stimmen?« Sie saß auf dem zu weichen Bett des trostlosen, kargen Zimmers und lachte mit zu hoher Stimme. Dann stöhnte sie und preßte sich die Hände an die Schläfen, als wolle sie einen Schmerz abwehren.

Billy runzelte die Stirn. »Ich ... ich dachte, du hättest vielleicht von Chase Summers gehört und du seist böse, weil er immer noch hier ist.«

Jessie setzte sich ganz langsam auf. »Hier? Was soll das heißen?«

»Er ist immer noch in der Stadt. Er ist nicht abgereist, wie wir geglaubt haben. Genaugenommen wohnt er sogar hier im Hotel.«

»Du hast ihn gesehen?«

»Nein.«

»Woher weißt du es dann?« fauchte sie.

»Zwei Männer haben es mir erzählt.« Er zuckte die Achseln. »Sie haben gesagt, daß sie dich und mich gesehen haben, als wir in die Stadt gekommen sind. Sie haben gesagt, daß sie wissen, daß Chase für dich gearbeitet hat, und falls du ihn suchst, könntest du ihn drüben im Saloon finden. Ich nehme an, sie wollten dir nur gefällig sein, Jessie.«

Sie sprang vom Bett auf. »Es ist jetzt drei Wochen her, seit er die Ranch verlassen hat. Er hat hier schon längst nichts mehr zu suchen.«

»Gehst du zu ihm?«

»Nein!«

Billy trat ein paar Schritte zurück. »Bist du sicher, daß dir nichts fehlt, Jessie?«

»Nein ... ja ... oh, ich habe einfach grauenhafte Kopfschmerzen, und wenn sie nicht bald vergehen, gehe ich die Wände hoch. Ich brauche einfach ein bißchen Ruhe. Warum gehst du nicht einfach runter, besorgst dir was zum Abendessen und gehst dann ins Bett?« Dann dachte sie endlich an ihn und fügte hinzu: »Kommst du auch alleine zurecht?«

Er richtete sich beleidigt auf. »Klar. Aber du mußt auch etwas essen.«

»Nein, ich brauche nichts, nicht heute abend. Ich glaube, ich lege mich jetzt einfach ins Bett und schlafe, bis diese Kopfschmerzen vorbei sind. Ich wecke dich morgen früh, wenn es Zeit ist, aufzubrechen.«

»Und was ist mit deinen Stiefeln?«

»Die hole ich ab, ehe wir aufbrechen. Und noch was, Billy – falls du zufällig Chase sehen solltest, dann versuch doch bitte, dafür zu sorgen, daß er dich nicht sieht. Es wäre mir lieber, wenn er nicht wüßte, daß wir hier sind.«

»Du scheinst ihn wirklich nicht leiden zu können, Jessie, oder?«

»Was kann man an einem arroganten Starrkopf mögen, der ...« Sie ertappte sich gerade noch rechtzeitig, ehe sie ihre Selbstbeherrschung verlor. »Nein, ich kann ihn nicht leiden.«

»Das ist zu schade.«

»Weshalb?« fragte Jessie irritiert.

»Ich meine nur, weil ... ihr beide könntet doch ... schon gut, vergiß es. Wir sehen uns morgen früh, Jessie.«

»Moment mal ...«, sagte Jessie, doch Billy hatte die Tür bereits geschlossen.

25

Chase hatte die Flasche und ihre magischen Rundungen inzwischen recht liebgewonnen. Direkt nach seiner Ankunft in der Stadt hatte er sich sogar ein ganzes Wochenende lang durch die Kneipen getrieben. Doch nachdem er ausgenüchtert war, wandte er sich wieder seinem Anliegen zu, Geld zu verdienen – Geld, das seine Reise nach Spanien finanzieren würde. Es war an der Zeit.

Spanien war so angenehm weit weg. Er brauchte diese Distanz. In Spanien würde er nicht versucht sein, wieder in diese Gegend zurückzukehren.

Trotzdem war es schwierig für ihn, vorübergehend hier zu bleiben, und das war auch der Grund, aus dem er ständig eine Flasche in seiner Reichweite hatte. Entscheidend war, und das sagte er sich immer wieder, daß die Eisenbahnlinie durch Cheyenne verlief und daß es hier viele Saloons gab, die den Bedürfnissen eines Spielers dienten. Es war einfach unsinnig, nach Denver weiterzureiten oder wieder nach Kansas zu gehen, um dort den Zug in den Osten zu erreichen, denn das konnte er von hier aus auch tun.

Die Schwierigkeit bestand darin, daß er nur einen Tagesritt von diesem Quälgeist mit den Edelsteinaugen entfernt war, der ihm immer wieder durch den Kopf ging, ganz gleich, wie sehr er seine Gedanken auch im Alkohol ertränkte. Zweimal war es sogar so schlimm gewesen, daß er mit dem Gedanken gespielt hatte, wieder zur Ranch im Rocky Valley zu reiten. Doch Rachel würde ihn nicht willkommen heißen, und Jessie hatte ihn nie willkommen geheißen. Wenn immer solche dämlichen Vorstellungen durch seinen Kopf gingen, betrank er sich so ausgiebig, daß er an gar nichts mehr denken konnte.

Auch jetzt war er betrunken, nachdem er gerade gehört hatte, daß Jessie sich in der Stadt aufhielt. Was zum Teufel hatte sie bloß an sich, das es so schwierig für ihn machte, sie aus seinem Leben zu verbannen? Es war verdammt richtig zu behaupten, daß sie sein Leben bereits jetzt völlig umgekrempelt und auf den Kopf gestellt hatte. Noch nie war es ihm so schwergefallen, irgendeine Frau zu vergessen, mit der er sich eingelassen hatte. Und diesmal schien auch der Alkohol nicht zu helfen, nicht das kleinste bißchen. Jetzt, da Jessie so nah war, brauchte er mehr.

Seine Blicke schweiften durch den Saloon, an dessen Tresen er stand. Er sah Charlie und Clee, zwei widerwärtige Kumpane, die allein an einem Tisch saßen. Chase hätte sie am liebsten dafür erschossen, daß sie ihm mitgeteilt hatten, Jessie sei in der Stadt. Um sich von ihr abzulenken, was ihm durch den Alkohol nicht gelang, erwog er, einen Streit mit ihnen anzufangen. Doch dann entdeckte er Silver Annie, die den Saloon durchquerte. Sie würde seinen Bedürfnissen noch mehr entgegenkommen als eine Schlägerei.

Annie war unter den Mädchen, die im Saloon arbeiteten, die hübscheste. Leider sagte das noch nicht allzuviel. Ihren Namen verdankte sie den silbernen Bändern, die sie immer in ihrem Haar und um ihren Hals trug, und zudem auch der Farbe ihrer Augen, die eher silbern als grau waren. Dieser Eindruck wurde durch ihren glasigen Blick verstärkt. Ihre Augen deuteten etwas Stärkeres als Alkohol an. Chase störte sich nicht daran. Er konnte nicht die Schwächen anderer verurteilen, während er selbst eine eigene Schwäche entwickelte.

Sie hatte sich ihm schon früher genähert, aber sie hatte ihn nicht in Versuchung führen können. Vielleicht war das ein Fehler gewesen. Wie war das noch mal mit dem alten Sprichwort, das besagte, eine Frau könne einem Mann helfen, eine andere Frau zu vergessen?

Etwas später und wesentlich betrunkener fand er sich in Silver Annies Zimmer vor. Das Licht war aus, und der Geruch eines billigen Parfums umgab ihn. Ein Teil von ihm war gerade noch nüchtern genug, um zu wissen, daß er eigentlich gar nicht da sein wollte, wo er war. Doch er war da, und er gelobte sich, Jessie in den Armen einer anderen Frau wirklich zu vergessen.

Doch als er schließlich nackt ins Bett kroch, konnte Chase diese andere Frau nicht finden. Sie war nicht da. Er tastete das ganze Bett nach ihr ab, doch sie war und blieb verschwunden.

»Wo bist du, Annie?« fragte er kampflustig. Er war fest entschlossen, die Sache hinter sich zu bringen.

Er hörte ihr Kichern aus einer Ecke des Raumes, und dann war aus einer anderen Ecke ein tieferes Lachen zu hören. Ehe Chase sich das zusammenreimen konnte, sprach eine Männerstimme.

»Siehst du jetzt ein, daß er nie genug von Mutter und Tochter bekommen hat?«

»Du verfluchter Kerl, jetzt weiß er, daß wir hier sind!« knurrte ein anderer Mann.

»Glaubst du, das macht mir was aus, solange ich das bei mir habe?«

»Blödsinn!«

Chase zog sich mühsam aus dem Bett. »Was …«

Ein stechender Schmerz in seinem Rücken ließ ihn mit dem Gesicht nach unten wieder auf das Bett zurückfallen. Er versuchte, wieder aufzustehen, doch es wollte ihm nicht so recht gelingen, und dann spielte es keine Rolle mehr. Eine dunkle Leere umfing ihn.

»Du dämliches Arschloch!« fluchte Charlie. »Weshalb hast du das getan?«

»Das war ich ihm schuldig«, sagte Clee zu seiner Verteidigung. »Und außerdem habe ich mich nicht vor ihm gefürchtet wie du, der du fast in die Hose gemacht hättest.«

»Haben wir den Auftrag, ihn umzulegen?« fragte Charlie mit erhobener Stimme. »War das unser Auftrag?«

»Na und, worin liegt der Unterschied?«

»Laton wollte keine Schwierigkeiten haben, darin liegt der Unterschied. Und schon gar nicht jetzt, wo die Kleine bald hören wird, was er da oben im Norden getan hat. Er will sie von dort vertreiben, ohne daß das Gesetz sich einmischen kann. Er erledigt die Dinge gern auf seine Art, und das hast du ihm jetzt höllisch vermasselt.«

»Wenn du mich fragst, war das ohnehin eine dumme Idee. Nichts hat garantiert, daß die kleine Blair den da gefeuert hätte, bloß weil er hier aufgefunden wird und das auch noch ohnmächtig. Laton hat sich Sorgen gemacht, weil er schon Wochen in der Stadt rumhängt. Ob sie ihn feuert oder ob er tot ist – er wird dem Mädchen so und so nichts sagen, selbst, wenn er was rausgefunden hat, was ihn nichts angeht.«

»Du kannst nur hoffen, daß Laton das auch so sieht. Und was ist mit Annie?«

»Blödsinn, sie sagt kein Wort, wenn sie den Stoff kriegt, den wir ihr versprochen haben. Das stimmt doch, Annie?«

Das Mädchen konnte die Umrisse der beiden Männer kaum erkennen. Es tat ihr leid um den gutaussehenden Spieler, aber er war tot, und sie war am Leben, und sie brauchte den Stoff, den sie ihr versprochen hatten.

»Es ist zu dunkel hier«, erwiderte sie eilig. »Ich habe nichts gesehen.«

»Du bist eben doch ein braves Mädchen, Annie.« Clee kicherte in sich hinein.

Charlie war gar nicht belustigt. »Man wird den Sheriff rufen müssen. Wir räumen am besten seine Taschen aus, damit es wie ein Raubüberfall aussieht.«

»Tja, verflixt, wenn du es so haben willst, dann wäre es besser,
wenn wir gleich seine Hose mitnehmen, meinst du nicht?« schlug
Clee sachlich vor. »Sieh mal, er ist tot, und sie schreit sich die Lunge aus dem Leib. Würde ein Dieb in dem Fall so lange bleiben, bis
er alle Taschen durchsucht hat?«

»Schon gut, schon gut«, brummte Charlie, dem gar nicht gefiel,
wie die Sache ausgegangen war. Er war nur froh, daß Clee einen
gewissen Verstand bewies, indem er alle Aspekte des neuen Plans
durchdachte, nach dem sie sich jetzt richten mußten.

26

»Weißt du, wer das ist, Ned?« fragte Doc Meddly.

Der Deputy schüttelte den Kopf und sah Silver Annie an. Sie
hatte Schwierigkeiten, stillzusitzen.

»Er nennt sich Chase Summers, aber was kann das Ihnen schon
sagen?« sagte sie verdrießlich. Sie wünschte sich nur noch, sie
würden endlich gehen. »Wahrscheinlich ist es ein Pseudonym.
Das haben sie doch meistens.«

»Warum schickst du sie nicht weg, Ned? Sie ist das reinste Ner-
venbündel«, schlug der Arzt vor.

»Was erwarten Sie denn von mir, nachdem ein Mann in meinem Bett erstochen worden ist?« kreischte Annie. »Außerdem bleibe ich. Eilen Sie sich doch, und tun Sie, was Sie tun müssen, und
dann nehmen Sie ihn mit, damit ich die Schweinerei hier aufräumen kann. Ich kann es mir nicht leisten, heute nacht bloß deshalb
nicht zu arbeiten.«

»Ist sie nicht herzlos?« murmelte der Arzt dem Deputy zu.

»Sind sie das nicht alle?« stimmte ihm Ned zu. Annie ignorierte
alle beide und fuhr heftig mit einer Bürste durch ihr flachsblondes
Haar.

»Wo hat er gewohnt, Ned?«

»Ich nehme an, im Hotel.«

»Weißt du es denn nicht? Wo bleibt überhaupt der Sheriff?«

»Jetzt reg dich bloß nicht zu sehr auf, Doc. Es bestand kein
Grund, ihn aufzuwecken. Das hier kann ich ebensogut erledigen.«

»Bring in Erfahrung, ob dieser junge Kerl hier irgend jemanden kennt. Er wird in den nächsten Tagen Pflege brauchen, und jemand muß sich schließlich um ihn kümmern.«

»Wie wäre es mit Mrs. Meddly? Ist sie nicht im allgemeinen ...«

»Nur für gottesfürchtiges Volk, Ned. Sie braucht nur zu hören, wo er sich diese Verletzung zugezogen hat, und sie weiß sofort, daß er nicht unter diese Kategorie fällt. Ich könnte zwar darauf bestehen, daß sie ihn pflegt, aber dann würde ich während dieser Zeit mit einer Kneifzange zusammenleben, und das möchte ich nun doch nicht.«

»Er kennt die kleine Blair«, steuerte Annie unaufgefordert bei. Für Annie war es ein Schock gewesen, festzustellen, daß der Spieler nun doch nicht tot war. Es konnte sein, daß Clee ihr das Doppelte zahlte, wenn sie den ursprünglichen Plan weiterverfolgte. Einen Versuch war es zumindest wert.

»Jessie Blair?« sagte Doc versonnen, während er Chases Wunde reinigte. »Sie war heute in der Stadt. Sieh mal nach, ob sie im Hotel ist, Ned, und ...«

»Und hol sie gleich hierher«, fiel ihm Annie schrill ins Wort. »Damit wir das Ganze hinter uns bringen können.«

Meddly sah sie scharf an. »Miß, dies ist kein Ort für eine junge Dame wie Miß Blair.«

»Wieso nicht? Ich habe gehört, daß sie scharfe Krallen hat. Jedes Mädchen, das mit einer Waffe umgehen kann, kann einen Saloon betreten, ohne in Ohnmacht zu fallen.«

»Nicht, wenn es sich vermeiden läßt«, sagte Doc empört zu ihr. Dann wandte er sich an Ned. »Sag Miß Jessie nur, daß dieser Mann verletzt ist, und sorg dafür, daß sie im Hotel in Summers Zimmer auf mich wartet. Und schick mir zwei Männer rauf, die mir helfen, ihn rüberzubringen.«

Ned verließ den Saloon und machte sich auf den Weg ins Hotel, doch dort fand er Jessie nicht vor. Sie hatte gerade eben den Saloon betreten und lauschte unaufmerksam dem Gerede über den Raubüberfall. Sie hatte andere Dinge im Kopf. Sie war gekommen, um Chase zu finden. Es war ihr ganz und gar nicht gelungen, Schlaf zu finden, nachdem Billy gegangen war, und sie hatte lange ganz ruhig und logisch nachgedacht. Dabei war sie zu einem Entschluß gekommen, der sie noch jetzt überraschte.

Sie konnte Chase nirgends in dem Raum entdecken, in dem es von Menschen wimmelte. Nachdem sie sich ein zweites Mal umgesehen hatte, begann sie schließlich doch, die Gesprächsfetzen aufzunehmen, die um sie herum wirbelten.

»Wenn man schon abtreten muß, dann ist das bei Gott die beste Art, es zu tun – während man eine Frau liebt.«

»Ja, aber andererseits, von hinten angegriffen zu werden ohne eine Chance, sich zu wehren?«

»Ich habe gehört, daß sie ihm die Hose und alles gestohlen haben.«

»Er hat in letzter Zeit viel gewonnen, aber heute habe ich ihn gar nicht spielen gesehen. Donnerwetter, das wäre ja ein schöner Reinfall für den, der ihn erstochen hat, wenn seine Taschen leer waren!«

»Ja.«

»Ich habe ihn mal mit der kleinen Blair zusammen gesehen. Ich denke, daß er eine Weile auf ihrer Ranch gearbeitet hat.«

»Also, ich wünschte, sie würden sich eilen und ihn runterbringen. Ich würde gern heute nacht zu Annie gehen, um rauszufinden, was wirklich passiert ist.«

Jessie lief auf die Treppe zu. Vier Männer kamen die Treppe herunter, und weiter oben, auf dem Treppenabsatz, standen weitere Männer vor einer offenen Tür und sahen in ein Zimmer. Langsam ging sie die Treppe hinauf. Sie merkte nicht, daß es unten im Saloon ganz leise geworden war, seit man sie gesehen hatte.

Als sie die offene Tür erreichte, konnte sie Doc Meddlys Stimme deutlich hören.

»Es wäre hilfreich, Miß Annie, wenn Sie zufällig eine Hose übrig hätten. Haben Sie sowas?«

»Was sollte ich mit einer Männerhose anfangen? Die Männer, die mich besuchen, ziehen ihre Hosen aus, aber wenn sie gehen, nehmen sie ihre Hosen immer mit. Decken Sie ihn mit einer Decke zu. Er wird den Unterschied nicht bemerken.«

Jessies Blick wanderte von Doc Meddly zu dem stark geschminkten Gesicht der Blondine, die nichts weiter trug als ein durchsichtiges Korsett und knielange Schlüpfer. Dann sah sie den Mann an, der auf dem Bett lag.

»Ist er tot?« Ihre Stimme war rauh, fast ein Aufschrei.

»Sie, Miß Jessie!« rief der Doc aus. »Was ist bloß mit diesem Deputy los? Ich habe ihm doch gesagt, daß er Sie nicht hierherbringen soll.«

»Ist er tot?« wiederholte Jessie mit wesentlich lauterer Stimme. Meddly sah das Aschgrau ihres Gesichtes und das Entsetzen, das in ihren Augen stand. »Nein, nein«, versicherte er ihr eilig. Er bemühte sich, seine Stimme so zart wie möglich klingen zu lassen. »Der junge Mann wird schnell wieder gesund, wenn er anständig gepflegt wird.«

Jessie brach fast zusammen. Sie hielt sich am Türrahmen fest, um sich zu stützen. Meddly lächelte ermutigend. Doch dann veränderte sich Jessies Benehmen schlagartig. Ihr Rücken wurde steif, und in ihre Züge trat ein Ausdruck, der schneidend wie eine Klinge war, während sie den verletzten Mann ansah, der auf dem Bett lag. Dann wanderte ihr Blick zu Silver Annie.

Doc Meddly warf hastig eine Decke über Chase, als Jessie das Zimmer betrat und sich dem Bett näherte. »Aber, Miß Jessie, an einem Ort wie diesem haben Sie nichts zu suchen. Ich wollte ihn gerade ins Hotel bringen lassen.«

»Was ist passiert?« fragte Jessie mit schneidender Stimme.

»Ein Raubüberfall.«

»Ist es zu einem Kampf gekommen?«

»Das solltest du mich lieber fragen, Süße«, sagte Annie mit allzu süßlicher Stimme. »Schließlich war ich hier mit ihm, als es passiert ist.«

Jessie wirbelte herum, und die ältere Frau wich vor dem Ausdruck ihrer Augen zurück. »Verhält es sich so? Und warum erzählst du es mir dann nicht einfach, Süße?«

»Es ... es ist nicht zu einem Kampf gekommen«, erwiderte Annie voll Unbehagen. Dann fuhr sie zuversichtlicher fort. »Der Spieler war zu betrunken, um sich zu wehren. Aber ich schätze, der Dieb wußte das nicht, und er hat auf ihn eingestochen. Ich dachte, er seit tot, das dachte ich wirklich, und deshalb habe ich angefangen zu schreien, verstehst du? Daraufhin hat der, der ihn in den Rücken gestochen hat, natürlich den Schwanz eingezogen. Er hat die Klamotten des Spielers gepackt und ist rausgeflitzt wie ein Kaninchen, hinter dem ein Wolf her ist.«

»Und das haben Sie dem Deputy erzählt?«

»Ja, klar.«

»Kann irgend jemand Ihre Geschichte bestätigen?«

Annie sah sie finster an. »Was wollen Sie denn damit sagen?«

»Was ich meine, Frau«, sagte Jessie mit sanfter und doch unendlich eisiger Stimme, »ist, daß ich folgendes wissen will: Wer kann mir beweisen, daß das, was Sie sagen, die Wahrheit ist? Hat jemand diesen Dieb gesehen, als er aus Ihrem Zimmer gekommen ist?«

»Woher soll ich das wissen?« gab Annie eingeschüchtert zurück. »In den Zimmern hier oben gehen die Männer Tag und Nacht ein und aus. Niemand nimmt sie zur Kenntnis.«

»Haben Sie den Eindringling gesehen?« fragte Jessie.

»Ich habe gar nichts gesehen. Das Licht war aus.«

»Woher wußten Sie dann, daß Chase erstochen worden ist?«

»Woher ich es wußte? Ich … ich wußte es eben.«

»Und woher? Ist sein Blut auf Sie gelaufen? Haben Sie Blut auf ihr entdeckt, als Sie gekommen sind, Doc?« fragte Jessie, ohne Annie aus den Augen zu lassen.

»Nicht daß ich mich erinnere, Miß Jessie. Aber warum stellen Sie all diese Fragen?«

»Das wüßte ich auch gern«, murrte Annie. »Ned hat sich nicht die Mühe gemacht, mich solches Zeug zu fragen.«

»Mag sein, daß er es nicht getan hat«, erwiderte Jessie, »aber er hat den Mann, der in Ihrem Bett liegt, nicht so gut gekannt wie ich.«

»Steht er Ihnen nahe, Miß Jessie?« wagte sich Meddly behutsam vor.

»Nah genug.«

»Heiliger …«

Jessie warf ihm einen scharfen Blick zu, und der gute Arzt sagte kein Wort mehr. Er wußte genau, was sie meinte. Es war eine Schande, daß sie ihren Mann hier hatte finden müssen, aber wenn irgend jemand das Recht hatte, nachzufragen, wie er sich diese Verletzung zugezogen hatte, dann war sie es. Was für eine Situation! Und es gab nicht einmal jemanden, dem er davon hätte erzählen können.

Als Meddly verstummt war, stürzte sich Jessie wieder auf Annie. »Ich will wissen, warum das ganze Bett blutverschmiert ist und Sie nicht.«

Annie verschränkte trotzig ihre Arme über ihren üppigen Brüsten. »Ich brauche Ihre Fragen nicht zu beantworten.«

Im nächsten Moment blitzte Jessies ›Smith & Wesson‹ in ihrer Hand auf. »Aber Sie werden meine Fragen beantworten.«

»Doc!« kreischte Annie.

»Jessie Blair!« rief Meddly.

»Ruhe!« sagte Jessie wütend. Sie ging rückwärts zur Tür und trat die Tür mit einem Fuß zu, ohne den Revolver, der auf Annie gerichtet war, auch nur einen Zentimeter von der Stelle zu rühren. »Du wirst es mir jetzt sagen, du verfluchtes Miststück, und wenn ich dich erschießen muß, ehe du redest, dann macht das für mich auch keinen Unterschied.«

»Ihnen was sagen?« schrie Annie.

»Du hast selbst auf ihn eingestochen, stimmt's? Deshalb bist du nicht blutverschmiert.«

Annie lehnte sich fassungslos an die Wand. »Nein, nein, ich schwöre es! Ich war gar nicht in seiner Nähe. Ich war da drüben, auf der anderen Seite des Bettes!«

»Und Sie erwarten von mir, daß ich Ihnen das glaube?«

Annie besann sich eilig auf ihren bisherigen Erfahrungsschatz. »Er war so betrunken, daß ich dachte, er würde einschlafen, und dann könnte ich ihn wecken, Sie verstehen schon, als sei alles schon rum, und dann hätte ich mich für nichts bezahlen lassen können. Ich tu' das nicht oft, ehrlich nicht, nur, wenn ein Kerl so voll wie eine Haubitze ist, so, wie der da es war.«

»Sie lügen. Sie haben ihn nach oben gelockt und ihn dann fertiggemacht.«

»Das habe ich nicht getan! Bei Gott, ich schwöre es! Ich war schon seit Wochen hinter ihm her, aber bis heute wollte er nichts mit mir zu tun haben. Erst hat er den halben Abend damit vergeudet, sich zu betrinken, er müßte was vergessen, hat er gesagt. Ich hab' mir ausgerechnet, daß er wohl mit dem Whiskey klarkommt, und deshalb hab' ich abgewartet. Er ist aber nicht damit klargekommen. Ein Mann ist zu nichts gut, wenn er so betrunken ist. Aber er hat darauf bestanden, mit mir raufzukommen.«

»Lügnerin!«

»Doc, Doc, halten Sie sie zurück!« schrie Annie jetzt hysterisch. »Sie wird mich erschießen.«

»Was zum Teufel geht hier vor?« Die Tür wurde aufgerissen, und ein massives, häßliches Ungetüm von einem Mann füllte den Türrahmen aus.

Jessie wirbelte herum. »Wer sind Sie?« fragte sie, ohne sich im geringsten von seiner Körperfülle einschüchtern zu lassen. Schließlich hatte sie ihren Revolver.

»Zufällig gehört mir dieses Lokal, in dem Sie einen solchen Tumult veranstalten, und ich wäre Ihnen dankbar, wenn Sie Ihre Winzigkeit jetzt von hier entfernen, und zwar ein bißchen plötzlich.«

Trotz der Angriffslust seiner Worte war seine ganze Art ruhig und vermittelnd. Er warf einen Blick auf ihre Waffe. Jessie senkte den Revolver, als sie Doc Meddlys Hand auf ihrer Schulter spürte.

»Komm jetzt, Mädchen«, sagte er sachte. »Schaffen wir Ihren Freund von hier fort und in ein sauberes Hotelbett. Ich bin sicher, daß es sich genauso abgespielt hat, wie Silver Annie es behauptet. Gehen wir jetzt.«

Jessie sah sich noch einmal zu Annie um, die immer noch weit aufgerissene Augen hatte und schockiert war. »In Ordnung«, willigte sie ein, während sie ihren Revolver wegsteckte. »Aber niemand macht sich an etwas zu schaffen, was mir gehört, und kommt ungestraft davon. Haben Sie mich gehört, Annie? Wenn ich dahinterkommen sollte, daß Sie mich belogen haben, jage ich Ihnen eine Kugel durchs Herz.«

Sie ließ Meddly durch den Saloon vorangehen. Drei Männer, die Chase trugen, der sorgsam in eine alte Wolldecke eingewickelt war, folgten ihr. Sie gingen mit ihm um wie mit einem Neugeborenen, denn sie hatten draußen vor der Tür gestanden und gehört, was der kleine Hitzkopf gesagt hatte. Sie hatten nicht vor, ihr einen Anlaß zu geben, der sie auf die Idee kommen ließ, sie könnten mißhandelt haben, was ihr gehörte. No, Sir.

27

Jessie mietete einen Wagen, um Chase zur Ranch zu transportieren. Am nächsten Morgen reisten sie ab. Billy kutschierte, und Goldenrod, den sie aus dem Mietstall geholt hatten, war hinter

dem Wagen angebunden. Doc Meddly hatte gesagt, Chase sei rei-
setüchtig.

Jessie saß hinten. Chase lag auf dem Bauch, und sein Kopf war
auf ihren Schoß gebettet. Er war immer noch nicht zu sich gekommen, doch Meddly hatte gesagt, daß es eine Weile dauern konnte,
und zwar nicht nur wegen der Wunde, sondern auch wegen der
großen Alkoholmenge.

Verdammt noch mal, sie hatte sich in diesem Saloon selbst zur
Närrin gemacht, zu einem Dummkopf erster Güte. Und wofür das
Ganze? Für einen Mann, der sich mit Huren einließ. Für einen ge-
wissenlosen Spieler. Für einen arroganten, aufgeblasenen, zu-
dringlichen Kerl, der seine Nase in die Angelegenheiten anderer
steckte. Sie hätte ihn niemals im Saloon suchen sollen, das war ihr
jetzt klar. Wollte sie etwa, daß ihr Kind von einem solchen Mann
erzogen wurde? Nein. Niemals. Sie hatte sich von den falschen As-
pekten beeinflussen lassen. Sie konnte sich das Gerede deutlich
vorstellen, das heute in der Stadt die Runde machte. Die arme Jessie Blair, so sehr liebt sie ihren Mann, daß sie ihm alles verzeihen
würde, selbst den Umstand, daß er sich im Bett einer Hure eine
Stichwunde zuzieht. Sie war froh, daß sie Cheyenne gleich verlassen hatte. Selbst durch einen noch so guten Lebenswandel würde
dieser Vorfall niemals in Vergessenheit geraten.

Sie durfte sich nichts daraus machen. Sie mußte aufhören, sich
an dem zu stören, was die Leute redeten, denn eine Frau konnte
ein uneheliches Kind ohnehin durch keinen Lebenswandel wie-
dergutmachen. Und dieser Mann würde nie ihr Ehemann sein.

Jessie litt seit dem Moment, in dem sie erwacht war, an Übelkeit, aber solange sie sich allem Eßbaren fernhielt, blieb es bei einem unterschwelligem Unbehagen. Doch jetzt, als sie dasaß und
das Holpern des Wagens über den unebenen Boden beobachtete,
nahm ihre Übelkeit ständig zu. Sie hörte, daß Chase stöhnte, doch
inzwischen hatte ihre Gesichtshaut sich grün gefärbt, und sein
Stöhnen ging in ihrem eigenen Stöhnen unter. Sie konnte sich
nicht schnell genug von der Stelle bewegen, und daher ließ sie
Chases Gesicht mit einem Plumps auf den Boden des Wagens fallen.

Chase riß die Augen auf, doch ein unerträglicher Schmerz
zwang ihn, sie wieder zuzukneifen. Wenn er auf dem Rücken ge-

legen hätte, hätten ihm nur die Phantome Sorgen bereitet, die seinen armen Kopf quälten, aber aus irgendwelchen undefinierbaren Gründen lag er auf dem Bauch, und irgend etwas schüttelte ihn ganz höllisch durch. Es gelang ihm, die Augen wieder zu öffnen. Er blinzelte ungläubig, weil er den Eindruck hatte, in eine Art Holzkiste gesperrt zu sein. Doch auf einer Seite war die Kiste offen, und dort drang das strahlendste Blau in seine Augen, das er je gesehen hatte. Es war blendend hell, und Chase schloß wieder die Augen. Doch es sollte ihm kein Aufschub gewährt werden. Die Kiste, in die er eingesperrt war, klapperte und wackelte, und er erbrach den Inhalt seines Magens neben sich, wobei er um sein Leben bangte. Doch es war schnell vorbei, und er fühlte sich anschließend wirklich etwas besser.

Sein Kopf wurde jetzt etwas klarer, und Chase versuchte dahinterzukommen, wo zum Teufel er war, ohne seine Augen öffnen und dieses blendende Licht sehen zu müssen. Das Wackeln, ein steinhartes Brett, sechzig Zentimeter hohe Wände – aus all dem konnte er sich beim besten Willen nichts zusammenreimen. Außerdem hörte er Würgelaute, nachdem er sich erbrochen hatte.

Er mußte die Augen öffnen, wenn er seine Situation durchschauen wollte. Zögernd sah er erst auf eine Seite, folgte der niedrigen Wand bis zu der Stelle, an der sie einen Winkel bildete und dann noch einen. Er war tatsächlich in einer Kiste, in einer offenen Kiste! Und als er in die andere Richtung sah, erblickte er seidiges, schwarzes Haar, ein weißes Hemd und in einer hautengen Hose den wohlgeformtesten kleinen Hintern, den man sich nur denken konnte.

»Jessie?« stöhnte er.

Jessie antwortete nicht und dachte erst recht nicht daran, ihn anzusehen. Sie hatte das Gefühl, jeden Moment zu sterben. Das verfluchte Würgen wollte nicht aufhören, obwohl sie längst nichts mehr im Magen hatte. Mit leerem Magen ging das Würgen weiter, und es tat so weh, daß sie weinen wollte.

Endlich rührte sich Jessie, die sich aus dem Wagen gebeugt hatte, langsam von der Stelle. Chase hatte seine Augen inzwischen wieder geschlossen.

»Wenn du nicht vorhast, noch mehr von deinem Mageninhalt

von dir zu geben, dann kommst du am besten hierher und legst dich hin.«

Chase riß die Augen auf. Er konnte nicht antworten.

»Hörst du mich?« fragte Jessie barsch.

»Ich fürchte ... ich ... ich wäre nicht gerade die angenehmste Gesellschaft«, brachte Chase mühsam heraus, obwohl seine Zunge ganz dick war.

»Gesellschaft, zum Teufel«, brummte Jessie. »Mir ist deine Gesellschaft auch nicht erwünschter als dir meine, aber es sieht ganz so aus, als hätte ich dich am Hals, und das ist nur deinen Sufftaten zu verdanken.«

»Ich ... ich verstehe nicht.«

»O Gott, würdest du dich jetzt vielleicht einfach wieder hinlegen!« stöhnte Jessie. »Du brauchst Ruhe, und ich bin im Moment nicht zum Reden aufgelegt.«

Chase hielt es für wahrscheinlicher, daß er einen Arzt oder eine neue Flasche Whiskey brauchte, aber vielleicht half ihm der Schlaf, diesen scheußlichen Kater loszuwerden.

Es gab wenig Platz, und Jessie lag bereits auf der einen Seite der Decken. »Wohin soll ich mich denn legen?«

Jessie rückte langsam, bis sie direkt am Rand der ausgebreiteten Decken lag, doch trotzdem hatte er noch nicht genug Platz, um sich auszustrecken, es sei denn, er hätte seinen Kopf wieder auf ihren Schoß gelegt. Das konnte sie ihm jedoch nicht anbieten, solange sie sich nicht wieder aufrichtete und sich hinsetzte, und im Moment hätte sie sich nicht hinsetzen können, weil ihr sofort wieder übel geworden wäre.

Sie blieb zusammengerollt auf der Seite liegen und streckte mürrisch das Bein aus, das oben lag, und somit hatte sie nur noch das untere Bein angezogen. Sie klopfte sacht auf ihr angewinkeltes Bein. »Dein Kopfkissen.«

Chase grinste trotz seiner miserablen Verfassung. »Wirklich?«

Jessie sah dieses Aufflackern in seinen Augen, doch diesmal wurde sie nicht wütend darüber. Sie fand es zum Lachen. Da lagen sie jetzt beide und fühlten sich hundeelend, und neben einer bösen Verletzung hatte er wahrscheinlich auch noch Fieber. Und dennoch konnte er an Leidenschaft denken. Dieser Mann war ein Rätsel.

»Ich biete dir nur die Benutzung meines Knies an, und daher kannst du dir deine lüsternen Gedanken gleich wieder aus dem Kopf schlagen, Chase Summers.« Sie bemühte sich, ihre Stimme finster klingen zu lassen, aber sie konnte das Lachen nicht wirklich unterdrücken. »Wenn ich nicht das dringende Bedürfnis hätte, mich auszuruhen, könntest du sicher sein, daß ich vorn bei Billy sitzen würde.«

»Billy?«

»Ja, Billy. Er hat die Zügel.«

Chase warf einen Blick nach vorn, doch das Licht war zu grell, und es erschien ihm ohnehin leichter, still liegen zu bleiben.

»Auf den Bauch, Chase.« Ihre Stimme war fest. »Anweisung des Arztes.«

Er sah sie finster an. »Welcher Arzt?« fragte er gereizt, da er glaubte, sie spräche von sich selbst. »Ich schlafe nie auf dem Bauch. Und mir wäre auch jetzt nicht so übel geworden, wenn ich nicht auf dem Bauch gelegen hätte.«

»Ich bin nicht dazu aufgelegt, mir Schwierigkeiten von dir machen zu lassen, verdammt noch mal!« sagte Jessie hitzig. »Jetzt leg dich endlich auf den Bauch oder auf die Seite, aber dreh dich um Himmels willen nicht auf den Rücken!«

»Warum nicht?«

»Wenn du das nicht weißt, bist du noch nicht so nüchtern, daß ich meine Zeit damit verschwenden würde, es dir zu erklären.«

Chase drehte sich ärgerlich, aber langsam auf die Seite. Jessie verstummte. Später, wenn es ihr wieder besser ging, würde sie ihm deutlich ihre Meinung sagen. Mit dieser Vorstellung hatte sie etwas gefunden, worauf sie sich freuen konnte.

28

Jessie wachte endlich auf. Sie wußte nicht, wo sie war, und sie hörte, daß Billy immer wieder ihren Namen rief. Sie blieb liegen, bis sie verstanden hatte, was Billy ihr sagen wollte: Sie waren fast zu Hause. Sie setzte sich auf und war dankbar, daß sie sich wieder bewegen konnte, ohne daß sich ihr Magen hob. Aber natürlich war es schon spät am Tag, und im späteren Verlauf des Tages machte ihr die Übelkeit nie zu schaffen.

Sie hatte nicht vorgehabt, den ganzen Tag zu verschlafen. War mit Billy alles in Ordnung? Sie nahm an, daß er allein zurechtgekommen war. Chase schlief noch. Sie legte eine Hand auf seine Stirn, um zu sehen, ob er Fieber hatte, doch seine Stirn war nur etwas zu warm. In dem Moment, in dem sie sein Gesicht berührte, bewegte sich sein Arm nach oben, schlang sich um ihre ausgestrecktes Bein und hielt sie fest. Jessie hätte fast eine böse Bemerkung gemacht, doch dann sah sie, daß es nur ein Reflex gewesen war. Er schlief immer noch und kuschelte sich an ihre Seite.

In Jessies Augen leuchtete es mißmutig auf. Seine Bewegungen bewirkten ein unerwünschtes Prickeln in der unteren Hälfte ihres Körpers, und sie wollte nicht, daß das etwas bei ihr auszulösen hatte. Es war nicht natürlich, einen Mann zu verabscheuen und ihn dennoch zu begehren. Oder doch?

Mit diesen Überlegungen hatte sie gerade so viel Zeit vergeudet, daß sie vor dem Haus vorfuhren, ehe sie es merkte. Rachel trat vor die Tür, warf einen Blick auf Chase, der mit Jessie hinten im Wagen lag, und ging sofort wieder ins Haus. Jessie zuckte die Achseln. Rachel wußte noch nicht, daß Chase verwundet war. Wenn sie das erfuhr, würde sie es sich anders überlegen. Das war ihr jedenfalls anzuraten, denn Jessie hatte ganz bestimmt nicht die Absicht, ganz allein für ihn zu sorgen.

»Lauf los, Billy und such Jeb, und sieh mal nach, ob noch andere Männer hier sind, die helfen können, Chase ins Haus zu tragen«, ordnete Jessie an. Dann fügte sie hinzu: »Und danke, Billy. Du hast uns heil nach Hause gebracht und deine Sache ganz prima gemacht.«

Billy strahlte vor Freude. Er machte sich auf die Suche nach Jeb. Kurz darauf tauchte er wieder auf. Er rannte vor dem älteren Mann her.

»Und wen haben wir denn da, Kleines?« fragte Jeb neugierig. »Ich dachte, der da käme mir nie mehr unter die Augen.«

»Du bist nicht der einzige, der das dachte«, erwiderte Jessie mit hörbarer Verachtung, während sie wieder in den Wagen kroch. »Aber er ist verletzt worden, während ich in der Stadt war, und

Doc Meddly wußte zufällig, daß ich ihn kenne. Und deshalb hat er mir seine Pflege aufgehalst.«

»Sag bloß!« Jeb kicherte in sich hinein.

»Ich finde das überhaupt nicht komisch«, gab Jessie zurück. »Was hatte er denn überhaupt noch in der Stadt zu suchen?«

»Das Spielen, das Trinken und das Huren.«

»Sag bloß!«

»Oh, jetzt hör aber auf, und hilf mir lieber, ihn rauszuschaffen.«

»In den Quartieren der Arbeiter ist niemand, Jessie«, verkündete Billy. »Das hat Jeb gesagt.«

Jeb knurrte. »Das schaffen wir doch, wir drei.« Er wandte sich an Jessie. »Kann er denn kein bißchen laufen?«

»Er wird es müssen«, gab Jessie zurück. »Seinen Füßen fehlt nichts. Billy«, ordnete sie an, »Jeb und ich werden ihn stützen, wenn er nicht gut genug laufen kann. Könntest du schon reingehen und sein Bett machen?«

»Wie schlimm ist er verletzt?« fragte Jeb ernst, als Billy gegangen war. Sie erklärte es ihm, und sie schloß mit dem Zusatz: »Der Arzt schien der Meinung zu sein, daß er in den nächsten paar Tagen nicht auf die Füße komme, und das bedeutet, daß sich jemand um ihn kümmern muß. Andernfalls hätte ich ihn niemals mitgebracht.«

Jessie rüttelte Chase sachte. Sie seufzte, als er sich auf den Rükken rollte. »Er wird es mit Sicherheit hinbringen, daß die Fäden reißen. Ich hoffe, du hast nicht verlernt, wie man mit einer Nadel umgeht, Jeb?«

»Sag bloß nicht, daß es ihn von hinten erwischt hat!« Jebs Stimme hob sich vor Empörung.

»Doch, aber den Rest erkläre ich dir später. Versuchen wir mal, ob wir ihn aus dem Wagen rauskriegen.«

Es gelang ihnen schließlich, doch sie brauchten eine ganze Weile. Chase öffnete seine Augen erst, als seine Füße auf dem Boden standen, und er war so wacklig auf den Beinen, daß sie sich beide jeweils einen seiner Arme um den Hals legen mußten.

Sie brachten ihn in Thomas Blairs früherem Zimmer unter, und den ganzen Weg dorthin mußten sie ihn ziehen. Billy hatte die Bettdecke zurückgeschlagen und erwartete sie bereits. Zum Glück war es ein niedriges Bett ohne Fußteil.

»Legen wir ihn so hin, daß seine Knie auf das Fußende kommen. Jeb. Dann können wir ihn langsam auf den Bauch legen«, wies Jessie den älteren Mann an.

»Um Himmels willen, nein!« knurrte Chase.

»Und du hältst den Mund!« sagte Jessie unwillig. »Ich habe noch nie gehört, daß ein Mann ein solches Gezeter veranstaltet, weil er auf dem Bauch schlafen soll.«

»Wenn du zwei Flaschen unverdünnten Whiskey im Bauch hättest, würdest du dich auch anstellen.«

Jessie ließ seinen Arm los und trat zurück. »Ich kann mich erinnern, daß du den Whiskey heute nachmittag bereits von dir gegeben hast«, sagte sie leicht belustigt und etwas freundlicher, während sie sich die schmerzende Schulter rieb. Chase war ziemlich schwer gewesen.

Er schnitt eine Grimasse. »Und ich erinnere mich, daß du direkt neben mir gewürgt hast. Du könntest also etwas mehr Mitgefühl haben.«

Jeb und Billy sahen Jessie seltsam an, und das brachte sie in Rage. »Für einen Mann, der ins Haus gezerrt werden muß, drückst du dich reichlich deutlich aus.«

Chase hob den Kopf ein wenig. Um seine Lippen spielte eine Andeutung von einem verschmitzten Lächeln. »Hätte ich mich bemühen sollen? Das hat mir niemand gesagt.«

Jeb schnaubte entrüstet und verließ murrend das Zimmer. Billy kicherte, bis Jessie lodernde Blicke auf ihn fielen.

»Ich …ah … ich hole seine Sachen aus dem Wagen«, erbot er sich eilig. Dann verließ er den Raum.

Jessie wandte ihre flackernden Augen wieder Chase zu. »Ich fange an zu glauben, daß es dir gar nicht so schlecht geht, wie der alte Doc behauptet hat«, sagte Jessie kühl. »Und falls das der Fall sein sollte, kann Jeb dich wieder in die Stadt schleifen, wenn er morgen den Wagen zurückbringt.«

»Noch so eine Fahrt wie heute?« schrie er auf. »Für nichts auf Erden! Und was soll dieses ganze Gerede von einem Arzt? Ich habe einen gräßlichen Kater, aber was soll ein Arzt damit anfangen?«

»Du kannst dich also wirklich nicht erinnern, was passiert ist?«

Chase schloß vorsichtshalber die Augen. »Ich habe mich betrunken, vielleicht etwas mehr als sonst, aber was soll's? Das war doch in letzter Zeit meistens so«, fügte er mehr zu sich selbst hinzu und nicht, um es Jessie zu enthüllen.

»Vielleicht fällt dir zu dem Namen Annie etwas ein.«

Der Zorn in ihrem Tonfall beunruhigte ihn. Annie? Die einzige Annie, die er kannte, war ...

Chase legte sich die Hände auf die Schläfen, und diese Bewegung löste einen stechenden Schmerz in seinem Rücken aus. Er wußte nicht, was schlimmer war – der körperliche Schmerz oder die Erinnerung daran, daß er gestern abend mit Silver Annie die Stufen hinaufgewankt war. Und währenddessen hatte er ausschließlich an dieses Mädchen hier gedacht und sich gewünscht, es sei Jessie, mit der er zusammen war, Jessie, die er jetzt lieben würde. War er wirklich mit Silver Annie in ihr Zimmer gegangen?

Er riß die Augen weit auf. Er konnte deutlich erkennen, daß Jessie nicht nur ein bißchen böse, sondern höllisch wütend war. Sie hatte die Arme vor der Brust verschränkt und stand in einer so steifen Körperhaltung da, daß er glaubte, sie könnte in der Mitte durchbrechen. Sie versuchte, ihre Gefühle mit ihrer Verachtung zu tarnen, doch ihre Augen schossen Pfeile auf ihn.

Sie wußte es. Irgendwoher wußte sie es. Und sie war darüber außer sich. Chase wußte nicht, ob er sich darüber freuen oder grämen sollte.

»Ich ... äh ... ich kann dir das erklären, verstehst du«, wagte er sich besonders dämlich vor.

»So, kannst du das?« sagte Jessie kühl. »Der Ort, an dem du gefunden worden bist, ist doch wohl schon eine Erklärung, die für sich selbst spricht, meinst du nicht?«

»Gefunden? Du warst doch nicht etwa im Saloon? Weißt du es daher?«

»Ja, ich war da. Die halbe Stadt war da! Wahrscheinlich kommt die Sache in die Zeitung. Ich sehe die Schlagzeilen regelrecht vor mir: ›Betrunkener im Zimmer einer Hure überfallen und ausgeraubt. Dieb konnte mit der Hose des Opfers entkommen, da dieser sie zu dem Zeitpunkt nicht anhatte.‹«

Chase kniff die Augen zusammen. »Soll das etwa komisch sein?«

»Es ist nichts anderes als das, was sich abgespielt hat, Summers. Oder erinnerst du dich etwa nicht, daß du ein Messer in den Rücken bekommen hast?«

Er versuchte, sich umzudrehen, doch das ging nicht. »Das ist es also, was so weh tut.«

»Das kann ich mir gut vorstellen.«

»Wie schlimm ist es?«

»Doc Meddly sagt, daß du ein paar Tage ruhig liegen sollst, weil du sehr viel Blut verloren hast. Im übrigen ist damit zu rechnen, daß es gut verheilt.«

»Wenn ich Bettruhe brauche, weshalb hast du mich dann hierhergeschleift?«

»Ich hatte nicht vor, in der Stadt zu bleiben, um dich zu pflegen! Und Meddly hat mir glaubhaft versichert, daß niemand anders sich um dich kümmern würde, wenn man bedenkt, wo du dir die Verletzung zugezogen hast. Wahrscheinlich hätte ich jemanden finden können, der sich um dich kümmert, aber es war einfacher, dich hierherzubringen. Rachel kann sich um dich kümmern. Falls du also noch irgend etwas zu erklären hast, dann kannst du es ihr erklären.«

Chase runzelte die Stirn. »Ich zweifle daran, daß Rachel mir helfen wird, Jessie. Sie steht mir nicht mehr allzu freundlich gegenüber.«

»Denkst du vielleicht, ich?«

»Nein, wohl kaum«, sagte er seufzend. »Was hattest du überhaupt im Saloon zu suchen?«

»Ich bin in den Saloon gegangen, weil ich dich sehen wollte«, sagte sie steif. Zum ersten Mal war sie ausgesprochen unsicher.

Das war das letzte, was er zu hören erwartet hatte. »Wieso?«

»Das spielt jetzt wohl kaum noch eine Rolle.«

Mit diesen Worten verließ sie das Zimmer und ließ Chase in größter Verwirrung zurück.

29

Jessie blieb noch mit Rachel am Tisch sitzen, nachdem Billy sich zurückgezogen hatte. In einem so unbehaglichen Schweigen hatte sie keine Mahlzeit mehr zu sich genommen seit den Mahlzeiten, die ihr Vater und sie durchgemacht hatten, wenn sie Krach miteinander gehabt hatten. Kein Wunder, daß Billy so schnell wie möglich verschwunden war.

Wenigstens war Jessie das gewohnt, und sie ließ sich davon nicht den Appetit verderben. Das war wichtig, weil sie ausschließlich abends einen Ausgleich für die anderen Mahlzeiten schaffen konnte, die sie ausließ. Sie war nicht bereit, sich durch eine leicht angespannte Situation davon abhalten zu lassen, die Zeiten zu nutzen, zu denen sie sich völlig normal fühlte, so, als würden sich keine Veränderungen in ihrem Körper vollziehen.

Das Schweigen dauerte an, und sie vermieden es, sich gegenseitig anzusehen. Endlich hatte Jessie ihren Teller leergegessen, und es gab nichts anderes mehr zu tun, als die Sache hinter sich zu bringen. Sie stieß einen tiefen Seufzer aus.

»Er wird nicht lange hierbleiben müssen, Rachel. Höchstens eine Woche, bis er wieder auf einem Pferd sitzen kann, ohne sich die Wunde aufzureißen. So lang ist eine Woche nun auch wieder nicht.«

Rachels Augen waren hart und frei von jedem Mitgefühl. »Warum hast du ihn mitgebracht?«

»Sieh mal, ich kann diesen Mann auch nicht besser leiden als du, aber es war niemand da, der sich um ihn gekümmert hätte. Ich hätte ihn doch nicht einfach liegen lassen können, oder meinst du das im Ernst?«

»Wie hat er sich die Verletzung zugezogen?«

»Der Dieb, der ihn ausgeraubt hat, ist in Panik geraten und hat ihm das Messer in den Rücken gestochen.«

Rachel senkte die Lider. »Nun, ich nehme an, mit solchen Dingen muß man rechnen«, sagte sie heiser, »wenn man bedenkt, womit er sich sein Geld verdient.« Es war die verächtlichste Bemerkung, die Jessie je aus Rachels Mund gehört hatte.

»Du wußtest, daß er ein Spieler ist, Rachel. Bisher schien es dich nicht zu stören.«

»Er ist nicht mehr der Junge, den ich gekannt habe«, sagte Rachel kühl.

»Es geht mich nichts an, was für ein Mensch er ist, Rachel«, sagte Jessie. »Und dich geht es auch nichts an. Er ist keinem von uns beiden Rechenschaft schuldig.«

»Das ist mir ja eine schöne Einstellung, wenn man bedenkt, was er dir angetan hat«, sagte Rachel unter Tränen.

»Kannst du mich nicht endlich damit in Ruhe lassen?« fragte Jessie erbost. »Was Chase und ich getan haben, haben wir gemeinsam getan. Du bist die einzige, die darüber heult.«

»Wenn du es so siehst, warum hast du ihn dann nicht geheiratet, als er dich dazu aufgefordert hat?«

»Diese Aufforderung kam etwas zu spät«, erwiderte Jessie verbittert. »Er wollte mich nicht heiraten, und ich wußte, daß er es nicht will. Wessen Stolz wäre damit gedient gewesen, daß ich mich bereit erkläre? Nur deinem, Rachel.«

Rachels Stimme wurde plötzlich sanfter. »Willst du damit sagen, ... daß du ihn heiraten würdest, wenn er dich liebte?«

Jessie schüttelte den Kopf. »Wie um Himmels willen kommst du bloß auf solche Ideen? Dieser Mann liebt mich nicht. Ich bedeute ihm nicht mehr als irgendeine seiner zahllosen anderen Frauen.«

»Bist du ganz sicher, Jessie? Es ist durchaus möglich, daß er dich längst liebt, sich aber noch nicht im klaren darüber ist. Er ist in der Stadt geblieben, statt weiterzureisen«, hob sie hervor.

»Um sich zu betrinken.«

»Aber wenn er dich nicht über alles liebt, warum sollte er ...«

»Verteidigst du ihn jetzt plötzlich? Ich wäre verdammt froh, wenn du dir endlich eine Meinung bilden würdest.«

Rachel wandte ihren Blick ab. »Ich verteidige ihn nicht, nicht im entferntesten.«

»Gut. Es freut mich, das zu hören, denn ich würde keinen nichtsnutzigen Trinker heiraten, der ...«

»Du machst dir also doch etwas aus ihm!«

Jessie war so wütend, daß sie ihr die Haare an den Wurzeln hätte ausreißen können. Sie beugte sich vor und schlug mit der Faust auf den Tisch. Ihre Wangen waren hochrot angelaufen.

»Ich mache mir nichts aus ihm! Ich mache mir so wenig aus ihm, daß er von mir aus lieber verhungert, ehe ich noch einmal einen Fuß in sein Zimmer setze. Er ist hier im Haus, aber ich werde nicht in seine Nähe kommen, und ich will, daß er mir nie mehr unter die Augen kommt. Und überhaupt hast du ihn ursprünglich hierher gebracht, und somit bist du für ihn verantwortlich. Du wirst dich um ihn kümmern!«

Rachel stand steif auf. »Ich weigere mich, den Mann zu pflegen, der meine Tochter verdorben hat.«

Jessie fiel der Kiefer herunter, als sie Rachel nachblickte, die sich entschlossen vom Tisch entfernte. Sie sprang auf, lief um den Tisch herum und folgte Rachel in den Korridor. »Ich bin nicht verdorben! Hast du gehört?«

»Du schreist so, daß ich es beim besten Willen nicht überhören kann«, erwiderte Rachel, ohne stehenzubleiben. »Aber das ändert nichts an den Tatsachen. Ich helfe ihm bestimmt nicht.«

»Aber er ist doch dein Freund!«

»War mein Freund«, sagte Rachel halsstarrig. Sie blieb vor ihrer Tür stehen. »Wenn sich unbedingt jemand um ihn kümmern muß, dann bring Kate dazu, daß sie es tut. Ich bin sicher, daß es ihr nichts ausmacht.«

»Natürlich macht es ihr etwas aus!« krächzte Jessie. »Du kannst ihn ihr doch nicht einfach aufhalsen.«

»Und du kannst ihn mir nicht einfach aufhalsen, Jessica«, entgegnete Rachel kühl. Sie trat in ihr Zimmer und schloß die Tür hinter sich.

Zwanzig Minuten später trug Jessie eine Platte mit Essen in Chases Zimmer. Es hätte ihr grenzenlos gutgetan, wenn er wach gewesen wäre, damit sie ihren Groll an ihm hätte auslassen können, doch er schlief tief und fest. Sie stellt das Essen ganz einfach auf den Nachttisch, vergewisserte sich, daß er gut zugedeckt war, und verließ das Zimmer.

30

Chase genoß seine Rekonvaleszenz, obwohl er nur ein einziges fröhliches Gesicht sah, und das war Billys Gesicht. Morgens brachte der Junge ihm das Frühstück und blieb eine Weile, um zu plaudern. Hinzu kam, daß Chase Jessie täglich sah, und das bereitete ihm ganz entschieden Vergnügen, wenn sie auch im allgemeinen äußerst sauertöpfisch war.

Er bezeichnete diese Umstände als poetische Gerechtigkeit. Schließlich mußte er jetzt im Bett liegen, weil er sich betrunken hatte und sich nicht hatte verteidigen können, und betrunken hatte er sich wegen Jessie. War es folglich nicht einfach ein Hochgenuß, daß sie ihn jetzt pflegen mußte?

Jessie empfand das keineswegs so wie er. Sie tat alles, was in ihren Kräften stand, um ihm zu zeigen, wie sehr es ihr zuwider war, ihn bedienen zu müssen. Das hätte seinen Stolz verletzen müssen. Er hätte wütend reagieren müssen. Doch es war nicht so. Er amüsierte sich über ihr Zungenschnalzen, ihr Seufzen und ihre brüske Art. Sie spielte die Märtyrerin, und doch hätte sie Billy bitten können, das Abendessen in sein Zimmer zu tragen oder ihm den Spiegel zu halten, wenn er sich nachmittags rasierte. Sie hätte Jeb zu ihm schicken können, damit er die Verbände wechselte oder ihn abschrubbte. Doch sie tat nichts von alledem. Sie überzog sein Bett mit frischen Laken, und das fiel eigentlich in Kates Aufgabenbereich. Im Grunde genommen tat Jessie alles selbst – nur das Frühstück brachte sie ihm nicht.

Morgens sah er sie überhaupt nicht. Nach allem, was Billy ihm erzählte, bekam niemand Jessie morgens zu sehen, denn sie verließ das Haus wesentlich früher als gewöhnlich und ritt auf die Weide. Schon nach zwei Tagen ertappte er sich dabei, daß er erwartungsvoll auf Geräusche lauschte, die ihre Rückkehr bedeuteten, auf den Klang ihrer Stimme lauschte, wenn sie nicht in seinem Zimmer war. Wenn sie spät zurückkam, wurmte es ihn. Wenn sie früh zurückkam, freute er sich.

Gelegentlich hörte er auch Rachel, doch sie kam nie in seine Nähe. Sie ließ ihn ihre Abwehr spüren, ohne diese anklagenden blauen Augen auf ihn zu richten. Eines Abends fing sie Jessie sogar direkt vor seinem Zimmer ab, und er konnte deutlich hören, daß Rachel darauf bestand, zu erfahren, wann er das Haus verlassen würde. Rachel mußte äußerst verblüfft über Jessies Antwort gewesen sein, denn Jessie sagte, er würde verdammt noch mal genau dann gehen, wenn es ihm paßte. *Ihn* zumindest überraschte es sehr, als er hörte, daß Jessie Stellung für ihn bezog. Natürlich tat sie das nur, um sich gegen Rachel zu stellen. Sie hätte alles getan, um sich gegen ihre Mutter zu stellen, das wußte er. Und doch …

Nach einer einwöchigen Genesung wußte Chase, daß er eigentlich nichts mehr im Bett zu suchen hatte. Seine Wunde war gut zugewachsen, und er war wieder bei Kräften. Wenn er ein wenig

Schmerz in Kauf nahm, konnte er sich zweifellos wieder auf ein Pferd setzen. Es war an der Zeit, die Rocky-Valley-Ranch zu verlassen und diesmal gar nicht erst in Cheyenne haltzumachen. Jessie hatte seine gesamte Habe, die sie in seinem Hotelzimmer gefunden hatte, eingepackt und mitgenommen, die beträchtliche Geldsumme inbegriffen, die er in diesen wenigen Wochen beim Spiel gewonnen hatte. Der Mann, der ihn ausgeraubt hatte, hatte nicht mehr als das Kleingeld erwischt, das er an jenem Tag bei sich getragen hatte.

Er hatte mehr als genug Geld, um in den Osten ziehen und dort die Überfahrt nach Spanien zu buchen. Und genau das war es auch, was er hätte tun sollen.

Doch es war nicht das, was er tun wollte. Er wollte nichts anderes, als Jessie weiterhin täglich zu sehen. Er hatte sich im Lauf dieser letzten Woche an sie gewöhnt, und er hatte gelernt, sie ganz anders zu sehen als vorher. Er hatte allmählich angefangen, sie besser zu verstehen.

Man sagt, daß Kinder die Dinge so sehen, wie sie sind, fiel ihm ein, und der kleine Billy hatte den Nagel auf den Kopf getroffen, als er damals gesagt hatte, Jessie bemühte sich nur, sich rauh und hart zu geben, weil sie glaubte, sich so geben zu müssen. In ihrem Zorn schien ihre einzige Verteidigung zu liegen. Sie setzte ihn ein, um Schmerz, Verwirrung und Ängste darunter zu verbergen.

Chase kannte sie besser. Er konnte das ängstliche Mädchen in ihr sehen, das verzweifelt um seine Unabhängigkeit kämpfte, sich verzweifelt bemühte, niemanden zu brauchen. Es hatte einmal jemanden gegeben, den sie gebraucht hatte, und sie war ganz schrecklich verletzt worden. Wenn er sie in diesem Licht sah, wollte er sie in seine Arme ziehen, sie festhalten und sie beschützen. Aber das hätte die grobe kleine Jessie niemals mitgemacht. Nein, ihre Verteidigungsmechanismen wären sofort zur Stelle gewesen, und diese Mechanismen waren im Laufe von zehn Jahren aufgebaut worden. Mit überdimensionalem Einsatz. War dem irgendein Mann gewachsen?

Chase wußte, daß zuviel gegen ihn sprach. Das war mehr, als er erhoffen konnte – um Himmels willen, erhoffte er es denn? Er war sich nicht sicher. Das einzige, was er mit Sicherheit wußte, war, daß er noch nicht von hier fortgehen wollte.

Er würde es solange wie möglich hinauszögern. Schließlich machte Jessie bisher keine Anstalten, ihn vor die Tür zu setzen. Doch sobald er sein Zimmer verließ, würde Rachel das tun. Verdammt noch mal, er hatte Rachel nicht so unbarmherzig in Erinnerung. Das Ärgerliche war, daß sie Jessie zu sehr liebte. Es war zu schade, daß Jessie das nicht begreifen konnte. Er hätte wetten können, daß Jessie tief in ihrem Innern dasselbe für sie empfand. Doch die Kluft zwischen den beiden zog sich durch das Herz aller Dinge, und um diese Kluft zu schließen, hätte es ein Wunder gebraucht. Chase wünschte, er hätte dieses Wunder zur Hand gehabt.

Heute nahm Chase ein Bad, ein ersehntes heißes Bad, zu dem ihm Billy und Jeb heimlich verholfen hatten. Es ging darum, das Wasser in sein Zimmer zu schaffen, ohne daß Rachel erfuhr, wie gesund er wieder war – nämlich gesund genug, um ohne fremden Beistand ein Bad zu nehmen. Jeb erhitzte das Wasser im Waschzuber für die Kleider hinter dem Haus und reichte Billy die Wassereimer durch Chases Fenster. Billy fand es höchst vergnüglich, ein Geheimnis vor seiner Mutter zu haben. Chase wollte, daß auch Jessie nichts von diesem Bad erfuhr, denn er wollte ihr keinesfalls zeigen, wie beweglich er in Wirklichkeit wieder war.

Fast hätte es geklappt. Aber heute war einer der Tage, an denen Jessie früh von den Weiden zurückkehrte. Sie waren beide recht überrascht, als sie in sein Zimmer kam und ihn in dem kleinen Zuber vorfand. Sie erholte sich als erste von ihrem Erstaunen und trat näher.

Sie trug noch ihre Reithosen. Ihre Kleider waren staubig; ihr Hut hing an einem Band um ihren Hals. Es war das erste Mal, daß sie in sein Zimmer kam, ohne sich vorher frischzumachen und sich umzuziehen. Doch das fiel Chase gar nicht auf, denn er war so verlegen, daß er an nichts anderes mehr denken konnte als daran, wie er diese Situation erklären sollte. Er war froh, daß Jeb und Billy ihn allein gelassen hatten.

»Weiß Rachel etwas davon?« fragte Jessie beiläufig. Sie zeigte auf den Zuber.

»Nein.«

»Du wirst dir die Wunde aufweichen. Wie lange bist du schon da drin?«

Chase schien keinen klaren Gedanken fassen zu können, wenn ihr Blick auf ihn gerichtet war. »Noch nicht lange.«

Sie ging direkt auf den Zuber zu und steckte ihre Finger ins Wasser. »Jedenfalls zu lange. Wie viele Bäder hast du dir schon ohne mein Wissen erschwindelt? Habe ich dich abends nur zu deiner Belustigung gewaschen?«

»Komm schon, Jessie, es ist das erste Mal.«

»Aber ich hätte nichts davon erfahren, oder? Ich meine, wenn ich später gekommen wäre, hätte nichts auf dein Bad hingewiesen, stimmt's?«

Er war des Vorsatzes zur Täuschung schuldig, und sie wußte es. Er ahnte nicht, ob sie wütend war oder nicht. Dazu kam sein akutes Bewußtsein des Umstandes, daß er nackt war und sie direkt neben ihm stand.

Er räusperte sich. »Es ist keine große Sache, Jessie. Es ist kein Wasser in die Wunde gekommen, oder jedenfalls nicht viel. Was kann es schaden, wenn ich ein Bad nehme?«

»Gar nichts, nehme ich an«, gab Jessie zu. »Und wenn ich sehe, daß du deinen Verband bereits abgenommen hast und schon in der Wanne sitzt, dann könnte dein Rücken auch gleich gewaschen werden.«

»Jessie …«

»Beug dich vor, Chase«, ordnete sie mit fester Stimme an. »Du willst ein ordentliches Bad. Und ich kann dir den Rücken waschen, ohne daß die Wunde allzu naß wird.«

Es war einfacher, sich ihr zu fügen, als mit ihr zu streiten, aber er wünschte sich sehnlicher als alles andere auf Erden, er wüßte, was im Moment in ihr vorging. Ihr Verhalten war unnormal. Sie hatte nicht ein grobes Wort gesagt, hatte nicht den leisesten Wirbel darum gemacht, daß er nicht im Bett lag. Sie war zu ruhig. Irgend etwas stimmte hier nicht, aber er fand nicht heraus, was es war.

Chase machte sich zu viele Sorgen darüber, was ihre Ruhe zu bedeuten hatte, um zu merken, was Jessie hinter seinem Rücken tat, bis sie damit fertig war und ihm befahl: »So, und jetzt steh auf, damit ich dich abspülen kann.«

»Das kann ich selbst tun«, sagte er eilig.

»Und dabei spritzt du das Wasser auf den ganzen Fußboden«,

hob sie hervor. »Dieser Zuber ist nicht gerade der breiteste. Eigentlich erstaunt es mich sogar, daß es dir gelungen ist, dich in dieses Ding zu quetschen.«

»Ich hatte nicht vor, mir helfen zu lassen.« Seine Verlegenheit ließ seinen Tonfall barsch werden.

»Dir wird aber geholfen.«

»Würdest du jetzt rausgehen, Jessie!«

Sie lachte leise. »Es ist dir doch nicht etwa peinlich, deinen wohlgestalteten Körper zu zeigen, oder? Es ist ja nicht so, daß ich dich nie in deiner Gesamtheit gesehen hätte.«

»Das war etwas anderes«, gab er zurück.

»Wieso? Weil ich auch ausgezogen war? Ich ziehe mich jetzt ganz bestimmt nicht aus, weil du das brauchst, um deiner männlichen Würde keinen Abbruch zu tun. Und jetzt, sei ein braver Junge, und stell dich hin, damit wir endlich fertig werden.« Dann fügte sie spöttisch hinzu: »Ich verspreche dir auch, deine Nacktheit nicht auszunutzen, wenn es das ist, was dir Sorgen macht.«

Chase warf einen Blick über seine Schulter, um sie böse anzufunkeln. Sie war wirklich belustigt. Es kam nicht oft vor, daß er einen Funken Humor in ihren Augen tanzen sah, der sie heller und leuchtender türkis färbte.

Er stand auf und spürte das kühle Wasser über seinen Körper rinnen. Jessie goß es über ihn, und es tat ja so gut.

»Siehst du, so schlimm war es doch gar nicht, oder?« sagte sie, während sie ihm schelmisch einen Klaps auf den Hintern versetzte.

Chase schnappte nach Luft, aber er wurde augenblicklich in ein Handtuch gewickelt und hielt es für das Beste, keinen Kommentar abzugeben. Er drehte sich zu ihr um, doch sie ging jetzt auf den Tisch neben dem Bett zu. Dort bewahrte sie einen Stapel sauberer Verbände auf.

»Wenn du herkommst, bringe ich dir gleich den nächsten Verband an – falls du glaubst, daß das noch nötig ist.«

Chase schnitt eine Grimasse. Sie sagte, daß er gesund war, daß kein Anlaß mehr bestand, ihn zu pflegen. Als nächstes würde sie fragen, wann er die Absicht hatte, das Haus zu verlassen.

Chase hatte sich das Handtuch um die Taille geschlungen, und jetzt kam er zum Bett und setzte sich, damit sie ihn verbinden konnte. Ihm war alles recht, um ihre Anwesenheit in die Länge zu ziehen, denn wahrscheinlich war es das letzte Mal, daß er sie ganz für sich hatte. Er beobachtete sie angespannt, als sie sich vorbeugte, um das gefaltete Verbandsmaterial auf die Wunde zu legen. Dann begann sie, Verbandstreifen um ihn zu wickeln, damit nichts verrutschen konnte. Sie ging ungewöhnlich zart mit ihm um. Diese Zartheit in Verbindung mit ihrem ungewöhnlichen Verhalten ließ ihn vor Neugier fast außer sich geraten.

»Weshalb diese zärtliche Behandlung?« fragte er schließlich vorsichtig.

Sie zog eine Augenbraue hoch und sah ihn an. »Zärtlich?«

»Du weißt genau, was ich meine.«

Sie zuckte die Achseln und richtete ihre Blicke wieder auf den Verband. »Ich weiß es nicht. Ich denke, da wir uns jetzt wohl zum letzten Mal sehen, sehe ich keinen Grund, weshalb wir im Streit auseinandergehen sollten.«

Chase schüttelte den Kopf. »Du wirfst mich heute raus? Und das nur, weil ich ein verdammtes Bad genommen habe?«

Sie sah ihn scharf an. »Sei nicht albern. Mich interessiert nicht, wie lange du dich selbst verhätscheln willst. Ich habe mir nur ausgerechnet, daß du jetzt, da es dir möglich ist, sicher gehen willst.«

»Wir gehen also als Freunde auseinander, so? An wie gute Freunde hast du dabei gedacht, sag?« Er grinste und ließ einen Finger über ihren Oberschenkel gleiten.

Sie schlug ihm auf die Hand. »So gute Freunde bestimmt nicht.«

Sie trat zurück, um einen Sicherheitsabstand einzuhalten, und Chase lachte. »Komm her, Jessie, ich beiße nicht. Das müßtest du inzwischen wissen.«

»Meinst du?« gab sie zurück, und ihre Augen wurden hart wie Stein.

Seine Miene verfinsterte sich. Sie dachten beide daran, was er in der Nacht, bevor er abgereist war, getan hatte.

»Ich dachte, das hättest du mir verziehen.«

»Nein, ich habe es dir nicht verziehen.«

»Du hast es mit keinem Wort mehr erwähnt.«

»Hätte ich dich vielleicht erschießen sollen, während du stilliegen mußtest?«

»Du würdest nicht auf mich schießen, Jessie«, sagte er.

»Ich glaube, du solltest dieses Thema lieber fallen lassen«, erwiderte sie steif.

»Versteh doch, es tut mir leid. In jener Nacht war ich nicht ich selbst.«

»Aufhören, habe ich gesagt!«

»Schon gut«, seufzte er. Er wollte ihre quecksilbrigen Launen hinnehmen, um nicht wieder zu streiten. »Wie kommt es, daß du so früh zurück bist?«

»Ich bin gekommen, um dir zu sagen, daß ich nicht mehr bereit bin, dich zu pflegen. Jetzt sehe ich, daß ich nicht das Gefühl haben muß, dich im Stich zu lassen, denn es geht dir ja schon wesentlich besser.«

»Du bist wirklich sauer, stimmt's?« fragte er. Er war sicher, daß es nur eine kleine Spitze war.

Jessie richtete sich energisch auf. »Ich bin nicht gehässig. Ich habe mehr als dreißig tote Rinder auf der südlichen Weide, und eine Tränke, deren Wasser offensichtlich vergiftet worden ist. Ich habe keine Zeit, gehässig zu sein.«

»Ist das dein Ernst?«

»Natürlich ist es mein Ernst. Der einzige Grund, aus dem ich überhaupt zurückgeritten bin, ist der, daß ich dir sagen wollte, daß ich etliche Tage fort sein werde. Das vergiftete Wasserloch muß eingezäunt werden, und die Rinder müssen zusammengetrieben und näher zur Ranch gebracht werden. Eine Zeitlang wird man die Tiere Tag und Nacht bewachen müssen. Da die anderen noch nicht vom Viehtrieb zurückgekehrt sind, brauche ich jede Arbeitskraft auf der gesamten Ranch, mich inbegriffen.«

»Als du reingekommen bist, schien dir das gar kein Problem zu sein«, sagte er überrascht.

»Du hast mich für eine Weile davon ablenken können«, gestand sie ein. »Aber das, was geschehen ist, ist geschehen, und es hat keinen Sinn, über Tatsachen zu weinen. Alles, was ich jetzt noch tun kann, ist, dafür zu sorgen, daß ich nicht noch mehr von der Herde verliere.«

»Es tut mir leid für dich.«

»Mach dir deshalb keine Sorgen«, sagte sie. »Dann verabschieden wir uns jetzt wohl.«

»Warum?« fragte er eilig.

»Ich werde nicht mal nach Hause kommen, um mich umzuziehen, jedenfalls vorläufig nicht. Und du hast keinen Grund, noch länger hierzubleiben.«

»Aber du könntest meine Hilfe brauchen.«

»Ich bitte dich nicht darum, und Rachel wird dich nicht im Haus haben wollen.«

»Wessen Ranch ist das eigentlich?« sagte Chase zornig.

»Ach, jetzt liegt alles an mir? Aber als ich dich nicht hier haben wollte, lag es an Rachel, Entscheidungen zu treffen.«

»Diesmal bist du wirklich in Schwierigkeiten, und du wirst nicht bedroht, sondern es geht um Fakten. Glaubst du, daß es Bowdre war? Es hat ihm gar nicht gefallen, daß ich diesen Schuldschein von ihm zurückgewonnen habe.«

»Ich bin sicher, daß ihm das gar nicht gefallen hat. Aber es gibt nichts auf Erden, womit ich beweisen könnte, daß er es war. Das Vergiften von Rindern spricht allerdings für reinste Rachsucht. Ich wäre nie auf den Gedanken gekommen, daß er etwas vernichten könnte – und das nur, weil er es nicht in die Finger kriegt.«

»Du irrst dich, Jessie. Genau das sieht ihm ähnlich. Und wenn es Bowdre war, dann ist das noch lange nicht das Ende deiner Schwierigkeiten. Du brauchst jede Hilfe, die du nur irgendwie bekommen kannst.«

»Wenn es zu schlimmerem Ärger kommt, dann brauche ich einen Schützen und keinen Spieler.«

In ihrem Tonfall schwang Verachtung mit, und daher nahm er keinen Anstoß an dem, was sie sagte. »Ich trage meinen Armeerevolver nicht zur reinen Zierde. Ich kann durchaus damit umgehen.«

»Aber hast du jemals einen Menschen getötet?«

»Und du?«

Jessie gefiel die Vorstellung nicht, daß er weiterhin hierbleiben könnte, denn sie hatte sich bereits zu dem Entschluß durchgerungen, ihn nie wieder zu sehen. Es war schon schwer genug gewesen, ihn in dieser vergangenen Woche täglich zu sehen. Sie konnte die Empfindungen, die er bei ihr auslöste, nicht verstehen, und er war während dieser ganzen Woche so nett und charmant gewesen, wie er es nur sein konnte. Das machte alles nur noch schlimmer.

»Du bist nicht in der körperlichen Verfassung, jemandem zu

helfen, Chase. Und außerdem ist das nicht dein Kampf, den du auszufechten hast.«

»Sieh mal«, sagte er ungeduldig, »bis der Rest deiner Männer zurückkommt, kannst du meine Hilfe gebrauchen, und das weißt du selbst. In ein paar Tagen bin ich wieder so gut wie neu, und bis dahin würde ich mich wohl kaum übernehmen, wenn ich nichts weiter tue, als die Herde zu bewachen, meinst du nicht?«

»Warum willst du mir helfen?«

Er dachte schnell nach. »Na ja, ich denke mir, daß ich, indem ich diesen Schuldschein gewonnen habe, diesen ganzen Ärger verursacht habe. Und daher ist es nur gerecht ...«

Sie fiel ihm ins Wort: »Bowdre wollte das Geld nie haben, verstehst du, er wollte die Ranch. Wenn ich die Schulden bezahlt hätte, hätte das nichts an seiner Rachsucht geändert.« Dann seufzte sie. »Ach, zum Teufel, tu, was dir paßt. Aber mach mir keine Vorwürfe, wenn du einen Rückfall bekommst.«

Sie verließ das Zimmer, und Chase strahlte. Er freute sich in einem geradezu lächerlichen Ausmaß.

31

Chase erwachte durch das Geräusch klappernder Töpfe, während jemand Kaffee aufsetzte und sein Frühstück zu sich nahm. Er starrte gequält den immer noch schwarzen Himmel an. Als er vor drei Tagen zum ersten Mal auf vergleichbare Art geweckt worden war, war er wütend genug gewesen, um Einwände zu erheben, doch die anderen hatten darauf nur mit Gelächter und Frotzeleien reagiert. Sie waren es gewohnt, vor Anbruch der Morgendämmerung aufzustehen, wenn ein harter Arbeitstag bevorstand. Er war das keineswegs gewohnt. Sie nannten ihn Greenhorn. Ja, zum Teufel, er war wirklich ein Greenhorn.

Doch er hatte sich selbst in diese Lage gebracht, und er hatte ausdrücklich darauf bestanden, mitzuhelfen, und daher nutzten ihm seine Klagen nichts. Er hätte sich gern vorgestellt, daß er lediglich galant war und zur Errettung einer Dame hinzueilte, doch das war weit von der Wahrheit entfernt.

In den drei Tagen, seit er ihr auf die Weiden gefolgt war, hatte er auch wirklich weniger von Jessie gesehen, als er erwartet hatte. Man hatte ihn mit der einfachen Aufgabe betraut, das Wasserloch zu bewachen, zu dem die Rinder gebracht wurden, und darauf zu achten, daß sich die Herde nicht zu weit entfernte. Er sah Jessie einmal, höchstens zweimal täglich, wenn sie die Nachzügler aus den Bergen brachte. Abends war sie so müde, daß sie nicht mehr als ein paar Worte miteinander wechselten, ehe sie sich dicht an das Feuer zu den anderen legte. Er sah sie nie allein. Früh morgens bekam niemand Jessie zu Gesicht, nicht einmal der Koch, der immer als erster aufstand.

Chase setzte sich auf und zitterte in der Kälte vor Sonnenaufgang. Es mußte kälter als null Grad sein, dachte er. Seine Decke war klamm und von einer dünnen Frostschicht überzogen. Und jetzt war erst die erste Novemberwoche.

Wie konnte irgend jemand in einer derart kalten Gegend eine Ranch aufziehen wollen? Aber Thomas Blair hatte es getan, und die Rinder hatten überlebt. Die Männer waren es gewohnt, bei eisigem Wetter zu arbeiten.

Er entschied, daß eine Tasse heißer Kaffee ihm guttun würde, doch bei der Vorstellung, daß er aufstehen mußte, um sie sich zu holen, zitterte er wieder. Er warf einen Blick auf die Stelle, an der sich Jessie gestern abend hingelegt hatte, doch ihr Platz war leer. Man konnte nur noch den Umriß ihrer Decke erkennen, weil dort kein Bodenfrost zu sehen war. Sie war fort, dasselbe wie jeden Morgen. Weshalb bloß? Wenigstens ging die Sonne auf, wenn die Männer ihr Frühstück beendet hatten und aufbrachen, doch Jessie brach auf, während die Nacht noch pechschwarz war. Er hatte sie gefragt, wohin sie so früh am Morgen ritt, doch sie hatte ausweichend die Achseln gezuckt.

Er schüttelte den Kopf, als er daran zurückdachte, was in der vorletzten Nacht passiert war. Sie hatte die neuerliche Katastrophe besser verkraftet, als es die meisten anderen gekonnt hätten, nachdem ihr erster Wutanfall abgeklungen war. Das letzte, womit sie gerechnet hatte, als Mitch Faber an jenem Abend in ihr kleines Lager geritten kam, war seine Mitteilung, daß jedes einzelne Stück Vieh, das er in den Norden gebracht hatte, gestohlen worden war,

187

und zwar waren die Rinder einen Tag vor der Übergabe der Herde gestohlen worden.

Die Männer waren in der Nacht angegriffen worden, während sie schliefen, und der Mann, der Wache gestanden hatte, war spurlos verschwunden.

»Sie haben uns im Schlaf niedergeschlagen«, erzählte Mitch. »Ich wußte überhaupt nicht, was man mir über den Schädel gezogen hat. Ansonsten hat man uns allerdings nichts getan. Sie waren nicht darauf aus, uns zu töten. Sie wollten nur die Herde haben.«

Es war, wie Jessie erfuhr, auch gar nicht notwendig gewesen, die Männer zu töten. Zu dem Zeitpunkt, zu dem Mitch und die Männer, die bei ihm waren, die erste Goldgräberstadt erreichten, die auf ihrer Liste stand, um dort dem Sheriff den Diebstahl zu melden, war das bereits sinnlos. Die Viehdiebe hatten einen perfekten Zeitplan. Als Mitch und seine Männer erwachten, hatten die Diebe bereits jedes einzelne Rind verkauft. Und das Gemeinste war, daß die Herde an exakt die Goldgräber verkauft wurde, mit denen Jessie Verträge abgeschlossen hatte. Ein Agent hatte die gesamte Herde aufgekauft und sie aufgeteilt, und das Vieh stand bereit, um in die umliegenden Städte getrieben zu werden. Er hatte eine Empfangsbescheinigung. Er hatte bar gezahlt und die Sache über die Bank abgewickelt. Somit war die Bank sein Zeuge. Es gab nicht das Geringste, was der Sheriff hätte tun können.

Es gab auch nicht das Geringste, was Mitch hätte tun können. Dem Agenten konnte man nicht vorwerfen, daß er angenommen hatte, die Männer, die die Herde in die Stadt brachten, kämen von der Rocky-Valley-Ranch. Sie hatten ihm die Verträge ausgehändigt, die sie Mitch gestohlen hatten, nachdem er bewußtlos geschlagen worden war. Jessie hatte noch nie mit einem Agenten zu tun gehabt, und daher kannte er weder sie noch Mitch.

»Wie konnten sie etwas von den Verträgen wissen?« fragte Jessie verärgert.

Die Neuigkeiten setzten ihr gewaltig zu, und ihr Gesicht war aschfahl, ihre Augen blickten ungläubig. Chase konnte sie verstehen. Er wußte von dem Darlehen, das sie der Bank abzahlen mußte. Jetzt hatte sie weder Einnahmen, um ihre Schulden abzuzahlen, noch Geld, um ihre Männer zahlen zu können.

Jessie wurde wütend, als sie von dem Verschwinden des Mannes hörte, der Wache gestanden hatte. Blue Parker. Mitch gab zu, daß Parker sich während des Vietriebs eigentümlich benommen hatte. Ja, Blue wußte von den Verträgen. Und schon während des gesamten Monats vor dem Viehtrieb war er mürrisch und unzufrieden gewesen. Chase wurde klar, daß das in etwa der Zeitraum war, seit er sich im Rocky Valley aufhielt. Auch Jessie ging dieser Zusammenhang auf, und sie warf ihm einen vernichtenden Blick zu, als sei alles seine Schuld. Chase kannte Blue Parker gar nicht, doch später fand er heraus, daß das der junge Mann war, mit dem er Jessie ertappt hatte, als er sie zum ersten Mal gesehen hatte. Das war alles, was Jessie ihm mitteilte, um ihm zu erklären, wer Blue war. Doch es war ganz offensichtlich, daß sie der Meinung war, Parker habe mit den Viehdieben unter einer Decke gesteckt, und es war auch ganz offensichtlich, wer die Viehdiebe waren.

An jenem Abend war sie zu wütend gewesen, um Chase Näheres zu erklären. Sie hatte Parker verflucht, und sie hatte Laton Bowdre verflucht. Als sie sich endlich beruhigt hatte, hatte sich Chase kein Herz fassen können, das Thema noch einmal zur Sprache zu bringen. Aber er war verdammt neugierig, was Parker betraf. Die Erinnerung an diesen Anblick, der sich ihm damals geboten hatte, ließ ihn in jener Nacht kaum schlafen.

Endlich gab sich Chase einen Ruck, um sich der Kälte auszusetzen, und er schlug seine Decke zurück. Was für einen großen Unterschied doch ein Monat ausmachte! Es war nicht annähernd so kalt gewesen, als er auf seiner Suche nach Jessie draußen unter freiem Himmel geschlafen hatte, und das war Ende September gewesen.

Er holte sich eine Tasse Kaffee und schloß beide Hände fest um die Tasse, um sich die Finger zu wärmen. Die beiden anderen Männer, die am Feuer saßen und gebratenes Steak und Eier aßen, feixten ihn an, als er zitternd dastand.

»Sie werden sich dran gewöhnen, Summers, wenn Sie nur lange genug hierbleiben«, äußerte Ramsey.

»Es wird noch schlimmer werden, mein Freund«, teilte ihm der Cowboy, den sie Baldy nannten, kichernd mit. »Sieht ganz so aus, als könnten wir jetzt jeden Tag Schnee bekommen.«

Chase stieß einen Knurrlaut aus, und die beiden Männer lachten. Sie waren nur zu dritt, und das waren sie von Anfang an gewesen, denn die beiden waren die einzigen Arbeitskräfte, die Jessie außer Jeb und den anderen hatte, die mit Mitch und Blue den Viehtrieb durchgeführt hatten. Jessie hatte Mitch und einen der Männer nach Fort Laramie geschickt, damit sie versuchten, dort Rindfleisch zu kaufen, genug, um ihre Leute zu bezahlen. Der zweite Mann war ausgestiegen, als sie sich geweigert hatte, ihm freizugeben, damit er es sich gutgehen lassen konnte. Sie hatte mit ihm zur Ranch zurückreiten müssen, um dort das Geld zusammenzukratzen, das sie ihm zahlen mußte. Chase hätte diesen Mistkerl gern zusammengeschlagen, doch diese Angelegenheit hatte Jessie zu regeln, und er wußte, daß sie es keineswegs zu schätzen gewußt hätte, wenn er sich einmischte.

Er wünschte sich sehnlichst, Jessies neuentstandenes Problem aus der Welt schaffen zu können. Zum Teufel, er hätte ihr jeden einzelnen Cent gegeben, den er besaß, wenn sie das Geld bloß angenommen hätte.

»Hatte einer von euch Gelegenheit, heute morgen mit Jessie zu reden, ehe sie losgeritten ist?« fragte Chase beiläufig, während er sich einen Teller holte und sich bediente.

Baldy schüttelte den Kopf, ohne von seinem Frühstück aufzublicken. »Ich bin davon aufgewacht, daß sie losgeritten ist. Hab' nur noch ihr Pferd von hinten gesehen.«

»In welche Richtung ist sie geritten?« tastete sich Chase behutsam vor.

Ramsey antwortete: »Sie hat mir gestern abend gesagt, daß sie heute nach Westen reitet, ins Vorgebirge. Hat mir gesagt, daß wir in den nächsten Tagen nicht mit ihr zu rechnen brauchen.«

Baldy zuckte die Achseln. »Wenn sie so weit reitet, dann wird sie sicher zum Lagerhäuschen kommen. Sie hätte mir was sagen sollen. Ich war gestern da und habe die Vorräte aufgefrischt. Den Weg hätte ich mir sparen können.«

Chase fühlte sich zusehends elender. Der Gedanke, sie tagelang nicht zu sehen ...

»Tauschen Sie heute mit mir, Ramsey?« fragte Chase impulsiv.

Ramsey sah ihn überrascht an. Beide Männer wußten, daß er erst kürzlich verwundet worden war.

»Sind Sie sicher, daß das richtig ist?«

»Ein paar von den älteren Rindern werden ziemlich bockig,

wenn man sie zusammentreiben will. Sie sind es doch gewohnt, frei rumzulaufen«, fügte Baldy hinzu.

»Ich denke schon, daß ich es schaffe«, sagte Chase mit fester Stimme. »Außerdem brauche ich Bewegung. Ich habe schon viel zu lange untätig rumgesessen.«

»Abgemacht, wenn das so ist«, willigte Ramsey ein.

32

Da der Himmel eine geschlossene Wolkendecke bildete, sah es nicht so aus, als würde die Sonne viel Wärme bringen. Ohne einen klaren Himmel fiel nur ein dunstig blauer Schimmer auf das Land, als Chase das Lager verließ. Doch das Licht reichte aus, um Jessies Spuren zu folgen, die auf dem Frost, der den Boden bedeckte, klar zu erkennen waren.

In seiner derzeitigen Stimmung war es Chase egal, ob die Männer bemerkten, daß er dieselbe Richtung einschlug, in die sie geritten war. Es mochte sein, daß sie sich fragten, in welcher Beziehung er zu ihr stand, aber in welcher Beziehung stand er überhaupt zu ihr? Er wußte das ganz bestimmt nicht.

Chase ritt über die kalte Prärie, und der eisige Wind brannte auf seinen Wangen. Er hatte seine Jacke bis zum Hals geschlossen und trug sein Halstuch über den Ohren, wie Baldy es ihm nahegelegt hatte. Doch selbst die alte wollene Überhose, die er sich von Jeb geborgt hatte, half nichts. Nichts half. Er verfluchte sich dafür, daß er das Lagerfeuer verlassen hatte, um sich auf die Jagd nach einer Frau zu begeben, wenn er selbst wußte, daß er wahrscheinlich den ganzen Tag brauchen würde, um sie zu finden.

Er brauchte jedoch nicht den ganzen Tag. Er war erst eine halbe Meile geritten, als er die Kuppe eines kleinen Hügels erreichte und sein Pferd abrupt anhielt, weil er Jessies grobknochigen Hengst auf einer nahen Erhebung weiden sah. In der Ebene zwischen den beiden Hügeln lag Jessie auf dem Boden. War sie vom Pferd gestürzt?

Chase spürte, daß sich seine Kehle zusammenzog. Er galoppierte den Hügel hinunter und hielt den Atem an. Erst als sie den

Kopf zu ihm wandte, weil sie die Hufe seines Pferdes hörte, atmete er aus.

Er sprang so schnell von seinem Pferd, daß er fast gestolpert wäre. Dann kniete er sich neben sie und starrte in ihr aschgraues Gesicht.

»Um Gottes willen, Jessie, was ist passiert?«

»Nichts.«

»Nichts?«

»Nichts«, wiederholte sie stöhnend. »Was zum Teufel tust du hier?«

Er wich mit finsterem Gesicht zurück. »Verflucht noch mal, Jessie ...«

»Würdest du jetzt gehen!« schnitt sie ihm das Wort ab.

»Natürlich nicht. Dir fehlt etwas.«

»Mir fehlt nichts.«

Jessie wollte sich aufsetzen, aber sie wurde noch blasser. Sie legte sich wieder hin und schloß die Augen. Gott, warum hatte er sie bloß in dieser Verfassung vorfinden müssen? Bisher hatte sie Glück gehabt, und es war ihr gelungen, sich in die Einsamkeit zu flüchten, wenn ihre morgendliche Übelkeit sie plagte. Es war das erste Mal, daß sie sich auf dem Boden zusammenrollte, bis diese in Wellen über sie hereinbrechende Übelkeit nachließ. Es war ihr bisher immer gelungen, diese Anfälle heimlich zu überstehen.

»Bitte, Jessie, sag mir, was dir fehlt.«

Aus seiner Stimme war echte Besorgnis herauszuhören. Sie mußte ihm irgend etwas erzählen, nicht die Wahrheit, aber irgend etwas.

»Ich fühle mich einfach nicht ganz wohl, das ist alles. Ich nehme an, ich habe mich übernommen.«

»Du kannst nicht auf dem kalten Boden liegenbleiben. Das kann nicht helfen. Du holst dir den Tod.«

»Ich wollte zum Vorratslager reiten, aber ich habe es heute morgen einfach nicht geschafft.«

Zu spät merkte Jessie, daß sie mehr gesagt hatte, als sie hätte sagen wollen.

»Heute morgen? Ist das der Ort, an dem du jetzt jeden Morgen warst? Aber weshalb?«

Sie hätte am liebsten gesagt: »Weil es dort wärmer ist, und das ist besser für das, was ich durchmachen muß.« Doch das konnte sie wohl kaum sagen, und daher log sie.»Ich bin zu den Weiden im Norden geritten. Warum hätte ich nicht dort haltmachen und einen Bissen essen sollen? Hast du sonst noch Fragen?«

»Ich bringe dich zur Ranch zurück.«

»Nein. Verdammt noch mal, ich muß mich nur einen Moment hinlegen. Glaubst du, ich würde hier liegen, wenn ich reiten könnte?« fragte sie bissig.

»Du bleibst keinesfalls hier. Ich bringe dich zur Hütte. Dort kannst du dich hinlegen.«

»Nein, Chase!«

Er wollte sie packen, und sie geriet in Panik. »Rühr mich nicht an!«

Er ignorierte sie. Doch Jessie hatte gewußt, daß jede geringste Bewegung ihren Magen in Aufruhr versetzen würde, und so kam es auch. Sie riß sich von ihm los und konnte sich gerade noch umdrehen, ehe sie alles von sich gab, was sie nicht schon von sich gegeben hatte. Sobald sie fertig war, hob er sie sachte auf seine Arme, trug sie zu seinem Pferd und setzte sie seitlich auf den Sattel. Dann stieg er hinter ihr auf, zog sie an sich und ritt los, um Blackstar zu holen. Sie protestierte nicht mehr, sondern lehnte sich an ihn und kuschelte sich in seine Arme, bis sie die Hütte erreicht hatten. Er trug sie in die Hütte und legte sie auf die Pritsche, die der Feuerstelle am nächsten war. Als erstes zündete er ein Feuer an. Dann half er ihr, ihre Jacke, ihre Stiefel und ihren Waffengürtel abzulegen, damit sie es sich bequemer machen konnte.

»Kann ich dir etwas zu essen machen, Jessie?« erbot sich Chase.

»Nein!« entfuhr es ihr spontan, doch dann fügte sie mit sanfterer Stimme hinzu: »Aber du könntest mir einen Topf Wasser heißmachen, wenn du magst. Ich habe ein bißchen wilde Minze in der Satteltasche. Das ist gut für … es beruhigt den Magen.«

Chase hinterfragte das Hausmittel nicht näher, sondern tat, worum sie ihn gebeten hatte. Er setzte Wasser auf, ehe er ins Freie ging, um ihre Satteltaschen zu holen. Während er darauf wartete, daß das Wasser kochte, um die Kräuter hineinzuwerfen, schlief Jessie ein. Er weckte sie nicht. Schlaf war wahrscheinlich das beste für sie, und ihr stärkender Trank konnte warten, bis sie erwachte. Er setzte sich und sah sie genau an, wobei er sich fragte, ob er einen Arzt holen sollte. Doch der nächste Arzt war mindestens einen Tagesritt entfernt, und so lange konnte er sie nicht allein lassen.

Je länger er darüber nachdachte, desto einleuchtender erschien ihm, daß es wohl genauso war, wie Jessie gesagt hatte. Sie hatte sich übernommen. Sie war vor der Morgendämmerung aufgestanden und hatte bis zum Sonnenuntergang gearbeitet, und diese Zeit war selbst sie nicht gewohnt. Zudem machte sie sich Sorgen, weil der Raub ihrer Rinder sie verflucht nah an den Rand des Ruins gebracht hatte.

Chase ging ins Freie, um die Pferde in den Unterstand zu führen. Als er anfing zu schneien, fluchte er. Dann wurde ihm bewußt, daß sie eingeschneit werden könnten, wenn es so weiterging. Dann brauchten sie sich auch um die Rinder keine Sorgen mehr zu machen, denn das Wetter würde auch den Aktivitäten Bowdres Einhalt gebieten. Sobald er dafür gesorgt hatte, daß die Pferde reichlich Futter hatten, eilte Chase wieder in die Hütte.

33

Als Jessie erwachte, war sie in eine warme Hülle aus Decken gewickelt, neben ihr knisterte und prasselte das Feuer, und ein verlockender Duft hing in der Luft. Sie stellte fest, daß sie Heißhunger hatte und sich wohlfühlte.

Sie setzte sich auf. Chase stand am Feuer. Er hatte ihr den Rücken zugewandt und rührte das um, was ihren Heißhunger hatte aufkommen lassen.

»Ich wußte gar nicht, daß du kochen kannst.«

Er drehte sich um und grinste sie an. »Ganz passabel.«

»Es riecht gut.«

»Besten Dank, Ma'am.« Er trat an ihr Bett. Sein Gesichtsausdruck wurde ernster, als er sie genau ansah. »Kann ich dir jetzt deinen Stärkungstrunk bringen?«

»Im Moment brauche ich ihn nicht, aber einen Teller von deinem Futter könnte ich gut vertragen.«

»Bist du sicher, daß du in Ordnung bist?«

»Mir geht es gut, Chase, wirklich. Ich mußte mich nur eine Weile hinlegen. Und jetzt bin ich am Verhungern.«

Seine Lippen teilten sich zu einem erfreuten Lächeln. »Richtig so, Schätzchen.«

Jessie runzelte die Stirn. Sie wünschte, er würde sie nicht so nennen. Sie wünschte, er hätte nicht soviel Besorgnis um sie gezeigt. Sie wußte überhaupt nicht mehr, was sie von ihm halten sollte.

Sie ging zum Tisch und setzte sich, ohne Chase aus den Augen zu lassen. Seine Bewegungen waren keineswegs mehr steif, und das hieß, daß sein Rücken unter den Belastungen der letzten Tage nicht gelitten hatte. Ihre Augen wanderten über die gesamte Breite seines Rückens, hinunter zu seinen Hüften, an seinen langen Beinen hinab und wieder zurück auf diesen schmalen Hintern. Er wirkte, als hätte er etwas vor. Ja, irgend etwas ...

Jessie errötete und wandte sich ab. Wie war sie auf diesen Gedanken gekommen? Sie bekam zwar sein Kind, aber schon seit seiner Prahlerei als Weiberheld hatte sie gewußt, daß er sich nicht wirklich etwas aus ihr machte. Daher machte sie sich auch nichts aus ihm. Denk daran, Jessie, sagte sie sich entschieden.

»Ist dir zu warm hier?« fragte Chase, als er einen Teller vor sie hinstellte.

Jessie errötete noch stärker, als sie merkte, daß ihm die Farbe, die in ihre Wangen geschossen war, nicht entgangen war. »Ein bißchen«, sagte sie gereizt.

Sie aßen schweigend. Chase verwirrte ihr abrupter Stimmungsumschwung. Er beobachtete sie heimlich, während sie die Augen gesenkt hielt und ihr Essen verschlang, als hätte sie seit Tagen keine anständige Mahlzeit mehr bekommen. Es schien ihr ausgezeichnet zu gehen, zu gut sogar, und ihre altbekannte aufbrausende Art war auch wieder da. Er konnte sich kaum noch vorstellen, daß sie noch vor wenigen Stunden bleich und krank gewesen war. Der Schlaf mußte alles gewesen sein, was ihr gefehlt hatte. Sie sollte wohl besser einen Tag lang langsamtreten, dachte er, und dann würde es sicher keine Probleme mehr geben.

Das Schweigen hielt an. Vielleicht machte sie sich größere Sorgen wegen Bowdres Versuchen, sie zu ruinieren, als ihm bisher klargewesen war.

Chase setzte zögernd an, zu sprechen: »Weißt du, Jessie, wenn du deinen Kummer in dir verschließt und darüber brütest, wird es nur noch schlimmer.«

»Was?« Sie sah ihn mit weitaufgerissenen Augen an.

»Du weißt, wovon ich spreche«, sagte Chase.

»Ich fürchte, ich weiß es nicht«, wich sie aus.

»Laton Bowdre natürlich. Ich spreche von dem Diebstahl deiner Rinder. Das ist doch kein Weltuntergang.«

Sie seufzte. »Nein.«

»Und?« fragte Chase nach einer Weile.

»Es gibt nicht viel dazu zu sagen.« Sie zuckte die Achseln. »Ich werde diesen Schurken ganz einfach umlegen, wenn ich ihn jemals wiedersehe.«

Chase brach in Gelächter aus. »Nein, das wirst du nicht tun. Jetzt komm schon. Sei ernst.«

»Ich meine es todernst.«

»Was hast du vor, ihn zu einem Duell herausfordern?«

»Warum nicht?« entgegnete sie.

»Weil er deine Herausforderung ablehnen kann, und niemand wird deshalb etwas Schlechtes über ihn denken. Kein Mann würde sich auf ein Waffenduell mit einer Frau einzulassen, nicht einmal ein Schwein wie Bowdre.«

»Er kommt mir nicht ungestraft davon, Chase. Wenn ich Beweise hätte, würde ich die Sache dem Sheriff überlassen, aber ohne jeden Beweis muß ich mich dieser Angelegenheit selbst annehmen. Was bleibt mir denn sonst übrig?«

»Laß es mich erledigen.«

»Du willst Bowdre herausfordern?«

»Ja.«

»Nein.«

Ihre krasse Ablehnung erboste ihn. »Aber meine Duellforderung würde er annehmen, Jessie.«

»Ich sagte nein! Das wäre nicht in Ordnung.«

»Wahrscheinlich ist es jetzt sowieso vorüber«, sagte Chase. »Bowdre hat sich zweifellos das geholt, was der Schuldschein deines Vaters wert war und noch mehr, als er die Rinder verkauft hat. Wahrscheinlich ist er jetzt zufrieden und längst nicht mehr in dieser Gegend.«

»Das hoffe ich nicht«, erwiderte Jessie bitter.

»Mit Blutgier hat sich noch nie etwas lösen lassen, Jessie. Du bist nicht ruiniert. Steck diesen Verlust einfach weg. Vergiß ihn.«

»Das kannst du leicht sagen, Chase Summers. Es ist nicht dein Leben, das bedroht ist. Meine Ranch ist nicht groß genug, um diesen Verlust zu verkraften. Thomas Blair hatte nie vor, einer der großen Rinderzüchter zu werden. Er wollte sich lediglich in dem Gebiet seßhaft machen, in dem er seine Jugend verbracht hat, und eine Ranch war die Lösung, es zu bewerkstelligen. Unsere Herde war nie groß. Wir verlieren ohnehin jeden Winter einen großen Teil der Tiere. Der Schneesturm im Jahr '66 hat uns siebzig Prozent unserer Einkünfte gekostet, und damals hat Thomas Schulden aufgenommen, um den Bestand aufzufüllen. Sowie er diese Schulden abbezahlt hatte, kam er mit der Idee für dieses riesige Haus. Es scheint, als hätten wir immer Schulden gehabt und gerade genügend Rinder verkauft, um von einem Jahr zum anderen zu kommen. Ich kann mir diesen Verlust nicht leisten.«

Das, was sie gerade gesagt hatte, ging Chase sehr nah. Er konnte ihren Schmerz deutlich nachempfinden. »Du weißt, daß deine Mutter dir gern helfen würde, Jessie.«

»Vergiß es!« schnaubte sie.

Daraufhin wußte er, daß es Zeitverschwendung wäre, ihr sein eigenes Angebot zu machen. Aber man konnte es schließlich nie wissen. Er mußte es ihr anbieten.

»Käme es für dich in Frage, ein Darlehen von mir anzunehmen? Ich habe in Cheyenne eine beträchtliche Summe gewonnen, mehr als ich brauche.«

Jessie lehnte sich zurück und schüttelte den Kopf. »Was ist mit dir los, Chase? Erst willst du meine Schlacht schlagen, und jetzt willst du mir Geld leihen. Hast du so große Schuldgefühle, weil du mir etwas angetan hast? Hat Rachel soviel bei dir ausgelöst?«

Sie überraschte ihn. Sie war nicht wütend, nur verblüfft. Nun, auch nicht verblüffter als er selbst!

»Nun, Chase?« fragte sie.

Er sah sie finster an und erwiderte mürrisch: »Meinetwegen. Sagen wir einfach, ich bin es dir schuldig.«

»Nein. Laß uns ehrlich sein und uns darauf einigen, daß du mir nichts schuldest«, kam es kühl zurück.

Wieder war es ihr gelungen, ihn zu überraschen.

»Tatsachen sind Tatsachen, Jessie. Du warst eine Jungfrau, ehe ich dich berührt habe.«

»Na und!« schrie sie außer sich. »Wenn du mich dazu gezwungen hättest, stündest du in meiner Schuld. Das hast du aber nicht getan. Hast du vergessen, daß ich dich auch haben wollte?«

Jessie hätte sich die Zunge abbeißen können. Aus Wut auf sich selbst, fügte sie barsch hinzu: »Es war rein körperlich.«

»Es sei mir fern, etwas anderes zu vermuten«, sagte er ebenso grob.

»Du brauchst nicht gleich sarkastisch zu werden.«

»Und du brauchst mich nicht davon zu überzeugen, daß du nichts für mich empfindest«, gab er kühl zurück. »Das ist mir durchaus bewußt. Aber du hast immer das Eigentliche umgangen. Es kann dir heute so vorkommen, als spielte der Verlust deiner Unschuld nicht die geringste Rolle für dich, aber du könntest das durchaus ganz anders sehen, wenn du eines Tages heiratest und deinem Ehemann diesen Verlust erklären mußt.«

Chase glaubte, den Verstand verloren zu haben, als sie in Gelächter ausbrach, in ein volltönendes, musikalisches Gelächter.

»Mir entgeht leider, was daran so amüsant ist, Jessie.«

»Ich wette, daß es dir entgeht«, sagte sie lachend. Sie brachte die Worte kaum heraus.

Sie bemühte sich, ihr Lachen zu unterdrücken. Wie gern sie ihm erzählt hätte, was sie so überaus komisch fand! Falls sie jemals heiraten sollte, würde ihr Mann sie mitsamt einem Kind im Schlepptau akzeptieren. Ihre Jungfräulichkeit – oder besser gesagt, deren Nichtvorhandensein – würde dann wohl kaum in Frage stehen.

»Es tut mir leid«, sagte sie, nachdem sie sich beruhigt hatte.

»Nicht nötig«, erwiderte er zynisch. »Wie konnte ich erwarten, daß du so fühlst wie andere Mädchen? Ich vergesse immer wieder, daß du gar nicht so wie andere Mädchen bist.«

Jessie war ernüchtert. »So anders bin ich auch nicht.«

»Nein?« sagte er grob.

»Nein. Es ist nur so, daß ich, so wie ich erzogen worden bin, die Dinge in einem anderen Licht sehe. Ich sehe die Dinge wie … wie viele Männer sind in ihrer Hochzeitsnacht jungfräulich? Wenn es bei einem Mann geduldet wird, daß er vor der Ehe Geliebte hat, warum kann eine Frau dann keine Liebhaber haben? Solange ich hinterher treu bin, sollte das doch keine Rolle spielen.«

»So kannst nur du denken, Jessie. Männer sind nicht so aufgeschlossen.«

»Daran kann man doch gleich den Unterschied zwischen dem Standpunkt eines Indianers und dem eines Weißen sehen. Kleiner Falke hat sich nicht daran gestört, daß ich keine Jungfrau mehr war.«

Chase zuckte zusammen, und seine Augen wurden schwarz wie Kohlen. »Und woher weiß er das, Jessie? Hast du es ihn aus erster Hand erfahren lassen?«

Jessie stand auf, stützte sich mit den Händen auf den Tisch und beugte sich vor. »Damit kannst du mich nicht treffen.«

Ihre lodernden Augen straften ihre Worte Lügen. »Kleiner Falke hat sich mir gegenüber absolut anständig verhalten, abgesehen von einem Kuß, den er sich geraubt hat. *Er* wollte mich zur *Ehefrau* nehmen, nicht als vorübergehende Liebelei.«

Das saß. Ihre Augen bohrten sich in seine. Chases Zorn schrumpfte. Er war der Anklage schuldig, er habe sie nicht zur Frau nehmen wollen – aber das hieß nicht, daß er Jessie nicht haben wollte.

Chase stand langsam auf und beugte sich genauso vor wie Jessie. Ihre Gesichter waren nur dreißig Zentimeter voneinander entfernt. Seine Stimme war ein tiefes Flüstern. »Kannst du dir überhaupt vorstellen, wie schön du bist, jetzt, in diesem Moment?«

Jessie wich vorsichtig zurück. »Das geht ziemlich weit an dem Thema vorbei, bei dem wir gerade waren.«

»Stimmt, aber wenn du so aussiehst, fällt es mir schwer, an irgendein anderes Thema als an ein ganz bestimmtes zu denken.«

Jessie konnte ihm kaum in die Augen schauen. Seine Stimme wurde so heiser, wenn er in diese entwaffnende Stimmung geriet. Und dann sein verfluchtes wissendes Lächeln ...

Sie machte einen hastigen Satz auf die Tür zu, doch in dem Moment, in dem sie sie öffnete, schlug er sie zu. »Du willst doch gar nicht raus in die Kälte. Mit den Rindern ist alles in Ordnung, und es schneit zu sehr für jede Arbeit. Wir bleiben hier, wo wir sind.«

Er drehte sie zu sich um und verschränkte seine Hände hinter ihrem Rücken. »Ist es hier nicht viel schöner? Und wärmer. Und du hast nichts Besseres zu tun, als dich von mir lieben zu lassen.«

Er küßte sie, ehe sie auch nur einen klaren Gedanken fassen konnte. Diesmal würde sie nicht zulassen, daß sie auch nur irgend etwas empfand – nein, das täte sie nicht! Er war ein Nichtsnutz, er war ... Er setzte ihr Blut in Flammen, der verdammte Kerl, wie bisher. Ihre Muskeln gaben nach, und sie schmiegte sich an ihn. Ihre Beine schienen plötzlich nutzlos zu sein.

Er machte sie verrückt, er ließ sie ihn durch die Nähe und die Berührung seiner Lippen begehren, durch die Überzeugungskraft seiner Lippen. Sein Bauch preßte sich gegen ihren und ließ ihren Bauch heftig flattern. In dem Augenblick, in dem sie ihre Arme um seinen Nacken schlang, preßte er sie noch dichter an sich.

»Läßt du dich von mir lieben, Jessie?«

»Ja.«

»Den ganzen Tag lang?«

»Ja.«

»Und die ganze Nacht?«

»Um Himmels willen, hör auf zu reden!« flüsterte sie.

Chase lachte ein kehliges Lachen und riß sie in seine Arme. Er trug sie zu den Pritschen, und mit seinem Knie schob er die beiden Bettstellen zusammen, ehe er sie niederlegte. Er begann augenblicklich, sich auszuziehen, und Jessie tat dasselbe. Sie konnte ihre Blicke nicht von ihm reißen, während die Kleidungsstücke sich eins nach dem anderen auf dem Fußboden zu einem Haufen türmten. Sie fand, daß bereits der Anblick seines Körpers die Macht besaß, sie zu erregen, und dieser Umstand ließ ihre eigenen Hände unbeholfen werden. Er war ausgezogen, ehe sie auch nur die Hälfte ihrer Kleidungsstücke abgelegt hatte.

Chase beugte sich vor, um ihr zu helfen, und impulsiv hielt Jessie sein Gesicht zwischen ihren Händen fest und küßte ihn – nicht leidenschaftlich, sondern zärtlich.

Als sie ihn losließ, sah Chase sie ganz seltsam an. Dieser Kuß war nicht eine Erwiderung seiner Küsse gewesen, sondern etwas vollkommen anderes. Er blieb einen Moment lang stehen und sah sie an, ehe er sich neben sie legte. Beide waren nackt, und es war ihm ein Genuß, einfach dazuliegen und mit bloßer Haut bloße Haut zu berühren.

Sie sah ihn genau an, während sie auf köstlichste Weise mit ihren Händen über seine Brust strich.

»Wirst du dich jedem Mann gegenüber so verhalten, der dich haben will?« Seine Stimme war oberflächlich und leichthin, doch er wollte es wissen.

»Bisher habe ich es nicht getan«, erwiderte Jessie.

»Was noch lange nicht heißt, daß du es nicht tun wirst.«

»Nein, das heißt es nicht.«

Er ließ seine Blicke über sie gleiten, und plötzlich nahm sein Gesichtsausdruck etwas Feierliches an.

»Jessie ...«

Sie ließ ihre Finger durch sein Haar gleiten. »Sag jetzt nichts und liebe mich, Chase.«

34

Am nächsten Morgen erwachte Chase eher als Jessie. Die Sonne schien, und irgendwann im Laufe der Nacht hatte es aufgehört zu schneien. Er verspürte nicht das leiseste Bedürfnis, aufzustehen und sich den neuen Tag zu betrachten. Er zog sich auf einen Ellbogen und sah Jessie an. Sie schlief auf der Seite, mit dem Gesicht zu ihm, und sie war in ihre Decken gehüllt. Er wünschte, sie lägen in einem großen Bett, damit er sich dichter an sie schmiegen und ihre Wärme in sich aufnehmen könnte.

Er dachte wieder an ihre Krankheit und fragte sich, ob sie heute wundgerieben sein würde. Er mußte annehmen, daß er es übertrieben hatte. Im Laufe des Nachmittags und des Abends hatte er sie nicht weniger als viermal geliebt, und dennoch hatte er nicht das Gefühl gehabt, genug von ihr zu haben. Er hatte sie in bezug auf die Liebe Geduld gelehrt, und er hatte ihren Körper nach Herzenslust erforscht.

Sie war einfach unglaublich, war jedesmal soweit, wenn er soweit war, und beim vierten Mal war sie ebenso leidenschaftlich und hingebungsvoll gewesen wie beim ersten Mal.

Er wünschte, es hätte weitergeschneit. Er wünschte sich mehr als alles andere, die Hütte nicht verlassen zu müssen.

Jessie stöhnte leise, und ihr Gesicht legte sich in finstere Falten.

»Jessie?«

Sie stöhnte wieder, und er schüttelte sie leicht an den Schultern, weil es sein konnte, daß sie einen bösen Traum hatte.

»Schüttle ... mich ... nicht ...!« stöhnte sie.

»Wach auf, Jessie.«

Doch sie wollte nicht aufwachen, nicht mit diesem Magen, der nur erwacht war, um seine morgendlichen Beschwerden zu haben.

»Es tut mir leid, Jessie«, hörte sie Chase sagen. »Es könnte dir vielleicht helfen, wenn du aufstehst und dir die Beine vertrittst, bis deine Muskeln nicht mehr so steif sind. Die Sonne ist aufgegangen, und heute morgen scheint sie sogar.«

Morgen. Wie früh war es? Wie viele gräßliche Stunden standen ihr noch bevor, in denen sie sich mit dieser teuflischen Übelkeit abfinden mußte? Doch selbst, wenn es nur eine kurze Zeit war, war das in Chases Gegenwart zu riskant. Er durfte unter keinen Umständen erfahren, daß ihr schon wieder schlecht war. Er würde es nicht verstehen, nicht, nachdem sie gestern nachmittag und abend so gesund gewesen war. Oder vielleicht würde er es auch nur zu gut verstehen.

»Ich ... äh ... ich glaube nicht, daß ich mich im Moment bewegen kann«, brachte Jessie mühsam hervor.

»Du jagst mir teuflische Schuldgefühle ein, Jessie. So schlimm kann es doch nicht sein.«

Endlich schlug sie die Augen auf. »Es ist auch nicht so schlimm«, kam sie ihm entgegen. »Ich werde einfach noch eine Weile liegen bleiben. Aber du brauchst nicht auf mich zu warten. Geh einfach schon raus, und mach dich an die Arbeit. Das ist das Privileg des Bosses, verstehst du.« Sie versuchte zu grinsen. »Anweisungen zu geben und es sich selbst nicht zu sehr zu Herzen zu nehmen, während andere die gesamte Arbeit tun.«

Chase kaufte ihr das keine Sekunde lang ab, nicht Jessie. Er stand auf und zog sich an. Währenddessen warf er immer wieder besorgte Blicke auf sie. Vielleicht wollte sie nur ein wenig Zeit für sich haben, Zeit, um nachzudenken. Er wünschte, sie hätte es einfach so gesagt, wie es war, statt ihm das Gefühl zu geben, ein ganz mieser Kerl zu sein.

Nachdem er sich angezogen hatte, setzte er ein Feuer für sie in

Brand, dessen Wärme den kleinen Raum schnell ausfüllte. Jessie hatte sich immer noch nicht gerührt.

»Ich gehe jetzt«, sagte Chase widerwillig. »Aber das mindeste, was ich für dich tun kann, ist, daß ich dir meine Hilfe anbiete, ehe ich gehe. Ich glaube, eine Massage wäre das Rechte.«

»Nein!«

»Jetzt komm schon, Jessie. Sei nicht so bescheiden. Das kann nur helfen«, sagte er, während er ihre Decke zurückzog und sie auf den Rücken drehte.

»Rühr ... mich ... nicht ... an!«

Chase wich zurück, als hätte er sich verbrannt, und er sah ihr zu, als sie sich langsam auf der Seite zusammenrollte. Genau dasselbe hatte sie gestern morgen gesagt, als es ihr so schlecht gegangen war. Auch ihr blasses Gesicht und ihre Art, die Arme von ihrem Bauch fernzuhalten, waren ganz so wie gestern.

»Jessie? Jessie, sieh mich an.«

»Würdest du jetzt bitte an die Arbeit gehen?«

Er setzte sich auf die Kante ihrer Pritsche. Sie stöhnte, als er das tat, und sie stöhnte noch lauter, als er ihre Schulter berührte.

Chase fühlte sich absolut hilflos, und daher wurde seine Stimme lauter. »Was fehlt dir, verdammt noch mal? Wie kann dir schon wieder schlecht sein? Du hast heute nacht lange genug geschlafen. Wir haben gestern dasselbe gegessen, und mir fehlt nichts, Jessie.«

»Mir ist nicht schlecht.« Sie drehte sich nicht um, um ihn anzusehen. Sie lag so still da wie ein lebloser Gegenstand. »Ich bin nur ... einfach ... zu ... wund.«

Chase zog eine finstere Miene. Was zum Teufel versuchte sie vor ihm zu verbergen?

»Ich werde dich jetzt anziehen, Jessie, und dann bringe ich dich nach Cheyenne zum Arzt.«

»Weil ich leicht aufgerieben bin? Sei nicht albern.«

Sie bemühte sich, ihren Tonfall leichtfertig klingen zu lassen, doch hinter jedem Wort stand eine unüberhörbare Anstrengung. Er verlagerte sein Gewicht auf ihrer Bettkante, und die Bewegung ließ Röte in ihr heißes Gesicht steigen. Nicht jetzt! Es mußte drinbleiben! Doch ihr Körper hörte nicht auf sie. Sie spürte, wie sich ihr Magen hob, und schlug sich eine Hand vor den Mund. Dann

203

drehte sie sich so schnell um, daß ihre Beine gegen Chases Hüften prallten. Wenn er nicht aufgesprungen wäre, hätte sie ihn vom Bett geworfen.

Im nächsten Moment war Jessie aus dem Bett gesprungen. Sie stürzte auf den Blecheimer zu, der in der Ecke stand. Er sah ihr verwirrt zu, als sie sich über den Eimer beugte und würgte. Endlich hatte er seine Gedanken wieder so weit zusammen, eine Decke vom Bett zu ziehen und sie ihr über die Schultern zu hängen. Sie nahm seine Gegenwart kaum wahr.

Chase fiel im Moment nichts Besseres ein, und daher verließ er die Hütte und ging ins Freie, um ihr die nötige Privatsphäre zu geben. Jessie, die hörte, daß er das Haus verließ, verfluchte ihn dafür, daß er nicht eher gegangen war. Er hätte ihre Übelkeit nicht bemerken dürfen. Sie nahm an, er sei ganz verschwunden, und daher taumelte sie wieder zu ihrem Bett und schlief fest ein.

35

Als Jessie zum zweiten Mal an diesem Tag erwachte, bewegte sie sich zögernd und entspannte sich dann. Es war vorbei. Die gräßliche Übelkeit war für heute vorüber.

Ihr erster Gedanke galt etwas Eßbarem. Ihr zweiter Gedanke galt Chase. Hatte er sich an die Arbeit gemacht? Hatte er sich auf den Weg zu einem Arzt gemacht? O Gott, sie hoffte, daß er keinen Arzt holte. Wenigstens war er nicht da, und das gab ihr Zeit, nachzudenken. Was konnte sie ihm bloß erzählen? Daß sie eine Krankheit hatte, die nur morgens durchbrach? Oder eine Allergie?

Sie setzte sich auf und streckte sich. Dann starrte sie ungläubig den Tisch an, der am anderen Ende des Raumes stand.

»Ich dachte ... du seist gegangen«, sagte sie voller Unbehagen.

»So?«

Seine ruhige Antwort behagte ihr überhaupt nicht.

»Sagen wir doch einfach, ich sei aus Neugier in deiner Nähe geblieben«, sagte er freundlich. »Ich wollte sehen, ob du wie durch ein Wunder genesen würdest, wie gestern.«

Ihre Augen verengten sich zu Schlitzen. »Du könntest wenigstens ein bißchen Mitgefühl zeigen.«

Er stand vom Tisch auf und stellte sich neben ihr Bett. Dabei sah er ihr fest in die Augen. Seine Blicke machten Jessie nervös, und sie konnte ihm nicht lange in die Augen schauen.

»Du bist schwanger.«

»Bin ich nicht!« Das kam viel zu schnell heraus, und sie griff es noch einmal ruhiger auf. »Wirklich, ich bin nicht schwanger.«

»Natürlich.«

Er setzte sich auf das Bett und zog die Decke von ihrem Oberkörper. »Du hast wunderschöne Brüste«, sagte er beiläufig, während er sie zart berührte. »Komisch, aber sie sind wesentlich voller als beim letzten Mal, als ich sie berührt habe.«

Jessie schlug seine Hand zur Seite. »Erzähl doch keinen Unsinn.«

»Du stellst meine Geduld auf die Probe, Jessie.« Er griff nach ihrem Kinn und zwang sie, ihm ins Gesicht zu sehen. »Ich habe den größten Teil meines Lebens unter Frauen verbracht. Als ich ein Kind war, noch ehe meine Mutter Ewing geheiratet hat, bestand ihre Kundschaft zur Hälfte aus schwangeren Frauen. Zufällig ist das nun mal der einzige Zeitpunkt im Leben einer Frau, zu dem sie einen legitimen Vorwand hat, sich eine neue Garderobe zuzulegen. Diese Frauen haben offen über ihre Beschwerden geredet, denn es war ihnen nicht bewußt, daß ich dabei war. Glaubst du, ich kann mir nicht ausrechnen, daß das der Grund ist, aus dem dich morgens niemand mehr sieht?«

Sie stieß seine Hand von sich, und sie war erbost, weil er mehr über dieses Thema wußte, als sie gewußt hatte. »Laß mich in Ruhe!«

»Du wolltest mich abreisen lassen, ohne mir vorher etwas davon zu sagen, stimmt's?« fuhr er erbarmungslos fort. »Du wolltest es alles allein durchmachen?«

»Das ist meine Angelegenheit, nicht deine.«

»Und wie das meine Angelegenheit ist!«

»Ach, wirklich?« Sie lehnte sich zurück. »Was für einen Unterschied macht es denn, daß du es jetzt weißt? Nichts hat sich dadurch geändert.«

»Wir werden heiraten.«

205

»Nein.« Sie schüttelte langsam den Kopf. »Mit dem Gedanken habe ich gespielt, als ich es erfahren habe, aber das war, ehe ich dich mit einer Hure im Bett vorgefunden habe.«

»Es ist nichts passiert, Jessie. Ich war betrunken.«

»Ich weiß. Aber die Absicht war vorhanden. Wenn ich mich für einen Mann entscheide, wird er nie mehr eine andere Frau auch nur ansehen. Das einzige, was ich nicht dulde, ist Untreue. Das wäre wie ... schon gut, vergiß es.« Sie wollte jetzt nicht an ihre Eltern denken. »Du, du hast dir immer jede Frau genommen, die dir gefallen hat. Also wirst du immer ein Schürzenjäger sein.«

»Verkauf dich nicht unter deinem Preis, Jessie«, sagte Chase zärtlich. »Du würdest durchaus ausreichen, um mich zufriedenzustellen.«

Sein fester Blick ließ sie in Verlegenheit geraten. »Zu diesem Thema ist nicht mehr zu sagen.«

»Es dreht sich schließlich um mein Kind.«

»*Mein* Kind!« gab sie zurück. »Ich bin diejenige, die seinetwegen leidet. Ich bin diejenige, die ihn austrägt. Und ich bin diejenige, die ihn aufziehen wird.«

»Du hast vor, ihn ohne Vater aufwachsen zu lassen? Ich weiß, was das heißt, Jessie, und keines meiner Kinder wird so aufwachsen.«

»Du hast in dem Punkt nichts zu sagen.«

»Das werden wir ja sehen!«

Sie funkelten einander einen langen, angespannten Moment lang böse an. Jessie war außer sich vor Wut. Sie hatte nicht damit gerechnet, daß er so autoritär sein würde. Chase war genauso wütend wie sie. Ihm wurde klar, daß Jessie alles, was sie nur irgend tun konnte, getan hatte, um ihm die Existenz dieses Kindes zu verbergen, und beinah wäre es ihr sogar gelungen.

Chase stand abrupt auf. »Zieh dich an.«

»Mit Vergnügen«, erwiderte sie verbissen, doch erst, als sie sich vollständig angekleidet hatte, bemerkte sie, was ihr fehlte. »Wo ist mein Revolver?«

»In meiner Satteltasche.«

»Was?«

»Ich habe dich zu einer Frau gemacht, die den Launen eines Mannes auf Gedeih und Verderb ausgeliefert ist.« Er versuchte seinen Tonfall beiläufig zu lassen, doch er meinte es todernst. »Du kommst jetzt mit mir, Jessie, und dieses eine Mal bist du machtlos gegen mich.«

»Wohin soll ich mit dir kommen?« fragte sie.

»Nach Cheyenne. Ich habe dir doch gesagt, daß wir heiraten werden.«

»Chase.« Sie sprach mit gesenkter Stimme, obwohl sie am liebsten laut geschrien hätte. »Du kannst mich nicht zwingen, dich zu heiraten. Mit einem solchen langen Ritt vergeudest du nur deine Zeit, von meiner Zeit ganz zu schweigen.«

»Das glaube ich kaum, Jessie. Du gehst jetzt raus und steigst auf, oder muß ich dich tragen?«

Jessie ging starr vor Zorn an ihm vorbei und aus der Tür. Doch falls sie mit dem Gedanken gespielt hatte, blitzschnell zu ihrem Pferd zu stürzen und davonzureiten, dann konnte sie das jetzt gleich vergessen, denn Chase ging direkt hinter ihr her. Er hielt von Anfang an Blackstars Zügel fest.

Während der ersten Stunden des langen Ritts nach Cheyenne kochte Jessie ganz schlicht vor Wut. Doch es lagen noch viele Stunden vor ihnen, und diese Stunden verbrachte sie damit, sich Gedanken zu machen. Zu dem Zeitpunkt, zu dem sie die Stadt erreichten, war sie zu etlichen Lösungen gekommen.

Es war zwar schon spät, doch Chase ritt direkt zur Kirche. Sie stiegen gemeinsam ab. Dann richtete Chase seine Waffe auf sie. Damit hatte Jessie allerdings gerechnet. Sie war belustigt, aber es gelang ihr, das zu verbergen. Es war die reinste Ironie. Hatte sie in der Nacht, in der sie sich entschieden hatte, ihn zu heiraten, nicht mit dem Gedanken gespielt, ihn auf eben dieselbe Weise vor den Altar zu schleppen? Und jetzt wollte er sie mit gezogener Waffe vor den Altar schleppen.

Sie blieb stumm, während er den Geistlichen aus dem Bett holte, während er sie vor dem Altar aufstellte, während die ersten Worte gesprochen wurden. Sie wußte, daß der Geistliche die Waffe nicht sehen konnte, die er ihr in den Rücken bohrte. Ihr Schweigen dauerte bis zu dem Augenblick an, in dem es an der Zeit war, daß sie antwortete.

Chase biß die Zähne zusammen und wartete darauf, daß Jessie etwas sagen würde, doch sie war stur. Er drückte die Waffe in ihr

Kreuz, ohne sich davon wirklich etwas zu versprechen, doch als er es tat, kam ihre Antwort klar und deutlich. Chase war so erstaunt, daß er einen Moment brauchte, um selbst die Antwort zu geben. Im Handumdrehen waren sie verheiratet, und Jessie schmierte sogar hastig ihren Namen auf die Heiratsurkunde, ehe sie die Kirche verließ, ohne auf Chase zu warten.

Er lief ihr eilig nach. »Es tut mir leid, daß ich es auf diese Weise tun mußte, Jessie.«

»Mach dir doch nichts vor«, erwiderte sie. »Wir wissen doch beide, daß du nicht auf mich geschossen hättest. Und du weißt auch, daß ich nicht mitgespielt hätte, wenn ich nicht dazu bereit gewesen wäre. Aber glaube bloß nicht, du hättest damit irgend etwas erreicht, Chase Summers. Ich habe meinem Kind die Legitimität gegeben, das ist alles. Jetzt kannst du ziehen, wohin du willst, nach Spanien oder wohin auch immer. Tu, was du willst. Ich bleibe hier. Du bist von Zeit zu Zeit als Besucher willkommen, aber mehr ist nicht drin. Ich werde nicht mit dir zusammenleben – ist das klar?«

Sie wartete seine Antwort nicht ab, sondern stieg auf und ritt zum Hotel. Chase starrte ihr nach, und sein Gesicht verfinsterte sich zusehends. *Das werden wir ja sehen. Hol mich der Teufel, wenn wir nicht zusammenleben werden.*

36

Als Chase erwachte, zog sich Jessie gerade mit höllischer Eile an. Er sagte nichts, sondern beobachtete sie verstohlen. Ihr Gesicht sagte ihm deutlich, in welcher Stimmung sie war. Wahrscheinlich hatte es ihr gar nicht gepaßt, ihn in ihrem Bett vorzufinden, als sie erwachte.

Er war ihr nicht sofort ins Hotel gefolgt, sondern war in den nächsten Saloon gegangen. Dort war niemand, den er wiedererkannte, und er ließ sich wegen der Ablenkung, die ihm dadurch geboten wurde, zu einem Kartenspiel verleiten, Siebzehnundvier. Doch nach einer Weile erkannte man ihn, und im Lauf des Abends konnte er sich jede Menge Sticheleien darüber anhören, was in Silver Annies Zimmer geschehen war. Er war eine Berühmtheit. Im Laufe des Abends hörte er auch eine Schilderung, aus der er entnehmen konnte, welche Rolle Jessie an jenem Abend gespielt hatte. Er war überrascht. Als er ins Hotel kam und feststellte, daß Jessie Mr. und Mrs. Summers angemeldet hatte, war er noch überraschter. Doch seine freudige Erregung fand ein rasches Ende, als er das Zimmer betrat und Bettzeug und ein Kissen vorfand, das sie ihm auf den Boden geworfen hatte. Er tat das Bettzeug wieder dahin, wohin es gehörte und nahm seinen Platz neben seiner Ehefrau ein.

»Es hat sich also niemand etwas an dem zu schaffen zu machen, was dir gehört, was?«

Jessie wirbelte herum, um ihn anzusehen, und ihr Mund sprang vor Staunen weit auf. Doch sie fing sich schnell wieder.

»Du hast also davon gehört?«

»Eine amüsante Geschichte.«

»Mach dir bloß keine falschen Vorstellungen, Chase«, sagte sie herablassend. »An dem Tag hatte ich gerade erfahren, daß ich ein Baby bekomme, und ich hatte mich entschlossen, dich zu heiraten. Es war nichts … Persönliches.«

»Das war also der Grund, aus dem du in jener Nacht in den Saloon gekommen bist, um mich zu suchen?«

»Ja. Die Umstände, unter denen ich dich vorgefunden habe, haben natürlich jedem Gedanken an eine Heirat ein Ende gemacht. Trotzdem war ich wütend, daß jemand dich fast umgebracht hätte. Schließlich bist du der Vater meines Kindes.« Sie wandte sich verlegen ab. »Das, was ich zu deinem Flittchen gesagt habe, habe ich nur gesagt, um etwas klarzustellen, sonst gar nichts.«

Chase zuckte zusammen. Er hätte wissen müssen, daß es keinen Sinn hatte, dieses Thema zur Sprache zu bringen.

»Das ist zu schade«, sagte er zart.

»Wieso?« Sie hatte ihn falsch verstanden. »Ich glaube nun mal zufällig, daß Silver Annie mehr mit dem Überfall auf dich zu tun hatte, als sie zugegeben hat. Sie brauchte eine Warnung.«

»Diese Episode ist aus und vorbei, und am besten vergißt man sie.«

Jessie schnappte nach Luft, und ihre türkisfarbenen Augen wurden kugelrund. »Das ist doch wohl nicht dein Ernst, oder? Das soll doch wohl nicht heißen, daß du nicht herausfinden willst, wer dir ein Messer in den Rücken gerammt hat?«

»Nicht unbedingt«, erwiderte Chase. Er lachte über ihr empörtes Gesicht.

Chase empfand keine Rachegelüste. Er war demjenigen, der ihn überfallen hatte, dankbar. Wäre seine Verwundung nicht gewesen, so hätte Jessie ihn niemals auf die Ranch mitgenommen, und er hätte Wyoming verlassen, ohne etwas von dem Baby zu erfahren. Bei dem Gedanken daran, daß sie nicht vorgehabt hatte, ihn von diesem Umstand zu unterrichten, verflüchtigte sich seine wohlmeinende Stimmung.

»Hattest du vor, dich heute morgen aus dem Hotel zu schleichen, ohne mich zu wecken, Jessie?«

»Zufällig ist es bereits nachmittag. Wir haben beide verschlafen.«

»Beantworte meine Frage.«

»Ich hatte nicht vor, einfach zu gehen«, sagte sie mürrisch.

»Das bezweifle ich.«

»Bezweifle alles, was du willst, aber es ist eine Tatsache, daß ich dich etwas fragen wollte, und ich hätte nicht gut weggehen können, ohne dir diese Frage zu stellen.« Sie unterbrach sich, und offensichtlich fehlten ihr die rechten Worte.

»Sprich weiter. Ich höre mit gespannter Aufmerksamkeit zu.«

Sie zögerte, ehe sie damit herausplatzte. »Ich will, daß du mit mir auf die Ranch zurückkommst.«

»Das hatte ich ohnehin vor.«

Sie kniff die Augen zusammen. »Wenigstens so lange, bis Rachel geht.«

»Ach ja, ich hatte ganz vergessen, wieviel Nutzen du aus dieser Eheschließung ziehen wirst.«

»Du brauchst nicht sarkastisch zu werden, Chase.«

»So? Verzeih mir, wenn ich mich irre, aber ich wette, daß du es kaum abwarten kannst, Rachel von unserer Heirat in Kenntnis zu setzen. Ich habe doch recht, oder?«

»Nein, diesmal irrst du dich. Ich will, daß *du* es ihr sagst. Ich hatte nämlich vor, direkt auf die Weiden zurückzureiten. Ich will sie überhaupt nicht sehen.«

»Nicht einmal, um dich von ihr zu verabschieden?«

»Ich habe keinen Grund, mich von ihr zu verabschieden«, erwiderte sie steif. »Ich habe sie nie eingeladen, und ich werde auch nicht so tun, als täte es mir leid, daß sie keinen Vorwand mehr hat, zu bleiben.« Ihr Stimme wurde flehentlich. »Würdest du es ihr an meiner Stelle sagen?«

»Und was passiert, wenn sie herausfindet, daß ich ein Ehemann bin, von dem ständige Abwesenheit erwartet wird?«

Jessies Augen verfinsterten sich. »Das brauchst du ihr nicht zu sagen!«

»Warum nicht? Fürchtest du, sie könnte es für ihre Pflicht halten, noch ein paar Jahre zu bleiben?«

Jessie funkelte ihn böse an. Chase stand langsam auf und glättete die Kleider, in denen er geschlafen hatte. Er ließ sie eine Zeitlang kochen, und seine Laune wurde zunehmend besser.

»Weißt du, Jessie, diese neue Situation ist wirklich reichlich lustig.«

»Falls du Erpressung in Betracht ziehen solltest, würde ich das kaum als komisch bezeichnen. Genau daran denkst du doch, oder?« Er grinste breit, und sie fauchte: »Das geht auch nur, solange Rachel da ist.«

»Stimmt. Aber wie lange wird sie noch bleiben? Hast du vor, nach Hause zu reiten und ihr zu sagen, daß sie augenblicklich ihre Sachen packen soll?«

»Wenn du es nicht tust, dann denke ich, daß ich es wohl tun muß! Weshalb willst du dich überhaupt mit mir anlegen?« schrie sie. Sie war außer sich. »Du wolltest dich nicht seßhaft machen. Es mag zwar sein, daß du mich zu einer Heirat gezwungen hast, aber schließlich wissen wir beide, warum. Es war sehr großzügig von dir, und ich danke dir auch wirklich. Warum kannst du mir nicht dafür danken, daß ich dir die Freiheit zugestehe, die du doch eigentlich willst? Du mußt deinen Vater finden, hast du das vergessen? Geh nach Spanien, Chase. Such ihn. Das kannst du unmöglich mit einer Frau im Schlepptau bewerkstelligen.«

»Warum denn nicht? Du könntest mich begleiten, nachdem das Baby geboren ist, versteht sich.«

»Ich werde die Ranch niemals verlassen, Chase.«

Sie wollte sich nicht erweichen lassen, um ihre Seele zu retten.

»Vielleicht ist es dir noch nicht klargeworden, aber diese Ranch gehört jetzt auch mir«, sagte er gereizt.«

Jessie fuhr zusammen. »Was willst du damit sagen?«

»Ich will damit sagen, meine Liebe, daß ich dort bleibe, wenn ich bleiben will.«

»Tu, was dir beliebt«, sagte Jessie eisig. »Aber du wirst noch wünschen, du hättest es nicht getan.«

37

Der Ritt zur Ranch war eine angespannte, bittere Reise, denn sowohl Jessie als auch Chase kochten innerlich über den erzwungenen Waffenstillstand, den sie hinnehmen mußten. Sie erreichten das Tal direkt vor Einbruch der Abenddämmerung, und sie ritten ebenso verdrossen und nicht sehr gesprächig auf die Ranch zu, in der gleichen Art und Weise, wie sie sich schon seit Cheyenne verhielten.

Jessie freute sich einerseits auf die Gegenüberstellung mit Rachel, aber andererseits auch gar nicht. Sie wollte, daß Rachel verschwand, doch ihr war klar, daß sie ihre Mutter anschließend nie wiedersehen würde.

Als sie Rachel sah, die sie in der Küchentür erwartete, als Jessie vom Stall zurückkam, verstärkte das nicht gerade ihre Zuversicht, dieses Zusammentreffen ruhig und gefühllos hinter sich bringen zu können. Jessie griff auf frühere Erinnerungen zurück, um sich in ihrer Entschlossenheit zu bestärken. Erinnerungen an ihren Vater, der mit einer Whiskeyflasche am Küchentisch saß und murmelnd trügerische Huren und ihren Hang zum Verrat beklagte. Erinnerungen an ihn, der mit zornigen Erklärungen über die Abwesenheit ihrer Mutter hinwegzukommen versucht hatte. Erinnerungen an ihn, der schrie, er hätte Rachel mit Will Phengle zusammen entdeckt.

Rachel verstellte ihr den Weg und wirkte in einem geblümten Kleid sauber und ordentlich. Jessie wünschte, sie hätte sie nur ein einziges Mal mit Schmutz im Gesicht gesehen, mit Staub auf den Kleidern, mit ein paar einzelnen Haaren, die verrutscht waren – irgend etwas, was sie menschlicher hätte erscheinen lassen.

»Hat deine Rückkehr zu bedeuten, daß der Ärger vorbei ist?«
fragte Rachel, als Jessie auf sie zukam. »Hast du sämtliche Rinder
jetzt endlich zusammengetrieben?«

Jessie ging einfach weiter und zwang Rachel, zurückzuweichen,
damit sie die Küche betreten konnte. Sie blieb vor dem Küchentisch stehen, zog ihren Hut und ihre Handschuhe aus und ließ sie
auf den Tisch fallen. Sie war angespannt, und ihre Anspannung
wuchs zusehends. Gott sei Dank hatte sie heute nach ihrer morgendlichen Übelkeit noch einmal geschlafen. Mit soviel Unruhe an
einem Tag konnte ihr Magen nicht zurechtkommen.

Rachel musterte sie aufmerksam. »Wird er jetzt gehen?«

Jessie sah ihr fest in die Augen. »Die Antwort auf alle deine Fragen lautet nein, Rachel.«

»Oh. Ja, aber du hast doch gesagt, du kämst erst von den Weiden zurück, wenn alles in Ordnung ist.«

»Wir werden morgen wieder hinausreiten. Chase und ich kommen gerade aus Cheyenne.«

»Ach?!« Rachel zog besorgt die Augenbrauen hoch.
»Was ist?«

»Nun, Jeb ist mit Billy losgeritten, um dich zu suchen. Verstehst
du, ich schicke Billy nach Chicago zurück. Ich kann nicht zulassen,
daß er weiterhin seine Schule vernachlässigt«, erklärte sie. »Aber
er wollte sich unbedingt noch vorher von dir verabschieden. Ich
hoffe, die beiden hören nicht, daß ihr in Cheyenne wart, denn
sonst könnten sie sich entschließen, euch den ganzen Weg nach
Cheyenne zu folgen.«

»Du regst dich wegen nichts und wieder nichts auf«, sagte Jessie ungeduldig. »Jeb hat genug Verstand, um nicht so weit mit
dem Jungen zu reiten.«

»Wohin mit dem Jungen zu reiten?« fragte Chase, der in den
Türrahmen getreten war.

Rachel weigerte sich, ihn anzusehen, und daher mußte Jessie
sich an ihn wenden.

»In die Stadt, damit er mich findet, um sich von mir zu verabschieden«, antwortete Jessie so freundlich wie möglich. »Sie
schickt Billy weg, damit er etwas lernt.«

Chase sah Jessie an und zog fragend die Augenbrauen hoch.
»Du hast es ihr also noch nicht gesagt?«

»Mir was gesagt?« fragte Rachel.

»Ich überlasse Jessie das Vergnügen, Gnädigste«, sagte er. »Ich habe nur kurz vorbeigeschaut, damit sie es tun kann. Was hält dich noch zurück, Jessie? Bereitet es dir Schwierigkeiten, die rechten Worte zu finden?«

Jessie bedachte ihn mit einem vernichtenden Blick.

»Wir sind gestern nach Cheyenne geritten, um zu heiraten, Rachel. Chase ist mein Ehemann.«

Rachel sah zwischen den beiden hin und her, doch sie wirkte nicht im entferntesten überrascht.

»Ich verstehe«, sagte sie schließlich. Sie lächelte. »Als du fortgegangen bist, Chase, habe ich mich gefragt, ob du wohl wieder zu Sinnen kommst. Aber schließlich ist alles gut ausgegangen.« Sie strahlte die beiden begeistert an.

Jessie konnte es nicht fassen. »Was zum Teufel soll das heißen?«

»Nichts weiter, nur daß ich wußte, daß es so kommen würde, das war doch klar«, sagte Rachel ruhig.

Jessies Augen blitzten auf. »Das ist ausgeschlossen!«

»Meinst du? Zwei Menschen, die einander so viel bedeuten wie ihr beide, sind immer füreinander bestimmt. Ich kann euch gar nicht sagen, wie froh ich bin, daß es euch klargeworden ist.«

Einen Moment lang herrschte schockiertes Schweigen.

»Wie kannst du das sagen? Hast du denn vergessen, daß du dich gegen ihn gestellt hast?«

»Nein.« Rachel lächelte. »Und als ich mich gegen ihn gestellt habe, hast du ihn verteidigt. Du könntest es als ... als eine gewisse Taktik bezeichnen.«

»Ich bezeichne das als Blödsinn!« fauchte Jessie. »Taktik!«

Chase kicherte in sich hinein. »Hast du mich wirklich verteidigt, mein Liebling?«

Jessie funkelte ihn wütend an. Dann wandte sie ihren zornigen Blick Rachel zu. Ihr fielen keine Worte ein, die ihrer Wut einen angemessenen Ausdruck verliehen hätten, und daher drehte sie sich brüsk herum und ließ die beiden stehen.

Chase amüsierte sich immer noch, und als er Rachel in die Augen sah, grinste er. »Du hast mich ganz schön getäuscht, Rachel. Jessie hast du auch getäuscht. Du weißt doch, daß sie deshalb so wütend ist, oder sie hat sich von deiner Seite eine rundum gänzlich andere Reaktion ausgerechnet.«

»Ich weiß.« Rachel lächelte. »Ich hätte nicht versuchen sollen, sie zu täuschen. Man kann nicht behaupten, daß ich über das, was du getan hast, nicht entsetzt war, merk dir das, Chase Summers.«

»Natürlich«, stimmte Chase mit feierlicher Miene zu.

»Aber ich hatte das ganz sichere Gefühl, daß ihr beide die Richtigen füreinander seid«, fuhr sie fort.

Chase war bekümmert. Hätte sie bloß die Wahrheit gekannt, die zu dieser Ehe geführt hatte!

»Mach dir keine Sorgen!« Seine Stimme klang tröstlich. »Sie wird sich wieder beruhigen.«

»Glaubst du? Noch vor meiner Abreise?«

»Wann reist du ab?«

»Ich wollte Billy morgen in den Zug setzen. Für mich besteht ja kein Anlaß mehr, nicht mit ihm zu fahren, oder?«

»So schnell schon?«

»Ja. Und daher sollte ich wohl am besten mit Jessica reden, ehe sie Gelegenheit hat, sich zu sehr in ihren Zorn hineinzusteigern. Ich kann nicht im Ärger von ihr gehen.«

»Wenn du schon vorhast, mit ihr zu sprechen, Rachel, meinst du dann nicht, das es auch an der Zeit ist, ein paar andere Dinge aus der Welt zu schaffen? Es könnte deine letzte Gelegenheit sein, ihr die Vergangenheit aus deiner Sicht zu schildern.«

Rachels Lächeln verblaßte. »Ich nehme an, daß ich es versuchen sollte ... wieder einmal. Wenn sie weiß, daß ich abreise, hört sie mich diesmal vielleicht zu Ende an.«

Rachel wartete nicht ab, bis Jessie auf ihr Klopfen geantwortet hatte, sondern öffnete die Tür ihres Zimmers und trat entschlossen ein. Ein Blick in Jessies kaltes Gesicht, und sie wäre fast wieder ins Wanken geraten. Sie hatte keine Ahnung, wie sie anfangen sollte.

»Äh ... Kate hat einen Braten aufgesetzt, und er ist fast fertig. Ißt du mit uns zu Abend, Jessica?«

»Nein.«

»Ich wünschte, du würdest es dir noch einmal überlegen«, sagte Rachel ruhig. »Es ist unsere letzte Möglichkeit, als Familie gemeinsam zu Abend zu essen. Ich reise morgen früh mit Billy ab.«

Es entstand eine Pause. »Ich habe uns nie als *Familie* angesehen, Rachel. Und ich könnte nicht behaupten, daß es mir leid tut, daß du abreist. Du hast doch sicher nichts dagegen, wenn ich nicht da bin, um mich von euch zu verabschieden? Ich habe viel Arbeit, wie du weißt.«

Rachel empfand den Stachel dieser Worte wie einen Schlag in ihr Gesicht. Sie wäre am liebsten davongelaufen, aber sie konnte so nicht abreisen. Sie wußte, daß sie es sich selbst nie verziehen hätte, wenn sie sich bei diesem letzten Anlauf nicht nach Kräften bemühte.

»Warum wolltest du dir die Geschichte nie von meiner Seite anhören?« sagte Rachel abrupt.

Jessie wandte sich ab und starrte aus dem Fenster. »Wozu? Damit du Thomas verleumden und als Lügner darstellen kannst? Er war ein Mann, den man nicht leicht lieben konnte, nicht einmal mögen, aber er war alles, was ich hatte. Wenn ich in dem Glauben wäre, daß die Hölle, die diese letzten zehn Jahre für mich bedeutet haben, für nichts und wieder nichts war, würde ich sein Grab ausschaufeln und ihm noch ein paar zusätzliche Kugeln durch seinen Körper jagen. Wenn allerdings ein Mann, ob betrunken oder nüchtern, immer wieder dieselbe Geschichte erzählt, dann besteht gewöhnlich der Verdacht, daß es sich um die Wahrheit handelt.«

»Die Wahrheit, *an die er glaubt,* ja. Aber was ist, wenn die Wahrheit, so, wie er sie gesehen hat, keineswegs die Wahrheit war?«

Jessie drehte sich langsam um. Ihre Augen waren so hart wie Türkise. »Also gut. Seit du hier bist, verzehrst du dich schon danach, es zu sagen, und jetzt sag, was du zu sagen hast, und geh dann!«

»Ich war deinem Vater nie untreu, Jessica.«

»Natürlich nicht. Und als nächstes wirst du mir erzählen, daß Billy Thomas Blairs Sohn ist.«

»Das ist er auch.«

Die Worte waren kaum hörbar, doch Jessie hörte sie.

»Zum Teufel mit dir, aber wenn das die Wahrheit ist, warum hast du sie ihm dann nicht gesagt, ehe du weggegangen bist? Du weißt doch, daß er nie etwas anderes haben wollte als einen Sohn.«

»Es war zu spät, um ihm irgend etwas zu sagen, selbst, wenn ich noch dazu gekommen wäre.«

»Ein netter Versuch, Rachel«, höhnte Jessie, »aber ich kaufe dir kein Wort ab. Er hat dich mit seinen eigenen Augen mit Will Phengle im Bett liegen gesehen – in eurem Bett. Er war einen Monat lang fortgewesen, einen Monat, den du zweifellos dazu genutzt hast, mit deinem Liebhaber zusammenzusein, den es schon vorher die ganze Zeit gegeben hat. Wenn Billy der Sohn von irgend jemandem ist, dann ist er Phengles Sohn.«

»Mein Gott!« Rachel wurde ziemlich blaß. Sie setzte sich auf Jessies Bett. »In der Nacht hat also ... Thomas hat von Will gesprochen, aber er hat mir nie genau gesagt, was diesen blindwütigen Zorn bei ihm ausgelöst hat. In meinem eigenen Bett!«

»Das war gut, Rachel«, sagte Jessie trocken. »Das war sogar ganz ausgezeichnet. Du hast deine wahre Berufung wirklich verfehlt.«

Jessies Sarkasmus ließ Rachel aufbrausen, und die Sanftheit, die man von ihr gewohnt war, verschwand. »Wenn dein Vater gesehen hat, daß Will Phengle in meinem Bett eine Frau geliebt hat, dann muß diese Frau Kate gewesen sein, denn ich war es nicht, Jessica. Ich war den ganzen Tag nicht auf der Ranch.« Sie unterbrach sich, ehe sie fortfuhr. »Einer der Siedler aus der Umgebung war an jenem Morgen zu mir gekommen, um mich um Hilfe zu bitten, weil seine Frau in den Wehen lag. Sowohl die Mutter als auch das Kind sind gestorben. An jenem Abend kam ich völlig krank vor Erschöpfung und Angst nach Hause. Du warst eine sehr schwierige Geburt gewesen, verstehst du, und ich wußte, daß ich selber wieder schwanger war. Es gab im ganzen Umkreis keinen Arzt, damals noch nicht.

Es war ein Wunder, daß Thomas Billy nicht umgebracht hat, denn er hat mich in dem Moment, in dem ich das Haus betreten habe, ganz fürchterlich zusammengeschlagen. Er hat mir nie die Gelegenheit gegeben, auch nur irgend etwas dazu zu sagen, Jessie, nicht das geringste konnte ich dazu sagen. Nachdem er mit mir fertig war, konnte ich nicht mehr sprechen. Mein Kiefer war gebrochen, und ich war kaum noch bei Bewußtsein.

Frag Kate. Sie war hier die einzige andere Frau, Jessica, und daher müssen es sie und Will gewesen sein. Frag sie.«

Jessie sagte gar nichts. Ihr Ausdruck blieb unverändert, und als sie endlich sprach, war ihre Stimme hart. »Du hast zehn Jahre Zeit gehabt, um diese Geschichte in allen Einzelheiten zu erfinden. Wer könnte dir widersprechen? Phengle ist nicht da. Thomas ist nicht da. Kate wird es natürlich abstreiten, aber sie ist ja nur eine Indianerin, und wer würde mehr auf ihr Wort geben als auf deins, stimmt's?«

»Frag sie, Jessica«, sagte Rachel mit einem stummen Flehen.

»Mit einer solchen Frage würde ich sie demütigen und beleidigen. Mein Gott, ist dir eigentlich klar, was du damit sagst?« Jessie hob ihre Stimme. »Du sagst damit, daß Kate während all dieser Jahre ihren Mund gehalten hat, daß sie niemals vorgetreten ist, um ein gräßliches Unrecht richtigzustellen! Warum hätte sie ihr Schweigen bewahren sollen? Wozu? Thomas' Haß hat diesen Ort hier zur Hölle gemacht. Hier hat es nie Wärme gegeben. Warum hätte sie es dabei belassen sollen?«

»Ich weiß nicht, warum, Jessica, aber das hat sie getan.«

»Nein!«

Jessie wandte sich wieder ab. Rachel blieb regungslos sitzen. »Und was ist, wenn ich die Wahrheit sage, Jessica?« flüsterte sie, ehe sie aufstand, um zu gehen. »Macht mich das zu einer Verbrecherin – oder zu einem Opfer? Darüber kannst du jetzt selbst nachdenken.«

38

»Mutter, ich kann die Indianerfeder nicht finden, die Jeb mir gestern abend geschenkt hat!«

Rachel schüttelte den Kopf. Sie sah Chase von der Seite an, und dann wanderten ihre Blicke zu einem überquellenden Koffer, der offen auf dem Bett lag. Sie seufzte. Der Vormittag war hektischer verlaufen, als sie es sich erträumt hatte.

»Würde es dir etwas ausmachen, meinen Koffer zuzumachen und ihn vor das Haus zu tragen? Ich kann mir vorstellen, daß mein Sohn noch diverse andere fehlende Gegenstände entdeckt, ehe wir seinen Koffer schließen können. Wenn wir nicht bald abfahren, kann es uns noch passieren, daß wir die Nacht in Cheyenne verbringen müssen. Das wäre mir gar nicht lieb.«

Chase nickte wortlos. Er wußte, daß Rachel ihre Rolle gut spielte und in Wirklichkeit nur mit Mühe Haltung bewahrte. Sie hatte ihm von ihrem Gespräch mit Jessie berichtet. Er wußte, daß es sehr schmerzlich für sie sein mußte.

Und Jessie? War sie wirklich so herzlos, oder war sie ganz sicher, daß Rachel log? Er hatte Kate selbst ausfragen wollen, nachdem er die ganze Geschichte gehört hatte, doch die Indianerin war nicht auffindbar gewesen. Außerdem hatte es an diesem Vormittag auch kein Frühstück gegeben. War Kate für immer verschwunden? Bewies das denn nichts?

Chase seufzte und machte sich daran, Rachels großen Koffer zu verschließen. Würde Jessie wenigstens auftauchen, um sich endgültig zu verabschieden? Billy himmelte sie an. Es würde ihm das Herz brechen, wenn sie nicht auftauchte.

Selbst nach dem dritten Versuch wollte sich der Koffer noch nicht schließen lassen, und Chase fluchte, als er ihn wieder öffnete, um das Hindernis zu entdecken, das den Deckel klemmen ließ. Ein dünnes Buch, das aus dem Futter des Kofferdeckels gefallen war, hatte sich jetzt quergestellt und verhinderte das Schließen des Koffers. War das das Problem? Chase warf das Buch wieder in den Koffer und probierte noch einmal, das verdammte Ding zu schließen. Es war ihm ein Rätsel, warum Frauen mit so vielen Kleidern reisen mußten. Vielleicht war es sogar gut, daß Jessie fest entschlossen war, nicht mit ihm nach Spanien zu reisen, dachte er mürrisch. Er malte sich bereits aus, wie er jedesmal, wenn sie an einen anderen Ort zogen, dieses Kofferschließen vor sich hatte. Wenn sie allerdings reich wären und Dienstboten hätten, die sich mit solchen Dingen befassen konnten – oh, zum Teufel!

Der Koffer wollte sich immer noch nicht schließen lassen. Schon wieder dieses Buch. Er hatte es nicht weit genug in die Mitte geschoben. Eine Ecke schaute aus dem Koffer raus. Er versuchte, es reinzudrücken, ohne den Deckel ganz anzuheben, doch die Kleidungsstücke waren zu dicht gepackt. Er spürte die Versuchung, das Buch einfach rauszunehmen und Rachel nach ihrer Ankunft in Chicago rätseln zu lassen, was dem Buch wohl zugestoßen sein mochte.

Chase warf einen Blick auf die Tür, um sich zu vergewissern, daß er nicht auf frischer Tat ertappt werden konnte. Dann warf er das Buch auf den Fußboden und wollte es gerade unter das Bett kicken, als sein Blick auf das Wort ›Tagebuch‹ fiel. Mehrere Sekunden lang starrte er es unbeweglich an. Das konnte er nicht machen. Nicht mit einem Tagebuch. Das war etwas, was Rachel nicht einfach ersetzen konnte. Er hatte es ursprünglich für einen Roman gehalten. Komisch, aber er hätte nie vermutet, daß Rachel zu der Sorte von Frauen gehörte, die Tagebücher führten. Nein, Rachel nicht.

Schließlich schloß Chase den Koffer und trug ihn vor das Haus. Jeb wartete bereits mit einem Wagen vor der Haustür.

»Kommen noch mehr von der Sorte?« brummte Jeb, während er den Koffer hinten in den Wagen schob.

Chase grinste. »Ich bezweifle, daß Billys Sachen ganz so schwer sein werden. Sorgen Sie bloß dafür, daß Sie jemanden zum Abladen haben, wenn Sie in der Stadt ankommen.«

»Uff. Ein Angeber sind Sie. Als wenn ich das Ding nicht allein stemmen könnte! Wenn diese Frau sich nicht bald in Bewegung setzt, wir es Nacht, ehe wir in die Stadt kommen.«

»Haben Sie Jessie zufällig irgendwo gesehen?« fragte Chase.

»Sind Sie blind, Sie junger Spund? Sie sind Ihr gerade im Salon begegnet.«

Chase drehte sich herum. Er freute sich für Rachel und für Billy, daß Jessie doch noch aufgetaucht war.

Mitten in der Türöffnung blieb Chase wie angewurzelt stehen. Das Mädchen, das auf einem Stuhl vor dem knisternden Feuer saß, war fast nicht wiederzuerkennen. Es war Jessie, das schon, aber es war eine Jessie, die zu sehen er nie erwartet hatte. Sie trug ein Kleid aus rosafarbenen Samt mit Spitzen. Ihr Haar war aufgesteckt, und sie hatte sich weiße Bänder ins Haar geflochten, die einen unglaublichen Kontrast zu ihrem glänzenden schwarzen Haar bildeten. Er war sprachlos. Sie war die schönste Frau, die er je gesehen hatte.

In dem Moment betraten Rachel und Billy den Raum. Beide waren fassungslos.

»Mann, o Mann.« Billy strahlte von einem Ohr zum anderen. »Gegen dich müßten sich alle Mädchen zu Hause im Osten vor

Scham verstecken.« Er eilte zu Jessie, und sie stand auf. Seine Arme glitten um ihre Taille. Jessie hätte Billy gern näher an sich gezogen und ihn so fest an sich gedrückt, wie sie noch nie jemanden gedrückt hatte, doch über Billys Kopf hinweg sah sie Rachel an, und ihre Arme wollten sich nicht rühren. Sie fühlte sich, als müsse sie ersticken. Sie hätte nicht kommen sollen. Sie hätte sich in ihrem Zimmer einschließen sollen, bis sie fort waren.

Billy bemerkte gar nicht, daß sie seine Umarmung nicht erwiderte. »Ich werde dich ganz schrecklich vermissen, Jessie. Darf ich wieder zu dir kommen und dich besuchen?«

Ein Laut entrang sich ihr, doch niemand außer Billy hörte diesen Laut. Sie beugte sich zu ihm hinunter und flüsterte ihm zu: »Wenn du es nicht tust, werde ich dir das nie verzeihen, Kleiner.«

Ihre Lippen streiften zart seine Wange, als sie sich wieder aufrichtete. Billy trat mit einem strahlenden Lächeln zurück und stieß einen Schrei der Begeisterung aus, ehe er aus dem Salon rannte und Chase dabei fast umgeworfen hätte.

Rachel trat voller Hoffnung näher. »Jessica, ich ...«

»Auf Wiedersehen, Rachel.«

Jessies Züge waren hart. Sie hatte die Kontrolle über sich verloren, doch jetzt, da Billy den Raum verlassen hatte, hatte sie ihre Selbstbeherrschung wiedergefunden.

Rachel ließ ihre Blicke über ihre Tochter gleiten, die bezaubernder aussah, als sie es sich je hätte träumen lassen – gleichzeitig aber auch meilenweit fern von ihr.

»Dafür danke ich dir«, sagte Rachel mit einer Geste, die besagte, daß sie von Jessies Kleid sprach.

Jessie nickte nur flüchtig, ehe sie sich abwandte.

Rachel starrte ihren unbeugsamen Rücken etliche Sekunden an. »Ganz gleich, was du glaubst, Jessica: Ich habe dich sehr lieb.«

Der Klang von Rachels Schritten, mit denen sie das Zimmer durchquerte, dann das Schließen der Tür hallten in ihrem Kopf nach. Das Atmen fiel ihr schwer. Sie tastete nach der Stuhlkante, und als sie sie fand, ließ sich sich behutsam auf den Stuhl gleiten. Jeb rief den Insassen des Wagens etwas zu, und der Wagen rollte davon. Sie konnte ihn immer noch hören, immer noch, immer noch ... sie hörte ihn nicht mehr.

»Du bist wirklich ungewöhnlich, Jessie.«

Wie lange war er schon dort? Wie lange hatte sie dagesessen, seit der Wagen abgefahren war?

»Was?«

»Du hast gehört, was ich gesagt habe«, sagte Chase, als er näherkam und neben ihr stehen blieb. »Du bringst es fertig, dem Jungen zu zeigen, daß du ihn magst, obwohl du gar nicht daran glaubst, daß er dein Bruder ist, aber deiner Mutter zeigst du es nicht – deiner eigenen Mutter.«

»Weil ich sie nicht mag«, sagte Jessie leise.

»Lügnerin!«

Sie schoß aus dem Stuhl, doch er packte ihren Arm und zog sie herum, bis sie ihm ins Gesicht sehen mußte. »Du kannst die Vorstellung nicht ertragen, daß du dich geirrt hast, daß du dich während all dieser Jahre geirrt hast.«

»Du hast ja keine Ahnung!«

»So, habe ich keine Ahnung? Schau mal, Kate ist verschwunden. Oder hast du das nicht gewußt?«

»Kate ist fort?« wiederholte Jessie.

»Das bestätigt doch gewissermaßen das, was Rachel gesagt hat, oder etwa nicht? Wahrscheinlich hat Kate gehört, daß du deine Mutter gestern nacht ihretwegen angeschrien hast.«

»Und wenn sie es gehört hat!« gab Jessie zurück. »Das heißt noch nicht, daß sie verschwunden ist. Sie ist hier in der Nähe.«

Chase zwang sich, sie nicht anzuschreien. Er zerrte sie zum Sofa und stieß sie darauf.

»Bleib ruhig sitzen«, kommandierte er mit scharfer Stimme. »Ich habe etwas, wovon ich möchte, daß du es dir ansiehst.«

Im nächsten Moment war er wieder da und warf ein schmales Büchlein neben sie auf das Sofa.

»Ich habe nicht die geringste Ahnung, was in diesem Buch steht«, sagte Chase. »Ich habe es aus dem Koffer deiner Mutter geholt, nachdem sie das Zimmer verlassen hatte, und ich habe vergessen, es ihr zurückzugeben. Vielleicht ist es nur Unsinn – aber vielleicht auch nicht. Schau rein, Jessie. Vergewissere dich selbst, worüber eine Frau wie Rachel zu schreiben hat.«

Chase verließ das Zimmer. Er ließ Jessie allein. Sie hob das Buch auf und warf es dann zornig wieder hin. Nein, Rachel hätte keine Lügen hineingeschrieben, nicht, wenn sie die Dinge für sich selbst hinschrieb, nicht in einem Tagebuch. Das Buch war nur für ihre Augen bestimmt.

Jessie starrte das Buch an und hob es dann eilig wieder auf.

12. Dezember 1863. Ich hätte mir nicht träumen lassen, daß meine Finger so gut heilen würden, wie es der Fall ist. Als Dr. Harrison mir vorgeschlagen hat, als Übung für meine Finger etwas zu schreiben, habe ich gelacht. Ich habe niemanden, dem ich schreiben könnte. Es war ein gutes Gefühl, festzustellen, daß ich trotz allem wieder lachen konnte. Mein Kiefer tut nicht mehr weh. Und Dr. Harrison versichert mir, daß dem Baby wohl nichts passiert ist, da ich erst im zweiten Monat schwanger war. Das glaube ich allerdings erst dann, wenn ich spüre, daß es um sich tritt.

13. Dezember 1863. Ich kann immer noch nicht über das schreiben, was im Rocky Valley passiert ist. Ich glaube nicht, daß ich je dazu in der Lage sein werde. Dr. Harrison hat gesagt, ein Tagebuch sei eine ganz ausgezeichnete Idee, und er findet, ich sollte über das schreiben, was Thomas mir angetan hat. Ich kann es nicht.

23. Dezember 1863. Ich habe vergessen, wie man sich mit einem vollen Magen fühlt. Ich hätte niemals Dr. Harrisons Pflege verlassen dürfen und mit dem wenigen Geld, das er mir gegeben hat, weiterziehen. Gott segne ihn für sein Vertrauen in mich, daß ich es ihm auf irgendeine Weise zurückzahlen werde. Aber ich kann keine Arbeit finden. Mein Körper ist noch zu schwach für harte Arbeit.

27. Dezember 1863. Endlich habe ich Arbeit bekommen. Ich bin in einer Kleinstadt, von der ich vorher noch nie etwas gehört habe. Genauso weit bin ich mit Dr. Harrisons Geld gekommen. Das Bedienen an den Tischen wäre wesentlich einfacher, wenn die Arbeitszeit nicht so lange wäre. Selbst, wenn ich jeden Penny spare, wird es noch weitere drei Wochen dauern, bis ich genug Geld habe, um Jessica aufsuchen zu können.

30. Dezember 1863. Wie kann ich bloß darüber schreiben? Aber warum eigentlich nicht? Was bedeutet es, von einem betrunkenen alten Mann vergewaltigt zu werden, wenn man es damit ver-

gleicht, von dem Mann, den ich liebe, fast totgeschlagen zu werden? Dieser Mann war einer der Kunden, oder zumindest glaube ich das. Er hat mich vor dem Restaurant abgefangen. Gott sei Dank war es ganz schnell vorbei. Werde ich immun gegen Schmerz?

18. Januar 1864. Es dauert länger, als ich vorhergesehen habe, ehe ich von hier fort kann. Der erste Tritt des Babys hat mich so verblüfft, daß ich einen Stapel Geschirr fallengelassen habe. Das muß ich jetzt bezahlen, indem ich es abarbeite. Aber das Baby hat um sich getreten! Gott sei Dank, daß Thomas nicht seinen eigenen Sohn getötet hat!

26. Januar 1864. Gott steh mir bei, aber ich beginne, Thomas zu hassen. Es hat nicht gereicht, daß er mich grundlos geschlagen und mich aus dem Haus geworfen hat, ohne sich etwas daraus zu machen, ob ich es überlebe oder ob ich sterbe. Aber jetzt hat er mir Jessica weggenommen. Das einzige, was mich in ihrer Schule erwartet hat, war ein Brief von Thomas, in dem stand, daß er sich von mir scheiden läßt und daß er mich umbringt, wenn ich jemals versuchen sollte, Jessica wiederzusehen. Er hat sie vor mehr als drei Monaten aus der Schule genommen. Jeb muß ihm erzählt haben, daß ich seine Schläge überlebt habe. Andernfalls hätte er Jessica in der Schule gelassen. Was kann ich jetzt tun?

8. Februar 1864. Ich glaube, daß Jonathan Ewing mir das Leben gerettet hat. Einen derart freundlichen Mann habe ich noch nie kennengelernt. Da für eine Frau in meinem Zustand keine Arbeit zu finden war, hatte ich mich auf das Betteln verlegt. Thomas hatte dafür gesorgt, daß die wenigen Freunde, die ich noch hatte, mir nicht helfen wollten. Was ist aus dem Mann geworden, den ich geliebt habe? Werde ich je verstehen, warum Thomas sich gegen mich gestellt hat? Hat er den Verstand verloren?

Mit dem Tagebuch, das sie an ihre Brust gepreßt hatte, stürzte Jessie aus dem Zimmer.

39

Die Union Pacific hatte Verspätung. Andernfalls hätten Rachel und Billy den Zug verpaßt. Ihre Koffer waren verladen worden, und es war gerade Zeit zum Einsteigen. Rachel wartete auf dem Bahnsteig, während Billy noch ein paar letzte Worte mit Jeb wechselte. Sie bemühte sich, nicht an den Abschied von der Rocky-Valley-Ranch zu denken, daran, wie sie Rocky Valley wieder einmal verlassen hatte.

»Mutter?«

Rachel erstarrte. Das war nicht Billys Stimme. Sie sah den Hengst, der am Ende des Bahnsteigs stand, und sie erkannte die Reiterin. Jessie saß auf ihrem Pferd und starrte Rachel einen Moment lang an, ehe sie von Blackstar absprang.

Sie nahm nichts von dem wahr, was sich um sie herum abspielte, nur Rachel, und sie hatte nichts anderes im Sinn, als so schnell wie möglich zu Rachel zu kommen. Sie rannte. Ein Orkan von Emotionen fegte durch sie hindurch.

Rachel hielt den Atem an, als ihre Tochter auf sie zulief. Jessies Augen spiegelten Gefühle wider, die sie nie in diesen Augen gesehen hatte – Elend, Verzweiflung. Sie sah das Buch, das Jessie ihr mit ausgestreckter Hand hinhielt, und sie errötete heftig, als ihr bewußt wurde, was Jessie gelesen hatte. Was bedeutete es, daß Jessie jetzt mit diesem Buch hierstand? Dieses alberne Buch hatte erreicht, was mit keinem anderen Mittel zu erreichen gewesen war!

»Jessica?« Rachel streckte zögernd eine Hand aus, doch in dem Augenblick, in dem sich ihre Finger berührten, fiel jede Selbstbeherrschung von Jessie ab, und sie warf sich in Rachels Arme. »Mutter! O Mutter, es tut mir so leid! Ich war so grausam zu dir«, schrie Jessie aus. »Aber ich konnte dir einfach nicht zeigen, daß ich dich liebhabe, daß ich dich immer liebgehabt habe.«

»Ich weiß es, mein Schatz. Das spielt jetzt keine Rolle mehr.« Rachel brachte die Worte kaum heraus, denn ihre Kehle war zugeschnürt. »Oh, Jessica, weine nicht.«

»Wenn ich daran denke, was du meinetwegen durchgemacht hast und was Thomas dir angetan hat, oh, Mutter, dir ist soviel Unrecht widerfahren!«

»Jessica – Jessie, sieh mich an.« Rachel zog ihr Gesicht zwischen ihre Hände. »Nichts von alledem war deine Schuld, mein Liebling. Und nichts von alledem spielt jetzt noch eine Rolle – nicht mehr, wenn ich dich jetzt wiederhabe.«

Jessie sah ihrer Mutter in die Augen. Sie weinte nur noch heftiger. »Halt mich fest, Mutter. Wenn du nur wüßtest, wie oft ich davon geträumt habe, wieder in deinen Armen zu liegen!«

Die Lokomotive pfiff. Rachel zuckte zusammen und erstarrte. Jessie sah zu ihr auf, und in ihrem Gesicht stand helle Panik.

»Du kannst doch jetzt nicht gehen – nicht jetzt!«

Rachel lächelte zart. »Unser Gepäck ist bereits im Zug verstaut.«

»Dann holen wir es eben wieder raus.«

Rachel lachte über die Halsstarrigkeit, die gar so leicht bei ihrer Tochter durchbrach. »Mein Liebling, du brauchst Zeit, um mit deinem frischgebackenen Ehemann allein zu sein.«

»Verdammt noch mal, nimm das nicht als Vorwand. Du wärst nicht abgereist, wenn ich ihn nicht geheiratet hätte.«

»Du hast es aber getan.«

»Dann lasse ich mich eben wieder von ihm scheiden!«

»Nein, das wirst du nicht tun, Jessica. Dein Baby braucht ihn, auch wenn du dir einbildest, daß du ihn nicht brauchst.«

Jessie senkte die Lider, und ihre Wangen erröteten. »Ich nehme an, er hat es dir erzählt?«

»Ja.«

»Ich brauche aber trotzdem keine Zeit für ihn allein.«

»Doch, das brauchst du. Alle Jungvermählten brauchen Zeit für sich selbst. Aber ich komme zurück, sobald ich Billy in einer Schule untergebracht habe und mich um einige geschäftliche Angelegenheiten gekümmert habe, die ich in letzter Zeit vernachlässigt habe. Es dauert nicht lange, Jessica. Einverstanden?«

»Du versprichst mir, daß du zurückkommst, Mutter?«

In Jessies Stimme lag ein solches Flehen, daß Rachel fast entschlossen war, zu bleiben. Doch sie hatte das ausgeprägte Gefühl, sich in den ersten Wochen dieser jungen Ehe nicht einmischen zu sollen. Chase und Jessie brauchten Zeit. Es herrschte nicht das ungetrübteste Glück zwischen den beiden.

»Ich verspreche dir, daß ich zurückkomme. Aber ich möchte auch, daß du mir versprichst, Chase eine Chance zu geben. Er ist ein guter Mann.«

Jessie seufzte. »Darüber können wir sprechen, wenn du wieder da bist.«

Rachel grinste. »Stur bis zum Schluß, mein Liebling.«

Jessie drückte Rachel das Tagebuch in die Hand.

»Du hast es doch nicht von Anfang bis Ende gelesen, oder?« fragte Rachel. Sie dachte daran, wie sehr sie in der allerletzten Zeit diesem Buch ihr Herz ausgeschüttet hatte.

»Nein, aber ich würde es gern ganz lesen.«

Rachel tätschelte Jessies Wange und zog sie noch einmal in ihre Arme. »Ich glaube, daß keiner von uns beiden noch einmal in diesem Buch lesen muß.«

»Ich habe dich lieb, Mutter.«

»Oh, Jessica, ich habe so lange darauf gewartet, das von dir zu hören.« Wieder kamen ihr die Tränen. »Ich habe dich auch lieb, und ich bin bald wieder da, mein Schatz.«

Als der Zug schon längst nicht mehr zu sehen war, stand Jessie immer noch auf dem leeren Bahnsteig. Jeb hatte sich in den Saloon verzogen, sowie er gesehen hatte, daß Jessie und Rachel einander in den Armen lagen. Er wußte, daß Jessie jetzt eine Zeitlang allein sein mußte.

Chase fand Jessie eine Weile später auf dem Bahnhof vor. »Sie ist abgefahren?« fragte er zögernd.

Jessie wollte ihn nicht ansehen. »Ja.« Sie starrte weiterhin auf die leeren Geleise.

»Warum ziehst du denn ein so langes Gesicht?« fragte er zögernd.

Jessie hob langsam ihre Lider. »Sie wollte nicht bleiben deinetwegen.«

»Jetzt mach aber mal einen Punkt, Jessie. Was habe ich denn plötzlich mit dieser ganzen Geschichte zu tun?«

»Sie fand, ich sollte mit dir allein sein.«

»Ach so.« Chase grinste. »Das hat etwas für sich.«

»Hat es nicht!« gab Jessie zurück, ehe sie herumwirbelte und zu Blackstar ging.

Chase folgte ihr geschwind. »Wohin willst du?«

»Nach Hause.«

»Das kannst du nicht machen, Jessie. Es ist zu spät, um diese lange Strecke zurückzulegen.«

»Ich kann bei Mondschein reiten.«

»Du wirst erfrieren«, hob er hervor.

»Ich reite zu schnell, um zu frieren.«

Er hielt sie an den Schultern fest. »Warum hast du es so eilig? Du bist bisher nie nachts zurückgeritten.«

»Ich sehne mich nach einer vertrauten Umgebung. Ich will in meinem eigenen Bett schlafen, in meinem Zimmer, und ich will meine Sachen um mich haben.« Sie schüttelte seine Hände ab, und sie war böse auf sich selbst, weil sie zuviel gesagt hatte. Sie fühlte sich beraubt – als hätte sie ihre Mutter wieder endgültig verloren. »Ich habe dich nicht gebeten, mitzureiten, wenn es das ist, was dir Sorgen macht. Du kannst morgen früh mit Jeb zurückreiten.«

Ohne seine Antwort abzuwarten, stieg sie auf und ritt davon, ohne sich auch nur noch einmal umzusehen.

40

Jessie wußte nicht, was sie ursprünglich auf die drei anderen Reiter aufmerksam gemacht hatte. Sie waren zu weit weg, als daß sie ihre Pferde hätte hören können, doch sie hatte ihre Anwesenheit gewissermaßen gespürt. Kurz darauf sah sie sie auch. Die Haare in ihrem Nacken stellten sich prickelnd auf, als ihr bewußt wurde, wie nah sie der Ranch schon war und daß die drei Reiter sich eilig von der Ranch entfernten.

Der Umstand, daß sie nicht den Weg zur Stadt einschlugen, sondern querfeldein ritten, als wollten sie niemandem begegnen, war es, was Jessie beunruhigte. Sie dachte nicht länger nach, sondern beschloß sofort, Blackstar vom Pfad abzubringen und ihnen zu folgen. Sie fragte sich auch nicht, ob Chase ihr Verschwinden entdecken würde. Er war ihr den ganzen Weg gefolgt, doch er hatte einen ziemlich großen Abstand eingehalten und war hinter ihr hergeritten. Sie wußte, daß er da war, doch sie machte sich nichts daraus. Dies waren Jessica Blairs Angelegenheiten, und sie würde ihre Interessen wahren, ohne die Hilfe eines Ehemannes anzunehmen, der sich in ihre Angelegenheiten einmischte.

Blackstar ließ sich von Jessies Drängen anstecken, und der Abstand zwischen Jessie und den drei Reitern verringerte sich im Handumdrehen. Sie hörten sie. Der erste Schuß zischte dicht an ihrem Ohr vorbei und ließ sie ihre Waffe ziehen. Sie gab zwei Schüsse ab, während sie noch scharf galoppierte, ehe ihr Blackstars Zügel aus der anderen Hand glitten und sie rasend darum kämpfen mußte, die Zügel wieder in den Griff zu kriegen. Die Männer feuerten einen weiteren Schuß auf sie ab, doch inzwischen rasten sie um ihr Leben, und ihr Ziel war sehr beweglich.

Jessie setzte ihre Jagd unerschrocken fort. Sie konnte erkennen, wer die Männer waren. Der Mond schien hell genug, um sie zu erkennen. Sie war so wütend, daß sie nicht aufgegeben hätte, ehe alle drei tot im Staub vor ihren Füßen lagen. Gott sei Dank hatte sie sich umgezogen und trug kein Kleid mehr, und Gott sein Dank trug sie ihre Waffe bei sich. Doch dann tauchte hinter ihr ein Pferd auf, und Chase riß ihr die Zügel aus der Hand.

»Bist du verrückt?« schrie sie ihn an. »Sie entkommen!«

»Ich halte nichts davon, mir meine Frau mit gebrochenem Genick vorzustellen«, sagte er, während er Blackstar anhalten ließ. »Du weißt doch, daß man nachts nicht derart schnell durch unwegsame Gegenden galoppieren kann. Denk wenigstens an dein Pferd, wenn du schon nicht an dich selbst denkst.«

Er hatte recht. Ein Loch im Boden konnte einen Menschen ebenso leicht töten wie eine Kugel, denn jedes Pferd hätte sich unter diesen Umständen ein Bein gebrochen. Doch das konnte ihren Zorn nicht abschwächen. Sie beobachtete, wie sich die Reiter weiter und weiter entfernten.

»Du verfluchter Kerl! Jetzt ist es zu spät!« schrie sie Chase an.

»Sag mir, was passiert ist, Jessie.«

»Sie haben auf mich geschossen. Ich habe die Schüsse erwidert.«

»Und?«

Sie zuckte die Achseln. »Wahrscheinlich habe ich den, auf den ich gezielt habe, verwundet.«

»Jessie, wer ...?«

»Bowdres gedungene Schurken. Ich habe gesehen, daß sie von der Ranch fortgeritten sind. Als ich nahe genug an sie herangekommen war, um sie zu erkennen, haben sie auf mich geschossen.«

»Clee und Charlie? War Bowdre der dritte Mann?«

229

»Ich wünschte, es wäre Bowdre gewesen, aber es war Blue Parker! Dieser nichtsnutzige Schuft!«

»Bist du sicher?«

»Er hat mir mitten ins Gesicht gesehen, ehe er seinem Pferd die Sporen in die Flanken gepreßt hat. Ich kenne ihn schon zu lange, um ihn mit jemandem zu verwechseln.«

»Parker hat sich ihnen also wirklich angeschlossen«, sagte Chase nachdenklich. »Sie müssen ihm einen Haufen Geld angeboten haben.«

»Es ist wahrscheinlicher, daß er es aus Gehässigkeit tut. Er hat sich für mich interessiert, und er wollte mich heiraten«, erklärte sie. »Seit deiner Ankunft hat er geglaubt, daß ich ihm deinetwegen aus dem Wege gehe. Er hat nicht gewußt, daß ich die Ranch zweimal verlassen habe, um in den Norden zu reiten. Eines Tages, als er mir zufällig begegnet ist, hat er mir vorgeworfen, daß ich ihn deinetwegen fallen lasse. Ich habe ihm gesagt, daß das nicht stimmt, aber er hat mir nicht geglaubt. Er ist genauso wie mein Vater, ein Mensch, der glaubt, jedes Übel rächen zu müssen.«

»Was könnten diese Männer vorgehabt haben?« fragte Chase.

Jessie hielt den Atem an. Ihr Zorn hatte sie ihre Ängste vergessen lassen.

»Reiten wir schnell zur Ranch«, rief sie, während sie Blackstar kehrtmachen ließ. »Ich fürchte fast, daß ich erraten kann, was sie getan haben.«

Baldy stieß auf sie, sowie sie wieder den Pfad erreicht hatten, der ins Tal führte. Er war losgeritten, um sie zu suchen. Als er ausgeredet hatte, war Jessie völlig benommen. Sie hatte geglaubt, das Problem lösen zu können, indem sie das Vieh zusammentrieb, doch damit hatte sie nur erreicht, daß das Vieh leichter abgeknallt werden konnte. Fast die Hälfte der Herde war tot oder lag im Sterben. Ramsey war noch bewußtlos, weil er einen Schlag auf den Kopf bekommen hatte, und die restliche Herde war direkt zu dem vergifteten Wasserloch getrieben worden. Baldy war gerade noch rechtzeitig ins Lager zurückgekehrt, um den entstandenen Schaden einzuschätzen, und er konnte gerade noch die drei Männer sehen, die davonritten. Er war ein Mann, der sein ganzes Leben lang mit Rindern gearbeitet hatte, und jetzt war er angesichts der Verheerungen, die er hatte sehen müssen, in Tränen aufgelöst.

Baldy hatte kaum ausgeredet, als Jessie den orangefarbenen Schein über der Erhebung entdeckte, hinter der das Tal lag. Chase sah ihn eine Sekunde später. Ein tiefer tierischer Laut entrang sich Jessies Kehle. Sie trieb Blackstar mit den Sporen an, und Chase folgte ihr voller Sorge.

Jessie ritt nicht weiter als bis auf den Hügel, von dem aus man die Ranch sehen konnte. Der Schein des Feuers fiel auf ihr Gesicht, das Seelenqualen ausdrückte, die Chase das Herz zerrissen.

Jedes einzelne Gebäude der Ranch wurde von den Flammen verzehrt.

41

Zwei Wochen waren vorübergegangen, seit die Ranch gebrannt hatte, zwei Wochen, an die Jessie sich nicht erinnern konnte. Sie war in Chicago, im Haus ihrer Mutter. Sie erinnerte sich nicht im entferntesten an die Reise hierher. Sie erinnerte sich an überhaupt nichts.

Doch Jessie war keine Schlafwandlerin mehr. Sie wandte sich um, um ihre Mutter anzusehen, und zum ersten Mal seit zwei Wochen war ihr Blick lebendig. »Wie kann er es wagen, mich zu verlassen? Ich bin doch kein altes Gepäckstück, das er einfach wegwerfen und vergessen kann!«

»Jessica, du hast nicht zugehört«, sagte Rachel ganz ruhig.

Jessie ging weiterhin auf dem dicken Teppich, mit dem das Zimmer ihrer Mutter ausgelegt war, auf und ab. »Ich habe sehr wohl zugehört. Ich konnte es gar nicht glauben, als ich heute erwacht bin und mir gedämmert hat, was du mir gestern erzählt hast. Das war doch gestern, oder?« Sie wartete die Antwort nicht ab. »Jedenfalls mache ich das nicht mit. Er kann mich doch nicht einfach auf deiner Schwelle aussetzen. Er bleibt doch für mich verantwortlich und nicht du.«

»Zunächst einmal, Jessica, hat Chase dich hier nicht einfach abgeliefert. Du bist seit einer Woche hier, und er ist Tag und Nacht nicht von deiner Seite gewichen. Und zweitens läßt er dich nicht sitzen. Ich bin sicher, daß er wieder da ist, ehe das Baby geboren wird.«

»Das glaube ich nicht. Er kommt nicht mehr zurück. Er wird seinen Vater finden und sich entschließen, in Spanien zu bleiben. Warum sollte er auch zurückkommen? Er wollte mich ohnehin nicht heiraten. Er hat es nur getan, damit das Baby nicht illegitim ist.«

»Es hat andere Gründe gegeben, Jessica, und das weißt du selbst.«

»Warum ist er dann nicht hier? Wie konnte er mich in der Verfassung, in der ich war, verlassen?«

»Du hast gar nicht wahrgenommen, daß er da war, mein Liebling«, erklärte Rachel sachte. »Du hast während dieser ganzen Zeit nur auf mich reagiert, auf meine Stimme. Du hast nichts mitgekriegt. Und man konnte beim besten Willen nicht sagen, wie lange das anhalten würde. Deine Apathie hätte über Monate andauern können, aber du warst nicht mehr in Gefahr. Da Chase somit ohnehin nichts für dich tun konnte, hat er es für das Beste gehalten, die Reise nach Spanien jetzt endlich hinter sich zu bringen. Wenn er nicht abgereist wäre, würdest du wahrscheinlich immer noch in dem Schneckenhaus leben, in das du dich verkrochen hast. Du bist nur aus diesem Zustand erwacht, weil du gehört hast, daß er abgereist ist.«

»Das tut nichts zur Sache«, sagte Jessie hartnäckig. »Er hat mich trotz allem dir überlassen, damit du dich um mich kümmerst. Jetzt, wo ich nichts mehr habe – nichts, was mir gehört.« Einen Moment lang schnürte es ihr die Kehle zu, doch dann blitzten ihre Augen wieder auf. »Deshalb hat er mich verlassen! Weil ich keinen Penny mehr besitze! Damit kommt er mir nicht davon!«

»Also wirklich, Jessica, was du da sagst, ist absolut unsinnig. Chase hat dich wirklich nicht wegen deines Geldes geheiratet. Und mir bist du ganz gewiß keine Last. Offen gesagt, mich begeistert die Vorstellung, daß du während deiner Schwangerschaft bei mir bist. Ich werde dir sicher noch helfen können. Willst du mir etwa diese Gelegenheit streitig machen, dich bemuttern zu können?«

»Mich braucht man nicht zu bemuttern, Mutter.« Jessie lächelte. »Ich freue mich, daß es mich weniger Zeit gekostet hat, dich wieder Mutter zu nennen als ...« Sie wollte nicht näher darauf eingehen. »Versteh mich, es geht nicht darum, daß ich nicht gern bei dir bleiben würde. Nichts wäre mir lieber. Es geht nur darum, daß ich mich nicht von dir abhängig machen will. Chase wird nicht zurückkommen.«

»Das weißt du doch gar nicht«, sagte Rachel beharrlich.

»Doch, ich weiß es. Verstehst du, als wir geheiratet haben, habe ich klargestellt, daß ich nicht mit ihm zusammenleben will. Damals hatte ich die Ranch noch. Ich hatte das Gefühl ... ich wollte nicht ... er ist ein Frauenheld, Mutter.« Sie platzte wütend damit heraus. »Ich wußte, daß ich damit nicht leben kann. Ich hatte das Gefühl, wenn er andere Frauen haben will, dann wäre es besser, wenn er möglichst fern von mir herumhurt, damit ich nichts davon erfahre.«

»Ich verstehe«, sagte Rachel leise.

»Wirklich?« fragte Jessie hoffnungsvoll. »Dann verstehst du also, warum ich ihm nachreisen werde.«

»Moment mal, Jessica.« Rachel horchte auf. »Ihm nachreisen?«

»Ich muß es tun«, sagte Jessie mit fester Stimme. »Er weiß, daß sich für mich alles geändert hat, seit ich ihm gesagt habe, daß er sein eigenes Leben leben kann. Er weiß, daß ich nicht allein für mich sorgen kann, jedenfalls im Moment nicht. Wenn er mich dazu zwingen konnte, ihn zu heiraten, dann kann er sich verdammt noch mal jetzt, in einem Moment, in dem ich ihn brauche, um mich kümmern.«

»Ist das der einzige Grund, aus dem du ihm folgen willst, Jessica?« fragte Rachel sanft.

»Natürlich«, sagte Jessie ganz schlicht. »Welchen Grund sollte ich sonst haben?«

»Daß du ihn liebst.«

Daß du ihn liebst. Diese Worte verfolgten Jessie im Zug nach New York, in den entsetzlichen Nächten, die sie eingezwängt in der engen Schiffskabine verbrachte, und sie verfolgten sie auch auf der noch erstaunlicheren Reise, die sie allein durch die unbekannte Landschaft Spaniens zurücklegte. Diese Worte konnten sie nicht trösten. Sie lösten lediglich Verzweiflung bei ihr aus. Sie konnte doch nicht einen Mann wie Chase Summers lieben, einen Mann, dem sie nicht vertrauen konnte, einen Mann, der nichts empfand, was auch nur die entfernteste Ähnlichkeit mit Liebe aufgewiesen hätte. Das konnte sie doch nicht tun!

Sie wollte nicht mehr daran denken. Sie drängte diese Worte

durch andere Überlegungen zurück, wenn sie sich daran erinnerte, wie ihre Mutter schließlich nachgegeben und darauf bestanden hatte, sämtliche Reisekosten zu übernehmen; wenn sie an die Hektik beim Packen dachte, denn sie hatten sämtliche Kleider eingepackt, die Rachel für sie hatte anfertigen lassen; wenn sie an den Abschied und an die Tränen dachte und an die Ermahnungen, daß sie augenblicklich zurückkehren sollte, falls sie Chase vor seiner Abreise nach Spanien nicht mehr in New York antreffen würde. Doch er war am Morgen des Tages ihrer Ankunft in New York abgereist, und sie war nicht umgekehrt.

Sie hatte sich eine Karte gekauft für die Überfahrt auf dem nächsten Schiff, das nach Europa fuhr – voller Angst und doch voller Entschlossenheit.

Doch alle Bücher, die sie gelesen hatte, und alle Geschichten, die sie gehört hatte, hatten sie nicht auf die Schrecken des Ozeans und die der Reise über den Ozean vorbereitet. Wenn sie sich gerade nicht zu Tode fürchtete, war ihr langweilig. Sie verbrachte viele der endlosen einsamen Stunden damit, in ihren vagen Erinnerungen an die zwei Wochen nach dem Brand zu forschen.

Das unklare Bild eines Zimmers stand vor ihr, das ihr nicht vertraut war, und Chase hatte Kate zu ihr gebracht. Es kam ihr eher wie ein Traum vor, als sie hörte, daß Kate um Vergebung dafür bat, Thomas nie gesagt zu haben, daß sie diejenige gewesen war, die er mit Will Phengle vorgefunden hatte, ihr Geständnis zu hören, daß sie Thomas während all dieser Jahre geliebt hatte und im ersten Jahr, nachdem Rachel fort war, seine Mätresse gewesen war, daß er sie wegen einer anderen sitzengelassen hatte, weil sie ihm nicht den Sohn hatte schenken können, den er sich wünschte. Kate hatte Thomas dennoch geliebt, selbst danach noch. Sie hatte ihr Schweigen über Rachel bewahrt, weil sie panische Angst vor dem gehabt hatte, was Thomas ihr angetan hätte, wenn er die Wahrheit erfahren hätte. Das war nur ein Teil der Wahrheit, und schließlich hatte sie eingestanden, daß sie Thomas keine Beichte abgelegt hatte, weil sie befürchten mußte, daß er Rachel wieder zu sich genommen hätte.

Jessie wußte nicht, was sie zu Kate gesagt hatte, falls sie überhaupt etwas gesagt hatte. Sie konnte nicht einmal sicher sein, ob sie all das nicht nur geträumt hatte. Das gehörte zu den vielen

Dingen, die sie Chase fragen mußte. Er hatte ihr auch irgend etwas über Jeb erzählt und etwas darüber, daß Rachel die Schulden bei der Bank bezahlt hatte, und er hatte auch von Vereinbarungen gesprochen, die er mit dem Sheriff getroffen hatte. Doch all das war nur unklar.

Als sie nach ihrer Ankunft in Cadiz endlich festen Boden unter den Füßen hatte, fühlte sie sich wieder besser. Es war nicht schwierig, herauszufinden, daß Chases Schiff nicht hier angelegt hatte. Es war noch nicht einmal schwierig, in Erfahrung zu bringen, daß es einen reichen Mann namens Carlos Silvela gab, der in der Nähe von Ronda lebte. Informationen jeder Art waren tatsächlich leicht zu erhalten, und Jessie mußte feststellen, daß die Spanier geradezu erschreckend gastfreundlich waren, und sie waren nur zu freudig bereit, alles stehen und liegen zu lassen, um einem Fremden zu helfen. Sie war sehr froh darüber, denn je mehr sie von Spanien sah, desto fremder fühlte sie sich dort. Das neu gegründete Wyoming hatte sie nicht auf ein Land vorbereitet, in dem Geschichte noch lebendig war. Cadiz nahm tatsächlich für sich in Anspruch, die älteste ständig bewohnte Ansiedlung des westlichen Europas zu sein. Noch mehr staunte Jessie über die ersten Palmen, die sie sah.

Nach einem Tag in dieser südlichen Hafenstadt stand Jessie vor einem Dilemma. Sie konnte nicht einfach hierbleiben und auf Chase warten, denn sein Schiff konnte überall an der stark besiedelten Küste einlaufen und mußte nicht notwendigerweise nach Cadiz kommen.

Sie hatte wirklich keine andere Wahl. Alles sprach dafür, daß Chase schließlich nach Ronda und zur Familie Silvela kommen würde, und daher traf sie Vorkehrungen für die Reise. Dieses prächtige Land mit seinen Schlössern und seinen alten Kirchen und der großartigen Landschaft beeindruckte sie tief. Die gewundenen Wege waren holprig, und der Wagen, den sie gemietet hatte, war alt und quietschte, doch Jessie war fasziniert von dieser Reise.

Sie fragte sich immer noch, was sie dieser Familie sagen sollte, als sie drei Tage später kurz nach Einbruch der Dunkelheit vor dem riesigen weißen Haus auf dem Anwesen der Silvelas in der Umgebung von Ronda ankam. Wenn Chase noch nicht eingetroffen war – wie sollte sie dann erklären, wer sie war? Das Dienstmädchen, das die Tür öffnete, war höflich, konnte ihr aber nicht weiterhelfen. Zu Jessies Erleichterung kam ein junger Mann an die Tür und schickte das Dienstmädchen fort. Er war mittelgroß und hatte kurzgeschnittenes blondes Haar und goldbraune Augen, die so sinnlich waren, daß Jessie der Atem stockte, als diese Augen sie mit offensichtlichem Interesse musterten.

»Kann ich Ihnen zu Diensten sein, Señorita?«

»Ich bin Señora Jessica Summers, und Sie könnten mir vielleicht wirklich helfen. Ich bin aus Cadiz gekommen – genau genommen aus Amerika –, weil ich Carlos Silvela suche.«

In die goldenen Augen des Mannes trat Neugier. »Sie kommen aus Amerika und sprechen ausgezeichnet Spanisch, und doch ist Ihre Haut so hell …«

»Ich bin keine Spanierin«, erklärte Jessie eilfertig. »Ich habe die Sprache im Rahmen meiner Ausbildung gelernt. Meine Muttersprache ist Englisch.«

»Ach so, ich verstehe.«

»Wegen Señor Silvela«, wiederholte sie, während sie überlegte, wie lange er sie in der Tür würde stehen lassen.

»Verzeihen Sie mir«, sagte der Mann. »Was müssen Sie von mir halten, wenn ich Sie einfach so stehen lasse!«

»Das ist schon in Ordnung«, sagte Jessie höflich.

»Sie sind ebenso gütig wie schön, Señora. Dennoch darf mein Onkel Carlos keine Besucher empfangen. Er ist ziemlich krank, verstehen Sie.«

»Er liegt doch nicht etwa im Sterben?« Jessie wußte, daß diese Frage recht roh war, doch wie würde sich Chase fühlen, wenn er ihn nicht mehr zu sehen bekam?

Der Mann blieb unschlüssig in der großen Eingangshalle stehen. Er wußte nicht recht, was er mit Jessie anfangen sollte. »Es ist wirklich ein Jammer, daß Sie ausgerechnet zu diesem Zeitpunkt gekommen sind, und auch noch von so weit her. Vielleicht kann ich Ihnen behilflich sein. Mein Onkel … kann niemanden empfangen.«

Jessie dachte in rasender Eile nach. Was sollte sie bloß tun? Wenn sie nicht von ihm empfangen wurde, wie konnte sie dann in Erfahrung bringen, ob er der Richtige war?

»Kalifornien!« platzte Jessie heraus. »Wissen Sie, ob Ihr Onkel vor vielen Jahren dort war?«

»Ich glaube ja. Damals, ehe die Familie das Land verkauft hat, das wir dort besessen haben. Aber das ist sehr lange her, vielleicht vierundzwanzig Jahre. Sie scheinen mir nicht alt genug zu sein, um ...«

»Nein, Señor Silvela. Ich wollte nicht sagen, daß ich Ihren Onkel kenne.«

»Ach, ich muß feststellen, daß es mir schon wieder am rechten Benehmen fehlt, Señora. Ich habe mich noch gar nicht vorgestellt. Ich bin Rodrigo Suarez. Onkel Carlos hat nur Schwestern, und meine Mutter ist eine seiner Schwestern. Er ist der einzige Silvela, den es noch gibt.«

»Er ... er hat keine Kinder?«

Er schien sich nicht an dieser persönlichen Frage zu stören. »Er hatte eine Tochter, aber sie ist im Säuglingsalter gestorben. Seine Frau konnte anschließend keine Kinder mehr bekommen. Aber er hat sich nie von ihr scheiden lassen und auch nach ihrem Tod nicht wieder geheiratet.«

»Er muß sie sehr geliebt haben.«

Rodrigo lächelte. »Wer kann das so genau wissen? Er wirkte eher gleichgültig als hingebungsvoll. Aber es stimmt, daß es romantischer ist zu glauben, daß er sie geliebt hat.«

Sein Lächeln vertiefte sich. Jessie gewann den Eindruck, daß er ein Romantiker war, ein Mann, der in die Liebe verliebt ist. Ein Charmeur war er außerdem. Doch sie war verlegen, weil sie dieses allzu intime Thema berührt hatte, und ihre Verlegenheit zeigte sich in ihrer zögernden Haltung. Sie senkte die Lider.

»Rodrigo, hast du vor, mich den ganzen Abend warten zu lassen?« Beide drehten sich um, als die junge Frau aus einem der Zimmer auftauchte, die von der Halle abgingen. »Das Spiel ist noch nicht zu Ende – aber wer ist das?«

»Das weiß ich selbst nicht so recht, Nita«, erwiderte Rodrigo lächelnd. »Sie ist aus Amerika gekommen und glaubt, mit Onkel Carlos sprechen zu müssen.«

Jessie war sofort wieder auf der Hut, als die dunkel gekleidete Nita ihre dunkelbraunen Augen zusammenkniff und sie ansah. Sie war nicht viel älter als Jessie, und sie war unglaublich hübsch, selbst in Trauerkleidung. Ihr dunkelblondes Haar war streng im Nacken geknotet. Die Knochen ihres Gesichtes waren ausgeprägt, ihre Züge aristokratisch. Sie war unwahrscheinlich schön. Und äußerst herablassend.

»Eine Freundin aus Amerika? Eine Verwandte?« höhnte Nita. »Vielleicht gar eine uneheliche Tochter, die hofft, einen Teil meines Erbes beanspruchen zu können?«

Jessies Wut flackerte auf. »Nein, die Frau eines unehelichen Sohnes«, sagte sie kühl. So, jetzt war es ausgesprochen, und es stand im Raum.

Nita wurde aschgrau. »Sie lügen, Señora«, zischte sie. »Onkel Carlos hat keinen Sohn. Wo ist er denn, dieser Sohn? Weshalb sind Sie hier? Ich werde Ihnen sagen, warum Sie hier sind: Weil Sie auf Geld aus sind. Sie hoffen, einem Kranken fälschlicherweise einreden zu können, daß er einen Sohn hat. Sie hoffen, daß er sich reinlegen läßt.«

»Ich ...« setzte Jessie an, doch Nita sagte: »Wirf sie raus, Rodrigo.«

»Nita, bitte«, versuchte Rodrigo zu schlichten. »Wenn das, was sie sagt, wahr ist ...«

»Genau«, warf Jessie zufrieden ein. »Sie wollen doch sicher nicht, daß Ihr Onkel erfährt, wie ungastlich Sie sich gegenüber seiner Schwiegertochter verhalten wollten, insbesondere, da ich zufällig gerade sein erstes Enkelkind erwarte. Oder doch? Natürlich wollen Sie das nicht. Warum laufen Sie also nicht gleich los und machen ein Zimmer für mich bereit, Nita?«

»*Vayase Ud. a paseo!*« zischte Nita. Sie stolzierte aus dem Raum.

»Ich habe keineswegs die Absicht, ausgerechnet *dort* hinzugehen.« Jessie grinste den verlegenen Rodrigo an.

Sein Lächeln entwaffnete sie, und es erinnerte sie sehr an Chases Lächeln.

»Ach, Señor, damit Sie Bescheid wissen und ihn nicht fortschicken – mein Mann heißt Chase Summers. Mit seinem Eintreffen ist täglich zu rechnen.«

42

Das Januarwetter war äußerst freundlich. Die Atmosphäre im Haus der Silvelas konnte das keineswegs für sich beanspruchen. Drei Tage lang bemühte sich Jessie, Onkel Carlos zu sehen, doch er wurde keinen Moment allein gelassen, und jedesmal, wenn sie versuchte, sein Zimmer zu betreten, wurde sie augenblicklich wieder fortgeschickt.

Sie fand keinen Frieden, weil es jederzeit soweit sein konnte, daß der alte Mann starb. Würde er nicht unbedingt wissen wollen, daß er einen Sohn hatte? Würde ihm dieser Umstand nicht eine große Freude bereiten? Chase würde es ihr nie verzeihen, wenn Don Carlos starb, ohne vorher noch erfahren zu haben, daß er einen Sohn hatte, nicht, wenn sie in einem Haus mit ihm war. Es ließ sich nicht mit Sicherheit sagen, wann Chase ankommen würde, und daher war es unsinnig, auf ihn zu warten und vorher nicht mit Don Carlos zu reden.

Jessie erfuhr sehr schnell etwas über Don Carlos' Familie. Emilia, das kleine Mädchen, das Rodrigo ihr als Zofe zugewiesen hatte, war ein wahrhaft übersprudelnder Informationsquell. Jessie erfuhr, warum Nita so wütend über ihr Eintreffen und über ihre Aussage gewesen war, Don Carlos habe einen Sohn. Die Eltern des Mädchens waren gestorben, ohne einen Penny zu hinterlassen, und Don Carlos war derjenige, der sie versorgte. Sie hatte zwei Jahre unter seinem Dach gelebt und eine Heirat ausgeschlagen, um für ihn sorgen zu können. Recht edelmütig, wären ihre Motive nicht so offensichtlich gewesen.

Rodrigo dagegen war aus echter Sorge um seinen Onkel dort. Er war von Geburt aus reich, da seine Mutter eine wesentlich weisere Ehe geschlossen hatte als ihre Schwester. Sie war gesellig und gern unterwegs, und im Moment reiste sie gerade durch Europa. Nachrichten von der schlechten Verfassung ihres Bruders hatten sie bisher nicht erreicht.

Es war beunruhigend zu erfahren, daß Don Carlos' Gesundheit schon vor vielen Jahren nachgelassen hatte. Er war immer ein sehr aktiver Mann gewesen, doch eine üble Lungenentzündung hatte ihn so sehr geschwächt, daß er kaum noch aufstehen konnte. Dieser Umstand hatte andere Leiden nach sich gezogen.

Am dritten Abend in diesem seltsamen Haushalt wartete Jessie, bis sie hörte, daß Nita das Zimmer von Don Carlos verlassen und Rodrigo sie abgelöst hatte. Sie verließ ihr eigenes geräumiges Zimmer und schlich sich auf Zehenspitzen durch den Gang. Es war noch früh. Ihr blieb noch viel Zeit bis zehn Uhr, der komischen Uhrzeit, zu der das Abendessen serviert wurde. Sie mußte sich noch an die ungewöhnlichen Zeiten gewöhnen, zu denen hier die Mahlzeiten eingenommen wurden. Dieser Tagesablauf wurde durch die dreistündige Siesta bestimmt, an die sich das ganze Land hielt.

Kein Laut drang aus Don Carlos' Zimmer. Wahrscheinlich schlief der alte Mann, und Rodrigo saß neben seinem Bett. Als Jessie das letzte Mal versucht hatte, in dieses Zimmer zu kommen, war eine fette alte Dienerin dagewesen, und Jessie hatte nicht ein Wort anbringen können, während die alte Frau einen Wortschwall aus ›psst‹ und ›ruhig‹ losgelassen hatte.

Sie konnte nur hoffen, daß Rodrigo allein war. Mit Rodrigo konnte sie umgehen. Das hatte sie bereits am ersten Tag gemerkt.

Die Tür ließ sich lautlos öffnen, und Jessie war bereits an das Fußende des gewaltigen, vierpfostigen Bettes geschlichen, ehe sich Rodrigo, der an dem Fenster zum Hof stand, umdrehte und sie sah. Vor dem Bett hingen Vorhänge aus feiner Gaze, doch nur ein Licht brannte am anderen Ende des Zimmers, und es war unmöglich, durch die Vorhänge zu sehen.

»Wozu diese Isolierung? Leidet er an einer ansteckenden Krankheit?«

»Natürlich nicht«, flüsterte Rodrigo. »Sein Arzt hat dazu geraten, alles Störende von ihm fernzuhalten, und wir richten uns nach seinen Anweisungen.«

»Aber der Mann braucht doch Luft und Licht. Er liegt ja da wie in einem Leichentuch.«

»Das finde ich auch, aber ich verstehe nichts von Medizin, und ich kann nicht sagen, was das beste für meinen Onkel ist.«

»Der gesunde Menschenverstand ... ach, schon gut«, sagte Jessie gereizt. Es war ihr verhaßt, sich als ein Eindringling zu fühlen, doch hier war sie ein Störenfried.

»Sie müssen jetzt wieder gehen, Jessica«, sagte Rodrigo sanft, aber entschieden.

Jessie runzelte die Stirn. »Man hat ihm nicht gesagt, daß ich da bin, oder? War das auch eine Idee des Arztes, oder war es Nitas Idee?«

»Sie sind ungerecht. Verstehen Sie denn nicht, wie anstrengend es für ihn wäre, wenn er sich mit etwas befassen müßte, was vielleicht nicht wahr ist?«

»Ihr Onkel wüßte, ob es die Wahrheit ist.«

»Aber haben Sie auch bedacht, daß der Schock ihn umbringen könnte?« fragte Rodrigo.

»Es tut mir leid«, räumte Jessie ein, »aber ich glaube, es ist das Risiko wert.«

»Rodrigo, wer ist das, den du heute bei dir hast?«

Jessies Blick wandte sich der zarten Stimme zu. Rodrigo ermahnte sie stumm mit seinen Augen.

»Hier ist niemand, Onkel.« Seine Stimme war jetzt kein Flüstern mehr.

»Du belügst mich, mein Junge!« schalt ihn die Stimme. »Meine Augen haben mir den Dienst nicht versagt. Ich kann aus diesem Mausoleum herausschauen, auch wenn du nicht hereinschauen kannst.«

»Ich wollte dir nur eine Störung ersparen, Onkel«, sagte Rodrigo zerknirscht. »Du brauchst Ruhe.«

»Ich habe viel zuviel Ruhe. Was ich brauche, ist Ablenkung. Also, wer ist das?«

Lange, schmale Finger zogen den dünnen Vorhang zurück, und Jessie schnappte nach Luft. »Sie sind ja noch ganz jung!«

»Nicht so jung wie früher, Mädchen.«

»Aber ich habe mir Sie ganz anders vorgestellt«, platzte sie heraus, ohne vorher nachzudenken. »Grauhaarig, faltig … verdammt noch mal, ich wollte damit nicht sagen …«

Don Carlos kicherte in sich hinein. »Welches Vergnügen Sie mir bereiten, junge Frau! Kommen Sie näher, damit ich sehen kann, ob Sie so hübsch sind, wie es den Anschein erweckt. Meine Augen versagen mir zwar nicht den Dienst, aber das Licht hier ist jämmerlich schlecht.«

Jessie trat an sein Bett, und ihr Staunen nahm zu. Sie hatte nicht bedacht, daß sich die Wahrheit durch eine allzu große Ähnlichkeit bestätigen würde, doch genau das war der Fall. Der Mann, der in dem gewaltigen Bett lag, sah Chase so unwahrscheinlich ähnlich, daß es schon unheimlich war. Natürlich war er älter, aber nicht annähernd so alt, wie sie erwartet hatte. Sie war nicht auf den Gedanken gekommen, daß er so jung gewesen sein könnte, als er Mary kennengelernt hatte. Er war jetzt erst sechsundvierzig oder siebenundvierzig Jahre alt, hager und bleich und ziemlich unter-gewichtig, doch all das konnte nicht über die Tatsache hinwegtäu-schen, daß er viel zu jung zum Sterben war. Sein Haar war so schwarz wie ihr eigenes, und nur vorn über seiner Stirn befand sich eine graue Strähne. Seine Augen waren dunkel und wißbegie-rig. Während sie ihn musterte, schob er die Lippen vor, ganz so, wie Chase es immer tat.

»Du scheinst von meinem Anblick noch viel überraschter zu sein, als du es vorher schon warst«, sagte Don Carlos.

»Señor«, erwiderte Jessie fassungslos, »das liegt nur daran, daß Sie aussehen wie jemand, den ich kenne.«

»Jessica«, ertönte warnend Rodrigos Stimme.

»Es ist wahr, Rodrigo.« Er erfaßte den doppelten Sinn dessen, was sie gesagt hatte, und sie nickte ihm zu. »Aber ich habe unsere Unterhaltung nicht vergessen.«

»Ihr habt wohl über mich gesprochen, was?« seufzte Don Car-los. »Ein unerfreuliches Thema für junge Menschen, über das sie besser gar nicht sprechen sollten. Ihr solltet über schöne Dinge sprechen und über Partys und – hat mein Neffe etwa noch nichts von seinen Fähigkeiten als Matador erzählt?«

»Nein, Señor, das hat er nicht getan.«

»Wirklich, Rodrigo? Gewöhnlich lockst du deine neuen Damen doch mit den Schilderungen deiner Tapferkeit.«

Jessie errötete angesichts dieser Unterstellung.

»Sie täuschen sich, was Rodrigo und mich betrifft. Wir haben uns gerade erst …«

»Dann sind Sie eine Freundin von Nita?«

»Nein, ich … mein Name ist Jessica Summers. Ich bin auf Rei-sen und …«

Jessie konnte den Satz nicht beenden. Wie konnte sie ihn belü-gen?

»Auf Reisen?« wiederholte Don Carlos. »Vielleicht auf einer Eu-ropareise? Und jetzt sind Sie mein Gast? Aber das ist ja wunder-

242

bar. Es freut mich, daß sich die Gastfreundschaft meines Hauses ausgeweitet hat, wenngleich ich sie auch nicht selbst aussprechen konnte. Und wo sind Sie zu Hause, Señorita?«

»Señora, und ich bin in Amerika zu Hause.«

»Amerika. Wie schön. Sie müssen mich oft besuchen, und dann werden wir Englisch miteinander sprechen. Mein Englisch ist eingerostet, und ich würde es gern wieder einmal anwenden.«

»Ich komme mit Freuden, Señor.«

»Señor, Señor! Du mußt mich Carlos nennen. Und wo steckt dieser Mann, der das Glück hat, dein Ehemann zu sein?«

»Wir ... äh ... wir wurden leider auf der Reise voneinander getrennt.«

»Aber er wird dich hier finden?«

»Dessen bin ich mir ganz sicher, Don Carlos.«

»Gut, gut. Sobald er eintrifft, mußt du mit ihm heraufkommen und ihn mir vorstellen. Und du hörst auf mit dem Unsinn, Rodrigo, daß ich zu krank bin, um Besuch zu empfangen. Ich brauche etwas Anregendes. Sieh mal, die Gesellschaft dieser jungen Dame hat mir unendlich gutgetan.«

Rodrigo lächelte. »Das ist wunderbar, Onkel, aber jetzt solltest du dich wirklich ausruhen.«

»Du hörst mir nicht zu, Rodrigo. Warum läufst du nicht einfach los und läßt mich mit meiner Besucherin allein? Hast du ihr nicht von meinen Reisen nach Amerika erzählt? Wir beide haben vieles zu besprechen.«

»Reisen, Onkel? Aber du warst doch nur einmal in Amerika, und damals warst du noch jünger als ich heute.«

»Unsinn«, verkündete Don Carlos. »Ich bin vor zehn Jahren nach Amerika zurückgekehrt, aber davon weißt du natürlich nichts. Es war direkt nach Franciscos Beerdigung, und deine Mutter hat dich damals sofort nach Frankreich mitgenommen.«

»Du bist nach Amerika gereist? Warum?« fragte Rodrigo.

»Um jemanden zu suchen.«

»Sie haben sie aber nicht gefunden, oder?« fragte Jessie so schnell, daß Rodrigo sie nicht zurückhalten konnte.

»Nein. Dieses Land, aus dem du kommst, ist viel zu groß, Mädchen«, erwiderte Don Carlos betrübt. Er sah sie seltsam an.

Jessie registrierte den verblüfften Blick, der jetzt auf seinem Gesicht stand, und sie merkte, daß sie einen Schnitzer gemacht hatte. Sie hatte angenommen, daß er zurückgekehrt war, um Mary zu suchen, und sie hatte gesagt ›sie gefunden‹.

»Ich ... ich sollte jetzt aber wirklich gehen, Don Carlos«, sagte Jessie, der unwohl zumute war. »Ich könnte es mir nicht verzeihen, Sie zu überanstrengen.«

»Du hast mich nicht angestrengt, das versichere ich dir«, erwiderte er mit ungewöhnlich ruhiger Stimme. »Aber du wirst doch wiederkommen?«

»Ja, natürlich.«

»Dann muß ich dich jetzt wohl gehen lassen.«

Sie nahm seine Hand, und er führte ihre Finger an seine Lippen. Währenddessen sahen seine Augen sie so durchdringend an, daß sie das Gefühl hatte, er könne jeden einzelnen ihrer Gedanken lesen.

Don Carlos rief sie zurück, als sie die Tür erreicht hatte. Seine englischen Worte, die ersten, die er zu ihr sprach und von denen sie wußte, daß Rodrigo sie nicht verstehen konnte, ließen sie den Atem anhalten.

»Noch eins, Jessica Summers. Dieser Mann, an den ich dich erinnere und über den mein übervorsichtiger Neffe nicht sprechen will – wer ist das?«

Jessie drehte sich um und sah ihn an. Sie glaubte, Hoffnung aus seiner Stimme herausgehört zu haben. Unmöglich. Er konnte nicht darauf gekommen sein, nicht nach den wenigen Worten, die sie gesagt hatte. Doch wie die Dinge jetzt lagen, mußte er es wissen.

»Er ist mein Mann, Don Carlos.«

»Mein Gott«, flüsterte er gebrochen. »Ich danke dir.«

43

Die Sonne hatte ihren höchsten Stand erreicht, und himmlische Düfte kamen zusammen mit der Hitze aus dem Garten durch ihr offenes Fenster geweht. Doch Jessie wußte den schönen Tag nicht zu schätzen. Sie hatte eine schlaflose Nacht hinter sich, in der sie über Don Carlos nachgedacht hatte. Sie hatte den Verdacht, das, was sie vorgehabt hatte, bereits in die Tat umgesetzt zu haben, doch sicher konnte sie nicht sein. Wo blieb nur Chase?

Als hätte sie nicht schon genug Sorgen gehabt, hatte sie in der letzten Nacht auch noch die ersten Regungen ihres Babys gespürt, nichts weiter als schwache Regungen, doch das hatte ausgereicht, sie an die kommenden Monate denken zu lassen. Dieser verfluchte Chase, wann würde er endlich ankommen?

Chase konnte sein Glück kaum fassen. Eine Zeitlang hat nichts so recht geklappt, nachdem sie auf dem Meer in einen bösen Sturm geraten waren, der sie so weit von ihrem Kurs abgetrieben hatte, daß sie mit einer knappen Woche Verspätung rechnen mußten. Er war in Malaga von Bord gegangen und hatte einen Übersetzer gefunden, der gleichzeitig auch bereit war, ihn auf seiner weiteren Reise zu begleiten. Besonders vielversprechend war, daß der Name Carlos Silvela durch seine Schiffs- und Bankgeschäfte gut bekannt war. Es erwies sich als ein Leichtes, ihn zu finden und jetzt war er eingetroffen. Doch er fürchtete, sein Glück könnte ihn jetzt wieder im Stich lassen, denn die schöne Blondine, die ihm die Tür geöffnet hatte, sah ihn an, als hätte er zwei Köpfe. Ihr Mund stand offen, doch kein Wort kam heraus. Er wollte gerade seinen Übersetzer zur Hilfe rufen, als die Frau schließlich doch etwas sagte.

»Es ist also doch wahr!«

»Entschuldigen Sie bitte«, erwiderte Chase. »Ich spreche kein Spanisch.«

»*Dispense*. Ich ... ich spreche Englisch, aber nicht allzu gut. Sie kommen wegen ... um zu ...«

»Carlos Silvela«, sprang Chase ein. »Mein Begleiter hat mir versichert, dies sei der richtige Ort. Ist er da?«

»Langsamer, Señor. Das war zu schnell für mich.«

»Es tut mir leid. Ich suche Carlos ...«

»*Si, si*«, unterbrach sie ihn. »Das weiß ich. Ihre Frau, sie sagt, Sie kommen. Ich habe ihre Geschichte nicht geglaubt.«

»Meine Frau?« Chase runzelte die Stirn. »Nein, das muß ein Mißverständnis sein ... ich hole meinen Reisebegleiter.«

»Sind Sie nicht Chase Summers?«

Er hatte sich umgedreht, doch jetzt wandte er sich wieder ihr zu. »Wie können Sie das wissen?«

245

»Es ist, wie ich sage, Señor, Ihre Frau ist hier.«

»Ausgeschlossen!«

Jessie hatte dieses Spielchen lange genug beobachtet. Sie trat aus ihrem Versteck in die Eingangshalle.

»Das ist gar nicht so ausgeschlossen, Chase.«

Nita sah zwischen Jessie und Chase hin und her, und eine große Verwirrung überkam sie. »Sie sehen, Señor, Ihre Frau. Jetzt lasse ich sie mit Ihnen ... Ihr Englisch zu verstehen hat mir einen schmerzenden Kopf gemacht.«

Jessie sah Nita nach, die die Eingangshalle verließ. Die reizenden Gesichtszüge der Spanierin wurden von einem äußerst säuerlichen Ausdruck überzogen. Doch sie verschwendete keinen weiteren Gedanken an Nita, sondern drehte sich wieder zu Chase um. Sie fragte sich, weshalb er erstarrt stehengeblieben war und entgeistert wirkte.

»Hast du eine absolut vernünftige Erklärung dafür, daß du hier bist, oder muß ich dich übers Knie legen und dir den Hintern versohlen, weil du das verantwortungsloseste ...«

»Schlag mir gegenüber nicht diesen Tonfall an, Chase Summers!« Er stürzte auf sie zu, doch sie wich zurück.

»Wie kannst du es wagen, in deinem Zustand zu reisen? Denkst du denn kein bißchen an dich selbst und an das Kind? Was wäre, wenn etwas schiefgegangen wäre?« Dann veränderte sich sein Tonfall. »Ist etwas passiert? Bist du in Ordnung?«

»Interessiert dich das wirklich?«

»Jessie!«

»Mir geht es gut.«

»Was zum Teufel tust du hier? Ich lasse dich sicher und geborgen bei deiner Mutter zurück ...«

»Werden wir doch deutlicher«, brauste Jessie auf, die sich im Angriff immer wesentlich wohler fühlte als in der Verteidigung. »Du hast mich meiner Mutter aufgehalst, und dann hast du mich im Stich gelassen!«

»Dich im Stich gelassen? Hat Rachel dir denn nicht gesagt, daß ich zurückkomme, ehe das Baby auf die Welt kommt?«

»Sie hat es mir gesagt«, sagte Jessie steif. »Aber ich habe es nicht geglaubt, und ich glaube es immer noch nicht. Ich habe dir selbst gesagt, daß du dein eigenes Leben leben kannst. Du verdammter

Kerl, du hast wirklich keine Zeit vergeudet, ehe du mich verlassen hast. Es scheint, als hättest du es kaum erwarten können.«

»Noch ein Wort, Jessie, und ich drehe dir den Hals um!«

»Noch ein Wort, und ich breche dir das Nasenbein«, gab sie zurück. »Aber ich bezweifle, daß das eine Lösung ist.«

Sie funkelten einander etliche Sekunden lang wütend an. Dann wich der Ärger aus Chases Augen, und sie nahmen eine samtige Braunfärbung an.

»O Gott, ich bin ja so froh, daß du hier bist«, sagte er. »Ich habe dich vermißt, Jessie.«

Er riß sie in seine Arme, und seine Lippen verschmolzen mit den ihren. Er küßte sie wie den ersten Bissen Nahrung, den ein Verhungernder findet. Es dauerte keine Sekunde, bis Jessie seinen Kuß mit derselben Glut erwiderte. Sie preßte sich an ihn, umklammerte ihn, und ihre Finger gruben sich in seinen Rücken. Wie sehr sie den Geschmack seiner Lippen vermißt hatte, seine Arme, die sich um sie schlangen! Sie hatte nahezu vergessen, was er bei ihr auslösen konnte und wie sehr es ihm gelang, sie ihn über alles begehren zu lassen und den Rest der Welt zu vergessen.

»Du hast mich auch vermißt, Liebling.«

Die Worte kamen erstickt aus irgendeiner weiten Ferne. Er knabberte an ihrem Nacken.

»Ich habe dich nicht vermißt«, antwortete Jessie automatisch.

Chase richtete sich auf, und seine Augen strahlten vor Glück.

»Wenn du dich erinnerst, Jessie – eins der letzten Male, die du überhaupt mit mir gesprochen hast, war in Cheyenne. Du standest kurz vor den Tränen, weil deine Mutter nicht bei dir bleiben wollte. Daher dachte ich, du würdest dich freuen, eine Weile mit ihr zusammen zu sein. Für mich war das die bestmögliche Gelegenheit, diesen Bereich meines Lebens zu klären. Du konntest ohnehin nicht reisen. Oder du hättest es zumindest nicht tun sollen.«

»Ich nörgele nicht an deinen Motiven herum, Chase«, sagte Jessie mit unbewegter Stimme. »Ich würde noch nicht einmal sagen, du hättest warten können, bis das Baby geboren ist. Du hast mich verlassen, ohne es mir zu sagen. Du hast nicht mit mir darüber gesprochen.«

»Wie hätte ich das tun können? In deinem Zustand? Es war nicht vorhersagbar, wie lange du noch unter Schockwirkung ste-

247

hen würdest.« Er sah sie jetzt argwöhnisch an. »Wann bist du eigentlich wieder zu dir gekommen – sobald ich fort war?«

»Du hast es exakt getroffen.«

»Danke«, brummte er. »Ich nehme an, jetzt willst du mir erzählen, daß meine Gegenwart das war, was dich in diesen Schockzustand versetzt hat?«

»Nein, aber dein Gehen war das, was mich aufgerüttelt hat, und der Schock hat nachgelassen«, gab sie zu.

»Du hast mich also doch vermißt! Es hat dir nicht gefallen, daß ich nicht mehr da war?«

»Nun … nein«, gab sie nach.

»Dann tut es mir leid für Rachel. Sie muß Schreckliches durchgemacht haben, wenn sie deine Koller aus nächster Nähe erlebt hat.« Er schüttelte betrübt den Kopf.

»Hör auf, dich über mich lustig zu machen, Chase. Ich finde das überhaupt nicht komisch. Du hattest nicht das Recht, mich bei meiner Mutter zu lassen. Sie ist nicht für mich verantwortlich, sondern du. Du wolltest mich heiraten, und jetzt hast du mich am Hals.«

»Ist das dein Ernst, Jessie?«

Seine weiche Stimme ließ sie unvorsichtig werden. »Natürlich ist es mein Ernst.«

»Wenn das so ist, beklage ich mich nicht, mein Liebling.«

»Du beklagst dich nicht?«

Er grinste sie an. »Mir gefällt die Vorstellung, dich am Hals zu haben. Warum zeigst du mir jetzt nicht dein Zimmer? Wir sind bisher immer noch nicht dazu gekommen, unsere Ehegelübde zu besiegeln.«

Jessie errötete.

»Es ist die dritte Tür nach links«, sagte sie. »Ich kann dir erst von deinem … von Don Carlos erzählen, wenn wir allein sind.«

44

Jessie wickelte sich eine seiner Haarlocken um ihre Finger und seufzte voller Zufriedenheit. Chase lag auf ihr, und er lag so still, daß man hätte glauben können, er schliefe. Aber er schlief nicht.

Jessie kicherte, als sie sich an die Fahrt im Wagen erinnerte. »Ich dachte, du schläfst nie auf dem Bauch.«

»Das tue ich auch nicht.« Chase rührte sich nicht. »Ich schlafe auf dir.«

»Ich weiß, daß du dich leicht machst. So kannst du dich nicht entspannen …«

»Ich fühle mich da, wo ich bin, ganz ausgezeichnet«, murmelte er.

»Komm schon, du kannst jetzt ohnehin nicht schlafen. Siesta ist erst in einer Stunde oder so. Vorher kommt noch das Mittagessen, und du mußt deinen Cousin und deine Cousine kennenlernen und …«

Er sah sie mit einem breiten Grinsen an. »Willst du damit sagen, daß wir heute ohnehin noch mal in dieses Zimmer kommen, ohne daß sich jemand etwas dabei denkt?«

»Du bist schrecklich, Chase.«

»Bin ich das? Es ist ewig her, seit ich dich das letzte Mal gesehen habe.«

»Es ist nur ein paar …«

»Ewig.« Er küßte sie, um ihr das Wort abzuschneiden. Dann setzte er sich auf, und seine Stimmung änderte sich. Sie wußte, daß er es kaum erwarten konnte, ihr Fragen zu stellen, doch gleichzeitig fürchtete er sich. Sie entschloß sich, ihm zu helfen.

»Willst du denn nicht nach Don Carlos fragen?«

Er sah nicht auf. Eine endlose Zeit verging, ehe er reagierte. Endlich murmelte er: »Das hat keine Eile.«

»Ich glaube nicht …«

»Fang nicht davon an.«

»Aber du bist von so weit her gekommen!«

Er sah sie an und schaute dann wieder weg. »Jessie, es ist zwanzig Jahre her, seit meine Mutter mir zum ersten Mal von diesem Mann erzählt hat. Das ist eine teuflisch lange Zeit, um über einen Menschen zu rätseln. Es ist auch eine lange Zeit für …« Er unterbrach sich. »Du kannst mich einen Feigling schimpfen, aber ich will es lieber gar nicht hören.«

Sie durfte nicht zulassen, daß er verzagte, nicht nach all dieser Zeit.

»Chase«, sagte Jessie zart zu ihm, »Don Carlos ist schon seit lan-

249

gem krank, und jetzt ... jetzt geht es ihm noch schlechter. Man wollte mir gar nicht gestatten, ihn zu sehen, aus Angst, ich könnte ihn beunruhigen.«

»Aber er ist am Leben? Bist du ganz sicher, Jessie?« Er packte sie an den Schultern.

»Ja, ich bin sicher. Es ist mir gelungen, ihn trotz allem zu sehen.«

»Liegt er im Sterben, Jessie?«

»Ich weiß es nicht«, seufzte sie. »Niemand hat das tatsächlich ausgesprochen, aber sie behandeln ihn, als sei es so. Nita trägt bereits Trauerkleidung. Sie ist übrigens deine Cousine. Das Mädchen, das dir die Tür aufgemacht hat.«

»Das ist jetzt egal. Sprich weiter.«

»Mir ist er nicht vorgekommen wie ein Mann, der im Sterben liegt. Seine Stimme war fest. Er nimmt alles wahr. Er ist nur einfach schwach, und vielleicht fehlt ihm nur ein Grund, um weiterzuleben.«

»Eine typisch weibliche Diagnose«, sagte Chase abwertend.

»Es wäre doch immerhin möglich. Jedenfalls hatte ich die Absicht, ihm alles über dich zu erzählen, aber Rodrigo ...«

»Rodrigo?«

»Don Carlos hatte zwei Schwestern. Nitas Mutter ist tot. Rodrigo ist das Kind der anderen Schwester. Sie lebt noch und ist im Moment auf Reisen. Jedenfalls war Rodrigo gestern abend bei Don Carlos. Er hat mir klargemacht, daß derart schockierende Neuigkeiten Don Carlos mehr schaden als nützen könnten.«

»Hat er so viele Kinder, daß ein weiteres ihm eine zu große Belastung wäre?«

»Er hat keine Kinder, Chase. Deshalb mußte ich auch so entschieden vorgehen. Ich dachte, es könnte ihn freuen, von dir zu erfahren. Aber wenn der Schock seinen Zustand verschlimmern könnte, kann ich es ihm nicht erzählen.«

»Er weiß es also bisher nicht? Und jetzt sagst du mir, daß ich die ganze Reise umsonst gemacht habe, weil ich gar nicht erst versuchen sollte, ihn zu sehen?«

Sie ließ ihm eine Sekunde Zeit, ehe sie verkündete: »Wenn er dich sieht, weiß er im selben Augenblick Bescheid. Was glaubst du denn, weshalb Nita so überrascht war, als sie dich gesehen hat? Du siehst ihm unglaublich ähnlich, Chase.«

Sie beobachtete sein Gesicht, während er diese Feststellung in sich einsickern ließ. Wenn er Don Carlos wie aus dem Gesicht geschnitten war, dann war Don Carlos wirklich sein Vater. Er blieb stocksteif stehen und sah ins Weite. »Das heißt, er wirft einen Blick auf mich und fällt im Schock tot um, was?«

Jessie nahm an, daß es nichts schaden konnte, ihm von dem vagen Eindruck zu berichten, den sie hatte.

»Eigentlich«, setzte sie zögernd an, »ich meine, also … ich bin natürlich nicht sicher …«

»Verdammt noch mal, seit wann bereitet es dir Probleme, dich auszudrücken? Damit hattest du früher doch nie Schwierigkeiten.«

»Laß deine Launen nicht an mir aus, Chase Summers. Wenn du nicht hören willst, was ich zu sagen habe, dann sage ich eben kein Wort mehr.«

Er setzte sich wieder auf das Bett. »Es tut mir leid, Jessie. Du mußt verstehen, daß …«

»Ich verstehe es«, unterbrach sie ihn. »Und was ich dir sagen wollte, ist, daß dein Vater unter Umständen von selbst erkannt hat, was ich ihm sagen wollte und nicht über mich gebracht habe. Aber hüte dich – ich bin nicht sicher.«

»Wie kann das sein?« Er war so bestürzt, daß es ihr weh tat, ihn anzusehen.

»Ich war über die Ähnlichkeit zwischen euch beiden erstaunt, und er hat mein Erstaunen bemerkt. Ich habe zugegeben, daß er mich an jemanden erinnert, den ich kenne. Aber …«

Sie bemühte sich, sich an jede Einzelheit zu erinnern.

»… es war nicht nur das. Wir haben über Amerika gesprochen, und er hat erwähnt, daß er vor zehn Jahren nach Amerika zurückgekehrt ist, um jemanden zu suchen. Ich weiß nicht, wie ich darauf gekommen bin, daß es deine Mutter gewesen sein muß, die er dort gesucht hat, aber ich habe es angenommen. Außerdem habe ich angenommen, daß er sie nicht gefunden hat, und das habe ich auch gesagt. Er hat mich ganz seltsam angesehen, als ich ›sie‹ gesagt habe. Und dann, als ich gerade gehen wollte, hat er mich unverblümt gefragt, wer derjenige ist, an den er mich erinnert. Ich dachte, es kann nichts schaden, wenn ich zugebe, daß es um meinen Mann geht, und das habe ich auch getan. Ich hatte den Eindruck, daß er sich daraufhin bei mir bedankt hat, aber natürlich kann ich das leicht mißverstanden haben. Ich stand am anderen Ende des Zimmers und konnte ihn kaum hören.«

»Aber es besteht die Möglichkeit, daß er es weiß und überhaupt nicht schockiert war!«

»Ja.«

Es herrschte Schweigen, und dann sagte Chase: »Gehen wir! Gehen wir zu ... meinem Vater.«

45

Ihre Eile war unnütz. Don Carlos schlief. Sie konnten kaum einen Fuß in sein Zimmer setzen, ehe die alte Dienerin, die direkt neben der Tür saß und Wache hielt, sie zurückschickte. Chase hatte keine andere Wahl, als noch ein wenig zu warten.

Sie schlossen sich ihren jungen Gastgebern beim Mittagessen an. Die Atmosphäre war angespannt, als sie sich einander vorstellten. Die beiden Männer zogen es vor, Jessie nicht als Dolmetscher zu benutzen, sondern einander zu ignorieren. Ganz im Gegensatz dazu ließ Nita Chase keinen Moment lang aus den Augen. Sie buhlte sichtlich um seine Gunst, und was ihr gebrochenes Englisch nicht übermitteln konnte, das war aus ihren Blicken zu lesen. Jessie war angewidert.

Sie hätte keine größere Sache daraus gemacht, wenn Chase diese Annäherung nur höflich geduldet hätte, doch er schien sich in der übertriebenen Überschwenglichkeit der Blondine wohl zu fühlen. Zweifellos glaubte er, eine neue Eroberung gemacht zu haben. Und das unter den Augen seiner Ehefrau.

Ehe der zweite Gang serviert wurde, stand Jessie unter einem gemurmelten Vorwand vom Tisch auf und ging. Chase holte sie am unteren Treppenabsatz ein, und auf seinem Gesicht stand ein belustigter Ausdruck.

»Hast du keinen Hunger mehr?«

»Mir reicht es!«

Er grinste. »Ich dachte mir doch, daß mein kleiner Auftritt deiner Aufmerksamkeit nicht entgeht.«

»Du Lügner!« zischte Jessie. »Wenn du von mir erwartest, daß ich dir glaube, daß dieses widerwärtige Schauspiel für mich inszeniert worden ist ...«

»Aber natürlich war das für dich bestimmt. Es ist jetzt Essenszeit, Jessie, und sie werden Don Carlos das Essen bringen müssen. Er wird jetzt wach sein.«

»Ja, klar. Du kannst mir nicht erzählen, daß du es nicht genossen hast, dich von Nita verwöhnen und umgarnen zu lassen. Nichts wäre ihr lieber, als dich mir wegzunehmen, weil sie weiß, wer du bist. Sie ist hinter dem Vermögen deines Vaters her, und du stellst eine Bedrohung ihres Erbes dar.«

»Eifersüchtig, Schätzchen?«

»Auf dieses ... dieses spanische Flittchen? Bilde dir bloß nichts ein. Es hat mich ganz schlicht angeekelt.«

»Jetzt hör aber auf, Jessie. Sie ist meine Cousine.«

»Das ist ihr ganz egal. Aber ich warne dich, Chase ...«

»Ich weiß, ich weiß«, schnitt er ihr mit einem amüsierten Grinsen das Wort ab. »Wenn ich es wage, eine andere Frau auch nur anzusehen, wirst du auf einen gewissen Teil meiner Anatomie schießen. Einen Teil, der dir recht lieb ist. Stimmt's?«

»Mach dich nur darüber lustig«, sagte sie steif. »Aber das ist schließlich der Grund, aus dem ich dich gar nicht erst heiraten wollte. Man kann auf deine Treue nicht vertrauen.«

»Schenk mir etwas mehr Vertrauen, Jessie«, sagte er ernst. »Ich hatte bisher nie einen Grund, treu zu sein. Aber ich habe dich geheiratet. Ich habe meinen Entschluß gefaßt. Und ich nehme diese Ehe nun einmal ernst, auch, wenn du es nicht tust. Es war doch nicht meine Idee, daß wir getrennte Leben leben. Das war deine Idee. Von dem Moment, in dem wir die Kirche verlassen haben, war ich bereit, mich seßhaft zu machen. Was hältst du denn für den Grund dafür, daß ich geblieben bin, nachdem ich gesund genug war, um die Ranch zu verlassen? Ich ...«

»Señora Summers, Don Carlos fragt nach Ihnen.«

Sie sahen beide auf. Die alte Dienerin stand oben auf der Treppe und sah sie streng an.

Don Carlos saß aufrecht im Bett. Ein ganzer Berg von Kissen stützte ihn. Neben dem Bett stand ein halbleeres Tablett mit dem Eßgeschirr. Die Dienerin kam nur herein, um das Tablett zu ent-

253

fernen. Dann ging sie wieder. Die Vorhänge waren offen, und das Zimmer war lichtdurchflutet. Jessie war froh, das zu sehen. Sie war auch froh, daß Chase draußen im Gang auf sie wartete. Es hätte Don Carlos zu sehr erschrecken können, wenn er Chase plötzlich ohne jede Vorwarnung gesehen hätte.

Jessie trat ans Fußende des Bettes, doch Don Carlos bedeutete ihr, näher zu kommen. »Ich habe schon gefürchtet, ich hätte Sie gestern abend überanstrengt«, begann sie.

»Unsinn.« Er beruhigte sie mit einem Lächeln. »So gut ist es mir seit Monaten nicht mehr gegangen.«

»Das freut mich sehr.«

»Dein Mann ist eingetroffen.«

»Man hat es Ihnen erzählt?«

»Das brauchte mir niemand zu erzählen, Kleines. Von dir geht ein Schimmer aus.«

Jessie war verlegen. Wenn sie lebendig wirkte, dann lag das eher daran, daß sie sich mit Chase gestritten hatte. Doch das konnte sie Don Carlos nicht so ohne weiteres erzählen.

»Ich ... äh ... ich freue mich wohl sehr darüber, ihn zu sehen«, wich sie aus.

»Du brauchst mir gegenüber nicht schüchtern zu sein. Es ist gut, daß du deinen Mann liebst. Genauso sollte es sein. Was für eine Art von Mann ist er? Ich nehme an, ich sollte das nicht fragen. Ist er ...?«

Er ließ den Satz unvollendet in der Luft hängen und Jessie konnte spüren, wie nervös er war.

»Sie wissen es also?« fragte Jessie einfach.

»Ich habe viele Jahre lang nach meinem Kind gesucht, Jessica. Aber ohne Erfolg. Ich konnte nur hoffen, daß das Kind mich finden würde. Jedesmal, wenn ich einen Fremden treffe, hoffe ich. Es war leicht, das, was ich hören wollte, aus deinen Worten herauszuhören. Im ersten Moment dachte ich sogar, du seist es – bis du gesagt hast, daß ich dich an jemanden erinnere. Verstehst du, in meiner Familie ist die Ähnlichkeit in der männlichen Linie stark ausgeprägt. Ich sehe so aus wie mein Vater und mein Großvater, und so ist es schon seit Jahrhunderten. Die Haarfarbe und die Augenfarbe wechseln, doch die typischen Züge der Silvelas tauchen in jeder Generation wieder auf ganz bemerkenswerte Weise auf.«

Jessie lächelte. »Jetzt hast du deinen Sohn gefunden – und außerdem wirst du bald Großvater sein.«

Seine Augen wurden größer, und er griff nach Jessies Hand. »Ich danke dir, mein Kleines. Du hast mir neuen Atem eingehaucht.«

»Das ist auch gut so, denn du mußt gesund werden. Ich habe meine Großeltern nicht gekannt, und ich will, daß mein Kind seine Großeltern kennt. Aber im Moment wartet Chase draußen.«

»Es scheint, als hätte ich ein Leben lang darauf gewartet, ihn zu treffen. Bring ihn bitte zu mir.«

Jessie brauchte Chase nur anzulächeln, und er wußte, daß alles in Ordnung war. Dennoch wollten seine Füße sich kaum von der Stelle rühren, als er das Zimmer betrat. Er hatte Angst. Es war das Ende eines sehr, sehr langen Weges.

Jessie fühlte sich als Eindringling, während sie beobachtete, daß die beiden einander verdutzt betrachteten. »Und jetzt werde ich euch zwei miteinander allein lassen.«

»Nein!« hielt Don Carlos sie zurück. »Es wird leichter für uns sein, wenn du bleibst. Bitte.«

Jessie war heilfroh, daß Don Carlos so gut Englisch sprach. Wie unbeholfen wäre diese Zusammenkunft andernfalls verlaufen.

»Don Carlos, das ist mein Mann, Chase Summers. Chase …«

»Das ist nicht nötig, Jessie«, schnitt ihr Chase nervös das Wort ab.

Don Carlos kam ohne Umschweife zur Sache. »Deine Mutter – sie hat dir von mir erzählt?« Seine Stimme bebte.

»Sehr wenig«, sagte Chase kühl.

Jessie hätte ihm einen Tritt in den Hintern verpassen können. Was war bloß los mit ihm? Er hatte es kaum erwarten können, nach Spanien zu reisen, um diesen Mann zu finden, und jetzt diese kühle Haltung!

Don Carlos wußte nicht, wie er die Sache anpacken sollte. Haßte der junge Mann ihn?

»Ich glaube, wir täten gut daran, Fragen aus dem Weg zu räumen«, schlug Don Carlos behutsam vor. »Es muß vieles geben, was du mich gern fragen möchtest, und ich habe auch viele Fragen an dich.«

»Soll das heißen, daß du dich wirklich für mich interessierst?«

»Chase!« schnappte Jessie.

Don Carlos überging seinen Sarkasmus. »Dieser Mann, dieser Summers. Hat er dich gut behandelt?«

»Sie hieß in Wirklichkeit Ewing, nachdem sie geheiratet hatte. Es gab keinen Summers. Sie hat Ewing erst geheiratet, als ich zehn Jahre alt war. In den ersten zehn Jahren meines Lebens hat sie sich als die Witwe Summers ausgegeben, um ihre Schande zu verbergen. Sie war keine Frau, die gut mit dieser Schande umgehen konnte.«

»Nein, das hätte auch nicht zu Mary Beckett gepaßt«, sagte Don Carlos betrübt.

»War das ihr Name?« rief Chase aus.

»Soll das heißen, daß sie dir nie ihren richtigen Namen genannt hat?«

»Das Äußerste, was sie mir von sich erzählt hat, war, daß sie aus New York kam. Sie hat nie von ihrer Vergangenheit gesprochen. Sie war sehr bitter.«

»Und auch du bist verbittert, wie ich sehe«, erwiderte Don Carlos sanft. »Das kann ich dir nicht zum Vorwurf machen. Ich war selbst in all den Jahren von Bitterkeit erfüllt, seit mein Onkel gestorben ist und ich alles erfahren habe, was er mir bis dahin vorenthalten hat.«

»Willst du damit sagen, daß du nicht wußtest, daß sie schwanger war?« fragte Chase, dessen gesamte Haltung deutlich seinen Unglauben ausdrückte.

»Es ist noch viel schlimmer, mein Junge. Siebzehn Jahre lang habe ich geglaubt, daß deine Mutter zu ihrem reinen Vergnügen mit meinen Gefühlen und meiner Zuneigung gespielt hat. Von den Machenschaften meines Onkels Francisco habe ich erst vor zehn Jahren erfahren, als er im Sterben lag und sich entschlossen hatte, das Unrecht zu bekennen, das er mir zugefügt hatte.

Siehst du, ich hatte von Anfang an die Absicht, Mary Beckett zu heiraten, aber ich hatte sie noch nicht um ihre Hand gebeten, weil ich es als meine Pflicht empfand, zuvor meinem Onkel meine Absichten zu erklären. Er war mein Vormund, als ich in Amerika war, und daher war das nur angemessen.«

»Und·er hat sich dem entgegengestellt?«

»Nein, er war nicht glücklich darüber, aber er hat sich nicht widersetzt. Was er getan hat, und davon ahnte ich nichts, war, dafür zu sorgen, daß ich deine Mutter nicht sehen konnte. Er hat mich laufend auf der Hacienda beschäftigt und mir einen Auftrag nach dem anderen gegeben, damit ich keine Zeit hatte, sie zu sehen. Und wenn sie kam, weil sie mich sehen wollte, sagte er ihr, ich sei nicht da, und er hat mir nie gesagt, daß sie da war. Er fand, ich sei zu jung, um zu wissen, was gut für mich ist. Er glaubte, es sei nichts weiter nötig, als uns voneinander fernzuhalten, und er glaubte, daß die Jugend schnell vergißt.«

»Aber er hat doch von ihrer Schwangerschaft gewußt. Sie hat mir erzählt, daß sie ihn mit ihrem Vater aufgesucht hat und daß ihr Vater gefordert hat, daß du sie heiratest.«

»Ja, das stimmt. Und mein Onkel war von diesen Neuigkeiten derart überrascht und fassungslos, daß er das Erstbeste sagte, was ihm durch den Kopf ging – ich sei bereits nach Spanien zurückgekehrt, die Ehe mit einer *americana* sei ohnehin unpassend, ich sei bereits einer anderen versprochen, und ich sei auf dem Rückweg nach Spanien, um diese erfundene *novia zu* heiraten.«

»Aber du hast doch sicher versucht, sie wiederzusehen?«

»Ich glaubte, es würde noch Wochen dauern bis zu ihrer Abreise. Das Ganze hat sich innerhalb von wenigen Tagen abgespielt. Ich habe mir keine Sorgen darum gemacht, ein paar Tage dadurch zu verlieren, daß ich meinem Onkel helfe. Schließlich hatte ich Mary für den Rest meines Lebens. Doch ihr Vater war so wütend auf meinen Onkel, daß er noch in derselben Nacht abreiste, nachdem sie meinen Onkel aufgesucht hatten. Als ich erfuhr, daß das Schiff ausgelaufen war, verstand ich gar nichts mehr. Ich wollte ihr mit dem nächsten Schiff nach New York folgen.

Dann hat mein Onkel seine Lügen ausgeweitet, indem er mir erzählt hat, er habe Mary mit einem anderen Mann gesehen und sie um meinetwillen angesprochen. Er hätte durchblicken lassen, daß ich Heiratsabsichten hätte. Und hier benutzte er wieder dieselbe Lüge, die er ihrem Vater gegenüber gebraucht hatte, indem er mir sagte, sie hätte ihn ausgelacht und erwidert, sie würde niemals einen Ausländer heiraten, sie sei bereits verlobt, und sie hätte nur noch ein wenig ihren Spaß haben wollen, ehe sie sich an diesen Mann band. Das Schiff war ausgelaufen, und ich beging den Fehler, meinem Onkel zu glauben. Er war der Bruder meines Vaters, und er hatte sich immer sehr um mich gekümmert, da er keine eigenen Kinder hatte. Ich wäre nicht im Traum auf die Idee gekommen, daß er mich belügen könnte. Dieser Gedanke ist mir nie gekommen. In der Folgezeit war ich derart verzagt, daß er Vorkehrungen traf, mich wieder nach Hause zu schicken, weil er nicht wußte, was er sonst mit mir anfangen sollte. Sobald ich wieder zu Hause war, ließ ich zu, daß meine Mutter mich mit dem erstbesten Mädchen verheiratete, das sie für passend hielt. Es war mir einfach vollkommen egal.«

»Aber warum um Gottes willen hat sich dein Onkel eingemischt?«

»Onkel Francisco hat seine Vormundschaft zu ernst genommen. Er hat aus dem Gefühl heraus gehandelt, das Rechte zu tun, und er war der Meinung, ich sei wirklich noch zu jung, um eine derart bedeutende Entscheidung zu treffen. Außerdem fürchtete er, daß meine Mutter seine Einwilligung hätte mißbilligen können. Er hatte ihr geschrieben und sie um ihren Rat gefragt, aber natürlich ging alles viel zu schnell. Als er mit Marys Schwangerschaft konfrontiert war, geriet er in Panik. Er nahm zu Lügen Zuflucht, weil er wirklich nicht wußte, was er tun sollte.«

»Du nimmst ihn in Schutz?« fragte Chase erbost.

»Nein«, erwiderte Don Carlos. »Ich habe ihn selbst verflucht, als er es mir erzählt hat, und ich konnte ihm die Vergebung, um die er mich vor seinem Tod gebeten hat, nicht gewähren. Aber ich verstehe ihn inzwischen besser. Er hat auch wirklich versucht, es wiedergutzumachen. Siehst du, er hatte Schuldgefühle, weil aus meiner Ehe keine Kinder hervorgegangen waren, keine Kinder, die am Leben geblieben sind. Dennoch wußte er, daß ich irgendwo in Amerika ein Kind haben muß. Daher hat er mir sein gesamtes Vermögen zur Verfügung gestellt, damit ich dieses Kind suchen kann. Genau dafür habe ich nahezu die Hälfte seines Vermögens ausgegeben, aber ohne Erfolg. Jetzt, da ich dich gefunden habe, kann ich seine letzten Anordnungen befolgen. Sein restliches Vermögen soll an dich gehen. Es gehört dir.«

»Nein, ganz bestimmt nicht«, sagte Chase automatisch. »Der Teufel soll mich holen, wenn ich sein Geld auch nur anrühre.«

»Aber du mußt es annehmen«, sagte Don Carlos. »Es ist dem Kind von Mary Beckett hinterlassen worden. Es ist immer noch eine beträchtliche Summe übrig, und auch ich habe einiges wiedergutzumachen.«

»Nein! Ich bin nicht hierhergekommen, weil ich Geld von dir will, und ganz bestimmt schon nicht von deinem Onkel.«

»Du hast dich deutlich genug ausgedrückt, Chase«, warf Jessie ein, die sich über seine Starrköpfigkeit ärgerte. »Aber wir nehmen das Geld an, Don Carlos.«

»Einen Dreck werden wir!«

»*Ich* werde das Geld ganz bestimmt annehmen. Ich bin nicht starrköpfig genug, um Geld aus dem Fenster zu werfen.«

»Ich kann dich ernähren, Jessie.«

»Ja, darüber können wir uns später unterhalten«, sagte sie ausweichend. Sie bereute, daß sie den Mund aufgemacht hatte. »Ich glaube, ich gehe jetzt, Chase, nachdem du das Eis auf so nette Weise gebrochen hast.«

Jessie konnte es kaum erwarten, das Zimmer zu verlassen. Sie bereute ihren Sarkasmus, doch sie fragte sich, warum Chase nicht etwas liebenswürdiger sein konnte. Als ihr einfiel, wie sie ihre eigene Mutter behandelt hatte, vergaß sie diesen Gedanken sofort wieder. Sie ging in ihr Zimmer und lief nervös auf und ab.

Jessie war verblüfft, als es an ihrer Tür klopfte, aber sie seufzte, als sie sah, daß es Rodrigo war. »Ich habe Sie für meinen Mann gehalten.«

»Sie wollen Ihren Mann nicht sehen?«

»Woher …? Wir hatten nur einen kleinen Streit, nichts weiter.«

Rodrigo trat in das Zimmer. »Sie brauchen mir nichts zu erklären. Ich mußte unfreiwillig hören, was auf der Treppe gesprochen wurde.«

»Oh.« *Diesen* Streit hatte sie bereits vergessen.

»Ich habe die Worte nicht verstanden, aber der Tonfall war unmißverständlich.«

Jessie errötete. »Hat Nita uns auch gehört?«

»Nein, das glaube ich nicht. Aber es muß Ihnen nicht peinlich sein, daß ich es weiß. Ich freue mich ganz herzlich darüber.«

Er griff nach ihrer Hand, aber Jessie wich stirnrunzelnd einen Schritt zurück. »Es freut Sie? Ich glaube, wir haben es hier mit einem sprachlichen Problem zu tun. Und dabei dachte ich, mein Spanisch sei so gut.«

Rodrigo schüttelte den Kopf und sah sie lächelnd an. »Sie mögen mich für herzlos halten, aber es freut mich zu wissen, daß zwischen Ihnen und Ihrem Mann etwas nicht stimmt.

Ich wünschte, ich hätte Ihnen meine Gefühle bereits eher gestanden. Dann hätte ich sie in diesen letzten Tagen nicht zu verbergen brauchen.«

»Rodrigo, was genau wollen Sie damit sagen?«

Er lächelte. »Vom ersten Tag an, an dem ich Sie gesehen habe, wußte ich, daß ich Sie liebe.«

Jessie schnappte nach Luft. »Aber Sie können mich nicht lieben. Ich bin gerade erst hier angekommen, und Sie kennen mich kaum.«

»Was bedeutet die Zeit in Herzensangelegenheiten?«

Jessie hätte beinah gelacht, doch sie verkniff es sich gerade noch rechtzeitig.

»Rodrigo, Sie sind ganz reizend, aber ich kann das nicht ernst nehmen. Und ich bin sicher, daß es Ihnen auch nicht ernst ist.«

»Sie zweifeln an mir?« Er wirkte nicht verletzt, aber sehr entschlossen. »Ich habe es mir erträumt, Ihnen meine Seele bloßzulegen. Ich habe es mir erträumt ...«

Er zog sie in seine Arme. Sein Kuß war verblüffend, weder willkommen, noch unangenehm. Jessies einziger Gedanke war: Ich bin jetzt verheiratet – niemand außer Chase darf mich küssen. Es war beunruhigend, daß sie nur an Chase dachte, wenn ein anderer Mann sie küßte, und noch dazu ein gutaussehender Mann.

Sie legte ihren Kopf auf die Seite, um Rodrigo auszuschelten. Die Worte blieben ihr in der Kehle stecken. Sie blickte zur Tür, und dort stand Chase. Sie hatte ihn nie mit einem so verzerrten Gesicht gesehen.

»Das ist es, was ich mir erträumt habe, meine Geliebte«, sagte Rodrigo in seiner seligen Unwissenheit um Chase. »Dies und noch viel mehr. Wenn wir erst verheiratet sind ...«

»Hören Sie auf, Rodrigo!« Jessie stieß ihn von sich und wandte ihren Blick von Chase ab, um Rodrigo böse anzufunkeln. »Sie haben viel zuviel daraus geschlossen, daß Sie einen kleinen Streit mitangehört haben. Ich habe einen Ehemann. Und jetzt muß ich ihm das erklären.«

»Du wirst es ihm sagen? Aber das ist ja wunderbar!«

260

»Ich habe nicht die Absicht, ihn zu verlassen«, sagte Jessie barsch. »Aber ich werde ihm erklären müssen, was Sie hier tun. Verstehen Sie, er steht nämlich eben in diesem Moment direkt hinter Ihnen.« Rodrigo wandte sich blitzschnell um. Jessie war froh, daß Chase kein Spanisch verstand. Sie konnte die Situation herunterspielen, weil er Rodrigos Erklärung nicht verstanden hatte.

»Gehen Sie jetzt einfach, Rodrigo«, seufzte Jessie. »Ich glaube, hier wird es zu einem weiteren Streit kommen.«

Widerwillig tat Rodrigo das, worum sie ihn gebeten hatte. Aber er konnte Chase nicht in die Augen sehen und ging mit äußerster Behutsamkeit an ihm vorbei. Was hätte er auch sagen können? Ein guter Anfang für zwei Cousins.

»Warum machst du die Tür nicht zu?« fragte Jessie nervös, als Chase sich nach einer unerträglich langen Zeitspanne noch keinen Zentimeter von der Stelle gerührt hatte.

Er schloß die Tür ganz langsam und trat dann ins Zimmer. »Verbessere mich bitte, wenn ich mich irre, aber hast du mir nicht erst heute grausige Warnungen für den Fall unschicklichen Verhaltens angedroht?«

»Du verstehst das nicht, Chase«, sagte sie eilig.

»Doch, ich verstehe es. Es ist ja nur allzu klar. Ich bin der einzige, dem die kleinste Unachtsamkeit untersagt ist. Du dagegen beanspruchst für dich die Freiheit, deine Ehegelübde nach Lust und Laune zu verhöhnen.«

»Nein, das tue ich nicht«, erwiderte sie empört. »Und ich habe es auch nicht getan. Verdammt noch mal, kann ich es dir jetzt erklären?«

»Unter allen Umständen«, sagte er gepreßt. »Das dürfte hochinteressant werden.«

Jessie reckte stur ihr Kinn in die Luft. »Wenn du dich auf diesen Standpunkt stellst ...«

»Jessie, wenn es dir lieber ist, daß ich damit rausrücke, was ich wirklich empfinde ...«

»Nein! Ich meine, du hast einfach nicht den geringsten Grund, wütend zu sein.« Ihre Hand glitt nervös zu ihrer Kehle. »Es ist nicht so, daß mir Rodrigos Umarmung willkommen gewesen wäre. Er hat sich einfach hinreißen lassen.«

»Und natürlich hast du ihn nicht dazu ermutigt.«

»Verdammt noch mal, er bildet sich ein, mich zu lieben. Ich war genauso überrascht wie du.«

»Überrascht trifft bei mir nicht ganz zu, Jessie«, erwiderte Chase kühl.

»Was hätte ich denn tun sollen?« fragte sie erbost. »Er hat gehört, daß wir uns gestritten haben, und er hat angenommen, daß zwischen uns etwas nicht in Ordnung ist. Andernfalls hätte er nichts gesagt. Er hatte mir gerade erst seine Gefühle erklärt und mich geküßt, um mir zu beweisen, daß es ihm ernst sei, als du reingekommen bist. Ich habe ihn nicht ernstgenommen, aber ich habe ihm erklärt, daß er sich irrt, was uns betrifft, Chase.»

»So, hast du das getan? Was hättest du ihm erzählt, wenn ich nicht dazugekommen wäre, Jessie?«

»Wie kannst du es wagen!«

»Wie?« Chase explodierte jetzt. »Das kann ich dir genau sagen! Jedesmal, wenn ich mich auch nur umdrehe, gibt es einen neuen liebeskranken Kavalier, der dir zu Füßen liegt. Erst ein Cowboy, der sich für deine Ablehnung an dir rächt. Dann ein Sioux-Krieger, der mit Freuden für dich töten würde. Ein Cheyenne, der sich danach verzehrt, dich zu beschützen. Und jetzt läßt sich mein Cousin in deinen Bann ziehen. Wie lange war das schon so, ehe ich da war, Jessie?«

»Du Mistkerl!« fauchte Jessie. »Wenn du dich über das ärgerst, was in Don Carlos' Zimmer vorgefallen ist, dann sag es, aber benutze das nicht als Vorwand, dich mit mir zu streiten.«

»Darauf komme ich ein anderes Mal zurück.«

»Nein, bestimmt nicht«, erwiderte Jessie eisig. »Diese Art der Behandlung kann ich nicht gebrauchen, nicht in meinem Zustand. Raus jetzt. Such dir ein anderes Zimmer«, fügte sie steif hinzu. »Dieses hier ist belegt.«

46

Rodrigo hielt die Kutsche an und band die Pferde los, die sie für den Rest der Reise mitgenommen hatten. Jessie hatte die sanfteste Stute aus dem Stall von Don Carlos bekommen, wogegen Rodrigo auf einen der prachtvollen spanischen Araber von Don Carlos stieg. Wie sehr Jessie ihren geliebten Blackstar vermißte, der gemeinsam mit Goldenrod in Chicago auf sie wartete! Doch sie entrüstete sich nicht darüber, daß man ihr das zahme Pferd gegeben hatte. Sie wußte, daß sie gar nicht auf einem Pferd hätte sitzen sollen, nicht einmal mit einem Damensattel und so stark gepolstert, wie sie ritt. Sie hätte, so wie die Dinge standen, das Haus gar nicht erst verlassen sollen, doch zwischen Chase und ihr herrschten solche Spannungen, daß sie Zeit für sich brauchte.

Sie war auf dem Weg nach Ronda, um Rodrigo zuzusehen, während er ein großes Publikum mitriß, indem er seine Fähigkeiten im Stierkampf bewies. Es wäre alles nicht so schlimm gewesen, wenn nicht der einzige Weg nach Ronda ein alter Mauleselpfad gewesen wäre, den man mit einem Wagen nicht befahren konnte. Das mußte gut für die legendären andalusischen Banditen gewesen sein, die Ronda während des letzten großen Aufstands der Mauren gegen Ferdinand und Isabella zu ihrer letzten Festung gemacht hatten. Ein einziger schmaler Pfad war leicht zu bewachen. Doch für eine hochschwangere Frau war er verflucht schwer zu passieren.

Jessie war im Laufe der letzten drei Monate bereits mehrfach mit Rodrigo und Nita in Ronda gewesen, doch noch immer überkam sie dieselbe Ehrfurcht wie beim ersten Mal, als sie die Stadt sah, die hoch über einem Felsspalt thronte, der hundert Meter tief war. Drei Brücken überspannten diese Kluft. Es hatte ihr Grauen eingejagt, die Puente Nuevo zu überqueren, die höchste der Brücken, und in die Schlucht hinabzuschauen, die die Stadt spaltete. Weit unter ihr waren die beiden anderen Brücken, die beide auf alten römischen Fundamenten erbaut worden waren.

In der Altstadt konnte man auf den Straßen Zigeuner sehen und ihnen zuschauen, wenn sie den wilden, leidenschaftlichen Flamenco tanzten. Nita behauptete voller Stolz, besser tanzen zu können als die Zigeunerinnen.

Die Todesnähe des Don Carlos wurde mit keinem Wort mehr erwähnt. Seit Chases Ankunft hatte sich sein Zustand täglich gebessert, und er verließ ein bis zweimal täglich sein Zimmer und schwor, wieder der Alte zu werden. Es wurde bereits von Reisen gesprochen, sogar davon, daß er gemeinsam mit Chase und Jessie nach Amerika zurückkehren wollte.

Chase war begeistert. Er und sein Vater kamen einander immer näher. Jessie sah den Chase, den sie kannte, eigentlich nur noch, wenn er mit Don Carlos zusammen war. Im übrigen war er kalt und unnahbar.

Sie begann zu glauben, Chase würde ihr niemals verzeihen, was zwischen Rodrigo und ihr vorgefallen war. Er hatte ihren Erklärungen keine Aufmerksamkeit geschenkt. Es schien, als seien sie einander fremd. Sie war mehrfach auf dieses Thema zu sprechen gekommen, doch daraufhin hatte er jedesmal das Zimmer verlassen. Er wollte ganz einfach nichts mehr mit ihr zu tun haben.

Die letzten Monate waren unerträglich gewesen. In ihrer Einsamkeit hatte sie immer mehr Zeit mit Rodrigo und dann sogar mit Nita verbracht. Rodrigo hatte ihr nie mehr seine Liebe gestanden, doch er war immer aufmerksam und ständig darauf bedacht, ihr zu gefallen.

So kam es, daß sie jetzt in Ronda war. Sie wußte, daß sie nicht hätte reisen dürfen, nicht so kurz vor ihrer Entbindung. Rodrigo war natürlich der Meinung, daß ihr nicht das geringste passieren konnte, weil er bei ihr war.

Der schwere Duft der Orangenblüten brach über sie herein, als sie an den Gärten des Paseo de la Merced in Mercadillo vorbeikamen, dem neueren Bezirk von Ronda, der jedoch nur wenige Jahrhunderte neuer war. In diesem Teil der Stadt befand sich die Stierkampfarena. Um die Wahrheit zu sagen – Jessie hätte sich lieber ins Bett gelegt und sich ausgeruht. Doch Rodrigo hatte ihr schon so viel über den Stierkampf erzählt, und er hatte ihr auch seine eigenen Fertigkeiten so glühend geschildert, daß sie es nicht über ihr Herz brachte, ihn jetzt zu enttäuschen.

Sie rief sich die drei Aspekte in Erinnerung, unter denen die Kritiker den Stierkampf beurteilten. Punkt eins war der Kampfstil des Matadors. Das hieß, aufrecht und unbeweglich dazustehen, ohne einen Zentimeter zu weichen, und den Stier mit einer Anmut zu umgehen, die keinerlei Boden verlor. Die Beherrschung des Stiers, die Kontrolle über jede einzelne Bewegung des Tiers und die Fähigkeit, es beliebig herumwirbeln zu lassen, war der zweite Aspekt. Der dritte Punkt war, diese Manöver so langsam wie möglich durchzuführen, denn je länger diese gefährliche Nähe andauerte, desto besser standen die Möglichkeiten des Stieres, seine Taktik zu ändern und den Matador auf die Probe zu stellen.

Rodrigo ließ sie auf der Tribüne zurück und ging fort, um sich umzukleiden. Sie sah ihn erst bei der Eröffnungsparade in der Arena wieder, bei der alle Teilnehmer des Spektakels auftraten. Es gab noch zwei weitere Matadore neben Rodrigo, und in ihren enganliegenden Seidengamaschen, ihren knielangen Hosen und den mit funkelnden Edelsteinen besetzten Jacken sahen sie alle großartig aus. Der größte Teil des Publikums hatte sich ebenfalls feingemacht, und das außergewöhnlich warme Wetter gestattete es den Frauen, ärmellose Blusen zu tragen. Sie trugen farbenfrohe Röcke mit Rüschen und Bordüren, und ihr Haar war unter Spitzentüchern mit Kämmen hochgesteckt. Doch der maurische Einfluß war nicht gänzlich verlorengegangen. Manche Frauen bedeckten ihr Haar und die untere Gesichtshälfte unter besticktem Leinen, und ihre Kleidung war wesentlich dunkler.

Nach der Parade wurde der erste Stier losgelassen, und die Manöver begannen. Dann kam Rodrigo, der erste Matador, der seine Geschicklichkeit mit seinem roten Umhang demonstrierte, und die Spannung nahm spürbar zu. Eine Zeitlang vergaß Jessie ihre quälenden Kreuzschmerzen und die allgemeinen Beschwerden, die in der letzten Woche aufgetreten waren. Sie sah Rodrigo zu, der mit dem Stier spielte, ihn neckte und das riesige Tier reizte, und sie fiel in das grölende »Ole!« der Menge ein, die Rodrigo zujubelte.

Beim vierten »Ole!« krümmte sich Jessie unter einem heftigen Krampf. Es gab noch so viel zu sehen; den Auftritt der Pikadore mit ihren Lanzen, das Reizen der Stiere durch die Matadore, die Banderillas, die zwischen die Schulterblätter der Stiere gesetzt wurden, dann das letzte Aufbäumen des Stieres, ehe er getötet wurde. Doch all das würde Jessie verpassen. Sie hoffte, daß sie sich irrte, doch ein weiterer Krampf machte diese Hoffnung zunichte.

Sie mußte die Arena verlassen, ehe die Menge sich zerstreute und sie anstieß. Das Gehen fiel ihr nicht leicht, da sie immer wieder nach wenigen Minuten stehenbleiben mußte, um zu warten, bis der nächste Krampf vorübergegangen war, und sich dann langsam weiterbewegen konnte. Sie fühlte sich wie eine große, unförmige Kuh.

Sie wußte nicht, wohin zum Teufel sie eigentlich ging oder was sie tun würde, wenn sie dort ankam. Warum war Chase jetzt nicht hier, um ihr zu helfen? Er hätte sich anerbieten sollen, mitzukommen. Es war schließlich sein Baby, verdammt noch mal. Er hätte jetzt hier sein sollen, um sich um sie zu kümmern und um sie auszuschelten, um ihr zu sagen, er hätte ihr schließlich gesagt, daß sie diese Reise nicht unternehmen sollte, um ihr zu sagen, daß alles gut werden würde. Wo war er? Haßte er sie denn wirklich?

»Señora Summers!«

Jessie drehte sich langsam um, und eine Woge der Erleichterung strömte über sie hinweg, als sie Magdalena Carrasco gegenüberstand, einer Frau, die sie in Ronda kennengelernt hatte, einer alten Freundin von Don Carlos. Magdalena brauchte nur einen Blick auf Jessie zu werfen, die bleich und verkrampft wirkte, um zu wissen, was hier vorging.

»Wo ist Ihr Mann, Jessica?«

»Er ist heute nicht mitgekommen«, keuchte Jessie.

»Und Sie hätten auch nicht herkommen sollen, *Por Dios!*«

Jessie nickte schuldbewußt. »Wie komme ich denn jetzt nach Hause?« fragte sie zaghaft.

»Nach Hause? So ein Unsinn! Dafür ist es jetzt zu spät. Sie werden jetzt mit mir kommen, und ich werde Sie in meinem Haus unterbringen.«

»Aber … mein Mann?«

»Ich werde nach ihm schicken lassen«, versicherte ihr Magdalena entschieden. »Sie brauchen sich jetzt mit nichts mehr zu belasten.«

Jessie war mehr als froh, Magdalena alles Weitere überlassen zu dürfen. Sie hatte ohnehin schon genug Sorgen.

47

Jessie verlor jedes Zeitgefühl. Die Schmerzen waren so schlimm, daß sie am liebsten nur noch laut geschrien hätte. Dieses lange Warten und der Schmerz waren eine ganz schreckliche Belastung. Sie konnte sich nicht erinnern, jemals derart erschöpft gewesen zu sein, doch Magdalena sagte immer wieder: »Entspannen Sie sich, es ist noch längst nicht soweit.«

Und dann glaubte sie zu träumen. Chase stand da. »Ich könnte dir den Hals umdrehen, ist dir das klar?« Seine sanfte Stimme strafte seine Worte Lügen.

»Das höre ich nicht zum ersten Mal.«

»Diesmal bist du zu weit gegangen, Jessie.« Sein Gesicht war von Ängsten gezeichnet.

»Woher hätte ich das denn wissen sollen?« gab sie schuldbewußt zurück. »Wenn du nur gekommen bist, um mich anzuplärren, kannst du auch …«

Sie konnte nicht weiterreden. Diesmal stieß sie, aus reiner Gehässigkeit gegen ihn, einen Schrei aus, als der Schmerz seinen Höhepunkt erreicht hatte. Es befriedigte sie, festzustellen, daß jeder Rest von Farbe aus Chases Gesicht wich. Vielleicht würde er sie jetzt nicht mehr anfauchen, weil sie so dumm gewesen war. Sie wußte schließlich selbst, wie töricht sie gehandelt hatte.

»Jessie, um Gottes willen, du brauchst einen Arzt!« flüsterte er eindringlich.

»Ich war bei einem Arzt«, sagte Jessie matt, »und Magdalena ist im Nebenzimmer.«

»Wo ist der Arzt?«

»Er kommt später wieder.«

»Aber er sollte jetzt hier sein!«

»Und wozu? Er kann mir nicht helfen, noch nicht, erst später. Man hat mir gesagt, daß es noch lange dauern wird.«

»Jesus!«

»Ich kann gar nicht verstehen, warum du dich darüber aufregst. Ich dachte, du wüßtest mehr darüber als ich.«

»Nicht über die Praxis – fehlt dir etwas? Kann ich etwas für dich tun?«

Sie hätte am liebsten gelacht.

»Ja … es gäbe etwas, was ich …«

»Alles, Jessie, alles.«

»Es gibt etwas, was du klarstellen könntest.« Sie mußte warten, bis die nächste Wehe vorübergegangen war, ehe sie fortfahren konnte. »Ich … habe nur ganz vage Erinnerungen an alles, was passiert ist, nachdem die Ranch abgebrannt ist. Hast du ... hast du Kate irgendwo mit mir zusammengebracht?«

»Ja, im Hotel, an dem Vormittag, an dem wir Cheyenne verlassen haben. Ich habe sie in einem der Saloons gefunden. Sie wollte dich nicht sehen, aber ich dachte, wenn du sie siehst, kommst du vielleicht wieder zu dir, und der Schock läßt nach. Aber es hat nichts genützt.«

»Habe ich Kate verziehen? Worüber haben wir gesprochen? Hast du recht gehabt?«

Er nickte. »Wenn diese Frau während all der Jahre keine Gewissensbisse hatte, dann hat sie sie, glaube ich, jetzt. Wenn du mich fragst, ist das ein sehr geringer Preis, den sie für das zahlt, was sie dir und Rachel angetan hat. Du hast überhaupt nicht mit ihr gesprochen, sie nur angestarrt und dich dann abgewandt.«

Jessie stöhnte. Die Wehen wurden jetzt intensiver, und die Abstände zwischen den einzelnen Wehen verringerten sich.

»Was ist aus Jeb und meinen Leuten geworden?«

»Jeb hat gesagt, er würde sich darum kümmern, daß die anderen gehen, doch er würde noch dableiben und die Rinder, die noch übrig waren, zusammentreiben. Ich habe ihm gesagt, daß er alles behalten kann, was er noch findet. Rachel hat als Hochzeitsgeschenk deine Schulden abgezahlt, und somit schuldest du niemandem etwas. Ich dachte, du hättest sicher nichts dagegen, daß Jeb die Rinder behält, die er findet, und mit ihnen anfängt, was er will.«

»Nein, natürlich nicht. Ich bin froh darüber. Das war sehr klug von dir.«

»Er hat es verdient, Jessie.«

»Ja, ganz gewiß. Oh! Und was war mit dem Sheriff?«

»Ich habe ihm die Personenbeschreibungen gegeben und Belohnungen auf Clee, Charlie und Blue Parker ausgesetzt.«

»Was ist mit Laton Bowdre?«

»Ich konnte ihm nichts zur Last legen.«

»Was?«

»Jessie, Bowdre hat die Stadt einen Tag vor dem Brand verlassen, und daher konnte er nicht mit einbezogen werden. Der Mann ist geschickt. Aber vielleicht ist er nicht geschickt genug.«

»Chase, sag mir, was ...«

268

»Es könnte seinen Untergang bedeuten, daß du die Leute erkannt hast, die er für sich hat arbeiten lassen. Ich habe die Sache mit dem Sheriff besprochen, und er hat sich einverstanden erklärt, daß er, wenn er einen von den dreien schnappt, denjenigen laufen läßt, wenn er ihm freiwillig den Namen des Mannes nennt, der ihn engagiert hat. Clee und Charlie mögen vielleicht der Auffassung sein, daß Loyalität über alles geht, aber ich zweifle daran, daß Parker es so sieht. Es ist nur noch eine Frage davon, wenigstens einen von ihnen zu schnappen.«

»Glaubst du, daß Hoffnung besteht, sie zu finden?« fragte sie eifrig.

»Wir können die Belohnung immer noch erhöhen«, sagte Chase.

»Wovon?« fragte sie. »Du bist nicht direkt reich, weißt du. Und ich bin völlig pleite.«

»Nun«, erinnerte er sie, »ich habe schließlich eine beträchtliche Summe geerbt, als ich meinen Vater gefunden habe.«

»Du nimmst das Geld an?« fragte sie überrascht.

»Ich wäre der größte Narr aller Zeiten, wenn ich diese Angelegenheit durch meine schlechte Laune entschieden hätte. Und außerdem ...«

Jessie hatte sich bemüht, ihre Schreie zu unterdrücken, doch diesmal gelang es ihr nicht. Selbst in ihren eigenen Ohren klang der Schrei ganz gräßlich. Chase geriet in Panik, weil er annahm, daß etwas passiert war. Er griff nach ihrer Hand.

»Jessie, du darfst nicht sterben, das darfst du einfach nicht tun! Ich liebe dich! Wenn du stirbst, dann hilf mir ...«

»Wirst du mir dann den Hals umdrehen?« sagte Jessie schwach. Sie sah ihn lange an. »Mich lieben?« sagte sie sanft. »Du hast eine nette Art, mir das zu zeigen, wenn ich bedenke, wie du mich in letzter Zeit behandelt hast.«

»Ja«, sagte er schlicht. »Verdammt noch mal, ich war in meinem ganzen bisherigen Leben noch nie auf irgend etwas oder irgend jemanden eifersüchtig, und jetzt, ganz plötzlich ... ich wußte nicht, wie ich damit umgehen soll, Jessie. Ich wollte dich anschreien, aber auf der anderen Seite wollte ich dich auch lieben. Ich wollte um dich kämpfen, aber ich habe meine gesamten Gefühle zurückgehalten, weil ich Angst hatte, dich zu sehr aus der Fassung zu bringen. Glaub mir, Jessie, wenn du nicht schwanger wärst, hätten wir das alles schon längst hinter uns gebracht. Ich habe mich in meinem ganzen Leben noch nicht so elend gefühlt wie in diesen letzten Monaten, in denen ich in deiner Nähe war und dich doch nicht berühren konnte, und in denen ich Angst hatte, das zu sagen, was ich empfunden habe. Und du hast Rodrigo immer wieder ermuntert ...«

»Das habe ich nicht getan«, unterbrach sie ihn barsch. Dann wurde ihre Stimme zarter. »Rodrigo ist ganz reizend und unterhaltsam, aber er ... er ist nicht du, Chase. Ich habe nicht das geringste empfunden, als er mich dieses eine Mal geküßt hat. Ich nehme fast an, kein anderer Mann kann mir etwas geben.«

Ehe Chase antworten konnte, schrie Jessie wieder auf. Magdalena kam ins Zimmer, um zu sagen, daß sie nach dem Arzt geschickt hatte. Sie versuchte, Chase dazu zu bringen, daß er ging, doch er wollte nicht von der Stelle weichen. Das ziemte sich nicht, und sie ging kopfschüttelnd wieder hinaus.

Jessie entspannte sich wieder und lächelte Chase an. »Sie hat recht. Du solltest jetzt besser gehen. Es ist schon schlimm genug, daß ich mir meine eigenen Schreie anhören muß, aber du solltest dir das nicht auch noch antun.«

»Das ist doch absurd!«

»Nein, ich würde mich wirklich wohler fühlen, wenn ich mich nicht darum sorgen müßte, daß du ohnmächtig werden könntest.«

»Damit scherzt man nicht, Jessie.«

»Es tut mir leid, Chase. Würdest du bitte draußen warten? Ich will ganz einfach nicht, daß du mich so siehst.«

Einer so ernstgemeinten Bitte konnte er sich nicht widersetzen, doch er ging nur zögernd aus dem Zimmer, und sein Gesicht war eine kummervolle Maske, als er bei jedem Schritt zu ihrem Bett zurückblickte.

»Chase.« Jessie hielt ihn zurück, als er schon in der Tür stand. »Ich liebe dich auch.«

»Pedro?« rief Jessie aus. »Hat sie dich wirklich Pedro genannt?«
»Erstaunt?« Chase grinste.

»Aber ich hätte gedacht, daß sie alles Spanische ablehnt.«

»Ich glaube, daß meine Mutter ihr Selbstmitleid wirklich genüßlich ausgekostet hat.«

»Aber warum hast du den Namen geändert?«

»Mit meinem dunklen Haar und einem solchen Namen war ich
in Chicago als Ausländer abgestempelt. Jungen können ziemlich
roh mit Fremden umgehen. Mir scheint, ich mußte mich täglich prü-
geln. Und daher habe ich meinen Namen geändert – und alle davor
gewarnt, sich jemals wieder an den Namen Pedro zu erinnern.«

»Aber Pedro ist doch ein schöner Name.«

Sie lachten beide und schmiegten sich auf dem Divan dichter aneinander. Im Nebenzimmer schlief der zwei Monate alte Charles.
Ein Sohn, der ganz wie sein Vater und sein Großvater aussah. Darüber platzten beide Männer fast vor Stolz. Jessie stellte sich gern
vor, daß das, was in Chases Augen aufleuchtete, wenn er seinen
Sohn ansah, nicht nur Stolz war. Vielleicht war es auch Glück. Zufriedenheit. Mit Sicherheit Liebe. Er liebte diesen Jungen wirklich.
Und in den letzten zwei Monaten hatte sie sich seiner Liebe so sicher gefühlt, wie sich Charles seiner Liebe sicher fühlen konnte.

Liebe war nicht das Märchen, von dem sie einst geglaubt hatte,
daß es Liebe sei. Liebe war etwas Wirkliches, und sie war wunderbar, und Jessie blühte darin auf. Die Liebe war das Herz des
Glücks, und Jessie hatte ihr Glück in ihrem Mann und ihrem Kind
gefunden.

Jessie küßte Chase auf die Wange, und er drehte seinen Kopf
um und nahm ihre Lippen gefangen. Sie seufzte, als seine Hand
über ihren Rücken strich. Sie hatte es gelernt, ihre ungestüme Leidenschaft manchmal zu zügeln, denn es gab so vieles zu sagen.
Doch eine ungestüme Vereinigung hatte auch ihr Gutes. Sie warf
einen Blick auf das Bett und seufzte wieder. Es war noch früh.

»Hast du inzwischen darüber nachgedacht, was du tun willst,
wenn wir wieder in Amerika sind?« fragte Jessie.

»Wir sollten deine Mutter vielleicht eine Zeitlang besuchen. Ich
glaube, daß Rachel meinen Vater mögen wird.«

»Du willst die beiden verkuppeln, stimmt's?«

»Ich habe nicht vor, mich in das Leben anderer einzumischen, nur in mein eigenes.«

»Das ist dir allerdings gelungen«, sagte Jessie lächelnd. »Wir können aber nicht ewig bei meiner Mutter bleiben.«

»Denkst du an etwas Bestimmtes?« fragte er.

»Ich würde meine Ranch gern wieder aufbauen. Wenn du magst«, sagte sie.

»Aber, Jessie, wir können uns irgendwo ein Haus kaufen und uns um die Erziehung unseres Sohnes kümmern. Du brauchst nicht zu arbeiten.«

»Und ich kann faul und fett werden und an Langeweile sterben«, entgegnete Jessie mißmutig. »Ich will eine Ranch, Chase. Tu diese Idee nicht einfach ab.«

»Sie einfach abtun?« Er lachte. »Als ob du das zulassen würdest. Oh, mein Gott, ich hätte mir nie träumen lassen, daß ich einmal als Rancher ende.«

»Ist das dein Ernst?« fragte sie aufgeregt.

»Ja«, seufzte er. »Aber wenn es schon eine Ranch sein muß, dann machen wir es diesmal richtig. Nicht nur so, daß es mit Hängen und Würgen klappt. Und ich hoffe doch sehr, daß du dich nicht darauf versteifst, dich in Wyoming niederzulassen? Willst du nicht eine neue Ranch an einem Ort aufziehen, an dem es wärmer ist? In Texas oder Arizona?«

»Nein«, sagte sie entschieden. »Es mag zwar sein, daß die Winter in Wyoming etwas kühl sind …«

»Etwas!«

Sie grinste. »Es gibt Mittel, sich aufzuwärmen, Mittel, die Spaß machen können.«

»Wirst du sie mich alle lehren?«

»Wenn du mich freundlich darum bittest.«

»Verführerin.«

»Schmeichler.«

»Ich liebe dich, mein Schatz.«

Heather Graham

Die Liebe der Rebellen

PROLOG

Verrate die Liebe nicht!

Cameron Hall
Tidewater, Virginia
Juni 1776

»*Amanda!*«

Die Schlafzimmertür flog auf, und im selben Augenblick dröhnte ein Kanonenschuß über das Wasser. Amanda wurde unsanft aus ihren Träumen gerissen und sprang aus dem Bett. Mit nackten Füßen hastete sie über den blankpolierten Fußboden zu den hohen Fenstern hinüber. Dabei folgte ihr Danielle auf dem Fuß. Im Hafen lagen Schiffe, und auf allen wehte die britische Flagge. Als eine zweite Kanone abgefeuert wurde, breitete sich schwarzer Pulverdampf über dem Wasser aus.

»Das ist Lord Dunmore! Er zielt auf das Haus!« stieß Amanda entsetzt hervor. Als sie herumfuhr, gewahrte sie Danielles verachtungsvollen Blick.

»Ja, *Highness!* Er will sich an Cameron rächen – ungeachtet der Dienste, die Sie ihm erwiesen haben.«

Amandas Augen blitzten wütend. Sie hatte ihren Teil der Abmachung mit dem Gouverneur der Krone erfüllt, und dennoch bedrohte er Cameron Hall! Nachdem er aus Williamsburg verjagt worden war, hatte er furchtbare Zerstörungen entlang der Küste angerichtet. Und jetzt war er hier! Plötzlich krampfte sich ihr Herz angstvoll zusammen. Er wußte es! Er wußte, daß in den Lagerhäusern Waffen und Pulver versteckt waren! Aber sie hatte es ihm nicht verraten! Es gab nichts mehr, womit man sie hätte erpressen können, aber auch sonst wäre sie nicht so weit gegangen. Jetzt nicht mehr – nicht gegen Eric.

»Amanda –«

»Pst! Ich muß mich beeilen!« Damit lief sie eilig zum Schrank hinüber. »Hilf mir!« kommandierte sie energisch, während sie aus

275

dem Nachthemd stieg und mit bebenden Fingern ihr Korsett zu schnüren versuchte.

Danielle folgte nur zögernd. »Was wollen Sie denn machen?«

»Die Sklaven, die Diener und Arbeiter in den Wald schicken! Außerdem werde ich ein Wörtchen mit Dunmore reden!«

»Und falls Ihr Vater oder Lord Tarryton bei ihm sind?«

»Verdammt!« fluchte sie aufgeregt. »Ich muß nachdenken –«

»Sie hätten lieber nachdenken sollen, bevor Sie sich auf die Rolle der Spionin eingelassen haben, Mylady!« bemerkte Danielle kummervoll.

»Hör auf!« befahl Amanda, während sie sich ein Kleid über den Kopf zerrte. Dann zog sie ihre Strümpfe an und streifte die Strumpfbänder über. Was hatte sie getan? Sie wußte nicht mehr, ob sie für den Sieg oder besser für die Niederlage der Briten beten sollte.

Nein, sie wollte nicht nachdenken. »Jetzt noch die Schuhe«, murmelte sie, während sie in ihre Schnallenschuhe stieg. »So, Danielle«, begann sie, doch dann versagte ihr die Stimme. Unter der Tür stand ein britischer Offizier. Lord Robert Tarryton. Amanda realisierte augenblicklich, daß er von der Landseite her gekommen sein mußte, während man den Scheinangriff vom Wasser her inszeniert hatte.

»Hallo, Amanda.« Dann musterte er sie einige Augenblicke lang fast andächtig. »Oh, *Highness*, welch faszinierender Anblick! Ich hätte viel früher kommen sollen, um Sie zu holen!«

»Das wäre wohl nicht gut möglich gewesen!« bemerkte sie verächtlich, während sie fast mitleidig sein helles Haar und seine regelmäßigen Gesichtszüge betrachtete, die sie einmal für schön gehalten hatte. Doch irgendwann hatte sie den grausamen Zug in seinem Lächeln entdeckt! Tja, sie hatte diesen Mann viel zu spät durchschaut.

»Ich bin gekommen, Sie zu begleiten«, erklärte Tarryton.

Panik ergriff Amanda. »Ich werde nicht mitkommen.«

»Wie bitte? Will sich die Prinzessin der Tories jetzt etwa auf die Seite der Rebellen schlagen? Seien Sie keine Närrin! Cameron weiß, wer uns benachrichtigt hat. Außerdem kann ich mir denken, daß meine Berührungen sicher zärtlicher ausfallen werden als seine!« Langsam trat er näher und ließ dabei seine Blicke über die

276

elegante Erscheinung gleiten. Dabei zuckten seine Gesichtsmuskeln unentwegt. Vermutlich störte ihn die starke Ausstrahlung, die dieser Raum auch in Abwesenheit des Hausherrn auf jeden ausübte.

»Woher soll Eric denn etwas wissen?« Amanda war empört. »Ich habe jedenfalls nichts verraten!«

»Doch, Lady. Deshalb sind wir ja hier! Natürlich werden wir Sie nicht zurücklassen!«

Als er auf sie zutrat, war ihr Mund plötzlich wie ausgetrocknet. Danielle versuchte, sich ihm in den Weg zu stellen, doch Tarryton schob sie nur achtlos zur Seite. Amanda wehrte sich nach Kräften und zerkratzte ihm sogar die Wange, aber er lachte nur und drehte ihr brutal die Arme auf den Rücken. »Schluß mit dem dummen Spiel, *Highness!* Sie haben uns gerufen, und da sind wir!«

»Nein!« schrie sie voller Entsetzen. *Sie* war die Betrogene. Sie hatte zwar von der Existenz der Waffen in den Lagergebäuden gewußt, doch von ihr hatte es niemand erfahren. Wütend wehrte sie sich gegen ihn.

Danielle war gestolpert und lag leblos am Boden. »Sie haben sie umgebracht!« Amanda zerrte an seinem Griff. »Oh, wie sehr ich Sie hasse! Wie sehr ich Sie −«

»Keine Angst! Sie lebt noch. Schicken Sie jetzt lieber die Leute aus dem Haus, denn wir werden es in Brand stecken!«

»Ich werde niemals mit −«, begann Amanda, doch dann ging ihr plötzlich die Bedeutung seiner Worte auf. Er wollte Cameron Hall in Brand stecken! »Nein!« Mit neuer Energie stürzte sie sich auf ihn und schlug wild um sich. Plötzlich war ihr das Backsteinhaus mit den vielen Schornsteinen wichtiger als alles andere. »Das dürfen Sie nicht! Sie dürfen das Haus −«

Bleich vor Zorn packte er sie fester. »Ich habe den Befehl, das Haus anzuzünden«, erklärte er. »Allerdings −«

»Allerdings?« Amanda warf den Kopf in den Nacken.

»Wenn Sie freiwillig mit mir an Bord der *Lady Jane* gehen, die wir von Ihrem Mann gekapert haben, werde ich dafür sorgen, daß sich der Schaden in Grenzen hält. Ihre Leute können später zurückkommen und das Feuer löschen.«

Sekundenlang starrte Amanda ihn an und überlegte fieberhaft.

Eigentlich hatte sie keine andere Wahl, denn Tarryton hätte sie genausogut unter Protest davonschleifen können. »Gut, ich komme mit«, sagte sie und schluckte mühsam die Tränen hinunter. Sie durften das Haus nicht einäschern!

Brutal drängte Tarryton sie aus der Tür, wobei er sich ein Taschentuch gegen seine blutende Wange preßte. Im Treppenhaus war die gesamte Dienerschaft versammelt. Amanda schluckte und sah sie dann alle der Reihe nach an: Pierre, Margaret, Remy und Cassidy.

»Rasch! Verlassen Sie alle das Haus! Es soll in Brand gesteckt werden!«

»Sieh einer an – die Hexe der Tories!« rief Margaret.

Amanda erbleichte, doch als Robert nach der Frau schlug, rief sie laut: »Nein!« Lächelnd wandte sich Tarryton daraufhin Amanda zu und bot ihr seinen Arm. »*Highness?*«

Mit zusammengebissenen Zähnen akzeptierte Amanda sein Angebot. Während er sie die Treppe hinuntergeleitete, hielt sie den Blick gesenkt, und als Remy vor ihr ausspuckte, straffte sie nur die Schultern und schwieg. Es stimmte, daß sie zu den Tories gehörte, doch der Rest war bitterste Ironie. An der Tür riß sie sich los und drehte sich noch einmal zu den Dienern um. »Verlassen Sie das Haus! Rasch!«

»Dieses Haus ist ein Hort der Rebellion gegen den von Gott ernannten König von England! Gehen Sie oder Sie werden in den Flammen umkommen!« rief Robert über die Schulter zurück, während er Amanda ins Freie zog. Auf der Veranda besprach er sich rasch mit einem seiner Lieutenants. Der junge Mann warf Amanda einen argwöhnischen Blick zu und nickte dann. »Das Haus wird es überstehen, die Lagerhäuser aber nicht!« konstatierte Robert.

Während Tarryton sie zu seinem Pferd zerrte, stieg Amanda Qualmgeruch in die Nase. Einer der Tabakschuppen stand bereits in Flammen, und das Feuer bedrohte das danebenliegende Lagerhaus, in dem sich das Pulver befand. Die Wiese, die sanft zum Fluß abfiel, war grüner denn je, doch die Luft war voller Rauch. Vom Hügel aus konnte Amanda erkennen, daß von Lord Dunmores Schiff Männer zur *Lady Jane* hinüberruderten, die am Kai vertäut lag.

»Steigen Sie auf! Wir werden reiten«, zischte ihr Robert zu. Amanda drehte sich der Magen bei dem Gedanken um, daß sie diesen Mann einmal geliebt hatte. Widerwillig ließ sie sich hinaufhelfen, und Sekunden später waren sie bereits auf dem Weg zur Anlegestelle. Amanda war ganz und gar in Teilnahmslosigkeit versunken.

Als sie beim Schiff angekommen waren und Robert ihr vom Pferd helfen wollte, hallte eine weitere Kanonensalve über den Fluß. Die Männer in britischen Marineuniformen, die die *Lady Jane* seeklar machten, zuckten und hielten nach dem Angreifer Ausschau.

»Verdammt!« fluchte Tarryton, doch Amanda nahm nur benommen wahr, daß sich Schiffe näherten. Schiffe, die nicht die Flagge der Krone gehißt hatten.

»Er ist da!« rief Amanda völlig überrascht, denn eigentlich hätte er in New York oder New Jersey sein sollen.

»Ja, er ist gekommen, aber was wird er tun, wenn er Sie findet? Möglicherweise werden Sie hängen! *Highness*, ich glaube, Sie sollten für unseren Sieg beten! Los jetzt!« Er umfaßte ihre Taille, riß sie vom Pferd und hastete mit ihr über die Gangway an Deck.

Captain Jannings, einer von Lord Dunmores Leuten, verbeugte sich mit leisem Bedauern. »*Highness*! Wir werden zwar augenblicklich angegriffen, doch fürchten Sie nichts. Ich werde Sie unbeschadet Lord Dunmore übergeben, der Sie dann nach England in Sicherheit bringen wird!«

Amanda stiegen die Tränen in die Augen. Früher hätte sie viel darum gegeben, solche Worte zu hören, doch jetzt war sie ausgeliefert. Ihre Träume waren in den Wirren politischer Auseinandersetzungen zerbrochen, aber Cameron Hall würde alles überstehen. In dem Augenblick, als die Briten gelandet waren, um die Waffen aus den Lagerhäusern zu holen, war ihr Schicksal besiegelt gewesen. Die Wahrheit interessierte jetzt niemanden mehr!

Wieder schlug eine Kanonenkugel ganz in der Nähe ein, und ein Mann schrie auf. Der Kampf hatte begonnen, obwohl sie noch nicht einmal das offene Wasser erreicht hatten. Der junge Captain riß hastig das Fernglas an die Augen. »Verdammt, es ist Cameron! An die Kanonen! Sergeant, geben Sie Befehl zum Feuern!«

Robert packte Amanda an der Hand und zerrte sie rasch in die große Kapitänskajüte hinunter, von wo aus man einen prächtigen Ausblick auf die Wasseroberfläche hatte. In Tarrytons Augen leuchtete die Vorfreude auf den Sieg. »Er wird sterben, Amanda! Das verspreche ich Ihnen.«

Amanda fühlte sich einer Ohnmacht nahe. Wieder krachte ein Schuß, und Sekunden später füllte sich der Raum mit schwarzem Pulverdampf. »Das wird Ihnen nicht gelingen!« protestierte sie.

»Doch! Ich schwöre, daß ich ihn töten werde!« Mit zwei Schritten war er neben ihr und riß sie in seine Arme. »Ich werde ihn töten, und ich werde Sie besitzen, noch bevor sein Leichnam erkaltet ist.«

Als sie nach ihm schlug, lachte er nur. »Beten Sie lieber, daß es so kommt, Mylady! Er hat von Ihrem Verrat erfahren und wird Sie töten.«

Mit voller Wucht traf ihn Amandas Knie in der Lendengegend, so daß er rückwärts taumelte. Amanda klammerte sich an einen Balken, um sich für einen weiteren Angriff zu wappnen, doch in diesem Augenblick wurde die Tür von einem uniformierten Highlander aufgerissen.

»Lord Tarryton! Sie werden gebraucht! Ich bin hier, um Sie zu beschützen, Mylady. Ich bin Lieutenant Padraic McDougal.«

Robert warf Amanda einen wütenden Blick zu, der finstere Rache verhieß. Dann richtete er sich mühevoll auf und verließ aufrecht aber mit zusammengebissenen Zähnen die Kabine. Der Highlander verbeugte sich kurz und bezog seinen Posten vor der Tür. Amanda hielt sich die Ohren zu, als die Kanonen wieder dröhnten, und lief dann rasch zum Fenster hinüber. Mit vollen Segeln rauschte die *Good Earth* auf sie zu. Die Enterhaken waren bereit. Die Männer hingen in der Takelage und warteten nur darauf, auf die *Lady Jane* hinüberzuspringen. Das Schiff hatte Eric gehört, bis es ihm die Briten weggenommen hatten. Und nun befand sie sich an Bord. Niemals würde Eric ihr ihre Unschuld glauben!

Schaudernd wandte sie sich ab. Vielleicht war es aber noch nicht zu spät! Bestimmt waren sie noch nicht weit vom Ufer entfernt. Wenn es ihr gelang, das Deck zu erreichen, konnte sie möglicherweise allem entkommen. Sie konnte niemandem trauen. Robert hatte bestimmt nicht vor, sie Lord Dunmore zu übergeben.

Und Eric – würde sie vermutlich töten. Entschlossen riß sie die Tür auf, doch erstarrte augenblicklich.

Überall wurde Mann gegen Mann gekämpft. Den Highlander konnte sie nicht entdecken. Es herrschte ein unglaubliches Durcheinander. Vor ihren Augen wurde ein junger Captain von einem Riesen mit dem Säbel durchbohrt. Rasch trat Amanda einen Schritt zur Seite, als zwei ineinander verkrallte Kämpfer vor ihr niederstürzten. Dabei wäre sie fast in einer Blutlache ausgerutscht, die aus der Kehle eines bärtigen Rotrocks auf die Schiffsplanken sprudelte. Als sie sich gehetzt umsah, versteinerte sie. Sie hatte Eric entdeckt.

Im Bug der *Lady Jane* drang er mit gezücktem Säbel auf Robert Tarryton ein. Beide Männer waren ausgezeichnete Fechter, doch niemand bewegte sich so leicht und elegant wie Eric Cameron. Hin und wieder blitzten die blanken Klingen im Sonnenlicht, das jedoch den Pulverdampf kaum mehr durchdringen konnte. Mit energischen, zielbewußten Stößen drang Eric so lange auf Robert ein, bis er diesen hilflos in die Enge getrieben hatte.

»Guter Gott, jemand muß mir helfen!« rief Robert laut, worauf sofort fünf von Dunmores tapfersten Männern sich um ihn stellten. Amanda hörte Erics furchtloses Lachen und wußte, daß er die Herausforderung geradezu genoß. Die Gefahr schreckte ihn nicht, denn es ging um seinen Besitz.

Hilflos faßte sie sich an die Kehle, während sie die Angriffe der Männer verfolgte und sah, wie Eric sie mutig parierte. Ohne zu wissen, was sie tat, bückte sie sich und hob einen Säbel auf. Als sie wieder aufblickte, sah sie gerade noch, wie Robert Tarryton in die Takelage kletterte und von dort aus über Bord sprang.

»Wollen Sie mich etwa herausfordern, Madam?«

Ein junger Mann in der typischen Wildlederkleidung der Leute aus dem westlichen Teil von Virginia und einer blutigen Schulterwunde stand plötzlich vor ihr. Erschreckt folgten Amandas Augen seinem Blick, und erst dann bemerkte sie den blutbeschmierten Säbel in ihrer Hand. Am liebsten hätte sie geschrien und die Waffe von sich geschleudert. Ein solches Blutbad hatte sie noch nie erlebt und sich so etwas auch im Traum nicht vorstellen können. Stumm schüttelte sie den Kopf, doch der junge Mann meinte es ernst. »Mylady, Sie müssen sich stellen!«

»*Highness!*« rief jemand laut. »Das ist sie! Diese Frau muß sie sein!«

Entsetzt hob Amanda die Waffe. »Nein, ich werde nicht kämpfen, aber aufgeben werde ich auch nicht!« Warnend stieß sie mit der Waffe in Richtung auf den jungen Mann, bis dieser zurückwich. Dann machte sie auf dem Absatz kehrt und stürzte in die Kapitänskajüte. Keuchend versuchte sie die Tür hinter sich ins Schloß zu werfen, was ihr nicht gelang. Doch ihr Highlander war nun zur Stelle und schob sich zwischen sie und die Verfolger. Er kam jedoch nicht mal mehr dazu, seine geladene Brown Bess zu heben, sondern wurde von einem Säbel durchbohrt. Er fiel krachend gegen die sofort sich öffnende Kajütentüre und landete vor Amanda auf den Planken.

»Oh, Gott!« schrie sie gequält, während sie neben ihm auf die Knie sank und ihre Hand auf seine Wunde preßte.

In diesem Augenblick begriff sie, daß alles vorüber war. Die Schüsse und das Säbelklirren waren verstummt, und Stille hatte sich ausgebreitet. Doch noch bevor Amanda einen einzigen Gedanken fassen konnte, trat aus dem Pulverdampf, der noch immer über dem Deck lag, ein hünenhafter, breitschultriger Mann. Er war außergewöhnlich groß, schmal in den Hüften und stand herausfordernd breitbeinig auf den Planken.

Trotz der Entfernung spürte Amanda die Spannung, die in der Luft lag. Sollte sie sich freuen, daß er noch am Leben war, oder lieber beklagen, daß er nicht umgekommen war? Sie senkte den Blick und bemühte sich verbissen um Lieutenant McDougal. Doch der Mann war tot, und irgendwann mußte sie einsehen, daß sie nichts mehr für ihn tun konnte. Sie mußte sich wohl oder übel mit dem Riesen befassen, der näher gekommen war.

Amanda griff nach dem schweren Gewehr des Lieutenants und kam stolpernd auf die Füße. McDougal konnte ihr nicht mehr helfen, obwohl sie ihn in diesem Augenblick bitter nötig gehabt hätte. Der Blick des Riesen ließ sie erbeben und schnitt wie ein Messer durch ihre Seele.

Cameron. Lord Eric Cameron. Oder richtiger Major General Lord Cameron, dachte Amanda und war einem Zusammenbruch nahe.

»Eric«, flüsterte sie tonlos.

»*Highness*«, entgegnete er nur. Seine dunkle, ein wenig heisere Stimme ließ sie erschauern. Ohne Amanda aus den Augen zu lassen, zog er ein Taschentuch aus seiner Uniformjacke und reinigte die Klinge seiner Waffe. »Ein unverhofftes Treffen!« murmelte er und schob seinen Säbel in die Scheide zurück. »Eigentlich müßte ich als Adjutant von General Washington bei ihm sein, doch wie hätte ich untätig bleiben können, als ich die dringende Warnung von Brigadier General Lewis, dem Kommandeur der Bürgerwehr aus Virginia, erhielt, daß unsere Waffen und sogar mein Haus in Gefahr und wir alle verraten worden seien!«

»Eric —«

»Wie du sehr wohl weißt, wurde Lord Dunmore, der überaus galante königliche Gouverneur von Virginia, 1775 aus Williamsburg vertrieben. Seitdem hat er mit der *Fowey* die Küstengebiete im Namen des Königs heimgesucht. Er war immer so verdächtig gut über alle Vorgänge informiert! Und am Neujahrstag dieses Jahres hat er mit den siebzig Kanonen seiner Flotte Norfolk dem Erdboden gleichgemacht und sich nun sogar an meinem eigenen Haus vergriffen!«

»Wenn du mir zuhören würdest —«

»Nein, Amanda. Das habe ich schon viel zu lange getan. Ich hatte gehofft, daß du wenigstens soviel Ehrgefühl hättest, um dich neutral zu verhalten, wenn du uns schon nicht deine Loyalität schenken konntest! Doch jetzt weiß ich, woran ich bin.« Eric hatte ganz ruhig gesprochen, doch man konnte deutlich die Anspannung hinter seinen Worten spüren. »Wirf das Gewehr weg!« befahl er in warnendem Ton.

Verzweiflung überkam Amanda. Sie hatte in diesem Konflikt ihre Seite gewählt, doch mit diesem Verrat hatte sie nichts zu tun. Sie hob den Kopf und versuchte, ihre Angst zu verbergen. Früher war alles fast wie ein Spiel gewesen, Zug und Gegenzug. Eric hatte sie immer wieder gewarnt. Falls sie ihn hinterginge, würde sie dafür bezahlen. Nun meinte er, sie ertappt zu haben, doch sie war völlig unschuldig!

Hochaufgerichtet stand er in drohender Haltung vor ihr. Seine engsitzende, weiße Kniehose zeichnete deutlich jeden Muskel seines Körpers nach, und die Uniformjacke mit den Epauletten betonte seine breiten Schultern noch zusätzlich. Die Handschuhe verbargen zwar seine Hände, doch sie kannte sie nur zu gut. Sie kannte ihre Stärke und auch ihre Zärtlichkeit. Doch in diesem Moment zählte nur sein Blick. Die stahlblauen Augen glitzerten silbrig vor lauter Zorn und bannten Amanda mit solcher Macht, daß sie die Waffe in ihrer Hand schon fast vergessen hatte. Obwohl sie das unhandliche Ding kaum halten konnte, wollte sie jetzt nicht nachgeben und Schwäche zeigen.

Am liebsten hätte sie ihn angeschrien und ihm klargemacht, daß sie England gegenüber immer loyal gewesen war. Sie folgte einzig ihrem Herzen, was er genauso für sich in Anspruch nahm. Im Grunde wußte Amanda, daß Eric ihre Überzeugung achtete und sein Zorn sich lediglich gegen diesen Verrat richtete. »Ich bin daran absolut unschuldig!« erklärte sie schließlich hitzig.

Er zog höflich fragend die Brauen hoch. »Unschuldig, *Highness?*«

»Ich sage dir doch –«

»Und ich sage dir, daß ich genau weiß, daß du für die Briten spionierst und unter dem Namen *Highness* bekannt bist. Ich habe dich nämlich immer wieder mit falschen Informationen versorgt, die regelmäßig ihren Weg zu Dunmore gefunden haben! Du hast mich hintergangen wieder und wieder!«

Amanda schüttelte den Kopf und mußte heftig schlucken, da ihr die Angst die Kehle zuschnürte. So kalt und haßerfüllt hatte sie Eric noch nie erlebt. Als sie ihn noch abgelehnt und verabscheut hatte, war er äußerst geduldig und beharrlich gewesen. In jedem Augenblick war er für sie dagewesen, ganz gleich, was geschehen war. Sie hatte sich die größte Mühe gegeben, ihr Herz nicht an ihn zu verlieren. Doch seit sie ihn liebte, war sie ganz und gar verloren. Ihr blieb nichts weiter als der verzweifelte Versuch, ihre Würde und ihren Stolz zu wahren. Sie mußte stark sein und sich daran erinnern, wie man kämpfte.

Das allerdings schien noch nie schwieriger gewesen zu sein, als gerade jetzt, wo Eric den gesamten Türrahmen ausfüllte. Seine dunklen Haare waren nur mit einem Band zusammengefaßt, und seine Augen blickten Amanda eindringlich an. »Gib mir das Gewehr!« wiederholte er. Dabei klang seine Stimme ein wenig heiser und schien ihre Haut fast körperlich zu streicheln. Das Kommando eines Kolonialisten, das allerdings noch die Erziehung in Oxford ahnen ließ. In diesem Land, in dem nach Ansicht der Briten nur Kriminelle lebten, war Eric Cameron eindeutig einer der Ihren, doch gleichzeitig besaß er die Kraft und die Stärke, die die Kolonialisten auszeichneten. Die Strategie des Krieges war ihm vertraut und ebenso der Kampf Mann gegen Mann, denn neben den Generälen waren auch die blutdürstigen Irokesen seine Lehrmeister gewesen. Er war wild und ungezähmt wie das Land selbst. Daran änderten auch sein Titel und seine höflichen Manieren nicht allzuviel.

»Amanda!« Langsam kam er auf sie zu.

»Bleib stehen!« warnte sie ihn.

Er schüttelte nur wütend den Kopf. »Gleich ist meine Geduld zu Ende, Amanda! Ich werde mir das Gewehr holen, und wenn ich dich deswegen umbringen muß!«

»Nein!« Ihre Stimme war fast nur ein Flüstern. »Laß mich einfach gehen. Ich schwöre, daß ich absolut unschuldig –«

»Ich soll unsere *Highness* entwischen lassen? Dafür würde man mich hängen!« Er trat wieder einen Schritt näher. »Schieß doch, aber sieh zuerst nach, ob deine Waffe auch geladen ist!« Während er noch spöttisch lächelte, machte er urplötzlich einen Satz, packte die Waffe und schleuderte sie quer durch den Raum. Dabei löste sich der Mechanismus, und die Kugel schlug krachend in der Wand ein.

Sekundenlang starrte er sie an, doch dann glitt ein bitteres Lächeln über seine Lippen. »Das Gewehr war geladen, Mylady, und du hast damit genau auf mein *Herz* gezielt!«

Noch nie hatte sie kältere Augen gesehen. Voller Panik überlegte sie. Ein kühner Sprung in die Chesapeake Bay könnte vielleicht ihre Rettung sein! Wenn es ihr gelänge, sich in nördlicher Richtung zu General Howes Truppen durchzuschlagen Erics Augen sagten ihr, daß sie von ihm keine Gnade zu erwarten hatte.

»Nun, *Highness* –«

»Warte!« Amanda schluckte. Plötzlich fühlte sie sich einer Ohnmacht nahe, denn die Erinnerung ließ sie zittern. Sie kannte ihn so gut, kannte seine Zärtlichkeit, aber auch seine Entschlossenheit und die Macht seines Willens. Seine silberblauen Augen blickten so eiskalt, daß sie um ihr Leben fürchtete. O Gott, rette mich vor dem Mann, den ich liebe! betete sie im stillen.

»Worauf? Auf die Rettung? Keine Sorge, die wird nicht kommen!«

Ihre Augen ruhten auf dem Gewehr. Eric hatte es mit solcher Wucht weggeschleudert, daß es bei dem Aufprall zerbrochen war. Sie setzte sich mit letzter Kraft urplötzlich in Bewegung, aber sie war nicht schnell genug. Eric packte sie mit einer Hand, während die andere sich in ihre Haarmähne krallte. Vor Schmerz und Entsetzen schrie sie auf, als er sie herumriß und mit seinen Armen umklammerte. Wütend trommelte sie gegen seine Brust, während ihr Tränen der Verzweiflung in die Augen traten. Fluchend drehte er ihr die Handgelenke auf den Rücken, so daß sie ganz dicht an seinen Körper gepreßt wurde. Als sie völlig wehrlos war, warf sie den Kopf in den Nacken und blickte Eric unverwandt in die Augen.

Sanft strich er ihr mit einer Hand über das Kinn und die Wange, während die andere ihren Körper unverändert fest gepackt hielt. »So wunderschön und gleichzeitig so verlogen! Doch damit ist jetzt endgültig Schluß! Gib auf, mein Liebes!«

Als ihre Blicke einander begegneten, durchfuhr sie ein heißer Blitz. So leidenschaftlich wie diese Auseinandersetzung war auch ihre Liebe gewesen. Tränen brannten in ihren Augen, doch sie konnte nicht nachgeben. War es Liebe oder Haß? Sie schüttelte den Kopf und lächelte wehmütig. »Niemals, Mylord!«

In diesem Augenblick ertönten Schritte, und kurz darauf erschien ein junger Soldat, der bei Amandas Anblick vor Staunen kaum den Mund zubekam. »Wir haben sie endlich erwischt! Diese *Highness* hat den Briten unser Schiff und alle unsere Geheimnisse übergeben!«

»Ja«, wiederholte Eric leise und fixierte Amanda unverändert, »wir haben sie gefunden!« Sekunden später stieß er sie fluchend von sich.

Amanda taumelte, doch sie fing sich gerade noch und stand hochaufgerichtet vor der Wandtäfelung. Wie seltsam, dachte sie, das Meer war so ruhig, daß sie kaum die Schiffsbewegungen spüren konnte, doch in diesem winzigen Raum tobte ein heftiger Sturm!

Der junge Mann pfiff leise durch die Zähne. »Kein Wunder, daß sie unsere Männer so leicht hat täuschen können!« murmelte er.

Diese Bemerkung schmerzte Eric. Amanda war schöner denn je. Sie drückte sich gegen die Wand, doch aufgeben wollte sie nicht. Ihr Busen hob und senkte sich heftig mit jedem Atemzug, und ihre bleiche Haut schimmerte wie Marmor. Sie trug ein grünes Seidenkleid mit einem Mieder aus Goldbrokat, Hals und Schultern waren nackt, und unter ihren roten, aufgesteckten Locken musterten ihn ihre grünen Augen kühl und abweisend. Nur zu gern hätte er ihr die Nadeln aus der Frisur gezogen und zugeschaut, wie sich die Flut ihrer Locken über ihren Rücken ergoß. Es war unerträglich, sie so kühl und unnahbar zu sehen. Verdammt, ihre Augen beunruhigten ihn entsetzlich! Selbst jetzt noch. »Ja, das war nicht weiter schwer!« bemerkte er.

»Ob sie sie hängen werden?« fragte der Soldat. »Hängen wir Frauen, General?«

Eiskalte Furcht ergriff Amanda, und sie schluckte die aufsteigenden Tränen hinunter. In ihrer Fantasie hörte sie bereits die Trommeln. Tod durch den Strang war die übliche Strafe für Verrat. Sie fühlte den Strick um ihren Hals und das Scheuern des Hanfs auf ihrer Haut. Dunmore hatte Eric dieses Ende prophezeit, falls er ihn jemals zu fassen bekommen sollte. Doch Eric hatte sich nicht darum geschert. Was Eric wohl dazu brachte, sich so loyal einem hoffnungslosen Fall zu verschreiben? Voll leidenschaftlicher Begeisterung hatte er seinen angestammten Besitz in England verlassen und nicht nur sein Vermögen, sondern auch seinen Ruf, seinen Titel und letztlich sogar sein Leben in den Dienst der Rebellion gestellt. Auch sie hatte immer wieder ihr Leben für ihre Sache riskiert, und im Augenblick sah es ganz so aus, als ob sie verloren hätte.

Der junge Soldat starrte Amanda immer noch an und seufzte schließlich leise. »Mylord, Sie können unmöglich zulassen, daß man sie aufhängt!«

»Nein, das stimmt«, nickte Eric mit ironischem Lächeln. »Das kann ich unmöglich zulassen, denn schließlich ist sie meine Frau.« Während der junge Mann sich noch von seiner Überraschung erholte, herrschte Eric ihn an: »Sagen Sie Daniel, daß er Kurs auf Cameron Hall nehmen soll, und lassen Sie diesen Lieutenant wegtragen! Alle Briten bekommen ein Seemannsgrab, die Unseren nehmen wir mit nach Hause.« Dann wandte er sich wieder an Amanda.

»Wir beide werden uns später sprechen.« Damit verbeugte er sich und verließ, gefolgt von dem jungen Mann, die Kabine.

Zitternd blieb Amanda zurück. Eric und sie waren so lange getrennt gewesen, doch nun hatte der Krieg sie eingeholt und tobte um so erbitterter in ihrem Innern. Nachdem zwei Männer den Leichnam des Highlanders hinausgezerrt hatten, warf sich Amanda seufzend auf die Koje und blickte zur Küste hinüber, der sie sich langsam näherten.

Weiß und beeindruckend schön erhob sich Cameron Hall auf der Hügelkuppe. Das elegante Herrenhaus wirkte so friedlich, als ob es niemals in Gefahr gewesen wäre. Offenbar hatte Robert Wort gehalten, und man hatte die Brände in kürzester Zeit löschen können. Nirgendwo am Haus und den kleinen Nebengebäuden waren irgendwelche Brandspuren zu erkennen. Nur die Lagerhäuser an der Anlegestelle waren niedergebrannt, doch sie waren nicht weiter wichtig. Für Amanda zählte nur das Haus. Manchmal glaubte sie schon, daß sie es mehr liebte als Eric! In großer Not hatte sie dort Zuflucht gefunden, und während der vergangenen turbulenten Monate hatte sie so manches Mal die Portraits ihrer Vorgängerinnen in der Ahnengalerie betrachtet und versucht, sich das Leben der Frauen vorzustellen, deren Haus sie gepflegt und bewahrt hatte.

Plötzlich lief ihr ein kalter Schauer über den Rücken. Mit Sicherheit wollte Eric nicht, daß man sie hängte, doch welche andere Strafe gab es? Vielleicht konnte sie schwören, daß sie das Haus nicht verlassen und daß sie sich nie mehr in das Kriegsgeschehen einmischen würde? Sie schloß die Augen, als sie die Anlegekommandos vernahm, und stellte sich vor, wie die Männer an Deck die Segel der *Lady Jane* bargen. Dann hörte sie, wie der Steg hinuntergelassen wurde und die Männer unter Jubelrufen das Ufer betraten.

Die Patrioten hatten diesen Sieg dringend gebraucht! Die Briten näherten sich New York, und Washington verfügte über keine Männer mehr, um sich ihnen entgegenzustellen. Die Kolonisten hatten es mit einer der fähigsten Armeen der Welt zu tun. Sah Eric das denn nicht? Letztendlich würden die Briten siegen und Eric hängen! Und ebenso George Washington, Patrick Henry, die beiden Adams, Hancock und alle übrigen Narren!

Als sich die Tür öffnete, sprang Amanda auf. Eric hatte Frederick geschickt, um sie zu holen. Diesem Buchdrucker aus Boston hatte Eric vor einiger Zeit das Leben gerettet und damit einen getreuen Gefährten gewonnen.

»Wo ist Eric?« fragte Amanda.

»Ich habe Befehl, Sie zum Haus zu eskortieren, Mylady.«

»Mich eskortieren?«

»Ja, Mylady. Von uns haben Sie nichts zu befürchten.« Er verstummte für einen Augenblick. »Selbst als Spionin nicht.«

»Frederick, ich –«

Traurig sah er sie an. »Oh, Mylady, ausgerechnet Cameron Hall! Wie konnten Sie das nur tun?«

»Ich bin unschuldig, Frederick«, erwiderte Amanda kummervoll.

»Ja, aber –«

»Ich habe keinerlei Beweise.«

»Mir genügt Ihr Wort, Mylady.«

»Dafür danke ich Ihnen.« Mit Mühe unterdrückte sie die Tränen der Rührung.

Als sie das Deck betraten, verstummten die Männer, die noch mit Aufräumungsarbeiten beschäftigt waren. Sie waren keine regulären Marinesoldaten, sondern eine bunt zusammengewürfelte Bürgerwehr. Die Männer aus dem westlichen Landesteil waren unschwer an ihren Wildlederjacken mit Fransen zu erkennen, und die Veteranen des Siebenjährigen Krieges trugen noch ihre alten, blauen Uniformen. Manche der Gesichter waren Amanda vertraut. Krampfhaft versuchte sie, nicht zu stolpern, und machte sich schon auf die ersten Beschimpfungen gefaßt. Doch die Spannung löste sich rasch, als einer der Männer plötzlich eine alte schottische Melodie vor sich hinpfiff, und nach und nach verbeugten sich die Männer grüßend. Verwirrt verließ Amanda das Schiff und kletterte in den Wagen, der sie auf dem Kai erwartete. Pierre saß auf dem Kutschbock, doch er wandte sich nicht zu ihr um. Als Amanda zum Schiff zurückblickte, salutierte der alte Kapitän zum Abschied.

Verwirrt blickte Amanda zu Frederick hinüber, der ebenfalls eingestiegen war. »Das verstehe ich nicht.«

»Jeder Mann zollt einem besiegten Feind Respekt.«

289

»Aber eigentlich müßten sie mich doch hassen!«

»Einige tun das mit Sicherheit, doch die meisten respektieren, wenn man für seine Überzeugung eintritt. Jeder, der Ihr Geheimnis kennt, hätte natürlich gewünscht, daß Sie die Seite Ihres Mannes ergriffen hätten.«

»Aber ich kann doch nicht mein Herz verleugnen!«

»Niemand kann das, Mylady«, meinte Frederick und schwieg, während sich der Wagen in Bewegung setzte.

Amanda schob die Vorhänge zurück und blickte über die sanft ansteigenden Wiesen zum Haus empor. Der eindrucksvolle Bau mit den vielen, hohen Fenstern und der breiten Veranda beherrschte die gesamte Umgebung. Amanda hatte dieses Haus vom ersten Augenblick an geliebt. Das Treppenhaus aus sorgfältig poliertem Mahagoni und die umfangreiche Ahnengalerie der Camerons hatten es ihr ganz besonders angetan.

Nachdem der Wagen angehalten hatte, öffnete Pierre den Wagenschlag, doch er vermied Amandas Blick. Am liebsten hätte sie ihm ihre Unschuld ins Gesicht geschrien, doch er würde ihr ohnehin nicht glauben, weil er sie mit Robert hatte weggehen sehen. Rasch wandte sie sich ab und lief die Stufen zum Haus so hastig empor, daß Frederick nur mit Mühe folgen konnte.

»Lord Cameron wird in Kürze hier sein, Mylady.«

Amanda nickte nur schweigend. Den Gedanken an Flucht verwarf sie sofort wieder. Es würde ihr nicht gelingen. Viele dieser Menschen glaubten ihr möglicherweise oder liebten sie sogar, doch Eric war ihr Herr, und es ging ihnen um die Freiheit und nicht um Amandas persönliches Schicksal. »Vielen Dank, Frederick«, sagte sie nur und stieg seufzend die Treppe hinauf.

Schweigend folgte ihr Frederick. Während sie in ihrem blutbespritzten und rauchgeschwärzten Kleid durch die Ahnengalerie ging, hatte sie das Gefühl, als ob die Blicke aller Vorfahren vorwurfsvoll auf ihr ruhten. Sie hätte sich gern zur Wehr gesetzt, doch sie wußte, daß es keinen Sinn hatte. Sie war verloren. Ob Eric wohl ihr Portrait entfernen würde?

Als Frederick die Tür ihres Schlafzimmers hinter ihr schloß, war Amanda endgültig allein. Ein Stöhnen entrang sich ihrer Kehle. Es war ihr unmöglich, hier auf Eric zu warten, wo alles sie an bessere Zeiten erinnerte! Sie wußte noch wie heute, wie sie ihn anfangs verachtet hatte. Doch seine Entschlossenheit und sein fester Wille hatten ihre Wirkung auf sie nicht verfehlt. Eric hatte sie so sehr begehrt! Ja, das war einmal, aber heute ...

Langsam glitt ihr Blick über das wunderschön gearbeitete Bett aus dunklem Holz, das mit grüner Seide und Brokat verkleidet war und auf einem Podest stand. Hinter diesen Vorhängen hatte sie sich immer sehr geborgen gefühlt. Als ihre Blicke zur Uhr auf dem Kaminsims wanderten, sah sie, daß es schon fast sechs Uhr war. Draußen brach allmählich die Dunkelheit herein. Doch von Eric keine Spur! Unruhig ging Amanda auf und ab.

Nachdem es endgültig Nacht geworden war, trat Erics schwarzer Kammerdiener Cassidy nach kurzem Klopfen ins Zimmer und sah Amanda mit traurigen Augen an.

»Was ist, Cassidy? Verurteilen Sie mich auch?«

»Nein, Lady Cameron. Ich glaube, daß man nicht alles mit den Augen sehen kann.« Er war ihr Freund – aber Erics ebenfalls.

Trotzdem lächelte Amanda. »Ich danke Ihnen, Cassidy.«

»Ich habe Ihnen ein wenig Wein und ein Stück gebratenen Truthahn mitgebracht, Mylady.« Mit diesen Worten trat er kurz auf den Flur hinaus und kehrte gleich darauf mit einem Silbertablett zurück. »Cato und Jack werden Ihnen heißes Wasser für ein Bad heraufbringen.«

»Vielen Dank, Cassidy.« Amanda lächelte, denn Cassidys Akzent erinnerte sie immer wieder an Erics vornehme Oxforder Aussprache. Cassidy war als Sklave geboren, doch hier in Cameron Hall war er zu einem freien Mann geworden. In diesem Augenblick wurde ihr klar, daß sie nicht länger frei war. Obwohl sie sich in ihrem eigenen Haus befand, war sie eine Gefangene!

Schweigend stellte Cassidy das Tablett ab. Kurz darauf erschienen Cato und Jack und füllten die Sitzbadewanne. Amanda dankte ihnen höflich. Margaret mochte sie ruhig als Toryhexe beschimpfen, doch die anderen hatten vielleicht begriffen, daß das Leben ein wenig komplizierter war.

»Wo ist Lord Cameron?« fragte sie den Kammerdiener.

»Beschäftigt, Mylady. Sie wollen Lord Dunmore noch ein wenig verfolgen und ihn ein für allemal von dieser Küste vertreiben.«

Beschäftigt – vielleicht kommt er ja überhaupt nicht mehr zu-

rück, und sie mußte tagelang hier ausharren. Sie räusperte sich.
»Wird er – wird er zurückkommen, oder wird man mich wegbringen?«

»Oh, nein. Er kommt schon zurück.«

Das klang nicht sehr beruhigend, dachte Amanda. Wahrscheinlich hätte sie von allen anderen Menschen weniger zu befürchten als von ihrem Ehemann! »Darf Danielle zu mir kommen?«

»Leider nicht, Mylady.«

»Geht es ihr gut?«

»Ja.« Cassidy verbeugte sich und verließ zusammen mit den anderen das Zimmer. Kurz darauf drehte sich der Schlüssel im Schloß.

Amanda setzte sich zwar automatisch an den Tisch, doch im Grunde war ihr der Appetit vergangen. Sie nippte nur an ihrem Weinglas und starrte blicklos in die Dunkelheit hinaus. Nach einer ganzen Weile löste der Gedanke an das erkaltende Wasser ihre Starre. Vielleicht kam Eric ja auch erst nach Tagen zurück. Rasch trank sie ihr Glas leer, um sich Mut zu machen. Dann schlüpfte sie schnell aus ihren Kleidern und tauchte voller Wonne in das warme Wasser, um auch den letzten Schmutz aus ihren Haaren zu spülen. Aber Angst und Furcht ließen sich nicht abwaschen. Was würde Eric dazu sagen, daß sie mit Robert Tarryton eine Abmachung getroffen hatte, um das Haus zu schonen? Bestimmt würde er ihr nicht glauben oder vielleicht sogar behaupten, daß es ihre Idee gewesen sei.

Als Amanda schließlich aus der Wanne stieg und sich in ein riesiges Leinenhandtuch hüllte, fröstelte sie in der kühlen Nachtluft. Sie hätte Cassidy bitten sollen, Feuer im Kamin zu machen! Langsam ging sie zum Fenster hinüber und entdeckte zu ihrer Überraschung, daß auf den ausgedehnten Wiesen und unten am Hafen rege Aktivität herrschte. Offenbar kampierte das halbe Militär auf ihrem Grund und Boden.

Oh, Gott, schenke mir Mut! betete sie im stillen. Oder laß mich wenigstens auf der Stelle im Fußboden verschwinden! Doch Gott erhörte ihre Gebete nicht.

Erschreckt fuhr sie herum, als sie einen Luftzug fühlte. Offenbar hatte Eric die Tür ganz leise geöffnet und starrte bewegungslos zu ihr herüber. Als sich ihre Blicke trafen, drehte er sich um und verriegelte die Tür. Dann lehnte er sich gegen die Füllung und fixierte seine Frau.

»Nun, *Highness*, die Zeit der Abrechnung ist gekommen.« Er hatte es ganz leise gesagt, doch die Drohung war unverkennbar gewesen.

Amandas Herz klopfte so heftig, daß sie kein Wort herausbrachte.

Eric wartete eine zeitlang auf ihre Antwort. Doch als sie schwieg, kräuselte ein spöttisches Lächeln seine Lippen.

Finster entschlossen kam er auf sie zu. »Ja, Mylady, der Tag der Abrechnung ist da!«

Ja, seit ihrer ersten Begegnung in Boston war viel Zeit vergangen. Damals hatte der Krieg seinen Anfang genommen und gleichzeitig auch ihre stürmische Beziehung.

TEIL I

Sturm im Teekessel

1. Kapitel

Boston, Massachusetts
16. Dezember 1773

»Whiskey, Eric?« fragte Sir Thomas.

Eric Cameron stand am Fenster. Irgend etwas hatte ihn nach Unterzeichnung der Verträge in das bezaubernde Stadthaus von Sir Thomas Mabry gezogen. Ab und zu ratterte ein Wagen über das Pflaster, doch sonst war alles ruhig. Da das Haus auf einer Anhöhe lag, bot sich Eric ein weiter Blick über die Stadt. Die Kirchtürme schimmerten im Mondlicht, und die weite Grünfläche der Gemeinde war um diese Zeit verlassen und still. Trotzdem spürte Eric, daß eine gewisse Spannung über der Stadt lag. Er konnte dieses Gefühl nicht begründen, aber es war ganz deutlich vorhanden.

»Eric?«

»Oh, Verzeihung!« Rasch wandte er sich wieder seinem Gastgeber zu und nahm ihm das Glas ab. »Vielen Dank, Thomas.«

Thomas Mabry stieß mit Eric an. »Auf Ihr Wohl, Sir, und auf unser gemeinsames Unternehmen mit der *Bonnie Sue*. Möge sie unter einem guten Stern segeln – und uns beiden Profit bringen!«

»Auf die *Bonnie Sue!*« Sir Thomas und er hatten soeben beschlossen, gemeinsam in einen Überseesegler zu investieren. Erics Tabak- und Baumwollieferungen sollten weiterhin im selben Umfang direkt nach England gehen. Doch angesichts neuer Handelszölle wollte er versuchsweise mit eigenen Schiffen Luxusgüter aus Südeuropa und vielleicht sogar aus Asien importieren, die er bisher über London bezogen hatte.

»Ich bin gespannt, ob es zu der Bürgerversammlung kommt, von der man überall hört«, bemerkte Sir Thomas, während er ebenfalls aus dem Fenster blickte. »Siebentausend sollen es sein.«

»Und weshalb versammeln sie sich?«

»Wegen der Teesteuer! Dümmer hätte das Parlament in London wirklich nicht handeln können!«

Leicht amüsiert trank Eric fast sein ganzes Glas aus. »Sind Sie etwa auf Seiten der Rebellen?«

»Ich? Das hört sich an wie Landesverrat, nicht wahr?« Sir Thomas schnaubte ein wenig und lachte. »Aber ich will Ihnen etwas sagen: Daraus kann nichts Gutes entstehen! Durch den Sonderrabatt, den die britische Regierung der British East India Company eingeräumt hat, werden eine größere Anzahl unserer hiesigen Händler aus dem Geschäft gedrängt. Irgend etwas wird passieren, und zwar genau hier, wo Agitatoren wie Adams und John Hancock ... Nun, es wird mit Sicherheit Unruhen geben!«

»Das macht unser kleines Abkommen allerdings nur noch interessanter«, stellte Eric fest.

»Das ist wahr«, stimmte Thomas lachend zu. »Entweder werden wir beide reich oder wir werden gemeinsam baumeln, mein Freund! So sieht es aus.«

»Möglicherweise.« Eric grinste.

»Nachdem wir uns jetzt lange genug über das Geschäft und die politische Lage der Kolonien ausgesprochen haben«, meinte Sir Thomas, »sollten wir nun aber schleunigst wieder zur Gesellschaft im Ballsaal zurückkehren. Anne Marie wird das Herz brechen, wenn Sie nicht wenigstens einmal mit ihr tanzen.«

»Das dürfen wir natürlich nicht zulassen!« Eric hatte der Tochter seines alten Freundes versprechen müssen, die Unterhaltung möglichst kurz zu machen. »Ich fürchte, ich muß mich beeilen, denn ihre Tanzkarte ist immer so rasch voll.«

Sir Thomas lachte und klopfte Eric auf die Schulter. »Aber sie hat nur Augen für Sie, mein Freund!«

Eric lächelte höflich, doch er war nicht damit einverstanden. Anne Marie hatte muntere Augen, und es verband sie eine herzliche Freundschaft. Mehr nicht. Nur ungern gab Eric zu, daß sein gewaltiges Vermögen ihm selbst dann Chancen auf dem Heiratsmarkt eröffnet hätte, wenn er bereits achtzig, kahlköpfig und tattrig gewesen wäre. Doch er war noch nicht einmal dreißig und im Vollbesitz seiner Kräfte. Vielleicht würde Anne Marie ihn ja eines Tages erobern, doch im Augenblick wollte er sich noch nicht einfangen lassen.

Ein kurzes Klopfen an der Tür, und schon erschien die Dame höchstpersönlich: ein hübsches, blondes Mädchen mit riesigen, blauen Augen. Sie strahlte Eric an und hakte ihn unter. »Eric, jetzt ist es aber wirklich genug!«

»Erlaube ihm wenigstens, seinen Whiskey auszutrinken, meine Tochter!«

»Ich beeile mich auch«, versprach Eric, während er lächelnd sein Glas hob. Doch das Lächeln verschwand augenblicklich, als er plötzlich aus dem Augenwinkel heraus drüben im Ballsaal eine Farbe aufblitzen sah, die ihm äußerst bekannt vorkam. Als sich die Tänzer ein Stückchen weiterbewegt hatten, konnte er das Mädchen sehen, das so plötzlich seine Aufmerksamkeit erregt hatte. Sie trug ein gewagt ausgeschnittenes Seidenkleid in kräftigem Blau, und eine zauberhafte Lockenpracht ergoß sich über ihre nackten Schultern. Ihr Haar war ziemlich dunkel, doch sobald das Licht darauf fiel, erstrahlte es in einem intensiven Rot, wie man es gelegentlich bei Sonnenuntergängen erleben konnte.

Als sein Blick ihr Gesicht streifte, stockte ihm der Atem. Ihre smaragdgrünen, ausdrucksstarken Augen wurden von einem dichten Wimpernkranz eingerahmt. Dazu eine schmale, fast aristokratisch anmutende Nase, hohe Backenknochen, zart gewölbte Brauen und ein wohlgeformter Mund mit hübschen Lippen. Nur die etwas voller geratene Unterlippe unterbrach wohltuend die absolute, marmorne Vollkommenheit ihrer Züge und wirkte sehr verführerisch, als sie ihrem Partner zulächelte. Gleich unterhalb des Ohrs hatte sie sich ein schwarzes Samtfleckchen aufgeklebt, das den Blick nur noch intensiver auf ihre kleinen, wohlgeformten Ohren lenkte.

Irgendwie kam sie ihm sehr bekannt vor, doch er konnte sich beim besten Willen nicht erinnern, wo er sie schon einmal gesehen hatte. Dabei war dieses Gesicht unvergeßlich! Seit er sie entdeckt hatte, hatte er weder gesprochen noch sich vom Fleck gerührt, und doch hatte er sich lebendiger gefühlt als je zuvor. Bisher hatte er ein eher unabhängiges Leben geführt, ohne jedoch seine Herkunft zu vergessen. Doch noch nie hatte ihn eine Frau so beeindruckt, behext und mit hungrigen, heißen Sehnsüchten erfüllt!

»Eric, kommen Sie?« fragte Anne Marie verdrossen.

Thomas Mabry lachte. »Ich glaube, er hat soeben eine Freundin entdeckt.«

»Eine Freundin?« erkundigte sich Eric höflich fragend.

»Ja, Lady Amanda Sterling. Sie kommt aus Virginia, genau wie Sie. Allerdings hat sie die letzten Jahre in London auf einer Schule für junge Damen verbracht. Sie waren vermutlich immer auf See, wenn die junge Dame zu Hause war.«

»Ja, das ist durchaus möglich«, entgegnete Eric. Lady Amanda Sterling kannte er allerdings! Doch ihre Begegnung lag schon viele Jahre zurück. Damals hatten sie beide an einer Jagd teilgenommen, und die kleine Amanda war gerade erst sieben Jahre alt gewesen. Sie hatte ihm während der Jagd mit ihrem Pony so ungeschickt den Weg abgeschnitten, daß sie beide abgeworfen worden waren. Als er sie daraufhin kurzerhand übers Knie gelegt hatte, hatte ihn das wilde Kind kräftig gebissen. Unzweifelhaft war das Kind inzwischen erwachsen geworden.

»Tanzen wir, Eric?« Anne Marie zog ein bezauberndes Schmollmündchen. »Ich verspreche Ihnen, daß ich Sie vorstellen werde.«

Sir Thomas lachte, während Eric Anne Marie formvollendet seinen Arm bot. »Es ist mir eine Ehre!«

Anne Marie strahlte Eric an, während sie in seinen Armen über das Parkett glitt, doch seine Augen verfolgten unentwegt seine Entdeckung. Er sah, wie sie mit ihrem Partner flirtete, daß ihre Augen nur so glitzerten. Manches an ihrem Verhalten erinnerte ihn an sich selbst, und er vermutete, daß sich dieses Mädchen weniger von Konventionen leiten ließ, als mehr dickköpfig ihren eigenen Weg zu verfolgen. Als ihr Lachen an sein Ohr drang, durchlief es ihn heiß und kalt. Diese Frau mußte er besitzen! Wer wohl der Mann war, der sie zum Lachen gebracht hatte?

Anne Maries Augen waren seinem Blick gefolgt. »Das ist Damien Roswell – ihr Vetter.«

»Ihr Vetter?« wiederholte Eric und umfaßte Anne Marie fester.

Doch sie nickte nur mit weiser Miene. »Ich muß Sie warnen – die Dame ist verliebt.«

»So?« In diesem Alter waren Gefühle noch Eintagsfliegen, doch Amandas Augen waren wild und leidenschaftlich – vermutlich gehörte sie zu den Mädchen, die man am besten rasch verheiratete.

»Und er liebt sie ebenfalls«, ergänzte Anne Marie.

»Wer ist ›er‹?«

»Lord Tarryton. Lord Robert Tarryton. Sie kennen einander schon sehr lange. Amanda wird im kommenden März achtzehn Jahre alt, und es wird allgemein erwartet, daß Tarryton dann Lord Sterling um Amandas Hand bitten wird. Irgendwie scheint alles gut zu passen. Beide Familien sind loyale Tories und nicht unvermögend. Weshalb runzeln Sie denn die Stirn?«

»Tue ich das?« Er kannte diesen Tarryton nur flüchtig. Der alte Lord Tarryton hatte sich in den Indianerkämpfen ausgezeichnet, doch Eric bezweifelte, ob ihm der junge das Wasser reichen konnte. Ihre Besitzungen lagen nicht so weit voneinander entfernt, daß man sich nicht gelegentlich getroffen hätte, doch bisher hatte Eric nur gehört, daß Tarryton eine Ehe mit der verwitweten Duchess of Owenfield anstrebte. Da die Lady noch jung und kinderlos war, bestand mit Sicherheit die Möglichkeit, ihren Titel auf Lord Tarryton zu übertragen.

»Sie sehen vielleicht finster drein! Es gehört ja geradezu Mut dazu, sich von Ihnen den Hof machen zu lassen!« beschwerte sich Anne Marie.

Eric grinste. Er mochte diese Übertreibungen und war froh über Anne Maries Freundschaft. Als er ihr das gerade sagen wollte, versagte ihm die Stimme und er starrte nur wortlos über ihre Schulter. Amanda Sterling hatte den Tanz beendet und flüsterte mit ihrem Begleiter. Schließlich küßte sie ihn auf die Wange und sah zu, wie er sich Mantel und Hut aushändigen ließ und diskret und unauffällig verschwand. Nach kurzer Überlegungszeit nahm Amanda einen Kapuzenumhang vom Haken und folgte ihrem Vetter in die Nacht hinaus.

»Ja, aber –«

»Was ist los?«

»Sie hat gerade das Haus verlassen.«

»Amanda? Nein!« Anne Marie war entsetzt. »Wie kann sie mir das nur antun! Falls Lord Sterling zurückkommt –«

Eric sah sie nur scharf an.

»Manchmal bleibt er die ganze Nacht über fort, aber nicht immer«, erklärte Anne Marie hastig.

Eric begriff, daß Lord Sterling offenbar häufiger die Bordelle

299

der Stadt aufsuchte und seine Tochter in der Obhut von Sir Thomas zurückließ. »Und falls er zurückkommt?«

»Ach, er ist so –«

»Ich kenne Sterling«, bemerkte Eric ruhig.

»Ich habe immer Angst, daß er ihr – einmal etwas antut. Seiner eigenen Tochter! Ich beneide sie nicht! Da nützen auch kein Reichtum und kein Titel! Ich hoffe nur, daß Robert sie bald heiratet!«

Eric küßte Anne Marie auf die Wange. »Ich werde ihr nachreiten und sie zurückbringen.« Dann ließ er sich seinen Überrock geben und verließ ebenfalls das Haus.

Fast unmittelbar spürte er wieder, daß eine gewisse Spannung über der Stadt lag. Irgend etwas schien vorzugehen. Als ihm der Stallknecht sein Pferd brachte, erkundigte er sich deshalb: »Haben Sie eine Ahnung, was in der Stadt vorgeht?«

Dunkle Augen rollten ahnungsvoll. »Man spricht von einer Tee-Party, Lord Cameron. Ich fürchte, es kommen stürmische Zeiten!«

»Mag sein«, brummte Eric zustimmend und trieb sein Pferd an. Er war beunruhigt, denn überall waren Schritte und leises Rufen zu vernehmen. Entschlossen ritt er in die Dunkelheit davon.

Frederick Bartholomew lief zitternd die Straße entlang. Dichter Nebel waberte um die Laternen, und die Masten der stolzen Segler, die von England aus die Kolonien belieferten und dicht an dicht im Hafenbecken lagen, waren nur noch undeutlich zu erkennen. Kaltes Wasser schwappte gegen die Kaimauern, doch plötzlich erhob sich ein leichter Wind und vertrieb die schwersten Schwaden.

Und plötzlich war es mit der Ruhe vorbei. Eine schrille Stimme rief: »Heute nacht wird der Hafen zum Teekessel werden!« Und Sekunden später hörte man von überallher Schritte, die zum Hafen eilten.

Wir müssen einen seltsamen Anblick bieten, dachte Frederick. Etwa fünfzig Männer tauchten urplötzlich aus dem Nichts auf und näherten sich den Schiffen. Auf den ersten Blick konnte man sie für Indianer halten, denn sie waren halbnackt. Viele hatten ihre Haut gefärbt und dunkle Perücken und Kriegsbemalung angelegt. Hastig ruderten sie zu den Schiffen hinüber und verteilten sich schnell.

Etwas aus dem Hintergrund beobachtete Frederick, wie der
›Häuptling‹ höflich vom Kapitän den Schlüssel zu den Teekisten
forderte. »Los, Männer!« ertönte schließlich das Kommando. Zu-
vorkommend entschuldigten sich die ›Indianer‹, bevor sie die
Wachen niederschlugen, und dann flogen in kürzester Zeit drei-
hundertvierzig Teekisten ins brackige Hafenwasser. Die Männer
arbeiteten rasch und zielstrebig. Gegenwehr gab es keine, da die
Briten nicht im Traum mit einem derartigen Überfall gerechnet
hatten und die Mehrheit der Bevölkerung ohnehin auf Seiten der
›Indianer‹ stand.

Schweigend beobachtete der Buchdrucker Bartholomew, wie
Teekiste um Teekiste über Bord ging, doch sein Freund Jeremy
Duggin, der neben ihm stand, meinte: »Das wird ein starkes Ge-
bräu!«

»Und es wird Folgen haben«, erinnerte ihn Frederick.

»Wir hatten doch überhaupt keine andere Wahl, Mann! Wenn
die Briten uns nicht bis aufs Hemd ausziehen sollen –«

»Los, Leute, beeilt euch! Hinterlaßt die Decks so sauber, wie wir
sie vorgefunden haben!« Die älteren Männer hatten die Aktion geplant, und die jüngeren, unter denen sich auch viele Harvardstu-
denten befanden, hatten sie tatkräftig unterstützt. Jetzt reinigten
sie blitzartig die Schiffe und gaben die Schlüssel mit höflicher Verbeugung an die Kapitäne zurück.

»Los, hauen wir ab!« rief jemand. »Die Briten werden bestimmt
nicht lange auf sich warten lassen!«

»Los, Jeremy!« rief Frederick. »Das gilt auch für uns!« Mittlerweile froren alle jämmerlich. Rasch kletterten sie in die Boote.

»Der Hafen ist ein einziger Teekessel!« brüllte einer der Männer. »Es braust und kocht, und das Ergebnis werden wir alle bald
zu spüren bekommen.«

Die Briten besaßen eine schlagkräftige Armee, dachte Frederick.
Falls es Krieg gab …

Nachdem die ›Indianer‹ wieder festen Boden unter den Füßen
hatten, marschierten sie unverzüglich zur großen, alten Ulme,
dem sogenannten Freiheits-Baum, wo sie sich versammelten. Sie
versuchten keineswegs, ihre Tat geheimzuhalten, denn sie waren
zahlreich. Der Gouverneur konnte sie unmöglich alle aufknüpfen!

Während sich die anderen nach einer Belobigung auf den

301

Heimweg machten oder ihre Kneipen aufsuchten, wurde Frederick unruhig, denn für ihn war die Nacht noch lange nicht zu Ende. Wenige Augenblicke später tauchten zwei Männer aus dem Dunkel auf. Der eine war Paul Revere, ebenfalls ein Buchdrucker, und der andere der wohlhabende und vielbewunderte John Hancock, ein Vetter des berühmten Patrioten Samuel Adams. Daß die Briten ihm seine *Liberty* gekapert hatten, hatte ihn auf die Seite der Rebellen gebracht. »Haben Sie die Waffen, Frederick?« wollte er wissen.

Frederick nickte nur.

»Wir hoffen nicht, daß es zu einer Auseinandersetzung kommt, doch die Söhne der Freiheit müssen vorbereitet sein«, warnte Revere, bei dem Frederick nicht nur sein Handwerk, sondern außerdem auch seine Überzeugung gelernt hatte. Mittlerweile druckten sie beide Handzettel und Pamphlete für die gemeinsame Sache.

»Ich habe sie aus Virginia. Ein guter Freund kauft im Westen die Waffen von den Indianern«, erklärte Frederick nervös. Dieses Geschäft war nicht mit der Tee-Party zu vergleichen, denn hierbei ging es um Hochverrat. »Der Wagen steht in der Nähe des Friedhofs, am Ende der Straße.«

»Ausgezeichnet, Frederick. Gehen Sie jetzt vor! Die Männer werden Ihnen folgen. Falls Sie einen Rotrock zu Gesicht bekommen, flüchten Sie! Sam hat berichtet, daß wir irgendwo eine undichte Stelle haben und daß die Briten wissen, daß wir uns Waffen besorgen. Machen Sie schnell und seien Sie vorsichtig!«

Frederick nickte. Er nahm seine Pflicht ernst, doch es war nicht leicht gewesen, seiner jungen Frau Elizabeth zu erklären, daß es bei dieser Sache um die Zukunft ihres kleinen Sohnes ging. Sie waren freie Menschen, die sich ihre Mitspracherecht bereits im Jahr 1215 durch die Unterzeichnung der Magna Charta erworben hatten. Auch als Kolonisten waren sie gute Engländer. Nicht die Steuern waren das Problem, sondern die Tatsache, daß sie sie bezahlen sollten, ohne im Parlament darüber mitentscheiden zu können.

An Krieg dachte niemand ernsthaft, doch es gab immer wieder Stimmen, die ein großes Blutbad voraussagten – aber jetzt wollte Frederick lieber nicht daran denken. Er wollte nur schnell noch die Männer zu dem Wagen führen, damit er endlich nach Hause gehen konnte. Er ging langsam, so daß die Söhne der Freiheit unauf-

302

fällig folgen konnten. Er hatte den Wagen beinahe erreicht, als vor ihm sein Kontaktmann aus dem Nebel auftauchte, kurz grüßte und im Friedhof verschwand. Nachdem er das Versteck der Waffen passiert hatte, atmete er tief durch. Doch gleichzeitig hörte er eilige Schritte hinter sich, und als er sich umdrehte, sah er eine Frau in weitem, wehenden Mantel hinter sich.

»Damien?« hörte er sie rufen.

Fredericks Herz klopfte, denn sie konnte nur ihn gemeint haben. Rasch verschwand er um die nächste Ecke und wollte gerade die Straße überqueren, als er plötzlich einen Rotrock vor sich sah.

»Halt!« rief der Soldat.

Niemals! Hastig lief Frederick über die Straße und hörte hinter sich die Frau rufen: »Nein!« Der Schuß einer Brown Bess krachte durch die Nacht, doch instinktiv wußte Frederick, daß sich die Frau dem Soldaten in den Arm geworfen hatte. Der Schuß ging fehl und traf ihn lediglich an der Schulter. Mit Mühe unterdrückte er einen Aufschrei, packte seinen verwundeten Arm und lehnte sich schwach gegen die nächstbeste Hauswand.

Hinter ihm gab es einen heftigen Wortwechsel zwischen dem Soldaten und der Frau. Wer war sie und weshalb hatte sie ihn gerettet? Mit geschlossenen Augen dankte Frederick seinem Schöpfer für das große Glück, und als er sie wieder öffnete, merkte er, daß ihm die Knie den Dienst versagten. Langsam sank er an der Wand hinunter.

Als plötzlich Hufschläge ertönten, versuchte Frederick sich wiederaufzurichten und sich von der Wand abzustoßen. Er mußte unbedingt ein Versteck finden, und zwar schnellstens! Schwankend stolperte er auf die Straße.

In diesem Augenblick war das Pferd neben ihm. Eric hatte alle Mühe, seinen schwarzen Hengst zu bändigen, als dieser scheute.

»Ruhig, Junge!« rief er und sprang herunter.

Erschreckt taumelte Frederick zurück und stürzte. Der Mann, der auf ihn zukam, war riesengroß und trug einen warmen, pelzgefütterten Überzieher. Im Unterbewußtsein nahm er handgearbeitete Stiefel und eine untadelig weiße Kniehose wahr. Ganz offenbar hatte er es mit einem Mitglied der Gesellschaft zu tun, und er selbst trug Indianerkleidung!

»Was, um alles in der –«, begann der Fremde.

303

Doch Frederick unterbrach ihn. »In Gottes Namen, Mann, töten Sie mich, aber machen Sie es kurz!« Als er seine Arme zur Verteidigung hob, traf ihn ein stahlharter Blick. Der Mann hatte ein energisches Kinn, war dunkelhaarig und trug keine Perücke. Allein seine Größe und sein trainierter Körper wirkten schon bedrohlich.

»Langsam, mein Freund!« besänftigte ihn der Fremde grienend. »Da Sie bestimmt kein Indianer sind, vermute ich, daß Sie bei dem Aufruhr im Hafen beteiligt waren. Stimmt das?«

Frederick schwieg verbissen, denn sein Schicksal war ohnehin längst besiegelt.

»Dort müssen Sie suchen!« hörte man eine Stimme in der Dunkelheit rufen. »Ich habe einen von ihnen in diese Richtung laufen sehen!«

»Warten Sie!« Frederick erkannte die verzweifelte Stimme der Frau sofort wieder.

Der Fremde neben ihm zuckte zusammen und schien verwirrt zu sein. »Offenbar ein Rotrock!« murmelte er. »Kommen Sie, wir müssen fort! Ich habe nämlich noch einiges vor!«

Mit diesen Worten nahm er seinen Mantel ab und hüllte Frederick darin ein.

»Ich bin doch kein Kind mehr! Ich bin verheiratet und habe einen Sohn!« protestierte Frederick.

»Sie haben keine andere Wahl! Los, stützen Sie sich auf mich! Wir müssen uns beeilen.«

»Werden Sie mich den Briten verraten?«

»Und Ihr Kind zur Waise machen? Nein, Mann. Natürlich werden sich die Briten rächen, aber ich sehe nicht ein, daß Sie dafür büßen müssen.«

Frederick war nicht gerade klein, doch trotzdem nahm ihn der Fremde auf den Arm und hob ihn auf seinen Hengst. Dann stieg er hinter ihm in den Sattel und murmelte: »Ich glaube, wir sollten uns westwärts halten.«

Frederick atmete heftig, um die Schmerzen in seiner Schulter zu unterdrücken. Dann schluckte er. »Mein Haus liegt am Ende dieser Straße, Mylord.« Jetzt war es geschehen! Er hatte dem Fremden gesagt, wo er wohnte, und damit Elizabeth und das Baby in Gefahr gebracht.

»Zeigen Sie mir den Weg. Ich werde Sie nach Hause bringen.«

Doch noch bevor Frederick antworten konnte, stürmte der Wachsoldat um die Ecke, die Frau direkt hinter ihm. »Sir! Ein Mann wird vermißt! Geben Sie doch endlich diese idiotische Suche auf und helfen Sie mir!« rief die Frau.

Mißtrauisch hielt der Soldat inne und starrte auf die zusammengesunkene Gestalt auf dem Pferd. In diesem Augenblick trat Fredericks Retter vor. »Amanda!« Rasch zog er sie an sich. »Sie ist mit mir verlobt, Officer. Ihr Vater wäre mit Sicherheit entsetzt, wenn er erführe, daß sie um diese Zeit allein unterwegs war. Möglicherweise ... Mein Freund, bitte haben Sie ein Herz! Wenn Sie den Vorfall melden, wird mir meine Beute vielleicht sogar noch streitig gemacht!«

»Was? Ich soll –«, wollte die Frau protestieren.

Doch der Fremde packte die Frau fester, und Frederick konnte sein eindringliches Flüstern gut verstehen. »Falls Sie Ihrem Damien helfen wollen, sollten Sie den Mund halten!«

»Mir ist es sehr recht, wenn Sie mir die Lady abnehmen, Mylord.« Der Soldat schien ehrlich erleichtert. »Ich suche nämlich einen gefährlichen Rebellen – Wer ist der Mann auf dem Pferd?« fragte er plötzlich mißtrauisch.

»Mein Freund hat ein wenig zu tief ins Glas geschaut. Wir waren bei Sir Thomas Mabry eingeladen. Na, Sie wissen doch, wie das ist. Junge Männer trinken manchmal ein bißchen zuviel, nicht wahr, Mandy?«

Ihr Rücken versteifte sich, doch Sekunden später strahlte sie den Wachsoldaten an. »Ja, es war wirklich eine herrliche Party!«

»Offenbar werden heute nacht überall Parties gefeiert!« Der Soldat salutierte. »Wenn Sie sich um alles kümmern, Sir, werde ich mich jetzt empfehlen.«

»In Ordnung. Ich danke Ihnen.«

Nachdem die Schritte des Soldaten auf dem Pflaster verklungen waren, zischte die Frau: »Wer sind Sie, Sir? Und wo ist Damien? Was wissen Sie über ihn?«

»Ich weiß nur, daß Sie auf dem besten Weg waren, die Männer des Königs auf direktem Weg zu ihm zu führen, Mademoiselle!«

»Was soll das heißen?« fragte sie hitzköpfig.

»Für lange Erklärungen ist jetzt keine Zeit! Dieser Mann braucht dringend Hilfe.«

»O Gott, er ist angeschossen worden. Bestimmt gehört er zu den Rebellen!«

»Er ist ein Mensch, der blutet, Mylady! Und wir werden ihm helfen. Und danach werde ich Sie nach Hause bringen.«

»Das wird nicht nötig sein.«

»Doch, Mylady. Und jetzt lassen Sie mich den Arm um Ihre Schultern legen und singen! Und Sie müssen uns führen, denn ich kenne den Weg nicht.«

Frederick blieb gar nichts anderes übrig. Während sie eng aneinandergedrängt die Straße entlangtaumelten, hörten sie überall die Rufe der Soldaten. Doch dank ihrer Schauspielkünste blieben sie unbehelligt. Fieberhaft überlegte Frederick, wer der Fremde wohl war. Ohne Zweifel ein vornehmer Mann, doch der sanfte Unterton in seiner Stimme deutete eher auf eine Herkunft aus Virginia hin. Vielleicht war alles nicht so schlimm, wie es den Anschein hatte, denn in Virginia gewann George Washington immer mehr Anhänger. Doch gleichzeitig war er auch mit Lord Fairfax befreundet, der der Krone gegenüber loyal war. Es zeichnete sich ab, daß man sich in Zukunft für eine der beiden Seiten entscheiden mußte. Und dieser Tag war nicht mehr allzu fern.

Als sie vor Fredericks Haus angekommen waren, zog ihn der große Mann mit geübten Griffen vom Pferd, während die Frau an die Tür klopfte. Für einige Sekunden weiteten sich Elizabeths Augen vor Entsetzen, doch dann zog sie die drei geistesgegenwärtig ins Haus.

»Frederick!« rief sie, nachdem die Tür geschlossen war.

»Er ist in die Schulter getroffen worden«, erklärte der Fremde rasch. »Wir müssen schnellstens die Patrone entfernen! Aber zuallerletzt muß die Farbe herunter, falls wir Besuch bekommen. Er ist ein wenig mitgenommen.«

»Die Farbe!« Die junge Frau schnappte nach Luft.

Verwirrt irrten Elizabeths Augen von einem zum anderen. Die junge Frau war sehr gepflegt gekleidet, und der Mann war ohne Zweifel ein Gentleman.

»Kann ich ihn hier hinlegen?« fragte der Fremde drängend.

»Oh! Aber selbstverständlich!«

Frederick wurde immer wieder für kurze Zeit ohnmächtig, während sie ihn niederlegten und wuschen. Er trank einige tiefe

Züge des hausgemachten Whiskeys, während sich der Fremde an seiner Schulter zu schaffen machte. Mit Tränen in den Augen preßte ihm Elizabeth immer wieder die Hand auf den Mund und flehte ihn an, sich still zu verhalten.

»Lassen Sie mich das machen!« erklärte die junge Frau unvermittelt. Als der Fremde und Elizabeth sie fassungslos anstarrten, zuckte sie nur die Achseln. »Ich habe einige Erfahrung auf diesem Gebiet.«

»Wie bitte?« Der Fremde wollte seinen Ohren nicht trauen.

»Mein Vater ist schon häufiger angeschossen worden«, antwortete sie und bat lächelnd um ein Messer.

In diesem Moment wurde Frederick endgültig ohnmächtig, und Eric beobachtete fasziniert, wie Lady Amanda Sterling mit geübten Fingern die Kugel aus der Schulter des Mannes entfernte.

»Ich glaube, der Knochen ist unverletzt.« Dann wandte sie sich an Elizabeth, die nur fassungslos die Hände rang. »Reinigen Sie die Wunde mit Alkohol, damit sie sich nicht entzündet!«

Elizabeth Bartholomew sank auf die Knie und umfaßte Amandas Hände. »Ich danke Ihnen von ganzem Herzen. Ich …«

»Bitte!« Amanda Sterling errötete leicht. »Danken Sie mir nicht. Gott allein weiß, wie ich hierher gekommen bin! Ich möchte auf der Stelle gehen, denn im Haus von Verrätern …« Energisch zog sie Elizabeth hoch, wobei ihre Kapuze zurückrutschte und ihre roten Haare im Feuerschein aufleuchteten. »Ich muß jetzt wirklich gehen! Lassen Sie mich los!«

»Lady Sterling wird Sie ganz bestimmt nicht verraten«, erklärte Eric entschieden.

Amanda warf ihm einen überraschten Blick zu, doch sie widersprach ihm nicht. »Warnen Sie lieber Ihren Mann. Was er tut, ist Verrat gegen den König!«

»Wird sie uns bestimmt nicht verraten?«

»Nein, darauf gebe ich Ihnen mein Wort!« Eric nahm Amandas Arm. »Ich werde zurückkommen, sobald ich Lady Amanda zu Hause –«

»Ich kann sehr gut allein nach Hause gehen.«

»Im Augenblick wimmelt die Stadt von britischen Soldaten und Freiheitskämpfern. Ich habe Anne Marie versprochen, Sie sicher nach Hause zu bringen.«

Angesichts seiner Überlegenheit knirschte Amanda mit den Zähnen. »Also gut!« Dann wandte sie sich noch einmal an die völlig aufgelöste Elizabeth. »Passen Sie auf ihn auf!« murmelte sie, bevor sie rasch auf die Straße trat.

Eric folgte ihr auf dem Fuß und packte sie am Arm, bevor sie ihm davonlaufen konnte. Als sie stolz den Kopf in den Nacken warf, lächelte er. »Haben Sie irgendwo ein Pferd?«

»Nein, ich –«

»Sie sind in einer Nacht wie dieser den ganzen Weg zu Fuß gegangen? Sie müssen verrückt sein!«

Amanda versuchte, ihm ihre Hand zu entziehen, doch schon fühlte sie sich hochgehoben und aufs Pferd gesetzt. Als er hinter ihr aufstieg, versteifte sich ihr Rücken. »Ihre Manieren sind ausgesprochen roh!«

»Und Sie sind eine Närrin!«

»Sie können mich gern zu Sir Thomas zurückbringen, doch vorher muß ich unbedingt Damien finden!«

Eric zögerte. Falls der junge Roswell etwas mit den Rebellen zu tun hatte, dann wußte er, wo er ihn finden würde. Er zügelte sein Pferd so heftig, daß ihr Körper eng gegen ihn gepreßt wurde und ihm der Duft ihrer Haare in die Nase stieg. »Also gut, machen wir uns auf die Suche.«

Eine ganze Weile ritten sie daraufhin durch die verlassenen Straßen, bis Eric in einer abgelegenen Gegend vor einer Taverne seinen Hengst zügelte. »Rühren Sie sich nicht von der Stelle!« befahl er, während er abstieg und zur Tür hinüberging.

Drinnen drängten sich einfach gekleidete Arbeiter um ein Feuer. Kaum jemand war betrunken, vielmehr war man in ernsthafte Gespräche vertieft. Bei Erics Eintritt wandten sich ihm alle Augen zu, und als die Männer seine feine Kleidung registrierten, erbleichten sie. Ein Mann, der ganz offensichtlich der Wirt war, kam ihm entgegen.

»Mylord, was kann ich –«

»Ich möchte Mr. Damien Roswell sprechen.«

»Mylord, er ist heute nicht –«

»Ist schon gut, Camy.« Der gutaussehende Mann, der mit Amanda getanzt hatte, löste sich aus der Gruppe und streckte die

Hand aus. »Sie sind Lord Cameron, nicht wahr? Aber weshalb suchen Sie mich?« erkundigte er sich vorsichtig.

Eric räusperte sich. »Nicht ich suche Sie, sondern eine Dame!«

»Amanda!« stieß er hervor. »Dann weiß sie also, daß –«

»Sie hat keine Ahnung, aber trotzdem ist es wahrscheinlich besser, wenn Sie mitkommen.«

Damien nickte nur und verließ unverzüglich mit Eric die Taverne.

»Damien, endlich! Hast du mir Angst eingejagt!« rief die junge Frau, während sie vom Pferd rutschte und ihm entgegenlief.

»Amanda! Du hättest mir nicht folgen sollen!«

»Ich dachte, du könntest vielleicht in Schwierigkeiten geraten«, entgegnete sie besorgt.

Damien wandte sich an Eric. »Ich bin Ihnen zu großem Dank verpflichtet, Mylord! Wirklich! Falls ich Ihnen jemals einen Gefallen tun kann –«

»Ich werde mich an Sie wenden«, versprach Eric und verabschiedete sich dann. »Guten Abend, Mylady!«

»Mylord«, entgegnete sie steif.

Wenn sie eine Katze gewesen wäre, hätte sie bestimmt einen Buckel gemacht und gefaucht, dachte Eric und lächelte insgeheim. Dieses Mädchen hatte ein Feuer in ihm entzündet, und er war entschlossen zu warten, denn er war sicher, daß er sie wiedersehen würde. Grüßend zog er seinen Hut, bevor er wieder auf sein Pferd stieg und davonritt.

»Wer war denn dieser arrogante – Kerl?« hörte er sie flüsternd fragen.

»Aber, Mandy! Welche Ausdrucksweise!« tadelte Damien seine Kusine.

»Sag, wer war er?«

»Lord Eric Cameron von Cameron Hall.«

»Oh!« Sie schnappte nach Luft. »Der!«

Eric schmunzelte. Ganz offensichtlich hatte sie sich ebenfalls an ihre erste Begegnung erinnert. Er freute sich schon auf ihr nächstes Wiedersehen.

2. Kapitel

Als Frederick zu sich kam, lag er immer noch auf dem Sofa und sah, wie Elizabeth und der Fremde an der Haustür mit einem Rotrock sprachen.

»Ich versichere Ihnen, Sergeant«, sagte der Fremde gerade, »daß ich keine Ahnung von irgendwelchen Unruhen im Hafen habe und auch von geschmuggelten Waffen weiß ich nichts. Ich muß Sie ausdrücklich um Diskretion bitten, denn ich habe gerade vor einer halben Stunde hier mit einer jungen Dame der Gesellschaft einen Besuch gemacht und bin nur noch einmal zurückgekommen, um den Bartholomews eine Stellung auf Cameron Hall anzubieten. Doch wie ich höre, ist Fredericks Arbeit hier recht erfolgreich.«

»Er druckt verräterische Pamphlete!« behauptete der Sergeant. »Das können Sie mir glauben!«

»Wie bitte? Ist der Mann denn kein freier Engländer mehr mit allen seinen Rechten? Ich verstehe wirklich nicht, was das alles miteinander zu tun haben soll! Wir haben gerade Kräutertee getrunken, als Sie uns so abrupt unterbrochen haben. Ich möchte jetzt endlich meine Ruhe haben, genau wie diese anständigen Leute! Haben Sie mich verstanden?«

»Aber gewiß, Mylord!« Der Sergeant salutierte. »Gute Nacht, Mylord!«

Mylord. Mylord Cameron. Frederick lächelte. Von diesem Mann hatte er bereits gehört. Er hatte sich tapfer im Siebenjährigen Krieg mit den Indianern herumgeschlagen und saß im Rat des Gouverneurs von Virginia. Im Gegensatz zu den Abgeordneten im House of Burgesses wurden die Ratsmitglieder auf Lebenszeit gewählt, was eine große Ehre bedeutete. Frederick war sich bewußt, daß diese Männer eigentlich eine loyale Einstellung zur Krone besaßen. Aber trotzdem hatte Lord Cameron *ihm* das Leben gerettet!

Nachdem die Tür verschlossen und verriegelt war, lehnte sich Elizabeth zitternd gegen das Holz. »Ich glaube, ich werde ohnmächtig. Schon wieder waren Sie unser Retter! Oh, Mylord, wir verdanken Ihnen unser Leben! Falls Sie einen Wunsch haben –«

»Den habe ich tatsächlich!« lachte Eric. »Ich hätte gern einen anständigen Schnaps und möchte mich einen Augenblick lang mit Ihrem Mann unterhalten.«

Elizabeth nickte nur und verschwand nach einem besorgten Seitenblick auf Frederick in der Küche.

Eric zog sich einen Stuhl neben das Sofa und setzte sich. »Nun möchte ich aber genau wissen, was heute nacht hier los war.«

»Aber das müssen Sie doch wissen?«

»Ich komme aus Virginia und bin geschäftlich hier. Ich bin mehr oder weniger zufällig in die Sache hineingeraten und habe keine Ahnung.«

Frederick holte tief Luft. Dieser Mann war hartnäckig. »Eigentlich haben wir das alles nicht geplant.«

»Das können sie mir nicht weismachen! Seit dem sogenannten Massaker im Jahr 1770 hat es in der Stadt gegärt!«

Das ›Massaker‹ war eigentlich ein Straßenkampf gewesen. Ungefähr fünfzig unzufriedene Bürger hatten britische Wachen angegriffen, die darauf Befehl erhalten hatten, in die Menge zu schießen. Drei Menschen waren umgekommen und acht verwundet worden, von denen später noch einmal zwei gestorben waren. John Adams und Josiah Quincy hatten den angeklagten Captain verteidigt, dem man den Schießbefehl jedoch nicht hatte nachweisen können. Letztlich wurden zwei Soldaten wegen Totschlags verurteilt und aus der Armee ausgestoßen. In der Folgezeit wurde das Ereignis immer wieder von Politikern und Rednern benutzt, um die Bevölkerung gegen die Briten aufzuwiegeln.

»Trotzdem haben wir das nicht gewollt!« beharrte Frederick. »Sie können sich ja unter der gesamten Bevölkerung umhören! Die britische Regierung hat der British East India Company für den Tee, den sie nach Amerika verkauft, Steuernachlaß angeboten, was einer Monopolstellung gleichkam und viele unserer Händler aus dem Geschäft gedrängt hätte. Wir haben Gouverneur Hutchinson angefleht, die Teeladung nach England zurückzuschicken, doch er hat unsere Bitten abgelehnt. Nach einer großen Versammlung im Old South Meeting House sind wir zu seinem Amtssitz marschiert, doch er hat uns nicht einmal empfangen.« Frederick senkte den Kopf. »Auf ein Zeichen von Sam Adams hin haben wir schließlich die Schiffe besetzt und den Tee in das Hafenbecken gekippt.«

Eric schwieg einige Augenblicke. »Ihnen ist doch klar, daß das Folgen haben wird?«

»Aber natürlich.«

»Wir entfernen uns weiter und weiter voneinander«, murmelte Eric gedankenverloren vor sich hin. »Ich glaube allerdings nicht, daß man Sie wegen Ihrer Teilnahme an der Tee-Party verfolgt, sondern eher wegen der Waffen, die möglicherweise gegen die Briten eingesetzt werden. Sagen Sie mir alles!«

Frederick erschrak zutiefst. »Waffen?« Nervös fuhr er sich mit der Zunge über die Lippen. Leugnen hatte ganz offensichtlich keinen Sinn. »Es gibt noch keine bestimmten Pläne. Jedenfalls bleiben die Waffen nicht in der Stadt. Aber mehr sollte ich wirklich nicht sagen.«

»Das ist im Augenblick auch nicht nötig.« Eric starrte einige Minuten lang schweigend in die Flammen, bevor er weitersprach. »Ich wüßte gern, ob ein gewisser Damien Roswell aus Virginia in diese Sache verwickelt ist?«

Frederick hielt den Atem an. »Mylord, Sie können mich gern anzeigen! Aber Namen werde ich Ihnen nicht –«

»Es ist schon gut«, beschwichtigte Eric. »Ich habe genug gehört.«

In diesem Augenblick trat Elizabeth ein und reichte Lord Cameron ein Glas Whiskey. Eric dankte ihr mit einem Lächeln.

»Werden Sie mich anzeigen?« fragte Frederick flüsternd, und als Eric sich zu ihm umwandte, bemerkte er, daß dieser Mann kaum zehn Jahre älter war als er. Wahrscheinlich war er nicht einmal dreißig.

»Ich glaube kaum, daß ich dann soviel Theater gespielt und die Soldaten angelogen hätte!«

»Und wie steht es mit der Lady, die meinen Arm gerettet hat?«

Langsam schüttelte Eric den Kopf. »Nein, von ihr haben Sie nichts zu befürchten.«

»Sie ist ganz reizend.«

»So reizend auch wieder nicht, mein Freund. Sie hat keine Ahnung von den Zusammenhängen und es liegt in ihrem ureigensten Interesse, den Mund zu halten.«

Frederick nickte erleichtert. »Wir sind Ihnen zu allergrößtem Dank verpflichtet!«

»Gott schütze Sie, Mylord!« Mit diesen Worten fiel Elizabeth auf die Knie.

Lächelnd strich ihr Eric übers Haar. »Sie sind wirklich zu beneiden, mein Freund. Sie haben eine liebende Frau und einen Sohn. Die sind es wert, daß sie sich Ihre zukünftigen Pläne sehr gut überlegen.«

»Mein Sohn ist die Zukunft. Ich tue das alles allein für ihn! Da ich kein Lord bin und unsere Familie schon seit Generationen in diesem Land lebt, bindet mich nichts mehr an unser Mutterland.«

Eric lachte und stand auf. »Mein lieber Mann! Meine Vorfahren waren bereits hier, als Jamestown noch in den Kinderschuhen steckte.« Er verstummte für einige Augenblicke. »Mein Vater, mein Großvater und auch mein Urgroßvater sind in Virginia begraben. Dieses Land liegt mir am Herzen, und ich möchte gern alles tun, um es zu erhalten.«

»Würden Sie auch kämpfen, Mylord?« wollte Frederick wissen.

»Das weiß Gott allein. Wir sollten alle um Frieden beten. Aber jetzt muß ich wirklich gehen!«

Elizabeth brachte seinen Umhang, doch als er sich schon zur Tür wandte, hielt Frederick ihn noch einmal auf. »Mylord!«

Als Eric sich umdrehte, sah er Fredericks ausgestreckte Hand. »Ich danke Ihnen von ganzem Herzen, Lord Cameron. Mein Leben lang werde ich Ihr getreuer Diener sein!«

Eric ergriff Fredericks Hand. »Ich heiße Eric, und ich weiß Freunde zu schätzen, Frederick! Ich werde mich immer daran erinnern, daß ich in dieser Stadt Freunde habe.«

»Ja, Mylord – Eric, das stimmt. Und zwar die allerbesten.«

Eric bestieg Joshua und ließ den Hengst das Tempo bestimmen. Die Schritte der Soldaten waren endgültig verhallt, und es war still geworden. Doch so ruhig wie vorher würde es nie wieder werden, dachte Eric. Die Nachricht von dieser Tee-Party würde sich in Windeseile bis nach England verbreiten. Auf seiner Suche nach Amanda und Damien hatte er nur einen kurzen Blick auf die Szene werfen können, doch er hatte begriffen, daß es diesen Menschen ernst war. Sie wollten ihre Rechte und Freiheiten als Engländer vom englischen Parlament respektiert wissen, ansonsten würden sie sich selbst die Gesetze geben. Auch mich hat diese Nacht verändert, dachte Eric, doch er wußte auch, daß diese Unzufriedenheit schon seit dem Siebenjährigen Krieg in ihm gegärt hatte. Ob es wohl wieder zum Krieg kommen würde?

Niemand sprach diese Gedanken offen aus. Seufzend blickte Eric zu Fredericks Haus zurück. Diese beiden jungen Leute waren so leidenschaftlich und fest entschlossen, notfalls für ihre Überzeugung zu sterben. Er konnte es ihnen nachfühlen, denn ihn bewegten ähnliche Gedanken. Für sein Land würde er alles tun. Doch gegen wen würde er kämpfen müssen?

In diesem Augenblick dachte er auch an Lady Sterling und daran, wie leidenschaftlich sie versucht hatte, Elizabeth davon zu überzeugen, daß ihr Mann ein Verräter sei. Sie stand loyal auf Seiten der Briten, doch instinktiv wußte Eric, daß Frederick von ihr nichts zu befürchten hatte. Sie hatte zwar keine Ahnung, daß ihr Vetter Damien für die Freiheitskämpfer Waffen schmuggelte, doch sie vermutete etwas, und die Angst, die sie um ihn hatte, verschloß ihr den Mund. Armes Mädchen! Falls der närrische Tarryton sich tatsächlich einer anderen zuwandte, stand ihr eine herbe Enttäuschung bevor. Und die Wahrheit über Damien würde ebenfalls nicht leicht zu verdauen sein!

Leise stieg er vor Thomas Mabrys Haus vom Pferd und klopfte vorsichtig an die Tür. Anne Marie öffnete fast augenblicklich. Ganz offensichtlich hatte sie auf ihn gewartet.

»Ist Lady Amanda gut nach Hause gekommen?«

Anne Marie nickte und zog ihn ins Haus. »Sie schläft schon. Glücklicherweise ist alles gutgegangen! Lord Sterling ist nämlich zurückgekommen, weil er morgen in aller Frühe nach Hause fahren will. Amanda wird die nächsten Wochen bei einer Tante in South Carolina verbringen. Ich möchte nicht wissen, was geschehen wäre, wenn sie nicht zu Hause gewesen wäre!«

Eric runzelte die Stirn. »Was hätte er denn schon gemacht? Sie ist doch seine Tochter!«

Anne Marie schenkte Eric ein Glas Whiskey ein. »Ach, manchmal mache ich mir große Sorgen um sie! Sie ist so impulsiv und übersieht die Gefahren. Es ist wie mit Damien. Ihn liebt sie über alles, und schon ist ihr alles gleichgültig. Sie setzt sich über alles hinweg und benimmt sich trotzig und widerspenstig. Oh, vielleicht hätte ich das nicht sagen sollen?« Erschrocken legte sie die Hand auf den Mund. »Jedenfalls danke ich Ihnen von ganzem Herzen, Eric.«

Zart küßte er sie auf die Wange. »Es ist mir eine Freude, wenn ich Ihnen helfen kann, Anne Marie.« Dann trank er sein Glas aus und reichte es ihr zurück.

»Wohin gehen Sie jetzt?« erkundigte sie sich.

»Zurück in mein Quartier. Und morgen früh wieder zurück nach Virginia.«

Anne Marie begleitete ihn vors Haus und sah zu, wie er die Zügel vom Pfosten löste und auf sein Pferd stieg.

Lächelnd blickte er zu ihr hinunter. »Ich hoffe, ich werde Sie bald wiedersehen! Grüßen Sie Ihren Vater herzlich von mir!«

»Das werde ich tun, Eric. Und Ihnen noch einmal vielen Dank! Vielen, vielen Dank!«

Während langsam die Morgendämmerung emporstieg, empfand Eric plötzlich regelrechtes Heimweh und meinte bereits, die kühle Brise vom Wasser her zu spüren. Bisher hatte seine ganze Liebe seinem Besitz gegolten, doch wenn er daran dachte, wie sehr er diesen Frederick um seinen Sohn beneidete, wurde es vielleicht doch allmählich Zeit zum Heiraten. Cameron Hall brauchte einen Erben, der das Land ebenso liebte, wie Eric das tat.

Eric hatte den Gedanken noch nicht ganz zu Ende gedacht, als ihm der Verdacht kam, daß dieser plötzliche Gefühlsausbruch vielleicht auch durch Amanda Sterling und die gemeinsamen Erlebnisse der vergangenen Nacht hervorgerufen worden sein könnte. Er lächelte versonnen. Schon als kleines Mädchen war sie leidenschaftlich und manchmal geradezu hochmütig gewesen. Er erinnerte sich lebhaft an ihre zornigen, grünen Augen und an ihren eisernen Willen, mit dem sie damals alles klaglos ertragen hatte. Ihrem Vater hatte sie nichts erzählt, doch ihm hatte sie leise zischend die Pest an den Hals gewünscht.

Seit dieser Zeit war allerdings einiges anders geworden. Sieh dich vor, mein Freund, ermahnte er sich selbst. Im Augenblick waren die Zeiten nicht gerade günstig, um sich in Lady Sterling zu verlieben, denn für ihn stand ziemlich sicher fest, daß es in nächster Zeit zum Krieg kommen würde. Natürlich hoffte er, daß er die Situation zu schwarz sah, doch so recht konnte er nicht daran glauben. Mit Macht zog es ihn nach Hause, wo er sich außerdem genauer über Lord Sterlings Tochter erkundigen konnte – ihn würde sie so schnell nicht loswerden! Falls Tarryton tatsächlich die Absicht haben sollte, die Duchess of Owenfield zu heiraten, mußte er sich Lady Sterling aus dem Kopf schlagen, denn Eric hatte sich bereits für sie entschieden!

Während Eric sich langsam seinem Quartier näherte, ließ er die Ereignisse der vergangenen Nacht noch einmal vor seinem inneren Auge ablaufen. Ja, diese Nacht hatte ihn tatsächlich verändert. Er hatte Dinge erlebt und gesehen, die er in Zukunft nicht mehr würde übersehen können. Die Zeichen waren deutlich genug, und alle sprachen für einen bevorstehenden Konflikt. In diesem Augenblick wußte er noch nicht, daß sein nächstes Zusammentreffen mit Lord Sterlings Tochter ihn in mindestens ebenso große Turbulenzen stürzen würde wie die Ereignisse der vergangenen Nacht.

3. Kapitel

Tidewater, Virginia
Juni 1774

Noch nie war eine Sommernacht so schön gewesen wie diese, dachte Amanda. Überall im weitläufigen Park leuchteten Lampions in sanften Farben, und die Sommerblüten wiegten sich im leichten Abendwind. Alle Anzeichen deuteten darauf hin, daß es ein wunderbar ruhiger Abend werden würde. Amanda war sehr erleichtert, denn sie konnte das ewige Gerede über eine mögliche Loslösung vom englischen Mutterland inzwischen nicht mehr hören. Hatten denn alle Leute in Virginia und den übrigen Kolonien vergessen, daß ihnen das Mutterland im entsetzlichen Krieg gegen die Franzosen und Indianer nach Kräften beigestanden hatte? Natürlich mußten Steuern gezahlt werden! Man konnte doch nicht im Ernst erwarten, daß die Bevölkerung des Mutterlandes die Ausgaben in den Kolonien finanzierte!

Im Augenblick war die Teesteuer Tagesgespräch. Seit der Nacht, in der die Bevölkerung von Boston den gesamten Tee aus Protest in den Hafen gekippt hatten, gab es kein anderes Thema mehr. Kurz darauf hatten die Briten den Hafen für jegliche Einfuhren geschlossen, und mittlerweile bekam auch das entfernte Virginia die Auswirkungen zu spüren.

Amanda interessierte sich nicht besonders für Politik, doch da im Augenblick jedermann darüber sprach, kam ihr zwangsläufig manches zu Ohren. Außerdem war sie genau in jener Nacht in Boston gewesen, so daß jeder sie nach ihren ganz persönlichen Eindrücken fragte. Die Teesteuer war ihr gleichgültig. Damiens Aktivitäten machten ihr viel größere Sorgen. Und sobald sie an ihn dachte, fiel ihr auch wieder Lord Cameron ein. Dieser Mann hatte es tatsächlich gewagt, sie in eine Sache hineinzuziehen, die stark nach Verrat roch! Er hatte sie überhaupt nicht gefragt, sondern einfach nur herumkommandiert. Doch aus Sorge um Damien hatte sie es sich gefallen lassen müssen. Wenn sie doch nur wüßte, in was ihr Vetter da seine Nase gesteckt hatte!

Während sie ihre Hände betrachtete, erschauerte sie. Cameron hätte Damien anzeigen können und den jungen Buchdrucker ebenfalls, doch er hatte es nicht getan. Irgendwie war sie froh, daß sie ihn während der vergangenen Monate nicht zu Gesicht bekommen hatte, und insgeheim hoffte sie, daß es auch weiterhin so bliebe. Damien wollte sie sich heute abend vorknöpfen und ein ernstes Wörtchen mit ihm reden, aber nur heimlich, damit ihr Vater nichts bemerkte. Für ihn bestand die Tugend einer Frau allein in ihrer Schönheit und der liebevollen Sorgfalt mit der sie sich um den Besitz ihres Mannes kümmerte. Seiner Meinung nach war Politik nichts für Frauen, doch Amanda konnte ihm da nicht völlig recht geben. Überall im Land waren die Männer auf die Mitarbeit ihrer Frauen Mütter und Schwestern angewiesen, um dem Boykott entgegenwirken zu können. Man stellte nur noch Kleider aus selbstgewebten Stoffen her und zog allerlei Kräuter im Garten, um daraus Tee zu bereiten.

»Aber daran will ich heute abend nicht denken«, flüsterte Amanda halblaut vor sich hin. Diese wunderschöne Nacht sollte durch nichts gestört werden. Vom Balkon im Obergeschoß von Sterling Hall überblickte sie die Auffahrt, und der Wind trug den Blütenduft bis zu ihr hinauf. In Kürze würden sich die Musiker auf der Galerie oberhalb der Halle einrichten, und dann würden nach und nach die elegant gekleideten Gäste eintreffen. Amanda war erst vor einer Woche von ihrem Besuch bei ihrer Tante in South Carolina zurückgekehrt, und dieses erste Fest des Sommers sollte für sie von ganz besonderer Bedeutung sein. Während die ersten Wagen vorfuhren und Amanda im Mondlicht die Wappen auf den Türen leuchten sah, dachte sie an Lord Robert Tarryton, der sicher zu den ersten Gästen gehören würde. Sie malte sich aus, wie sie ganz langsam die große Freitreppe hinunterschritt und er nur Augen für sie hatte. Natürlich würde er wieder einmal der eleganteste Mann des Abends sein. Durch seine Größe überragte er ohnehin fast alle. Und wenn sie an seine blaßblauen Augen dachte und an seine weißblonden Haare – dann sah sie ihn auf sich zukommen, fühlte, wie sich seine Arme um ihre Taille legten, und dann schwebte sie mit ihm über die Tanzfläche und kurz darauf hinaus in den Garten und mitten hinein ins Labyrinth, wo er auf die Knie sank und sie um ihre Hand bat –

»Amanda! Amanda! Die Gäste treffen bereits ein. Komm sofort!« Die harte Stimme ihres Vaters riß sie brutal aus ihren Träumen.

»Ja, Vater. Ich komme schon«, antwortete sie gehorsam. Sein barscher Ton schmerzte sie, denn schließlich war sie sein einziges Kind, und sie fragte sich oft, weshalb er sich ihr gegenüber so ablehnend verhielt. Haßte er sie, weil sie kein Sohn geworden war, oder trug er es ihr nach, daß ihre Mutter bei ihrer Geburt gestorben war? Amanda fand keine Antwort und hatte es im Lauf der Zeit gelernt, ihr Herz zu verschließen und nichts mehr an sich herankommen zu lassen. Danielle hatte sich immer rührend um sie gekümmert, und auch der Butler Harrington hatte ihr insgeheim seine Zuneigung geschenkt. Doch jetzt – jetzt gab es Robert. Lord Robert Tarryton. Sie war schrecklich verliebt ihn ihn und rechnete fest damit, daß er sich heute abend erklären würde. Natürlich hatte sie auch andere Männer gekannt, mit denen sie gelacht und geflirtet hatte, doch ihr Herz hatte sie nicht verschenkt. Trotz gelegentlicher Spöttereien von allen Seiten war auch ihr Vater der Meinung, daß sich ein Mädchen unter achtzehn Jahren noch durchaus Zeit mit dem Heiraten lassen konnte. Nach ihrem Schulaufenthalt in London war sie in die Kolonien zurückgekehrt und hatte sich dabei im November des vergangenen Jahres in Lord Robert Tarryton verliebt, mit dem sie früher schon befreundet gewesen war.

»Amanda!«

»Ich komme schon, Vater!« rief sie und verließ fluchtartig ihren Ausguck, doch oben an der Treppe hielt sie sekundenlang inne. Während die ersten Gäste die Halle betraten, suchten Amandas Augen ausschließlich nach Robert, den sie doch so gern mit ihrem Auftritt beeindruckt hätte.

Nach den ersten Stufen bemerkte sie einen Mann, der dem Butler Hut und Handschuhe reichte und einige Worte mit dem Mann wechselte. Unwillkürlich sah er zu ihr nach oben, als ob er ihren Blick gefühlt hätte – genau wie sie es sich vorgestellt hatte. Nur leider war dieser Mann nicht Robert Tarryton.

Es war Lord Eric Cameron. Wie kam denn der, um Himmels willen, ausgerechnet hierher? In ihr Haus! Die Gedanken in ihrem Kopf überschlugen sich, während sie ihn unverwandt anstarrte. Heute abend erschien ihm ihr Haar dunkler als damals, und außerdem war er größer, als sie ihn in Erinnerung hatte. Er trug einen königsblauen Gehrock mit passender Kniehose aus Seide, dazu ein spitzenverziertes Hemd, weiße Strümpfe und Schnallenschuhe. Doch trotz dieser feinen Aufmachung unterschied er sich beträchtlich von den anderen Anwesenden, was vielleicht auf sein leicht gebräuntes Gesicht mit den hohen Wangenknochen und dem eckigen, ausgeprägten Kinn zurückzuführen war. Als sich ihre Blicke trafen, bedachte er Amanda mit einem kleinen, spöttischen Lächeln, das ihr seltsamerweise winzige Schauer über den Rücken jagte. Erschrocken tastete ihre Hand nach ihrer Kehle. Sekunden später hätte sie diese Geste gern ungeschehen gemacht, doch sie konnte ihre Augen nicht von ihm abwenden. Und umgekehrt ging es Eric genauso. Er starrte unverwandt nach oben und fragte sich insgeheim, wie es möglich war, daß sich die kleine, grünäugige Hexe mit den roten Haaren, die ihn damals so herzhaft gebissen hatte, so wenig verändert hatte.

Ob Tarryton ihr schon die Neuigkeit berichtet hatte? Vom Gouverneur persönlich hatte Eric gehört, daß sich der junge Mann voller Wonne auf die Aussicht gestürzt hatte, eine junge, vermögende Duchess samt Titel zu heiraten. Nach einem Blick auf Amanda bezweifelte Eric daß sie es schon wußte. Ob sie ahnte, wie zauberhaft schön sie aussah, während sie ein wenig verwirrt dort oben auf der Treppe stand? Sie war so schlank, daß sie größer wirkte, als sie

319

in Wirklichkeit war. Ihr rotes Haar bildete einen lebhaften Kontrast zu ihrem weißen, glänzenden Kleid und dem blassen Teint. Auf der einen Seite war es mit einem Kamm so zurückgesteckt, daß sich die Locken wie ein brennender Wasserfall über die andere Schulter ergossen.

Am heutigen Abend strahlte alles an ihr. Ihre Wangen waren von einer sanften Röte überzogen, und ihre Augen schimmerten dunkel. Still lächelte Eric vor sich hin, denn er spürte förmlich ihre Lebenskraft und die Entschlossenheit, für das zu kämpfen, was ihr wichtig war. Als sie ihr Kinn ein wenig emporreckte, stellte er amüsiert fest, daß sie nicht nach ihm Ausschau gehalten hatte. Offenbar war es also noch nicht bis zu ihr gedrungen, daß sie gegen ein Vermögen und einen Titel eingetauscht worden war.

Amandas kühle Reaktion auf Erics tiefe Verbeugung ließ ihn vermuten, daß sie ihm wegen der Vorfälle in Boston noch zürnte, doch damit mußte er leben. Ein leichtes Zucken ihrer Augenbrauen war die einzige Antwort, bevor sie unten angekommen war und sich augenblicklich den Pflichten einer aufmerksamen Gastgeberin widmete. In kürzester Zeit war sie von Gästen umringt, und alle drängten sich danach, sie zu begrüßen.

»Mandy! Liebste Mandy, du siehst ja fantastisch aus!« hörte Eric jemanden überschwenglich rufen, und dann erkannte er Lady Geneva Norman, eine der reichsten Erbinnen dieser Gegend, der außerdem noch zahlreiche Besitzungen in England gehörten. Auf ihre etwas lautstarke Art war sie eine Schönheit und hatte auch Eric beeindruckt, doch er hielt sich inzwischen sorgfältig von ihr fern, da sie ihre Verehrer nur gar zu gern an der Nase herumführte. Insgeheim war er froh, daß er nicht darauf angewiesen war, eine vermögende Frau heiraten zu müssen. Seine Vorväter hatten in Tidewater die ertragreichsten Ländereien erworben, und gleichzeitig besaß er auch noch die Güter in England, in der Gegend, aus der seine Familie stammte. In aller Ruhe konnte Eric auf ihre Spielchen eingehen und ihre Schönheit genießen, ohne etwas Ernstes daraus werden zu lassen.

Allmählich jedoch zweifelte er daran, daß sein Leben weiterhin so ungestört verlaufen würde wie bisher. Seit der Nacht in Boston hatte er sich mehr und mehr Leuten angeschlossen, die die Krone von England mit Sicherheit als unsichere Kandidaten bezeichnen würde. Seine Freunde nannten das Selbstmord, was er da tat, doch er konnte nicht anders und mußte einfach seinen Überzeugungen folgen.

»Lord Cameron!« bellte es quer durch den Raum, und schon eilte Lord Nigel Sterling mit ausgestreckter Hand auf Eric zu. Sekundenlang schoß Eric durch den Kopf, was Anne Marie ihm über diesen Mann erzählt hatte, doch Amanda sah nicht so aus, als ob sie irgendwelchen Schaden davongetragen hätte. »Eric! Ich wollte schon lange mit Ihnen sprechen. Mir sind ja schreckliche Sachen zu Ohren gekommen!«

Lächelnd ergriff Eric Lord Sterlings Hand. »So, so! Das macht mich aber neugierig. Ich möchte sie ebenfalls hören.«

»Kommen Sie, trinken wir einen Brandy in meinem Arbeitszimmer! Dort sind wir ungestört.«

Achselzuckend folgte Eric seinem Gastgeber, einem vierschrötigen, untersetzten Mann mit mächtigem Kinn und flinken, glänzenden Augen. Welchen Beitrag dieser Mensch zur Erzeugung seiner schönen Tochter geleistet hatte, war Eric ein Rätsel. Besonders sympathisch war ihm dieser machtbesessene, ungehobelte Mann wirklich nicht. Doch heute abend war er in seinem Haus zu Gast. Und nach der großen Auseinandersetzung, die sie im Rat des Gouverneurs gehabt hatten, schuldete Eric seinem Gastgeber diese private Unterredung. »Gern, Nigel, wenn es Ihnen am Herzen liegt. Aber ich möchte gleich vorausschicken, daß ich meine Ansicht keinesfalls ändern werde.«

Während sie den Raum durchquerten und Eric höflich Freunden und Bekannten zunickte, beobachtete er, wie sie sofort die Köpfe zusammensteckten. Feixend stellte er fest, daß er bereits zum schwarzen Schaf geworden war.

»Da bist du ja endlich, Amanda! Kennst du Lord Cameron – ach, ja! Ihr kennt euch ja schon von früher. Inzwischen war Amanda in England in einer Mädchenschule und anschließend noch für einige Zeit bei einer Tante in South Carolina. Erinnern Sie sich an meine Tochter, Cameron?«

»Wir sind uns erst kürzlich begegnet, Nigel. Und zwar bei Thomas Mabry in Boston.«

»So? Demnach haben Sie auch an dem kleinen Fest teilgenommen?«

»Ja.« Dabei ließ er Amanda nicht aus den Augen, die angesichts seines verschwörerischen Lächelns verlegen geworden war. Er küßte ihre Hand, und als seine Lippen dabei hauchzart ihre Haut berührten, spürte er, wie sich Amandas Puls beschleunigte. »Es war ein unvergeßlicher Abend«, bemerkte er und sah ihr tief in die Augen, während seine Finger sanft über die Adern ihres Handrückens strichen.

Fast unmerklich weiteten sich ihre Augen, und sie entzog ihm rasch ihre Hand. »Wie schön, Sie wiederzusehen, Lord Cameron.«

Glatt gelogen, dachte Eric fast ein wenig wehmütig, denn aus der Nähe betrachtet war sie noch viel zauberhafter. »Mylady!« murmelte er und verbeugte sich.

»Reserviere Lord Cameron einen Tanz, mein Kind«, sagte ihr Vater. »Doch zuerst möchte ich mich kurz mit Ihnen unterhalten, Eric.«

Dieser Cameron machte sich über sie lustig, dachte Amanda, während sie den beiden nachsah. Seit der Jagd vor vielen Jahren hatte er sich nicht im geringsten verändert und war immer noch genauso arrogant wie damals. Falls er es jemals wagen sollte, Damien in irgend etwas hineinzuziehen, würde sie ihn ohne Zögern einen Verräter nennen.

Und das mit Recht, denn Eric Cameron war ein Verräter. Es war noch keine zwei Wochen her, daß er im Rat des Gouverneurs aufgestanden war und der Versammlung seinen Rücktritt angeboten hatte. Das Ereignis war Tagesgespräch gewesen. Der Gouverneur hatte sein Angebot nicht angenommen und ihn gebeten, die Sache noch einmal zu überdenken. Die ganze Kolonie hatte sich entrüstet, und Robert Tarryton hatte Cameron einen Narren und Verräter geschimpft. Ein Wunder, daß man ihn nicht auf der Stelle aufgehängt und geviertteilt hatte! Im House of Burgesses waren derartige Reden an der Tagesordnung, und der Gouverneur hätte sicher alle Hände voll zu tun gehabt, wenn er alle diese Personen hätte aufhängen wollen, doch Cameron gehörte nun einmal nicht zu dieser Gesellschaftsklasse. Er war ein Lord und damit automatisch verpflichtet, seinen König und dessen Gouverneur zu unterstützen.

Nach allem, was man gehört hatte, hatte Cameron dank seiner Erziehung in Oxford eine sehr eindringliche Rede gehalten und sich grundsätzlich bereit erklärt, die Sache zu überdenken. Gleichzeitig aber hatte er auch darauf hingewiesen, daß allein die Zeit nichts an seiner Überzeugung ändern würde. Er fühlte mit den Männern, die sich in der Bruton Parish Church zum Gebet versammelt hatten, und ebenso mit jenen, die den Tee in das Hafenbecken gekippt hatten. Cameron bezweifelte, daß er mit solchen Gedanken dem Gouverneur von großem Nutzen sein könnte, denn im Grunde standen ihm die Mitglieder des House of Burgesses und Männer wie Patrick Henry wesentlich näher. Außerdem war er häufiger Gast in ganz bestimmten Kneipen von Williamsburg.

»Er ist einfach der aufregendste Mann in den Kolonien!« hörte Amanda hinter sich sagen und beobachtete, wie Lady Genevas Augen Lord Cameron folgten.

»Etwa Cameron?« fragte sie ungläubig.

Geneva nickte. »Er ist doch hinreißend, nicht wahr? Ein starker, rebellischer Mann, der sich vor niemandem beugt. Sobald er den Raum betritt, drehen sich alle nach ihm um. Fühlst du diese Ausstrahlung denn nicht? Mir ist ganz heiß!«

Ein kleiner Schauer durchrieselte Amanda, als sie sich daran erinnerte, wie er sie angesehen und wie seine Lippen ihre Haut gestreichelt hatten. Doch gleichzeitig schüttelte sie energisch den Kopf, um diese Gedanken zu verdrängen. Ungeduldig hielt sie nach Robert Ausschau. »Lord Cameron ist im Grunde seines Herzens ein Verräter und sonst gar nichts. Ich kann mir gar nicht erklären, weshalb Vater ihn überhaupt eingeladen hat.«

»Es kann durchaus sein, daß seine Freundschaft eines Tages von unschätzbarem Wert ist. Die Reformer vertrauen Cameron, aber seltsamerweise tun das auch seine Gegner. Dein Vater ist mit Sicherheit kein Dummkopf, mein Kleines, und ich denke, daß er sich die Freundschaft dieses Mannes erhalten möchte.«

»Hast du ähnliche Pläne, Geneva?«

Geneva lachte. »Sieh an, das Tigerbaby zeigt seine Krallen! Ich bin ja bereits mit ihm befreundet, doch ich bezweifle, daß das ein Leben lang anhalten wird. Ich liebe das lustige Leben, doch unser stolzer Lord Cameron verfolgt im Augenblick einen etwas anderen Weg. Vielleicht muß er eines Tages im Heu schlafen oder wird sogar aufgehängt – wobei ich mir allerdings vorstellen kann, mit ihm im Heu zu liegen. Aber einstweilen mußt du dir noch keine Gedanken machen, Kleines. Noch ist das Rennen nicht entschieden.«

»Mit dem Ausgang dieses Rennens habe ich nichts zu tun«, entgegnete Amanda zuckersüß. »An einem Verräter der Krone habe ich keinerlei Interesse.«

Geneva lächelte Amanda über den Rand ihres Fächers an. »Ist etwa Lord Tarryton der Grund?«

»Glaub doch, was du willst«, fauchte Amanda.

»Wenn du möchtest, kann ich dir einige Neuigkeiten berichten.«

»Also gut, Geneva. Da bin ich aber gespannt.«

»Lord Tarryton ist mit der Duchess of Owenfield aus England verlobt. Sie ist Witwe, und da ihr verstorbener Ehemann keine Erben hat, wird Robert Duke of Owenfield.«

»Ich glaube kein einziges Wort!« stieß Amanda entsetzt hervor.

»Du kannst ja Robert fragen«, erwiderte Geneva. »Doch jetzt mußt du mich entschuldigen. Die Männer strömen ja förmlich in das Arbeitszimmer deines Vaters, und ich möchte ebenfalls erfahren, wie sich Lord Cameron verteidigen wird.« Hastig durchquerte sie die Halle und drängte sich durch die Menge am Eingang. Dann schlich sie vorsichtig über die Terrasse bis zu den Fenstertüren, von wo aus sie die Unterhaltung mitanhören konnte.

Amanda blickte sich suchend um, doch Robert war nirgendwo zu entdecken. Sie konnte nicht glauben, was sie soeben gehört hatte. Bestimmt log Geneva. Robert liebte sie, obwohl sie ihm keinen Titel, sondern nur eine große Mitgift mit in die Ehe bringen konnte. Es gab keinen Grund, weshalb sie nicht heiraten sollten. Schließlich stammten sie beide von hier, und sie konnte sich nicht vorstellen, daß Robert in England ebenso glücklich werden würde.

Als sie Geneva folgen wollte, um mehr von ihr zu erfahren, wurde sie plötzlich von zahlreichen Gästen umringt, denen sie als höfliche Gastgeberin natürlich Rede und Antwort stehen mußte. Es dauerte eine ganze Weile, bis sie endlich ebenfalls in den Garten schlendern konnte. Geneva war nirgends zu sehen, aber dafür entdeckte Amanda Robert, der sich im Arbeitszimmer mit Lord Hastings, Lord Cameron und ihrem Vater unterhielt.

»Wenn Sie das tun, stellen Sie sich praktisch gegen uns, Cameron!« erklärte Hastings gerade.

Cameron erhob sich von seinem Platz vor dem Schreibtisch und hakte die Daumen in seinen Gürtel. »Ich muß doch sehr bitten, Hastings! Das House of Burgesses hat beschlossen, öffentlich für unsere Schwesterstadt zu beten. Wollen Sie etwa behaupten, daß sich jemand durch ein Gebet beleidigt fühlt?«

»Sie mußten aber nicht unbedingt daran teilnehmen!« erwiderte Robert hitzig.

Cameron zog lediglich eine Augenbraue in die Höhe. »Nein, Sir, das mußte ich nicht, aber ich wollte es. Die Briten haben den Hafen von Boston —«

»Die Briten! Wir sind die Briten!« unterbrach ihn Amandas Vater.

»Selbstverständlich ist meine Herkunft britisch, doch ich bin ein Virginier. Ich bin Untertan Seiner Majestät, und genau diese Rechte beanspruche ich auch. Ich habe dem Gebet beigewohnt —«

»Boston ist außerdem nicht unsere Schwesterstadt, jedenfalls dann nicht, wenn man sich dort so aufführt!« rief Hastings aufgeregt.

»Ich respektiere Ihre Meinung«, erklärte Cameron mit einer Verbeugung und wandte sich dann an seinen Gastgeber. »Ich kann mich nicht dafür entschuldigen, was ich in meinem innersten Herzen fühle. Ich kann dieses Gebet nicht verurteilen. Lord Dunmore hat das House of Burgesses aufgelöst, doch ich nehme an, daß sich dessen Mitglieder um so regelmäßiger treffen werden. Sie haben Repräsentanten für den Continental Congress gewählt. Es muß schnellstmöglich eine friedliche Lösung der Probleme gefunden werden, wenn wir nicht —«

»Verdammt, Cameron, Sie sind ein ausgezeichneter Offizier und obendrein noch ein vermögender Mann! Wir alle respektieren und bewundern Sie, aber diese verräterischen Reden können wir unmöglich dulden!« empörte sich Sterling und schlug zur Bekräftigung mit der Faust auf die Tischplatte.

»Das sind mit Sicherheit keine verräterischen Reden, Sir! Unsere Schwierigkeiten mit dem Mutterland müssen wirklich rasch gelöst werden. Ich habe angeboten, meinen Platz im Rat zu räumen, weil ich weiß, wie sehr meine Ansichten Sie alle belasten. Ich denke, diese Lösung ist nur vernünftig, da Sie meine Ansichten offenbar nicht teilen können. Und nun, Gentlemen —«

Er brach abrupt ab, und Amanda erkannte entsetzt, daß er die neugierige Zuhörerin entdeckt hatte. Rasch zog sie sich hinter eine Säule zurück, doch das spöttische Lächeln hatte sie gerade noch gesehen. Er wußte genau, daß sie nach Robert Ausschau gehalten hatte! Lord Cameron hatte sich Sekunden später wieder in der Gewalt, doch Robert, der sie ebenfalls gesehen hatte, ging einen Schritt auf das Fenster zu.

Lord Sterling runzelte äußerst mißbilligend die Stirn. »Robert –«

»Sir, ich würde ebenfalls gern ein wenig Luft schnappen«, unterbrach ihn Eric Cameron. »Wollen wir nicht eine kleine Pause einlegen?« Und noch bevor jemand Einwände erheben konnte, hatte er sich verbeugt und den Raum verlassen.

»Ja, aber –«, stotterte Lord Sterling, doch Robert unterbrach ihn schnell.

»Sir, es ist schrecklich heiß! Bitte entschuldigen Sie mich für einen Augenblick.«

Noch bevor er aus dem Zimmer stürzte, hatte Amanda bereits wieder die Halle betreten. Geneva war es tatsächlich inzwischen gelungen, Lord Cameron mit Beschlag zu belegen, und Amanda sah zu, wie sich die beiden auf der Tanzfläche drehten. Sie verdienten sich gegenseitig, dachte Amanda, doch im selben Augenblick zögerte sie. Die beiden waren wirklich ein gutaussehendes Paar – der große, dunkelhaarige Mann und daneben die blonde Schönheit, die er eng umfaßt hielt. Wenn man in ihre schräggestellten Katzenaugen blickte, konnte man die Spannung zwischen ihnen fast körperlich fühlen. Diese Geneva war eine Lügnerin, redete sich Amanda ein. Ihr Robert heiratete keine andere Frau!

Während Amanda noch beobachtete, wie Geneva Lord Cameron etwas zuflüsterte und dann mit ihm verschwand, bemerkte sie, wie Robert Tarryton sich durch die Menge drängte und auf sie zueilte. Sie war so überglücklich, ihn zu sehen, daß sie ihm impulsiv um den Hals fiel und ihn küßte. Sekundenlang zögerte er, doch dann riß er sie heftig in seine Arme und küßte sie wie ein Verhungernder. Während seine Hände ihr Haar zurückstrichen, eroberte seine Zunge ihren Mund.

Erschrocken zuckte Amanda zurück. Es war weniger seine Leidenschaft, die sie störte, als vielmehr die Nähe der übrigen Gäste.

»Amanda! Ich vergehe vor Sehnsucht. In der vergangenen

Nacht waren wir nicht eine einzige Sekunde allein!« rief er, doch sie legte ihm nur einen Finger auf die Lippen, um ihn zum Schweigen zu bringen.

»Kommen Sie, wir gehen ins Labyrinth!« schlug sie vor und faßte seine Hand. Dann zog sie ihn die Gartentreppe hinunter und weiter in das Gebüsch, wo sie schon als Kind gespielt hatte. Leise rauschte der Wind in den Blättern, und sanftes Mondlicht beleuchtete ihren Weg.

»Amanda!« rief Robert, doch sie lachte nur, während sie um die letzte Hecke bogen und plötzlich vor dem plätschernden Brunnen der Venus standen. Die Marmorstatue der Göttin überragte das Wasserbecken, und zwei bezaubernde Cupidos spielten mit ihren langen Marmorlocken. Daneben erwartete eine schmiedeeiserne Bank die Pärchen, die ihren Weg bis dorthin gefunden hatten.

Atemlos sank Amanda nieder. »Oh, Robert!« flüsterte sie voller Entzücken. »Endlich sind wir allein!«

Wieder raschelte der Wind in den Büschen, doch Amanda störte sich nicht daran. Lächelnd zog sie Robert neben sich auf die Bank. »Ich muß unbedingt mit Ihnen sprechen.«

Als sie vertrauensvoll den Kopf an seine Schulter lehnte, beugte er sich langsam zu ihr hinunter, bis seine Lippen ihren Mund berührten. Es war ein süßer, zärtlicher Kuß, doch plötzlich fühlte sich Amanda gepackt, und fiebrige Finger nestelten an ihrem Mieder und betasteten die nackte Haut. Eine innere Stimme warnte Amanda, daß sie sich nicht ganz korrekt benahm, aber sie war so verliebt, daß sie eine Zeitlang nicht darauf hören wollte. Als seine Küsse und Berührungen jedoch immer drängender wurden, überkam sie plötzlich die Angst, ihn schon zu weit gereizt zu haben.

»Schluß jetzt! Bitte!« stöhnte sie, während sie seine unruhig suchenden Finger packte und auf ihren Schoß zog. Doch er schien sie nicht zu hören, sondern starrte sie nur schwer atemend an. »Robert –«

»Ich vergehe vor Sehnsucht!«

»Wir müssen Geduld haben! Robert –«

»Aber ich will nicht warten! Diese Lippen und diese zarte Haut treiben mich zum Wahnsinn! Schließlich bin ich ein Mann! Oh, Gott, verstehen Sie denn nicht, daß ich Sie besitzen muß?«

»Aber, Robert! Wir müssen noch warten. Mein Vater –« Nein, es ging eigentlich nicht um ihren Vater, sondern es war allein ihre Erziehung, die ihr im Weg stand. Sie war Lord Sterlings Tochter, und für ein Mädchen ihres Standes gehörte es sich einfach, mit irgendwelchen Zärtlichkeiten bis nach der Hochzeit zu warten.

»Lassen Sie sich wenigstens küssen!«

Amanda war entsetzt, als er sie fast gewaltsam wieder in die Arme nahm. Bisher hatte sie das Ganze eher als Spiel betrachtet, doch diese gierigen Hände wollten mehr.

»Robert!« Hastig entzog sie sich ihm und sprang auf, doch er war blitzschnell hinter ihr und packte sie an den Schultern.

»Amanda!« stöhnte er heiser. »Empfinden Sie denn gar keine Sehnsucht? Mein Leben würde ich für eine Berührung geben, doch was tun Sie? Sie quälen und foltern mich! Ich kann das einfach nicht länger aushalten!«

Voller Mitleid wandte sie sich zu ihm um, doch gleichzeitig war sie auf der Hut. Ihr Verlangen war längst nicht so stark wie seines. Viel lieber wollte sie ihm nur nahe sein und sich von ihm geliebt wissen. Alles andere hatte noch Zeit. »Nein, Robert, ich möchte warten, bis wir verheiratet sind.«

»Verheiratet!«

In demselben Augenblick, als er das Wort so verächtlich hervorstieß, wußte Amanda, daß Geneva nicht gelogen hatte. Mitleid mit Lord Tarryton war gänzlich unangebracht! Schmerzerfüllt wäre sie beinahe umgesunken, und am liebsten wäre sie auf der Stelle gestorben. »Also ist es wahr!« Sie wich vor ihm zurück. »Sie werden also tatsächlich diese Duchess wegen ihres Vermögens heiraten!«

»Amanda –«

Hilflos streckte er die Hand nach ihr aus, doch das schlechte Gewissen stand ihm deutlich im Gesicht geschrieben. »Ich habe keine andere Wahl, Amanda, aber deswegen muß sich zwischen uns ja nichts ändern.«

»Sie haben keine andere Wahl!« schrie Amanda aufgebracht. »Sie erbarmenswerter Feigling! Wie können Sie es wagen!« Und schon schlug sie ihm mit aller Kraft mitten ins Gesicht.

Verblüfft schnappte Tarryton nach Luft, und seine Augen verengten sich. »Es ist genauso, wie ich es sage.«

»Kommen Sie mir nie wieder zu nahe!«

»Ich bin kein Feigling, Mylady. Wenn Ihr Vater Ihnen erst einen Ehemann ausgesucht hat, werden wir uns wieder sprechen! Ich kann schon förmlich hören, welche Entschuldigungen Sie vorbringen werden, um sich dieser Verpflichtung zu entledigen!«

»Bah! Sie reden sich heraus, Mylord! Sie wollen mich nicht, doch dieses *Nein* wollen Sie nicht aussprechen. Habe ich recht? Nun, es ist verständlich, denn schließlich werden Sie ja Herzog. Heiraten Sie ruhig Ihre Duchess! Ich kann nur hoffen, daß dieser Titel Ihr Herz und meine Seele wert ist!«

»Verdammt, Amanda!« rief Robert und zerrte sie erneut in seine Arme. »Sie haben kein Recht, so mit mir zu sprechen. Wenn Sie erst einmal mit einem Mann wie Lord Hastings mit seinem Doppelkinn und seinem Bauch verheiratet sein werden, wird die Welt plötzlich ganz anders aussehen! Keinen Augenblick werden Sie mich vergessen, und dieses ganze Getue –«

»Wie können Sie es wagen –«, begann Amanda, doch ihre Stimme zitterte vor Erregung und Schmerz.

»Es ist doch wahr! Erst machen Sie mich heiß, und dann darf ich Ihnen plötzlich nicht zu nahe treten!«

»Lassen Sie mich los!«

»Sie werden ja sehen! Wenn Ihr Vater Sie erst mit einem alten Kerl verheiratet hat, werden Sie sich ganz schnell an mich erinnern. Die Welt ist nun einmal kein Märchenland, Mylady!«

»Lassen Sie mich auf der Stelle los!«

Doch er hörte nicht hin. Statt dessen küßte er sie hart und fordernd, so daß sie heftig gegen seine Brust trommeln mußte, um nicht gänzlich aufgesogen zu werden. Nie hätte Amanda gedacht, daß sie sich einmal gegen Lord Tarryton würde wehren müssen und daß ihre Liebe sich in einen Alptraum verwandeln würde. Ausgerechnet hier, neben dem Venusbrunnen fiel alles in Scherben.

»Nein!« schrie sie, nachdem sie sich mühsam von ihm befreit hatte. Gleichzeitig grapschten seine Finger nach den Trägern ihres Kleides, doch sie gab nicht auf, sondern strampelte wie eine Wilde in seiner Umarmung. Als sie sich endlich von ihm losgerissen hatte, stolperte sie und stürzte zu Boden, doch Sekunden später war er bereits über ihr.

»Amanda –«

Der weitere Satz blieb ihm im Hals stecken, denn urplötzlich wurde er von hinten gepackt und im hohen Bogen in die Büsche geschleudert. Amanda erkannte im ersten Schrecken nur einen großen Schatten, doch auf den zweiten Blick erkannte sie Cameron.

Blitzartig war Robert wieder auf den Beinen. »Wie können Sie es wagen!« Wie ein gereizter Stier stürzte er auf seinen Angreifer los.

Geschickt wich Cameron aus und ließ Robert genau in seine Rechte laufen, worauf er wie ein Häufchen Elend zu Boden sackte, doch stöhnend rappelte er sich noch einmal auf.

»Verdammt, das alles geht Sie nichts an! Weshalb mischen Sie sich ein? Es ist eine ganz private Angelegenheit!«

»So?« bemerkte Cameron spöttisch. Langsam kreuzte er die Arme vor der Brust und blickte spöttisch auf Amanda hinunter. »Nach einem glücklichen Verhältnis sieht das aber nicht gerade aus, oder?«

»Das geht Sie überhaupt nichts an!« schrie Robert.

»Ich denke doch, denn ich habe deutlich gehört, wie die Dame Sie gebeten hat, sie loszulassen.«

»Das geht Sie überhaupt nichts an!«

Inzwischen hatte sich Amanda wieder halbwegs gefaßt. Angesichts der peinlichen Situation, in der sie sich befand, war sie leicht errötet und hätte am liebsten beide Männer zum Teufel gewünscht. »Mistkerl!« schnaubte sie.

»Amanda –«, begann Robert.

»Ich hasse Sie, Sie Feigling!«

Als Robert wieder auf Cameron losging, packte dieser nur seinen Arm und drehte ihm ihn auf den Rücken. »Ich kann ja gut verstehen«, sagte er dabei ganz leise, »daß dieses Mädchen in Ihnen ein Feuer entzündet hat, und ich glaube ebenfalls, daß sie einen Mann zum Wahnsinn treiben kann. Aber Sie haben das *Nein* deutlich gehört. Bisher hatte ich angenommen, Sie seien ein Aristokrat, von dem man Manieren erwarten darf. Stimmt das etwa nicht?«

Amanda war sehr bestürzt, daß ausgerechnet Cameron Zeuge ihrer Erniedrigung geworden war. Sie schluckte heftig und trat einen Schritt auf ihn zu. »Lord Cameron, immer mischen Sie sich

in mein Leben ein! Welches Schicksal hat Sie mir nur geschickt?«
Und gleichzeitig schlug sie ihn.

Er verzog kaum das Gesicht. »Einmal gestatte ich Ihnen diese
Freiheit, Mylady, doch tun Sie das nicht wieder! Und was Sie angeht –«, mit diesen Worten packte er Robert und schob ihn in Richtung auf den Ausgang. »Das Abenteuer ist vorbei, mein Herr!«

»Ich behaupte noch einmal, daß Sie keinerlei Recht zu derarti-
ger Einmischung haben!«

»In diesem Punkt irren Sie, mein Freund. Das Wohlergehen und
das Benehmen dieser Dame sind sehr wohl meine Angelegenheit.
Heute nacht habe ich Ihnen Ihr Benehmen noch einmal durchge-
hen lassen, Lord Tarryton! Doch falls Sie dieser Dame noch einmal
zu nahe treten sollten, werde ich Sie töten!«

»Wie bitte?«

»Sie haben ganz recht gehört! Ich bin nämlich das schreckerre-
gende Monster, das man ihr als Ehemann ausgesucht hat, Lord
Tarryton! Ich habe ihren Vater um ihre Hand gebeten, und was
ihn betrifft, so ist er einverstanden.« Cameron verbeugte sich vor
Amanda. »Ich bin tatsächlich Ihr Schicksal!«

4. Kapitel

»Ich glaube Ihnen kein Wort!« stieß Amanda erstarrt hervor. Natürlich mußte es eine Lüge sein! Von Roberts Verhalten war ihr
noch ganz schwindlig, und ihr Herz schmerzte. Es war einfach unerträglich, daß sich nach Robert nun offensichtlich auch ihr Vater
von ihr abgewandt hatte. Instinktiv wich sie einen Schritt zurück
und schüttelte den Kopf. »Sie sind ein Lügner, Sir.«

Seine silberblauen Augen verengten sich leicht, denn er schätzte
es ganz und gar nicht, wenn man ihn einen Lügner nannte. »Das
ist nicht wahr, Mylady«, entgegnete er in sanftem Ton und wandte
sich dann an Robert. »Ich nehme an, daß Sie mich verstanden haben, Lord Tarryton. Als verlobter Mann sollten Sie sich um Ihre
Braut kümmern. Gehen Sie jetzt endlich!«

»Amanda«, flehte Robert erneut. »Wir können ja später noch
einmal über alles sprechen.«

331

»Niemals mehr, Lord Tarryton! Und ich Dummkopf habe diesen Menschen wirklich geliebt!« flüsterte sie leise vor sich hin.

»Amanda –«

»Lord Tarryton!« bellte Eric. »Jetzt reicht es aber!«

Eingeschüchtert ging Robert schließlich wortlos an Amanda und Eric vorüber. Als seine Schritte verklungen waren, fuhr Amanda wütend zu Cameron herum.

»Es tut mir leid, daß man Ihnen so wehgetan hat«, nahm ihr dieser sofort den Wind aus den Segeln. »Tarrytons Verlobung ist schon seit einiger Zeit im Gespräch, doch ich nehme an, daß derartige Gerüchte nicht bis nach South Carolina gedrungen sind.«

»Ich bin keineswegs verletzt, Lord Cameron«, log Amanda, die ihren Schmerz und ihren Kummer nicht zugeben wollte. Sie brauchte weder Hilfe noch Mitleid und wäre am liebsten allein gewesen. »Gehen Sie, Sir! Sie sind noch viel abscheulicher als er. Sie hatten keinerlei Recht –«

»Da bin ich ganz anderer Meinung, Lady Sterling.« Auf einmal klang seine Stimme sehr kühl und fast ein wenig bedrohlich. »Ich wollte nicht spionieren, doch als ich Ihren Schrei hörte, nahm ich an, daß Sie meine Hilfe benötigten. Oder habe ich etwa die Situation mißdeutet und Sie nur unterbrochen, statt gerettet?«

Es dauerte einige Sekunden, bis Amanda die ganze Tragweite dieser Äußerung aufgegangen war. Als sie sich schließlich wütend auf ihn stürzen wollte, packte er ihre Arme und drehte sie ihr auf den Rücken, so daß sie hilflos gegen seinen Körper gepreßt wurde.

»Ich habe Sie gewarnt! Noch einmal werden Sie mich nicht schlagen!«

»Machen Sie sich nicht über mich lustig!«

»Das würde mir nicht im Traum einfallen, Mylady.«

»Lassen Sie mich los!«

»Haben Sie mich jetzt verstanden?«

»Ich fürchte, daß wird mir niemals gelingen, Lord Cameron!«

»Aber den Versuch sollten Sie schon machen.«

»Lassen Sie mich jetzt gehen!«

»Ich denke nicht daran, Mylady.«

Amandas Haare leuchteten im Mondlicht, als sie wütend den Kopf in den Nacken warf und sich krampfhaft um Haltung bemühte. »Glauben Sie etwa, daß ich mich danach sehne, von Ihnen umarmt zu werden? Muß ich mich jetzt vielleicht nach einem weiteren Retter umsehen?«

Eric lachte herzlich, und Amanda mußte unwillkürlich an Genevas Bemerkung denken. *Der aufregendste Mann in den Kolonien.* Gleichzeitig spürte sie ganz bewußt seine starken Arme, die sie eng an seinen muskulösen Körper preßten. Ihr Atem ging heftiger.

»Mylady, ich glaube, Sie sind noch genauso hochmütig wie damals als Kind.«

»Und Sie sind noch genauso brutal wie damals. Und schlimmer! Heute sind Sie noch dazu ein Verräter!«

»Mit dieser Behauptung sollten Sie ein wenig vorsichtiger umgehen, Mademoiselle! Ich bin kein Verräter, sondern besitze nur meine eigenen Ansichten. Bin ich brutal, wenn ich mich lediglich vor Ihren Angriffen zu schützen suche? Soll ich etwa wehrlos dastehen und mich blutig kratzen lassen? Gelüstet es Sie nach Blut, Mylady?«

Er hielt unverändert ihre Handgelenke umklammert und hatte die letzten Worte so dicht vor ihrem Mund geflüstert, daß sie fast die Berührung seiner Lippen spürte. Der kühle Satin seiner Jacke berührte ihre nackte Haut, und Amanda war plötzlich äußerst unbehaglich zumute.

»Tarryton ist ein Narr, eine solche Schönheit gegen Geld einzutauschen.«

»Sie haben kein Recht, ihn zu verurteilen.«

»Stimmt. Eigentlich wollte er Sie ja auch nicht eintauschen, sondern wollte beides haben.«

Amanda versuchte, Eric gegen das Schienbein zu treten, doch er zog sie nur lachend mit sich auf die Bank hinunter. »Vorsicht, Mylady! Es ist wirklich schwer, nett zu Ihnen zu sein! Dauernd wollen Sie mir wehtun!«

»Sie tun mir weh!« entgegnete Amanda, die sich auf seinem Schoß sehr unwohl fühlte. Der Griff an ihren Handgelenken hatte sich zwar gelockert, doch sie war nach wie vor bewegungsunfähig.

»Das tut mir leid. Nur zu gern würde ich Ihnen jeden Wunsch erfüllen.«

»Sie lügen.«

»Aber niemals, Mylady!«

»Da ich Sie ohnehin niemals heiraten werde, erübrigt sich jede weitere Diskussion.«

»Oh, Mylady, Sie machen mich unglücklich!« stöhnte er in gespielter Verzweiflung, aber insgeheim amüsierte er sich köstlich.

Amanda fühlte sich lebhaft an den Vorfall während der Jagd erinnert. Er war der große Erwachsene gewesen und sie das kleine Kind. Doch jetzt waren seine Berührungen völlig anders. Im Mondlicht sah sein gut geschnittenes Gesicht sehr geheimnisvoll aus, und sie schwankte zwischen dem Wunsch, einfach wegzulaufen, und einer gewissen Neugier. Bebend fragte sie sich insgeheim, wie es sich wohl anfühlte, wenn er sie küssen würde, wie Robert das getan hatte.

»Lassen Sie mich auf der Stelle los!« bat sie, doch Erics Lächeln vertiefte sich nur, und plötzlich wußte sie, daß er ihre Gedanken gelesen hatte. Er hielt ihre Handgelenke jetzt nur noch mit einer Hand und streichelte mit der anderen ihre Wange.

»Ich werde schreien!«

»Tun Sie es doch!« entgegnete er herausfordernd.

Doch sie tat es nicht, sondern stöhnte nur leise, als seine Lippen die ihren berührten und die Hitze seines Körpers auf sie überströmte. Entschlossen und fordernd drängte seine Zunge gegen ihre Zähne und eroberte schließlich ihren Mund. Amanda fühlte Erics Atem und roch den Duft seines Körpers. Unvermittelt entriß sie Eric ihre Hand, doch als sie ihn wegdrängen wollte, fand sie vor lauter Zittern nicht mehr die Kraft dazu. Sie war in seinen Armen gefangen und überließ ihm nur widerstrebend ihren Mund. Doch je mehr sie die berauschenden Gefühle genoß, desto unsicherer wurde sie. Schließlich stiegen ihr sogar die Tränen in die Augen, und sie fühlte instinktiv, daß sie in dieser Nacht, die die schönste ihres Lebens hätte werden sollen, endgültig ihre Unschuld verloren hatte. Sie hatte erlebt, wie die Liebe, an die sie so fest geglaubt hatte, achtlos beiseitegestoßen wurde. Und in dieser Sekunde machte sie die Erfahrung, daß man einen Menschen ablehnen, aber doch gleichzeitig unter seinen Küssen erschauern konnte.

Atemlos und voller Entsetzen löste sie sich schließlich von Eric und betastete zitternd ihre Lippen. Dann verschränkte sie ihre Arme vor der Brust. »Hören Sie auf!« herrschte sie ihn an, während sie aufsprang und vor ihm zurückwich. In diesem Augenblick haßte sie ihn und Robert gleichermaßen. Niemals mehr wollte sie sich verlieben, schwor sie sich. Und ganz bestimmt nicht in diesen Mann, der sie mit seinen silbern schimmernden Augen ein wenig ratlos und gleichzeitig ernst betrachtete. »Hören Sie endlich auf! Sie sind in Wirklichkeit auch nicht besser als er.«

»Oh, doch«, entgegnete er sanft und erhob sich. »Ich habe nämlich die Absicht, Sie zu heiraten.«

»Heiraten!«

»Ja, heiraten. So ungewöhnlich ist das nun auch wieder nicht!« Geflissentlich überhörte sie den spöttischen Unterton. »Sie sind ein Abenteurer, ein Rebell, Sir, den ich nicht respektieren kann. Ich werde Sie ganz bestimmt nicht heiraten. In Boston konnten Sie mir Angst einjagen und mich tyrannisieren, doch hier wird Ihnen das nicht gelingen! Inzwischen kennen Sie meine Gefühle Ihnen gegenüber, und ich kann mir nicht vorstellen, was Sie an mir finden!«

»Ihr Vater hat mein Angebot aber durchaus ernstgenommen, und was meine Gefühle angeht: nun, ich bin entzückt!« Er lachte.

Amanda errötete und blickte zum Sternenhimmel empor. »Sie sind auch nicht anders als Robert. Es ist reine Wollust, die Sie treibt.«

Er grinste. »Das haben Sie gesagt, Mylady, aber ganz unrecht haben Sie nicht. Allerdings steckt möglicherweise noch ein wenig mehr dahinter.«

Amanda schlang die Arme fest um ihren Körper und wich noch einen Schritt zurück. Irgendwie bezweifelte sie, daß ihr Vater tatsächlich sein Einverständnis gegeben hatte. Schließlich waren im Augenblick alle gegen Cameron. Obwohl sein Besitz zu den größten und ältesten im Lande gehörte, legte er sich wegen der Sache der Rebellen mit jedermann an.

»Ich glaube Ihnen nicht, Sir. Nein, ich kann mir nicht vorstellen, daß mein Vater tatsächlich sein Einverständnis gegeben hat.«

»Mylady, ich lüge nie!« belehrte er sie. Als er auf sie zukam, wäre sie am liebsten davongelaufen, doch der Blick seiner funkelnden Augen fesselte sie auf der Stelle. Zwiespältige Gefühle beherrschten sie, als er die Hand nach ihr ausstreckte. Seine Nähe und seine männliche Ausstrahlung ließen ihr kaum noch Luft zum

Atmen. Kurz streiften seine Finger ihre Wange. »Ich werde Sie nicht drängen, Mylady. Falls Sie wirklich ganz entschieden etwas gegen mich haben, betrachte ich die Sache als erledigt. Ich möchte nur, daß Sie sich alles noch einmal gründlich überlegen, bevor Sie Lord Tarrytons – nun, sagen wir – Angebot akzeptieren.«

Besinnungslos holte ihre Hand zum Schlag aus, doch Cameron hatte sie gepackt, bevor sie recht begriff, was geschah. Zart drehte er ihre Hand um und strich sanft mit dem Finger über die Innenfläche. Schließlich drückte er seine Lippen darauf. Sofort ging Amandas Atem stoßweise, und das Herz schlug ihr im Hals. Sie wollte nur noch fort!

»Ich habe Sie gewarnt, Mylady!«

Amanda lächelte zuckersüß. »Möglicherweise ist es erstrebenswerter, die Geliebte eines loyalen Bürgers zu sein, als die Ehefrau eines Verräters.«

»Meinen Sie? Ich glaube, Sie irren sich gründlich, Lady Sterling. Tarryton ist doch nur ein Kind, das schon bei den Erwachsenen mitspielen will. Der ist wirklich nichts für Sie. Ich will ja nicht bestreiten, daß er Sie begehrt, vielleicht sogar liebt, doch er hat nicht den Mut, um Sie zu kämpfen! Am Ende wären Sie bestimmt ziemlich enttäuscht.«

»Aha! Soll das heißen, daß Sie mich niemals enttäuschen werden?« fragte sie in herausforderndem, sarkastischem Ton.

Statt einer Antwort packte Eric sie und küßte sie. Obwohl sie wimmerte und wütend gegen seine Brust trommelte, wich er nicht einen Millimeter zurück. Gierig schloß sich sein Mund über ihren Lippen. Heißes Begehren durchloderte ihren Körper, als seine Zunge ihren Mund eroberte, und schob jede Vernunft beiseite. Zitternd preßte sich Amandas Körper gegen Eric, und sie spürte, wie das Begehren von ihren Lippen über ihre Brüste bis in ihren tiefsten Bauch flutete, so daß sie unwillkürlich die Schenkel zusammendrückte.

Genau in diesem Augenblick ließ er sie unvermittelt los und sagte mit überlegenem Lächeln: »Sie sollten mich heiraten, Mylady, denn ich kann Ihnen versprechen, daß ich Sie nie enttäuschen werde.«

»Mein Leben lang werde ich gegen Sie kämpfen!«

»Das mag sein, doch enttäuscht würden Sie nicht. Nun, Mylady, müssen Sie mich entschuldigen.«

Doch Amanda wollte unbedingt das letzte Wort haben.

»Sie sind ein Verräter, Lord Cameron! Sie verraten nicht nur Ihren König, sondern auch Ihren Stand!« erklärte sie bebend.

Er verbeugte sich tief. »Ganz wie Sie meinen, Mylady! Ich lehne es ab, mich länger mit Ihnen zu streiten.« Damit machte er auf dem Absatz kehrt und verschwand.

Amanda sank auf die Bank nieder und spürte, wie ihr die Tränen in die Augen stiegen. Zitternd preßte sie die Hände vor ihr Gesicht, denn sie wollte nicht weinen. Dieser Mann hatte Gefühle in ihr geweckt, die sie bisher noch nie empfunden hatte. Sie verabscheute ihn, genauso wie sie ihn schon in Boston verabscheut hatte. Ganz offenbar hatte er die Geschichte von Roberts Verlobung bereits gekannt. Alle Welt außer ihr hatte Bescheid gewußt. Bei diesem Gedanken rollten die ersten Tränen über ihre Wangen. Robert! Wie konnte er ihr das antun! Wie konnte er von Sehnsucht und Liebe sprechen, obwohl er längst mit der Duchess of Owenfield verlobt war? Und ihr dann auch noch anzubieten, seine Geliebte zu werden!

Zornig wischte sie sich die Tränen vom Gesicht und schüttelte ihren Rock zurecht. Dann richtete sie ihre Frisur, so gut das ging, und bereitete sich innerlich darauf vor, als strahlende Gastgeberin im Saal zu erscheinen und sich zu amüsieren, zu lachen und zu tanzen, als ob nichts geschehen wäre.

»Amanda!«

Bei diesem noch entfernten Ruf war sie blitzartig auf den Beinen und strahlte. »Damien!« rief sie entzückt und wartete ungeduldig darauf, daß er endlich den Weg zu ihr fand. Von Kindesbeinen an war ihm das Labyrinth ebenso vertraut wie ihr, und so dauerte es nicht lange, bis er vor ihr stand.

Lachend fiel sie ihm um den Hals. »Damien! Ich freue mich, dich zu sehen! Ich dachte, du wärst mit deinem Bruder von Philadelphia aus nach Boston und New York unterwegs. Irgendwie habe ich immer Angst, daß ihr in Schwierigkeiten geraten könntet.«

Damien schüttelte den Kopf, und sekundenlang verdunkelten sich seine Augen. »Ich pflege Schwierigkeiten sorgfältig aus dem Weg zu gehen, wie du weißt«, erklärte er und lachte. »Als ich von diesem Fest gehört habe, bin ich auf schnellstem Weg hergekommen, denn ich dachte, daß meine liebe Kusine mich möglicherweise brauchen könnte.«

Amanda löste sich aus seinen Armen und nahm ihren gutaussehenden und sehr elegant gekleideten Vetter näher in Augenschein. Sein ernster Gesichtsausdruck sagte ihr alles, und sie seufzte. »Demnach wußtest du es also auch! Offenbar hat die ganze Welt von der Verlobung gewußt. Ich muß sagen, ich komme mir reichlich dumm vor.« Wenn sie sich nicht zusammengenommen hätte, wäre sie bestimmt wieder in Tränen ausgebrochen.

»Der verdient dich doch überhaupt nicht, Amanda!« rief Damien impulsiv und legte den Arm um ihre Schulter. Dann führte er sie zurück zur Bank, und sie setzten sich.

»Das kann schon sein, aber ich habe ihn geliebt. Was soll denn jetzt werden?«

»Vergiß ihn! Es werden andere um deine Hand anhalten, dich lieben.«

»Das erste Angebot habe ich schon«, erwiderte Amanda mit einem bitteren Auflachen. »Aber die Liebe fehlt. Aus heiterem Himmel ist plötzlich Lord Cameron hier erschienen und hat bei Vater um meine Hand angehalten.«

»Cameron?« fragte Damien verwundert.

»Ja, der Verräter. Soviel Verrat in einer einzigen Nacht! Nach allem, was ich weiß, soll Vater bereits seine Zustimmung gegeben haben!«

Damien war aufgesprungen und lief unruhig hin und her. Dann baute er sich vor seiner Kusine auf. »Du weißt schon, daß er der begehrteste Junggeselle des Landes ist, nicht wahr, Mandy? Zahllose Mütter haben bisher vergeblich ihre Angeln nach ihm ausgeworfen. Eigentlich müßtest du dich geehrt fühlen.«

»Dir scheint er offensichtlich zu gefallen!« fauchte Amanda. »In Boston hatte ich auch schon den Eindruck, als wärt ihr die besten Freunde! Aber ich muß dich warnen, Damien. Sieh dich vor! Du weißt, daß der Mann ein Verräter ist.«

Eine ganze Weile sah Damien seine Kusine nachdenklich an. »Nein, liebe Mandy, diesen Eindruck habe ich wirklich nicht.«

Entsetzt sprang Amanda auf und packte ihn an den Schultern. »Das sagst du doch nicht im Ernst! Ich – ich weiß, daß er zumin-

338

dest Dinge getan hat, über die man besser nichts weiß. Außerdem hört er auf die Reden von Fanatikern und Narren!«

Damien schüttelte den Kopf und sah seine Kusine fast mitleidig an. »Ich glaube nicht, daß man diese Männer als Fanatiker oder Narren bezeichnen darf, Mandy.« Doch als sie ihn weiter verständnislos ansah, packte er entschlossen ihre Hände. »In Philadelphia habe ich den Schriftsteller und Buchdrucker Benjamin Franklin getroffen. Ich –«

»Den Benjamin Franklin, der den *Poor Richard's Almanac* herausgibt?« Franklin lebte in Pennsylvania, und sein Almanach war nicht nur in den Kolonien, sondern auch in Kanada beinahe so weit verbreitet wie die Bibel.

»Ja, genau der! Benjamin Franklin. Er genießt großes Ansehen und ist wirklich ein weiser, alter Mann.«

»Er fordert zu Aufruhr und Aufstand auf, wie ich gehört habe.«

»Du würdest ihn mögen, Mandy!«

»Oh, Damien, du machst mir Angst, wenn du so sprichst! Franklin will nur den Krieg herbeireden.«

»Nein, niemand hat Interesse am Krieg. Wenn du dir nur ein einziges Mal die Reden dieser Männer anhören würdest, würdest du alles besser verstehen.«

»Was soll ich verstehen? Wir sind Engländer. Natürlich müssen wir für die Anwesenheit der britischen Truppen Steuern bezahlen. Kannst du mir verraten, was ohne unsere tapferen britischen Soldaten im Siebenjährigen Krieg aus uns geworden wäre? Unsere Bürgerwehr war doch lediglich ein Haufen pathetischer Großmäuler! Eine dürftige Verteidigung!«

»Na, na!« protestierte Damien. »Uns hat damals gerettet, was wir über die Kriegsführung der Indianer gelernt hatten. George Washington diente als Freiwilliger unter General Braddock, als die britischen Truppen von den Franzosen und den Indianern überwältigt wurden. Damals hat der junge Washington die Truppen nach Virginia zurückgebracht. Und Robert Rogers Schutztruppe erwies sich als so geschickt und diszipliniert, daß sie sogar in die britische Armee eingegliedert wurde.«

»Aber letztlich haben die britischen Verstärkungen dem entsetzlichen, blutigen Krieg ein Ende gemacht. Ohne die Armee der Krone wären wir verloren gewesen. Und das weißt du ganz genau.«

Damien schwieg einige Zeit. »Im September wird sich der Continental Congress in Philadelphia versammeln, um gegen die Sperrung des Hafens von Boston und verschiedener anderer Maßnahmen zu protestieren.«

Amanda seufzte. »Ach, ich kann dieses dauernde Kriegsgerede nicht mehr hören!«

Damien lachte. »Als 1756 der Siebenjährige Krieg ausbrach, warst du noch nicht einmal geboren, liebe Kusine! Und bei seinem Ende im Jahr 1763 warst du immer noch ein kleines Mädchen. Kannst du mir erklären, woher du alle diese Weisheiten hast?«

Amanda senkte den Kopf, denn ihr war eingefallen, daß sie Lord Cameron im letzten Kriegsjahr zum ersten Mal begegnet war. Damals hatte Lord Hastings eine Jagd veranstaltet, bevor die Ersatztruppen aus Virginia zum letzten Gefecht aufgebrochen waren. Lord Cameron hätte nicht gehen müssen, da sein Vater bereits im Krieg gefallen war. Sein Großvater hatte es ihm jedoch freigestellt. Sie erinnerte sich noch gut daran, wie jung er damals gewesen war. Er hatte regelrecht darauf gebrannt, sich in den Kampf zu stürzen. Und zu ihr war er überaus grob gewesen.

Amanda erschauerte ein wenig. Damals hatte sie noch nicht allzuviel über den Krieg gewußt, aber sie hatte die Tränen der Frauen gesehen, die ihre Väter, Männer, Söhne und Liebhaber verloren hatten. Ganz zu Anfang des Krieges waren die Akadier aus Nova Scotia vertrieben worden. Die französischstämmige Bevölkerung hatte sich mitsamt ihrer Insel zwar schon seit geraumer Zeit in englischem Besitz befunden, doch in Kriegszeiten traute man der Bevölkerung nicht und vertrieb sie mehr oder minder gewaltsam an die Küsten von Maine, Massachusetts und Virginia. Einige wenige Glückliche erreichten das französische Siedlungsgebiet in Louisiana, doch die meisten mußten sich bei den verhaßten Engländern und Amerikanern Arbeit und eine neue Heimat beschaffen. Auch in Sterling Hall arbeiteten einige Akadier, obwohl Amandas Vater diese Leute von Herzen verachtete. Amanda bedauerte die armen Menschen und versuchte nach Möglichkeit, ihnen ihr Los zu erleichtern. Auch ihre Kammerzofe Danielle stammte aus Akadien. Sollte jetzt etwa dieses ganze Elend des Krieges wieder von neuem beginnen?

»Ich bin bestimmt keine Expertin, Damien, aber ich mache mir große Sorgen um dich!«

»Himmel, nein, das brauchst du doch nicht! Ich falle immer wieder auf die Füße, was du eigentlich wissen müßtest.«

»Ich werde daran denken, wenn sie dich aufknüpfen!«

»Das wird niemand wagen. Und deinem Verlobten wird man ebenfalls nichts tun!«

»Verlobter!«

»Du hast gesagt, daß Lord Cameron um deine Hand –«

»Angehalten hat? Wie es genau war, weiß ich nicht. Jedenfalls ist Lord Cameron hier aufgetaucht und hat Robert und mich mit der Ankündigung überrascht, daß er mit meinem Vater gesprochen und dieser seinen Vorschlag nicht gerade abgelehnt hätte. Doch dann –«

»Dann hat er erklärt, daß er mich nur heiraten möchte, wenn ich absolut damit einverstanden bin.« Nach einer kleinen Pause fuhr sie fort: »Kannst du dir vorstellen, weshalb Vater auf einen solchen Vorschlag eingegangen ist? Er ist doch ein überzeugter Royalist! Vielleicht ist ja auch alles frei erfunden.«

»Verdammt!«

»Du sollst nicht fluchen, Damien!«

»Wer? Etwa ich? Du kannst das doch viel besser, Mandy! Manchmal fluchst du wie ein Seemann!« Doch dann wurde er plötzlich ernst. »Wer kennt deinen Vater eigentlich wirklich? Mich hat er jedenfalls noch nie gemocht.«

Amanda runzelte die Brauen, denn Damien sprach die Wahrheit. Er war der Sohn des jüngeren Bruders ihrer Mutter. Von ihrem Vater war er eigentlich immer nur als Familienmitglied toleriert worden. Von wirklicher Zuneigung keine Spur. Damiens älterer Bruder Michael, der inzwischen in Philadelphia wohnte, hatte Sterling Hall nach Möglichkeit gemieden, weil ihm jede Heuchelei zuwider war.

»Aber bestimmt schätzt Vater dich«, begann Amanda zögernd.

Sogleich fiel Damien ihr unwillig ins Wort. »Ich will ja nicht gemein sein, meine liebe Kusine, doch manchmal überlege ich mir schon, ob er *dich* überhaupt liebt! Ach, ich bin taktlos! Komm, wir wollen zurück ins Haus gehen. Vorhin hat dein Vater nach dir gefragt, und ich möchte keinesfalls seinen Unwillen auf mich ziehen! Und außerdem –«

»Außerdem?«

»Du solltest tanzen und dich vergnügen und wenigstens so tun, als ob es der schönste Tag deines Lebens sei.«

Bei dem Gedanken an die Szene, die sich erst vor kurzer Zeit abgespielt hatte, wurde Amanda ein wenig blaß. Doch dann besann sie sich, warf ihre Haarmähne zurück und befestigte den Kamm über ihrem Ohr neu. »Bin ich so schön genug, Damien?«

»Schön genug? Du siehst hinreißend aus. Alle Welt wird dir zu Füßen liegen.« Mit diesen Worten nahm er ihren Arm und geleitete sie durchs Labyrinth. »Erinnerst du dich noch daran, wie oft wir als Kinder hier gespielt haben? Ich liebe dieses Fleckchen Erde über alles.«

Nachdem sie ins Freie getreten waren, blieben sie stehen. Lampions beleuchteten die Wege und die Veranda, und hinter den Fenstertüren konnte man die Silhouetten der Gäste erkennen – eine Versammlung elegant gekleideter Männer und wunderschöner Frauen mit prachtvollen Frisuren und Abendkleidern nach der neuesten Mode. Deutlich fühlte Amanda, daß sich in dieser Nacht einiges verändert hatte und sie erwachsen geworden war. Sie sah das Leben zwar immer noch als Spiel, doch der Einsatz war merklich höher geworden, so daß sie nun leise erschauerte.

»Alles wird anders werden, nicht wahr, Damien?«

»Wer kann schon in die Zukunft sehen!« entgegnete dieser achselzuckend. »Los, wir wollen uns möglichst unauffällig in die Halle schleichen und uns dort unter die tanzenden Paare mischen.«

Doch so einfach, wie er sich das vorgestellt hatte, war es nicht. Gleich am Eingang liefen sie Amandas Vater in die Arme.

»Damien«, sagte dieser scharf, »ich möchte mit dir sprechen! Und mit dir –«, zischte er leise, fast drohend, während seine kalten Augen Amanda von Kopf bis Fuß musterten, »mit dir werde ich später reden!«

»Ah, Lady Sterling!«

Beim Klang der vertrauten Stimme fuhr Amanda herum. Es war tatsächlich Eric Cameron, der sich formvollendet vor ihrem Vater verbeugte. »Es ist schade, Sir, aber so wie es aussieht, wird Ihre reizende Tochter mich nicht haben wollen. Sie hat mir aber vor einigen Minuten wenigstens diesen Tanz versprochen.«

»Vor einigen Minuten?«

»Ja, Sir. Darf ich bitten?« Er nickte Lord Sterling kurz zu. Dann ergriff er Amandas Hand und zog das Mädchen auf die Tanzfläche, wo sich gerade die ersten Paare formierten. Aufmunternd lächelte er ihr zu. »Tanzen Sie, Lady Amanda! Ich weiß, daß Sie es schaffen. Werfen Sie Ihr wunderschönes Haar zurück und schenken Sie mir ein Lächeln! Soll doch die ganze Welt zum Teufel fahren! Alle tuscheln über Ihr skandalöses Benehmen. Mit einem verlobten Mann im Labyrinth zu verschwinden! Sie sollten denen zeigen, daß Sie auf derlei Geschwätz nichts geben!«

»Wie können Sie annehmen, daß ich jemals etwas auf solches Geschwätz gegeben hätte?« fragte sie kämpferisch, doch schon hatten seine Arme sie umfaßt, und sie wirbelten davon.

»Das vielleicht nicht, aber Ihr Stolz ist Ihnen wichtig.«

»Tatsächlich?«

»Sehr wichtig sogar, glaube ich.«

»Etwa so wichtig, daß ich mit einem Demagogen tanzen sollte?«

»Ich, ein Demagoge? Nein, Mylady, diese Gabe ist mir nicht gegeben!«

»Wie können Sie das sagen, Lord Cameron! Überall im Land spricht man von Ihnen.«

»Das ist möglich, doch die wirklichen Reden haben Sie noch nicht gehört, Mylady. Die greifen Ihnen ans Herz und verändern alles. Waffen und Blutvergießen bewirken keine Veränderungen. Leider fehlt mir die nötige Beredsamkeit, um damit die Welt zu verändern.«

Bei diesen Worten lief Amanda eine Gänsehaut über den Rücken, obwohl es eigentlich keinen Grund dafür gab. Vielleicht war es eine kleine Warnung, daß sie möglicherweise eines schönen Tages auf seine Beredsamkeit angewiesen sein könnte. Nein, niemals wollte sie auf ihn angewiesen sein. Er war und blieb ein Verräter!

»Sie sind ein Schuft, ein Halunke und ein Lügner.«

Lachend beugte er sich zu ihr hinunter, und in diesem Augenblick fiel ihr auf, daß alle sie beobachteten. »Glauben Sie das im ernst, Mylady? Schade. Ich habe nämlich geglaubt, daß Sie ausgezeichnet zu mir passen. Wie gesagt, ich habe die Hoffnung noch nicht aufgegeben, daß Sie eines Tages meine Meinung teilen werden – natürlich erst, wenn sich Ihr Herz von diesem Schmerz erholt hat.«

»Diese Enttäuschung werde ich überleben, doch ich werde bestimmt niemals auf den Gedanken kommen, ich könnte gut zu Ihnen passen, Mylord.« Sie strahlte ihn an, während sie immer schneller über die Tanzfläche wirbelten. Die hitzige Atmosphäre zwischen ihnen steigerte sich, als ob ein Gewitter bevorstünde. Dieser Mann war wirklich unglaublich von sich selbst überzeugt! Doch als Amanda an seine Berührungen dachte und seine Augen unverwandt auf ihr ruhten, stockte ihr der Atem, und ihr Herz klopfte zum Zerspringen. Daß er eine solch erregende Wirkung auf sie ausübte, ärgerte sie maßlos.

»Achtung, lächeln Sie süß! Lady Geneva beobachtet uns nämlich.«

»Vielleicht ist sie ja eifersüchtig. Haben Sie nicht eben erst mit ihr getanzt?«

»Das ist wahr, aber ich habe ihr keinen Heiratsantrag gemacht.«

»Aha. Aber vielleicht haben Sie ihr ja andere Vorschläge gemacht?«

»Macht die Eifersucht diese hübschen Augen so grün, mein Schatz?«

»Ich bin nicht Ihr Schatz, und meine Augen sind schon von Geburt an grün.«

»Lady Geneva pflegt ihre eigenen Vorschläge zu machen«, bemerkte Eric leise, worauf Amanda ihn am liebsten einfach stehengelassen hätte. Sie wußte, daß die beiden ein Liebespaar gewesen waren und ärgerte sich, daß ihr diese Vorstellung ganz und gar nicht gefiel.

»Ich habe genug. Können wir nicht damit aufhören?«

»Oh, nein, jetzt fängt der Spaß doch gerade erst an.« Er wirbelte sie herum, daß ihr wundervolles Haar und ihr Kleid nur so flogen. Ohne sie loszulassen, tanzte er mit ihr auf die Veranda hinaus und hörte ihr Lachen, als er sie mit kühnem Schwung hinunter auf die Wiese hob. Unter dem Mondlicht tanzten sie weiter, und Amanda warf lachend den Kopf in den Nacken. In einer Beziehung hatte Eric ja recht: es machte ihr Freude, sich den Konventionen zu widersetzen und allen Schwätzern zu demonstrieren, daß sie keineswegs litt, sondern sich im Gegenteil köstlich amüsierte. Als Eric ihr Lachen hörte, konnte er sich ein breites Grinsen nicht verkneifen.

Irgendwann waren ihre Kräfte erlahmt, und sie blieben mitten auf der Wiese stehen. Eric war plötzlich ganz ernst geworden und blickte Amanda eindringlich an. »Ich habe so allerlei gehört, was mir nicht gefällt, Amanda. Ich möchte Ihnen nur sagen, daß ich immer für Sie da sein werde, falls Sie mich einmal brauchen sollten.«

»Ich werde Sie ganz bestimmt nicht brauchen!« verkündete sie, obwohl sie insgeheim unsicher geworden war. Trotz der warmen Nachtluft fröstelte sie, und beim Gedanken an die schrecklichen Ereignisse dieser Nacht, hätte sie sich am liebsten in seine starken Arme geflüchtet und sich wärmen und trösten lassen. Obwohl sein Satz so freundlich geklungen hatte, wußte Amanda doch sehr genau, daß Eric ein willensstarker Mann war und es ihr bestimmt nicht gelingen würde, sich seinem eisernen Willen und seiner Entschlossenheit zu widersetzen. Nein, dachte sie, an einen wie ihn werde ich mein Herz und meine Seele niemals verlieren! Doch beim Gedanken an die neuartigen Gefühle, die sie durch ihn kennengelernt hatte, vibrierte ihr Körper unerträglich.

»Sie – Sie können mich unmöglich lieben, denn Sie kennen mich ja nicht einmal!« rief sie.

»Aber ich weiß eine ganze Menge über Sie«, gab er zurück und lächelte. »Außerdem dürfen Sie nicht vergessen, daß ich wollüstig bin.«

»Sie begehren mich nur, weil ich Ihnen nicht auf der Stelle bereitwillig um den Hals gefallen bin wie die anderen Damen. Sie schätzen den Kampf und möchten siegen, bevor Sie Ihrer Beute den Fuß auf den Nacken setzen. Aber mit mir wird Ihnen das nicht gelingen, Sir!«

»Kann sein, aber ich liebe nun einmal die Herausforderung.« Er schwieg einige Augenblicke und deutete schließlich über Amandas Schulter. »Ein wirklich interessanter Abend! Ihr abgewiesener Liebhaber tröstet sich bereits, wie ich sehe.«

»Wie bitte?« Amanda fuhr herum und erstarrte, als sie Robert und Geneva auf der Veranda entdeckte. Die beiden hielten einander umschlungen, und Genevas kehliges Lachen drang bis in den Garten. Dann küßten sich die beiden ausführlich.

Amanda überlegte keine Sekunde. Augenblicklich legte sie die Arme um Eric und reckte sich auf die Zehenspitzen, wobei sich ihr Körper verlangend gegen den seinen drückte. Gleichzeitig preßte sie ihre Lippen auf seinen Mund und fuhr ihm mit den Fingern durch die Haare. Als sie dann auch noch seine Lippen mit ihrer Zunge betastete, geriet plötzlich die Welt aus den Fugen.

Als sich sein Mund öffnete, waren die Rollen auf einmal vertauscht. Sie umarmte ihn nicht, sondern lag in seinen Armen, und ihre Füße hatten den Kontakt zum Boden verloren. Als seine Zunge ihren Mund erforschte, war ihr, als nähme er ihre Seele in Besitz und berührte ihr Herz mit heißen Flammen. Seine Hand auf ihrer Brust ließ sie erschauern.

»Oh –«, stöhnte sie, als seine Lippen von ihr abließen.

Er hielt sie weiterhin innig umarmt, doch seine Lippen lächelten spöttisch. »Hat das in etwa Ihren Vorstellungen entsprochen, Mylady? Ich glaube, Sie haben es ihm heimgezahlt. Der arme Kerl scheint völlig fassungslos zu sein! Soll ich Sie jetzt loslassen und damit seine Qual beenden? Oder wollen Sie die Tortur fortsetzen? Ich bin zu allen Schandtaten bereit.«

»Oh! Oh, Sie Mistkerl!« stieß Amanda wütend hervor. »Lassen Sie mich herunter! Und zwar auf der Stelle!«

Eric befolgte ihren Befehl so prompt, daß sie gefallen wäre, wenn sie nicht die Arme um seinen Hals geschlungen hätte.

»Lord Cameron!«

»Ja, mein Schatz? Was ist jetzt schon wieder? Offenbar kann ich es Ihnen nicht recht machen.«

»Ich verabscheue Sie!«

»Dann darf ich ja wirklich auf die Küsse gespannt sein, die ich bekommen werde, wenn Sie erst Ihre Liebe für mich entdeckt haben werden!«

»Küsse! Ich werde auf Ihre Leiche spucken, wenn man Sie aufgehängt hat!«

»Pst! Er kommt näher, Geneva ebenfalls, und plötzlich ist auch Lord Hastings auf der Terrasse. Wirklich verblüffend, wieviele Gäste heute abend frische Luft brauchen! Rutschen Sie jetzt ganz langsam hinunter!« Möglichst unauffällig ließ er sie zu Boden gleiten, so daß sie zwar noch nahe vor ihm stand, ihre Haltung aber völlig unverfänglich war. Amandas Augen blitzten wütend, doch sie beherrschte sich, denn sie wollte keinesfalls ihren Vater durch noch mehr Geschwätz über ihr skandalöses Benehmen gegen sich aufbringen.

»Das werden Sie mir eines Tages büßen!« versprach sie ihm lächelnd.

»Büßen? Aber weshalb denn, Mylady? Dabei wollte ich Ihnen doch nur aus einer schwierigen Lage heraushelfen! Sie sind ja regelrecht rachsüchtig. Wenn wir erst verheiratet sind, werde ich Ihnen das austreiben!«

»Vielleicht werde ich Sie ja sogar heiraten!« schleuderte sie ihm in sein grinsendes Gesicht. »Und zwar kurz bevor die Schlinge an Ihrem Hals befestigt wird! Wie ich erfahren habe, sollen Sie ja recht wohlhabend sein.«

»Ich lade Sie herzlich ein, sich Cameron Hall einmal anzusehen, Mylady. Wenn Sie einmal nach Williamsburg kommen, müssen Sie unbedingt mein Gast sein – ganz gleich, ob ich da sein werde oder nicht! Ich werde Mathilda Anweisungen geben, Sie jederzeit zu empfangen. Oh jetzt wird es ernst! Ihr Vater ist soeben auf die Terrasse gekommen und hält wahrscheinlich nach uns Ausschau.« Er hob die Hand und winkte.

Nigel Sterling, der mißmutig die Hände in die Taschen seines Gehrocks geschoben hatte, reagierte sofort und kam über die Wiese auf sie zu. Amanda haßte den berechnenden, lauernden Blick seiner eiskalten Augen. »Da sind Sie ja, mein lieber Eric!«

»Diese Nacht ist einfach überwältigend schön. Diesem Zauber konnten ihre hübsche Tochter und ich einfach nicht widerstehen. Verzeihen Sie mir!«

»Ich verzeihe Ihnen gern, daß Sie jung und begeistert sind, Cameron – anderes dagegen verzeihe ich Ihnen nicht!« erklärte Nigel und lächelte herzlich. Doch als sein Blick auf Amanda fiel, versteinerten sich seine Züge. »Die ersten Gäste brechen auf, meine Tochter. Bitte kümmere dich um sie und verabschiede sie.«

»Aber selbstverständlich, Vater. Entschuldigen Sie mich, Lord Cameron.«

Eric küßte ihr höflich die Hand, und als er die Augen wieder hob, hauchte sie ein süßes »Auf Wiedersehen!«

»Aber ich gehe noch nicht – jedenfalls noch nicht gleich«, protestierte Eric und zog verwegen eine Augenbraue in die Höhe.

Rasch machte Amanda kehrt und lief ins Haus, und kurze Zeit später folgte auch ihr Vater und nahm neben der Haustür Aufstellung, während sie sich am Fuß der Treppe von den Hardings und Lord Hastings verabschiedete. Danielle brachte die Garderobe, und alle dankten Amanda für den zauberhaften Abend. Sobald sie ihr den Rücken gekehrt hatten, würden sie mit Sicherheit über alle Vorfälle tratschen, dachte Amanda, doch es war ihr herzlich gleichgültig. Sie lachte unbeschwert und ließ niemanden merken, wie entsetzlich es ihr in Wirklichkeit ging.

Als sich Mrs. Newmeyer überschwenglich über das herrliche, üppige Büfett äußerte und bedankte, realisierte Amanda amüsiert, daß sie es nicht einmal wahrgenommen hatte. Und dann stand plötzlich Robert vor ihr und starrte sie mit gepeinigtem Blick an – als ob er der Betrogene wäre! Da Amandas Vater in diesem Moment in eine Unterhaltung vertieft war, gelang es Robert, Amanda ungesehen beiseite zu ziehen.

»Mein Gott, wie konnten Sie das nur tun!« flüsterte er hitzig.

»Was denn?«

»Ich habe Sie in seinen Armen gesehen! Das war äußerst ungehörig!«

»Ungehörig! Daß ich nicht lache! Dieser Mann hat mich um meine Hand gebeten! Sie dagegen – Sie machen mir ungehörige Angebote!«

»Er wird Sie niemals heiraten«, knurrte Robert.

»So?«

»Es ist alles nur ein abgekartetes Spiel. Er ist unermeßlich reich. Sie erben zwar eines Tages ein Vermögen, doch an seines reicht es beim besten Willen nicht heran. Er kann seinen Vorschlag einfach nicht ernst gemeint haben. Sie sind schließlich –«

»Ich bin wohl nicht reich genug? Ach, lassen Sie mich doch in Ruhe, Robert! Im Gegensatz zu dem, was Sie denken, soll es auch Menschen geben, die morgens nicht nur neben ihrem Vermögen aufwachen wollen.«

Ein mürrischer Ausdruck trat auf Roberts Gesicht. Plötzlich sah Amanda ganz klar, was sie an Robert nicht mochte, und wunderte sich im stillen über ihre Hellsichtigkeit, obwohl der Schmerz noch im Herzen saß.

»Sie werden ihn niemals heiraten, denn er ist ein fanatischer Patriot.«

»Ein Patriot? Nun, zur Zeit hat dieses Wort recht unterschiedliche Bedeutungen! Aber um Sie zu beruhigen: Ich habe durchaus die Absicht, ihn zu heiraten.«

Ein Hüsteln ließ Amanda herumfahren. Lord Cameron stand genau hinter ihr, und seine Augen glänzten vor Vergnügen. »Gute Nacht, mein Schatz«, sagte er leise und zog sie ein wenig beiseite. »Ich werde bald wiederkommen – denn wir müssen die Pläne für die Hochzeit besprechen.«

Am liebsten hätte sie ihm kräftig gegen das Schienbein getreten, doch sie wagte es nicht, weil Robert sie nicht aus den Augen ließ. Statt dessen rang sie sich ein Lächeln ab. »Gute Nacht.« Und nach einer kleinen Pause: »Mein Schatz.«

Mit einer tiefen Verbeugung verabschiedete sich Eric von ihr und wechselte an der Tür noch einige Worte mit Amandas Vater. Wütend wandte Robert sich ab und verließ ebenfalls das Haus. Amanda mußte sich zusammennehmen, um sich vor den anderen Gästen nichts anmerken zu lassen. Als letzter trat Damien zu ihr, der ungefähr eine Stunde entfernt wohnte. Amanda küßte ihn auf die Wange und war einverstanden, ihn in nächster Zeit einmal nach Williamsburg zu begleiten.

»Gute Nacht, junger Mann!« Amanda beobachtete den Händedruck zwischen ihrem Vater und Damien und mußte Damien im stillen recht geben. Ihr Vater schien ihn tatsächlich nicht zu mögen. Hilflos ballte sie die Fäuste und wünschte, daß man es ihm wenigstens nicht so deutlich ansehen würde.

Nachdem alle das Haus verlassen hatten, trat Danielle zu Lord Sterling. »Haben Sie noch einen Wunsch, Sir?«

Schon der winzige französische Akzent störte Amandas Vater beträchtlich, und er musterte Danielle voller Ablehnung. Obwohl sie sich zur vollsten Zufriedenheit um ihre Aufgaben im Haus und bei der Betreuung der Sklaven kümmerte, hatte Lord Sterling niemals ein gutes Wort für sie. Amanda vermutete, daß Danielle ausschließlich ihretwegen im Haus blieb. Danielle hatte keine Angehörigen mehr, denn ihr Ehemann und ihre kleine Tochter waren im Frachtraum des Schiffes, das sie von Port Royal auf Nova Scotia nach Virginia gebracht hatte, umgekommen. Später hatte sie auch ihren Bruder verloren.

»Nein. Sie können gehen«, antwortete Lord Sterling. Dann fiel sein kalter Blick auf seine Tochter. »Und nun zu dir, Tochter!«

»Ja, bitte?« fragte Amanda ängstlich.

»Komm zu mir!«

Dieser Ton gefiel ihr nicht, doch sie war viel zu erschöpft, um zu protestieren. Statt dessen folgte sie wortlos. »Ja?«

Völlig überraschend traf sie ein so heftiger Schlag mitten ins Gesicht, daß sie auf die Knie fiel. Ihr Schmerzensschrei alarmierte Danielle, die den Raum noch nicht ganz verlassen hatte.

»Mischen Sie sich nicht ein!« herrschte Lord Sterling die Dienerin an. »Sonst lasse ich Sie auspeitschen. Gehen Sie endlich!«

Danielle zögerte einige Sekunden, doch dann tat sie weiter einen Schritt vorwärts.

Mit schwindelndem Kopf richtete Amanda sich auf und hob die Hand. »Es geht mir gut, Danielle. *Tu peux t'en aller maintenant*«, bat sie sie flehentlich.

Amandas Vater haßte diese Sprache, und sein Zorn wuchs. »Laß dir nicht noch einmal einfallen, meinen Verabredungen zuwiderzuhandeln!«

»Wie bitte?« wunderte sich Amanda.

»Lord Cameron hat mir mitgeteilt, daß er an einer Heirat, die dir zuwider ist, nicht interessiert ist. In Zukunft werde ich die Sache in die Hand nehmen und dir einen Mann aussuchen!«

»Nein!« schrie sie empört. »Du wirst mich nicht zum Heiraten zwingen! Das glaube ich nicht.«

»Mach dir keine Gedanken! Lord Cameron will dich nicht mehr.«

»Aber du kannst mich doch nicht mit irgend jemandem verheiraten!«

»Du wirst den heiraten, den ich dir aussuche! Und wenn du nicht gehorchst, wirst du die Peitsche kennenlernen. Geh mir aus den Augen!«

Trotzig blieb sie stehen und spürte, wie ihre Wange anschwoll und ihr die Tränen in die Augen stiegen. »Ich – ich hasse dich!« zischte sie.

Zu ihrer Überraschung grinste ihr Vater. »Hasse mich ruhig, wenn es dir hilft. Du trägst meinen Namen und wirst mir gehorchen. Und jetzt geh in dein Zimmer!«

Fluchtartig lief Amanda die Treppe hinauf und warf erleichtert die Tür hinter sich ins Schloß. Sie war froh, ihn nicht mehr sehen zu müssen, doch als sie ihre elende Lage überdachte, warf sie sich schluchzend aufs Bett. Was hatte sie nur getan, daß sie einen solchen Alptraum erleben mußte? Aller Zauber war vergangen, und dunkel ahnte sie, daß es noch schlimmer kommen würde. In kürzester Zeit hatte sich ihr Leben völlig verändert, und das wirklich nicht zum Besten.

5. Kapitel

Während der darauffolgenden Wochen hielt sich Amanda nach Möglichkeit von ihrem Vater fern. Eine ganze Zeitlang war er geschäftlich verreist. Doch auch nach seiner Rückkehr speiste jeder meistens in seinen eigenen Räumen. Für das Mädchen war es keine leichte Zeit. Einerseits mußte sie noch die Enttäuschung mit Robert verarbeiten, und andererseits wurde ihr erst jetzt so richtig bewußt, wie wenig sich ihr eigener Vater um sie scherte. Bisher hatte sie angenommen, daß er nur besonders eigensinnig und ernst wäre, doch nun mußte sie feststellen, daß er ihren Anblick geradezu verabscheute.

Ganz obendrein quälten sie auch noch die Gedanken an Eric Cameron. Trotz ihrer herben Ablehnung hatte es ihm geradezu Spaß gemacht, Robert hinters Licht zu führen und ihr bei der kleinen Rache behilflich zu sein. Seit dem Fest hatte sie kein Sterbenswörtchen mehr von ihm gehört. Ein ganz klein wenig war sie enttäuscht, denn eigentlich hielt sie ihn für einen Mann, der nicht so ohne weiteres aufgab, was er begehrte. Aber wahrscheinlich begehrte er sie eben nicht genug, hatte sie sich getröstet. Wenn sie an seine Berührungen, sein Lachen und an seine eindringlich blickenden Augen dachte, errötete sie und warf sich im Bett unruhig von einer Seite auf die andere. Er wußte zuviel, dachte sie und redete sich ein, daß sie damit nur Boston und Damien meinte. Doch das war nicht alles: auch über sie wußte er viel zuviel. Er hatte sie bis auf den Grund ihrer Seele durchschaut.

Wenn ihr ihre Lage manchmal völlig aussichtslos erschien, war ihr sogar der Aufenthalt in Sterling Hall vergällt. Obwohl sie ihr wunderschönes Zuhause liebte, dachte sie dann nur noch an

Flucht. Doch wohin hätte sie sich wenden können? Mit Sicherheit konnte sie jederzeit zu ihrer Tante nach South Carolina reisen oder auch zu Sir Thomas Mabry nach Boston, doch beide würden sie ebenso selbstverständlich nur mit Wissen und dem Einverständnis ihres Vaters aufnehmen. Und wie stand es mit Philadelphia, wo Damiens Bruder Michael lebte? Nein. In Philadelphia und auch in Boston gärte es augenblicklich so sehr, daß man dort nicht sicher war. Außerdem war sie eine loyale Untertanin der Krone, die nicht unter Rebellen leben wollte. Sterling Hall war und blieb eben ihre Heimat. Etwas Schöneres als Virginia im Sommer konnte es auf der ganzen Welt nicht geben.

Amanda dachte an den weiten Fluß, die milde Luft, den Singsang der Sklaven auf den Feldern, die melodischen Unterhaltungen der akadischen Diener und Arbeiter und bekam plötzlich Lust auf einen Spaziergang. Als sie unter den Eichen, die die Auffahrt säumten, entlangging, fiel ihr wieder ein, daß ihr Vater einmal erwähnt hatte, sie möglicherweise noch einmal nach England schikken zu wollen. Mittlerweile wußte sie, daß er sie nur aus dem Weg haben wollte, bis er sie eines Tages nach seinem Gutdünken als Werkzeug für seine Pläne benutzen könnte. Mit klopfendem Herzen beschloß sie, sich keinesfalls einfach abschieben zu lassen. Unter gar keinen Umständen!

Nachdenklich blickte sie von der Hügelkuppe, auf der das Herrenhaus lag, hinunter auf das weite Land, das sich bis zum Fluß hin erstreckte. Sterling Hall war ein großer Besitz, der völlig eigenständig war. Unterhalb des Hauses lagen zahlreiche Wirtschaftsgebäude wie Räucherei, Wäscherei, Ställe, Scheunen, Schmiede, Schusterei und Unterstellplätze für Wagen, Karren und Kutschen. Unmittelbar dahinter lagen die Unterkünfte der Sklaven und die etwas größeren Häuser der Dienerschaft und der Freigelassenen. Soweit das Auge reichte, erstreckten sich die Tabaksfelder, die zu den ertragreichsten des Landes gehörten. Amandas Vater konnte sich nicht selbst um die Wirtschaft kümmern, da er mit seinen politischen Ambitionen und dem gesellschaftlichen Leben völlig ausgelastet war. Außerdem trank und spielte er viel zu gern.

Amanda wußte, daß ihr Vater in Williamsburg eine Geliebte hatte und auch immer wieder mit einer seiner Sklavinnen schlief. Als Damien ihr an ihrem fünfzehnten Geburtstag diese Tatsachen mitgeteilt hatte, hatte sie ihm empört eine Ohrfeige versetzt, doch Danielle hatte auf ihre Frage hin alles bestätigt. Seitdem war sie allen Gedanken an den Liebesakt aus dem Weg gegangen. Auch als sie sich so unsterblich in Robert Tarryton verliebt hatte, hatte sie sich eigentlich immer nur ein harmonisches Zusammenleben mit ihm in Sterling Hall ausgemalt. Durch Eric Camerons Berührungen waren zum ersten Mal Lustgefühle und Neugier in ihrem Körper erwacht. »Wird mich dieser Mann denn ewig verfolgen?« flüsterte sie und preßte ihre Hände gegen ihre brennendheißen Wangen. Sie wollte die Gedanken an ihn und an alle Vorkommnisse während des Festes entschlossen aus ihrem Kopf verbannen! Vielleicht sollte sie tatsächlich verreisen, damit sie sich nicht auch noch alle Einzelheiten über Tarrytons Hochzeit mit seiner Duchess anhören mußte.

»Amanda! Amanda!«

Danielle stand mit dunklen, ängstlich aufgerissenen Augen auf der Veranda und wischte sich die Hände an der Schürze ab. Dann winkte sie Amanda zu. »*Ma petite*, Ihr Vater fragt nach Ihnen! Sie sollen in sein Arbeitszimmer kommen!«

Amanda erstarrte. Sie wollte ihn nicht sehen, doch genausogut wußte sie, daß es keinen Ausweg gab. Er hatte sie gänzlich in der Hand, solange sie in diesem Haus lebte.

Entschlossen straffte sie ihre Schultern. »Vielen Dank, Danielle. Ich komme!« Auf dem Weg zu seinem Arbeitszimmer strich sie sich ihren Baumwollrock glatt und prüfte den Sitz ihrer Haare. Dann klopfte sie kurz und trat nach seiner Aufforderung ins Zimmer.

Nigel Sterling saß an seinem Schreibtisch vor einem Kontobuch und rechnete in aller Ruhe einige Zahlenreihen zusammen. Nachdem er das erledigt hatte, hob er den Kopf und betrachtete sie mißbilligend. »Wir verreisen.«

»Wie bitte?« fragte Amanda völlig verblüfft. »Ich möchte aber gar nicht verreisen.«

»Das ist mir gleichgültig. Ich habe in Williamsburg zu tun. Der Gouverneur hat mich eingeladen und ganz ausdrücklich darauf bestanden, daß ich dich mitbringe. Also fahren wir.«

Amandas Herz machte einen Satz, denn von Wegschicken war keine Rede gewesen. »Gut. Wann fahren wir?«

»Heute nachmittag. Pünktlich um drei Uhr.« Dann wandte er sich wieder seinen Zahlenkolonnen zu und war für niemanden mehr zu sprechen.

Als Amanda wieder in die Halle trat, blickte ihr Danielle mit ängstlichen Augen entgegen.

»Alles in Ordnung«, beruhigte Amanda sie sofort. »Wir werden heute nachmittag nach Williamsburg fahren.«

»Soll ich mitkommen?«

»Danach habe ich nicht gefragt, aber du mußt einfach mitkommen, denn sonst –«

»Sonst?« wiederholte Danielle fragend.

»Sonst kann ich ihn nicht ertragen«, vollendete Amanda ihren Satz ganz ruhig und lief dann rasch davon.

Pünktlich um drei Uhr war sie fertig. Sie hatte ein weißes Musselinkleid mit kleinen aufgedruckten rosa Blüten und einen farblich passenden Mantel gewählt. Dazu trug sie weiße Schuhe und einen breitkrempigen Strohhut mit Federschmuck. Danielle sah in ihrem blaßgrauen, schmalen Kleid und einem kleinen Hut trotz ihres Alters immer noch wunderschön aus, dachte Amanda, während sie zwischen ihren Koffern warteten.

Schließlich erschien ihr Vater und gab seine letzten Anweisungen. Nachdem das Gepäck verstaut war, bat er die Damen in den Wagen. Danielle musterte er nur mit einem langen Blick und zuckte dann die Achseln. »Keine Unterhaltungen auf Französisch!« befahl er, während er einstieg.

»Ja, Mylord!« antwortete Danielle und schlug die Augen nieder.

Amanda, die die kleine Szene sehr genau beobachtet hatte, wußte plötzlich, daß ihr Vater früher auch Danielle so mißbraucht hatte, wie er es jetzt mit seiner Mulattin tat. Bei dem Gedanken wurde ihr übel, und sie war froh, daß sich ihr Vater die gesamte Fahrt über hinter seiner Zeitung verschanzte. Niemand sprach, und Danielle und sie starrten während der langen Fahrt unverwandt aus dem Fenster, bis endlich die ersten Häuser von Williamsburg auftauchten. Von diesem Augenblick an konnte Amanda sich entspannt zurücklehnen. Während der geschäftlichen Besprechungen ihres Vaters blieb ihr sehr viel Zeit, um auszugehen, sich mit Freunden zu treffen und Pläne für die Zukunft zu schmieden.

Als der Wagen vor dem Amtssitz des Gouverneurs hielt, wurden Amanda und ihr Vater begrüßt und in die Halle geleitet, während man Danielle zu den Dienstbotenzimmern im dritten Stock hinaufführte. Interessiert musterte Amanda die Waffensammlung, die die Wände der Halle zierte.

»Ah, Lord Sterling!«

John Murray, Earl of Dunmore und gleichzeitig Gouverneur des Staates Virginia, war ein beeindruckender, großgewachsener Mann mit roten Haaren und bernsteinfarbenen Augen. Amanda mochte sein feuriges Temperament und seine energische, aber freundliche und meistens sehr überlegte, kluge Art, mit der er seine Aufgaben bewältigte. Er trug gelbe Kniehosen und dazu einen senffarbenen Gehrock. Sein gepudertes Haar war im Nacken zu einem einfachen Zopf zusammengefaßt.

Lächelnd beugte er sich über Amandas Hand. »Lady Amanda! Sie sind ja eine wirkliche Schönheit geworden! Meine Frau wird untröstlich sein, daß sie Sie nicht sehen kann!«

»Oh, vielen Dank, Mylord!« bedankte sich Amanda ein wenig verlegen. »Ist Ihre Frau denn nicht da?«

»Heute nachmittag geht es ihr nicht gut«, erwiderte er und strahlte. »Wie Sie vielleicht wissen, erwarten wir ein Kind.«

»Ich hatte keine Ahnung, Mylord, aber es freut mich um so mehr!« Mit diesen Worten trat Amanda höflich einen Schritt zurück, damit die beiden Männer einander begrüßen konnten.

»Nigel! Das freut mich! So frisch und munter wie immer!«

»Genau wie Sie, John!«

»Kommen Sie! Lassen wir den Tee nicht kalt werden.« Er hakte Amanda unter und führte sie durch den großen Ballsaal in den Garten hinaus. Dort wartete bereits ein Diener neben einem verschwenderisch mit Leinen und Silber gedeckten Teetisch.

Amanda bedankte sich höflich, als man ihr Tee einschenkte, doch als sie in einen kleinen Fleischkuchen biß, wurde ihr auf einmal klar, daß sie in Gegenwart ihres Vaters nichts hinunterbringen konnte.

»Ist es nicht ein wunderbarer Tag?« fragte John Murray, worauf ihm Amanda höflich zustimmte. Allerdings wunderte sie sich insgeheim, daß sie in die Unterhaltung einbezogen wurde. Niemand räusperte sich, um ihr auf diese Weise anzudeuten, daß junge Damen an einem ausführlichen Gespräch unter Männern nicht interessiert sein dürften.

Während sie an ihrer zweiten Tasse Tee nippte, beobachtete sie einen kleinen Vogel und wünschte, sie könnte so leicht wie er einfach davonfliegen. Irgendwann registrierte sie, daß das Gespräch verstummt war und die beiden Männer sie schweigend anstarrten. Errötend stellte sie ihre Tasse auf den Tisch. »Es tut mir sehr leid, aber ich war ganz in Gedanken.«

»Oh, wer könnte Ihnen das verdenken! Ein so hübsches, junges Mädchen sollte wirklich nicht mit zwei älteren Herren Tee trinken! Ich habe gehört, daß Lord Cameron um Ihre Hand angehalten hat, junge Dame«, bemerkte Dunmore.

Sanfte Röte überzog Amandas Gesicht, und sie reckte stolz ihr kleines Kinn in die Höhe, ohne ihren Vater anzusehen. »Soviel ich weiß, hat er mit Vater über diese Möglichkeit gesprochen.«

»Aber Sie lehnen ihn ab.«

»Ich –«, sie zögerte, als sie den Blick ihres Vaters auf sich gerichtet fühlte. Schließlich lächelte sie hinreißend. »Meines Wissens sympathisiert er mit Männern, von denen ich nicht allzu viel halte, Mylord. Seine politischen Ansichten stimmen mit meinen überhaupt nicht überein.«

»Seine politischen Ansichten! Nigel, haben Sie das gehört?« Dunmore lachte herzlich. »Seit wann interessieren sich denn junge Damen für Politik?«

Amanda lächelte, doch angesichts der Blicke, die die beiden Männer tauschten, wurde ihr zusehends unbehaglich. Schließlich wandte sich Dunmore ihr wieder zu.

»Wissen Sie, daß er einer der reichsten Männer von Virginia ist? Außerdem ist er jung und wird wegen seines Mutes, seines Ehrgefühls und seiner Aufrichtigkeit von allen Menschen geschätzt. Schon möglich, daß er manchmal sehr eigensinnig und durchaus temperamentvoll sein kann, doch soviel ich gehört habe, muß man ihn dazu schon gehörig reizen. Adlige und andere reiche Partien hat er allesamt ausgeschlagen – und uns dann alle mit diesem Antrag überrascht. Da Sie nicht unter die Hoheiten rechnen, junge Dame, und die Besitzungen Ihres Vaters in Europa eher ärmlich sind, kann mit Recht davon ausgegangen werden, daß Lord Cameron einzig und allein von Ihrer Schönheit betört ist. Sie sollten sich geehrt fühlen, Mylady!«

Geehrt! Wenn sie an seine Umarmung und an ihre Gefühle

dachte und sich daran erinnerte, wie Robert sich vor ihm geduckt hatte, stieg Übelkeit in ihr hoch.

Als sie nichts entgegnete, fuhr Lord Dunmore mit seinem Loblied fort. »Von allen Seiten höre ich, daß er ein überaus gutaussehender Mann ist und faszinierende Augen besitzt. Können Sie mir angesichts dieser Vorzüge Ihre Aversion gegen diesen Mann erklären, meine Liebe?«

»Ich –«, Amanda zögerte, weil sie die Wendung des Gesprächs überrascht hatte. Solch vertraute Dinge sollten eigentlich allein zwischen Vater und Tochter besprochen werden. Nicht einmal ihrem Vater hätte sie gestehen können, daß der eigentliche Grund für ihre Ablehnung die enttäuschte Liebe zu einem anderen Mann gewesen war. Bei Lord Cameron fühlte sie sich wie eine gegängelte Marionette, und sein wissendes, spöttisches Lächeln machte sie ganz krank. »Um ehrlich zu sein«, sagte sie schließlich lächelnd, »kann ich Ihnen diese Frage nicht beantworten! Wer kann das schon?«

Gedankenvoll nickend lehnte sich Lord Dunmore zurück. »Das letzte Wort in dieser Sache hat Ihr Vater«, erinnerte er sie. »Eric Cameron gehört zu meinen fähigsten Kommandeuren. Demnächst wird er mit mir nach Westen ziehen, um einen Aufstand der Shawnees niederzuschlagen. Er ist in der Lage, in kürzester Zeit eine Menge Leute aufzubieten, und ist schon aus diesem Grund ein wichtiger Mann für mich.«

»Das kann ich mir denken«, stimmte Amanda vorsichtig zu und versuchte verstohlen am Gesicht ihres Vaters abzulesen, wohin diese Unterhaltung führen sollte. John Murray war ein viel zu beschäftigter Mann, um seine Zeit unnötig zu vergeuden. Doch ihr Vater musterte sie lediglich durch schmale Augenschlitze.

»Lieben Sie unser England und den König?« fragte Lord Dunmore plötzlich völlig überraschend, wobei er sie wie eine Angeklagte anstarrte.

»Aber selbstverständlich!« stieß Amanda erschrocken hervor.

»Ausgezeichnet!« bemerkte Dunmore zufrieden und beugte sich dann näher zu ihr hinüber. »Ich habe nämlich eine Aufgabe für Sie, Lady Amanda.«

Angesichts des verschwörerischen Tons wurde Amanda von ängstlichen Vorahnungen befallen. Ihre Hände begannen zu zittern.

»Wie bereits gesagt, wird Lord Cameron in Kürze mit mir nach Westen ziehen, um die Indianer in ihre Schranken zu weisen. Cameron hat mir sein Wort gegeben.«

Eine wunderbare Nachricht, dachte Amanda, doch was hatte sie damit zu tun?

»Ich möchte gern, daß Sie sich bis zu diesem Tag mit ihm treffen.«

»Wie bitte, Mylord?«

»Sie tun es für England, Lady Amanda. Ihr Vater ist ganz meiner Ansicht. Treffen Sie ihn, freunden Sie sich mit ihm an. Tun Sie so, als ob Sie sein Angebot in Erwägung zögen.«

Erst als ihre Teetasse zu Boden fiel, merkte Amanda, daß sie in der Erregung aufgesprungen war. »Oh, nein, das kann ich unmöglich tun! Ich liebe zwar mein Vaterland von Herzen und würde mein Leben dafür geben, doch das ist zuviel!«

»Er trifft sich häufig in einer Kneipe mit einigen Hitzköpfen von zweifelhafter, politischer Überzeugung. Ich muß unbedingt erfahren, ob Cameron noch loyal zur Krone steht! Außerdem wüßte ich gern, welche Pläne diese sogenannten Patrioten gegenwärtig aushecken.«

»Aber diese Männer sagen doch nur ihre Meinung, Mylord. Wenn man die alle verhaften wollte –«

»Da mögen Sie recht haben, doch für Cameron gilt das nicht. Er ist sehr angesehen, und viele würden ihm blindlings folgen. Falls er tatsächlich an heimlichem Waffenhandel beteiligt ist, so ist er erwiesenermaßen ein Verräter, und man muß ihm das Handwerk legen.«

»Aber ich – ich kann das nicht tun.«

Dunmore lehnte sich zurück und überließ Amandas Vater die nächste Runde. »Du kannst es, Amanda, und du wirst es tun! Keine Widerrede!«

»Vater –«

»Lord Dunmore trägt einen Haftbefehl gegen deinen Vetter Damien in der Tasche.«

»Was sagst du da?« stieß Amanda hervor. Entsetzen malte sich auf ihrem Gesicht, und ihre Ohren dröhnten. Ein Blick auf den Gouverneur genügte, um sie zu überzeugen, daß ihr Vater die Wahrheit gesagt hatte. »Was hat Damien verbrochen?« fragte sie mit dumpfer Stimme, denn insgeheim kannte sie die Antwort bereits. Schon seit langer Zeit hatte sie einen gewissen Verdacht gehegt. Aus diesem Grund war sie Damien auch in Boston gefolgt, um ihn nach Möglichkeit von Dummheiten abzuhalten.

»Damien Roswell ist einer ganzen Reihe von Verbrechen schuldig. Wir wissen mit Sicherheit, daß er Waffen und Munition geschmuggelt hat und daß er im Besitz aufrührerischer Schriften gewesen ist und diese auch verteilt hat.«

»Aufrührerische Schriften! Dann können Sie gleich die gesamte Kolonie aufhängen, Lord Dunmore!«

»Ich kann zweifelsfrei beweisen, daß er Waffen geschmuggelt hat«, erinnerter Dunmore sie mit sanfter, fast unglücklich klingender Stimme.

Amanda wurde es kalt ums Herz. Sie wußte, daß sie es nicht ertragen könnte, wenn Damien etwas zustoßen sollte, ganz gleich, welche Dummheit er begangen hatte.

»Das bedeutet Verrat. Von Rechts wegen können wir ihn hängen. Doch Damien ist nur ein kleiner Fisch, und da er Ihnen offenbar so viel bedeutet, wollen wir ihn nur ungern zum Sündenbock für die Haie machen.«

Wie betäubt sank Amanda auf ihren Stuhl zurück. Das durfte einfach nicht wahr sein! Energisch reckte sie ihr Kinn und wußte in diesem Augenblick, daß sie ihrem Vater das niemals verzeihen würde. Sie haßte ihn von ganzem Herzen. »Was wollen Sie wissen?«

»Alles über Cameron. Was er vorhat, was er plant und was er womöglich schon vorbereitet hat. Ich muß wissen, ob er mich möglicherweise in den größten Schwierigkeiten im Stich zu lassen beabsichtigt.«

»Falls ich diese Informationen bekommen sollte –«

»Dann werde ich den Haftbefehl für Ihren Vetter zerreißen.«

»Es – es macht mir nichts aus, zu spionieren, solange es England dient. Aber ich muß Sie warnen: Lord Cameron ist kein Dummkopf.«

»Das ist mir klar. Dieser Mann ist mein Freund, auch wenn wir eines Tages Feinde sein sollten. Sie werden sich anstrengen müssen, um überzeugend zu wirken. Nur Mut, meine Liebe! Ich muß unbedingt wissen, ob er hinter mir steht oder nicht.«

»Eigentlich nennt man das Erpressung«, empörte sich Amanda.

Lord Dunmore erhob sich, und es war ihm deutlich anzumerken, daß er über die Situation nicht gerade glücklich war. Im Gegensatz dazu schien ihr Vater ihre Qual geradezu zu genießen. Bestimmt war alles sein Vorschlag gewesen.

»Denken Sie noch einmal in Ruhe nach, mein Kind! Sie tun uns wirklich einen sehr großen Gefallen. Die Entscheidung liegt ganz bei Ihnen.« Er legte ihr wie zur Bekräftigung kurz die Hand auf die Schulter und ließ sie dann mit ihrem Vater allein.

Eine Zeitlang ruhten Amandas Augen auf ihrem Vater, und als sie schließlich sprach, geschah das mit großem Nachdruck. »Ich hasse dich. Ich werde dir das niemals verzeihen!«

Ihr Vater stand auf und trat ganz nahe neben sie. Dann packte er mit schmerzhaftem Griff ihr Kinn und bog ihren Kopf nach oben. »Du wirst tun, was ich dir sage! Die ganzen Jahre über habe ich auf diesen Augenblick gewartet, in dem du mir nützlich sein würdest. Jetzt ist er gekommen, und du wirst mir gehorchen. Die Bewunderung des Königs ist mir sicher. Doch falls du dich weigern solltest, wird Damien aufgeknüpft. Verstanden?«

Ruckartig entwand sie sich seinem Griff und senkte ihren Kopf, damit er die Tränen, die in ihren Augen standen, nicht sehen konnte. »Wie ich Lord Dunmore bereits gesagt habe, ist Eric Cameron kein Narr! Er weiß, daß ich nichts für ihn übrig habe!«

»Dann wird es Zeit, daß du ihn vom Gegenteil überzeugst.«

»Er wird mir nicht glauben.«

»Überzeuge ihn!«

»Und wie soll ich das anstellen? Soll ich mich etwa an ihn wegwerfen?«

Sterlings Lippen verzogen sich zu einer lächelnden Grimasse. »Falls nötig, ja.«

Empört sprang Amanda auf. »Du bist ein Ungeheuer!« schrie sie ihm ins Gesicht. »Kein Vater würde so etwas von seinem Kind verlangen!«

Sein Grinsen wurde breiter. »Ich mag ein Ungeheuer sein, aber du bist die Brut einer Hure!« zischte er leise. »Dieses Erbe kann dir jetzt nur nützlich sein.«

Sekundenlang war Amanda wie versteinert, doch dann brach es

aus ihr hervor. »Nein! Wie kannst du nur so von meiner Mutter sprechen!« Voller Wut stürzte sie sich auf ihn.

Doch Lord Sterling packte sie nur und hielt sie eisern fest. Ihr wurde übel, als sie seinen Atem auf ihrem Gesicht fühlte und seine Augen sie von oben bis unten haßerfüllt musterten. »Liebend gern würde ich dich auspeitschen. Vergiß nie, daß ich Damien in der Hand habe!« An seinem leeren Blick konnte sie erkennen, daß es ihm ernst war. »Du solltest dich allmählich umziehen. Damien befindet sich in der Stadt. Ich habe ihn von unserem Kommen unterrichtet und ihm erlaubt, dich heute abend auszuführen. Er wird dich um sieben Uhr abholen. Laß dir ja nicht einfallen, ihn zu warnen. Andernfalls ist er auf der Stelle ein toter Mann!«

Mit diesen Worten ließ Nigel sie stehen und ging davon. Wie betäubt sank Amanda auf ihren Stuhl und wunderte sich, daß die Sonne noch schien und die Vögel immer noch sangen. Was hatte sie nur verbrochen, daß ihr Vater sie so sehr verabscheute? Weshalb bezeichnete er ihre Mutter als Hure und wollte sie in derselben Rolle sehen? Sie preßte sich die Faust auf den Mund und biß sich auf die Knöchel. Insgeheim verfluchte sie Damien für seine Dummheit. Er war doch einer der wenigen Menschen, auf dessen Zuneigung und Liebe sie sich verlassen konnte!

Und jetzt sollte sie Lord Cameron zum Fraß vorgeworfen werden! Ja, anders konnte man das nicht nennen. Wenn er sie begehrt hätte – und sei es auch nur, um sie zu besitzen –, dann hätte er sich bestimmt inzwischen blicken lassen. Wie sollte sie sich jetzt verhalten? Ihr Vater hatte ja keine Ahnung, was an jenem Abend vorgefallen war. Natürlich würde sich Lord Cameron über einen so plötzlichen Sinneswandel mehr als nur wundern!

Irgendwann erhob sie sich und ging ganz in Gedanken zum Haus zurück. Mit Freuden würde sie ihrem Vaterland dienen und auch Lord Dunmore einen Gefallen erweisen, aber ausgerechnet so etwas! Sie erschauerte. Und als sie sich an Eric Camerons Gesicht erinnerte, an seine energischen Züge und an seine Kraft, wollte das Zittern überhaupt nicht mehr enden. Mit Mühe erreichte Amanda ihr Zimmer und warf sich aufs Bett. Sie hatte Angst, und sie kannte den Grund nur zu genau. Dieser Mann war kein Narr. Falls er Verrat witterte und sie dabei ertappte …

Als Eric Cameron den Schankraum der Raleigh Tavern betrat, verstummten wie auf Kommando alle Gespräche. An diesem Ort trafen sich Menschen mit den unterschiedlichsten politischen Ansichten. Für sie war Eric ein Lord und damit automatisch ein getreuer Untertan des Königs. Schon aus Rücksicht auf seine ausgedehnten Besitzungen. Die Anwesenden, die in der Mehrzahl Farmer, Pflanzer oder auch Händler waren, nickten dem neuen Gast respektvoll zu, doch gleich darauf richteten sie ihre Aufmerksamkeit wieder auf ihren Teller oder ihr Glas Bier. Lord Cameron ignorierte die mißtrauischen Blicke, legte seinen Umhang ab und nahm an einem Tisch in der Nähe der Hintertür Platz.

Beflissen eilte der Wirt herbei. »Ich freue mich, daß Sie uns die Ehre geben, Lord Cameron!«

»Sagen Sie, ist Colonel Washington da?«

Der Mann wirkte verlegen. »Nun, ja, ich weiß nicht –«

»Schon gut«, lachte eine Stimme hinter Eric. Washington hatte unbemerkt von den Privaträumen aus den Schankraum betreten. Er war von großer, breitschultriger Statur und hatte seine dunklen, inzwischen leicht ergrauten Haare mit einem Band im Nacken zusammengefaßt. »Dieser Mann ist ein Freund von mir«, erklärte er. »Wir sind verabredet. Kommen Sie, Eric, die anderen warten schon auf Sie.«

Eric erhob sich und folgte dem Colonel auf den Flur hinaus. Washington war um einige Jahre älter als Cameron. Er stammte aus der Gegend um Fredericksburg, doch seit einiger Zeit lebte er auf einem wunderschönen Besitz namens Mount Vernon, der etwas näher am Meer lag und Eric immer wieder an Cameron Hall erinnerte. Es war nicht nur die faszinierende Ähnlichkeit der Herrenhäuser, die Eric begeisterte, sondern ebenso Washingtons große Liebe zu seinem Besitz und allem, was damit zusammenhing. Im Grunde waren die beiden Männer einander sehr ähnlich, auch was ihre Geschäftstüchtigkeit anging. Sie hatten zum Beispiel beide eine Menge in den Ohio-Chesapeake-Canal investiert, um die Expansion der Kolonien über die Berge nach Westen voranzutreiben. Washington hatte eine sehr reiche Witwe aus Williamsburg geheiratet. Martha Custis war nicht gerade eine elegante Schönheit, doch offensichtlich fand Washington bei ihr die Wärme und Häuslichkeit, die er brauchte. Eric kannte Martha sehr gut und schätzte neben ihrer Klugheit auch ihre Fähigkeit, aufmerksam zuhören zu können.

Ganz offensichtlich hatte Washington der Tod seiner Adoptivtochter im vergangenen Jahr mehr mitgenommen, als er zugeben wollte, dachte Eric, während er seinem Freund durch den Flur folgte. Vielleicht waren ja die gegenwärtigen politischen Schwierigkeiten eine willkommene Ablenkung. Mit Sicherheit würde auch die Sorge um den Besitz George nicht ruhen lassen. Er hatte Mount Vernon nach dem Tod seines Bruders und dessen Angehörigen geerbt, und seit diesem Tag war der Besitz seine ganze Leidenschaft. Eric konnte ihn nur zu gut verstehen, denn ihm ging es mit Cameron Hall nicht anders. Die beiden Männer hatten einander kurz nach dem Siebenjährigen Krieg in Williamsburg kennengelernt und seitdem in zahlreichen Diskussionen immer wieder die Handlungsweise der Krone gegenüber den Kolonisten kritisiert. Seit dem bewußten Abend in Boston hatte Eric sich immer häufiger mit Washington und verschiedenen Mitgliedern des House of Burgesses getroffen, doch er hatte noch längst nicht das Vertrauen aller gewonnen. Manche mißtrauten ihm noch immer.

Im Jahr 1769 hatte der damalige Gouverneur von Virginia, Lord Botetourt, Unfrieden gestiftet, weil er das Parlament des Staates angesichts des heftigen Protestes der Abgeordneten gegen das Stempelsteuergesetz aufgelöst hatte. Eric war damals noch ein junges Mitglied des Oberhauses gewesen, und seine Stimme hatte wenig Einfluß auf die Entscheidung gehabt. Letztlich hatten sich die Wogen geglättet, nachdem das Stempelsteuergesetz zurückgezogen worden war. Im Augenblick war das Parlament wieder einmal aufgelöst worden, doch diesmal hatte Eric seinen Platz im Rat des Gouverneurs geräumt. Ihm war klar, daß er einen gefährlichen Weg eingeschlagen hatte. Durch seine Herkunft gehörte er eigentlich zu den Tories, doch die Begegnung mit dem jungen Buchdrucker Frederick Bartholomew und die Erlebnisse der damaligen Nacht hatten vieles verändert. Auch die feurigen Reden von Patrick Henry hatten ihr Teil dazu beigetragen. Viele Menschen hielten diesen Mann lediglich für einen närrischen Krawallmacher, doch Eric imponierte er durch seine Redegewandtheit und seine Prinzipien. Er sprach seine Gedanken freimütig aus, ohne auf sein Leben, seinen Besitz oder seine Position Rücksicht zu nehmen.

Eric Camerons Familie war bereits in den ersten Jahren des siebzehnten Jahrhunderts nach Virginia gekommen. Im Vergleich zum Mutterland waren die Kolonien neue, rauhe und aufregende Länder. Eric Cameron war in Oxford zur Schule gegangen, hatte die Besitzungen der Camerons in England in Augenschein genommen und auf Reisen durch Frankreich, Italien und einige deutsche Staaten festgestellt, daß er nichts so sehr liebte wie sein Heimatland Virginia, wo sich noch alles im Umbruch befand und jeder seine kühnen Träume zu verwirklichen suchte. Es fiel Eric noch nicht leicht, es auszusprechen, doch innerlich war ihm längst klar, daß sich die Kolonien eines Tages vom Mutterland lösen würden. Es war einfach nicht zu leugnen, daß sich der Spalt von Tag zu Tag vergrößerte, aber trotzdem mochte noch niemand so recht an einen bevorstehenden Krieg glauben.

»Hier hinein!« kommandierte Washington, während er die Tür zu einem kleinen Nebenzimmer aufstieß. »Heute abend müssen sie mit der Gesellschaft von Thomas, Patrick und mir vorliebnehmen. Ich bereite mich schon auf die Abreise vor.«

»Abreise?«

»Ja. Der First Continental Congress tritt im September zusammen, und Peyton Randolph, Richard Henry Lee, Patrick Henry, Richard Bland, Benjamin Harrison, Edmund Pendleton und ich werden Virginia dort vertreten.«

»Eine erlauchte Versammlung«, bemerkte Eric in anerkennendem Ton.

Washington grinste. »Ich danke für das Kompliment.«

Bei ihrem Eintreten sprang Patrick Henry auf, der mit Thomas Jefferson vor dem Kamin gesessen hatte. »Ah, Lord Cameron. Willkommen!«

Patrick Henry war ein rauhbeiniger Geselle aus dem Westen des Landes, der sich herzlich wenig um die Kleidermode seiner zivilisierten Landsleute kümmerte. Das feurige Temperament, das die Menschen in Scharen auf seine Seite führte, war in jeder seiner Bewegungen zu spüren. Freudig erregt durchquerte Eric den Raum und schüttelte ihm die Hand. Im Vergleich zu diesem Mann war Jefferson das ganze Gegenteil: ein ruhiger, besonnener Mann, der sich elegant kleidete und ausgezeichnete Manieren besaß. In der letzten Zeit war er allerdings zusehends ernster und leidenschaftlicher geworden.

»Eric, setzen Sie sich und trinken Sie erst einmal einen Brandy!« forderte ihn Jefferson augenzwinkernd auf.

Er ist ebenfalls gealtert, stellte Eric fest und überlegte, ob nicht die ernste, politische Lage Schuld daran trug. »Vielen Dank! Dieses Angebot nehme ich gern an.« Mit diesen Worten zog er sich einen Stuhl an den Kamin und nahm das Glas, das Washington ihm reichte.

»Wie wir gehört haben, werden Sie in Kürze mit Lord Dunmores Miliz gegen die Shawnees ausrücken, nicht wahr?« begann Jefferson die Unterhaltung.

Eric nickte. Die letzte Entscheidung stand zwar noch aus, doch für ihn war alles klar. »Man hat mich gebeten, einige Männer gegen unseren gemeinsamen Feind zu führen. Die Entscheidung ist mir nicht schwergefallen.«

Washington betrachtete seinen Freund eindringlich. »Mein Freund, Lord Fairfax, bereitet seine Rückkehr nach England vor. Vielleicht sollten Sie es genauso halten?«

Eric schüttelte lächelnd den Kopf. »Nein, für mich ist das nicht die richtige Lösung. Ich bin nämlich kein Engländer, sondern ein Virginier!«

Nach einem kurzen Blickwechsel mit den anderen meinte Jefferson lächelnd: »Mir sind Gerüchte zu Ohren gekommen, daß ein beherzter Lord in Boston genau im richtigen Augenblick aufgetaucht sei, um einem verletzten – nun, sagen wir – Indianer zu Hilfe zu kommen. Haben Sie ebenfalls davon gehört?«

»Andeutungsweise«, bemerkte Eric.

»Seien Sie vorsichtig, mein Freund!« warnte ihn Washington eindringlich.

»Hat sich dieses Gerücht denn bestätigt?«

»Aber nein!« Henry grinste.

Eric beugte sich nach vorn und starrte gedankenvoll ins Feuer. »Ich möchte Sie alle bitten, ausgesprochen vorsichtig zu sein. Ich habe nämlich ganz andere Sachen gehört: Thomas Gage wurde zum Gouverneur von Massachusetts ernannt. Vom König hat er den Befehl erhalten, Sam Adams und John Hancock zu verhaften.«

»Dazu muß man sie erst haben. Stimmt's?« Mit dieser Frage erhob sich Henry und ging mit kraftvollen, federnden Schritten zum Kamin hinüber. Er lehnte sich gegen den Sims und blickte Eric direkt ins Gesicht. »Nur Gott weiß, was die Zukunft bringen wird, Lord Cameron. Falls es zur Entscheidung kommen sollte, so hoffe ich, daß ein Mann von Ihrer Klugheit und Weitsichtigkeit unsere Sache unterstützen wird. In Ihrer Position hätte selbst ich Schwierigkeiten, die richtige Entscheidung zu treffen. Unsere Abgeordneten machen es sich ebenfalls nicht leicht.«

»Vielleicht kann ein Krieg ja vermieden werden«, meinte Eric.

Der besonnene Washington fluchte leise. »Das war lange Zeit unsere Hoffnung, für die wir auch immer noch beten. Aber erinnern Sie sich doch an den letzten Krieg, Eric! Ich habe mein Kommando zurückgegeben, als man mich mit der Begründung degradiert hat, ich sei ein Kolonist. Das hat mich sehr lange gewurmt.«

»Das Stempelsteuergesetz wurde zwar zurückgezogen, doch mit dem Townshend-Gesetz wurden unsere Freiheiten weiter eingeschränkt. Wir haben immer in dem Glauben gelebt, Engländer zu sein, doch seit man angefangen hat, uns die Bürgerrechte zu verweigern, haben wir den Gedanken allmählich aufgegeben«, ließ sich Jefferson vernehmen.

»Die Townshend-Gesetze wurden ebenfalls zurückgezogen«, warf Eric ein.

»Außer der Teesteuer«, erinnerte ihn Jefferson.

»Außerdem hat man sie nur zurückgezogen«, mischte sich nun auch Henry in die Debatte ein, »weil Lord North entdeckt hat, daß die Kosten der Erhebung die Steuer bei weitem übertreffen würden!«

Alle lachten herzlich, doch als es plötzlich klopfte, verstummten sie. Washington ging rasch zur Tür.

»Eine Dame wartet draußen«, meldete der Gastwirt.

»Eine Dame?«

»Ja, Lady Sterling. Sie hat nach Lord Cameron gefragt.«

»Cameron!« Erstaunt sah Washington seinen Freund an, der sich gerade eine Pfeife stopfte. Als dieser jedoch nur die Achseln zuckte und eine Augenbraue hob, huschte ein Lächeln über Washingtons Gesicht.

»Wahrlich eine der schönsten Frauen von Virginia!« bemerkte Jefferson.

»Die Tochter eines wichtigen Mannes«, ergänzte Patrick in bedeutungsvollem Ton, in dem alle Bedenken mitschwangen.

»Tatsache ist«, murmelte Eric, »daß ich Lord Sterling um die Erlaubnis gebeten habe, der jungen Dame den Hof machen zu dürfen. Doch leider war ihr Herz offensichtlich schon vergeben, und sie hat mich unerbittlich abgewiesen.«

»Und trotzdem ist sie jetzt hier? Eine junge Dame allein in einer Gastwirtschaft – ihr Ruf ist für immer ruiniert!« scherzte Washington.

»Ist sie allein?« erkundigte sich Eric bei dem Wirt. »So schlimm wird es schon nicht sein!« Er grinste Washington zu. »Außerdem ist ein fleckenloser Ruf höchst langweilig.«

»Ihr Vetter, Mr. Damien Roswell, begleitet sie.«

Die Männer wechselten bedeutungsvolle Blicke, während Eric sich dem Gastwirt zuwandte. »Bestellen Sie ihr, daß ich sofort kommen werde. Ich stehe gleich zu ihrer Verfügung.«

Nachdem sich die Tür hinter dem Wirt geschlossen hatte, bemerkte Henry: »Damien Roswell ist ein glühender Patriot und hat sich in letzter Zeit größte Verdienste um die Sache erworben.«

»Auf höchst verräterische Weise, würde der König das bezeichnen. Ich hoffe nur, der junge Mann sieht sich seiner Kusine gegenüber vor!« Jefferson war ehrlich besorgt.

Washington war ein wenig ratlos. »Vielleicht mag sie ihn ja und ist mit allem einverstanden, was er tut.«

Eric erinnerte sich daran, wie geschickt sie die Kugel aus der Schulter von Frederick Bartholomew entfernt und sich dann nur widerstrebend und wütend seiner Führung anvertraut hatte – letztlich allein aus Angst um Damien. Nein, mit Sicherheit teilte sie die Überzeugung dieser Männer in keiner Weise. »Vielleicht will sie ja etwas herausfinden«, vermutete er schließlich.

»Nun, um das wiederum herauszufinden, müssen Sie die junge Dame treffen, nicht wahr?« schloß Henry messerscharf.

»Gewissermaßen einen Spion ausspionieren«, scherzte Jefferson, doch seine Augen blickten ernst.

»Bei mir gibt es nichts zu entdecken«, versicherte Eric.

»Tatsächlich?« fragte Washington. »Es gibt Leute, die glauben, daß Sie viel tiefer in die Sache verwickelt sind als irgend jemand sonst.«

»Heutzutage wird fast alles geglaubt«, erwiderte Eric lakonisch.

»Wie dem auch sei, passen Sie auf sich auf!« warnte ihn Washington. »Ich spreche als Freund und als Mensch, der es gut mit Ihnen meint.«

Unruhig trommelte Eric mit den Fingern auf seiner Stuhllehne. »Ich danke Ihnen für die Warnung, aber ich passe in jeder Situation auf mich auf! Vielleicht kann ich ja der Dame mit einigen Lügen Wahrheiten entlocken.« Er stand auf und verbeugte sich. »Ich denke, daß die Sache sehr interessant werden wird und freue mich geradezu darauf.«

Lachend quittierten die Anwesenden diese Bemerkung.

»Und für den Continental Congress wünsche ich Ihnen viel Erfolg«, fügte Eric hinzu.

»Wir wünschen Ihnen dasselbe für den Feldzug gegen die Shawnee-Indianer!«

Eric lächelte freundlich in die Runde und verließ dann den Raum. Doch im Flur hielt er einen Augenblick inne, um sich auf die unverhoffte Begegnung mit Lady Sterling vorzubereiten. Sein Lächeln erlosch, als er sich an ihre ablehnende Haltung erinnerte. Seines Wissens hatte sich inzwischen nichts geändert, und das bestärkte nur seinen Verdacht, daß sie etwas im Schilde führte. Sollte sie doch versuchen, ihn zu überlisten. Gleichzeitig sah er sie wieder dort oben auf der Treppe stehen und meinte schon, ihren Körper in seinen Armen zu fühlen. Keine Sekunde lang hatte er ihre strahlenden Augen, ihre weichen Lippen und das aufregende Gefühl des Begehrens vergessen, das sie in ihm entfacht hatte, und er war immer noch fest entschlossen, sie eines Tages zu besitzen.

Er war überzeugt, daß ihr Kommen nicht von unstillbarer Sehnsucht hervorgerufen worden war. Die junge Dame spielte mit dem Feuer. Da sie sich nun einmal dazu entschlossen hatte, wollte er ihr nicht ausweichen, sondern auf ihr Spiel eingehen. Und gewinnen.

Teil II

Spionin wider Willen

6. Kapitel

An diesem Abend sah Amanda besonders schön aus. Da sie Eric noch nicht bemerkt hatte, konnte er sie in aller Ruhe betrachten. Sie war in eine intensive Unterhaltung mit ihrem Vetter vertieft, und die Wärme und Zärtlichkeit, die aus ihren Augen strahlte, zeigte deutlich, wie sehr sie ihn liebte. Gern wäre Eric in diesem Augenblick an Damiens Stelle gewesen und hätte voller Wonne seine Seele für einen solch liebevollen Blick verkauft. Natürlich war das Unsinn, ermahnte er sich selbst, doch gleichzeitig mußte er zugeben, daß er sie unverändert begehrte. Er hatte nicht damit gerechnet, daß sie ihn aufsuchen würde, und hatte sich Zeit lassen wollen. Doch nun war sie ihm zuvorgekommen. Ob sie von Damiens Aktivitäten wußte? Auch wenn ihr Herz noch so stark für England schlug – diesen Vetter würde sie niemals verraten!

Schade, daß er sie unter solchen Umständen wiedersehen mußte. Er war ziemlich sicher, daß ihre Absichten unredlich und ihr Lächeln nur ein Täuschungsmanöver waren. Niemals wäre sie sonst freiwillig an einen Ort wie diesen gekommen. Ihre Schönheit war ihre Waffe. Heute trug sie Dunkelgrün, was die Farbe ihrer Augen betonte und belebte. Da die Nacht warm war, hatte sie nur einen leichten Schal um die Schultern gelegt, der den größten Teil ihrer Arme und ihren Hals unbedeckt ließ. Aus ihrer hochgesteckten Lockenpracht hatten sich einzelne Strähnen gelöst und kringelten sich in ihrem bezaubernd schönen Nacken.

In dieser Kneipe, in der ohnehin nur wenige Frauen saßen, wirkte Amanda wie ein exotischer Vogel und zog natürlich alle Blicke auf sich. Selbst in Begleitung ihres Vetters war sie hier nicht am rechten Ort. Sie wirkte so jung und unschuldig und konnte doch mit einem einzigen Lächeln einen Mann in größte Schwierigkeiten bringen. Nur Mut, mein Freund! redete Eric sich selbst gut zu. Es mangelte ihm nicht an Selbstbewußtsein, denn er war nicht nur älter und somit klüger, sondern er hatte die Gefahr erkannt und konnte ihr deshalb begegnen.

»Lady Sterling! Damien!« rief er erfreut, während er den Schankraum betrat.

Damien stand auf, und Amanda reichte Eric mit einem hinreißend süßen Lächeln ihre Hand.

Artig verbeugte er sich und nahm dann neben Amanda Platz. »Ich freue mich, Sie wiederzusehen«, begrüßte er anschließend den jungen Mann.

»Mir geht es genauso, Sir!«

»Ich gestehe, daß mich dieser unverhoffte Besuch neugierig macht, Mylady«, wandte Eric sich dann an Amanda. »Was verschafft mir die Ehre? Irgendwie hatte ich den Eindruck gewonnen, als wollten Sie mich nicht wiedersehen.«

»Tatsächlich?« fragte Amanda verwundert. »Das war aber wirklich nicht meine Absicht!« Ein kleiner Schauer überlief sie, doch Sekunden später schenkte sie ihm ein strahlendes Lächeln. Als ihr dann auch noch sanfte Röte in die Wangen stieg, war er völlig hingerissen und verspürte starke Sehnsucht nach ihr. Gar zu gern wäre er mit den Fingern durch ihre Haare gefahren, hätte ihr immer wieder ein solches Lächeln entlocken, sie an sich pressen und den Hauch ihrer Worte auf seiner Wange fühlen wollen.

»Sollte ich mich tatsächlich geirrt haben?« fragte er.

Sie nickte. »Ich bin hergekommen, um mich zu entschuldigen. An diesem Abend ist so viel passiert, und es tut mir sehr leid, wenn ich zu grob war. Bitte vergeben Sie mir!«

»Wie könnte ich Ihnen diese Bitte abschlagen?«

»Verzeihung, wenn ich mich einmische«, meldete sich Damien zu Wort, »aber ich bin auch noch da!«

Eric lachte. Er mochte diesen aufrechten und dabei witzigen jungen Mann, der ganz offensichtlich bereits seine Seite gewählt hatte. Nach allem, was Eric gehört hatte, hatte sich Damien in Boston einer Gruppe von Leuten angeschlossen, die inzwischen die Überzeugung gewonnen hatte, daß es unweigerlich zum Krieg kommen würde. Obwohl Washington noch ausweichend reagierte, war Eric doch sicher, daß auch er diese Überzeugung teilte.

»Ich bitte tausendmal um Entschuldigung, Damien, doch im

Augenblick frage ich mich, weshalb sich eine junge Dame in eine Kneipe begibt, nur um sich zu entschuldigen.« Aus dem Augenwinkel beobachtete er, wie Amanda kochte, aber sich krampfhaft Mühe gab, das zu verbergen.

»Was ist denn. daran so ungewöhnlich?« fragte sie lächelnd.

»Man hat mir gesagt, daß hier nur anständige Leute verkehren.«

»Das mag durchaus sein, aber für eine Lady der Gesellschaft –«

»Immerhin habe ich einen Lord der Gesellschaft hier getroffen!« entgegnete sie.

»Und genau da liegt der Unterschied, Amanda«, belehrte er sie.

Errötend trank sie einen kleinen Schluck Bier aus einem Zinnbecher. »Wir leben in einer wunderbaren, neuen Welt, nicht wahr? Und ich fange gerade an, das zu genießen.« Dabei plinkerte sie mit den Augenlidern und streichelte flüchtig über seine Hand.

Rasch faßte er ihre Finger. »Sie sind konservativ bis auf die Knochen, Amanda!«

Immer noch lächelnd versuchte sie, ihre Hand seinem Griff zu entwinden. »Mylord! Soll das etwa heißen, daß Sie sich vom König abgewandt haben? So weit sind meines Wissens nicht einmal die verbohrtesten Rebellen gegangen!«

Allerdings gab es Gerüchte, und außerdem waren bereits Ladenbesitzer überfallen worden, die den Boykott der britischen Importwaren nicht beachtet hatten. Bisher hatte es noch keine Verletzten gegeben und auch keine Verhaftungen, lediglich Sachschäden. Der heiße Wind der Rebellion strich durch das Land, und die Lage spitzte sich von Tag zu Tag zu. Und genau in dieser Situation mußte er auf Lord Dunmores Bitten hin mit ihm nach Westen gegen die Indianer ziehen!

Damien enthob ihn einer Antwort. »Pst, Amanda! Gott allein weiß, wer heutzutage alles zuhört! Lord Cameron hat mit keinem Wort behauptet, gegen den König zu sein. Ganz im Gegenteil. Er dient ihm, indem er sein Leben und seine Gesundheit gegen die Shawnee-Indianer aufs Spiel setzt.«

»Du solltest lieber auf dein eigenes Leben und deine Gesundheit achten, lieber Vetter!« warnte ihn Amanda leise.

Damien war überrascht. »Wovon sprichst du?«

Offenbar wußte sie sehr genau, wovon sie sprach, dachte Eric. Dieser Abend wurde immer interessanter!

»Laß es gut sein!« antwortete Amanda und wandte sich dann lächelnd an Eric. »Ich habe gehört, daß hier alles stattfindet.«

»Alles?« erkundigte sich Eric mit unschuldiger Miene.

»Die geheimen Treffen, die Reden, die –«

Welch zauberhafte Lügnerin sie doch war, dachte Eric. »Und interessiert sie das, Lady Sterling?«

»Sehr sogar.«

»Ist das das neue Hobby der Tories?«

»Nein, Mylord. Höchstens ein wachsendes Interesse an der Politik«, bemerkte Amanda. »Die Herrschaft des Volkes geht manchmal schon recht sonderbare Wege.«

»So?«

»Ja. Man verlangt allenthalben nach Selbstverwaltung und hört, wie schlecht die armen Kolonisten behandelt werden. Doch genau dieselben Leute haben das Haus von Lieutenant Hutchinson in Boston geplündert, obwohl er doch eindeutig gegen das Stempelsteuergesetz war!«

»Es ist wahr. Der Mob auf der Straße verhält sich oft entsetzlich. Doch ich wage zu behaupten, daß Hutchinson nicht begriffen hatte, wie empört die Menschen über dieses Gesetz waren.«

»Die *Sons of Liberty*«, die Freiheitskämpfer, bemerkte Amanda spöttisch, während sie sich im Raum umsah.

Als Eric begriff, daß sie nach den Köpfen des Widerstandes Ausschau hielt, erhob er sich rasch und verbeugte sich. »Ich hoffe, Sie sind mir nicht böse, aber ich war gerade auf dem Heimweg. Wenn Sie mich in mein Stadthaus begleiten, können wir gern dort unsere Diskussion fortsetzen.«

»Wie bitte?« rief Amanda verwirrt.

Angesichts ihres Unbehagens unterdrückte Eric ein Lächeln. »Ich würde mich freuen, wenn Sie mich begleiten! Damien ist selbstverständlich auch eingeladen.«

»Sehr gern«, antwortete Damien. »Mandy, was meinst du?«

»Ich – ich –« Sie zögerte, doch schließlich lächelte sie. »Wenn Sie mich in Ihr Haus einladen, haben Sie mir also folglich verziehen?«

»Meine liebe Lady Sterling, in meinem Haus sind Sie jederzeit willkommen. Sie können dort auch gern mit Ihrem Vater übernachten.«

»Vielen Dank, aber im Augenblick sind wir Gäste von Lord Dunmore.«

»Im Vergleich zum Gouverneurspalast ist meine Behausung natürlich nur eine bescheidene Hütte. Wohnen Sie in dem bezaubernden Gästezimmer im oberen Stockwerk?«

»Wie ich sehe, kennen Sie das Haus ausgezeichnet!«

»Ich war dort früher selbst häufig zu Gast«, entgegnete Eric lächelnd. Gut zu wissen, wo man die Dame notfalls finden konnte! »Es fällt mir wirklich leicht, Ihnen zu verzeihen. Mein Wagen wartet vor der Tür, Ihrer kann uns nachfahren.«

Damien war hellauf begeistert, und Amanda schien sich damit abgefunden zu haben, daß ihr keine andere Wahl blieb. Eric geleitete die beiden hinaus, doch als sein Kutscher diensteifrig herunterspringen wollte, winkte er ab. »Schon gut, Pierre! Ich mache das.«

»*Oui*, Lord Cameron.«

Eric öffnete die Tür und klappte die Stufen herunter. Als Amanda an ihm vorbei in den Wagen kletterte, stieg ihm der bezaubernde Duft ihrer Haare in die Nase. »Nach Ihnen, Damien.« Eric folgte als letzter und klopfte an das Dach, worauf sich der Wagen in Bewegung setzte. Es war nur eine kurze Fahrt, da Erics Stadthaus ganz in der Nähe des Gouverneurspalastes lag, aber trotzdem bot sich Eric genügend Gelegenheit, genüßlich Amandas unruhiges Gezappel zu studieren. Instinktiv spürte er, daß etwas nicht in Ordnung war, doch er hätte es nicht benennen können.

Nachdem Pierre nach der Ankunft die Tür aufgerissen hatte, sprang Eric hinaus und hob Amanda aus dem Wagen. Nur ungern lösten sich danach seine Hände von ihrer Taille, denn bei jeder Begegnung empfand er größere Sehnsucht nach ihr. Im Mondlicht schimmerten ihre riesigen Augen ganz dunkel, doch der ablehnende Ausdruck ihres Gesichts war nicht zu übersehen. Glücklicherweise besaß er ein ausgeprägtes Selbstbewußtsein, denn andernfalls hätte ihn das Wissen um ihr falsches Spiel bestimmt verletzt.

Eine hagere Frau mit einem Häubchen auf dem Kopf öffnete die Tür. »Lord Cameron, so früh habe ich Sie nicht zurückerwartet«, sagte sie, während sie Hut und Cape in Empfang nahm.

»Aber Mathilda! Ich habe doch versprochen, beizeiten nach Hause zu kommen! Dies sind Lady Sterling und ihr Vetter Damien Roswell.«

Amanda hatte keinen Blick für Mathildas Knicks, sondern bestaunte die Waffensammlung an der Wand und die prachtvolle Ausstattung der Halle. Allein der Ahornschrank war ein Vermögen wert, gar nicht zu reden von den silbernen Leuchtern und den Ahnenbildern.

»Hier herein, Lady Sterling!« murmelte Eric und führte seine Besucher in einen behaglich eingerichteten Raum voller Bücherregale. Neben dem Kamin aus Marmor standen ein massiver Schreibtisch und ein großer Globus. Während Eric sie zu einer bequem gepolsterten Sitzgruppe führte, spürte Amanda seine Hand auf ihrem Rücken und seinen wachsamen Blick. Als ob er nur auf den geeignetsten Augenblick zum Angriff lauerte, dachte sie, doch sie machte gute Miene zum bösen Spiel. Damien war nicht nur ihr Vetter, sondern auch ihr bester Freund, und wenn er in Schwierigkeiten war, mußte sie ihm beistehen. Leider hatte sie keinen von Lord Camerons Freunden kennengelernt, aber wenigstens wollte sie sich für die Zukunft gut mit ihm stellen.

»Setzen Sie sich, Mylady!« forderte er sie auf und deutete auf die Polsterstühle.

Amanda versuchte ein Lächeln, doch es gelang nicht so recht.

»Ein wunderschönes Haus«, bemerkte Damien begeistert.

»Vielen Dank für das Kompliment, Damien. Trinken Sie einen Brandy? Ich würde Ihnen ja gern Tee anbieten, Lady Sterling, aber ich habe mich dem Boykott angeschlossen und kaufe ihn nicht mehr.«

»Ein Glas Brandy ist mir recht«, entgegnete sie zuckersüß.

»Ich glaube es nicht!« lachte Damien.

»Weshalb denn nicht?« fragte Amanda lächelnd, doch ihre Augen sprühten Feuer. Sie würde bestimmt zwanzig Gläser benötigen, um diese Erpressung zu vergessen!

Lord Cameron zog zwar erstaunt eine Augenbraue hoch, doch dann goß er wortlos drei Gläser voll. Er sah Amanda tief in die Augen, als er ihr stumm das Glas reichte, und als sich ihre Finger berührten, erschauerte sie ein wenig. Seine große, dunkle Gestalt überragte sie, als er so dicht neben ihr stand, und seine Augen blickten herausfordernd, als ob sie auf eine Antwort warteten.

»Vielen Dank.« Lächelnd nahm sie das Glas in Empfang. Dann war die Reihe an Damien, der sich ebenfalls bedankte und weiter

374

die Buchtitel musterte. Schließlich trat er zu dem gewaltigen Globus und versetzte ihn in Drehung.

»Sie sind zu beneiden, Lord Cameron!« stellte er fest. »Dieses Haus ist einfach traumhaft schön!«

»Oh, vielen Dank!« erwiderte Eric abwesend, während seine Augen unablässig auf Amanda ruhten. Sie wäre seinem Blick gern ausgewichen, doch an diesem Abend besaß er eine seltsam magische Kraft über sie. »Spielen Sie Schach, Lady Sterling?«

»Ja.«

»Möchten Sie mich herausfordern?«

Bezog sich diese Frage auf das Spiel? Da Amanda seinen Blick nicht deuten konnte, zuckte sie nur die Achseln. »Wenn es Ihnen Freude macht.«

Wortlos erhob sich Eric und geleitete Amanda zu einem kleinen Tisch hinüber, in dessen Platte ein Schachbrett eingelassen war. Die Elfenbeinfiguren steckten in kleinen Taschen an der Seite des Tischs. Nachdem sie Platz genommen und die Figuren aufgestellt hatten, fühlte sich Amanda plötzlich sehr unsicher, weil sie so nahe bei ihm sitzen mußte.

»Sie sind am Zug«, verkündete er.

Während der ersten, beinahe mechanischen Züge beobachtete Amanda Erics Hände. Starke, große, sonnengebräunte Hände. Als sie jedoch merkte, daß Eric ihren Blicken gefolgt war, wurde sie sofort befangen und machte ihren ersten Fehler, der auch prompt quittiert wurde.

»In der Liebe und im Krieg – und auch beim Schach – ist es gefährlich, auch nur eine Sekunde lang unaufmerksam zu sein!«

»Aber das Spiel hat ja noch gar nicht richtig begonnen, Mylord. Möglicherweise werden Sie sich rascher in der Defensive wiederfinden, als Sie glauben.«

»Habe ich denn angegriffen?«

»Wollen Sie gewinnen?« fragte Amanda leise.

Träge lächelnd lehnte sich Eric zurück. »Ich gewinne immer, Lady Sterling.«

»Immer?«

»Immer.«

Amanda wandte ihren Blick von Eric ab und konzentrierte sich auf das Spielfeld. Inzwischen überlegten beide jeden Zug sorgfältiger, und je weiter das Spiel fortschritt, desto länger dehnten sich die Pausen.

»Vorausschauende Planung nenne ich das«, bemerkte Damien mit einem Blick auf das Brett, worauf Eric ihn über Amandas Kopf hinweg ansah.

»Nun ja, manchmal dauert es Stunden, bis man am Ziel ist, manchmal auch Tage. Sehr viele Tage stehen mir allerdings nicht mehr zur Verfügung!«

»Wie schade!« rief Damien mit Bedauern in der Stimme. »Ich hätte so gern auch noch Cameron Hall gesehen!«

»Nichts leichter als das, mein lieber Damien! Ich lade Sie ausdrücklich ein, sich dort nach Herzenslust umzusehen, auch wenn ich nicht dort sein sollte.«

»Das ist überaus großzügig, und ich bedanke mich von Herzen, Mylord.«

»Die Freude ist ganz auf meiner Seite.« Mit einem energischen Zug brachte Eric Amanda ins Schach.

Sie reagierte rasch, doch es kostete sie wieder eine Figur.

»Sehen Sie sich vor, Mylady! Ich durchbreche Ihre Verteidigungslinie.«

»Noch bin ich nicht geschlagen, Mylord!«

»Sie wären kein würdiger Gegner, wenn Sie zu früh aufgäben.«

Amanda runzelte die Augenbrauen, als sie begriff, daß keineswegs vom Spiel die Rede war. Nur der bedauernswerte Damien hatte keine Ahnung, was hier vorging.

Als sie nach einer Stunde endlich ein Patt erreicht hatten, konnte Damien sich nicht länger beherrschen.

»Ihre Bibliothek ist wahrlich beeindruckend«, bemerkte er begeistert.

»Ach ja? Ich sah, daß sie ein Buch über Botanik studiert haben. Es gibt noch ein zweites, doch es befindet sich im oberen Stockwerk. Würden Sie es gern sehen?«

»Oh ja! Nur zu gern!« Damien war begeistert.

»Dann kommen Sie! Amanda, werden Sie uns einen Augenblick entschuldigen?«

»Aber natürlich«, murmelte sie. Plötzlich klopfte ihr Herz heftig, und sie konnte es kaum erwarten, bis die beiden endlich den

Raum verlassen hatten. Unmittelbar danach sprang sie auf, lief zum Schreibtisch hinüber und durchsuchte rasch die große Schublade, in der sich jedoch nur Rechnungen und ähnliche Papiere fanden. Eine Liste der Weinvorräte vervollständigte den überaus ›verräterischen‹ Inhalt.

Erst in einer der Seitenschubladen stieß sie auf einen Brief, der offensichtlich aus Boston stammte. Doch als sie im selben Augenblick die Männer zurückkommen hörte, stopfte sie den Umschlag hastig in eine Tasche ihres weiten Rocks. Leise schloß sie die Schublade wieder und eilte auf ihren Platz zurück.

»Ich bin sicher, daß Ihnen das Buch Freude machen wird«, sagte Cameron gerade, als sie wieder ins Zimmer traten. »Wie ich sehe, lieben Sie das Land.«

»Oh ja!« pflichtete ihm Damien bei. »Nur Pferde interessieren mich noch mehr.«

»Sie erinnern mich an meinen Freund, Colonel Washington. Er ist ebenfalls ein großer Pferdeliebhaber, und sein besonderes Steckenpferd ist die Botanik.«

»Oh, da befinde ich mich ja in ausgezeichneter Gesellschaft!« freute sich Damien.

In ausgezeichneter Gesellschaft, um eines Tages am Galgen zu baumeln, dachte Amanda und bemühte sich gleichzeitig, ihr schlechtes Gewissen zu unterdrücken. Ihr Herz klopfte wie wild, als sie sich ausmalte, wie Eric sie abtastete, den Brief triumphierend aus ihrer Tasche zog und schließlich seine langen Finger um ihren Hals legte, um sie zu erwürgen.

»Amanda – ich glaube, wir müssen jetzt nach Hause fahren. Dein Vater wird sonst beunruhigt sein.«

Und womöglich grausamer als sonst. Damien hatte es zwar nicht ausgesprochen, doch Amanda wußte auch so, was er dachte. »Also gut«, stimmte sie zu, während sie Erics vielsagenden Blick auf sich gerichtet fühlte. Als er sich lächelnd von ihr verabschiedete, hätte sie ihm am liebsten ihre Hand entrissen. Glühend heiß brannten seine Finger auf ihrer Haut.

»Ich danke für den Besuch, Mylady. Ich bedaure, daß Sie beim Gouverneur wohnen, denn ich hätte Ihnen nur zu gern Cameron Hall angeboten!«

Amanda fühlte sich äußerst unwohl, als sie an den Brief in ihrer

Tasche dachte, und wollte nur fort. »Ich danke Ihnen ebenfalls«, erwiderte sie voller Hast.

Der Fahrer von Damiens Wagen war auf dem Kutschbock eingenickt, und Amanda registrierte erfreut, wie zartfühlend Damien den Mann weckte. Ein so guter Junge konnte unmöglich ein Verräter sein!

»Kommen Sie, ich helfe Ihnen Mylady!« Während Damien noch mit dem Kutscher beschäftigt war, hob Eric Cameron Amanda in den Wagen.

Sie spürte seine Hände an ihrer Taille, und als sie unabsichtlich über ihren Rock strichen, weiteten sich ihre Augen vor Schreck. Hastig wandte sie den Kopf ab und blickte erst wieder auf, als sie sich in der Gewalt hatte. Trotzdem pochte ihr Herz wie wild.

Ein verschmitztes Lächeln spielte um Erics Lippen. »Man könnte glatt auf den Gedanken kommen, daß meine Berührung Sie erregt hat.«

»Wie können Sie es wagen –«

»Nun, so riesige Augen habe ich selten gesehen, und der Puls an Ihrem Hals klopft zum Zerspringen.« Bei diesen Worten näherte sich ihr sein Gesicht. »Man könnte meinen, daß Sie geküßt werden möchten.«

»Sie – Sie täuschen sich.«

»Wie bitte? Sehnen Sie sich tatsächlich nicht nach meinen Berührungen? Dann bleibt ja nur der Schluß, daß Sie etwas vor mir zu verbergen haben und sich wie ein Dieb davonmachen wollen!«

»Machen Sie sich doch – nicht lächerlich!« brachte sie mühsam hervor.

Sein Lächeln vertiefte sich. »Demnach war Ihre Entschuldigung also ernst gemeint.«

Ihr Atem ging heftig, so daß ihre Brüste förmlich bebten, und es war ihr nicht bewußt, daß sie sich an den Polstersitz klammerte, während sie Eric aus großen Augen ansah. »Aber natürlich war sie das!«

»Da bin ich aber erleichtert!« Während er das sagte, stieg er kurzentschlossen in den Wagen und setzte sich so nahe neben Amanda, daß sie seinen Körper von Kopf bis Fuß berührte.

Als sie protestieren wollte, brachte sie keinen Laut hervor. Zart strich Eric mit den Fingern über ihre Wange und ließ seine Hand dann bis in ihren Nacken gleiten. Wie betäubt schloß Amanda die Augen. Es mußte der Brandy sein, der so heiß in ihrem Körper brannte! Wortlos ließ sie seine Zärtlichkeiten über sich ergehen.

»Ich bin sehr erleichtert«, flüsterten seine Lippen ganz dicht vor den ihren, »denn ich mag es nicht, wenn man mich täuscht.«

Einige Sekunden lang rang Amanda nach Worten. »Ich – ich biete Ihnen meine Freundschaft an«, flüsterte sie. Dabei war sie sich sehr wohl seiner Hand in ihrem Nacken bewußt. Einer starken Hand, die ihr nur allzu leicht das Genick brechen konnte! Ob er so etwas tun würde? Sie schluckte heftig, als sie an den Brief in ihrer Tasche dachte. Seine Augen blickten starr und hart, und bestimmt verzieh er ihren Betrug niemals. Vielleicht würde er ihr ja nichts tun, wenn er die Wahrheit entdeckte, aber bestimmt würde sie ihre Handlungsweise ein Leben lang bedauern.

Lassen Sie mich los! hätte sie am liebsten geschrien, doch wie gelähmt erduldete sie seinen Griff und sah sein Gesicht immer näher auf sie zukommen, während seine Augen sie unentwegt fixierten. Sanft strichen seine Lippen über ihre Wange bis zu ihrem Ohrläppchen, und als ihr sein Gesicht ganz nahe war, drängte sie sich ihm unbewußt entgegen, bis sein Kuß ihr die Lippen verschloß. Anfangs schmeckte sie nur den Brandy, doch dann drang seine Zunge gefühlvoll tief in ihren Mund ein, während seine Hände ihr Gesicht und ihre Brüste streichelten. Amanda stockte der Atem, und gleichzeitig schoß brennendes Verlangen wie Feuer durch ihre Glieder und entfachte eine unwiderstehliche Sehnsucht nach immer mehr Zärtlichkeiten.

»Mandy –«, begann Damien und räusperte sich diskret. Eric löste sich von ihr und stieg aus dem Wagen, ohne Damien irgendwelche Erklärungen zu geben. Zitternd befühlte Amanda ihre Lippen und war beinahe wütend, daß dieser Mann solche Sehnsucht in ihr geweckt hatte. War sie etwa wirklich eine Hure? Ihr Vater hatte es ja oft genug behauptet, doch sie konnte es nicht glauben. Niemals wollte sie das akzeptieren!

Damien sah regungslos zu, wie Eric sich noch einmal in den Wagen beugte. »Ich habe um Ihre Hand angehalten, und dieses Angebot gilt noch immer!«

Mühsam suchte Amanda nach Worten. »Ich kann Sie nicht heiraten.«

»Trotzdem werde ich jederzeit für Sie da sein, Amanda! Ich
werde Sie auch heiraten, obwohl ich weiß, daß Sie einen anderen
lieben. Nur versuchen Sie nie, ein falsches Spiel mit mir zu treiben!«

»Das tue ich nicht!« log sie ohne das geringste Zögern.

»Dann ist es gut«, entgegnete er ernst und wandte sich dann an
Damien. »Ich werde mich nicht für mein Benehmen entschuldigen, denn ich würde sie heiraten, wenn sie mich nur wollte.«

Damien blickte fragend von einem zum anderen. »Und weshalb?« Als ihn beide fassungslos anstarrten, fuhr er fort: »Ich verstehe kein Wort! Nach allem, was du erzählt hast, Mandy, warst
du ihm gegenüber sehr ablehnend und auch heute abend warst du
wirklich kein Engel! Ihnen, Lord Cameron, könnte doch die ganze
Welt gehören, oder nicht? Sie sehen, ich bin neugierig.«

»Damien!« kam es warnend von Amanda.

Eric mußte lachen. »Sie haben völlig recht, Damien. Sie ist wirklich eine grausame, aufreibende Person, aber gleichzeitig ist sie
auch die schönste Frau, die ich jemals kennengelernt habe!«

»Also lieben Sie mich nicht!« stellte Amanda fest. Trotzdem
fühlte sie sich zu ihm hingezogen, ersehnte seine Berührungen,
versuchte sich vorzustellen, wie seine Hände sie streichelten und
fragte sich, wo überall seine Lippen sie wohl küssen würden. Vor
Scham errötete sie. »Sie können doch nicht nur –«

Er lachte leise, und dieser sanfte, ein wenig heisere Laut durchfuhr sie wie Feuer. »O doch, Amanda, das kann ich! Sie haben
mich völlig verrückt gemacht. Ich begehre Sie so sehr, daß ich meine Gefühle kaum bezähmen kann. Nehmen Sie sich in acht, wenn
Sie mich küssen, Lady, damit es nicht plötzlich um meine Fassung
geschehen ist!«

»Wenn *ich* Sie küsse!« explodierte Amanda empört.

»Sie tun mir unrecht. Erinnern Sie sich denn nicht, daß Sie mich
heute abend geküßt haben?«

»Damien, können wir bitte fahren?«

»Hm – natürlich«, grinste Damien und sprang in den Wagen.
Amanda starrte auf ihren Schoß, in dem es wie Feuer brannte. Sie
hatte Robert ehrlich geliebt, aber solche Gefühle hatte sie nie empfunden. Was konnte es also sein? Die Worte ihres Vaters dröhnten
wieder in ihren Ohren. Sie war die Tochter einer Hure – doch ihr

Herz widersprach dem heftig. Sie hatte Bilder ihrer Mutter gesehen und immer ihr sanftes Lächeln und ihre klugen Augen bewundert. Unmöglich konnte diese Frau eine Hure gewesen sein!

»Ich stehe immer zu Ihren Diensten, Mylady!« erinnerte sie Eric Cameron, während der Wagen anruckte.

Amanda war noch in Gedanken versunken und hörte erst wieder hin, als Damien mit ihr sprach. »Im Vergleich zu Robert Tarryton ist er ein richtiger Mann«, bemerkte ihr Vetter.

»Verdammt, Damien, sag so etwas nicht noch einmal! Schließlich hast du alles gesehen und gehört!«

»Er war nur ehrlich«, entgegnete Damien ruhig. »Ganz im Gegensatz zu dir.«

Am liebsten hätte sie sich auf ihn gestürzt, doch sie beherrschte sich. »Laß mich in Ruhe, Damien!«

»Komm, Amanda! Du weißt doch, daß ich dich lieb habe.«

Seufzend reichte sie ihm im dunklen Wagen die Hand. »Ja, Damien, und ich liebe dich ebenfalls.«

In diesem Augenblick hielt der Wagen vor dem Eingang des Gouverneurspalastes, und Damien half seiner Kusine beim Aussteigen. »Gemeinsam werden wir meinem Onkel die Stirn bieten!« rief er dramatisch.

»Ich habe nichts zu befürchten«, versicherte Amanda.

Damien zuckte nur die Achseln. »Komm jetzt!«

Ein livrierter Diener öffnete ihnen die Tür, und als sie in die Halle traten, kam Nigel Sterling gerade die Treppe herunter.

»Ich bringe Amanda wohlbehalten wieder nach Hause«, sagte Damien.

Nigel Sterling nickte ihm zu. »Sehr gut. Ihr könnt den Abend gern noch einmal wiederholen!«

Damien zwinkerte Amanda zu und wünschte ihr eine gute Nacht. Nachdem sich die Tür hinter ihm geschlossen hatte und auch der Diener verschwunden war, war Amanda mit ihrem Vater allein.

»Nun?«

Sie zuckte die Achseln. »Lord Cameron wird auf Wunsch des Gouverneurs gegen die Shawnee-Indianer kämpfen.«

»Hat er sich endgültig entschieden?«

»Ja, aber das weiß Dunmore bereits.«

»Hat er dich seinen Bekannten vorgestellt?«

»Nein.«

»Dann war alles umsonst.«

»Er hat mich noch einmal gebeten, ihn zu heiraten«, entgegnete sie kühl. »Also war es nicht umsonst.« Sie erwiderte seinen Blick, ohne die Augen zu senken. Dieser Mann haßte sie, und sie fing allmählich an, es ihm gleichzutun. Sie fühlte den Brief in ihrer Tasche, den sie ihm eigentlich übergeben mußte. Doch sie konnte es nicht, jedenfalls nicht, bevor sie ihn nicht selbst gelesen hatte.

»Wenn er zurückkommt, wirst du dich wieder mit ihm treffen.«

Sie lächelte vor sich hin. »Soviel ich weiß, sind die Shawnee-Indianer sehr kriegerisch und kennen keine Gnade. Vielleicht kommt er ja gar nicht zurück.«

Nigel Sterling lächelte. »Nun, das soll uns nicht weiter stören. Lord Hastings ist schon seit einiger Zeit verwitwet und wäre bestimmt entzückt, dich heiraten zu dürfen.«

Lord Hastings war mehr als sechzig Jahre alt und besaß einen dicken Bauch und ein Doppelkinn. Außerdem erzählte man sich, daß er seine Sklaven auspeitschte. Bei dem Gedanken, ihn heiraten zu müssen, schüttelte es Amanda, und sie musterte ihren Vater mit wachsender Wut. Bedenkenlos und noch dazu mit Genuß würde er sie an jeden Mann verkaufen!

»Morgen früh werden wir nach Hause fahren«, teilte ihr Vater ihr mit. »Du kannst jetzt zu Bett gehen. Fürs erste ist Damien in Sicherheit.«

»Lord Cameron hat mir angeboten, in seinem Haus zu wohnen, solange er fort ist. Ich denke, daß ich diese Gelegenheit nutzen sollte«, sagte Amanda, ohne lange zu überlegen.

»Du wirst keinesfalls –«, polterte Sterling los, doch dann hielt er inne und lächelte teuflisch. »O ja, das ist wunderbar. In seiner Abwesenheit kannst du in aller Ruhe seine Korrespondenz durchforschen. Wir können die ganze Rebellion auffliegen und alle als Verräter verurteilen lassen, wenn wir Beweise für den Hochverrat finden.«

»Begreifst du denn nicht, daß es dort so etwas bestimmt nicht gibt, Vater? Dieser Mann ist Lord Dunmores Freund!«

»Nein. Im Augenblick hat niemand Freunde. Merk dir das! Freundschaften und Blutsbande zählen in diesem Konflikt gar nichts.«

Amanda überlief es kalt, aber ihr Vater hatte sich bereits umgedreht und stieg die ersten Stufen hinauf. »Gib ihm dein Heiratsversprechen. Du mußt es ja später nicht einhalten, aber inzwischen wird es dir alle Türen öffnen.«

»Vater –«

Er wandte sich noch einmal zu ihr um. »Außerdem wird eine förmliche Verlobung deinen Stolz besänftigen. Robert Tarrytons Braut ist nämlich aus England eingetroffen, und die beiden werden Mitte Oktober heiraten.« Brummend stieg er weiter nach oben. »Vielleicht solltest du ihn tatsächlich heiraten! Falls er unschuldig ist, ist er auf jeden Fall ein einflußreicher Mann. Und falls er ein Verräter sein sollte, wird man ihn aufhängen, und du wirst eine reiche Frau werden.«

Kalte Furcht ergriff Amandas Herz. »Ich will ihn aber nicht heiraten!« schrie sie.

»Du wirst tun, was ich dir sage!«

Heftig biß Amanda die Zähne zusammen. Am liebsten wäre sie einfach davongelaufen, doch sie mußte Rücksicht auf Damien nehmen. Hastig lief sie ebenfalls nach oben und knallte wütend die Tür ihres Zimmers hinter sich ins Schloß. Als sie sich keuchend aufs Bett warf, knisterte der Brief in ihrer Tasche. Auf der Stelle pochte ihr Herz wieder wie wild. Im Augenblick hielt sie Erics Schicksal in ihren Händen und hätte beim besten Willen nicht sagen können, was sie mehr erhoffte. Während sie den Umschlag glattstrich, erinnerte sie sich wieder an seinen heißen Kuß und die Berührung seiner Hände. Nein, sie durfte jetzt nicht zögern. Schließlich stand Damiens Leben gegen seines.

Als sie den Umschlag genauer im Augenschein nahm, entdeckte sie in einer Ecke eine Adresse. Frederick Irgendwie aus Boston. Mit zitternden Fingern griff sie hinein. Doch der Umschlag war leer.

Hilflos fiel sie zurück aufs Bett und lachte, bis ihr die Tränen kamen. Doch irgendwann beruhigte sie sich, und dann wurde sie ganz ernst. Sie hätte warten sollen! Jetzt war es zu spät, und sie mußte dieses Spiel weiterspielen. Sie mußte in seinem Haus wohnen und ihm Versprechungen machen, die sie nicht halten konnte – eine schreckliche Vorstellung.

7. Kapitel

Als es leise an der Tür klopfte, stopfte Amanda den Umschlag rasch wieder in ihre Tasche und erhob sich. »Ja«, rief sie laut.

»*C'est moi, Danielle.*«

Nachdem Amanda die Tür geöffnet hatte, trat Danielle in blaßblauem Kleid und blütenweißer Schürze ins Zimmer. »Na, hatten Sie einen schönen Abend, *ma petite?*« fragte sie und tätschelte Amandas Wangen.

»Ja – sehr schön«, log Amanda, doch ihr etwas gezwungenes Lächeln konnte Danielle nicht täuschen. »Du weißt doch, wie gern ich Damien mag.«

Danielle nickte nur und holte wortlos ein spitzenverziertes Seidennachthemd aus dem angrenzenden Ankleidezimmer. »Lord Sterling kauft wirklich nur das Beste für Sie! Hatten Sie wieder Streit mit ihm?«

»Nichts Aufregendes. Nur das Übliche«, meinte Amanda achselzuckend.

»Das stimmt nicht«, korrigierte Danielle sie. »Seit Sie erwachsen sind, ist es schlimmer geworden.« Gedankenvoll ruhten ihre dunklen Augen auf ihrer Schutzbefohlenen. »Ich hätte ihn besser schon vor Jahren umbringen sollen.«

»Danielle!« rief Amanda erschrocken. »So etwas darfst du nicht einmal denken! Man würde dich aufhängen, und vielleicht würde dir nicht einmal Gott verzeihen.«

»Aber Ihnen könnte er nichts mehr anhaben!«

Mißmutig registrierte Amanda, daß sie bei diesen Worten erbebte. »Er wird mir schon nichts tun, denn schließlich ist er doch mein Vater!« behauptete sie tapfer, obwohl sie nur an den Augenblick dachte, als ihr Vater ihre Mutter eine Hure genannt hatte. Nachdem sie mit Danielles Hilfe aus ihrem Kleid geschlüpft war, schlang sie die Arme um sich. »Wie war meine Mutter eigentlich, Danielle?«

»Sie war wunderschön«, antwortete Danielle mit sanfter Stimme. »Ihre Augen hatten die Farbe des Meeres, und ihr Haar strahlte wie ein Sonnenuntergang. Sie lächelte sehr gern, und sie war ein sehr friedlicher Mensch, aber manchmal konnte sie auch durchaus leidenschaftlich sein.« Sie unterbrach sich, bis Amanda aus ihrem

Unterrock gestiegen war. »Sie sind von Kopf bis Fuß ihr Ebenbild, Amanda, und deshalb –«

»Deshalb?«

Danielle schüttelte den Kopf. »Ach, sie war immer so reizend zu Paul und zu mir.«

»Paul?«

»Ja, mein Bruder hieß Paul. Er starb vor Ihrer Geburt.«

Während sie sprach, sammelte Danielle Amandas Unterwäsche und die Schuhe ein und verstaute die Sachen im Schrank. »Es war eine schreckliche Zeit, als wir damals von Nova Scotia vertrieben wurden. Anfangs hatten wir unter französischer Herrschaft gelebt, doch später wurden wir von den Engländern übernommen. Nach Beginn des Siebenjährigen Krieges traute keine Seite der anderen, und so hat man uns einfach unser Land weggenommen und uns aus unserer Heimat vertrieben. Wir haben damals in Port Henri gewohnt, das nach meinem Urgroßvater benannt worden war. Die Engländer sammelten uns in Port Royal und verluden uns wie Vieh auf Frachtschiffe, die uns in den Süden brachten. Ich war beinahe verhungert, als wir in Williamsburg landeten. Ihre Mutter hat von Ihrem Vater verlangt, einige von uns Flüchtlingen aufzunehmen, und so sind Paul und ich zu einer neuen Heimat gekommen.«

In Amanda krampfte sich alles zusammen, wenn sie an die Ungerechtigkeit dachte, die man Danielles Volk angetan hatte. Viele Kolonisten hatten sich geweigert, die Unglücklichen aufzunehmen, so daß sie hatten weiterziehen müssen. Doch nur die wenigsten waren bis in die französischen Siedlungsgebiete im Westen und im Süden gelangt.

Danielle seufzte tief. »Das alles hat sich im Jahr 1753 abgespielt, als Sie noch nicht einmal geboren waren.«

»Und meine Mutter war tatsächlich so liebenswert und freundlich, wie Sie gesagt haben?«

Danielle nickte. »Sie war in jeder Hinsicht ein Engel! Hat etwa irgend jemand etwas anderes erzählt?«

Hastig schüttelte Amanda den Kopf, denn sie wollte die gute Danielle nicht weiter quälen und ihr die Behauptung ihres Vaters lieber verschweigen. »Nein, ich wollte nur ein wenig von ihr sprechen.«

»Dann wünsche ich Ihnen jetzt eine gute Nacht!« Liebevoll strich Danielle Amanda über das Haar und ging zur Tür. Doch kurz vorher drehte sie sich noch einmal um. »Wie lange werden wir bleiben?«

»Ich – ich weiß es noch nicht«, antwortete Amanda. »Lord Cameron hat mich auf seinen Besitz am James River eingeladen. Vielleicht fahren wir noch dorthin.«

Danielles Augen weiteten sich vor Freude. »Oh, wirklich?«

»Ja.«

»Ohne Ihren Vater?«

»Ja.«

Danielle nickte zufrieden. »Dieser Lord Cameron gefällt mir wesentlich besser als Lord Tarryton.«

Robert. Die Erinnerung an ihn ließ sich nicht so leicht aus ihrem Herzen reißen. Dazu hatte sie sich ihr gemeinsames Leben viel zu oft und viel zu lebendig ausgemalt! »Gute Nacht, Danielle«, antwortete Amanda schroff doch als die Frau zusammenzuckte, bereute Amanda ihren barschen Ton sofort. »Es tut mir leid, aber ich habe diesen Mann schließlich geliebt. Und Lord Cameron nun, er ist möglicherweise ein Rebell.«

»Vielleicht hat er nur eine eigene Ansicht der Dinge! Mir haben die Briten die Heimat und allen Besitz genommen, und die Franzosen haben uns auch nicht geschützt! Wenn ich den Leuten auf der Straße zuhöre, muß ich ihnen recht geben.«

»Sie sind jetzt eine Virginierin.«

»Ich bin eine Amerikanerin«, berichtigte Danielle mit stiller Würde. »Wer im Krieg gewinnt, ist ein Held, und wer das Pech hat, auf der anderen Seite zu stehen, ist automatisch ein Verräter! Dieser Lord Cameron scheint mir jedenfalls ein aufrechter Mann mit sehr viel Ehrgefühl zu sein. Wenn er sagt, daß er sie liebt, so wird er sie bestimmt nicht im Stich lassen, wie das andere bereits getan haben«, ergänzte sie noch schnell, bevor sie das Zimmer verließ.

Sorgfältig verriegelte Amanda die Tür hinter ihr und kroch dann unter die Decken. »Verdammt, aber ich bleibe dabei. Er ist ein Rebell, und ich werde tun, was meine Pflicht ist!« protestierte sie laut, bevor sie die Augen schloß. Doch an Schlaf war nicht zu denken. Statt dessen ging ihr wieder durch den Kopf, wie ihr

Vater sie nachmittags im Rosengarten regelrecht bedroht hatte. Und zwischendurch sah sie immer wieder Eric vor sich, der sie mit kühlem, fast wissenden Ausdruck anblickte. Für sie stand fest, daß er irgend etwas ahnte. »Schachmatt, Mylady!«

Irgendwann zuckte sie hoch. Sie mußte eingeschlafen und von irgendeinem Geräusch geweckt worden sein! Doch wovon? Das Feuer war fast gänzlich heruntergebrannt, und das Fenster stand einen Spalt weit offen. Sanft wehten die weißen Vorhänge in den Raum. Amanda hätte schwören können, daß es geschlossen gewesen war, als sie sich hingelegt hatte.

Hastig warf sie die Decken beiseite und lief zum Fenster hinüber. Weit und breit war nichts Auffälliges zu entdecken, doch im selben Augenblick erahnte sie eine Bewegung hinter ihrem Rücken. Da das Mondlicht jedoch ihre Augen geblendet hatte, konnte sie nichts erkennen, als sie herumfuhr. »Wer – wer ist da?« flüsterte sie.

Als sie einen Schatten erkannte, der auf sie zustürzte, wollte sie schon schreien, doch in derselben Sekunde legte sich eine Hand auf ihren Mund. Wütend trat sie nach der Gestalt, aber es half nichts. Sie fühlte sich hochgehoben und wurde brutal aufs Bett geschleudert. Halb benommen versuchte sie, sich wegzurollen, doch man zerrte sie zurück und schon war der Schatten über ihr. Sie wand sich wie eine Wilde und schnappte für Sekunden nach Luft. Für einen Schrei war die Zeitspanne allerdings nicht lang genug, denn schon preßte sich wieder die Hand auf ihre Lippen, und eisenharte Arme legten sich um ihre Taille. Als sie daraufhin um sich schlug und kratzte, was sie zu fassen bekam, packte die Gestalt auch ihre Handgelenke, so daß sie hilflos in die Kissen gedrückt wurde.

»Pst!« zischte die Gestalt, und ein warmer Duft nach Tabak und Brandy flutete über Amandas Gesicht. Sie versuchte zu beißen und wand sich verzweifelt – ohne jeden Erfolg. Nur ihr Nachthemd rutschte immer weiter herunter.

»Lady, ich meine es ernst! Keinen Muckser mehr!«

Amanda erstarrte, denn der Angreifer war niemand anderer als Lord Cameron! Als sie sofort wieder in wilder Panik um sich schlug, warf er fluchend sein ganzes Gewicht auf sie, so daß ihr die Luft wegblieb. Im Mondlicht schimmerten seine stahlblauen Augen eiskalt.

387

»Seien Sie jetzt endlich still!« herrschte er sie an und starrte ihr beschwörend ins Gesicht, während er langsam seinen Griff lockerte.

»Lassen Sie mich auf der Stelle los, oder ich schreie!« stieß Amanda japsend hervor.

»Genau das befürchte ich ja!«

Als sie zum Luftholen ansetzte, spürte sie plötzlich das kalte Metall einer Messerschneide zwischen ihren Brüsten. »Das würden Sie niemals wagen!« stieß sie hervor, nachdem ihr erstes Entsetzen abgeklungen war. »Nicht gegen eine unschuldige Frau!«

»Aber Sie sind nicht unschuldig!«

Er wußte alles! Er mußte sie beobachtet haben. Eiskalte Furcht packte sie. »Wie können Sie es überhaupt wagen, einfach so hier einzudringen! Ich schreie das ganze Haus zusammen und lasse Sie aufhängen!«

»Und was ist mit der zuckersüßen Entschuldigung?« höhnte er. »Ich kann Sie nur warnen, Lady –« Und wieder ließ er die Schneide über ihre Haut gleiten.

Voller Panik wollte Amanda schreien, doch seine Hand war schneller. Blitzschnell zuckte das Messer, und bevor Amanda noch recht begriff, was geschehen war, hatte er den Stoff ihres Nachthemds ein Stückweit durchtrennt und ihre Brüste entblößt, ohne die Haut auch nur zu ritzen.

»Wenn Sie nicht augenblicklich still sind, werde ich Sie nackt durch die ganze Stadt jagen. Garantiert werden die Leute ihren Spaß haben, denn im Augenblick sind die Tories nicht gerade beliebt!«

»Das würden Sie nicht –«

»Treiben Sie mich nicht zu weit, sonst könnten mir noch ganz andere Gedanken kommen!«

»Sie Mist –«

»Nicht schon wieder! Ich habe Sie gewarnt! Geben Sie endlich auf!«

»Das werde ich nicht –« Dabei wand sie sich keuchend wie eine Verrückte.

»Oh, doch, das werden Sie!« widersprach Eric, während er sie in aller Ruhe toben ließ. Er hielt lediglich ihre Handgelenke gepackt, und das Gewicht seines Körpers besorgte den Rest. »Seien Sie jetzt still!«

Als Amanda schließlich erschöpft und schwitzend innehielt, errötete sie. Durch ihr Toben hatte sie nämlich lediglich erreicht, daß sie mit entblößten Brüsten und Beinen hilflos unter ihm lag und er sie genüßlich in aller Ruhe betrachten konnte. Urplötzlich war sie sich seines kräftigen, muskulösen Körpers bewußt, spürte den Druck seiner Schenkel an ihren Hüften und sein Glied an ihrer Scham und wünschte sich weit weg von ihm.

Als sie schließlich gottergeben nickte, nahm er endlich seine Hand von ihren geschwollenen Lippen. »Ich werde nicht schreien. Ich schwöre es!«

Eindringlich sah er sie an und setzte sich schließlich zurück, doch sie war nach wie vor zwischen seinen muskulösen Schenkeln gefangen.

»Was wollen Sie?« flüsterte Amanda keuchend.

»Vieles, doch erst einmal nur meinen Brief!«

Amanda zuckte schuldbewußt zusammen, doch dann zwang sie sich zu einem erstaunten Lächeln. »Wieso glauben Sie –«

»Ich glaube nicht, ich weiß es! Lassen Sie um Himmels willen diesen unschuldigen Augenaufschlag! Sie lügen, und wir beide wissen das! Her mit dem Brief, oder ich lasse mir etwas anderes einfallen!«

Amanda haßte ihn, weil er sie so leicht durchschaute. »Ihr Benehmen ist wirklich wenig zivilisiert, Lord Cameron!« stieß sie zwischen zusammengebissenen Zähnen hervor.

»Für Höflichkeiten gibt es im Augenblick keinen Anlaß! Ich bin kein Narr! Lassen Sie sich das für die Zukunft gesagt sein! Her mit dem Brief!«

»Ich – ich habe ihn nicht mehr.«

Ruckartig zerrte er sie hoch und schüttelte sie wie wild. Dann ließ er sie ganz plötzlich zurückfallen. »Möglicherweise werde ich eines Tages wegen ihrer Spielchen einen Kopf kürzer gemacht, aber andere möchte ich nicht gefährden! Wo ist der Umschlag?«

»Den habe ich meinem Vater gegeben.«

»Sie lügen schon wieder!« Wie zufällig berührte er ihre Wange mit dem Messer.

»Das trauen Sie sich ja doch nicht!« sagte sie herausfordernd.

»Mag sein.« Dabei glitzerten seine Augen gefährlich. »Doch es fällt mir bestimmt noch etwas anderes ein!«

Sie verstand den Sinn seiner Worte nicht, doch angesichts des warnenden Untertons, wollte sie es auch gar nicht mehr so genau wissen. »Er – er ist in der Tasche meines Kleids.«

Blitzartig war er aufgesprungen und zerrte Amanda vom Bett. Sie hatte gerade noch Zeit, ihr Nachthemd zusammenzuraffen, als sie auch schon vor dem Schrank im Ankleidezimmer angekommen waren. Sobald sie das Kleid herausgezogen hatte, stieß er sie beiseite und suchte fieberhaft nach der Tasche, die in den weiten Rockfalten verborgen eingenäht war. Hastig zerrte er den Umschlag hervor und stopfte das Kleid in den Schrank zurück.

»Weshalb haben Sie ihn genommen?«

»Weil – weil Sie zu den Rebellen gehören. Und jetzt verschwinden Sie endlich!«

»So? Und das wollen Sie beweisen?«

»Nein!« schrie sie entsetzt. »Ich – ich habe nur –«

»Nur weiter!«

»Verschwinden Sie jetzt, oder ich schreie!« Langsam wich sie vor ihm zurück, doch ihre Angst war lang nicht mehr so entsetzlich.

»Weshalb haben Sie den Umschlag nicht Ihrem Vater übergeben?« fragte Eric, während er ihr ganz langsam folgte.

»Es – es hat sich nicht ergeben.«

»Sie lügen schon wieder!«

»Also gut. Ich wollte den Brief erst selbst lesen, doch wie Sie ja selbst sehen, ist der Umschlag leer. Weshalb sind Sie überhaupt gekommen, wenn es gar keinen Brief gibt?«

Er ging zum Bett hinüber und setzte sich, ohne Amanda aus den Augen zu lassen. »Wegen der Adresse.«

Ihr Blick ließ sie erschauern. »Es ist Fredericks Name, nicht wahr? Der Buchdrucker aus Boston. Der Indianer aus dem Hafen, oder?« Sie schluckte, weil sein Starren sie verunsicherte. »Da Sie bekommen haben, was Sie wollten, können Sie jetzt gehen!«

Er schüttelte den Kopf. »Ich habe mich noch nicht entschieden, was ich mit Ihnen machen werde.«

»Mit mir?« Trotzig warf sie den Kopf zurück.

»Sie haben meine Sachen durchwühlt und etwas gestohlen!«

»Wenn Sie nicht in zwei Sekunden draußen sind, werde ich schreien, bis die gesamte britische Armee hier versammelt ist!«

Genüßlich lehnte er sich zurück. »Nette Jungs, die meisten sind meine Freunde.« Achselzuckend erhob er sich und kam langsam auf sie zu, so daß sie bis zur Tür zurückweichen mußte. »Falls Sie das tun«, zischte er ganz leise, »werde ich Ihren Vater um Verzeihung bitten und ihm erzählen, daß Sie mich gewissermaßen verführt hätten. Und ich werde mich mit gebrochenem Herzen fragen, wieviele Männer Sie schon auf diese Weise in Versuchung geführt haben!« Er stützte sich gegen die Wand und grinste breit, so daß seine Zähne in der Dunkelheit weiß aufblitzten.

Wütend und empört starrte Amanda zurück. »Er wird es nicht glauben, denn er weiß, daß ich Sie –«

»Daß Sie mich verabscheuen? Aber Lady Sterling! Heute abend habe ich doch die süßesten Entschuldigungen von Ihren Lippen gehört!«

»Trotzdem –« Sie brach ab, und beide lauschten auf die Schritte draußen auf dem Flur.

Ganz plötzlich blitzte das Messer vor ihr auf. »Achtung!« zischte Eric. »Ein falsches Wort, und jemand wird sterben!«

Sekunden später schien er sich praktisch in Luft aufgelöst zu haben, und Amanda versuchte vergeblich, in der Dunkelheit etwas zu erkennen. War er aus dem Fenster geklettert oder ins angrenzende Ankleidezimmer verschwunden? In diesem Augenblick klopfte es energisch an der Tür.

»Wer ist da?« Ihr Mund war förmlich ausgetrocknet.

»Dein Vater. Öffne die Tür!«

Sekundenlang zögerte Amanda, bevor sie die Tür einen Spaltbreit öffnete, doch sie gab den Weg nicht frei. »Was ist los?« wollte sie wissen.

Wortlos stieß ihr Vater sie beiseite und trat ins Zimmer. Nachdem er an der letzten Glut des Feuers eine Kerze angezündet hatte, sah er sich prüfend um. »Mir war, als hätte ich Stimmen gehört.«

»Tatsächlich?«

Er versetzte ihr einen leichten Stoß gegen den Kopf, doch sie verlor trotzdem das Gleichgewicht und fiel aufs Bett. Blitzartig zerrte sie ihr Nachthemd über der Brust zusammen und sprang auf. »Du täuschst mich nicht! Eine Hure gibt ihre Art an ihre Kinder weiter! Doch bevor du dich woanders amüsierst, wirst du erst meine Befehle erfüllen!«

Mit zusammengebissenen Zähnen stand Amanda stocksteif da und hoffte nur inständig, daß Eric Cameron verschwunden war und nicht auch noch Zeuge dieser entsetzlichen Szene wurde. Selbst wenn sie geschrien hätte, hätte ihr das nicht geholfen. In dieser Beziehung hatte Cameron recht: bei der Einstellung ihres Vaters war klar, daß er Erics Darstellung geglaubt hätte. »Es ist niemand hier, Vater. Ich bin allein. Bitte geh jetzt, damit ich schlafen kann.«

»Versuche nicht, mich an der Nase herumzuführen! Ich habe dir befohlen, Lord Cameron den Kopf zu verdrehen, und das wirst du gefälligst machen!«

Amandas Augen versuchten vergeblich, die Dunkelheit zu durchdringen. O Gott! betete sie insgeheim. Hoffentlich ist er fort! In diesem Moment trat ihr Vater ganz nahe zu ihr heran und betrachtete mit unverhülltem Interesse ihr zerrissenes Nachthemd, das sie über ihren Brüsten notdürftig zusammengerafft hatte. Mit dem Finger strich er dann genüßlich über ihren Hals bis hinunter zur Vertiefung zwischen ihren Brüsten.

»Was ist geschehen?« fragte er lauernd.

»Ich habe es im Schlaf zerrissen und noch nicht wieder genäht.«

»Es ist ein wirklich hübsches Nachthemd. Ich sorge gut für mein Kind, nicht wahr?«

»Das stimmt«, mußte sie widerstrebend zugeben. Ihr wurde beinahe übel, als seine Hand immer näher kam, und mit einem kleinen Aufschrei wich sie bis an die Tür zurück. Als sich sein Gesicht verfinsterte, stieß Amanda zitternd die Tür auf. Zum ersten Mal sah sie ihren Vater nur noch als Mann und fürchtete sich vor ihm. Falls er ihr zu nahe treten sollte, würde sie schreien. In dieser Beziehung fühlte sie sich im Haus von Lord Dunmore sicher.

»Gute Nacht, Vater.«

Einige Augenblicke gingen seine Blicke unentschlossen zwischen Amanda und der offenstehenden Tür hin und her, und sie beobachtete fasziniert, wie der Pulsschlag an seinem Hals vibrierte. Schließlich ging er dicht an ihr vorbei, doch unter der Tür blieb er noch einmal stehen. »In dieser Sache ist das letzte Wort noch nicht gesprochen. Warte nur, bis wir wieder zu Hause sind!«

Nachdem sich die Tür hinter ihm geschlossen hatte, lehnte Amanda erschöpft ihre Stirn gegen das Holz und seufzte. Blitzschnell schoß sie herum, als sie hinter sich eine Bewegung wahrnahm. Eric war nicht aus dem Fenster geklettert, sondern hatte sich hinter der Tür des Ankleidezimmers versteckt gehalten. Im Schatten konnte Amanda eine Mischung aus Zorn und Mitleid auf seinen Gesichtszügen erkennen.

»Am liebsten hätte ich ihn umgebracht!« stieß Eric zornig hervor.

Verwundert zog Amanda eine Augenbraue hoch, denn ganz offensichtlich war Eric Cameron im Augenblick auf ihren Vater wütender als auf sie selbst. »Er ist schließlich mein Vater«, meinte sie achselzuckend, weil sie ihm ihr Leiden nicht offenbaren wollte.

»Um so schlimmer!«

So gut es ging, raffte sie ihr Nachthemd zusammen. »Würden Sie jetzt bitte gehen?«

Statt einer Antwort trat er zu ihr und umfaßte ihre Schultern. Dabei sah er ihr liebevoll in die Augen. »Wenn ich es richtig verstanden habe, hat man Ihnen also befohlen, sich bei mir zu entschuldigen!«

»Sie haben Ihren Brief, also gehen Sie jetzt bitte!«

»Ich warne Sie noch einmal, Mylady«, sagte er eindringlich. »Hintergehen Sie mich nie wieder! Weshalb haben Sie ihm nicht verraten, daß ich hier war?«

»Entweder hätten Sie jemanden getötet, oder Sie hätten ihm erzählt, daß Sie nur auf meinen Wunsch hier seien.«

»Und das hätte er mir geglaubt, nicht wahr?«

Sie schwieg, weil sie seinen durchdringenden Blick nicht ertragen konnte.

»Antworten Sie mir!« herrschte er sie an.

Wie schnell er doch ärgerlich werden konnte! »Ja, natürlich hätte er das geglaubt! Er verachtet mich doch«, gestand sie ein, doch dann wich sie vor ihm zurück. »Um Himmels willen, gehen Sie jetzt endlich!«

»Ich habe mir die Sache nicht ausgedacht, Lady, aber ich werde dem ein Ende machen!« stieß er hervor. Amanda verstand nicht, was er meinte, sondern stellte nur fest, daß Eric Cameron plötzlich sehr aufgeregt und unruhig war.

»Mein Vater –«

»Man muß Sie ihm wegnehmen!«

»Sie verstehen überhaupt nichts! Meiner Meinung nach gehören Sie zu den Rebellen! Was auch immer ich –«

»Sie sind eine Närrin! Ich werde besser auf Sie aufpassen müssen. Vor allen Dingen werde ich ihm klarmachen müssen, daß ich nicht will, daß man meine Braut schlägt, verletzt oder in irgendeiner Weise berührt!«

»Ich werde Sie niemals heiraten!«

»Kleine Närrin! Natürlich kann Sie niemand dazu zwingen, aber ich biete Ihnen einen Ausweg an. Wie schön Sie sind! Aber gleichzeitig sind Sie auch kalt. Und leidenschaftlich! Weshalb wollen Sie das nicht wahrhaben?« murmelte er.

»Weil ich Sie hasse, Lord Cameron!« schrie sie. Es machte sie wahnsinnig, daß sie in seiner Gegenwart immer so rasch erregt und atemlos wurde. Wieder mußte sie daran denken, was ihr Vater von ihr hielt. »Ach, lassen Sie es gut sein.«

»Das will ich aber nicht«, entgegnete er leise. »Sie werden morgen kommen. Versprechen Sie mir das? Es ist nicht mehr viel Zeit.«

»Ich weiß nicht, wovon Sie sprechen.«

»Ich werde Lord Dunmore eine ganz offizielle Einladung für Sie überreichen. Wenn Sie mich hängen wollen, will ich Ihnen entgegenkommen und den Strick anbieten. Außerdem werde ich mit ihrem Vater sprechen, denn eine offizielle Verlobung verschafft Ihnen die nötige Freiheit, um morgen nach Cameron Hall zu kommen.«

»Sie sind ja verrückt! Ich habe Ihren Brief gestohlen und verabscheue Sie, doch ungeachtet dessen, wollen Sie mich immer noch? Weshalb sollte ich Ihr Angebot annehmen?«

»Weil ich nicht mehr lange da sein werde, und Sie dann ganz Cameron Hall für sich allein haben werden.«

Amanda schwieg, denn sie wußte insgeheim, daß sie sein Angebot annehmen würde. Ihrem Vater zu entkommen, war ihr sehnlichster Wunsch.

»Sie sollten mich so rasch wie möglich heiraten«, fuhr Cameron fort, »denn vielleicht erwischt mich ja ein Pfeil der Shawnee-Indianer!«

»Ein solches Glück ist mir ganz bestimmt nicht beschieden!«

Er lachte leise, doch nur wenig später blickten seine Augen wieder ernst und fast ein wenig mitleidsvoll. »Sie brauchen keine Angst vor mir zu haben.«

»Wirklich nicht?« fragte sie zurück, während sie ihr zerrissenes Nachthemd noch enger um sich zog.

»Sie sollten eher die Menschen Ihrer unmittelbaren Umgebung fürchten, Mylady. Wenn Sie nicht aus eigenem Entschluß kommen, werde ich schon einen Weg finden, um Sie vor sich selbst zu retten!«

»Ich verstehe kein Wort!«

»Und ich hoffe inständig, daß Sie diese Wahrheit nie entdecken müssen.« Mit diesen Worten verbeugte er sich tief. »Adieu, Mylady.« In der nächsten Sekunde war er fort, und nur die Vorhänge bauschten sich noch im leichten Wind.

Amanda wunderte sich, daß er sich weder Hals noch Beine gebrochen hatte und rechnete jeden Augenblick mit Alarmrufen der britischen Wachen. Mit klopfendem Herzen lief sie zum Fenster und spähte hinaus, doch Hof und Garten lagen verlassen und friedlich im Mondlicht da. Von Damien wußte sie, daß die Soldaten im Siebenjährigen Krieg gelernt hatten, sich völlig lautlos zu bewegen. Wie Wilde.

Cameron gehörte nicht zu den Wilden, beruhigte sie sich selbst. Aber er war leicht zu reizen, und sie hatte ihn verärgert. Ihre Lippen waren wie ausgetrocknet, und ihr Atem ging rascher. Ganz wohl war ihr nicht zumute, doch insgeheim hatte sie bereits beschlossen, nach Cameron Hall zu fahren, falls die Einladung am nächsten Morgen noch galt. Keinesfalls wollte sie länger in der Nähe ihres Vaters bleiben. Und in einem hatte Cameron zweifellos recht: eine Verlobung bedeutete Freiheit.

Am Abend des darauffolgenden Tages, als die Sonne schon fast untergegangen war, erblickte Amanda Cameron Hall zum ersten Mal. Sie hatte nie erfahren, wann Eric dagewesen war und mit den Männern gesprochen hatte. Beim Frühstück hatte ihr Vater ihr lediglich mitgeteilt, daß sie – nun offiziell verlobt sei, und Lord Dunmore hatte hinzugefügt, daß Lord Camerons Wagen sie jederzeit erwarten würde. Lord Cameron müsse zwar in Kürze in den Krieg ziehen, doch er habe ausdrücklich gebeten, daß sie sich in seiner Abwesenheit mit seinem Besitz vertraut machen sollte.

Einen Hochzeitstermin konnte man angesichts der turbulenten Zeiten auch später festsetzen.

Bevor sie in den Wagen gestiegen war, in dem Danielle bereits Platz genommen hatte, hatte ihr Vater sie heftig am Arm gepackt. »Du wirst dich in seinem Schreibtisch und in seinen Papieren gründlich umsehen, nicht wahr? Alles – Briefe, Namen, Adressen und ähnliches – kann von größter Wichtigkeit sein. Verstanden?«

»Wahrscheinlich würde er dich umbringen, wenn er deine Absichten kennen würde!«

»Du bist immer noch meine Tochter! Ich kann dich jederzeit nach Hause holen. Und außerdem solltest du deinen Vetter nicht vergessen!« Eindringlich starrte er sie an, und sein Blick war so seltsam wie in der Nacht zuvor. Bei dem Gedanken, noch ein einziges Mal mit ihm allein sein zu müssen, schüttelte sich Amanda im stillen.

»Falls du mich auch nur berührst, wird er dich umbringen«, konstatierte sie und war völlig überrascht, als sie plötzlich einen ängstlichen Ausdruck in seinen Augen erkannte.

Rasch machte sie sich los, und nachdem sie eingestiegen war, setzte sich der Wagen auch schon in Bewegung. Wie erlöst sank Amanda in die Polster zurück und lächelte Danielle zu. Vor ihnen lag eine wunderschöne, etwa dreistündige Fahrt entlang der Halbinsel.

Schon der erste Eindruck von Cameron Hall berührte Amanda auf eine ganz besondere Weise. Sie fuhren durch eine lange Allee aus Eichen, in deren Kronen sich die aufsteigenden Abendnebel gesammelt hatten. Erst ganz am Ende öffnete sich plötzlich der Blick auf das Herrenhaus, das auf der Spitze eines grasbewachsenen Hügels thronte. Der Ziegelbau war rundherum von einer breiten Veranda umgeben, deren dorische Säulen die Eleganz und Symmetrie der Architektur wirkungsvoll betonten.

»*Mon Dieu!*« entfuhr es Danielle, die die Fenstervorhänge zurückgeschlagen hatte, um besser sehen zu können. Strahlend blickte sie zu Amanda hinüber. »Ein wunderbares Haus!«

Für eine Erwiderung war Amanda viel zu aufgeregt, denn selbst sie hatte noch nie einen so prachtvollen Besitz zu Gesicht bekommen. Im Vorbeifahren registrierte sie eine lange Reihe von Wirtschaftsgebäuden, die sich entlang eines Weges reihten und von Gemüse- und Blumengärten umgeben waren. Das Haus schien hoch über allem, gewissermaßen im Himmel, zu schweben, doch das war lediglich eine optische Täuschung, die auf den aufsteigenden Abendnebel zurückzuführen war. Zur Linken dehnten sich endlose Felder, auf denen Sklaven und weiße Farmer einträchtig nebeneinander arbeiteten. Hinter einer Baumreihe fiel das Land gegen den Fluß hin ab, und Amanda konnte gerade noch die Lagerhallen und den kleinen eigenen Hafen erkennen.

Danielle strahlte über das ganze Gesicht. »Hier werden Sie es gut haben, *ma chérie*. Dieser Mann ist reich und wird Sie vor Ihrem Vater in Schutz nehmen.«

Amanda hatte plötzlich ein wenig Angst vor dem Abenteuer, auf das sie sich eingelassen hatte. Aus ihren politischen Anschauungen hatte sie nie ein Hehl gemacht, so daß sie für Cameron kein unbeschriebenes Blatt war. Doch trotz dieser Tatsache und trotz des Diebstahls hatte er sich schrecklich aufgeregt, als er in der letzten Nacht erkannt hatte, wie sehr man sie erpreßt und unter Druck gesetzt hatte. Sie konnte ihn unmöglich heiraten, denn im Grunde ihres Herzens war und blieb sie eine treue Anhängerin der Krone, die auf die englischen Gesetze und das englische Erbe stolz war. In der Schule in London hatte sie vieles gelernt, das sie in dieser Haltung nur noch bestätigte. Sie war stolz darauf, einer der bedeutendsten Nationen der Welt anzugehören. In ihren Augen war Eric Cameron ein Verräter und Amerika nichts weiter als ein weites, wildes Land.

»Lord Cameron erwartet uns bereits!« verkündete Danielle freudig erregt.

Amanda konnte ihre Fröhlichkeit allerdings nicht so ganz teilen und betrachtete den Mann, der auf den Stufen der Veranda stand, mit eher gemischten Gefühlen. Er trug eine weiße Kniehose und passende Strümpfe und zu seinem dunkelblauen Gehrock ein spitzenbesetztes Hemd. Wie gewöhnlich hatte er sein Haar nicht gepudert, sondern lediglich im Nacken mit einem schlichten Band zusammengefaßt. Nachdem Pierre den Wagenschlag aufgerissen hatte und Amanda Eric in die Augen sah, errötete sie ein wenig. Er hatte gewußt, daß sie seiner Einladung Folge leisten würde!

»Herzlich willkommen auf Cameron Hall!« begrüßte er sie und nahm ihre Hand, um ihr aus dem Wagen zu helfen. »Ich hoffe, daß Sie hier sehr glücklich werden, Amanda, und sich sicher fühlen!«

Konnte sie sich denn in seiner Gegenwart sicher fühlen, fragte sich Amanda, während Eric sie auf beide Wangen küßte. Es erschien ihr völlig unverständlich, wie er einen solchen prachtvollen Besitz und sein wunderbares Leben aufs Spiel setzen konnte!

Als er sie losließ, blickte er ihr einige Sekunden lang tief in die Augen und wandte sich dann an Pierre. »Bitte kümmern Sie sich mit Thom um das Gepäck!« rief Eric, bevor er auch Danielle voll Herzlichkeit begrüßte. »Darf ich Ihnen jetzt das Haus zeigen?« fragte er dann Amanda.

Als sie nickte, fiel ihr auf, daß sie noch kein einziges Wort gesprochen hatte. »O ja, sehr gern natürlich!« fügte sie hastig hinzu.

»Kommen Sie, Danielle, begleiten Sie uns!«

»Merci – vielen Dank«, verbesserte sie sich in Erinnerung an Nigel Sterling, der ihr Französisch haßte.

Lord Cameron lachte nur, was ihn in Amandas Augen gleich viel sympathischer, charmanter und auch jugendlicher aussehen ließ. Wenn man ihn nicht ärgerte, war er eigentlich ganz umgänglich!

Weißgestrichene, breite Doppeltüren öffneten sich vor ihnen. »Mein vielfacher Urgroßvater James und seine Frau Jassy haben dieses Land von James I. erhalten. Nachdem sie das grausame Massaker der Powhatan-Indianer im Jahr 1622 überlebt hatten, legten sie den Grundstein zum Bau dieses Hauses«, erklärte Eric, während sie die Halle betraten.

Auf der gegenüberliegenden Seite öffneten sich entsprechende Türen auf den Fluß hinaus, durch die ein leichter Luftzug ins Haus strömte. Mitten in der Halle führte eine große, breite Treppe nach oben, während man durch Türen an den Seiten in die Flügel des Hauses gelangte. Alles Holz war wunderbar poliertes Mahagoni. Seidentapeten bedeckten die Wände, und die Decke war mit kunstvollem Stuck verziert. Während die beiden Damen noch staunten, kam ein livrierter Diener die Treppe hinunter.

»Ah, Richard! Dies sind Lady Sterling und ihre Kammerzofe, Mademoiselle Danielle.«

Der schlanke weißhaarige Richard verbeugte sich höflich. »Zu Diensten, Mylady, Mademoiselle. Was darf ich Ihnen als Erfrischung anbieten?«

»Servieren Sie uns Brombeertee. In ungefähr einer Stunde in der Bibliothek. In der Zwischenzeit werde ich den Damen ihre Zimmer zeigen, damit sie sich ein wenig erfrischen können.«

Mit einer Verbeugung entfernte sich Richard, während Lord Cameron seine Besucherinnen in den oberen Stock hinaufführte, wo Familienportraits die Wände schmückten. Ein dunkelhaariger Mann, der nach der Mode des siebzehnten Jahrhunderts gekleidet war, starrte mit Eric Camerons silberblauen Augen auf Amanda hinunter. Neben ihm hing das Bild einer bezaubernd schönen Frau mit blassen Augen.

»Darf ich vorstellen: Jamie und Jasmine. Und hier kommt sein Enkel, der ebenfalls Jamie hieß, samt seiner Gwendolyn. Zur Regierungszeit von Cromwell haben sie zahlreiche Roundheads in ihrem Haus beherbergt. Wie man sieht, war Virginia schon immer eine sehr loyale Kolonie!«

»Und was hat sich jetzt geändert?« fragte Amanda zurück.

»Der Samen der Freiheit ist hier aufgegangen und hat sich prächtig entwickelt.«

»Demnach sind Sie doch ein Verräter!«

»Große Worte, Mylady! In Kürze werde ich an der Seite von Lord Dunmore in einen Krieg gegen die Wilden ziehen – nennen Sie das tatsächlich Verrat?« Er lachte heiser. »Ich kann mir sehr gut vorstellen, was Sie jetzt denken. Im Geiste sehen Sie mich mit einem Kriegsbeil im Kopf, nicht wahr? Sie sind so grausam, Mylady!« Lächelnd zog er ihre Hand an seine Lippen und küßte sie.

Diese leise Berührung beschleunigte Amandas Pulsschlag bis zum Zerspringen, und ihre Knie zitterten. Sie haßte es, wenn er diese verbotenen Gefühle in ihr weckte, aber dennoch stand sie wie erstarrt, als er ihre Hand auch noch umdrehte und einen Kuß auf die Innenseite drückte. Ihr war ganz schwindlig. »Bitte!« flüsterte sie, und es gefiel ihr gar nicht, daß ihre Stimme so verzweifelt klang.

Sofort ließ er ihre Hand los und trat zum nächsten Portrait. Ganz offensichtlich hatte er in solchen Spielchen sehr viel Erfahrung und bestimmte die Regeln, aber das wollte sie keinesfalls zulassen. »Sehen Sie, dieses Bild ist mein liebstes. Es stellt Petroc Cameron dar. Wenn man den Gerüchten glauben kann, so war er ein Pirat und hat sich auch seine Braut gewissermaßen gewaltsam erworben.«

399

»Ist das in dieser Familie so üblich?« fragte Amanda äußerst liebenswürdig.

Eric sah ihr gerade in die Augen. »Er handelte im Auftrag der Krone.«

»So sagt man.«

»Er war mein Großvater und hat mich erzogen, weil mein Vater im Kampf gegen die Franzosen umgekommen war. Ich kenne seine Liebesgeschichte, denn ich habe sie von ihm selbst gehört. Die beiden sind ihr ganzes Leben lang sehr glücklich gewesen – sie hat den wilden Mann gezähmt. Von ihnen habe ich viel über die wichtigsten Dinge im Leben gelernt, und dafür bin ich ihnen unendlich dankbar.«

Eric ging mit Danielle schon einige Schritte voraus, während Amanda noch in Gedanken versunken war. Bei der Erinnerung an ihre freudlose, kalte Kindheit schmerzte ihr Herz. Wie gern wäre sie in einer solchen Familie wieder großgeworden! Sie zitterte leise und war den Tränen nahe. Ihrem Vater war sie vorläufig entronnen, und wenn nun auch noch die Shawnee-Indianer das ihrige taten, konnte sie vielleicht endlich in Frieden leben.

»Mylady?«

Höflich hatte Eric auf sie gewartet, und als sie zu den beiden trat, stieß er die Tür auf, vor der sie stehengeblieben waren. Staunend trat Amanda in einen großen Raum, in dem sie zuerst nur das schlittenförmige Mahagonibett und die persischen Teppiche auf dem polierten Fußboden wahrnahm. Vor den großen Fenstern und dem Flußpanorama luden zwei gemütliche Sessel und ein kleiner Tisch zum Verweilen ein, und ein gewaltiger Kamin versprach kuschelige Wärme an kalten Tagen. Ein Raum für eine Prinzessin und noch wesentlich schöner als das Gästezimmer von Lord Dunmore.

»Gefällt es Ihnen?« fragte er.

Amanda nickte nur stumm, worauf Eric sich an Danielle wandte. »Mademoiselle. Sie wohnen gleich dort drüben, am Ende des Flurs.«

Entzückt dankte ihm Danielle und lief aufgeregt zur offenstehenden Tür hinüber. Obwohl Amanda nicht hinsah, wußte sie, daß Eric direkt neben ihr stand, denn sie nahm einen sehr männlichen Duft nach Tabak und Leder und ganz entfernt auch nach einem Badesalz wahr. Unwissentlich befeuchtete sie ihre Lippen, und als sie einen Blick in seine Richtung riskierte, stellte sie fest, daß er sie die ganze Zeit über beobachtet hatte. »Und wo schlafen Sie?« wollte sie wissen.

Verwundert zog er eine Augenbraue hoch, doch dann lächelte er. »Gleich neben dem Ankleidezimmer.« Genüßlich registrierte er, wie sie blaß wurde, und fügte dann hinzu: »Aber Sie haben selbstverständlich einen Schlüssel.«

»Na – natürlich.«

»Weshalb fragen Sie? Interessieren Sie sich für meine Sachen?«

»Nein, nein.«

»Doch. Ersparen Sie uns beiden die Lügerei! Suchen Sie nur nach Herzenslust, aber sehen Sie sich vor! Wenn Sie meinem Bett zu nahe kommen, könnte ich glauben, daß Sie mit mir darin liegen möchten!«

»Sie leiden nicht gerade unter einem Mangel an Selbstbewußtsein, oder?«

»Nun, ich denke, daß ich Sie besser kenne, als Sie selbst das tun. Das verschafft mir einen kleinen Vorteil.«

Als sie zum Protest ansetzen wollte, hatte er sich bereits abgewandt, doch an der Tür blieb er noch einmal stehen. »Richard wird Sie abholen und zur Bibliothek bringen. Außerdem muß ich Sie noch mit meinem persönlichen Diener Cassidy bekannt machen. Meine Haushälterin Margaret wird Ihnen bringen, was Ihnen womöglich noch fehlt. Von da an werden Sie allein zurechtkommen, denke ich, und ich bin gespannt, meine reizende kleine Spionin, wohin Ihre reizenden kleinen Füßchen sie führen werden!«

»Bestimmt nicht in Ihre Nähe«, rief sie ihm nach. »Ich will schließlich nicht –«

»Etwa gefangen werden?« ergänzte er genüßlich, während ein Lächeln um seine Augenwinkel spielte. »Sie befinden sich bereits im Schach!«

»Ich werde mich keinesfalls geschlagen geben!«

»O doch, das werden Sie! Verlassen Sie sich darauf!« Mit diesen Worten wandte er sich endgültig ab und verließ das Zimmer.

8. Kapitel

Je länger sich Amanda in ihrem schönen Zimmer umsah, desto aufgeregter wurde sie. Vom ersten Augenblick an hatte sie das Haus gemocht. Der Blick auf den Fluß begeisterte sie mindestens ebenso wie das neue Gefühl der Freiheit, das sie durchströmte. Das allerdings konnte sie nicht ganz verstehen, denn eigentlich war sie unter falschen Voraussetzungen hier und hatte sich auf ein gefährliches Spiel mit einem nicht zu unterschätzenden Gegner eingelassen. Trotzdem empfand sie die Trennung von ihrem Vater wie eine Erlösung.

Auf dem Waschtisch im Ankleidezimmer stand bereits alles bereit, so daß Amanda ihre Toilette in kürzester Zeit beendet hatte. Unwillkürlich wanderten ihre Blicke zum Schloß der Verbindungstür, wo tatsächlich ein Schlüssel steckte. Nach kurzem Zögern drückte sie die Klinke nieder und trat mit entschlossenen Schritten ins benachbarte Zimmer.

Auch von diesem Raum aus überblickte man die große, zum Fluß hin abfallende Wiese und den angrenzenden Hafen mit seinen Lagerhäusern. Erics Bett war breiter als ihres und aus dunklem Holz gearbeitet. Ansonsten wirkte der Raum keineswegs dunkel, sondern einladend und elegant. Die wenigen Möbel waren ausgesprochen kostbar und desgleichen die silbernen Leuchter auf dem Kaminsims und die kunstvoll gearbeiteten Glaslampen, die abends sicher ein wundervolles Licht verbreiteten. Unverkennbar war es Erics Zimmer, denn der Geruch, den sie vorhin an ihm wahrgenommen hatte, schwebte überall in der Luft. Ein fesselnder, bemerkenswerter Duft. Fesselnd und bemerkenswert wie der ganze Mann.

Plötzlich brannten Amandas Wangen vor Scham und Verlegenheit, und sie konnte gar nicht schnell genug hinausgelangen. Der Vorsatz, sich ein wenig umzusehen, war vergessen, und sie seufzte erleichtert, als sie endlich wieder in ihrem Zimmer war. Ihr Vater war ein Narr! Was wollte er eigentlich von Cameron? Heutzutage machte sich doch jeder Mensch Gedanken über die nächsten Jahre! Natürlich wußte sie, daß Eric mit dem Buchdrucker in Boston sympathisierte und sich auch regelmäßig mit den Abgeordneten in der Raleigh Tavern traf. Andererseits nahm auch Colonel

Washington, der die Ereignisse in Boston heftig kritisiert hatte, weil man sich dort am Eigentum anderer vergriffen hatte, an diesen Treffen teil und war sogar zum Delegierten des Continental Congress gewählt worden. Erst kürzlich hatte Lord Fairfax, über dessen loyale Haltung zur Krone keinerlei Zweifel bestand, Washington als großen Mann gelobt, auf den die Krone stolz sein konnte. Das Leben war gegenwärtig wirklich ein Wirbelsturm, und nichts war einfach nur schwarz oder weiß.

An diesem Punkt ging Amanda in sich und überlegte, ob sie Eric Cameron vielleicht nur vor ihrem eigenen Gewissen entschuldigen wollte. Das durfte sie keinesfalls zulassen, doch gleichzeitig konnte sie es kaum erwarten, ihn wiederzusehen. Rasch verließ sie ihr Zimmer und machte sich auf den Weg zur Bibliothek. Doch auf der Hälfte der Treppe blieb sie wie angewurzelt stehen. Auf der untersten Treppenstufe stand nämlich völlig regungslos ein schwarzer Mann, der beinahe ebenso groß war wie Eric Cameron. Während sie noch nach Atem rang, verbeugte er sich.

»Guten Abend, Lady Sterling. Mein Name ist Cassidy. Ich bin Lord Camerons persönlicher Diener. Ich werde Sie jetzt zu ihm bringen, und wenn ich Ihnen sonst irgendwie helfen kann, müssen Sie es mir nur sagen.«

Nachdem sich Amanda von ihrer Verblüffung erholt hatte, gelang es ihr sogar, in würdiger Haltung die restliche Treppe hinunterzusteigen und Cassidy durch die große Halle bis zu einer Doppeltür zu folgen.

»Lady Sterling, Lord Cameron«, verkündete Cassidy, nachdem er die Flügel geöffnet hatte, und trat dann höflich zur Seite.

Amanda betrat einen luxuriös eingerichteten Raum, wo Eric sie vor einem grauen Marmorkamin erwartete. Auch hier war der Boden mit persischen Teppichen bedeckt. Am entgegengesetzten Ende des Raums hatte man in den Fensternischen kleine Sitzbänke eingebaut, von wo aus man einen prächtigen Blick über die weite Bucht genießen konnte. Vor einem üppig gepolsterten Sofa erwartete ein silberner Teewagen die Gäste.

»Nehmen Sie Platz, Amanda!« empfing sie Eric. »Wie ich sehe, haben Sie Cassidy bereits kennengelernt.«

»Ja«, antwortet Amanda ein wenig einsilbig und setzte sich ganz vorn auf die Sofakante. Um ehrlich zu sein, machte sie Cassidys Gegenwart nervös, denn ihr Vater hätte niemals einen Schwarzen in seinem Haushalt geduldet.

Unter Erics eindringlichen Blicken wurde sie zusehends nervöser, und insgeheim fragte sie sich schon, ob es überhaupt klug gewesen war, hierher gekommen zu sein. Das Haus und auch ihre Freiheit gefielen ihr zwar über alle Maßen, doch ihr Verhältnis zu Eric Cameron wurde zusehends verworrener.

»Dies ist also der berühmte Früchtetee. Na, ich bin gespannt.«

»Er schmeckt scheußlich, doch mit der Zeit gewöhnt man sich daran.«

»Soll ich Ihnen einschenken?«

»Ja, bitte.«

Amandas Hände zitterten leicht, doch eisern biß sie die Zähne zusammen und zwang sich zur Ruhe. Mit gesenktem Kopf goß sie den Tee in die Tasse, doch als sie irgendwann hochblickte, entfuhr ihr ein kleiner Schrei. Erics Gesicht war direkt vor ihr. Es war ihr völlig entgangen, daß er sich neben den Teetisch gehockt hatte. Die Tasse tanzte abenteuerlich auf der Untertasse, und Amanda mußte heftig schlucken.

»Haben Sie mich aber erschreckt!« stieß sie hervor.

Eric rettete die Tasse und stellte sie ab. Dabei waren seine Augen unentwegt auf Amanda gerichtet. »Heirate mich!«

»Das kann ich nicht«, flüsterte sie verzweifelt.

Er nahm ihre Hände in die seinen und setzte sich neben sie auf das Sofa. Dabei lächelte er ihr zu, doch seine Augen blieben ernst. »Es gibt gewichtige Gründe, weshalb du es trotzdem tun solltest.«

»Aber ich liebe Sie doch nicht!«

»Also liebst du diesen Gecken immer noch?«

»Geck! Robert Tarryton ist –«

»Ist ein Geck, so wahr ich Cameron heiße! Doch das mußt du selbst erkennen. Er wird noch in dieser Woche vor den Altar treten. Und dein Vater ist nicht zu unterschätzen.«

»Mein Vater!« Amanda errötete, weil Erics Nähe sie irritierte. Sie wußte, daß er die Wahrheit sprach, aber trotzdem konnte sie keinen klaren Gedanken mehr fassen. Ihre Haut brannte, und ihr Herz klopfte bis zum Hals. Einerseits war sie völlig fasziniert – und andererseits hatte sie Angst. Dieser Mann erregte sie über alle Maßen, doch noch überwog die Angst. Einen Pakt mit ihm zu schließen, bedeutete, sich mit dem Teufel persönlich einzulassen. Heftig schüttelte sie den Kopf und starrte nur fasziniert auf die langen, dunklen Finger, die ihre Hand bedeckten. Seit Erics Daumen so aufreizend über ihre Haut glitt, waren klares Denken und alle Selbstbeherrschung dahin.

»Dein Vater wird dir dieses Spiel nicht allzu lange gestatten, und dabei weiß ich nicht einmal, welches Spiel er selbst spielt! Falls du kein Hochzeitsdatum festsetzt, wird er dir einen anderen Mann aussuchen. Ich glaube, einer seiner Kandidaten ist der gute Lord Hastings. Er ist bestimmt dreimal so alt wie du, und außerdem weiß ich aus zuverlässiger Quelle, daß sein Schnarchen Sturmstärke erreichen kann!«

Ohne es zu wollen, mußte Amanda lachen, worauf Eric noch ein Stück näherrückte und ihr provozierend zart über ihre Wange strich. Dann zeichnete er die Form ihrer Lippen nach, und seine Augen folgten jeder Bewegung seines Fingers. »Ich bin nicht mehr so jung wie Tarryton und habe auch schon einige Narben davongetragen, doch ich kann beschwören, daß ich noch eigene Zähne und nur ein Kinn besitze. Außerdem bade ich regelmäßig. Ich bin nicht gerade arm und bringe mein Land, dieses Haus und einen Stall voller Pferde mit in die Ehe. Heirate mich, Amanda! Ach, und das habe ich übrigens auch aus verläßlicher Quelle: ich schnarche nicht.« Während er leise auflachte, schienen seine Augen sie förmlich zu durchdringen. »Und außerdem versichere ich, daß ich ein ausgezeichneter Liebhaber bin!«

Amanda schnappte nach Luft und wußte nicht recht, ob sie einfach lachen oder empört sein sollte. Jedenfalls ärgerte sie seine Unverfrorenheit. »Stammt diese Information auch aus verläßlicher Quelle?«

»Ich bin sicher, daß ich entsprechende Referenzen beibringen kann, falls Sie sie benötigen sollten.«

»Etwa von Lady Geneva?«

»Du bist ja eifersüchtig! Heirate mich, Amanda! Und zwar gleich, noch vor meiner Abreise! Falls die Shawnees mich skalpieren, wirst du hier Frieden finden können.«

»So schnell ist das doch nicht möglich!«

»Aha! Demnach willst du es dir wenigstens überlegen?«

Wieder mußte sie lächeln. Sie schwebte wie auf Wolken und

405

fühlte sich absolut sicher. Niemand – nicht einmal ihr Vater konnte ihr etwas anhaben. »Eines haben Sie vergessen.«

»Und das wäre?«

»Meine politischen Ansichten. Ich fürchte mich vor diesen Unruhestiftern und der unsicheren Zukunft. Und Sie, Sir, rechne ich zu diesen Leuten.«

»Meinetwegen mußt du deine Einstellung nicht ändern.«

»Auch nicht als Ihre Frau?«

»Nein. Du kannst und sollst deinen Überzeugungen folgen, solange du mir nicht in den Rücken fällst.«

Amanda atmete tief und seufzte. Wie konnte sie ein solches Versprechen abgeben, wo sie doch genau das Gegenteil im Sinn hatte und nur deshalb hergeschickt worden war? Lange betrachtete sie Erics Hände, die immer noch die ihren bedeckten, und gestand sich ein, daß sie eigentlich nichts über diesen Mann wußte. Aber trotzdem empfand sie eine unwiderstehliche Sehnsucht nach ihm, nach seinen Berührungen, seinen Küssen – wie eine Hure. Ganz die Tochter ihrer Mutter.

Ein Schatten mußte über ihre Züge gehuscht sein, denn plötzlich musterte Eric sie stirnrunzelnd. »Was ist los?«

»Nichts, nichts!« rief sie, sprang voller Panik auf und schüttelte heftig den Kopf. »Ich kann Sie nicht heiraten. Wir stehen auf verschiedenen Seiten. Es ist einfach unmöglich. Falls ich gehen soll –«

Eric war ebenfalls aufgesprungen und versuchte, die stürmischen Empfindungen zu deuten, die sich auf Amandas Gesicht spiegelten. »Weggehen? Aber nein! Ich möchte nicht, daß man dich Lord Hastings zum Fraß vorwirft! Das wäre ja Wahnsinn!«

Doch Amanda wandte sich nur wortlos um und lief in wilder Flucht in ihr Zimmer hinauf. In der Zwischenzeit waren die Koffer gebracht worden, doch noch war niemand erschienen, um sie auszupacken. Im Kamin brannte ein Feuer und verbreitete trotz des offenstehenden Fensters wohlige Wärme. Lange sah Amanda in die Nacht hinaus, und ganz allmählich kehrte ihre Ruhe zurück. Im Grunde fühlte sie sich hier sicher. Eric Cameron benahm sich vielleicht manchmal etwas herausfordernd oder sogar frech, aber zu befürchten hatte sie von ihm bestimmt nichts – er war nicht der Mann, der andere unter seinen Willen zwang oder gar erpreßte! Bei ihm fühlte sie sich geborgen. Trotz allem.

Rasch kleidete sie sich aus, ließ ihre Kleider achtlos zu Boden fallen und kuschelte sich in das weiche Bett. In kürzester Zeit war sie eingeschlafen und hörte nicht einmal, wie Danielle wenig später ins Zimmer trat, um sie zum Abendessen zu rufen.

Und sie hörte auch nicht, als gegen Mitternacht die Verbindungstür leise geöffnet wurde und Eric in ihr Zimmer trat. Im schwachen Schein der vergehenden Glut betrachtete er ihr zartes und so verletzliches Gesicht. Kalte Wut stieg in ihm auf, als er an Nigel Sterling dachte und an die häßliche Szene, die er gestern abend miterlebt hatte. Von der ersten Sekunde an hatte ihn dieses stolze Mädchen fasziniert, und er hatte sie begehrt. Doch nach diesem Erlebnis wollte er sie in erster Linie beschützen. Amandas Liebe zu ihrem Vaterland zeigte, zu welch intensiven Gefühlen sie fähig war, und wenn sie ihn eines Tages so lieben könnte, würde er mit Wonne sein Leben für sie wagen! Lächelnd wandte er sich schließlich ab und kehrte in sein eigenes Zimmer zurück. Während des letzten Tages war manches in seinem Leben anders geworden.

Als Amanda am folgenden Morgen ins Speisezimmer trat, war Eric nirgends zu entdecken. Das Hausmädchen namens Margaret mit dunklen Augen, Kringellocken und frischen Bäckchen teilte ihr mit, daß Lord Cameron augenblicklich die Männer musterte, die sich für den Feldzug gemeldet hatten. Nach einem ausgiebigen Frühstück beschloß Amanda deshalb, sich auf eigene Faust ein wenig umzusehen. Sie verließ das Haus durch den hinteren Ausgang und folgte dem Weg, der zwischen den zahlreichen Wirtschaftsgebäuden hindurchführte. Von überall her wurde sie höflich gegrüßt, was sie ebenso höflich mit einem Nicken beantwortete. Aus den zahlreichen französischen Sprachfetzen, die an ihr Ohr drangen, schloß sie, daß offenbar alle weißen Arbeiter Akadier waren. Bestimmt würde Danielle überaus glücklich sein, sich mit diesen Leuten in ihrer Muttersprache unterhalten zu können.

Sie hatte den Gedanken noch nicht beendet, als sie auch schon Danielle erblickte, die mit einem hochgewachsenen, weißen Mann in ein intensives Gespräch vertieft war. Ohne lange zu überlegen, versteckte sich Amanda hinter einer Mauer, um den Mann in Ru-

407

he in Augenschein zu nehmen. Er war groß und sah ausgesprochen gut aus. Sein dunkles Haar bildete einen lebhaften Kontrast zu den hellen ausdrucksvollen Augen, die sein Gesicht beherrschten. Seine feinen Gesichtszüge hätten einem Gelehrten alle Ehre gemacht, doch seine Arbeitskleidung und die groben Stiefel widersprachen diesem Eindruck. Der Schmied war er wohl nicht, dachte Amanda und überlegte, was wohl seine Aufgabe sein könnte.

»Lady Sterling.«

Erschrocken fuhr Amanda herum. Cassidy stand direkt hinter ihr. »Hallo, Cassidy!« begrüßte sie ihn und ärgerte sich insgeheim, daß er sie beim Spionieren ertappt hatte.

Doch Cassidys Gesicht war ausdruckslos. »Lord Dunmore ist angekommen, um Lord Camerons Männer zu inspizieren. Ihr Vater und Lord Hastings begleiten ihn.«

»Dann gehen wir besser gleich zurück«, entgegnete Amanda und schlug den Weg zum Haus ein. Cassidy folgte ihr stumm. »Ist Lord Cameron schon zurückgekehrt?«

»Ja. Die Herren erwarten Sie im Wohnraum.«

»Vielen Dank.«

Als sie um die Hausecke bog, sah sie sofort die vielen Zelte. Zahlreiche Männer kampierten auf der Wiese, und unten am Fluß drillte ein Captain seine Mannschaft. Andere saßen auf dem Boden, reinigten ihre Waffen und schwatzten miteinander. Grob geschätzt waren es mindestens fünfzig Männer, und alle trugen Wildlederkleidung, wie sie im Westen von Virginia gang und gäbe war. Mitten im Schritt hielt Amanda inne und wartete auf Cassidy. »Wer sind alle diese Männer? Sie gehören doch nicht zur regulären Miliz, oder?«

»Nein. Diese Männer hat Lord Cameron ganz persönlich verpflichtet. Es sind Farmer, Pächter und Handwerker. Die meisten heißen Cameron.«

»Ach ja?«

»Ja, sie sind alle weitläufig miteinander verwandt, denn im Lauf der Jahre hat sich die Familie endlos vergrößert.«

»Ach ja, natürlich!« murmelte Amanda ein wenig abwesend. Kaum war sie ihrem Vater entkommen, da hatte er sie auch schon wieder eingeholt! Wortlos eilte sie ins Haus, durchquerte die große Halle und betrat kurz darauf den großen Wohnraum.

»Hallo, Amanda, mein Liebes!« Demonstrativ zog ihr Vater sie in seine Arme und küßte sie auf die Wange.

Am liebsten hätte Amanda laut geschrien und sich gewehrt, aber sie beherrschte sich und entzog sich ihm geschickt, indem sie Lord Dunmore begrüßte.

Höflich beugte sich der Gouverneur über ihre Hand. »Ich habe nicht geglaubt, daß Eric tatsächlich so viele Männer zusammenbringen würde! Wunderbar! Ich mußte mich unbedingt selbst davon überzeugen.«

»Es werden noch einmal so viele kommen, John. Bis zum Ende dieser Woche werden wir vollzählig sein, denke ich. Dann kann es losgehen.«

»Gut, Eric. Lewis ist bereits unterwegs, und wir werden dann genau zur rechten Zeit eintreffen, um die Dinge ein für allemal in Ordnung zu bringen«, meinte der Gouverneur.

Amanda sah Eric an, denn sie glaubte nicht, daß er diese Ansicht so ohne weiteres teilte. Doch Eric umging das Thema. »Ich glaube, wir können jetzt zu Tisch gehen, Gentlemen. Lady Amanda, darf ich bitten?«

Leider stand sie in diesem Augenblick genau vor Lord Hastings, der sich die günstige Gelegenheit natürlich nicht entgehen ließ. Strahlend küßte er ihr die Hand und hakte sich dann bei ihr unter. Dabei musterten sie seine flinken glänzenden Äuglein. »Sie erlauben, Mylady?«

»Aber – selbstverständlich«, murmelte sie und atmete befreit auf, als sie endlich auf ihrem Stuhl Platz nehmen konnte.

Das Speisezimmer nahm fast die ganze Breite des Hauses ein. Am riesigen Tisch konnten ohne weiteres zwanzig Personen Platz finden, doch heute waren nur fünf Plätze um ein Tischende herum gedeckt. Verschiedene Waffen zierten die Wände, und über dem großen Kamin prangte ein prachtvolles Familienwappen. Auch hier hatte man die tiefen Fensternischen mit Sitzpolstern ausgestattet, so daß man vor oder nach den Mahlzeiten bequem vertrautere Unterhaltungen führen konnte.

Als Amanda Lord Dunmores beobachtende Blicke bemerkte, errötete sie leicht und erkundigte sich sofort höflich nach dem Befinden seiner Frau.

»Ihr geht es recht gut. Danke.«

»Ich habe gar nicht gewußt, daß sie krank war«, bemerkte Eric stirnrunzelnd.

»Sie ist auch nicht krank, sondern sie erwartet in Kürze einen kleinen Virginier«, erklärte der Gouverneur.

»Darauf wollen wir trinken!« Eric erhob sein Glas, worauf alle anderen in seinen Glückwunsch einstimmten.

Danach servierten Cassidy und Thom den ersten Gang, und nur wenig später waren Dunmore und Eric bereits in eine heftige Strategiediskussion vertieft.

In manchen Punkten war Eric allerdings anderer Meinung. »Ich habe schon früher gegen die Indianer gekämpft, Gouverneur. Sie sind wirklich keine Feiglinge. Sie haben nur nicht gelernt, sich in Linien aufzustellen, aber sie sind entschlossene Kämpfer und nutzen die landschaftlichen Gegebenheiten und die Dunkelheit. Man darf sie wirklich nicht einfach als Wilde abtun!«

Amanda erschauerte, denn der Gedanke, daß Eric den Shawnees tatsächlich zum Opfer fallen könnte, schien ihr plötzlich ganz entsetzlich.

Lord Hastings war ihre plötzliche Blässe nicht entgangen. »Gentlemen, ich fürchte, diese Gespräche nehmen Lady Amanda zu sehr mit.«

»Tatsächlich?« Amüsiert blickte Eric zu ihr hinüber. »Das tut mir aber leid, Amanda!«

Lächelnd stand Amanda auf. »Falls mich die Herren entschuldigen wollen, aber ein bißchen frische Luft wird mir guttun.«

Alle erhoben sich höflich, doch noch bevor jemand protestieren konnte, hatte sie bereits das Zimmer verlassen. Rasch lief sie auf die Veranda hinaus und atmete tief durch.

»Lady Amanda!«

Zu ihrem Entsetzen mußte sie feststellen, daß der alte Lord Hastings ihr gefolgt war. Während er auf sie zuwatschelte, machte sie gute Miene zum bösen Spiel und wich nur ein kleines Stück zurück.

Unbeeindruckt ergriff er ihre Hand. »Ist Ihnen nicht wohl?« erkundigte er sich besorgt.

»Nein, nein. Es tut mir leid, daß ich so einfach davongelaufen bin –«

»Nein, ganz im Gegenteil. Mir tut es leid, daß wir Sie so aufge-

410

regt haben! Aber ich denke schon, meine Liebe, daß Sie sich zumindest mit der Möglichkeit vertraut machen sollten, daß der junge Cameron tatsächlich nicht zurückkehren wird. Tja –«

»Oh, ich – ich bin überzeugt, daß Eric zurückkehrt. Er hat ja bereits Erfahrung gesammelt und wird sich vorsehen.«

»Trotzdem. Angenommen es kommt anders, so möchte ich Ihnen heute schon sagen, daß ich immer für Sie da sein werde. Ich weiß, daß ich ein alter Mann bin, aber trotzdem empfinde ich ehrliche, tiefe Gefühle für Sie. Ich habe mit Ihrem Vater bereits besprochen, daß ich um Ihre Hand anhalten werde, falls Cameron fällt.«

Tapfer versuchte Amanda ihr Entsetzen zu verbergen. Das gierige Glitzern seiner flinken, kleinen Äuglein verursachte ihr solche Übelkeit, daß sie heftig schlucken mußte. Glücklicherweise kamen in diesem Augenblick auch die anderen Herren auf die Veranda und erlösten sie aus ihrer Zwangslage.

»Wie – reizend«, brachte sie mühsam hervor und schauderte, wenn sie sich seine fleischigen Hände auf ihrer Haut vorstellte. Lieber wollte sie sterben! »Es ist wirklich reizend von Ihnen, aber bestimmt werden Sie verstehen, daß wir unmöglich so lange warten können –«

»Womit oder worauf?« fragte Nigel Sterling neugierig.

Amanda befeuchtete ihre Lippen und übersah geflissentlich Erics Grinsen. Bedauernd lächelte sie Hastings noch einmal zu, lief dann an ihm vorbei und hakte sich bei Eric unter. »Wir – wir haben beschlossen, daß wir unmöglich bis zu Erics Rückkehr warten können. Wir werden uns noch vorher trauen lassen!«

»Wie bitte? Aber in ein paar Tagen wollen wir doch aufbrechen!«

»Ja, ja«, murmelte Eric, und dabei tanzten seine blauen Augen vor Vergnügen. »Wir hätten es Ihnen natürlich sofort sagen sollen.« Herausfordernd sah er Amanda an. »Der Gedanke, daß ich sterben könnte, hat uns zu diesem plötzlichen Entschluß bewogen. Nach Möglichkeit möchte ich wenigstens einen Erben zurücklassen.«

»Aber so rasch kann man doch nicht heiraten«, stotterte Sterling.

»Aber Sir! Lord Dunmore wird uns eine Sondergenehmigung

erteilen, und die Trauung in der Bruton Parish Church kann ja in schlichter Form stattfinden.«

»Aber das ist höchst ungewöhnlich«, versuchte Nigel noch einmal erfolglos zu protestieren.

»Mir gefällt der Gedanke«, bemerkte der Gouverneur. »Wir werden unsere kleine Königstreue mit dem großen Zweifler verheiraten und ihn dadurch unter Kontrolle halten. Eine fantastische Vorstellung, nicht wahr?«

Offenbar schien niemand die unterschwellig vorhandene Spannung zu bemerken, denn alle lachten herzlich.

»Unter diesen Umständen sollte Amanda aber mit mir nach Williamsburg heimkehren«, schlug Nigel Sterling vor.

»Aber nein!« widersprach Eric so heftig, daß es schon fast unhöflich war. Um seinen Fehler wieder gutzumachen, fuhr er dann lächelnd fort: »Was halten Sie denn davon, Gentlemen, wenn Sie alle heute nacht meine Gäste sind? Morgen werden wir dann gemeinsam in die Stadt fahren.«

»Eine ausgezeichnete Idee!« lobte der Gouverneur und schlug Sterling kräftig auf die Schulter. »Gratuliere, Nigel! Jetzt wollen wir aber endlich auf Ihren Schwiegersohn und die zukünftigen Enkelkinder trinken!« Mit diesen Worten hakte er sich bei ihm unter und zog ihn ins Haus. Hastings folgte unter Seufzen, nachdem er noch einen Blick auf die jungen Leute geworfen hatte.

Als sie endlich allein waren, versuchte Amanda, sich aus Erics Griff zu befreien, doch er gab nicht nach. Unwillig warf sie ihre Lockenpracht zurück und starrte Eric direkt in die Augen.

»Ich bin entzückt«, murmelte Eric, »und frage mich, was diesen plötzlichen Meinungsumschwung bewirkt hat. Hast du etwa ganz plötzlich deine Liebe für mich entdeckt?«

»O nein! Ich habe nur das Doppelkinn von Lord Hastings entdeckt«, gab sie zurück.

Erics Lächeln vertiefte sich, und es zeigte sich sogar ein Grübchen auf seiner Wange. »Und du wirst deinen Entschluß nicht bereuen?«

Sie schluckte krampfhaft und konnte kaum atmen. Dann schüttelte sie den Kopf. »Nein – nein, das werde ich nicht.«

»Du sagst das, als ob du zu deiner Hinrichtung gingst.«

»Genauso fühle ich mich auch.«

Er lachte herzlich und hob dann ihr Kinn mit einem Finger empor, um ihr in die Augen zu schauen. »Deine Befürchtungen sind völlig umsonst. Es wird wunderbar werden!«

»Das glaube ich nicht. Für eine Frau ist es das niemals.«

»Du wirst ja sehen.« Sanft strichen seine Fingerspitzen über ihre Kehle, und dann fühlte sie die Berührung seiner Lippen. Sie schloß die Augen, als heißes Feuer durch ihre Glieder strömte, und als seine Lippen über ihren Hals wanderten, wurde es unerträglich. Sie schluckte heftig und entzog sich ihm. Verwirrt faßte er ihre Hände und zog sie an sich. »Was hast du denn?«

»Das – das gehört sich nicht!« stieß sie mit bezaubernd gerötetem Gesicht hervor.

Energisch drückte er sie an sich und musterte ihr verwirrtes Gesicht. »Es gehört sich nicht! Mein Liebes, du bist doch keine Geliebte, die ich mir für mein Vergnügen ausgesucht habe und dann wieder fortschicke! Wir werden schließlich heiraten, mein Schatz!«

Sie senkte die Lider. »Laß mich los! Bitte! Noch sind wir es nicht.«

Er dachte überhaupt nicht daran, ihr zu gehorchen. »Aber morgen werden wir es sein! Dann gibt es kein Zurück mehr. Ich heirate dich, weil ich dich begehre! Verstehst du das?«

»Hm – ja«, preßte sie hervor und machte sich aus seiner Umarmung frei. Als sie hastig die Stufen hinunterlief, besann Eric sich eine Sekunde, doch dann machte er kehrt und ging zurück ins Haus.

An diesem Abend hatte sich Amanda das Essen auf einem Tablett in ihr Zimmer bringen lassen, denn sie wollte allein bleiben. Sie war schrecklich nervös, so daß sie nicht einmal daran dachte, Danielle nach dem dunkelhaarigen Mann zu fragen, mit dem sich diese so angeregt unterhalten hatte. Statt dessen lief sie wie ein gefangenes Tier im Käfig in ihrem Zimmer auf und ab. Danielle lauschte schweigend ihren Selbstvorwürfen, doch beide wußten, daß es keinen anderen Ausweg gab.

Als es an der Tür klopfte, hielt sie inne. Ohne ihre Antwort abzuwarten, stand ihr Vater Sekunden später im Zimmer und scheuchte Danielle mit einem knappen »Hinaus!« aus dem Zimmer. »Du wirst also morgen heiraten!« platzte er heraus.

»Ja, Vater. Es ist doch dein Wunsch, nicht wahr?«

»Das stimmt. Nur mußt du wissen, daß du auch als seine Frau immer noch meine Tochter bist!«

»Und das heißt?«

»Daß du tun wirst, was ich dir sage!«

Amanda lächelte, denn wenigstens in einem Punkt war sie über ihre bevorstehende Heirat glücklich: Eric Cameron würde sie vor der ganzen Welt beschützen. »Er ist ein mächtiger Mann, wie du weißt, und ist damit möglicherweise nicht einverstanden.«

»Aber auch er kann Damien Roswells Hals nicht vor der Schlinge des Henkers bewahren!« Als sie erbleichte, sprach er ungerührt weiter. »Damien wird Cameron auf diesem Feldzug begleiten. Wußtest du das? Nein? Nun, das dachte ich mir. Auf den Ausgang dieses Unternehmens darf man gespannt sein!« Dann wandte er sich ab und ging zur Tür. »Vergiß nicht, daß dein Glück immer noch in meiner Hand liegt, mein kleines Kind!«

Wie betäubt sank Amanda auf ihr Bett, nachdem er das Zimmer verlassen hatte. Eric Cameron konnte sie tatsächlich nicht vor allem beschützen!

Am nächsten Morgen erschien Danielle schon zeitig, um Amanda zu wecken. Im Halbschlaf ließ ihr Schützling die Ankleidezeremonie über sich ergehen. Danielle hatte ein blaugraues Kleid gewählt, dessen Spitzenbesätze mit kleinen Perlen bestickt waren, und frisierte Amandas Haar so, daß sie sich wie ein dunkler Feuerstrom über ihren Rücken ergossen. Als die Braut schließlich die Treppe hinunterstieg, hatten die dienstbaren Geister bereits Aufstellung genommen und prosteten der zukünftigen Lady Cameron zu. Mit bleichem Gesicht dankte Amanda allen höflich, doch sie konnte sich kein Lächeln abringen.

Die Stimmung besserte sich auch während der Fahrt nach Williamsburg nicht. Sie war mit Danielle allein, da Eric bereits mit den anderen vorausgefahren war, um alles für die Zeremonie vorzubereiten. Danielle freute sich zwar über die Hochzeit, aber die Eile, mit der alles vonstatten ging, behagte ihr nicht so sehr.

»Wenigstens werden Sie vom heutigen Tag an diesem Monster für immer entronnen sein!« seufzte sie.

Dieses ›Monster‹ war ihr Vater, dachte Amanda. Leider irrte Danielle, denn sie war ihm keineswegs entronnen.

Bei ihrer Ankunft wurden sie herzlich von der Frau des Gouverneurs begrüßt, die sich liebevoll um Amandas Toilette kümmerte. »Ich hoffe, daß mein Mann mich bei Ihrem letzten Besuch gut vertreten hat und nett zu Ihnen war.«

»O ja, sehr nett«, erwiderte Amanda höflich. Er hatte nur das Leben ihres Vetters bedroht – netterweise.

Zur Aufmunterung wurde ihr ein Glas Brandy gereicht. »Ein hervorragendes Mittel gegen alle möglichen Ängste.« Das mußte man Amanda nicht zweimal sagen – und sie sprach dem Schnaps kräftig zu.

Obwohl die Trauung so kurzfristig anberaumt worden war, war die Bruton Parish Church bis auf den letzten Platz besetzt. Viele Abgeordnete des aufgelösten House of Burgesses hatten sich in der Kirche eingefunden. Eine etwas seltsame Versammlung, dachte Amanda, während sie am Arm ihres Vaters durch den Mittelgang schritt. Der Gouverneur lachte und scherzte mit den Männern, deren Zusammenkunft er soeben aufgelöst hatte, und schien gut Freund mit ihnen zu sein. Auch Lady Geneva war gekommen und drückte ihr im Vorbeigehen die Hand. Irgendwann erspähte sie auch Colonel Washingtons grinsendes Gesicht, der Eric aufmunternd zunickte. Nur Damien konnte sie nirgends entdecken, und das beunruhigte sie, denn sie hatte ihn ganz ausdrücklich eingeladen.

Vielleicht werde ich ja ohnmächtig, dachte Amanda, als Nigel Sterling ihre Hand in die von Eric legte. Doch nichts dergleichen geschah. Statt dessen trat der Pfarrer nach vorn und umwickelte ihre Handgelenke mit einem weißen Band. Dann begann er zu sprechen, doch seine Worte rauschten an Amanda vorbei. In der kleinen Kirche war es unerträglich warm, und Amanda hörte wie im Traum, wie Eric mit klarer, deutlicher Stimme sein Versprechen abgab. Nach einer kleinen Pause war die Reihe an ihr, und sie war überrascht, wie ruhig sie die Worte nachsprach. Sie schwor, diesen Mann zu lieben, zu ehren und ihm zu gehorchen. Sekundenlang tauchte das lächelnde Gesicht des Pfarrers vor ihr auf, doch dann fühlte sie nur noch Erics Lippen auf ihrem Mund, daß es ihr den Atem raubte.

415

Mit schrillem Schrei stürzte Geneva auf sie zu und umarmte erst sie und beglückwünschte dann den Bräutigam. Ihr Benehmen war zwar nicht ganz schicklich, doch in der allgemeinen Freude und dem Jubel ging das völlig unter. Lord und Lady Dunmore gehörten zu den ersten Gratulanten, und dann folgten alle anderen, bis das Brautpaar von einer gewaltigen Menschenmenge fast erstickt wurde.

Irgendwann wurde es Amanda zuviel, und sie drängte sich energisch durch die Menge und entschlüpfte durch eine Seitentür hinaus auf den Friedhof. Dort sank sie mit geschlossenen Augen erschöpft gegen die Mauer. Als sie Schritte hörte, sah sie auf und entdeckte, daß Washington ihr gefolgt war.

Liebevoll blickten seine graublauen Augen auf sie hinunter. »Geht es Ihnen gut, Lady Cameron?«

Cameron. An diesen Namen mußte sie sich erst noch gewöhnen, dachte Amanda. Sie öffnete den Mund, um zu antworten, doch sie brachte keinen Laut heraus und nickte nur.

Aufmunternd nickte er ihr zu. »Wenn ich Ihnen jemals helfen kann, dann zögern Sie nicht, und kommen Sie sofort zu mir. Ah, hier kommt der glückliche Ehemann! Ich wünsche Ihnen ein langes Leben und alles Glück dieser Welt. Lassen Sie uns für den Frieden beten!«

»Ja, das werden wir.« Während über ihren Köpfen die Bäume rauschten und sie einander in die Augen sahen, spürten die drei für Sekunden eine große Verbundenheit. Doch gleich darauf war der Zauber vorbei, denn Damien hatte seine Kusine entdeckt.

Strahlend nickte er Washington zu, bevor er Amanda in die Arme schloß. »Herzlichen Glückwunsch, Lady Cameron!«

»Damien! Wo warst du? Ich habe dich nirgends gesehen.«

»Natürlich war ich in der Kirche! Dieses Vergnügen konnte ich mir doch nicht entgehen lassen!« Mit diesen Worten wirbelte er sie einige Male herum. »Fangen Sie Ihre Braut auf, Lord Cameron!« rief er und ließ sie so schwungvoll in Erics Arme gleiten, daß Amanda ihm die Arme um den Hals schlingen mußte, wenn sie nicht hätte fallen wollen. Erics liebevolles Lächeln wärmte Amanda, und sie erwiderte es von Herzen.

Alles weitere ging im allgemeinen Aufbruch unter. Irgend jemand hatte vorgeschlagen, zu Erics Haus zu gehen, was alle übrigen mit Begeisterung quittiert hatten. Eric trug seine Frau den kurzen Weg, während die anderen ihnen scherzend und lachend folgten. Für Amanda verging der Nachmittag wie im Flug, denn dank ihrer Nervosität nippte sie viel zu oft an ihrem Weinglas. Eigentlich hatte sie angenommen, daß die Feier bis in die Nacht hinein andauern würde, und war deshalb sehr erstaunt, als Eric sie plötzlich wieder hochhob.

»Was –« stieß sie voller Panik hervor.

»Wir gehen jetzt nach Hause.«

»Nach Hause?«

»Ja, nach Cameron Hall.«

»Aber –« protestierte sie, doch dann verstummte sie. Die lange Fahrt bedeutete einen Aufschub! Sehenden Auges hatte sie sich einem Rebellen und womöglich dem Teufel persönlich verkauft – und nun packte sie die nackte Angst.

Nachdem Eric sich mit einer launigen Rede von ihren Gästen verabschiedet hatte, folgte ihnen ihr Lachen bis hinaus auf die Straße. Fürsorglich verstaute er Amanda im Wagen, worauf er selbst hineinkletterte. Danielle würde ihnen in einem zweiten Wagen folgen. Als die Pferde anruckten, schloß Amanda ergeben die Augen, doch als Eric ein wenig näherrückte, riß sie sie voller Panik wieder auf. Eric blieb jedoch reglos sitzen und beobachtete sie lediglich aus dem Halbdunkel heraus.

»Es wird eine lange Fahrt werden, und da du ziemlich viel getrunken hast, solltest du vielleicht besser schlafen.«

»Damen betrinken sich nicht!« belehrte sie ihn.

»Und natürlich fluchen sie auch nicht. Von Damien habe ich allerdings erfahren, daß jeder Kutscher neben dir erröten würde!«

Vorerst errötete nur Amanda und senkte die Lider, doch Eric schlang nur lachend den Arm um sie und zog sie auf seinen Schoß. Als sie protestieren wollte, strich er ihr nur sanft über das Haar. »Schlaf ein wenig, mein Schatz!«

Sie erwachte erst wieder, als er sie bereits aus dem Wagen gehoben hatte und die Treppe hinauftrug. Voller Panik riß sie die Augen auf, denn nun war es soweit. Sie waren zu Hause! Flüchtig nahm sie die Portraits der Vorfahren wahr, und dann lag sie bereits auf seinem breiten Bett.

417

»Ich werde dir Danielle schicken. Bestimmt ist sie inzwischen eingetroffen.«

Nachdem er das Zimmer verlassen hatte, schoß sie in die Höhe und bemerkte erst jetzt die dampfende Wanne, die vor dem Kamin bereitstand. Unruhig lief Amanda auf und ab und stellte fest, daß der Schlaf sie zwar erfrischt, aber andererseits auch die Wirkung des Alkohols beseitigt hatte. Als Danielle eintrat, fiel sie ihr um den Hals. »Ich kann nicht!«

»Aber natürlich können Sie!« protestierte Danielle energisch und drehte Amanda um. Dann öffnete sie die zahlreichen Verschlußhaken des Kleids und ließ es ihr langsam von den Schultern gleiten.

»Ich bekomme keine Luft!«

»Das liegt am Korsett!« Rasch zog Danielle ihr das Hemd über den Kopf und löste die Schnürung, doch es half nicht. Sie mußte Amanda sogar zum Bett führen und ihr im Sitzen Schuhe und Strümpfe abstreifen. »Jetzt aber rasch in die Wanne, sonst holen Sie sich den Tod!« kommandierte sie.

Zitternd und klappernd stieg Amanda in das Wasser, das köstlich nach Rosenwasser duftete. Mit geschlossenen Augen lehnte sie sich zurück, doch als das Zittern immer noch anhielt, reichte Danielle ihr ein kleines Glas.

»Brandy.«

»Dem Himmel sei Dank!« Nachdem sie den Inhalt hinuntergestürzt hatte, forderte sie atemlos ein weiteres Glas. Danielle gehorchte, und Sekunden später war das Glas wieder leer. Je länger Amanda über die Situation nachdachte, desto ärgerlicher wurde sie. Sie wollte sich nicht so unter Druck setzen lassen! Bestimmt würde Eric verstehen, daß sie im Augenblick für diese Seite der Ehe noch nicht reif genug war. Rasch beendete sie ihr Bad und rubbelte sich trocken. Trotz des Feuers war die Nacht kühl, und so zitterte sie ein wenig, als Danielle ihr das seidene Nachthemd über den Kopf gleiten ließ.

»Bonsoir, ma petite!« hauchte Danielle und drückte Amanda einen zarten Kuß auf die Wange.

Sie hatte die Tür noch nicht ganz hinter sich geschlossen, als Eric durch die Verbindungstür eintrat. Offenbar hatte er ebenfalls gebadet, denn sein Haar war noch ganz feucht. Er trug einen samtenen Hausmantel, der über seinem Brustkorb ein Stück weit offenstand.

Wie gebannt starrte Amanda auf die schwarzen Haare, die sie im Ausschnitt seines Hausmantels sehen konnte und schluckte. Dann wich sie ganz langsam gegen die Fenster zurück und räusperte sich. »Eric –«

»Ja?« Er folgte ihr langsam, wobei er ihr eindringlich in die Augen sah.

»Ich – ich kann nicht!«

»So? Und was kannst du nicht?« fragte er mit höflichem Lächeln.

»Ich –« Sie senkte den Blick, und als sie dabei feststellte, daß ihr Nachthemd leicht durchsichtig war und ihre dunklen Brustwarzen und das Dreieck zwischen ihren Schenkeln sehen ließ, packte sie das nackte Entsetzen. Erschreckt sah sie ihn an und hätte sich am liebsten hinter einem Vorhand versteckt. Abwehrend schüttelte sie den Kopf. »Eric – ich bitte dich! Sei ein Gentleman und verstehe –«

»Nein!« Entschlossen kam er immer näher. »Darüber haben wir bereits gestern geredet und waren uns einig! Du wolltest keinen Rückzieher machen!«

»Das stimmt, aber versteh mich doch bitte! Ich kenne dich doch überhaupt nicht –«

»Morgen früh wirst du mich dafür um so besser kennen, mein Schatz!« Mit diesen Worten ergriff er ihren Arm und zog sie so eng an sich, daß sie seinen muskulösen, starken Körper unter dem Hausmantel spüren konnte. Deutlich spürte sie sein erregtes Glied durch ihr hauchdünnes Nachthemd und sah noch kurz das silbrige Glitzern in seinen Augen, bevor er sich zu ihr herunterbeugte und dicht vor ihren Lippen flüsterte: »Du kannst es, mein Liebes! Keine Angst, du kannst es.«

Gleichzeitig hob er sie auf seine Arme und trug sie zum Bett. »Jetzt ist endgültig Schluß mit diesem Getue!« brummte er, als er sie schwungvoll in die weichen Kissen warf. Als sie zappelte und strampelte, lachte er nur, und Sekunden später drückte sein Gewicht sie tief in die Kissen.

9. Kapitel

Für Augenblicke schien Amanda wie auf Wolken zu schweben. Alles um sie herum nahm sie wie durch einen Schleier wahr. Trotzdem spürte sie die laue Brise, die durch das geöffnete Fenster strich und die Kerzen zum Flackern brachte. Und sie fühlte das Gewicht des muskulösen Körpers und seine Wärme, die durch den Samt des Hausmantels drang. Als sie die Arme gegen Erics Brust stemmte, um ihn wegzudrücken, wurde ihr plötzlich bewußt, wie erregend es war, das dunkle Haar mit den Fingerspitzen zu berühren und die Sehnen und Muskeln unter der Haut zu ahnen. In diesem Augenblick lachte Eric leise.

»Lach mich nicht aus!« schimpfte sie angesichts ihrer Wehrlosigkeit.

Wie zum Trost drückte Eric ihr einen Kuß auf die Stirn und ließ dann seine Lippen wie einen Hauch über ihre Wangen und ihren Mund gleiten, bis ihre Sehnsucht fast unerträglich war. »Verzeih mir, Liebes, aber ich lache dich nicht aus!«

»Ich verzeihe dir gar nichts!« entgegnete sie. Seine Augen glitzerten im Licht der Kerzen so verführerisch, daß sie ihn nicht ansehen mochte. Es war schon schlimm genug, ihn so nah spüren zu müssen.

»Das glaube ich dir aufs Wort, du kleiner Falke! Doch im Augenblick bist nur nur ein kleiner, hilfloser Spatz!«

»Ein Spatz!« Stöhnend bäumte sie sich auf, doch alle Mühe war umsonst. Sein schwerer Körper ließ ihr nicht den geringsten Spielraum, und als sie seine starken Muskeln unter ihren Händen fühlte, war ihr klar, daß alles Mühen sinnlos war.

Hilfloses Zittern überfiel sie, und als sie etwas sagen wollte, verschloß er ihr den Mund mit einem Kuß. Seine Zunge eroberte ihren Mund, als ob sie ihre Seele berühren wollte. So aufreizend langsam und so gründlich, daß Amandas Zittern sich zu fiebrigem Wahnsinn steigerte.

Irgendwann löste er sich von ihr und blickte in der Dunkelheit lange auf sie hinunter. Dabei strichen seine Finger ganz zart über ihre feuchten Lippen. »Hast du immer noch Angst vor mir?«

»Nein.«

»Du wirst sehen, daß ich dir nichts vorgemacht habe. Ich werde dir beweisen, wie wunderschön die Liebe sein kann.«

»Aber nicht heute nacht! Das grenzt an Vergewaltigung. Ich könnte es dir nie verzeihen!« fuhr sie in plötzlicher Panik hoch. Dabei preßte sie ihre Faust zwischen ihre Körper, um ihn irgendwie von sich wegzudrängen. Voller Verzweiflung mobilisierte sie alle Kräfte und trat ihn mit dem Knie zwischen den Beinen.

Anfangs begriff sie überhaupt nicht, was geschehen war. Sie sah nur sein schmerzverzerrtes Gesicht, und es dauerte noch einige Sekunden, bis sie realisierte, daß er sie losgelassen hatte. Mit aller Kraft rollte sie ihn beiseite, doch noch bevor sie aus dem Bett fiel, hörte sie, wie die Seide ihres Nachthemds ein Stück weit einriß.

Sofort war er über ihr. »Du bist vielleicht eine Hexe!«

»Nein!« flüsterte sie, ohne genau zu wissen, ob sie dieser Feststellung widersprach oder dem, was noch vor ihr lag. Hastig raffte sie ihr Nachthemd zusammen, weil er so bedrohlich über ihr stand, und zitterte heftig. Sie schien ihm wehgetan zu haben und fürchtete sich. »Ich wollte dir nicht wehtun!«

»So? Ist das etwa deine Auffassung von weiblicher Zärtlichkeit? Ich fürchte, ich muß dir noch manches beibringen. Komm, steh auf, Amanda!«

Wie gebannt starrte Amanda auf die ausgestreckte Hand und wußte, daß sie sie niemals würde ergreifen können. Wütend zerrte sie einen Zipfel ihres Nachthemds, auf dem er stand, unter seinen Füßen heraus, sprang auf und floh zur gegenüberliegenden Wand hinüber. Ängstlich starrte sie ihn an, während er ihr betont langsam folgte. Er berührte sie nicht, sondern stützte nur seine Hände rechts und links von ihr gegen die Wand, so daß sie dazwischen gefangen war.

»Ich habe dir schon einmal gesagt, daß nichts, aber auch gar nichts den Ablauf dieser Nacht ändern wird. Ganz gleich, was du dir noch alles einfallen läßt!« Bevor sie noch protestieren konnte, hatte er sie bereits wieder hochgehoben und trug sie zum Bett zurück. Dort war er so rasch über ihr, daß sie ihm nicht noch einmal entkommen konnte.

Mit einer Hand drückte er ihre Handgelenke oberhalb ihres Kopfes auf die Matratze. »Wir werden uns lieben!« versprach er voll wilder Gier.

Dann packte er ihr Kinn mit seiner freien Hand und küßte sie so eindringlich und leidenschaftlich, daß ihr zuerst nur der Atem, doch dann auch jeder Widerstand und letztlich auch ihr Wille abhanden kam. Sie hatte keine Ahnung, wieviel Zeit vergangen war, als seine Lippen sich endlich von ihren lösten. Sie las die Leidenschaft in seinen Augen und haßte ihn, weil er soviel Macht über sie besaß. Trotzdem schlug ihr Herz zum Zerspringen – ganz, als ob sie ihn trotz allem begehrte.

Langsam löste er seinen Griff an ihren Handgelenken, strich sanft mit seinen Handflächen über ihre Hände und verflocht seine Finger mit den ihren. Dabei blickte er auf Amanda hinunter und mußte unwillkürlich lächeln, weil ihre Augen ihn inmitten der feurigen Haare so wild und empört anstarrten. Nie hatte er sie wilder, drängender begehrt als jetzt, doch sie machte es ihm schwer, dabei zärtlich vorzugehen. Immer wieder mußte er an das Wort ›Vergewaltigung‹ denken. Nein, mit Gewalt wollte er sie nicht erobern, aber er war fest entschlossen, es auf jede nur mögliche Art zu versuchen.

»Ohne deine Erlaubnis werde ich dich nicht nehmen«, sagte er mit heiserer, angespannter Stimme, »aber du wirst mich nicht daran hindern, daß ich mich auf jede nur denkbare Art um diese Erlaubnis bemühe!«

Heftig umklammerten ihre Finger die seinen. »Diese Erlaubnis werde ich dir niemals geben!«

»Sei still! Meine Berührungen und meine Küsse wirst du ertragen müssen!«

Sein Mund erstickte ihren Protest und wanderte dann ganz sacht, wie absichtslos, über ihr Gesicht, liebkoste ihre Haut und ihre kleinen Ohrläppchen. Unbeteiligt starrte Amanda zur Decke, während seine Küsse über ihre Kehle und schließlich bis in den Ausschnitt ihres Nachthemds wanderten. Sie fühlte sein heißes erregtes Glied in voller Länge an ihren Schenkeln, doch sie unterdrückte ihr Zittern mit aller Macht und hoffte inständig, daß es bald vorüber sein würde.

Doch das war es ganz und gar nicht. Ohne auf sein heißes Begehren Rücksicht zu nehmen, widmete sich Eric mit vollem Einsatz und unendlicher Zärtlichkeit dieser Verführung. Sein heißer Atem traktierte Amandas Ohrläppchen, und als dann auch noch seine Finger dem Weg folgten, den sein Mund bereitet hatte, schloß Amanda die Augen und hielt den Atem an. Ein heftiges

422

Zucken durchlief sie, als sich irgendwann seine flache Hand auf ihre Brust legte und die Finger die Warze liebkosten. Stöhnend krümmte sie sich zusammen und barg ihr Gesicht an Erics Hals, nachdem er auch ihre zweite Brust erregt hatte und dann immer hin und her wechselte, damit keiner der rosigen Hügel benachteiligt wurde. Amandas Anspannung wuchs und wuchs, und als Eric endlich von ihr abließ, war sie Wachs in seinen Händen geworden. Sie mochte ihm nicht ins Gesicht sehen, weil sich ihr Körper so schamlos gegen ihn drückte.

Als seine Finger ihr Nachthemd ganz langsam über ihre Hüfte nach oben schoben, versuchte Amanda ihn daran zu hindern und seine Hand zu fassen. Doch es gelang ihr nicht, denn durch den langen Riß im Nachthemd war ihr Körper praktisch entblößt. Ohne Rücksicht auf ihre Abwehr streichelte Eric hingebungsvoll über ihre Hüften und ihren Bauch. Als ihm irgendwann der Überrest des Nachthemds im Weg war, wurde er ungeduldig und fetzte es mit einem Ruck entzwei.

»Verdammt!« schimpfte Amanda voller Zorn. »Du hast mein Nachthemd zerrissen!«

Doch Eric zerrte ungerührt auch das letzte Stück von ihrem Körper, so daß sie praktisch nackt auf dem Bett lag und nur noch von seinem Arm und seinem Schenkel festgehalten wurde.

Amanda war außer sich. »Du hast gesagt, daß du warten wirst, bis ich dir meine Erlaubnis gebe!«

»Das tue ich. Lieg endlich still und laß mich dich streicheln! Oder nein, wahrscheinlich ist das Gegenteil viel besser! Wenn du dich drehst und windest, preßt sich dein Körper so herrlich an mich!«

Wie gern hätte sie ihn weggedrückt, doch sein muskulöses Bein drückte sie so fest auf die Matratze, daß jeder Versuch von vornherein zum Scheitern verurteilt war. Und plötzlich war jeder Gedanke an Flucht vergessen, denn allein der Anblick des haarigen Beins, das unter dem Saum seines Hausmantels herausragte, hatte ihr einen heißen Feuerstoß durch den Körper gejagt. Von ihrem Magen war dieses Gefühl ausgegangen, und jetzt brannte es heiß zwischen ihren Schenkeln und verstärkte sich von Minute zu Minute. Sie sehnte sich zutiefst nach Erics Berührungen, doch gleichzeitig fürchtete sie sich auch. Sie schluckte krampfhaft, und Eric beobachtete fasziniert den rasenden Pulsschlag an ihrer Kehle.

»Eric –«

»Sei still!« heftig preßte er seinen Mund auf ihre Kehle und strich gierig über ihren Körper, ihre Hüften, ihre Schenkel. Er wühlte in ihrem dunklen Schamhaar, tastete weiter über ihren Bauch und hinauf bis zur tiefen Furche zwischen ihren Brüsten. Unbewußt hatte Amanda dabei seine Schultern gestreichelt und immer wieder heftig ihre Finger in seine Muskeln gekrallt.

Unvermittelt setzte er sich plötzlich zurück und riß sich den Hausmantel vom Körper. Dabei verweilten seine Augen auf Amanda, die mit geschlossenen Augen auf dem Bett lag. Ihre Wimpern warfen zarte Schatten auf ihre vor Erregung leicht geröteten Wangen, und ihr rascher Atem ließ ihre wunderschönen Brüste leise erzittern. Ihre Locken schlängelten sich wie Feuerzungen über das Kissen, und schon packte ihn wieder das vertraute Begehren, das er bereits am ersten Abend verspürt hatte, als er sie in Damiens Armen hatte tanzen sehen. Ein leichtes Zittern durchlief seinen Körper, und sofort ließ er sich wieder hinuntersinken, um den Erfolg, den er bereits errungen hatte, nicht wieder zu gefährden. Sie war seine Frau, die er nach Belieben besitzen konnte. Doch er wollte mehr.

Zart drängte er Amandas Schenkel auseinander, doch als er sich dazwischen legte, riß sie erschrocken die Augen auf. Noch bevor sie protestieren konnte, hatte er seine Hände unter sie geschoben und ihre Hüften emporgehoben. Und als sich zuerst sein Mund und dann auch seine Zunge in das dunkle Dreieck vergruben, krallten sich Amandas Finger in sein Haar.

Verzweifelt wand sie sich und schrie. »Nein!«

»Doch, mein Liebes!« murmelte er, wobei er seinen Atem gegen ihr weiches Fleisch blies. Unter dem Gewicht seiner breiten Schultern war sie hilflos, und er war nicht gewillt, noch einmal nachzugeben.

Er umfaßte die Hände, die sich in seine Haare gekrallt hatten und machte sich in aller Ruhe daran, den empfindlichsten Punkt ihrer Scham zu suchen. Ein lauter Schrei und tiefes Stöhnen kündigte an, daß seine Zunge ihr Ziel erreicht hatte. Anfangs wand sie sich unter ihm und wollte nur fort, doch je länger seine Zunge ihr

Spiel fortsetzte, desto heftiger drängte sich Amandas Körper seinem Mund entgegen. Er schmeckte die heiße Feuchtigkeit und hörte, wie sie unentwegt leise wimmerte. Ihre Hüften bewegten sich in immer schnellerem Rhythmus, bis sich ihr Körper plötzlich versteifte. Sie stieß einen lauten Schrei aus, als sich endlich die aufgestaute Anspannung in ihrem Inneren löste und wellenförmig ihren Körper erschütterte.

Eric verlor keine Sekunde, sonder rutschte nach oben zwischen ihre gespreizten Schenkel. »Möchtest du, daß ich aufhöre?« wollte er wissen.

Als sie nur wie tot da lag und ihn nicht gehört zu haben schien, beugte er sich über sie. »Amanda, darf ich dich jetzt lieben?«

Ihre Lippen bewegten sich ein wenig, doch erst als er zart über ihre Brüste strich, hörte er ein gequältes »Ja«. Ein ängstlicher Blick ihrer grünen Augen huschte über sein Gesicht, doch dann schloß Amanda die Augen und umschlang Erics Hals.

Krampfhaft spannte Eric alle Muskeln an und biß die Zähne zusammen, um seine Erregung noch einmal zu dämpfen. Er wollte zartfühlend vorgehen und bewegte sich nur ganz langsam vorwärts, bis die Spitze seines Gliedes gegen ihr Jungfernhäutchen drückte. Doch trotz all seiner Vorbereitungen entrang sich ihr im Augenblick des Eindringens ein lauter Schrei, den Eric sofort unter einem Kuß erstickte. Amandas Fingernägel gruben sich tief in seine Schulter, und ihr Kopf fiel erschöpft auf das Kissen zurück. Ganz langsam bewegte er sich tiefer, bis sie ihn ganz in sich aufgenommen hatte, und flüsterte ihr dabei ununterbrochen liebevolle Worte ins Ohr. Es fiel ihm schwer, sein Begehren zu zügeln und sich nur in ganz sanftem, gleichmäßigem Rhythmus zu bewegen, aber er wollte unbedingt ihre Sehnsucht wieder wecken.

Unablässig streichelte er ihr Gesicht und ihre Brüste, und als er mit einem zarten Kuß ihre Lippen bedrängte, öffnete sie sich ihm schließlich mit einem leisen Stöhnen. Wie ein Blitz durchfuhr es ihn, als ihre Hüften zuerst zögernd seinen Bewegungen antworteten und sich dann immer mutiger und fordernder gegen ihn drängten. In der stürmischen Umarmung, die nun folgte, vergrub er sich ganz und gar in ihrem weichen Fleisch. Die unterdrückte Begierde brach sich Bahn, und er nahm sie mit solcher Gewalt und

Wucht, bis er förmlich in ihr explodierte und noch minutenlang immer wieder erschauerte und zuckte.

Er hatte sich so sehr verausgabt, daß er erst nach einiger Zeit wie aus einem tiefen Traum erwachte. Zuerst spürte er nur, daß ihm der Schweiß über die Brust lief, und erst danach merkte er, daß Amanda mit geschlossenen Augen regungslos unter ihm lag und nur hin und wieder leise zitterte. Er küßte sie zart auf die Stirn und zog sich dann aus ihr zurück, um ihren nackten Körper im Licht des langsam verlöschenden Feuers zu bewundern. Erst als er ihre Wange streichelte, schlug sie die Augen auf, doch sofort rutschte sie stöhnend von ihm ab.

Beunruhigt zog er sie zurück. »Was ist los?«

Sie verbarg ihr Gesicht an seiner Brust und flüsterte heiser. »Es gehört sich nicht! Was hast du nur mit mir gemacht?«

»Ich verstehe dich nicht, mein Liebes, denn ich habe nichts anderes gemacht, als auch der junge Tarryton und Hastings mit dem Doppelkinn gemacht hätten.«

»Das meine ich nicht«, hauchte sie.

»Was denn dann? Ich habe mir solche Mühe gegeben, dir so wenig wehzutun wie möglich. Eigentlich dachte ich, es hätte dir gefallen.«

»Oh!« stöhnte sie und warf sich herum.

Doch Eric drückte sie zurück, legte sich auf sie und sah ihr auf kurze Entfernung direkt in die Augen. »Heraus mit der Sprache!«

Mit gequältem Gesichtsausdruck schloß Amanda die Augen. »Nur ganz bestimmte Frauen benehmen sich so wie ich.«

Er hatte das Geflüster kaum verstehen können. »Wer hat dir denn diesen Blödsinn erzählt?« herrschte er sie so empört an, daß sie vor Schrecken die Augen aufriß.

»Das ist so. Du mußt doch ganz entsetzt sein!«

»Erstens ist es nicht so, mein Liebes, und zweitens bin ich ganz und gar nicht entsetzt, sondern höchstens entzückt! Du bist so wunderbar aufregend und leidenschaftlich! Entsetzt bin ich allerhöchstens über die Tatsache, daß ich dich schon so bald verlassen muß.«

Ihre riesengroßen Augen blickten ihn so verletzlich an, daß er sich ernstlich fragte, wer ihr solche Angst gemacht hatte. Beschützend zog er sie in seine Arme und flüsterte ihr ins Ohr: »Sag mir, wer dir das eingeredet hat.«

»Das kann ich nicht«, entgegnete sie leise, doch diesmal wandte sie sich nicht ab, sondern kuschelte sich dicht an seine Brust. Und während ihm der zauberhafte Duft ihres Haars in die Nase stieg, schwor er insgeheim, sie bis zu seinem Tod zu lieben und gegen alle Widrigkeiten dieser Welt zu beschützen.

Sacht strich er ihr über das Haar. »Ich werde dich nicht weiter drängen. Wenn du mir vertraust, wirst du es mir sagen.« Und nach kurzem Zögern: »Du bist zauberhafter, als ich je zu hoffen gewagt hätte. Habe ich dir nicht versprochen, daß es wunderschön werden würde?« Als er ihr Ohr streichelte und sie ein wenig erschauerte, lachte er. »Sag, war es wunderschön?«

»So etwas sollst du mich nicht fragen!«

»Dann muß ich es dir eben noch einmal zeigen!« verkündete er und war so schnell über ihr, daß sich ihre Augen sekundenlang vor Schrecken weiteten. Doch schon im nächsten Augenblick lächelte sie, und er küßte sie. Und dann liebte er sie noch einmal, bis sie beide in ekstatischen Wonneschauern versanken.

Völlig verausgabt und erschöpft ruhte sie danach in seinen Armen, und als er schon dachte, sie sei eingeschlafen, flüsterte sie fast unhörbar. »Eric –«, hauchte sie träge.

»Ja, mein Liebes?«

»Ja, ich glaube schon … Es ist wirklich wunderschön!«

Lächelnd schloß er die Augen und schlief wahrscheinlich noch nie in seinem Leben so tief und entspannt.

In den darauffolgenden Tagen lernte Amanda Eric als aufregenden, energiegeladenen und unersättlichen Menschen kennen, der sie immer wieder in Erstaunen versetzte, wie hingebungsvoll er sein Leben genießen konnte. Binnen kürzester Zeit konnte sie sich nicht mehr vorstellen, wie sie ihn jemals hatte ablehnen können. Wenn sie morgens erwachte und feststellte, daß er bereits mit seinen Männern exerzierte, kleidete sie sich sorgfältig an, doch noch bevor sie die Treppe hinuntersteigen konnte, kam er ihr bereits auf halbem Weg entgegen und nahm sie lachend auf die Arme. Ohne auf ihre Proteste zu achten, trug er sie auf der Stelle wieder nach oben und hatte sie wenige Augenblicke später bereits ausgezogen.

Im Lauf der Tage hatten sie alle Ländereien besichtigt, die Eric besaß, und dabei die Bekanntschaft zahlreicher Farmer, Pflanzer und Händler der Umgebung gemacht. Überall waren sie sehr herzlich begrüßt worden, und lediglich der fehlende Tee und die vielen selbstgewebten Stoffe hatten erkennen lassen, daß man sich in einer Zeit der politischen Anspannung befand. Ansonsten unterhielt man sich vorzugsweise über die Güter und landwirtschaftlichen Probleme. Und natürlich über Rennpferde, deren Zucht unter den Gentlemen von Tidewater weit verbreitet war.

Eines Nachmittags spazierte Eric mit Amanda über die große Wiese hinunter zum Friedhof, wo er ihr die Familiengräber zeigte und auch zum ersten Mal von einer vielfachen Großtante sprach, die einen Pamunkee-Indianer zum Mann genommen hatte. Ihre blauäugigen, blonden Nachfahren hatte Amanda erst am Tag zuvor auf dem Besitz der Clarks kennengelernt. Um der starken Hitze zu entfliehen, spazierten sie anschließend zum Flußufer hinunter und gelangten schließlich in ein kleines lichtes Wäldchen, von wo aus man die Rufe der exerzierenden Soldaten nur noch von fern hören konnte. Mit nie gekannter Gier stürzte Eric sich wortlos auf Amanda und riß ihr so rasch die Kleider vom Leib, daß sie erschauerte. Dann liebte er sie im sonnenfleckigen Gras unter dem Blätterdach, und es war schon beinahe Abend, als sie endlich ins Haus zurückkehrten.

An diesem Abend hatten sie ihren ersten Streit, obwohl sich im Grunde nichts geändert hatte. Kurz zuvor war Damien eingetroffen, weil er in Erics Auftrag einen Teil seiner Männer kommandieren sollte. Amanda hatte ihn voll Herzlichkeit in der Halle begrüßt. Der junge Mann freute sich auf seine Aufgabe und berichtete begeistert die Neuigkeiten aus Williamsburg. Patrick Henry und Edmund Pendleton hatten sich dort mit Washington getroffen und waren dann gemeinsam zum Continental Congress nach Philadelphia abgereist. Allgemein wurde gemunkelt, daß es dort wohl nicht ohne äußerst kritische Reden abgehen würde.

Eric lehnte am Kaminsims und zündete sich in aller Ruhe eine Pfeife an, während Damien weitersprach. »Ich glaube, wir stehen an einem Wendepunkt. In Zukunft werden sich unsere Regierenden umschauen müssen, ob man nicht schon mit Haftbefehlen hinter ihnen her ist!«

»Eine Handvoll Soldaten können kaum die gesamte Versammlung in Haft nehmen«, bemerkte Eric.

»Vieles wird davon abhängen, ob sich die Miliz auf die Seite der Krone oder auf die Seite der Patrioten stellt.«

»Schluß jetzt, Damien!« fuhr ihm Amanda heftig ins Wort. »Du führst verräterische Reden!«

»Mandy, ich bitte dich! Rede doch nicht solchen Unsinn! Allein der Wille des Volkes ist ausschlaggebend.« Erregt beugte sich Damien nach vorn. »Ich bin gespannt, was wir im Westen erreichen werden. Wenn es uns gelingt, die Shawnees zu befrieden, können wir vielleicht zu Vereinbarungen kommen, die für die Zukunft wichtig sein werden. Französische Waffen sind an der Küste in Hülle und Fülle zu –«

»Damien!« schimpfte Amanda und wandte sich erregt an ihren Mann. »Verbiete ihm den Mund, Eric!«

Erstaunt zog Eric die Brauen hoch. »Aber, Amanda, ich kann ihm doch nicht verbieten, sich Gedanken zu machen!«

»Doch! Er untersteht schließlich deinem Befehl! Ich verlange, daß dieses Gerede über Waffen und Krieg auf der Stelle aufhört!«

»Dies ist mein Haus, wie du weißt«, erinnerte sie Eric. »Bei allem Respekt, aber einen solchen Wunsch kann ich nicht zulassen.«

Wütend sprang Amanda auf und rannte aus dem Zimmer. Dabei knallte sie die Tür so laut hinter sich zu, daß jeder im Haus es hören konnte. Als Danielle später nach oben kam, um sie zum Essen zu rufen, weigerte Amanda sich und bat statt dessen um eine Badewanne, die man ihr in den Ankleideraum bringen sollte.

Sie hatte kaum die Tür hinter sich abgeschlossen und sich im wohlig warmen Wasser zurückgelehnt, als auch schon die Tür von einem wütend und finster dreinblickenden Eric aufgesprengt wurde. Amanda wollte schon schimpfen, doch dann besann sie sich.

»Die verriegelte Tür bedeutet, daß ich allein sein möchte!« zischte sie.

»Wenn ich nicht irre, sind wir verheiratet! Du wirst mich niemals daran hindern, nach Belieben die Räume meines Hauses zu betreten!«

Mit wenigen Schritten war er neben ihr, so daß Amanda vor Schrecken aufsprang. »Bleib wo du bist, Eric! Komm mir nicht zu nahe! Ich –«

Ohne Rücksicht auf sein seidenes Hemd packte er sie und hob sie, tropfnaß wie sie war, aus der Wanne auf seine Arme. Amanda strampelte wie wild, doch als sie das Glitzern in seinen Augen sah, trommelte sie auch noch gegen seine Brust.

»Nein!« keuchte sie, als er sie kurzerhand aufs Bett warf und augenblicklich über ihr war. »Ich werde dich in Stücke reißen!«

»Nur zu, mein Schatz! Nur zu!«

»Oh!« stieß sie wütend hervor. »Du bist ein Narr! Du gefährdest Damien mit diesem Gerede und womöglich auch dich selbst! Ich will nicht, daß man euch aufhängt!«

Er umschloß ihr Gesicht mit beiden Händen und sah ihr eindringlich in die Augen. »Politik hat im Ehebett nichts verloren!« erklärte er ernst.

»Du wußtest, daß ich andere Ansichten vertrete als du, und hast versprochen, daß ich sie nicht verleugnen muß!«

»Ich will dir deine Ansichten nicht im mindesten verbieten oder nehmen. Aber ich möchte ein für allemal klarstellen, daß wir diese Dinge nicht im Bett diskutieren werden! Außerdem gestatte ich dir nicht, wegen abweichender Meinungen Türen zu knallen. Verstanden?«

»Nein!« zischte sie zwischen zusammengebissenen Zähnen hervor.

Eric sah so finster drein, daß Amanda schon fürchtete, er würde sie schlagen. »Laß mich gehen!«

»Ich denke nicht daran.« Er packte ihre Handgelenke und hielt sie eisern fest, obwohl sie zerrte und zappelte. Unbeirrt wanderten gleichzeitig seine Lippen über ihren Mund und ihre Brüste, und zwischendurch fühlte Amanda immer wieder seinen forschenden Blick auf ihrem Gesicht.

Da sie jedoch ihre Gedanken nicht preisgeben wollte, wehrte sie sich um so heftiger, bis Eric sich schließlich ihrer Lippen bemächtigte und sie heiß und eindringlich küßte. Dabei strichen seine Handflächen über ihre Hüften, über ihre Schenkel und drängten, drückten und lockten so lange, bis sie schließlich nachgab und sich ihm willig öffnete. Als sich seine Knie zwischen ihre Schenkel drängten, stöhnte sie nur tief und hatte längst jeden Widerstand aufgegeben. Durch die Wut, die sie empfunden hatte, war sie so gereizt und empfindlich, daß seine Küsse an ihrer Kehle, ihrem Hals und ihren Brüsten eine unglaubliche Gier in ihr weckten. In fiebriger Hast löste Eric den Verschluß seiner Hose und stürzte

sich dann mit solcher Vehemenz auf Amandas weiches Fleisch,
daß er in kürzester Zeit einen ekstatischen Höhepunkt erreichte.
Amanda begriff gar nicht so schnell, was geschehen war, doch instinktiv spürte sie, daß alles anders war als sonst. Sie flüsterte, daß
sie ihn haßte, und gleichzeitig schlang sie die Arme um seinen
Hals und schluchzte auf, als Wonneschauer ihren Körper erzittern
ließen. Für den Augenblick war die Fehde vorbei, dachte Amanda,
doch erledigt war sie noch lange nicht.

Erst als Eric ihr die Tränen von der Wange wischte, begriff sie,
daß sie geweint hatte. Rasch stützte Eric sich auf. »Habe ich dir
wehgetan?« fragte er besorgt.

Amanda schüttelte den Kopf, aber sie mochte Eric nicht ins Gesicht sehen.

»Amanda!«

»Nein, nein! Du hast mir nicht wehgetan.«

»Gut. Dann komm, wir wollen jetzt hinuntergehen«, sagte er
daraufhin, während er aufstand und ihr den Rücken zudrehte, um
seine Kleidung in Ordnung zu bringen. »Ich verspreche, daß wir
uns auch nicht mehr über Waffen unterhalten werden. Ich werde
ein Auge auf Damien haben. Das verspreche ich dir!«

»Und die Waffen selbst schmuggeln!« flüsterte sie.

»Wie bitte?«

»Nichts. Gar nichts.«

»Dann komm jetzt!«

»Ich – ich kann nicht«, hauchte sie. »Alle im Haus haben doch
das Knallen gehört!«

Mit einem zauberhaft verschwörerischen Lächeln zog er Amanda in seine Arme. »Ich habe nicht verlangt, daß du als Büßerin
nach unten gehen sollst. Sei lieber so stolz wie immer und lache!«

Sie versuchte, sich ihm zu entziehen. »Bestimmt ist das Essen
schon ganz kalt.«

»Zieh dich an, oder ich werde es tun!«

Schimpfend entwand sich Amanda ihm, doch als Eric ihr folgte
und Anstalten machte, seine Drohung in die Tat umzusetzen, entschloß sie sich, nachzugeben. Rasch half er ihr bei der Toilette und
kämmte ihr sogar hingebungsvoll die Locken.

»Weißt du, daß du wunderschön bist, mein Liebes? Und obendrein auch noch mutig. Du bist wirklich eine würdige Hausherrin

und wirst das auch bleiben, selbst wenn man mich tatsächlich aufhängen sollte.«

Sekundenlang hielt sie mitten in der Bewegung inne, denn trotz allen Streits entsetzte sie dieser Gedanke. Vor der Eßzimmertür, wo Thom und Cassidy sie mit gleichmütiger Miene erwarteten, flüsterte Eric Amanda etwas ins Ohr und scherzte und lachte mit ihr, wie das Jungverheiratete zu tun pflegten. Nach dem Essen fühlte Amanda sich müde und bat die Männer, ihre Unterhaltung ohne sie fortzusetzen. Zum Abschied drückte sie Damien fest an sich, weil sie sehr besorgt um ihn war.

»Verzeih mir«, flüsterte Damien mit bedauerndem Unterton, »aber ich fürchte, wir stehen auf verschiedenen Seiten.«

So ernst und erwachsen hatte Amanda ihren Vetter noch nie erlebt. Ohne ein weiteres Wort wandte sie sich um und verabschiedete sich auch nicht von ihrem Mann, denn weit und breit gab es keine unliebsamen Zeugen.

Sie hatte lange wach gelegen und gegrübelt, doch irgendwann mußte sie eingeschlafen sein. Sie fuhr hoch, als heiße Küsse über ihren Rücken glitten. Im Halbschlaf überließ sie sich willenlos den Berührungen seiner Hände, doch als sich plötzlich sein heißer, erregter Körper an sie preßte, wollte sie wegrutschen, was starke Arme verhinderten. »Im Morgengrauen brechen wir auf, Amanda.«

Im selben Atemzug zog er sie heftig an sich, übersäte ihren Nakken mit Küssen, dann ihre Kehle und ihre Schultern. Und während er ihre Brüste liebkoste, drang er von hinten in sie ein. Amanda war von seinen gierigen Zärtlichkeiten fasziniert und überwältigt und verdrängte den Gedanken an die zukünftigen einsamen Nächte.

»Ich gebe aber nicht klein bei –«

»Und erst recht gibst du nicht auf!« ergänzte Eric. Doch im Grunde spielten diese Sätze keine Rolle mehr, denn sie hatte ihm bereits nachgegeben. Allerdings ließen seine fiebrig gehauchten Worte und seine Lustschreie berechtigte Zweifel in ihr aufsteigen, ob diese Niederlage tatsächlich so vollständig gewesen war, wie sie glaubte.

Als Amanda am nächsten Morgen erwachte, stand Eric in Wildlederkleidung und hohen Stiefeln am Fenster. Amanda war noch nicht ganz wach und sah ihn anfangs etwas verständnislos an, doch dann erinnerte sie sich an seine Worte. Eric mußte ihren Blick gefühlt haben, denn er wandte sich um und setzte sich neben sie aufs Bett. Bewundernd wanderten seine Blicke über sie hin, während er gedankenverloren mit den Fingern durch ihre Locken fuhr.

»Wie schwer es doch ist, dich zu verlassen! Am liebsten würde ich Dunmore mitteilen lassen, daß ich meinen Hals nicht riskieren kann, weil meine Seele in Ketten liegt!«

Bei diesen Sätzen errötete Amanda und spürte, wie Erics Daumen ganz sanft über ihre Wange strich. Wie gerne hätte sie ihn gebeten, sie nicht allein zu lassen. Nicht gerade jetzt, wo die Verwirrung in ihrem Herzen so grenzenlos war. Sie hatte ihn gleichzeitig gehaßt, gefürchtet, gebraucht, und nun kannte sie sich nicht mehr aus. War das die Liebe? Während der vergangenen Tage hatte sie ihn immer wieder angesehen, hatte beobachtet, wie elegant sich sein starker Körper bewegte, hatte das Leuchten seiner Augen gesehen und die Narben auf seiner Haut. Sie wußte, daß er sie lediglich begehrte, doch dasselbe Fieber hatte inzwischen auch sie ergriffen. Es trieb sie, ihn zu berühren, und ganz sacht legte sie ihre Handfläche gegen seine frisch rasierte Wange. Diese Geste war schon zu viel. Besinnungslos schob sie die Decke zurück, setzte sich auf und küßte ihn, so daß er spüren sollte, wie sehr sie ihn vermissen und um sein Leben beten würde.

Als sich ihre Lippen nach unendlich langer Zeit voneinander lösten, ergriff Eric ihre Hand und küßte sie ganz sacht auf die Innenfläche. »Darf ich hoffen, daß du nicht allzu sehr enttäuscht sein wirst, wenn die Shawnee mir meinen Skalp lassen? Trotz des vergangenen Abends?«

Amanda nickte nur, weil sie kein Wort herausbrachte. Die Liebe, die sie empfunden hatte, war enttäuscht worden, und sogar ihr eigener Vater hatte sie verraten.

»Paß auf dich auf, mein Liebes! Paß sehr gut auf dich auf!« ermahnte er sie.

»Gott schütze dich, Eric«, flüsterte sie.

»Ich wüßte gern, wie es dir nach deinem doch etwas plötzlichen Entschluß geht? Erträgst du mich wirklich lieber als Lord Hastings mit seinem Doppelkinn?« fragte Eric dicht vor Amandas Lippen.

»Ich – ich bin angenehm überrascht«, hauchte sie. »Und du?«
Dabei hob sie die Lider und sah ihn an.

»Von dem Augenblick an, als ich dein Gesicht zum ersten Mal
gesehen habe, wollte ich dich.« Zart liebkosten seine Lippen die
ihren. »Hintergehe mich nicht, Amanda. Das ist alles, was ich von
dir verlange. Enttäusche mein Vertrauen nicht!« Mit diesen Worten erhob er sich und ging rasch hinaus.

Wie der Blitz war Amanda aus dem Bett und wühlte fieberhaft
in ihrem Schrank, bis sie ihren Hausmantel aus weißem Samt gefunden hatte. Rasch warf sie ihn über und lief nach unten. Am Fuß
der Treppe wartete Thom mit dem traditionellen Pokal. »Darf
ich?« fragte Amanda, nahm das Tablett und lief, ohne eine Antwort abzuwarten, zur Tür.

Eric saß bereits auf seinem großen schwarzen Hengst, und hinter ihm waren seine Männer in langer Reihe angetreten. Mit wehenden Haaren lief Amanda an die Seite ihres Mannes, und im
selben Augenblick verstummten die Kommandos der Offiziere.

Dieses Bild würde ihn begleiten: Ihr wildes, flammendes Haar,
ihre grünen Augen, die nackten Füße auf dem Erdboden und dazu
ihr schlanker Körper in dem weißen Mantel. Als sie ihm den Becher reichte, brachen seine Männer in Begeisterungsrufe aus. Während Eric trank, meinte er für Sekunden Tränen in ihren Augen gesehen zu haben. Doch gleich darauf war der Eindruck vorbei. Er
stellte den Becher zurück und beugte sich hinunter, um Amanda
ein letztes Mal zu küssen.

»Eine glückliche Heimkehr!« rief sie den Männern nach, während sie nach Westen davonritten.

10. Kapitel

Oktober 1774

Der Zug gegen die Shawnee-Indianer fand in zwei Abteilungen
statt. Lord Dunmore wählte den Weg durch das Great Kanawha
Valley zum Ohio River, während Eric seine alten Kämpfer um sich
sammelte und sich General Lewis anschloß, der den Weg über

Fort Pitt wählte. Wie schon so oft ging es auch diesmal nicht eigentlich um die Bekämpfung der Indianer, sondern eher um die Ordnung im Zusammenleben.

»Natürlich kommt es durch die Landnahme der Siedler immer wieder zu Konflikten. Wenn ein Weißer dabei getötet wird, stürzen sich die Siedler auf die nächstbesten Rothäute, ganz gleich ob es Delaware-Indianer, Cherokesen oder Shawnees sind. Dabei kann es nicht ausbleiben, daß immer wieder auch Mitglieder befreundeter Stämme getötet werden, was natürlich unabsehbare Folgen hat. Eine weitere Ursache für unsere zunehmenden Schwierigkeiten sind die Handelsniederlassungen, die so viel Alkohol verkaufen, daß selbst der friedlichste Mann zum Wilden wird! Diesmal ziehen wir allerdings hauptsächlich gegen Cornstalk, vor dem selbst die Delawaren und Cherokesen erzittern.«

»Von ihm habe ich bereits gehört«, bestätigte Eric. Cornstalk war ein einflußreicher Stammesführer, der sich um eine Allianz der Stämme am Ohio bemühte.

Lewis sah zum Himmel empor. »Haben Sie das Kriegsgeschrei schon vermißt?«

»Man hat mich gebeten, Männer anzuwerben.«

»Ja, in der Gegend um Tidewater ist schon lange kein Kriegsgeschrei mehr ertönt, doch wenn wir erst auf Cornstalk treffen, wird es uns in den Ohren dröhnen!«

Wie recht General Lewis mit dieser Bemerkung hatte, merkten sie, als sie kurz darauf bei Point Pleasant auf die Shawnee-Indianer trafen, die sofort zum Angriff übergingen.

Wie blutdürstige wilde Tiere fielen sie über die Männer her, bemalte Körper, die im Sonnenlicht schimmerten, warfen sich mit wilden Schreien in den Kampf, ohne sich um Gewehre oder Kugeln zu scheren. Die Männer von General Lewis hielten sich ausgesprochen tapfer, und es dauerte nicht lange, bis auch die Weißen in das Kriegsgeheul einstimmten und es zum Kampf Mann gegen Mann kam.

Eric hatte sein Pferd verloren, als sich plötzlich aus dem Baum über ihm ein Indianer auf ihn fallen ließ und ihn mit dem Messer bedrohte. Erst im allerletzten Augenblick gelang es Eric, den aalglatten, sich windenden Wilden von sich abzudrängen und ihm seinerseits das Messer in die Brust zu rammen. Sogleich war er

435

wieder auf den Füßen, denn schon mußte er sich den nächsten Angriff stellen. So ging es weiter, und über allem ertönten immer wieder die Rufe und Befehle von Cornstalk, der seine Männer unentwegt anfeuerte. Erst die herabsinkende Dunkelheit machte dem Kampf ein Ende. Die Miliz hatte zwar bestanden, aber die Verluste waren mehr als beträchtlich.

Nachdem sich die Shawnees im Schutz der Dunkelheit über den Ohio abgesetzt hatten, ging man daran, die Verwundeten zu versorgen, deren Jammergeschrei gespenstisch über das Schlachtfeld hallte. Irgendwann erinnerte sich Eric an das Versprechen, das er Amanda gegeben hatte. Seit dem frühen Morgen hatte er Damien nicht mehr gesehen, und nun trieb ihn die Unruhe von einem Verbandsplatz zum anderen.

Im Morgengrauen fand er ihn endlich. Er lag auf einer Bahre und grinste fröhlich, obwohl er eine Kopfwunde davongetragen hatte. »Offenbar hat mich einer erwischt. Ich dachte schon, ich wäre tot, doch Unkraut vergeht nicht! Habe ich recht?«

»Ja, Damien, einen guten Mann erwischt man nicht so einfach«, bestätigte Eric erleichtert und überließ ihn dem Arzt.

Anschließend fand eine Besprechung mit Lewis statt, der unverzüglich mit der Errichtung eines neuen Forts beginnen wollte. Als Eric sich endlich in sein Zelt zurückziehen konnte, wurde es beinahe schon wieder hell. Mit einer Flasche Rum warf er sich auf sein Feldbett und hatte sich noch nie so einsam, so weit von zu Hause gefühlt wie in diesem Augenblick. Noch nie war er dem Tod so knapp entronnen, dachte er schaudernd, doch dann lächelte er. Obwohl er noch den Blutgeruch in der Nase hatte, mußte er nur die Augen schließen und schon tauchte Amandas Gesicht vor ihm auf. »Ich habe nicht die Absicht, mich umbringen zu lassen, mein Liebling, und sei es auch nur, um deine Hoffnungen zu durchkreuzen!«

Seine Hände zitterten leicht, als er einen tiefen Zug aus der Flasche nahm. Seine Hochzeit hatte ihm mehr Erfüllung und Glück geschenkt, als er jemals zu hoffen gewagt hatte, doch durch den Streit vor seiner Abreise, waren die zauberhaften Tage ein wenig getrübt worden. Er ahnte, daß etwas vorging, doch er konnte es nicht mit Händen greifen. Amanda hielt ihn nach wie vor für einen ›Verräter‹, und trotzdem lachte sie in seinen Armen und ließ sich immer wieder zu ungestümer Leidenschaft hinreißen. Die Grenze zwischen Liebe und Haß war tatsächlich nur hauchdünn, und er hätte gar zu gern gewußt, welcher Seite sie mehr zuneigte. Ganz offensichtlich war sie ihm dankbar, daß er sie vor ihrem Vater befreit hatte, doch das erklärte nicht alles, und er hatte den starken Verdacht, daß Sterling über irgendeine Handhabe gegenüber seiner Tochter verfügte. Welche das sein konnte, war ihm allerdings ein Rätsel.

Unruhig warf er sich auf seinem Feldbett hin und her, doch seine Gedanken weilten in Tidewater und bei der Versammlung in Philadelphia. Wie es Amanda wohl ging? Ob sie an der Hochzeit von Tarryton und seiner Herzogin teilgenommen hatte? Plötzlich beschleunigte sich sein Herzschlag. Vielleicht erwartete sie ja bereits ein Kind! Doch wieder und wieder kehrten seine Gedanken zu Tarryton zurück. Ob dieser auch manchmal wachlag und an Amanda dachte? Jedenfalls konnte er nicht so wie er an sie denken, denn er hatte sie niemals besessen, sie nie berührt und sich nie wirklich in sie verliebt! Ein bitteres Lächeln spielte um seine Mundwinkel. Seine Liebe gab ihr eine gefährliche Waffe in die Hand, und er mußte aufpassen, damit sie sie nicht eines Tages gegen ihn benutzte. Im Geist sah er ihre Augen, ihre Brüste mit den rosafarbenen Warzen und ihre wunderschöne weiße Haut – und augenblicklich packte ihn eine wilde Sehnsucht nach seinem Zuhause.

Doch so schnell ging dieser Wunsch nicht in Erfüllung. Am folgenden Morgen begannen sie mit der Errichtung des Forts. Nachdem die Arbeiten beendet waren, ritten sie in nördlicher Richtung und vereinigten sich nach einer weiteren Begegnung mit den Shawnee mit den übrig gebliebenen Männern unter Lord Dunmores Führung. Als der Gouverneur den Rückzug anordnete, waren die Männer äußerst ungehalten, denn sie waren dafür, das Problem ein für allemal zu lösen. Eric spürte, daß General Lewis durchaus mit seinen Männern sympathisierte, doch als ihr Kommandeur und Virginier durfte er das größere Ziel nicht aus dem Auge verlieren. Er bat Eric ausdrücklich, ihn auf dem Rückweg zu begleiten, und dieser sagte zu, obwohl er am liebsten schnurstracks nach Hause geritten wäre.

Eigentlich müßte ich mit meinem Leben zufrieden sein, dachte Amanda, als sie in dem kleinen Wäldchen am Fluß saß und sich an den Nachmittag mit Eric erinnerte. Seit diesen Stunden waren Monate vergangen, der Sommer hatte sich verabschiedet und mittlerweile war es bereits November geworden. In Erics Abwesenheit las man ihr jeden Wunsch von den Augen ab. In ihre Rolle als Hausherrin hatte sie sich leicht hineingefunden, denn Erics Besitz ähnelte Sterling Hall in vielem. Als sie sich die Bücher angesehen hatte, hatte Thom anfangs überaus mißtrauisch reagiert. Sie hatte es jedoch geschickt angefangen und erst einmal seine vorzügliche Arbeit gelobt. Nach und nach hatte sie ihm dann immer wieder Tips und Anregungen gegeben, an welchen Stellen sich etwas einsparen ließe, um es dem Erhalt des Hauses zugute kommen zu lassen. Von Danielle hatte sie erfahren, daß die kleine Margaret unter den dienstbaren Geistern das Gerücht verbreitete, daß sich die Lady lediglich um den Besitz kümmere, weil sie ihn zu erben hoffte. Nach einiger Überlegung hatte Amanda beschlossen, die Sache nicht an die große Glocke zu hängen, sondern lieber stillschweigend zu übergehen.

Als eine der Stuten Schwierigkeiten beim Fohlen hatte, war Amanda sofort zur Stelle und lernte dabei den Mann näher kennen, mit dem sich Danielle so intensiv unterhalten hatte. Er hieß Jacques Bisset und war Akadier, wie sie bereits vermutet hatte. Sein Aufgabengebiet waren die Tiere und die Landwirtschaft von Cameron Hall. Thom dagegen war für die Führung des Haushalts und Cassidy für die persönlichen Belange seines Herrn verantwortlich. Jacques war von Amandas Erscheinen sichtlich nicht begeistert, doch er blieb höflich. Als sie sich auf Französisch nach dem Befinden der Stute erkundigte, erfuhr sie, daß es ihm bisher noch nicht gelungen war, das Fohlen in die richtige Lage zu drehen.

»Nun, vielleicht habe ich mehr Erfolg, Sir, denn meine Hände sind kleiner als Ihre.«

Sprachlos versperrte er ihr den Weg in den Stall. »*Mais non,* Lady Cameron! Das ist wirklich keine –«

»Lassen Sie mich nur machen, Monsieur Bisset!« entschied sie und strahlte ihn an. »In Sterling Hall haben wir Araber und andere Rennpferde gezüchtet, und da sich mein Vater nur selten darum gekümmert hat, was ich tue –« Sie verstummte, als sie sich so reden hörte und ging kurzentschlossen an Jacques Bisset vorbei. Nach einigem beruhigenden Zureden gelang es ihr tatsächlich, das Fohlen zu drehen, und nach einigen weiteren anstrengenden Stunden war es endlich geschafft.

Während sie sich beide herzlich über die ersten Stehversuche der ungelenken Beinchen des Fohlens amüsierten, bemerkte Amanda rein zufällig, daß Jacques sie zwischendurch fast ein wenig traurig ansah. Dieser Mann faszinierte sie, und sie war fest entschlossen herauszubekommen, worüber er mit Danielle gesprochen hatte. Vielleicht waren die beiden ja ineinander verliebt?

Dieser Gedanke gefiel Amanda so sehr, daß sie abends beim Baden Danielle damit neckte. Doch zu ihrer Überraschung reagierte die Frau ziemlich ungehalten.

»Aber, aber, Danielle! Er hat doch traumhaft schöne Augen«, fuhr Amanda fort. »Riesige grüne Augen und dazu dunkle Wimpern! Und der Rest ist ebenfalls nicht zu verachten. Wirklich, ein Mann zum Heiraten, Danielle!«

»Lassen Sie diese Reden, *ma petite!* Das ist unmöglich!«

»Aber Danielle –«

»Er ist mein Bruder!«

Einige Sekunden lang war Amanda sprachlos. »Aber – aber«, stotterte sie schließlich, »dein Bruder ist doch tot!«

»Das dachte ich auch«, erwiderte Danielle, während sie nervös mit dem Handtuch hantierte. »Erst hier habe ich erfahren, daß er noch lebt.«

»Das müssen wir –«

»Gar nichts müssen wir, Amanda! Ich bitte Sie um Stillschweigen.« Als Amanda Danielle verständnislos ansah, fiel diese neben der Wanne auf die Knie. »Bitte!«

»Schon gut, Danielle. Er hat doch nichts angestellt, oder?«

»Nein, das kann ich beschwören! Aber es muß ein Geheimnis bleiben. Er hat die ganzen Jahre über selbst nicht gewußt, wer er war.«

»Wie bitte?«

»Er wäre beinahe gestorben. Lord Cameron hat ihn halbtot gefunden und aufgenommen. Er konnte sich an nichts mehr erinnern.«

»Bis er dich gesehen hat?« fragte Amanda.

»*Oui.* Aber das muß unbedingt geheim gehalten werden. Er hat sich Jacques Bisset genannt, und so soll es auch bleiben. Mehr kann ich beim besten Willen nicht sagen!«

»Du weißt, daß du dich auf mich verlassen kannst Danielle«, versicherte Amanda. Doch insgeheim hatte sie längst beschlossen, die Wahrheit herauszufinden.

Während Amanda in dem Wäldchen am Fluß an diese Szene zurückdachte, überfiel sie wieder die Erinnerung an Eric und an das, was er hier auf dem Waldboden mit ihr angestellt hatte. Obwohl sie ganz allein war, errötete sie, und es wurde ihr so richtig klar, daß sie ihn vermißte, daß sie auf seine Rückkehr wartete und Tag und Nacht Gott um seinen Schutz anflehte. Wie es aussah, war sie auf dem besten Weg, sich in ihren Mann zu verlieben! Sie hatte das schon im letzten Monat vermutet, als es ihr so seltsam wenig ausgemacht hatte, an Robert Tarrytons Hochzeit teilzunehmen. Kühl hatte sie ihn beobachtet und rein gar nichts empfunden, als er sie beim Gratulieren auf die Wange geküßt hatte. Amanda haßte es, verliebt zu sein, denn dieses Gefühl machte sie hilflos und verwundbar. Doch nun war es zu spät.

Nachdem Amanda vor lauter Nachdenken beinahe die Zeit vergessen hatte, wurde sie plötzlich unruhig. Sie hatte erfahren, daß sich General Lewis und Eric auf dem Heimweg befanden und hatte sogar ganz zu Anfang einen Brief von Eric erhalten. Nach Pierres Aussagen war der Gouverneur bereits wieder in Williamsburg eingetroffen. Rasch erhob sie sich und lief zum Haus zurück, wo sie ungeduldig nach Thom rief.

»Bitte verständigen Sie Pierre, daß ich den Wagen brauche, weil ich noch heute abend nach Williamsburg fahren möchte. Ich hoffe, dort etwas über den Verbleib meines Mannes in Erfahrung bringen zu können«, verkündete sie strahlend. »Wo steckt Danielle?«

»In der Wäscherei. Ich werde sie gleich zu Ihnen schicken.« Er schien von den Plänen nicht gerade begeistert zu sein, doch Amanda warf trotzig die Haare in den Nacken. Diese Freiheit hatte sie sich durch ihre Heirat verschafft, und sie war nicht gewillt, sie in irgendeiner Weise einschränken zu lassen. »Ich danke Ihnen«, strahlte sie ihn an und lief nach oben, um zu packen. Sie war gespannt auf Neuigkeiten und freute sich auf Spaziergänge und vielleicht einen Einkaufsbummel.

Danielle war ebenfalls nicht allzu begeistert. »Sie werden höchstwahrscheinlich Ihrem Vater begegnen«, warnte sie in besorgtem Ton.

Kalte Furcht ergriff Amandas Herz. Solange dieser Mann Damien in der Hand hatte, würde sie ihm ausgeliefert sein! »Ich hasse ihn«, flüsterte sie, doch Danielle ging nicht darauf ein, sondern schloß schweigend die Koffer und rief nach Thom, damit er das Gepäck hinuntertrug.

»Was gibt es Neues in der Stadt?« fragte Amanda, nachdem sich Mathilda von ihrer anfänglichen Überraschung erholt hatte.

»Oh, eine ganze Menge. Die Männer sind vom Continental Congress zurückgekehrt, wo sie verschiedene Vereinbarungen beschlossen haben. Britische Waren werden in Zukunft strikt boykottiert, und es werden Komitees gegründet, die die Einhaltung der neuen Vorschriften überwachen sollen. Sogar die Rennen in Dumfries sollen abgesagt werden! Können Sie sich so etwas vorstellen?«

Das konnte Amanda zwar nicht, doch sie hütete sich, das vor ihrer Haushälterin laut auszusprechen. »Wohin soll das nur alles führen?«

»Man erzählt sich, daß unser Gouverneur außer sich sein soll. Kein Wunder bei seinem schottischen Temperament! Da sich die Versammlung bis zum kommenden Frühjahr vertagt hat, hält er im Augenblick noch still. Wahrscheinlich befürchtet er, daß sich die Bevölkerung sonst nicht mehr länger zurückhalten kann und es zu einer Art Bürgerkrieg kommen wird.«

»Haben Sie Neuigkeiten von Lord Cameron?«

»Ich weiß nur, daß Sie keine Angst mehr haben müssen. Die Kämpfe sind vorüber. Wie ich erfahren habe, soll er sich ganz hervorragend geschlagen haben! Er nimmt zusammen mit General Lewis den Weg über Richmond und muß bald ankommen. An Weihnachten ist er spätestens wieder da.«

Als Amanda sich später ruhelos vor Sehnsucht in Erics großem Bett herumwälzte, schien Weihnachten so unendlich weit entfernt. Doch plötzlich setzte sie sich auf, und heiße Wut überkam sie.

441

Weshalb hatte Eric diese Dinge eigentlich nicht auch ihr mitgeteilt? Offensichtlich waren ihre Dienstboten besser informiert als sie selbst! Es dauerte lange, bis sie in dieser Nacht Schlaf fand, und sie hätte nicht sagen können, ob der Ärger oder die Sehnsucht schuld daran waren.

Das erste, was sie am nächsten Morgen hörte, war Lady Genevas Stimme. Bei dem Gedanken, daß diese Frau einmal Erics Geliebte gewesen war, zuckte Amanda ein wenig zusammen, doch gleich darauf faßte sie sich wieder und ging nach unten.

»Ganz offensichtlich bekommt dir die Ehe, Mandy! Vater hat mir gesagt, daß du angekommen bist, und ich wollte dich zu einem Spaziergang abholen.«

Erfreut umarmte Amanda Geneva. »Eine wundervolle Idee!«

»Ich kenne ein kleines Kaffeehaus in der Nähe der Duke of Gloucester Street. Dort ist immer viel Betrieb!«

»Du machst mich richtig neugierig«, bemerkte Amanda, während sie auf die Straße hinaustraten.

Amanda genoß es, wieder einmal durch die vertrauten Straßen zu schlendern und die Auslagen der Geschäfte zu bewundern. Als sie ein Exemplar der *Virginia Gazette* erstanden, wurden sie Zeuge, wie einige Geschäfte weiter ein Mann empört ballenweise Stoff aus einem Laden trug und auf die schmutzige Straße warf.

»Sie sollten sich schämen, Mrs. Barclay, daß Sie immer noch englisches Tuch in Ihrem Laden führen!« rief er und sah sich beifallheischend unter den Menschen um, die sich um die Ladentür versammelt hatten.

Amanda war empört. »Das ist Zerstörung von Privateigentum! Wollen Sie sich denn tatsächlich vom Mob regieren lassen?« rief sie und erntete trotzige Blicke der Umstehenden.

»Mein liebes Mädchen, diese Komitees überwachen lediglich, daß die Beschlüsse des Continental Congress eingehalten werden. Ich für meinen Teil stehe voll und ganz hinter diesen Aktionen!«

Voller Freude wirbelte Amanda herum, ohne auf das Gesagte zu achten. »Damien!« rief sie und umarmte ihren Vetter. Dann trat sie einen Schritt zurück und betrachtete die Wildlederjacke mit den Fransen, in der er recht verwegen aussah. »Damien! Wie froh ich bin, daß ich dich gesund wiedersehe!«

»Außer einer kleinen Stirnwunde ist mir nichts geschehen, doch davon ist kaum mehr etwas zu sehen.«

»Ach, du Armer! Ist Eric mit dir zurückgekommen?«

»Nein. Eric ist auf Bitten von General Lewis noch geblieben, doch es dauert bestimmt nicht mehr lange.« Lächelnd verbeugte sich Damien vor Amandas Begleiterin. »Lady Geneva, ich freue mich, Sie zu sehen!«

Amanda hatte eine hoheitsvolle Geste erwartet und war sehr überrascht, daß Geneva Damien an den Händen faßte und ihn auf beide Wangen küßte. »Ich freue mich, daß Sie wieder da sind. Wir waren gerade auf dem Weg zum Kaffeehaus. Wollen Sie sich uns anschließen?«

»Ein konservatives Mädchen wie Amanda kann ich unmöglich allein gehen lassen. Sie könnte in Schwierigkeiten geraten.«

»In Schwierigkeiten! Diese Leute sind angeblich Abkömmlinge mutiger Virginier, und gleichzeitig benehmen sie sich wie der armseligste Pöbel!« rief Amanda.

Damien lachte. »In einem Punkt gebe ich dir recht, Amanda. Wir Virginier tragen unseren Kopf hoch in der Luft, und dort riecht es geradezu nach Rebellion. Das ist nun einmal Tatsache, aber jetzt wollen wir endlich gehen!«

Mit einer eleganten Bewegung hakte er sich bei den Damen ein, und nach kurzer Zeit betraten sie das völlig überfüllte Lokal. Eilig verschaffte ihnen der Inhaber einen Platz, und als endlich auch Gebäck und dampfende Becher vor ihnen standen, drehten sie sich nach dem jungen Mann – höchstwahrscheinlich einem Studenten – um, der gerade eine flammende Rede hielt.

»Bei Gott, wir sind treue Engländer und bestehen auf unseren Rechten. Wir werden nicht länger zusehen, wie die Regierung Männer aus den Kolonien nach England verfrachtet und dort wegen Verrat und ähnlicher Beschuldigungen vor Gericht stellt!«

Angesichts der begeisterten Zurufe lief Amanda ein Schauer über den Rücken. »Man könnte ja glauben, daß wir uns bereits im Krieg befinden!« flüsterte sie und versuchte, Damiens unwilligen Blick nicht wahrzunehmen.

Als er sich kurz umwandte, um sich mit einem Mann hinter ihnen zu unterhalten, wandte sich einer der Umstehenden an Amanda. »Sie sind Lady Cameron, nicht wahr?«

»Ja, das stimmt.«

»Ich wollte Ihnen nur sagen, daß ich unter Ihrem Mann gedient habe. Noch nie hatte ich einen besseren und tapfereren Vorgesetzten!«

»Das freut mich sehr«, murmelte Amanda.

Durch die begeisterten Worte waren die Umstehenden aufmerksam geworden, und nach und nach kamen die verschiedensten Leute an ihren Tisch und berichteten, was sie zusammen mit Eric während des Feldzugs erlebt hatten. Als ein jüngerer Mann in fast beleidigtem Ton beklagte, daß Eric ihnen sogar das Töten der indianischen Frauen und Kinder untersagt hatte, lächelte Amanda still.

»Viele Verwandte meines Mannes haben Pamunkee-Blut in den Adern. Vielleicht war das der Grund.«

»Das mag sein. Wie geht es Ihrem Mann?«

Amandas Lächeln gefror. »Ich denke, daß es ihm gut geht.«

»Wir wissen auch nichts Genaues, doch wir glauben, daß er jeden Tag zurückkommen müßte.«

Amanda war sehr enttäuscht, daß Eric ihr nichts mitgeteilt hatte und steigerte sich in eine gewisse Wut hinein. Während die Leute ihr zutranken und Geneva sich weiter mit ihnen unterhielt und lachte, wurde Amanda immer stiller – und dann wurde sie auf das unterdrückte Geflüster hinter ihrem Rücken aufmerksam. Eindeutig erkannte sie Damiens Stimme.

»Es ist mir geglückt – einige hundert – gute französische Gewehre, die ich nach einem Gefecht von den Delawares gekauft habe –«

Irgend jemand antwortete, worauf Damien über Preise sprach. Während Amanda die Ohren spitzte, glühte ihr Gesicht vor Aufregung. »Sehr gut. Wir werden sie nach Einbruch der Dunkelheit im alten Lagerhaus von Johnsboro verstecken. Die Gegend ist unbewohnt, so daß niemandem etwas angelastet werden kann, falls es Schwierigkeiten gibt: Keiner muß Angst haben, nach England transportiert zu werden!«

Damien! hätte sie am liebsten gerufen. Sie mußte ihm unbedingt sagen, daß Dunmore ihn bereits im Verdacht hatte. Vielleicht würde er dann endlich diese gefährlichen Unternehmungen einstellen. Unvermittelt stand sie auf. »Ich möchte gehen, Geneva!

Ich hoffe, du entschuldigst mich.« Rasch bahnte sie sich einen Weg durch die Menge und holte tief Luft, als sie ins Freie trat.

Doch Damien war ihr gefolgt. »Amanda –«, begann er unsicher.

»Du bist ein Idiot!«

Er war empört. »Das gilt für dich, Amanda!« giftete er. »Zur Zeit bewaffnen sich alle –«

»Aber sie machen sich nicht des Verrats schuldig!«

»Nennst du es Verrat, wenn man sich selbst schützen möchte?«

»Sie sind bereits hinter dir her, Damien!«

Erschrocken fuhr er zurück. »Wer?«

Amanda schwieg, weil Geneva sie eingeholt hatte. »Feine Freunde! Lassen mich mit dem Pöbel allein!«

»Aber nein, Geneva!« Damien beugte sich tief über ihre Hand, um sich für alles zu entschuldigen.

Gemeinsam gingen sie die wenigen Schritte bis zu Amandas Haus. Dort beschwor sie ihn mit Blicken und hoffte, daß er wiederkommen würde, doch es wurde Abend und nichts geschah.

Während sie ruhelos in der Bibliothek auf und ab lief fiel ihr Blick auf das Botanikbuch, das Eric Damien im Sommer geliehen hatte. Ohne jede Absicht zog Amanda es aus dem Regal und blätterte es durch. Dabei fiel ihr eine kleine gefaltete Karte raschelnd vor die Füße. Auf den ersten Blick waren die seltsamen Zeichen bedeutungslos, doch plötzlich traf die Erkenntnis Amanda wie ein Blitz. Es handelte sich um Vermerke, die sich auf Geld, Munition und Waffen bezogen.

Zitternd sank Amanda auf den nächstbesten Stuhl. Dies war der endgültige Beweis, daß sie recht gehabt hatte. Eric war ein Verräter und steckte wahrscheinlich tiefer in der Sache, als sie es sich vorstellen konnte! Nachdem sie das Buch wieder zurückgestellt hatte, ging sie in Gedanken versunken nach oben und versteckte die Karte ganz unten in ihrer Schmuckschatulle.

Als sie zwei Tage später gerade Zeitung las, erschien plötzlich ihr Vater unangemeldet. Zwischen den Zeilen hatte sie entnehmen können, daß Dunmore im nachhinein froh sein konnte, daß er das Parlament aufgelöst hatte. Die Männer waren nämlich voller Tatendrang aus Philadelphia zurückgekehrt. Man konnte nur hoffen, daß diese revolutionären Gedanken wieder einschliefen oder wenigstens abkühlten, bevor sie wieder zusammenkamen. Amanda war der Meinung, daß jeder, der die Beschlüsse unterzeichnet hatte, sich damit Verrat vorwerfen lassen mußte. Wenn sie allerdings an die gegenwärtige Stimmung in der Stadt dachte, so war es durchaus denkbar, daß die Loyalisten irgendwann in Gefahr gerieten. Wenn das Mutterland allerdings Truppen schickte –

In diesem Augenblick unterbrach die laute Stimme ihres Vaters ihre Gedanken. Rasch stand sie auf, um ihm entgegen zu gehen, doch sie kam nicht weit, denn er stürmte bereits in den Wohnraum.

»Gehen Sie! Ich muß mit meiner Tochter allein sprechen!« herrschte er Danielle an, die ihm gefolgt war, um ihn anzumelden.

Nachdem sich die Tür hinter dem Mädchen geschlossen hatte, gab es keinen Grund mehr, weiter höflich zu bleiben. Mißtrauisch beäugte Amanda ihren Vater. »Guten Morgen. Falls du meinen Mann, den angeblichen Verräter, sprechen möchtest, so muß ich dich enttäuschen. Er ist von seinem patriotischen Unternehmen noch nicht zurückgekehrt.« Sie lächelte süß. »Darf ich dir Tee anbieten, oder vielleicht auch etwas Stärkeres? Wem verdanke ich die Ehre deines Besuchs?«

»Damien Roswell!« stieß Sterling heftig hervor und warf seinen Hut schwungvoll aufs Sofa. Dann trat er dicht an den Kamin und rieb sich genüßlich die Hände, als er sah, wie sie blaß wurde. »Nun, plötzlich bist du gar nicht mehr so keck!«

Kalt sah Amanda ihren Vater an. »Du würdest es nicht wagen, ihn ausgerechnet jetzt verhaften zu lassen! Möglicherweise gäbe es einen Aufstand, wenn er zu einem Prozeß nach England –«

»Kein Hahn würde nach ihm krähen, wenn er plötzlich in der Nacht verschwände, nicht wahr?«

»Dabei würde Dunmore nicht mitmachen!«

»Du irrst dich, mein Kind. Dunmore ist sehr nervös seit Peyton Randolph laut für Neuwahlen eintritt! Wer würde in diesem Durcheinander einen einzelnen jungen Mann vermissen?« Das Grinsen auf seinem Gesicht erstarb, als er Amandas Augen fixierte. »Außerdem kann ich es auch selbst übernehmen. Es wäre nicht mein erster Mord, und ich würde es mit Sicherheit wieder tun, solange es mir die Gunst des Königs verschafft!«

Amanda wurde eiskalt. »Mein Mann würde dich umbringen!«

»Demnach hast du deinem Vaterland den Rücken gekehrt und bist zum Feind übergelaufen!«

»Meine Ansichten haben sich nicht geändert!«

»Das mußt du erst einmal beweisen! Ansonsten wird Damien den morgigen Tag nicht erleben. Das schwöre ich! Ich werde schon auf irgendeine Art dafür sorgen. Gib dich nur keinen Illusionen hin, mein Kind. London wird diese sogenannte Rebellion im Keim ersticken!«

Stumm starrte Amanda ihren Vater an. Sie glaubte ihm aufs Wort, denn er hatte die Macht dazu, Damien nach Newgate bringen zu lassen. »Komm mir nicht zu nahe!« warnte sie ihn, als er sich ihr näherte.

Lächelnd blieb er stehen. »Beweise deine Loyalität und gib mir wenigstens einen Hinweis!«

Fieberhaft dachte Amanda nach, obwohl ihr die Angst fast das Herz abschnürte. In ihrer Not fiel ihr die Unterhaltung im Kaffeehaus ein, und plötzlich wußte sie, wie sie Damien retten konnte, ohne andere Menschen zu gefährden. »Ich weiß von einem Waffenversteck«, sprudelte es auch schon aus ihr hervor. Sofort glitzerten Sterlings Augen vor Erregung. »Und wo?«

»Am – unten am Fluß. Das alter Lagerhaus von Johnsboro.«

In großer Eile griff Sterling nach seinem Hut. »Falls du mir die Wahrheit gesagt hast, mein Mädchen, hast du dir selbst das schönste Weihnachtsgeschenk gemacht! Auf Wiedersehen.«

Noch lange nachdem er gegangen war, saß Amanda wie erstarrt auf dem Sofa. Ihr war elend zumute, und sie hatte das Gefühl, daß sie nicht ihrem Vaterland geholfen, sondern eher die Patrioten verraten hatte – und Eric.

Irgendwann stand sie auf und genehmigte sich einen kräftigen Schluck Brandy, und nach einem weiteren Glas regten sich auch ihre erstarrten Glieder wieder.

Doch in dieser Nacht schlief sie äußerst unruhig. Die Gesichter der jungen Männer im Kaffeehaus verfolgten sie im Traum. Sie sah sich von ihnen umzingelt, doch plötzlich wichen sie zur Seite und bildeten eine Gasse, durch die Eric auf sie zukam. Seine metallisch schimmernden Augen fixierten sie, und dann streckte er die Hand nach ihr aus. Schreiend fuhr sie herum und wehrte sich verzweifelt.

»Pst, mein Liebes!« Es war tatsächlich Eric, der sich über sie beugte. »Was ist denn das für eine Begrüßung! Ich strecke voller Sehnsucht meine Hand nach dir aus, und du behandelst mich wie ein Ungeheuer!«

Nur langsam kehrte Amanda in die Wirklichkeit zurück und beruhigte sich. »Eric!« Fast andächtig streichelte sie sein Gesicht. Offenbar hatte er gebadet, denn seine Haare waren noch ganz feucht. Erlöst, daß der Traum keine Wirklichkeit war, umfaßte sie sein Gesicht und zog es zu sich herunter und genoß seinen warmen, gierigen Kuß mit leisem Stöhnen. Doch irgendwann fiel ihr wieder ein, worüber sie sich geärgert hatte, und sie schob ihn gewaltsam ein Stück von sich fort.

»Du hast nicht geschrieben!«

»Ich hatte kaum Zeit.«

»Ich habe mir Sorgen gemacht.«

»Wirklich?« Im schwachen Schein des Kaminfeuers sah sie nur einige Sekunden lang seine fragend hochgezogenen Brauen. Dann war er wieder über ihr und bedrängte ihre Lippen. »Vergib mir!« flüsterte er heiser dicht vor ihren Lippen. »Ich kann es nicht länger aushalten!«

Gierige Hände bedrängten sie, sie hörte, wie Stoff zerriß, und dann fühlte sie nur noch seinen heißen Körper auf ihrer Haut. Seine Hände, seine Zähne und seine Lippen glitten über sie hin, bis seine Hitze und sein Verlangen auf sie übergriffen. Sie bog sehnsüchtig ihre Brüste seinen Lippen entgegen, wühlte in seinen Haaren und stöhnte wild und unbeherrscht, als zuerst seine Finger und schließlich auch seine Zunge ihre Scham fanden.

Irgendwann drückte sie ihn leise wimmernd von sich, bis er auf dem Rücken lag und sie sich mit ihrem ganzen Körper sachte an ihm reiben konnte. Zart küßte sie seine Brust und ließ ihre Hände wie Schmetterlinge über seine Hüften und seine Schenkel wandern. Anfangs spürte er nur ihre streichelweichen Haare, die seine Haut kitzelten, doch als sie alle ihre Zärtlichkeiten auf sein Glied konzentrierte, war es um ihn geschehen. Ihre heißen Lippen und ihre Hände quälten ihn förmlich und jagten ihm Schauer auf Schauer über den Rücken, bis er sich stöhnend Luft schaffte. Besinnungslos vor Gier packte er Amanda an den Hüften und drückte sich mit einem einzigen gewaltigen Stoß in sie hinein. Wie gebannt starrten sie einander in die Augen, während er ihren Körper in regelmäßigem Rhythmus auf sein Glied hinunterdrückte und immer wieder zustieß, bis die Leidenschaft sie überschwemmte.

Als Amanda auf ihn niedersank, glaubte sie sekundenlang, sie sei gestorben. Völlig erschöpft und keuchend lag sie auf ihm, doch schon spürte sie wieder seine Hände auf ihrem Körper und seine heißen Lippen, die ihre Schulter liebkosten. »Eric«, flüsterte sie beinahe besinnungslos, doch als sie die Augen öffnete und sein Gesicht vor sich sah, erstarrte etwas in ihr. Wahrscheinlich sorgte ihr Vater genau in diesem Augenblick für den Abtransport der Waffen! Und dieser Mann, der sie hier so leidenschaftlich umarmte, würde die Finger um ihren Hals legen und zudrücken, wenn er davon wüßte! Sie tastete über seine feuchte Brust und spürte, wie seine Muskeln unter ihrer Berührung erschauerten. »Eric –«

In einer einzigen wilden Bewegung rollte er sie auf den Rücken und vergrub sein Gesicht in einem verzweifelten Aufschrei an ihrem Hals. »Liebe mich!« stieß er hervor. »Denke an nichts anderes und liebe mich!« Und schon stürzte er sich in einem besitzergreifenden Kuß auf ihre Lippen, liebkoste die Haut ihrer Wangen und reizte ihre kleinen Ohren, bis sie stöhnte. Zart wanderten seine Lippen über die Ader an ihrem Hals und saugten schmatzend an ihren Brustwarzen, so daß sie alles um sich herum vergaß. Sie konnte sich auf nichts mehr besinnen, wußte nicht mehr, was sie vielleicht hätte sagen wollen, sondern überließ sich ganz ihrer Leidenschaft, die sie einem neuen Höhepunkt entgegentrug.

11. Kapitel

Je näher Weihnachten rückte, desto ruhiger wurde es im Land. In den Kneipen wurden zwar noch dieselben aufwieglerischen Reden geführt, doch gleichzeitig trank man auf das Wohl der neugeborenen Tochter des Gouverneurs. Als gegen Ende des Monats der erste Schnee fiel, entschied sich Eric für die Heimkehr. Amanda freute sich sehr, denn sie hatte Cameron Hall bereits vermißt.

An einem strahlend schönen Tag fuhren sie, in dicke Decken gehüllt, durch die unwirkliche Glitzerwelt der frisch beschneiten

Landschaft nach Hause. In der Halle hatte sich die gesamte Dienerschaft versammelt, um ihre Herrschaft mit heißem Punsch zu empfangen, was zur Folge hatte, daß Amanda einige Zeit später mit zauberhaft geröteten Wangen gegenüber von Eric an der Abendtafel Platz nahm. Und als sie ihm dann auch noch ein liebevolles, zärtliches Lächeln schenkte, traf ihn die plötzliche Erkenntnis wie ein Blitz: Er liebte seine Frau!

Nie war sie ihm schöner erschienen als in diesem dunkelgrünen Samtkleid, dessen tiefer Ausschnitt ihre wunderschönen Brüste so perfekt zur Geltung brachte. Irgendwie schien sie sich verändert zu haben, dachte Eric, während er den Gegensatz zwischen ihrer schneeweißen Haut und den dunkellockigen Haarsträhnen bewunderte. Amanda kostete lediglich an ihrem Essen, und dazwischen flirtete sie regelrecht mit ihm, lockte mit ihrem hellen Lachen, ihren grünen Augen und dem leisen Zittern ihrer ausdrucksvollen Wimpern.

Irgendwann hielt es ihn nicht länger auf seinem Platz. Er legte sein Besteck beiseite und zog Amanda, ohne Rücksicht auf irgendwelche Diener zu nehmen, in seine Arme. Wortlos trug er sie hinauf in ihr Schlafzimmer. Als er vor ihr niederkniete, um ihr die seidenen Pumps abzustreifen und sekundenlang aufsah, gewahrte er einen fast traurigen Ausdruck ihrer Augen, und es wurde ihm schmerzlich bewußt, daß sie ihn unter einem gewissen Zwang geheiratet hatte. Noch nie hatten seine Ohren die zärtlichen Worte vernommen, nach denen sich seine Seele sehnte.

Liebevoll strich sie seine Stirnrunzeln glatt. »Was hast du?«

Er schüttelte nur den Kopf, doch sein Blick suchte ihre Augen, während ihr verführerischer Rosenduft ihn umgab. Langsam löste er das Mieder und streifte ihr das Kleid ab. Wie feurige Flammen züngelten ihre Locken über die bleiche Haut, und aufstöhnend vergrub er sein Gesicht an ihren Brüsten. »Du hast mich verzaubert, Amanda!« stieß er wie im Fieber hervor und wunderte sich insgeheim, wie diese Sätze aus ihm hervorbrachen. »Mit Wonne würde ich für eine Umarmung mein Leben geben! Ich gehöre dir, mein Liebes, und zwar für immer.«

Im Bann dieser wunderschönen Worte und seiner sanft streichelnden Hände, schmiegte sie sich an ihn und umschlang ihn mit ihren Armen. Der Willkommenstrunk hatte alle finsteren Gedan-

450

ken aus ihrem Kopf verbannt, und in einer Gefühlsaufwallung schwor sie ihrem Mann ewige Liebe.

Sanft strich ihr Eric mit dem Zeigefinger über die Wange und folgte dann der Linie ihrer Lippen. »Ich bitte dich nur, mich nicht zu hintergehen, Amanda. Einen solchen Verrat könnte ich nicht ertragen.«

Bevor sie etwas erwidern konnte, riß er sie heftig an sich, und im Sturm seiner Leidenschaft zerstoben alle ihre Gedanken. Rücksichtslos und zugleich unendlich zärtlich nahm er sie in Besitz und trieb sie von Höhepunkt zu Höhepunkt, bis sie in traumlosem Schlaf versanken.

Als Amanda am darauffolgenden Morgen die Augen aufschlug, saß Eric bereits fertig angekleidet an einem kleinen Tischchen und studierte die Zeitung, während er frühstückte. Die hohen Stiefel und der dicke Überzieher, der über einer Stuhllehne hing, deuteten darauf hin, daß er einen Ausritt plante. Es war Tradition, daß der Herr von Cameron Hall seine Pächter und Arbeiter persönlich zum Weihnachtsfest einlud.

Als ob Eric ihren Blick gefühlt hätte, drehte er sich lächelnd zu ihr um und nickte, doch seine Augen blickten ernst. Rasch wickelte sich Amanda in eine Decke und trat hinter ihren Mann, so daß sie ihm über die Schulter sehen und den Artikel lesen konnte, auf den er deutete.

»Einige von Dunmores Marinesoldaten haben ein altes Lagerhaus an der Küste geplündert und dabei jede Menge französische Waffen gefunden!«

Amanda war heilfroh, daß sie hinter Eric stand. Zitternd vor Schrecken umklammerte sie die Stuhllehne und brachte im ersten Moment kein Wort heraus. Doch Eric hatte nicht den geringsten Verdacht geschöpft. »Wenigstens wurde bei der Aktion niemand verletzt oder gar getötet«, fuhr er kopfschüttelnd fort. Dann erhob er sich und drückte ihr mit abwesender Miene einen Kuß auf die Stirn. »Ich muß mich auf den Weg machen. Es wäre schön, wenn du mich morgen begleiten würdest.«

Als sie nur stumm nickte, betrachtete Eric sie mit forschendem Blick. »Oder gibt es einen Grund, der dagegen spricht?«

»Ich – ich weiß nicht, was du damit sagen willst!« stieß sie verunsichert hervor.

»Ich möchte nur wissen«, entgegnete er ganz sanft, »ob du vielleicht schwanger bist.«

»Oh!« Erleichtert schüttelte sie den Kopf und errötete sogar ein wenig. »Nein – nein.«

Liebevoll zog Eric sie in seine Arme und küßte sie so gierig, daß Amanda vor lauter Sehnsucht weiche Knie bekam und hilflos gegen ihn sank. Doch genau im selben Augenblick wurden sie durch ein diskretes Klopfen an der Tür unterbrochen und lösten sich nur widerwillig voneinander.

Am nächsten Tag erfüllte Amanda Erics Wunsch und begleitete ihn. Sie ritten durch die verschneite Landschaft und froren im kalten Wind, der vom Fluß herüberwehte. Der Winter stand vor der Tür, und es tat gut, sich immer wieder in den Küchen der Häuser aufzuwärmen, in denen es vor Geschäftigkeit nur so wimmelte. Überall wurden sie freundlich aufgenommen, und das Lachen der Kinder hallte noch lange in ihren Ohren. Den ganzen Tag über wurden sie von Jacques begleitet, und mehr als einmal fühlte Amanda, wie seine ausdrucksvollen Augen mit den dichten, langen Wimpern sie eingehend betrachteten. Er beobachtet mich genauso, wie ich das tue, dachte Amanda. Doch es störte sie überhaupt nicht, sondern es gefiel ihr sogar.

Endlich war der Weihnachtstag gekommen. Nach der Kirche versammelten sich die Menschen von nah und fern in Cameron Hall. Das gesamte Haus war mit Stechpalmenzweigen, Kränzen, Bändern und Misteln geschmückt, in allen Kaminen brannten lodernde Feuer, und außerdem hatte man eine Musikkapelle engagiert, die die altbekannten Weisen spielte. Amanda tanzte reihum zuerst mit Thom, dann mit dem kleinen rundlichen Koch und später auch mit dem scheuen Stallburschen, während Eric am Kamin lehnte und dem munteren Treiben zusah. Als sich die Stimmung auf dem Höhepunkt befand, klopfte es plötzlich an der Tür. Eric bedeutete Cassidy und Thom, daß er persönlich öffnen wollte, und nur wenig später dröhnte die Stimme von Amandas Vater durch das Haus.

»Hallo, meine liebe Tochter!« rief er, während er in Begleitung von Lord Hastings, Lord Tarryton und dessen junger Frau in die Halle trat.

Im selben Augenblick verstummte die Musik, und das Lachen erstarb den Leuten auf den Lippen. Schweigen breitete sich aus.

»Guten Tag, Vater«, grüßte Amanda kühl, obwohl ihre Hände insgeheim zitterten. Voller Gewissensbisse dachte sie an das verratene Versteck und daran, daß sie den Mann, der sie liebte, belogen hatte. O Gott, weshalb mußte ihr Vater ausgerechnet heute herkommen! dachte sie, als sie auch schon seine kalten Lippen auf ihrer Wange fühlte. Während Thom Hüte und Mäntel in Empfang nahm, bat Amanda die Gäste ins Eßzimmer, wo man Speisen und Getränke angerichtet hatte. Dabei fühlte sie Erics nachdenklichen Blick auf sich gerichtet und hätte gern gewußt, was er dachte.

Während sie ihren Gästen folgte, nahm sie aus dem Augenwinkel eine Bewegung hinter sich wahr und fuhr herum. Entsetzt sah sie, daß Erics Hände Jacques Hals umklammert hielten, obwohl sich der muskulöse Mann heftig zur Wehr setzte. Trotz aller Anstrengung brachte Eric ein Lächeln zustande. »Geh nur, mein Liebes. Ich komme sofort nach!«

»Aber Eric –«

»Kümmere dich bitte um unsere Gäste, Amanda!«

Als Amanda sah, wie Danielle beruhigend auf Jacques Bisset einsprach, gehorchte sie verwirrt und schloß seufzend die Tür hinter sich. »Anne, Sie müssen unbedingt unseren Punsch versuchen! Und die anderen natürlich auch!« Mit diesen Worten nahm sie die silberne Kanne von einem Stövchen und füllte die Gläser, in die sie zuvor noch eine kleine Zimtstange gesteckt hatte.

Als Eric eintrat, war ihm nichts von der Aufregung anzumerken. »Willkommen!« begrüßte er die Gäste und küßte Anne mit ausgesuchter Höflichkeit die Hand. Ein klein wenig zu höflich nach meinem Geschmack! dachte Amanda, doch dann sah sie, wie mitleidig er die schüchterne Frau ansah. »Ich freue mich, Sie endlich persönlich kennenzulernen. Leider konnte ich bei Ihrer Hochzeit nicht zugegen sein, doch ich habe mir sagen lassen, daß sie das Ereignis des Jahrhunderts war!« Für Sekunden leuchteten seine Augen auf. »Sehe ich recht – oder irre ich mich?«

»Durchaus nicht.« Mit diesen Worten trat Robert neben seine Frau und faßte sie um die Schultern. »Wir erwarten unser erstes Kind.«

»Oh, wie wundervoll!« Amanda hob ihr Glas. »Meinen Glückwunsch!«

»Das gilt auch für mich«, bekräftigte Eric und machte es der jungen Frau fürsorglich neben dem Kamin bequem.

Es dauerte nicht lange, bis Nigel schließlich auf eine geheime Zusammenkunft der Abgeordneten zu sprechen kam, die angeblich vorbereitet wurde. »Es wird nicht mehr allzu lange dauern, bis sich jeder von uns entscheiden muß, ob er es mit dem König oder dessen Feinden halten will.«

An der Art, wie Eric abwinkte, erkannte Amanda, wie gereizt er war. »Ich habe mich gerade auf Dunmores Bitten hin mit den Indianern herumgeschlagen und wüßte gern, weshalb Sie ausgerechnet mir so etwas sagen.«

»Weil Sie sich gegen alle diese Bestrebungen wehren sollten! Mit Ihrer Kraft und Ihrem Einfluß sollten Sie den Hitzköpfen lieber entgegentreten, statt sich auch noch auf ihre Seite zu stellen!«

»Oder sie sogar anzuführen!« bemerkte Robert Tarryton in scharfem Ton.

Da war es heraus – der Vorwurf des Verrats war laut ausgesprochen worden!

Energisch fuhr Amanda dazwischen. »Ich werde eine solche Diskussion nicht länger dulden!« verkündete sie. »Dies ist mein Haus, und heute ist Weihnachten. Wer sich nicht entsprechend benehmen will, soll das Haus verlassen! Hier ist keine Kneipe! Verstanden? Als mein Vater bist du mir jederzeit willkommen, aber nicht als Unruhestifter!«

Sekundenlang herrschte absolute Stille.

»Amanda –«, begann Sterling zögernd.

Augenblicklich erhob sich Eric und warf Amanda einen anerkennenden Blick zu. »Sie haben gehört, was meine Frau gesagt hat. Unser Weihnachtsfest hat eine sehr lange Tradition, und wir wollen es auch in diesem Jahr feiern, wie wir es immer getan haben. Kommen Sie, Lady Anne! Dieses Lied ist schön langsam, und ich würde gern mit Ihnen tanzen.«

Auf dieses Zeichen schien Robert geradezu gewartet zu haben. Rasch ergriff er Amandas Arm und führte sie auf die Tanzfläche. »Die Ehe bekommt Ihnen, Amanda. Sie sind schöner denn je!«

»Vielen Dank für das Kompliment und meinen herzlichen Glückwunsch zu dem Baby!«

»Und wie steht es mit Ihnen? Schlafen Sie etwa mit diesem Bastard?«

»Mit dem größten Vergnügen!« entgegnete sie zuckersüß.

»Sie lügen!« fauchte er und packte sie fester.

»Ich kann mir keinen aufregenderen Liebhaber vorstellen!«

»Sie haben mir immer noch nicht verziehen, doch ich weiß genau, daß Sie mich insgeheim noch immer lieben. Unsere Zeit wird kommen!«

»Wirklich?«

»Sobald hier britische Truppen einrücken, wird Ihr Mann kein leichtes Leben mehr haben!«

Nur zu gern hätte Amanda etwas Passendes erwidert, doch in diesem Augenblick trat ihr Vater zu ihnen und bat um den nächsten Tanz.

»Gut gemacht!« flüsterte Nigel Sterling. »Alle Angaben waren zutreffend.«

»Dann sind wir jetzt quitt«, bemerkte Amanda, der äußerst unbehaglich zumute war.

»Davon kann gar keine Rede sein! Du wirst weiterhin tun, worum ich dich bitte!«

»Du hast offenbar kein Gespür dafür, daß sich die Zeiten geändert haben, Vater! Inzwischen gibt es schon Haftbefehle, die niemand mehr ausführt. Die Menschen wenden sich zunehmend von Fanatikern wie euch ab!«

Er lächelte. »Wetten, daß du mir auch in Zukunft genauso gehorchen wirst wie bisher!« Ohne sie um ihre Erlaubnis zu fragen, reichte er sie im nächsten Augenblick an Lord Hastings weiter.

Amanda versuchte, höflich zu lächeln, doch die zynischen Worte ihres Vaters hallten noch in ihren Ohren. Als sie dann auch noch Lord Hastings' gierige Finger an ihrem Mieder spürte, entschuldigte sie sich hastig, sobald die Musik verstummt war, und stürzte aus dem Zimmer. Draußen auf der Veranda rieb sie sich Gesicht und Ausschnitt mit kaltem Schnee ab, bis sie sich wieder beruhigt hatte. Es dämmerte bereits, und wehmütig dachte Amanda an den Tag zurück, der so wunderschön begonnen hatte.

»Amanda.«

Überrascht stellte sie fest, daß ihr Mann ihr gefolgt war. Er schien nicht zu frieren, obwohl er nur in Hemdsärmeln war und

455

der Wind durch seine dunklen Haare fuhr. Rasch trat er zu ihr und nahm sie in seine Arme.

»Was geht hier vor?« wollte er wissen. »Weshalb ist dein Vater gekommen?«

»Heute ist schließlich Weihnachten.«

Unverwandt sah er ihr in die Augen, und Amanda wußte nur zu gut, daß das genau der richtige Augenblick gewesen wäre, um einfach die Arme um ihn zu legen und ihm alles zu gestehen. Doch aus Angst um das Leben ihres Vetters brachte sie es nicht über sich. In Gedanken befeuchtete sie ihre Lippen. Was würde wohl werden, falls es tatsächlich zum Krieg kommen sollte? Sie war mit einem Mann verheiratet, der für die Durchsetzung seiner Ansichten alles aufs Spiel setzen würde. Würde er auch sie opfern? Und wie stand es mit ihr selbst? Es war nicht leicht, es zuzugeben, aber sie liebte ihn. Und zwar noch viel verzweifelter, als sie sich jemals hatte vorstellen können. »Ich glaube, daß er nur gekommen ist, um mich zu ärgern.«

Eric drückte sie noch fester an sich. »Und was ist mit Tarryton? Ich habe dein Gesicht beobachtet, als du mit ihm getanzt hast.«

»Nichts ist mit ihm! Ich habe mich nur geärgert.«

»Wollte Gott, ich könnte dir das glauben!«

Empört wich sie zurück.

»Du hast schließlich niemals behauptet, mich zu lieben«, erinnerte er sie, wobei er sie wieder an sich zog.

»Er ist ein verheirateter Mann. Und außerdem wird er bald Vater.«

»Na und? Du bist eine verheiratete Frau.«

»Wie kannst du nur –«

Wild fluchend riß sie sich von ihm los und rannte ins Haus zurück, wo sich das Fest allmählich seinem Ende näherte. Die Dienerschaft war mit Aufräumen beschäftigt, und Amanda verabschiedete sich von den unverhofften Gästen, die noch vor Einbruch der Dunkelheit nach Williamsburg gelangen wollten. Irgendwann erschien auch Eric und begleitete die Gesellschaft zur Tür.

Amanda nutzte die günstige Gelegenheit und zog sich unauffällig zurück. Nachdem sie ihr steifes Festkleid gegen ein warmes Flanellnachthemd eingetauscht hatte, ließ sie sich an ihrem Frisiertisch nieder und bearbeitete voller Zorn ihre Lockenpracht mit einer Bürste. Irgendwann erschien Eric, der ganz offensichtlich mehr getrunken hatte als üblich. Schwer ließ er sich aufs Bett fallen und riß sich das Hemd über den Kopf.

»Weshalb bekommen wir noch kein Kind?« fragte er gepreßt, während er seine Stiefel abstreifte.

Amandas Arm erstarrte mitten in der Bewegung. »Das weiß nur Gott, denn ich habe keine Ahnung.«

Ungeduldig sprang Eric auf. Mit einer heftigen Bewegung riß er ihr die Bürste aus der Hand und bearbeitete ihre Haare mit gleichmäßigen gründlichen Strichen. »Du unternimmst nichts dagegen, oder?«

»Aber natürlich nicht!« Empört sprang sie auf und drehte sich zu ihm um. »Wie kannst du mir nur so etwas unterstellen? Seit unserer Hochzeit bist du doch fast immer fort gewesen!«

Plötzlich war sein Gesichtsausdruck ganz weich und zärtlich. »Dann liegst du also nicht im Bett und träumst davon, daß die Duchess möglicherweise sterben könnte –«

»Wie kommst du nur auf solche Gedanken?« Entsetzt wich sie vor ihm zurück, aber er packte sie nur und drückte sie auf ihren Stuhl zurück. Diese Berührung war zuviel für Amanda. Wie ein Blitz durchfuhr sie heiße Sehnsucht und aufstöhnend lehnte sie ihr Gesicht an Erics Bauch. Liebkosend fuhr sie mit ihrer Zunge über alle Muskeln, die sich unter der Berührung zusammenkrampften, und schließlich öffnete sie seine Hose und ließ ihre Lippen weiterwandern, bis Eric sie aufstöhnend hochzog und in seine Arme schloß. Im selben Augenblick fühlte sie sich hochgehoben, und schon drang er mit solcher Hitze und Wucht in sie ein, daß augenblicklich die Wogen der Ekstase über ihr zusammenschlugen. Nachdem Erics wilde Zuckungen abgeebbt waren, schob sie seinen Körper von sich und rollte sich beschämt zur Seite. Wie konnte sie ihn nur so abgrundtief hassen, und sich doch gleichzeitig so verzweifelt nach seinen Berührungen sehnen?

»Amanda –«, Eric versuchte, sie zurückzuziehen.

»Nein!«

»Oh, doch«, widersprach er leise lachend und drehte sie zu sich herum. Dann küßte er sie zart auf die Stirn. »Vielleicht wirst du mich nach dieser Nacht besser verstehen. Ich habe dich so ver-

457

zweifelt begehrt, und mich gleichzeitig für diese Schwäche verachtet. Wut, Leidenschaft, Liebe und Schmerz liegen so nahe beieinander.«

Amanda kuschelte sich in seine Arme und fühlte seinen Atem in ihrem Haar. »Ach, könnte die Welt doch einfach stehenbleiben«, seufzte er, und sofort fiel Amanda siedendheiß die Karte in ihrem Schmuckkasten ein.

Als sie leise erschauerte, schlossen sich seine Arme fester um sie. »Ist dir kalt?«

»Nein«, log sie und wechselte rasch das Thema. »Was war vorhin eigentlich mit Jacques los?«

»Er wollte deinen Vater umbringen. Ich konnte ihn gerade noch daran hindern.«

Ruckartig stützte Amanda sich auf und starrte ihren Mann an, der auf dem Rücken lag und die Arme hinter dem Kopf verschränkt hatte. »Und weshalb?«

»Das weiß der Himmel«, erwiderte Eric ruhig und streichelte über ihr Kinn. »Ich hätte auch schon manchmal große Lust dazu verspürt. Er ist wirklich kein netter Mensch.« Rasch zog er Amanda wieder an sich. »Aber du bist nicht für ihn verantwortlich«, beschloß er knapp das Thema.

»Hast du Jacques bestraft?«

»Ihn bestraft? Ganz bestimmt nicht, denn er ist doch ein freier Mann.«

»Und wie hast du ihn beruhigt?«

Eric schwieg eine ganze Zeit. »Ich habe gesagt, daß ich das selbst tun werde«, sagte er schließlich und hielt sie eisern fest, als sie sich aufrichten wollte. »Und jetzt schlaf, Amanda, denn es war ein langer Tag!«

Mucksmäuschenstill lag sie in seinen Armen, aber an Schlaf war nicht zu denken.

Das neue Jahr 1775 begrüßten sie in Williamsburg, wo der Gouverneur zu einem großen Fest eingeladen hatte. Trotz der angespannten Situation waren alle wichtigen Leute gekommen. Amanda war ein wenig beklommen zumute, als sie ihre Augen über die festliche Gesellschaft schweifen ließ, und konnte sich des Gefühls nicht erwehren, als sei dies für lange Zeit das letzte Mal. Sie sah

Damien lachen, während er mit Geneva tanzte, und als er kurz darauf sie aufforderte, schalt sie ihn wegen seiner Abwesenheit am Weihnachtsabend. Doch der junge Mann reagierte überaus ernst und beinahe zurückweisend, so daß sie ihn am liebsten an den Ohren gezogen hätte. Ohne ihn hätte sie sich schließlich nie in dieser Zwangslage befunden, dachte sie. Als sie schon drauf und dran war, ihm Vorwürfe zu machen, gab Damien sie frei, weil ihr Vater ihm auf die Schulter geklopft hatte.

»Ich brauche noch etwas«, teilte er ihr in schroffem Ton mit, während sie sich im Tanz drehten.

»Wie bitte?«

»In Boston treffen vermehrt britische Truppen ein. Ich fürchte allerdings, daß wir hier keine Hilfe erhalten werden, wenn wir nicht noch mehr Beweise vorlegen können.«

»Woher soll ich die denn haben? Eric ist doch gerade erst wieder nach Hause gekommen!«

»Dann gib dir Mühe und finde etwas!«

»Nein!«

»Das werden wir ja sehen«, entgegnete er fast gleichmütig und ließ sie mitten auf der Tanzfläche stehen.

Amanda flüchtete sich förmlich zum Tisch hinüber, wo Punsch ausgeschenkt wurde, und lief dabei Robert Tarryton genau in die Arme.

»Na, brauchen Sie eine Stärkung, meine Liebe?«

»Ich bin nicht Ihre Liebe!«

Über den Rand seines Glases hinweg fixierte er die Locken, die sich auf Amandas nackten Schultern kringelten. »Unsere Zeit rückt immer näher. Im März soll eine geheime Zusammenkunft der Abgeordneten von Virginia stattfinden, und zwar in Richmond. Der Gouverneur weiß nichts.«

»Das kann nicht ganz stimmen, da Mr. Randolph mit der Bitte um Wahlen an den Gouverneur herangetreten ist.«

»Ihren Mann hat man auch dazu eingeladen.«

»Wie bitte? Ich denke, es ist eine geschlossene Gesellschaft.«

»Keineswegs. Jedenfalls weiß ich aus sicherer Quelle, daß Ihr Mann zugesagt hat.« Lächelnd verbeugte er sich. »Sie werden schon sehen, Amanda«, flüsterte er ihr noch zu, bevor er in der Menge verschwand.

Als Amanda wenige Augenblicke später auch noch feststellen mußte, daß Eric in ein Gespräch mit einem Mitglied des House of Burgesses vertieft war, fühlte sie sich doppelt hintergangen und verlangte nach ihrem Mantel, weil sie im Garten frische Luft schöpfen wollte. Ziellos wanderte sie zwischen den kahlen Beeten umher, die in der Winterkälte ebenso erstarrt waren wie ihr Herz. Demnach war ihre Meinung über Eric eben doch richtig gewesen! Weshalb hatte sie sich nur ausgerechnet in ihn verliebt?

Plötzlich rissen sie aufgeregte Stimmen aus Richtung der Ställe aus ihren Gedanken. Rasch lief sie hinüber und beobachtete, wie ein älterer Mann einigen Stallknechten Anweisungen gab. Sie umstanden ein gesatteltes Pferd, das in grotesker Verrenkung auf dem Boden lag und zu schlafen schien.

»Was ist geschehen?« rief Amanda.

Der ältere Mann wischte sich den Schweiß von der Stirn und grüßte höflich. »Ich fürchte, wir werden dem armen Kerl nicht helfen können. Ich habe keine Ahnung, was ihm fehlt. Er ist einfach zusammengebrochen. Übrigens gehört das Pferd Mr. Damien Roswell.«

Mit vereinten Kräften war es den Stallknechten gelungen, das Pferd auf die Füße zu stellen. Wild rollten die dunklen Augen, doch schon im nächsten Moment wurden sie glasig, und Sekunden später knickten die Vorderfüße ein, und dann brach das wunderschöne Tier endgültig zusammen.

Entsetzt fuhr Amanda zurück. Es war Damiens Pferd, und es war tot! Ihrem Vetter stand dasselbe Schicksal bevor, wenn sie ihrem Vater nicht gehorchte.

»Mylady!« rief jemand, doch da lag sie bereits ohnmächtig auf der Erde.

Als sie die Augen aufschlug, befand sie sich inmitten einer großen Menschenmenge und fühlte, wie Eric sie auf seine Arme hob. Mißtrauen und Sorge spiegelten sich in seinem Blick.

»Bitte bring mich nach Hause«, hauchte sie und drückte sich eng an Erics Brust, um Damiens beunruhigten Gesichtsausdruck nicht sehen zu müssen.

Nachdem man sie zu Hause entkleidet und ins Bett gesteckt hatte, erschien Eric mit frisch aufgebrühtem echten Tee, den er mit seinem eigenen Schiff direkt aus China importiert hatte, und erkundigte sich nach dem Grund für ihre Aufregung.

»Das Pferd – es ist vor meinen Augen gestorben!«

»Das kann unmöglich der ganze Grund sein!«

Amanda warf ihm einen beleidigten Blick zu. »Wenn Geneva oder Anne dasselbe passiert wäre, wärst du mit Sicherheit überaus besorgt gewesen. Ein solcher Anblick ist nun einmal nichts für eine Frau!«

»Aber du bist aus härterem Holz geschnitzt. Du bist kein solches zartes Geschöpf und erst recht keine Lady!«

Erregt schlug sie nach ihm und brachte dabei das Tablett in Gefahr, doch Eric rettete es und stellte es auf einem Tisch ab, bevor er sich wieder umwandte. »Amanda –«

Inzwischen hatte sich Amanda herausfordernd aufgerichtet. »Ich war sehr überrascht, als ich erfahren habe, daß du nach Richmond gehen wirst.«

Mit dieser Wendung hatte er nicht gerechnet und sah plötzlich sehr niedergeschlagen drein. »Aha! Diese Weisheit hast du von deinem alten Liebhaber. Eine zauberhafte Spionin bist du!«

»Das bin ich nicht!« fauchte sie und trommelte wütend gegen seine Brust. »Du dagegen bist ein –«

Er packte ihre Handgelenke, und seine Augen hatten sich zu schmalen Schlitzen verengt. »Ja, ich weiß. Ich bin ein Verräter! Was ist mit Damiens Pferd geschehen?«

Verbissen versuchte sie, ihre Hände zu befreien, und mied dabei seinen Blick, denn sie konnte ihm doch nicht sagen, daß er und Damien sich ihrer Meinung nach in derselben Gefahr befanden wie dieses Tier. »Ich bin müde, Eric.«

»Amanda –«

Ohne zu überlegen nahm sie zu einer Lüge Zuflucht, die sie schon bereute, bevor sie sie ganz ausgesprochen hatte. »Ich – fühle mich nicht wohl. Vielleicht – vielleicht bekomme ich ein Kind.«

Augenblicklich ließ Eric sie los und bettete sie voller Zärtlichkeit zurück auf die Kissen. »Glaubst du wirklich?«

»Ich kann es noch nicht sagen«, antwortete sie gequält. »Bitte! Ich fühle mich so schrecklich müde!«

»Ich werde in einem anderen Zimmer schlafen«, beruhigte er

sie und küßte sie unendlich zart auf die Stirn und dann auf die Lippen.

Sie sah ihm nach, als er das Zimmer verließ, und ihr Herz schmerzte zum Zerspringen. Dann lag sie lange wach, wälzte sich ruhelos im Bett hin und her und versuchte vergeblich, die quälenden Gedanken loszuwerden. Irgendwann stand sie auf und zog sich rasch an. Danach kramte sie mit zitternden Händen die Karte aus ihrem Schmuckkasten hervor. Sie mußte ja nicht sagen, woher sie stammte. Genausogut hätte sie sie auf dem Boden einer Kneipe gefunden haben können.

Lautlos schlich sie sich aus dem Haus und hätte fast laut aufgeschrien, als nur wenige Häuser weiter plötzlich eine Gestalt hinter einem der Bäume hervortrat und ihr den Weg versperrte.

»Ich war mir ziemlich sicher, daß du etwas für mich auftreiben würdest«, grinste ihr Vater.

Hastig warf sie ihm die Karte hin. »Das ist alles. Mehr gibt es nicht. Hast du mich verstanden?«

»Was ist es denn?«

»Soviel ich erkennen kann, ist es ein Lageplan von Waffenverstecken an dieser Küste. Von jetzt ab ist endgültig Schluß!«

»Und wenn es zum Krieg kommt?«

»Ach, laß mich in Ruhe!«

Sein Lachen verfolgte sie, während sie wie von Furien gehetzt zum Haus zurücklief. Erlöst ließ sie sich von innen gegen die Tür sinken und schloß für Sekunden die Augen. Sie konnte nur hoffen, daß sie ihn damit für einige Monate zufriedengestellt hatte!

Als sie die Augen aufschlug und zur Treppe ging, durchfuhr sie ein eisiger Schreck. Vor ihr auf der Treppe stand Eric, und es war kein Alptraum, sondern die nackte Wirklichkeit. Er hatte seinen Hausmantel in so großer Eile übergeworfen, daß er über der Brust gar nicht richtig geschlossen war und seine schwarzen Haare hervorquollen. Seine Hand umklammerte das Geländer, als ob sie sich schon um ihren Hals gelegt hätte, und seine Augen waren schwarz vor Zorn. »Wo bist du gewesen?«

»An der – an der frischen Luft.«

»Gerade warst du noch müde! Wo bist du gewesen?«

»Ein Gentleman fragt so etwas nicht.«

»Es ist hinreichend bekannt, daß ich kein Gentleman bin. Wo bist du gewesen?«

»Draußen!« Als er in drohender Haltung auf sie zukam, wich sie zurück. »Du kannst mich nicht zwingen, es dir zu sagen! Du kannst mich nicht –«

Als er dicht vor ihr war, schlug sie voller Panik nach ihm, doch er duckte sich nur und warf sie sich kurzerhand über die Schulter.

»Nein! Laß mich sofort runter! Man wird uns hören – hör auf!«

Mit Macht klatschte seine flache Hand auf ihr Hinterteil. »Das ist mir herzlich gleichgültig! Ich kann dich vielleicht nicht zwingen, mir zu sagen, was du nachts auf der Straße zu suchen hattest, doch ich werde den Teufel tun und mich von dir aus meinem Schlafzimmer vertreiben lassen!«

Wie wild trommelte sie auf seinen Rücken, doch es nützte nichts. Hilflos mußte sie erleben, daß Eric sie nach oben ins Schlafzimmer schleppte und aufs Bett warf. Und als sich seine Lippen gierig auf ihren Mund preßten, dachte sie noch flüchtig an seine Worte. Wut und Leidenschaft lagen wirklich sehr nahe beieinander. Sie wollte sich noch wehren, doch die Flammen der Leidenschaft machten jeden Versuch zunichte.

Als sie am Morgen erwachte, war Eric bereits fort. In einem Brief teilte er ihr mit, daß er zur Versammlung fuhr, und befahl ihr, unverzüglich nach Hause zurückzukehren. Er gab der Hoffnung Ausdruck, daß sie sich seiner Anordnung nicht widersetzen würde. Ansonsten hätten die Diener Anweisung, die Durchsetzung seiner Wünsche zu erzwingen.

Mit einem unterdrückten Wutschrei schleuderte Amanda ihr Kissen quer durch das Zimmer und warf sich dann weinend aufs Bett. Ihre Liebe, die gerade erst aufgeblüht war, war auf dem Schlachtfeld der Revolution vernichtet worden!

Teil III

Freiheit oder Tod

12. Kapitel

St. John's Episcopal Church
in der Nähe von Richmond, Virginia
März 1775

Da in Richmond kein ausreichend großer Versammlungsraum zur Verfügung stand, hatten sich die Abgeordneten in einer Kirche etwas außerhalb der Stadt versammelt, was die Ernsthaftigkeit ihres Ringens um die richtigen Entscheidungen noch ganz besonders unterstrich. Nach erregten, hitzigen Debatten war man übereingekommen, daß der Ruf nach Frieden sinnlos war, solange in anderen Kolonien bereits mehr oder weniger Kriegszustand herrschte. Als man am Abend auseinanderging, war beschlossen worden, Truppen auszuheben, um Virginia wirksam verteidigen zu können. Während der folgenden Tage mußten noch die Delegierten für den zweiten Congress in Philadelphia bestimmt werden.

Während Eric an Washingtons Seite den Versammlungsraum verließ, dachte er noch einmal an alle Reden zurück, die er am heutigen Tag gehört hatte. Noch vor zwei Jahren wären solche Sätze der reinste Verrat gewesen, doch heutzutage waren nur noch die allerverbissensten Loyalisten dieser Meinung.

»Ich fürchte, das war ein geschichtsträchtiger Tag«, meinte Washington, während sie einer der Tavernen zustrebten. »Meiner Meinung nach wird es Krieg geben.«

»Das ist auch meine Ansicht«, erwiderte Eric.

»Was werden Sie dann tun?«

»Ich hoffe doch sehr, mein lieber George, daß ich im Lauf der Jahre meine Loyalität gegenüber Virginia oft genug unter Beweis gestellt habe.«

»Das steht außer Frage. Ich dachte eher an Ihre anderen Interessen. Viele meiner Freunde, auch Fairfax und Sally, haben sich für die Heimkehr nach England entschieden.«

»Solche Gespräche habe ich auch mit einigen meiner Verwandten geführt. Noch heute abend treffe ich mich mit einem Vetter, dem ich meine Besitzungen in England verkaufen will. Dafür wird er mir sein Land überlassen, das an meinen Besitz grenzt.«

Eindringlich fixierten ihn Washingtons Augen. »Und wie steht es mit Ihrer Frau?«

Ohne es zu wollen, verriet Eric seine widerstreitenden Gefühle, indem er zu rasch antwortete. »Ich weiß nicht, was Sie meinen.« Er für seine Person hatte sich entschieden, doch in seine sehnsuchtsvollen Gedanken an Amanda mischten sich immer wieder quälende Unsicherheiten und Mißtrauen. Er konnte ihr nicht vertrauen. Was hatte sie mitten in der Nacht auf der Straße gemacht? Hatte sie sich mit einem einflußreichen Tory oder gar mit einem Liebhaber getroffen, oder waren die beiden womöglich ein und dieselbe Person? Wegen der Schwangerschaft hatte sie ihn belogen, und auch über den Tod von Damiens Pferd schien sie mehr zu wissen, als sie zugegeben hatte. »Was soll diese Frage?«

»Mißverstehen Sie mich nicht, Eric. Ich bin Ihr Freund. Aber genausogut ist bekannt, daß sich Lady Camerons Ansichten nicht geändert haben.«

»Verdächtigt man sie?« fragte Eric geradeheraus.

»Ich wollte Sie nicht beleidigen.«

»Das sehe ich auch nicht so. Amanda ist meine Frau und wird an meiner Seite stehen.«

»Aber –«

Ein trotziger Zug erschien um Erics Mund. »Andernfalls werde ich dafür sorgen.«

»Und falls –«

»Falls es nötig werden sollte, werde ich sie auch fortschicken. Darauf gebe ich Ihnen mein Wort.«

Washington seufzte aus tiefster Seele. »Ich hoffe nur, mein Freund, daß sie es können. Doch jetzt wollen wir uns endlich einen Schluck genehmigen. Ich habe das dunkle Gefühl, daß die Zukunft mit Riesenschritten näherrückt. Wer weiß, ob wir dann noch Zeit dazu haben werden.«

Ungefähr zwanzig Minuten später saßen sie am Tisch, an dem bereits Richard Henry Lee, Patrick Henry und verschiedene andere Abgeordnete Platz genommen hatten. Außerdem hatte sich Pierre Dupree, ein älterer, sehr gepflegt gekleideter Gentleman aus der nördlichen Umgebung der Stadt, zu ihnen gesetzt. Die Männer tranken und scherzten, um die Anspannung des Tages loszuwerden. Zwischendurch fiel Eric auf, daß Dupree ihn nicht aus den Augen ließ und praktisch kaum an den Gesprächen der anderen teilnahm.

Als die Kerzen auf ihrem Tisch bereits weit heruntergebrannt waren und sich die Freunde bereits verabschiedet hatten, faßte sich Eric ein Herz. »Monsieur Dupree, ich habe den Eindruck, daß sie mich den ganzen Abend über beobachtet haben, und ich wüßte gern den Grund dafür.«

Der ältere Mann zuckte die Achseln. »Ich bin neugierig, Monsieur.«

»Neugierig?« Eric hob sein Glas und prostete dem Mann zu. »Ich muß zugeben, daß mich ihre Antwort überrascht hat. Reden Sie nur frei heraus!«

Dupree holte tief Luft. »Ich hoffe nur, daß Sie sich nicht beleidigt fühlen und meine Information Ihnen nützt.«

»Sie machen mich neugierig. Schießen Sie los!«

Dupree gab sich einen Ruck. »Soviel ich weiß, ist Amanda Sterling inzwischen Lady Cameron geworden.«

Ein rasiermesserscharfer Schmerz durchzuckte Eric. »Das stimmt.« Sein Gesichtsausdruck verfinsterte sich. »Reden Sie endlich, Mann! Ich bin müde und verliere leicht die Geduld.«

»Ich muß etwas ausholen –«

»Dann los!«

»Nun gut. Vor Jahren habe ich ihre Mutter gekannt.«

»Die Mutter meiner Frau?«

»Ja, sie war eine bezaubernde Person. Liebenswert und zart, und dabei voller Leidenschaft, Energie und Vitalität. Wenn ich nur an sie denke, fühle ich mich gleich wieder jung. Sie war so lebendig, so voller Lebensfreude!«

Wie Amanda, dachte Eric. »Weiter!« brummte er.

Pierre Dupree beugte sich ein wenig vor. »Ich war damals häufig in Williamsburg. Ich bin zwar Franzose, doch da ich in Virginia geboren wurde, bin ich gleichzeitig Untertan des englischen Königs. Als ich vom Schicksal der leidgeprüften Akadier erfuhr, kam ich nach Williamsburg, um mich ihrer anzunehmen. Verstehen Sie?«

Eric nickte nur, worauf Dupree weitersprach. »Ich zählte zu Lenores Freunden, und eines Tages fragte sie mich um Rat.«

»Und weshalb?«

»Angesichts des Flüchtlingselends hatte die gute Seele ihren Mann gebeten, einige dieser Leute einzustellen. Ich nehme an, daß Sie Nigel Sterling kennen?«

Eric nickte mit undurchsichtiger Miene.

»Sie hätte diesen Mann niemals heiraten dürfen. Ein so grausamer, geltungssüchtiger Mann wie er verdiente Lenore nicht.«

»Ich bitte Sie, Sir! Die gute Frau ist schon seit vielen Jahren tot und begraben. Sie ist längst von ihm erlöst. Weshalb jammern Sie so?«

»Sie kam damals zu mir, weil sie ein Kind erwartete, allerdings nicht von Nigel Sterling, sondern von einem netten jungen Franzosen. Genaugenommen von einem Akadier, den Sterling bei sich aufgenommen hatte.«

Hörbar sog Eric die Luft durch die Nase und musterte sein Gegenüber mit gespannter Aufmerksamkeit.

»Lenore liebte diesen Mann. Einen größeren Unterschied als den zwischen diesem harten, unbeugsamen Sterling und dem gutaussehenden Franzosen mit auffallend hellen Augen und schwarzem Haar konnte man sich kaum vorstellen! Obwohl dieser Mann Lenore liebte, dachte ich damals nur an den möglichen Skandal und beschwor meine Freundin, in ihrem eigenen Interesse und dem ihres Franzosen ihren Mann in Unkenntnis zu lassen.« Seufzend schüttelte er seinen Kopf. »Es war der falscheste Ratschlag, den ich geben konnte! Sie hätte mit diesem Mann davonlaufen und in New Orleans ein neues, glückliches Leben beginnen sollen! Statt dessen –«

»Statt dessen? Verdammt, Mann reden Sie!«

»Den Rest der Geschichte kenne ich nicht mit absoluter Sicherheit.« Bedauernd zuckte Dupree die Achseln. »Ich weiß nur, daß Sterling alles entdeckt hat. Bei einem Handgemenge ist seine Frau eine Treppe hinuntergestürzt und brachte ihre kleine Tochter zu früh zur Welt. Als sie hilflos auf dem Bett lag und verblutete, schwor er, ihren Liebhaber zu töten und sich an ihrer Tochter für die Sünden der Mutter zu rächen. Nach Lenores Tod soll er seine Drohung wahrgemacht und den jungen Franzosen erschlagen und verscharrt haben.«

»Mein Gott!« stieß Eric hervor. Diese Anschuldigungen waren so ungeheuerlich, daß er sie am liebsten weit von sich gewiesen hätte. Doch er kannte Nigel Sterling, und er hatte miterlebt, wie grausam dieser Mann mit seiner Tochter umsprang. Plötzlich bäumte sich sein Herz in wilder Sehnsucht auf. Er wollte ihr so gern glauben, sie lieben, sie beschützen, und er fragte sich, welche Handhabe dieser Nigel Sterling wohl gegen sie hatte.

Urplötzlich fiel ihm wieder der Weihnachtstag ein, als sich Jacques so blindlings auf Nigel Sterling hatte stürzen wollen. Diesen Jacques hatte Erics Vater vor vielen, vielen Jahren halbtot im Straßengraben gefunden. Jacques war bewußtlos gewesen und hatte sich an nichts erinnern können. Er hatte lediglich gewußt, daß er Franzose war. Die eindrucksvollen Augen, die feinen Gesichtszüge, der wohlgeformte Mund –

»Ihr Vater!«

»Wie bitte?«

Eric schüttelte energisch den Kopf. »Nichts.«

Plötzlich sah Dupree sehr unglücklich drein. »Lord Cameron, niemand kennt diese Geschichte. Sie dürfen Ihre Frau nicht wegen Ihrer Herkunft verachten!«

»Ich kann Ihnen versichern, Sir, daß mir das niemals in den Sinn käme!« Er mochte sich vielleicht aus vielerlei Gründen über sie ärgern, doch daß sie nicht Nigel Sterlings Tochter war, erfüllte ihn mit Freude.

»Sir, ich habe Ihnen dieses Geheimnis mitgeteilt, weil ich das meiner alten Freundin schuldig war. Mein Gewissen hat mir keine Ruhe gegeben.«

»Ich versichere, daß Ihr Geheimnis bei mir gut aufgehoben ist. Allerdings bitte ich um die Erlaubnis, meiner Frau zu gegebener Zeit davon erzählen zu dürfen.«

»Welchen Sinn sollte es haben, einer Dame ihrer Stellung zu eröffnen, daß sie lediglich ein Kind der Liebe ist?«

»Offen gesagt ein Bastard«, verbesserte ihn Eric und lächelte.

»Trotzdem. Ich kann mir nämlich gut vorstellen, daß sie sich eines Tages möglicherweise darüber freuen wird!«

»Nun, dieser Ansicht kann ich nicht widersprechen. Amanda ist schließlich Ihre Frau, und Sie müssen sie besser kennen.«

Nicht halb so gut, wie ich gern möchte, dachte Eric. »Ich danke Ihnen von Herzen, Monsieur!« sagte er statt dessen, als Dupree sich schließlich von ihm verabschiedete.

Danach saß Eric noch eine ganze Zeit am Tisch und starrte nachdenklich in die Kerzenflamme. Schließlich rief er laut nach Briefpapier und Feder, weil er an Amanda schreiben wollte. Er hatte ihr noch längst nicht vergeben und wußte auch nicht, ob ihm das je möglich sein würde. Aber er liebte sie, und er begehrte sie. Jacques und die Dienerschaft hatten zwar den Auftrag, sie im Auge zu behalten, doch in Wirklichkeit war er allein für das Verhalten seiner Frau verantwortlich. Während des Tages plagte er sich mit wichtigen Entscheidungen, die sein Land betrafen, doch in den Nächten quälte ihn die Sehnsucht nach Amanda, und gleichzeitig mußte er sich eingestehen, daß er keine Ahnung hatte, welche Gedanken in ihrem zauberhaften Köpfchen spukten. Nachdem er nun soviel mehr von ihr wußte, wollte er erneut versuchen, ihr Herz und ihre Gedanken zu erkunden. Allerdings durften dadurch weder sein Land noch seine Männer in Gefahr geraten.

Da er nicht wußte, wie Amanda auf seinen etwas barschen Brief reagieren würde, legte er auf dem Rückweg aus Richmond in der Raleigh Tavern Station ein und erfrischte sich erst einmal mit einem kühlen Bier. Während er ein Bad nahm, dachte er an den Riß, der sich zwischen ihnen aufgetan hatte, und überlegte, ob sie es nicht vielleicht vorgezogen hatte, sich seinem Befehl zu widersetzen. Sein Brief war kurz und knapp gewesen, denn sein Stolz hatte nichts anderes zugelassen.

Als er jedoch einige Zeit später auf das Haus zuritt, erkannte er Amandas Silhouette hinter einem der hellerleuchteten Fenster. Der Mond stand hoch am Himmel, und rundherum dufteten die ersten Frühlingsblumen. Offenbar hatte sie etwas gehört, denn wenige Sekunden später trat sie auf die Veranda.

»Eric?«

Wortlos sprang er vom Pferd und gab ihm einen auffordernden Klaps, damit es sich allein auf den Weg zum Stall machte. Amanda verharrte reglos, und ihr weißes Kleid leuchtete im Mondlicht wie der helle Frühling. Ihre Augen konnte er nicht sehen, doch er hätte schwören können, daß ein freundlicher Unterton in ihrer Stimme mitgeklungen hatte.

Langsam ging er den Weg entlang auf sie zu und suchte unablässig ihren Blick, bis er so nahe vor ihr stand, daß ihr bezaubernder Duft ihn ganz und gar einhüllte. Als er sah, wie aufgeregt der Puls an ihrem Hals klopfte, hätte er sie am liebsten in die Arme gerissen und ins Schlafzimmer getragen. Aber vielleicht war sie ja auch nur so erregt, weil sie ihn wieder hintergangen hatte? Ihre wunderschönen Augen, so riesengroß, so fragend, so voller Liebe – Mühsam hielt er seine Hände im Zaum. »Du bist also gekommen«, sagte er nur.

Steif trat sie einen Schritt zurück, und ein kühler Ausdruck trat in ihre Augen. »Ich habe lediglich deinen Befehl befolgt.«

Er trat ganz nah zu ihr hin und blickte mit zynischem Lächeln auf sie hinunter. »Ich habe dir auch befohlen, mir den Grund für deinen nächtlichen Ausflug zu nennen, doch du hast dich geweigert!«

Sie entzog sich ihm und wandte sich ab. »Wenn du mich nur hast kommen lassen, um mit mir zu streiten –«

Blitzschnell packte er ihren Arm und drehte sie zu sich herum, worauf sie ihn wütend anfunkelte. Insgeheim verfluchte Eric die heftige Erregung, die ihn regelmäßig überfiel, sobald er seine Frau auch nur berührte. »Hör zu, mein Schatz«, preßte er hervor, weil ihn die Hitze ihres Körpers fast um den Verstand brachte. »In Zukunft ist es für Leute wie dich auf den Straßen viel zu gefährlich. Man könnte dich aufhängen.«

»Es gibt sicher auch Leute, die genau dasselbe gern mit dir anstellen würden!« fauchte sie und riß sich von ihm los. »Müssen wir das ausgerechnet hier draußen besprechen?«

Er mußte lachen. »Du hast völlig recht. Ich möchte eigentlich auch lieber ins Schlafzimmer.«

Als sie leicht errötete, überlegte er, ob sie ihn wohl ein ganz klein wenig vermißt hatte, doch als sie in den Wohnraum gehen wollte, zog er sie zur Treppe. »Ich habe gesagt, daß ich im Schlafzimmer weiterreden möchte! Hier hinauf!«

Plötzlich riß sie sich los und rannte vor ihm die Stufen hinauf, und als er hinter ihr ins Zimmer trat, saß sie bereits an ihrem Frisiertisch und riß sich mit wütenden Bewegungen die Nadeln aus dem Haar. Als er hinter sie trat, schnellte sie hoch und fuhr herum.

»Du benimmst dich wie ein eitler Gockel!« fauchte sie. »Ich habe es gründlich satt, mich nach Belieben herumkommandieren zu lassen! Wage es nicht, mich anzufassen!«

»Und wie ich das tun werde!« rief er, und dabei umklammerten seine Finger die Stuhllehne, daß die Knöchel weiß hervortraten. »Ich werde sogar noch viel mehr tun! Wenn du dich weiterhin so ablehnend verhältst und dich so kindisch benimmst, werde ich zu meinem Bedauern zu einem altbewährten Mittel greifen müssen!«

Sofort dachte sie an den Tag der Jagd. Entsetzt riß Amanda die Augen auf, und noch bevor Eric sich versah, flog die Haarbürste in seine Richtung. Glücklicherweise konnte er sich rechtzeitig dukken. Amanda sah schuldbewußt drein, denn sie wußte natürlich, daß sie zu weit gegangen war. Dabei hatte sie diesen Streit überhaupt nicht gewollt, sondern sich so sehr nach Eric gesehnt.

Doch jetzt war alles verdorben. Sie mußte erst einmal Zeit gewinnen. »Bitte habe ein wenig Geduld, Eric. Vielleicht sollten wir später miteinander reden.«

»Ich will gar nicht reden, Amanda«, entgegnete er.

Als er sich ihr näherte, griff sie nach einem Buch, das auf einem Sessel liegengeblieben war, und diesmal war sie erfolgreicher. Das Buch traf Eric mitten auf der Stirn.

Trotz ihrer heftigen Gegenwehr packte er sie, und nur Sekunden später saß er auf dem Sessel und hatte Amanda über seine Knie gezogen. Ohne Mitleid bearbeitete er ihre Rückseite, bis Amanda so heftig zappelte, daß sie auf den Boden rutschte.

»Du mußt übergeschnappt sein! Nach allem, was du getan hast! Dies ist weder die Zeit noch der richtige Ort.« Blitzartig war sie auf den Beinen, doch Eric war noch schneller. Er warf sich gegen die Tür und blockierte ihr den Fluchtweg.

»Genau die richtige Zeit und genau der richtige Ort, mein Schatz! Unser Bett erwartet uns bereits, wie du siehst!«

»Ich habe nicht die Absicht, mit dir ins Bett zu gehen. Kapiert?«

»Zugegeben, auf dem Boden wäre es bestimmt auch ganz nett!«
Stürmisch riß er sie in seine Arme, und als sie strauchelte, fühlte
sie sich hochgehoben und fand sich gleich darauf auf dem Boden
wieder. »Ich habe dich so entsetzlich vermißt!« hauchte er, und
seine Augen glühten vor Leidenschaft.

»Du bist ein Scheusal!« schimpfte sie schon ein ganzes Stück zah-
mer. »Auf dem Boden –« Sie legte eine kleine Pause ein und befeuchtete ihre Lippen. »Auf dem Boden will ich dich nicht lieben!«

Aber Eric nahm keine Notiz von ihrem Protest, sondern küßte
sie ganz sanft. Als sie dann auch noch fühlte, wie seine Finger an
ihrem Mieder nestelten, dachte sie nur noch daran, wie sehr sie
ihn vermißt hatte.

»Du liebst mich, wo immer es mir gefällt!« stöhnte er, bevor er
sich in ihrem Mund vergrub.

Plötzlich waren seine Hände überall, unter ihrem Hemd, ihren
Unterröcken, und betasteten ihre blanke Haut, und Amanda mußte hilflos miterleben, wie ihr Widerstand sie verließ, als er sich
zwischen ihre Schenkel drängte und mit den Fingern in ihre heiße
Scham eintauchte. Sie war wie im Rausch und merkte nicht einmal, wie er seine Hose abstreifte. Als sein Glied schließlich machtvoll in sie eindrang, ergab sie sich willenlos seinem Rhythmus und
wurde in solche Höhen mitgerissen, daß es ihr schwarz vor Augen
wurde.

Lange lag Amanda mit geschlossenen Augen da und fühlte nur
wie Eric aufstand und sie dann fürsorglich aufhob. Als er sie auf
dem Stuhl vor ihrem Frisiertisch absetzte, trafen sich ihre Augen
im Spiegel.

»Weshalb kämpfen wir nur immer wieder so?« fragte er, während er mit der Bürste über ihre lockigen Haare strich.

Amanda schüttelte nur den Kopf, ohne etwas darauf zu antworten.

Mit langsamen, gezielten Bewegungen streifte Eric ihr die Trä-
ger von den Schultern und öffnete das Mieder bis zur Taille, so
daß er ihre Brüste im Spiegel bewundern konnte. Amanda hielt
still und sah Eric nur unverwandt an. Als er jedoch mit den Daumen sacht über die Haut ihrer Brüste strich und dann vorsichtig
ihre Warzen knetete, stöhnte sie aus tiefster Seele und ließ ihren
Kopf willenlos gegen seine Brust sinken.

Voller Bewunderung ruhten Erics Augen auf den rosig schimmernden Brüsten, die unter seinen Händen zum Leben erwacht waren. Er beugte sich vor und schmeckte ihre süßen, bebenden Lippen. »Ich werde dich nie mehr fragen, was du dort draußen gemacht hast«, flüsterte er, »aber ich werde es auch nie mehr zulassen. Verstanden?« Als sie nur gehorsam und ergeben nickte, zog er sie ungeduldig hoch und umschlang sie. »Du brauchst dich nicht vor ihm zu fürchten, Amanda! Hast du das gehört? Du brauchst vor Nigel Sterling keine Angst mehr zu haben!«

Amanda schrak vor seinen heftig hervorgestoßenen Worten zurück, doch Eric bedrängte sie weiter. »Verdammt, hast du mich verstanden? Du mußt sowohl ihn als auch Tarryton meiden, sonst werde ich mich gezwungen sehen, einen von beiden umzubringen. Ist dir das klar? Ich bin dein Mann und werde dich beschützen!«

Seufzend wollte sie sich an ihm schmiegen, doch er umfaßte ihre Schultern und schüttelte sie heftig. »Hast du mich verstanden, Amanda?«

»Ja, ja!« schrie sie gereizt und wollte sich losreißen, doch Eric ließ es nicht zu. Hart und fast schmerzvoll preßten sich seine Lippen auf die ihren – bis Amandas Widerstand irgendwann verflog und sie hingebungsvoll und anschmiegsam in seinen Armen lag.

Sofort wurde seine Zunge sanfter, und seine Lippen hauchten verführerisch über ihr Gesicht. Und dann war es endgültig um sie geschehen. Wie eine Verhungernde preßte sie sich an Eric, zerrte ihm seinen Gehrock von den Schultern, öffnete mit bebenden Händen die vielen Hemdknöpfe und grub schließlich stöhnend ihre Fingernägel in seine nackte Haut. In der Hitze des Gefechts hatte Eric ihr fast unbemerkt das Kleid und die Unterröcke abgestreift, so daß sie nur noch Strümpfe und Strumpfbänder trug, als er sie aufs Bett legte. Im sanften Kerzenschimmer beobachtete sie fasziniert, wie er sich auszog, und streckte ihm dann voller Ungeduld die Arme entgegen.

Diesmal liebten sie einander mit Zärtlichkeiten, Küssen und heißem Geflüster. Eric genoß jede einzelne von Amandas wilden Berührungen und ergab sich ihr mit ganzer Seele. Als der Sturm vorüber war und er sie nackt in den Armen hielt, wurde ihm bewußt, daß er sie auch in der größten Ekstase nie ganz erreichte. Er tat sich fast selbst leid, daß er sie so sehr liebte, denn er spürte, daß sie noch immer etwas vor ihm verbarg. »Amanda, bitte vertraue mir! Um Himmels willen, vertraue mir!«

Als sie auf sein eindringliches Geflüster nicht reagierte, fragte sich Eric, ob sie tatsächlich schlief oder einfach nur keine Antwort für ihn hatte.

Während der nächsten Tage berichtete Eric von der Versammlung und bereitete Amanda schonend darauf vor, daß es möglicherweise zum bewaffneten Konflikt kommen könnte. Lord Dunmore war zutiefst von Eric enttäuscht, denn er hatte gehofft, daß sich alle einflußreichen Männer dem Aufruf zu Wahlen für den Second Continental Congress widersetzen würden.

Als Eric von seiner Besprechung mit dem Gouverneur ins Stadthaus zurückkehrte, lief ihm Amanda aufgeregt entgegen. »Was war los?« fragte sie mit ängstlicher Miene.

Eric legte ab und sah seine Frau bedeutungsvoll an. »Es wird Krieg geben, Amanda, und ich wüßte gern, auf welcher Seite du stehst.«

»Ich – ich kann doch meine Überzeugungen nicht einfach so aufgeben!« stotterte sie und bat ihn mit den Augen um Verständnis. Alles nur Strohhalme, dachte sie. Sie hatte ihn hintergangen, und er wußte es. Nie mehr würde er ihr vertrauen und sie auch nie mehr lieben!

Eric nickte nur und blickte in eine unbestimmte Ferne. »Wem deine Sympathien gehören, ist mir gleichgültig. Aber ich verlange, daß du meinen Anordnungen Folge leistest!« warnte er sie mit sanfter Stimme.

Ohne ein weiteres Wort floh Amanda nach oben.

Wiederum einige Tage später wurden sie in der Morgendämmerung durch lautes Geschrei auf der Straße aus dem Schlaf gerissen. Amanda war noch ganz benommen, als Eric neben ihr hochschoß und rasch zum Fenster lief.

»Was ist los?« fragte sie verschlafen.

»Keine Ahnung. Ich sehe nur eine große Menschenmenge.« Er tastete nach seiner Hose und stolperte rasch hinein. Dann riß er das Fenster auf. »Hallo, Sie da!« rief er einen Mann an. »Was ist los?«

»Die Munition! Die Waffen! Die verdammten Rotröcke haben alles gestohlen! Sie kamen von der *Fowey*, die draußen auf dem James River ankert. Das werden wir uns nicht gefallen lassen!«

»Verdammt!« fluchte Eric leise und griff nach Hemd und Stiefeln.

Amanda starrte ihn besorgt an. »Sie werden den Gouverneurspalast stürmen!«

Er warf ihr einen raschen Blick zu. »Wir müssen um jeden Preis verhindern, daß Blut vergossen wird!« brummte er vor sich hin, als ob er Selbstgespräche führte. Dabei schlüpfte er in seinen Gehrock. »Leg dich wieder hin, Amanda!« Und schon war er aus der Tür.

»Als ob ich das jetzt könnte!« Blitzartig war Amanda aus dem Bett, schlüpfte hastig in die Kleider und folgte dann ihrem Mann nach unten. Als sie das Haus verließ, bemerkte sie, daß Jacques Bisset ihr auf dem Fuß folgte, wie er das bereits seit Wochen tat. Es störte sie nicht im geringsten, sondern es gefiel ihr sogar, weil sie sich sicherer fühlte. Und von ihrem Vater hatte sie ja ohnehin nichts mehr zu befürchten, nachdem sie ihm die Karte ausgehändigt hatte.

Eric zu folgen, war nicht weiter schwer. Das Geschrei der Menschenmenge war laut genug und überall zu hören. Es schien, als ob die ganze Stadt auf den Beinen wäre.

»Zum Gouverneur!« schrie eine aufgebrachte Stimme, und Amanda konnte sich gerade noch ein paar Stufen hoch in den Eingang eines Ladens retten, als die Menschenmenge empört voranstürmte.

»Halt! Halt!« rief in diesem Augenblick eine energische Stimme. Von den Eingangsstufen des Ladens aus hatte Amanda einen guten Überblick und erkannte Peyton Randolph und dahinter Carter Nicholas und Eric. Mit ruhigen Worten überzeugte Randolph die Menschen, daß sie im Begriff waren, sich selbst zu schaden und lieber ganz offiziell in der Common Hall protestieren sollten. Eric und Carter Nicholas bekräftigten seine Ausführungen, so daß sich die Leute schließlich überzeugen ließen und sich langsam zerstreuten.

Zu Tode erschrocken fuhr Amanda herum, als sie plötzlich von hinten gepackt wurde und ihr Ehemann sie wütend anfuhr: »Ich habe doch gesagt, daß du weiterschlafen solltest!«

»Aber Eric –«

»Verdammt, Amanda! Ich versuche mit aller Macht zu verhindern, daß sie dem Tory Dunmore ans Leben gehen! Jacques wird dich nach Cameron Hall zurückbringen, und zwar noch heute!«

Amanda protestierte zwar heftig, doch Eric war nicht umzustimmen. Und gegen Mittag befand sie sich bereits auf dem Rückweg nach Cameron Hall.

Dorthin sickerten die Nachrichten nur spärlich, und Amanda war auf die Dienerschaft und die *Virginia Gazette* angewiesen. Auf Anfrage der empörten Bürgerschaft hatte Dunmore erklärt, daß er aus Angst vor einem Sklavenaufstand, gewissermaßen aus Sicherheitsgründen, Waffen und Munition beiseite geschafft hätte.

Eines Abends erschien ein völlig erschöpfter, abgehetzter Eric und berichtete, daß es zwar in Williamsburg gelungen wäre, die Menschen zu mäßigen, doch in vielen anderen Teilen des Landes hätten sich die Freiwilligen bewaffnet und nur auf ein Zeichen von Peyton Randolph gewartet. Vierzehn Kompanien hatten sich in Fredericksburg versammelt, um gegen die Hauptstadt loszuschlagen, doch am achtundzwanzigsten April hätte Randolph noch einmal um einen Aufschub gebeten, weil er immer noch auf Frieden hoffte.

»Gott sei Dank!« Erleichterung verdrängte den ängstlich fragenden Ausdruck von Amandas Gesicht, und sie lehnte sich aufatmend gegen die Sofakissen zurück.

»Das ist noch nicht alles«, bemerkte Eric, dessen Kleidung vom langen Ritt noch ganz staubig war.

Amanda fuhr hoch. »Was soll das heißen? Warst du – warst du etwa in Fredericksburg? Hättest du etwa mitgemacht?«

Er sprach einfach weiter, als ob er ihre Frage nicht gehört hätte. »Im Massachusetts sind Schüsse gefallen. In Lexington und in Concord wollten die Briten ebenfalls die Waffenlager ausräumen, doch die Kolonisten haben sie bis nach Boston verjagt.«

»O nein!« Demnach war doch Blut vergossen worden!

»Patrick Henry ist mit einigen Truppen nach Williamsburg

marschiert, doch Dunmore hat seinen Regierungssitz mit Marine-soldaten verstärkt und sogar eine Kanone auf dem Rasenplatz auf-gefahren! Am zweiten Mai erschien ein Unterhändler und hat das Pulver bezahlt.«

»Du hast Patrick Henry begleitet, nicht wahr?« stieß Amanda hervor.

»Ich war nur ein Vermittler.«

»Wie konntest du nur!«

»Ich versuche, auf beiden Seiten an die Vernunft zu appellie-ren!« unterbrach er sie. »Aber das ist immer noch nicht alles.«

Der sorgenvolle Ton seiner Stimme ließ sie aufhorchen. »Was kommt denn noch?«

»Patrick Henry ist öffentlich als Rebell gebrandmarkt worden.« Und nach einigem Zögern. »Und ich ebenfalls«, ergänzte er schließlich leise. »Ich denke, daß man innerhalb der nächsten Tage einen Haftbefehl gegen mich erlassen wird.«

»Um Himmels willen!« Fassungslos starrte Amanda ihren gro-ßen, gutaussehenden Ehemann an. In diesem Augenblick war ihr alles gleichgültig, und es hätte sie auch nicht gestört, wenn Eng-land oder Virginia von der Landkarte verschwunden wären. »Oh, Eric!« rief sie und warf sich in seine Arme.

Wortlos umschlang er sie und trug sie nach oben, wo er sie un-endlich zärtlich liebte. Als der Morgen graute, ruhte sie vollkom-men erschöpft in seinen Armen. Sanft strich er ihr das Haar aus der Stirn und küßte sie sanft.

»Immer häufiger kehren jetzt Loyalisten, die den Bruch zwi-schen den Kolonien und dem Mutterland für unüberwindbar hal-ten, in die Heimat zurück. Ich frage dich jetzt ganz ausdrücklich, ob du aus freien Stücken bei mir bleiben willst?«

»Aber ja!« Aufseufzend vergrub sie ihr Gesicht an seinem Hals. »Ja, ich werde bei dir bleiben.«

»Und auf wessen Seite?« fragte er leise.

»Wie bitte?«

Eric schüttelte nur den Kopf. »Laß es gut sein! Im Augenblick bin ich ein Rebell, doch ich glaube nicht, daß Dunmores Macht noch ausreicht, um tatsächlich etwas gegen mich zu unternehmen. Ich fürchte, es liegen noch viele lange Tage vor uns!« Und nach einer kleinen Pause. »Möglicherweise sind es sogar Jahre! Komm,

mein Liebes! Ein Rebell darf nicht so lange untätig sein. Ich muß
noch einiges erledigen, falls –«

»Falls?« wiederholte sie ängstlich.

Er sah ihr geradewegs in die Augen. »Falls ich überraschend
fort muß!«

13. Kapitel

Gegen Ende der Woche verabschiedeten sich Eric und Amanda
unten an der Anlegestelle von Freunden und Nachbarn, die nach
England zurückkehrten. Für die Zurückbleibenden war es ein
schmerzlicher Verlust, und Amanda vergoß einige Tränen. Von
Dunmore hatte Eric im Augenblick nichts zu befürchten, denn der
Gouverneur hatte seinen Regierungssitz verlassen und sich auf die
Fowey, die mitten im James River ankerte, zurückziehen müssen.
Von dort aus versuchte er, weiterhin die Kolonie zu regieren. Lord
Tarryton, seine Frau Anne und deren kleine Tochter waren mit
ihm geflüchtet, und höchstwahrscheinlich auch Nigel Sterling,
denn Amanda hatte schon lange nichts mehr von ihm gehört.

Amandas ganze Sorge galt im Augenblick Damien, denn Eric
hatte herausgefunden, daß er sich in Massachusetts aufhielt, wo es
am unruhigsten zuging. Eric selbst verbrachte die meiste Zeit damit, neue Männer um sich zu sammeln. In Philadelphia hatte sich
der Continental Congress wieder zusammengesetzt. Diesmal hatten viele Abgeordnete in Truppenbegleitung reisen müssen, um
zu verhindern, daß sie unterwegs verhaftet wurden. George Washington hatte man das Kommando über die Belagerung von Boston angetragen, und Benedict Arnold aus Massachusetts und Et-
han Allen aus Connecticut hatten mit ihren Truppen praktisch im
Handstreich das Fort Ticonderoga erobert, das durch seine Lage
den Zugang von Kanada zu den Kolonien kontrollierte.

Im Juni kam es zum ersten ernsthaften Zusammentreffen zwischen Kolonisten und Briten, wobei sich die Kolonisten am Ende
nur geschlagen geben mußten, weil ihnen die Munition ausgegangen war. Am dritten Juli schließlich übernahm George Washington auf dem Common von Cambridge offiziell den Befehl über die

Soldaten, und damit war die Continental Army geboren. Ende August kehrten Virginias Führer aus Philadelphia zurück, und kurz darauf erschien Patrick Henry, der inzwischen das First Virginia Regiment kommandierte, in Cameron Hall und zog sich mit Eric zu einer Besprechung unter vier Augen in den Wohnraum zurück.

Als Amanda ihn weggehen sah, hastete sie nach unten. Eric stand vor dem Kamin und starrte nachdenklich in die Flammen. Er mußte sich nicht umdrehen – um zu wissen, daß Amanda eingetreten war. »George hat mich gebeten, nach Boston zu kommen. Der Congress hat auch für mich einen Posten vorgesehen. Ich fürchte, daß ich mich dieser Bitte nicht entziehen kann.«

Nein! Im stillen protestierte alles in Amanda, doch es kam kein Laut über ihre Lippen. Sie wußte, daß er den Auftrag annehmen würde. Entsetzt machte sie auf dem Absatz kehrt und lief wieder nach oben, wo sie sich verzweifelt aufs Bett warf. Sie wollte nicht, daß er fortging, und ängstigte sich wie nie zuvor. Erst als sich eine Hand auf ihre Schulter legte, merkte sie, daß er ihr gefolgt war.

Zart strich er über ihre tränenfeuchten Wangen. »Weinst du etwa wegen mir?«

»Ach, hör auf, Eric! Ich bitte dich, hör auf!«

Lächelnd streckte er sich neben ihr aus und zog sie in seine Arme. »Vielleicht wird es ja gar nicht lange dauern«, beruhigte er sie.

Erschauernd schmiegte sie sich an ihn. Sie vermißte ihn bereits in diesem Augenblick. Sie mußte endlich lernen, mit ihm über ihre Gefühle zu sprechen, denn sie spürte deutlich, daß trotz aller Gefühle und aller Nähe die Kluft zwischen ihnen noch bestand. Seit jener Nacht konnte er ihr nicht mehr vertrauen und beobachtete sie immer wieder verstohlen. Ihr dagegen war es unmöglich, ihren Stolz zu überwinden und ihn um Verzeihung zu bitten.

Quälende Angst um ihn schnürte ihr Herz ab, sobald sie an die schlagkräftige britische Armee dachte. Wenn die Truppen weiter so verstärkt würden, würden sie binnen kurzem die Belagerer von Boston überrennen und vielleicht sogar New York einnehmen. »Die Briten werden dich hängen, wenn sie dich in die Finger bekommen!« rief sie mit einem leisen Schluchzen in der Stimme.

Doch Eric zuckte nur die Achseln. »Dazu müssen sie mich erst einmal haben.« Sanft strich er über Amandas Wangen und ihren

Hals. »Es gibt auch einige, die es auf dich abgesehen haben, mein Schatz!«

Amanda schwieg, denn sie wußte, daß sie von den Rebellen nichts zu befürchten hatte, solange Erics starker Arm sie beschützte. Doch was sollte aus ihr werden, falls er es sich eines Tages anders überlegen sollte? »Hast du denn überhaupt keine Angst?« flüsterte sie bang.

»Ich habe mehr Angst, dich allein zu lassen, als in den Krieg zu ziehen.«

Ängstlich suchte sie seinen Blick. »Um mich mußt du dich nicht sorgen. Gib lieber auf dich acht!«

Eric lachte leise und wuschelte ihr mit der Hand durch die Locken. »Man könnte glatt glauben, daß du dir Sorgen machst.«

Wortlos schlang Amanda die Arme um ihn und küßte ihn, aber selbst eine lange Nacht voller Liebe und Zärtlichkeit konnten die Kluft nicht schließen. Als Amanda am nächsten Morgen erwachte, bemerkte sie, daß Eric sie immer wieder nachdenklich betrachtete. Sein Gesicht war sehr ernst, als er liebevoll mit den Fingern über ihre Wange strich.

»Amanda, ich habe nur eine Bitte: Nutze meine Abwesenheit nicht aus. Hintergehe mich nicht noch einmal, mein Liebes. Bitte enttäusche mich nicht, denn ein zweites Mal könnte ich dir nicht verzeihen!«

Eng zog sie die Decke um ihren Körper. »Was könnte ich denn schon tun?« rief sie. »Virginia ist doch in der Hand der Patrioten!«

»Aber Lord Dunmores *Fowey* ankert draußen auf dem James River. Das ist wirklich keine Entfernung!« erklärte er seufzend, während er eine ihrer Haarsträhnen um seinen Finger wickelte. »Ich habe einmal verlangt, daß du an meiner Seite stehen sollst, mein Liebes, doch jetzt stelle ich es dir frei: Wenn du mich verlassen möchtest, kannst du mit meiner Einwilligung rechnen. Ich werde dich noch vor meinem Aufbruch zum Schiff des Gouverneurs übersetzen lassen.«

»Nein!« rief sie augenblicklich.

»Soll das heißen, daß du auf seiten der Patrioten stehst?«

Errötend schüttelte Amanda den Kopf. »Nein, Eric, ich kann dich nicht anlügen, aber – ich kann dich auch nicht verlassen!«

481

»Darf ich daraus schließen, daß du mir wenigstens ein ganz klein wenig Zuneigung entgegenbringst?«

Sie warf ihm einen raschen Seitenblick zu und schloß aus seinem spitzbübischen Grinsen, daß er sie neckte. Sofort brauste sie wütend auf. »Du weißt doch genau, daß ich –«

»Ich weiß genau, daß du lieber bei mir bist als bei deinem Vater, aber das kann ich kaum als Kompliment ansehen!«

»Eric, sei doch um Himmels willen in einem solchen Augenblick nicht so grausam!«

»Es tut mir leid, mein Liebes. Wirklich, es tut mir leid!« murmelte er, während er ihr langsam die Decke wegzog und ihren nackten Körper umarmte. »Liebe mich noch ein letztes Mal, damit in den kalten Nächten, die vor mir liegen, ein heißes Feuer in mir brennt und mich wärmt. Gib dich mir ganz!«

Sie liebten einander inbrünstiger, als sie es jemals zuvor getan hatten, doch irgendwann waren auch diese Augenblicke vorbei. Amanda blieb liegen, während Eric badete. Danach badete auch sie und half ihm schließlich beim Ankleiden. Als sie ihm den schweren Mantel um die Schultern legte, riß er sie noch einmal in die Arme und küßte sie heftig auf die Stirn. Dann riß er sich los und ging schon voraus.

»Wirst du für mich beten?« fragte er, als er bereits auf dem Pferd saß und sie ihm auf der Veranda den traditionellen Abschiedstrunk reichte.

»Ja, mit jeder Faser meines Herzens!« flüsterte sie.

Lächelnd sah er auf sie hinunter. »Ich werde Damien finden und möglichst regelmäßig schreiben. Paß auf dich auf, mein Liebes!« Dann beugte er sich zu ihr hinunter und küßte sie.

Mit geschlossenen Augen fühlte Amanda die Wärme seiner Lippen. Wenn er nur erst wieder da wäre! Dann wollte sie sich um sein Vertrauen bemühen und ihm endlich sagen, wie sehr sie ihn liebte. Als sie plötzlich nur noch kalte Luft auf ihren Lippen spürte, riß sie erschrocken die Augen auf und folgte ihm mit den Blikken, bis er außer Sichtweite war.

Etwa zwei Wochen nach Erics Abreise trat Cassidy seltsam verlegen in den Wohnraum und kündigte einen Besucher an. »Wer ist es?« fragte Amanda stirnrunzelnd.

»Ihr Vater, Mylady.« Dabei verbeugte er sich.

»Mein Vater?« Entsetzt fuhr sie hoch und stürzte dabei das Tintenglas über das Haushaltstuch, in dem sie gerade Eintragungen vorgenommen hatte. Doch weder Cassidy noch sie selbst nahmen Notiz davon. »Ist er allein?« Nach Amandas letzten Informationen hatte sich ihr Vater mit Tarryton zu Lord Dunmore auf das Schiff geflüchtet, denn an Land war es für ihn derzeit einfach zu gefährlich.

»Er ist mit einem Kriegsschiff gekommen. Es liegt an unserer Anlegestelle.«

Deshalb also hatte Sterling ungehindert zu ihr vordringen können! Nervös biß sie sich auf die Unterlippe, doch schließlich zuckte sie die Achseln und setzte sich wieder. Es blieb ihr überhaupt keine andere Wahl, als gute Miene zum bösen Spiel zu machen und ihren Vater zu empfangen. »Führen Sie ihn herein!« bat sie den Diener.

An seinem etwas verächtlichen Seitenblick konnte sie ablesen, daß er die Situation nicht begriffen hatte. Es war Sterling gelungen, ungehindert zum Haus vorzudringen, und jetzt kam es nur noch darauf an, das Schlimmste zu verhindern. Wenige Augenblicke später trat ihr Vater allein ins Zimmer, doch Amandas scharfe Ohren waren die Geräusche unterhalb des Fensters keineswegs entgangen. Als sie hinausblickte, sah sie, wie britische Marinesoldaten im Hof Aufstellung nahmen.

Mit regungslosem Gesicht wandte sie sich zu ihrem Vater um. »Was tust du hier?« fragte sie kühl.

»Ganz die große Dame, nicht wahr? Nun, zur Begrüßung hätte ich gern ein Glas Brandy.« Ohne zu fragen, bediente er sich an einem Seitentisch und nahm dann gegenüber vor Amanda am Schreibtisch Platz. »Ich brauche weitere Informationen.«

»Du bist nicht gescheit!«

»Dieses Haus ist in meiner Gewalt. Ich könnte es niederbrennen lassen.«

»Dann tu es doch!«

»Das heilige Cameron Hall?« höhnte Sterling.

»Um dir nichts geben zu müssen, ist jedes Mittel recht.«

»Hast du dich etwa in diesen Kerl verliebt?« Geräuschvoll knallte er das Glas auf die Tischplatte. »Schluß mit dem Spiel-

483

chen. Ich habe Damien, und sein Schicksal liegt allein in deiner Hand!«

»Du Lügner!« beschuldigte sie ihn. Trotzdem konnte es wahr sein, denn Damien hatte sich seit Wochen nicht mehr blicken lassen.

In aller Ruhe lehnte sich Sterling zurück. »Er ist in Massachusetts gefangen genommen worden, doch da er mit mir verwandt ist, hat ihn der verantwortliche Offizier in Anerkennung meiner Verdienste mir überlassen. Ich habe ihn wie einen lang vermißten Bruder begrüßt – und ihn dann ins Schiffsgefängnis gesteckt.«

»Woher soll ich wissen, daß – daß du nicht lügst?« stammelte Amanda schließlich.

Wortlos warf Sterling einen kleinen Siegelring auf den Tisch. Amanda tat so, als ob sie ihn genau betrachtete, doch in Wirklichkeit hatte sie ihn auf den ersten Blick erkannt. Und ihren Vater kannte sie ebenfalls. »Was verlangst du?« fragte sie mit belegter Stimme.

»Informationen über Truppenbewegungen und Waffenlager.«

»Aber woher soll ich –«

»Du kannst ja ein bißchen nachforschen. Geh nach Williamsburg und hör dich ein wenig in den Kneipen um. Und schreibe deinem Mann, denn seine Antworten interessieren uns.«

»Du überschätzt mich, Vater. Selbst wenn ich wollte, könnte ich nicht für dich spionieren, denn meine Dienstboten folgen mir auf Schritt und Tritt.«

»Dann mußt du eben klüger sein als sie! Mach dir keine Gedanken, Robert oder ich werden dich schon zu finden wissen!«

»Robert!«

»Ja, er hat Sehnsucht nach dir. Seine Duchess ist mit dem Kind nach England zurückgefahren. Er ist im Augenblick sehr einsam und sehnt sich nach einer zärtlichen Geliebten!«

Am liebsten hätte sie ihm ins Gesicht gespuckt. »Wann bekomme ich Damien?«

»Davon kann keine Rede sein! Du kannst nur sein Leben retten.«

»Nein, das ist kein Handel. Ich lasse mich nicht bis in alle Ewigkeit erpressen! Ich kann meinen Mann nicht länger hintergehen –«

»Deinen Ehemann!« Sterling lachte aus vollem Hals und schüttelte den Kopf. »Du bist doch nur eine kleine Hure, genau wie deine Mutter! Wenn dein Lord Cameron dich zwischen den Beinen kitzelt, wechselst du sofort das Lager!«

Er fing ihren Schlag ab und quetschte voller Wut ihr Handgelenk. »Du wirst eines Tages noch froh sein, wenn ich dich holen komme! Wenn dein Ehemann erst einmal entdeckt, was du getan hast, wirst du bei Tarryton mit Sicherheit besser aufgehoben sein!«

Mit einer heftigen Bewegung entriß sie ihm ihren Arm. »Falls ich jemals den Wunsch haben sollte, Virginia zu verlassen, werde ich mich an Dunmore wenden.«

Sterling war sich sicher, daß sie für Damien alles tun würde. »Ich werde mich schon sehr bald melden!« Mit diesen Worten stand er auf und verließ lächelnd den Raum.

Kurz darauf erklangen Kommandos auf dem Hof und wenig später marschierten die Soldaten zum Schiff zurück. Erschöpft ließ Amanda ihren Kopf gegen die Stuhllehne sinken und schloß die Augen. Als sie sie einige Augenblicke später wieder aufschlug, sah sie sich von Cassidy und allen anderen Hausangestellten umringt. »Was ist los?« rief sie aufgeregt, weil alle sie so vorwurfsvoll ansahen.

»Sie sind fort. Das Haus ist unversehrt, und bedroht haben sie uns auch nicht!«

»Aber ja doch!« stöhnte Amanda und barg ihr Gesicht in den Händen. »Mein Vater wollte doch nur wissen, ob ich mit ihm weggehen will. Das war alles!«

Trotz dieser Versicherung spiegelten sich weiterhin nur Furcht und Mißtrauen auf den Gesichtern. »Habt ihr denn gar nichts zu tun?« fauchte Amanda sie an. Nachdem sie endlich zögernd den Raum verlassen und die Tür hinter sich geschlossen hatten, ließ Amanda den Kopf auf die Arme sinken. Im Grunde hatten ihre Diener ja recht, denn wieder einmal war sie auf dem besten Weg, sie alle zu verraten. Aber weshalb mußte ihr Vetter auch immer so närrisch tapfer sein!

Ihr Herz pochte wie wild, als sie ihre Möglichkeiten überdachte. Was konnte sie ihrem Vater nur geben, was zugleich den geringsten Schaden anrichtete?

Bittere Kälte drang durch Erics Uniform, als er in leichtem Schnee-
treiben auf Joshuas Rücken über die Hügel außerhalb von Boston
ritt. Die Belagerung dauerte immer noch an und zerrte an den
Nerven. Voller Überraschung hatte Eric festgestellt, daß sich auch
Männer aus anderen Kolonien willig dem Kommandeur aus Virginia untergeordnet hatten. Ein weiterer Beweis dafür, daß die Kolonien zusammenhielten, wenn es um ihre Freiheit ging.

»Major Lord Cameron!«

Lächelnd wandte Eric sich um und begrüßte Frederick Bartholomew, der inzwischen zum Lieutenant avanciert war. Genau wie
Washington hatte sich auch Eric mit Menschen umgeben, denen er
absolut vertrauen konnte. Mittlerweile konnte er sich schon gar
nicht mehr vorstellen, wie er jemals ohne Frederick hatte auskom-
men können. Die Belagerung selbst bot wenig Abwechslung, doch
die ständigen Besprechungen mit Washington und Hamilton hielten Eric manchmal regelrecht in Atem.

Frederick winkte aufgeregt mit einem Umschlag. »Ein Brief von
Ihrer Frau!«

Rasch rutschte Eric vom Pferd und nahm den Brief dankend in
Empfang. Während er Joshua zu seinem etwas abseits stehenden
Zelt hinüberführte, stand Amandas Bild vor seinem inneren Auge,
und er dachte daran, wie sie sich in seinen Träumen begehrend in
seine Arme schmiegte. Jedoch mit schöner Regelmäßigkeit sah er
sie danach im Arm anderer Männer davontanzen, und ihr Lachen
verriet ihm klar und deutlich, daß sie ihn die ganze Zeit über zum
Narren gehalten hatte.

Nachdem Eric sich an seinen Tisch gesetzt hatte, lehnte er sich
mit dem Rücken gegen die Zeltleinwand und riß ungeduldig den
Umschlag auf. Mit ungläubigem Staunen las er Amandas Schilderung vom Besuch ihres Vaters und mochte es kaum glauben, daß
Sterling tatsächlich friedlich abgezogen war. Auf den folgenden
Seiten berichtete sie ihm über die militärische Lage in Virginia und
beschrieb in aller Ausführlichkeit, welche Arbeiten während seiner Abwesenheit in Cameron Hall durchgeführt worden waren.
Es hätte ein durchaus liebevoller und sehr freundlicher Brief sein
können, wenn Eric beim Lesen nicht dauernd das Gefühl gehabt
hätte, daß ihm Amanda etwas verschwieg. Er fluchte leise vor sich
hin. Wenn er ihr doch nur vertrauen könnte!

»Unannehmlichkeiten, mein Freund?«

Ohne jede Förmlichkeit trat George Washington ins Zelt und schlug sich den Schnee vom Mantel. Dann nahm er gegenüber von Eric Platz. »Sie haben Post erhalten?«

»Ja, einen persönlichen Brief.«

Washington zögerte ein wenig. »Es gibt ernsthafte Gerüchte, daß die britischen Truppen von einem Spion aus Virginia mit äußerst hilfreichen Informationen versorgt werden. Nur aus diesem Grund kann auch Dunmore solchen Schrecken an der gesamten Küste verbreiten!«

Eric zuckte die Achseln. »Wir wissen, daß er Norfolk niedergebrannt hat, aber dazu hat er bestimmt keinen Spion benötigt.«

»Ich hoffe nur, daß Sie recht haben, mein Freund«, bemerkte Washington und stand auf. »Ich hoffe wirklich, daß Sie recht haben.«

Nachdem sich George verabschiedet hatte, ließ Eric sich von Frederick Briefpapier und Schreibzeug bringen. Bevor er das erste Wort zu Papier brachte, hielt er einige Sekunden inne und schloß die Augen. Gar zu gern hätte er Amanda über Weihnachten nach Boston kommen lassen, doch Washington hatte ihn gebeten, davon abzusehen, und ihn statt dessen auf das Frühjahr vertröstet.

Unter Seufzen griff Eric schließlich zur Feder und brachte mit größter Sorgfalt falsche Informationen zu Papier, die jedoch den Eindruck erweckten, als ob sie für die Briten unbezahlbar wären. Dann schloß und versiegelte er den Brief und rief nach Frederick, damit das Schriftstück so rasch wie möglich auf den Weg gebracht würde. Anschließend starrte er lange in die Schneelandschaft hinaus, und sein Herz war kalt und seltsam leer. »Oh, Amanda!« stöhnte er leise.

Nachdem sich der Winter endgültig verabschiedet hatte, packte Amanda die Sehnsucht nach Williamsburg. Sie verständigte Pierre und Danielle von ihrer Absicht und war sehr überrascht, als bei der Abfahrt auch Jacques Bisset reisefertig auf seinem Pferd saß. Es machte ihr wiederum nichts aus, daß er sie begleitete, obwohl sie genau wußte, daß er sie beobachten sollte. Sie mochte diesen Mann und fühlte sich in seiner Gegenwart sicher. Und zu entdecken gab es ohnehin nichts.

Als sich der Wagen in Bewegung setzte, blickte sie mit wehmütigem Lächeln nach Cameron Hall zurück. Mittlerweile war das Haus ganz und gar zu ihrem Heim geworden, in dem sie sich sehr wohl fühlte. Dagegen schienen sich zwischen Eric und ihr inzwischen Welten aufzutun. In den ersten Tagen nach seiner Abreise hatte sie ihn entsetzlich vermißt und unruhig geschlafen, doch nach dem Besuch ihres Vaters, der nun auch schon mehr als sechs Monate zurücklag, hatte eine Art Entfremdung eingesetzt. Nach so langer Zeit schien die Kluft unüberbrückbar geworden zu sein.

Seufzend lehnte Amanda ihren Kopf gegen die Polster und schloß die Augen. Wie sollte sie Eric nur erklären, was sie nicht einmal selbst verstand? In dem Wunsch, Damiens Leben um jeden Preis zu retten und nach Möglichkeit unnötiges Blutvergießen zu vermeiden, hatte sie immer wieder Einzelheiten aus seinen Briefen an die Abgesandten ihres Vaters weitergegeben. Eine einzige Information hatte sich auf eine Truppenstellung bezogen, doch ausgerechnet die hatte Lord Dunmore bereits aus anderer Quelle erfahren. Irgendwann mußte sie über diesen Gedanken eingenickt sein, denn als sie erwachte, war es bereits dunkel, und der Wagen hielt.

»Wir sind da«, verkündete Danielle.

Rasch eilte Amanda die Stufen hinauf. Noch im Gehen zog sie sich die Handschuhe aus und rief ungeduldig nach Mathilda. Sie wunderte sich zwar, daß die Haustür nicht abgeschlossen war, doch erst als sie sich im Wohnraum plötzlich Eric gegenübersah, hielt sie mitten im Schritt inne und mußte sich sogar am Schreibtisch festhalten.

In entspannter Haltung lehnte Eric am Kamin und hielt ein Glas mit Brandy in der Hand. Fabelhaft sah er aus in seinen weißen Kniehosen und dem dunkelblauen Gehrock, und ganz offensichtlich freute er sich, daß ihm die Überraschung gelungen war.

»Eric!«

»Amanda!« Ohne zu zögern warf er sein Glas ins Feuer, daß es nur so zischte, und Sekunden später lag sie in seinen Armen.

Gierig sog sie seinen Geruch ein und fühlte seine Haut, seine starken Muskeln und schließlich seine drängenden Lippen. Sie meinte in Wolken zu versinken, so sehr hatte sie sich nach diesem Augenblick gesehnt.

Als ihre Knie ihr den Dienst versagten, nahm Eric sie auf die Arme, und als er mit den Fingern durch ihre Haare fuhr, waren alle schweren Gedanken wie durch Zauberhand verschwunden. Sie war wie von Sinnen und merkte überhaupt nicht, daß sie die Treppe hinaufgetragen wurde. Und oben im dunklen Zimmer versanken sie beide in einem ekstatischen Fieber, in dem allein ihre Körper zählten. Auch danach hatten sie noch lange nur das Bedürfnis, einander zu halten, zu streicheln und zu liebkosen.

Erst in der Morgendämmerung kehrten sie langsam wieder in die Wirklichkeit zurück. Amanda hatte sich an ihren Frisiertisch gesetzt und mühte sich verzweifelt, ihre verwirrten Haare zu kämmen, während Eric am Kopfende des Bettes lehnte und ihr zusah.

»Die Belagerung von Boston ist endlich vorüber. Am St. Patricks Tag haben sich die Briten überraschend zurückgezogen.«

Ihre Augen begegneten einander im Spiegel. »Ich freue mich für dich!« war Amandas Kommentar.

»Für die Briten weniger, nicht wahr?«

Sie zuckte nur die Achseln.

»Nun, Amanda?«

»Ich versuche mit aller Kraft, in diesem Konflikt neutral zu bleiben.«

Sie fühlte sich irgendwie in die Enge gedrängt, als er unvermittelt aus dem Bett sprang und hinter sie trat. »Bist du das wirklich, Amanda?«

Schwer lasteten seine Hände auf ihren Schultern und sie hoffte inständig, daß er ihr Zittern nicht bemerkte. »Ja, ich tue, was ich kann. Ehrlich!«

Der Ernst ihrer Stimme hatte ihn zwar bewegt, aber beruhigt war er noch lange nicht. Amandas Blicke folgten den Bewegungen seines Körpers, als er zum Bett zurückging und sich wieder darauf ausstreckte. »Man hat mir berichtet, daß immer wieder Einzelheiten, die ich dir in meinen Briefen mitgeteilt habe, dem Feind zu Ohren gekommen sind.«

Mit eisigen Fingern umschloß die Angst ihr Herz. »Das meiste weiß doch ohnehin jeder!«

»Das stimmt schon, doch seit meiner Rückkehr habe ich bemerkt, daß meine politischen Freunde beunruhigt sind. Sie vermuten, daß eine Spionin in unserer nächsten Nähe ihr Unwesen treibt, und nennen sie *Highness.* Ihr Ruhm ist schon bis nach Boston gedrungen, und offen gesagt hat Washington dich im Verdacht.«

Obwohl er ganz ruhig gesprochen hatte, hämmerte ihr Herz zum Zerspringen. Sie schüttelte nur den Kopf. »Eric, ich –«

»Schließlich hast du aus deiner Loyalität zu England nie ein Hehl gemacht, mein Schatz.« Wieder trat er hinter sie und strich ihr mit beiden Händen die Haare aus dem Gesicht.

»Aber ich bin auch deine Frau«, erinnerte sie ihn und senkte die Lider.

»Heißt das, daß du unschuldig bist?«

Sie sahen einander im Spiegel an. »Es würde mir wirklich niemals in den Sinn kommen, dir willentlich zu schaden!«

»Und meinem Anliegen?«

»Auch deinem Anliegen nicht« schwor sie mit leiser Stimme.

»Bin ich verrückt, wenn ich dir glaube?«

Als sie den Kopf schüttelte, streifte ihr Haar seinen nackten Bauch, und dann beugte er sich über sie und berührte ganz zart ihre Lippen. »Laß dich nur nicht erwischen, mein Schatz!« warnte er sie mit heiserer Stimme, bevor er sie küßte. Doch schon Sekunden später zuckte er zurück. »Ach du lieber Himmel! Wie konnte ich das nur vergessen! Ich habe Damien getroffen.«

»Was?!« Mit einem Aufschrei fuhr Amanda herum.

»Ja, tatsächlich. Die Briten hatten ihn gefangen, doch er ist ihnen entkommen. Offenbar hatte er nette Wachen, die sich zu einem Glas Bier verführen ließen. Er ist einfach über Bord gesprungen und wurde von einem unserer Schiffe aufgefischt. Von Baltimore ist er nach Boston zurückgekehrt. Ich habe ihn gerade noch gesehen, bevor ich abgefahren bin.«

»Er ist tatsächlich frei?« Amanda konnte es nicht fassen.

»Ja – frei wie ein Vogel!«

Amanda murmelte etwas Unverständliches, doch gleich darauf umschlang sie ihn und drängte ihn lachend zum Bett zurück. Übermütig bedeckte sie ihn über und über mit Küssen, bis das Begehren sie alles vergessen ließ und sie einander noch einmal liebten.

»Wie lange kannst du bleiben?« fragte Amanda, nachdem sie wieder zu Atem gekommen war.

»Nur eine knappe Woche«, seufzte Eric. »Dabei geschieht hier im Augenblick so viel! Ich habe erfahren, daß die Virginier sich noch einmal versammeln wollen, um diesmal über die Unabhängigkeit abzustimmen! So weit ist bisher noch nicht einmal der Continental Congress gegangen! Im Augenblick wird hier wahrlich Geschichte gemacht. Leider muß ich jedoch nach New York zurück, wo Washington den nächsten Angriff erwartet.«

Weniger als eine Woche, wenig Zeit für sie beide, und so viel, was entdeckt werden könnte – aber Damien war frei! »Ich werde dich niemals hintergehen, Eric«, versprach Amanda lächelnd und hätte fast weitergeredet, ihm gesagt, daß sie ihn liebte. Doch der Schatten in seinen Augen ließ sie verstummen. Er vertraute ihr nicht und beobachtete sie unablässig. Sie mußte ihm einfach beweisen, daß sie sich ihm gegenüber loyal verhielt, obwohl sich ihre Überzeugung nicht geändert hatte.

»Das kann ich nur hoffen«, erwiderte er leise und schloß die Augen.

Kurze Zeit später war er eingenickt, und Amanda hatte Muße, die neuen Linien zu betrachten, die sich um seine Augen und seinen Mund eingegraben hatten. Ganz offensichtlich forderte der Krieg seinen Tribut. Unruhig kreisten Amandas Gedanken immer wieder um Damien, und da sie ohnehin nicht mehr schlafen konnte, zog sie sich schließlich an und ging nach unten. Dabei entdeckte sie vor einem der Schlafzimmer ein Paar unbekannte Stiefel. Offenbar hatte Eric einen seiner Gefährten mitgebracht, und schon durchzuckte sie wieder die Angst vor einer möglichen Entdeckung.

Als Amanda den Wohnraum betrat, wurde sie von zwei starken Fäusten gepackt. Gleichzeitig drückte man ihr ein Messer an die Kehle, was sie augenblicklich erstarren ließ.

»Hallo, Lady Cameron«, grüßte sie eine heisere Stimme. Sie gehörte dem riesigen Schwarzen, den ihr Vater ihr immer als Boten schickte.

»Sie müssen verrückt sein!« flüsterte Amanda. »Mein Mann ist zu Hause, und ganz Williamsburg befindet sich in der Hand der Kolonisten! Wenn ich schreie, ist das Ihr Todesurteil!«

»Aber vorher wird Ihr Blut fließen, Lady! Also überlegen Sie es sich gut.«

Das Messer preßte sich so fest gegen ihre Kehle, daß sie kaum sprechen konnte. Aber sie gab nicht auf. »Außerdem ist Damien frei. Es gibt keine *Highness* mehr! Bestellen Sie das meinem Vater!«

»Wir haben befürchtet, daß Sie es schon wissen! Ihr Vater läßt Ihnen ausrichten, daß er Cameron Hall bei seinem nächsten Besuch nicht verschonen wird! Er wird es bis auf die Grundmauern niederbrennen. Außerdem erwartet Lord Tarryton Sie bereits voller Sehnsucht!«

»Sobald sie sich dem Haus auch nur nähern, werden sie sterben!« entgegnete Amanda.

Es kam keine Antwort, und Sekunden später fühlte sie auch das Messer nicht mehr. Blitzartig fuhr Amanda herum, doch niemand war zu sehen. Durch das offenstehende Fenster drang lediglich warme Frühlingsluft ins Zimmer. Aufatmend ließ sie sich in einen Sessel sinken. Dies war genau der richtige Zeitpunkt, um mit Eric zu sprechen, ihm alles zu erklären. Doch irgendwie konnte Amanda den Mut nicht finden. Vielleicht mußte er es auch gar nicht mehr erfahren, nachdem nun ohnehin alles ausgestanden war. Möglicherweise würde er sie nur verachten und könnte ihr niemals vergeben ...

Als Frederick das Frühstückszimmer betrat, hatte Amanda bereits von Mathilda erfahren, welchen Gast ihr Mann mitgebracht hatte. Einige Zeit später erschien auch Eric, und als Amanda seine finstere Miene sah, stand ihr Entschluß endgültig fest. Sie wollte nicht mit ihm reden und konnte nur zu Gott beten, daß die Briten nicht bis nach Cameron Hall gelangten.

Frederick und Eric hielten sich nicht lang in der Stadt auf, da sie eine Verabredung mit General Charles Lee hatten. Lee war zwar Engländer, hatte sich aber für die Sache der Kolonien entschieden und war extra nach Virginia gekommen, um die mutigen politischen Anführer persönlich kennenzulernen.

An einem freien Tag informierte Amanda Eric bei einem Ritt über den Besitz über alle Maßnahmen, die sie ergriffen hatte, und war beträchtlich stolz, als Eric ihre Arbeit lobte. Im Wäldchen am Fluß konnten sie der Erinnerung nicht widerstehen und liebten einander auf dem weichen Waldboden.

Immer wieder kämpfte Amanda mit sich, ob sie Eric nicht einfach alles gestehen sollte. Unablässig folgten ihr seine Augen, sobald sie sich unbeobachtet glaubte. Selbst im Bett stützte er sich gelegentlich auf seinen Ellenbogen und betrachtete sie nachdenklich. Sobald sich ihre Blicke trafen, veränderte sich regelmäßig der Ausdruck seiner Augen, und sie blickten fremd und kühl.

Am fünften Tag von Erics Aufenthalt glückte der *Lady Jane* ein gewagtes Manöver, bei dem sie sich an Dunmores Schiffen vorbeimogelte und unbehelligt die Anlegestelle von Cameron Hall erreichte. Als Amanda mitten in der Nacht aufwachte und Eric nicht neben ihr lag, wickelte sie sich rasch ein Laken um ihren nackten Körper und lief zum Fenster hinüber. Bei näherem Hinsehen stellte sie fest, daß rund um die *Lady Jane* herum rege Aktivität herrschte.

»Spionierst du, mein Schatz?«

Erschrocken fuhr Amanda herum und sah Eric in Arbeitskleidung unter der Tür stehen. Rasch trat er zu ihr.

»Ich wollte nur sehen, wo du bist. Ich bin aufgewacht, und du warst nicht da.«

Eric nickte nur und zog Amanda in seine Arme.

»In Wahrheit hatte die *Lady Jane* Waffen geladen, nicht wahr?« flüsterte sie.

»Und Schießpulver«, ergänzte Eric.

Heftig warf Amanda den Kopf zurück und sah Eric ins Gesicht. »Weshalb sagst du mir die Wahrheit, wenn du mir doch so sehr mißtraust?«

»Du bist schließlich nicht dumm, oder? Oder hätte ich dir erzählen sollen, daß wir mitten in der Nacht nur Lederwaren und Wein ausladen?« Mit diesen Worten ließ er sie los und entkleidete sich rasch. »Komm wieder ins Bett, Amanda! Wir können noch ein paar Stunden schlafen.«

Langsam ließ sich Amanda auf der Bettkante nieder und betrachtete fasziniert das Spiel des Mondlichts auf Erics wunderschön geformtem Muskel. Gern hätte sie ihn berührt, doch keinesfalls wollte sie den ersten Schritt tun.

Das mußte sie auch nicht, denn irgendwann hielt Eric es nicht länger aus und riß sie aufstöhnend in seine Arme. Und während der Sturm der Leidenschaften über sie hinwegfegte, spürten sie schmerzlich, wie weit sie während der vergangenen Monate voneinander entfernt gewesen waren.

Als Amanda später erschöpft in Erics Armen lag, glitt seine Hand in einer sachten Berührung über ihre Schulter bis hinunter zur Rundung ihrer Hüfte, während seine Augen nachdenklich ihr Gesicht betrachteten. »Lord Dunmore ist wirklich gefährlich«, begann er schließlich. »Manche Leute befürchten, daß er nach Mount Vernon segeln und Martha Washington entführen könnte.«

»Das würde er doch niemals wagen!« murmelte Amanda.

Sie fühlte, wie Eric die Achseln zuckte. »Cameron Hall ist ebenfalls ein lohnendes Ziel!«

»Wegen der Waffen?«

Für den Bruchteil einer Sekunde hielt Eric den Atem an. »Von den Waffen hat der Gouverneur noch keine Ahnung, mein Liebling.«

Amanda drehte ihren Kopf ein wenig und blickte Eric gerade in die Augen. »Ich würde diesem Haus niemals absichtlich Schaden zufügen, Eric!« versprach sie.

»Wer versteckt sich nur hinter dieser *Highness,* zum Teufel?«

Kopfschüttelnd schmiegte sich Amanda an Erics Brust. »Nie könnte ich ihm Schaden zufügen.«

»Versprich es mir!« flüsterte Eric, doch Amanda schwieg und erschauerte nur ein wenig, weil sie sich schon heute vor den langen Tagen ohne ihn fürchtete. »Du zitterst ja.«

»Mir ist kalt.«

»Aber ich halte dich doch warm!«

»Bald wirst du wieder weg sein«, seufzte sie.

In der Dunkelheit konnte sie seine Augen nicht erkennen und auch nicht ahnen, wie sehr ihm seine Gefühle zu ihr auf der Zunge lagen. Er liebte sie so innig, ihre Schönheit, ihre Lebenskraft, ihre bedingungslose Hingabe und ihre wunderschönen Augen. Was, aber, wenn diese wunderschönen Augen logen? Wenn sie weitergab, was sie wußte?

Nein, das würde sie nicht tun, dachte er. Niemals würde sie das tun.

14. Kapitel

New York
Mai 1776

Niemals würde sie ihn enttäuschen! Von wegen! dachte er, als er fast genau zwei Monate später in Washingtons geräumigem Zelt saß und seinen Freund ansah. Der General hatte ihn gerade beauftragt, mit einem Schiff in den Süden zu fahren. Seinem alten Freund und Partner Sir Thomas, der mittlerweile Colonel geworden war, war es gelungen, die *Good Earth* aus Boston herauszubringen.

»Der Kongress hat endlich die Kaperei sanktioniert«, sagte Washington, »und wir hoffen, daß Sie dem Feind möglichst viel Schaden zufügen werden!«

Den Mai über hatten die Kolonisten in New York Befestigungen errichtet und bemannt, weil diese Stellung im Norden nach Ansicht des Kongresses unbedingt gehalten werden mußte. Man erwartete einen heftigen Angriff, da der britische General Howe von Halifax auf Nova Scotia nach New York segelte und sein Bruder, Admiral Richard Howe, gleichzeitig mit Verstärkungen aus England herbeieilte. Den etwas gerupften Truppen der Kolonisten stand eine schwere Aufgabe hervor, denn in diesen Monaten endeten viele Verpflichtungen, und die Männer brannten darauf, endlich nach Hause zurückkehren zu können.

Und genau in dieser schwierigen Zeit hatte Eric soeben erfahren, daß man eine Botschaft abgefangen hatte, die Lord Dunmore über die Lagerung von Waffen und Schießpulver im Hafenschuppen von Cameron Hall informierte. Gleichzeitig hatte General Lewis, der die Miliz in Virginia befehligte, Eric um Hilfe gebeten, weil man einen Angriff von Dunmore befürchtete.

Trotz der Hitze fror Eric. Welcher Narr er doch gewesen war! Je größer die Leidenschaft, desto größer der Betrug! Während er nächtelang wachgelegen hatte und von der Erinnerung an ihr herrliches Haar, dem Duft ihrer nackten Haut, an ihre tiefgrünen Augen und ihre vollen Brüste gepeinigt worden war –

Mitfühlend sah Washington ihn an und schenkte ihm schließ-

495

lich ein Glas Whiskey ein. »Ende März waren Sie zuletzt zu Hause, nicht wahr?«

Eric nickte und zog das Blatt das mit *Highness* unterzeichnet war, noch einmal zu sich heran. Dann fluchte er heftig.

»Vielleicht urteilen Sie zu vorschnell«, bemerkte Washington, doch Eric winkte ab.

»Ganz im Gegenteil, General. Ich habe es herausgefordert, und vermutlich wird uns das eine Menge kosten!« Hastig leerte er sein Glas und erhob sich. Dann salutierte er. »Mit ihrer Erlaubnis werde ich unverzüglich aufbrechen.«

»Was werden Sie tun?«

»Dunmore, Sterling und Tarryton zum Teufel jagen!«

Washington erhob sich ebenfalls und streckte Eric die Hand entgegen. »Sehen Sie sich vor, Eric, und bereiten Sie sich auf das Schlimmste vor. Man erwartet den Angriff zwar erst in einigen Tagen, doch bei Dunmore muß man mit allem rechnen. Außerdem befindet er sich ja bereits in den Gewässern von Virginia. Ich will Sie nur darauf vorbereiten, daß er ihr Haus vielleicht schon heimgesucht und möglicherweise niedergebrannt hat.«

»Ich bin auf alles gefaßt.«

»Und Ihre Frau —«

»Ich verspreche, das in Ordnung zu bringen!«

»Eric —«

»Ich plane, sie unter Bewachung nach Frankreich zu schicken.«

Washington wiegte seinen Kopf. »Möglicherweise ist sie ja unschuldig.«

»Sie selbst haben immer wieder das Gegenteil angedeutet, und dieser Beweis spricht wohl eindeutig gegen sie.«

»Vielleicht, vielleicht aber auch nicht. Sie sollten sie wenigstens anhören.«

In strammer Haltung nahm Eric danach seine Befehle entgegen und versprach, so bald wie möglich zurückzukommen. Dann verabschiedete er sich und begab sich zum Hauptquartier im Süden Manhattans, wo er unverzüglich Frederick beauftragte, eine geeignete Mannschaft für das Schiff zusammenzustellen. »Am besten Virginier. Möglichst aus dem Westen. Seemännische Erfahrung ist nicht vonnöten. Ich brauche gute Schützen.«

»Sie werden auch Leute brauchen, die im Nahkampf erfahren sind«, gab Frederick zu bedenken.

»Für diese Aufgabe suchen Sie mir Matrosen aus Carolina. Das sind die erfahrensten!«

Als Eric endlich allein war, krümmte er sich förmlich vor Qual zusammen. Wie hatte er ihr nur glauben können! Ihre Worte hallten unentwegt in seinem Kopf, und er hatte gute Lust, sie zu erwürgen oder ihr wenigsten Haar für Haar ihre Locken vom Kopf zu reißen. Gleichzeitig empfand er brennende Sehnsucht nach ihr, wollte sie schütteln, sie besitzen, bis sie endlich begriff, daß sie ausgespielt hatte!

Während er seine persönliche Habe zusammenpackte, klopfte es. Mit ärgerlicher Miene öffnete Eric die Tür und war völlig überrascht, als plötzlich Anne Marie Mabry vor ihm stand. Aus dem kichernden jungen Mädchen war inzwischen eine hübsche Frau von bezaubernd sanfter Lebensart geworden, die in der Vergangenheit häufig Protestmärsche der Frauen gegen britische Waren organisiert hatte. Irgendwann hatte sie einen jungen Mann geheiratet, der leider bei der Belagerung von Boston ums Leben gekommen war. Seit dieser Zeit folgte sie ihrem Vater auf seinen Feldzügen und war inzwischen für viele Soldaten zum guten Engel geworden.

Weshalb habe ich nicht eine Frau wie sie geheiratet, die voll hinter unserer Sache steht? fragte sich Eric, doch im selben Augenblick wußte er, daß er trotz aller Schwierigkeiten, trotz aller Ungewißheiten, Amanda aus tiefstem Herzen liebte. Er mußte seine Pflicht tun, aber an seiner Liebe würde das nichts ändern. Die smaragdgrünen Augen und das flammende Haar hatten ihn für ewig verzaubert.

»Kommen Sie herein, Anne Marie!« forderte Eric sie ein wenig ungelenk auf. »Außer ein wenig Kaffee oder Brandy kann ich Ihnen allerdings nichts anbieten.«

»Aber Eric! Deswegen bin ich doch nicht gekommen.« Sie zögerte einen Moment. »Ich wollte sie nur bitten, vorsichtig zu sein und keinen irreparablen Schaden anzurichten!«

Leicht verwundert sah Eric sie an. »Vielleicht ist mein Haus in Gefahr und unter Umständen auch die Waffen und das Pulver, die für die Miliz in Virginia und diese Armee bestimmt sind –

und das nur, weil die zauberhafte Hausherrin alles dem Feind verraten hat!« Von Sekunde zu Sekunde wurde er immer aufgeregter, doch als Anne Marie erschrak und zurückwich, hielt er inne. »Es tut mir leid, Anne Marie! Lassen wir das Thema lieber fallen.«

Er trat an den Tisch und schenkte sich ein Glas ein, doch Anne Marie ließ nicht locker und folgte ihm. »Eric, ich habe die Gerüchte ebenfalls gehört, doch Amanda hat sich seit Ihrer Abreise nicht aus Cameron Hall fortgerührt!«

»Vielleicht hat sie einen Komplizen.«

»Eric, sie ist meine Freundin! Ich kenne sie gut.«

»Ich habe sie eines Abends überrascht, doch ich gab ihr eine Chance, und genau das war mein Fehler! Am besten hätte ich sie wahrscheinlich gleich in dieser Nacht windelweich schlagen und sofort nach Frankreich schicken sollen!«

»Das hätten Sie doch niemals fertiggebracht.«

»Aber es wäre ohne Zweifel richtig gewesen«, erwiderte er kühl. »Ich mußt mich beeilen, Anne Marie, denn ich möchte mit der Flut auslaufen.«

»Oh, Eric! Möglich, daß Amanda spioniert hat, aber ich kann unmöglich glauben, daß sie ihrem eigenen Heim schaden zufügen würde. Ich glaube eher, daß irgend jemand ihre Vergangenheit gegen sie benutzt. Sehen Sie das nicht auch so?«

»Ich weiß nur, daß Amanda oft genug Gelegenheit hatte, mir alles zu erzählen. Ich hätte ihr gegen jeden und alles beigestanden, aber sie hat einen anderen Weg gewählt. Jetzt müssen Sie mich aber wirklich entschuldigen.«

Tränen standen in Anne Maries Augen, als sie sich mit einem schwesterlichen Kuß seufzend von ihm verabschiedete. In dem Augenblick, in dem ihre Lippen die seinen flüchtig berührten, war es um Eric geschehen. Wie ein Wilder stürzte er sich auf ihren Mund und drückte ihre Lippen mit der Zunge auseinander. Als Anne Marie nachgab, umschlangen sie sich und küßten einander sekundenlang wie Verdurstende. Doch schon Sekunden später wußte Eric, daß er Anne Maries Gefühle unmöglich so ausnutzen durfte. Beschämt löste er sich von ihr und sah ihr in die Augen, und es war beiden klar, daß sie einen Fehler gemacht hatten.

Bevor Eric jedoch ein einziges Wort der Entschuldigung herausbringen konnte, ertönte von der Tür her ein ärgerliches Räuspern. »Ich wollte mich nur erkundigen, ob Sie etwas brauchen, doch wie ich sehe, sind Sie bestens mit allem versorgt!« höhnte Damien Roswell empört.

Eric schuldete seinem heißspornigen Freund keinerlei Erklärungen. »Ich verabschiede mich«, bemerkte er kurz.

»Damien, Sie müssen das richtig verstehen«, begann Anne Marie zu erklären.

»Oh, ich verstehe sehr gut!« unterbrach sie Damien mit bitterem Lachen. »Er ist eben immer noch ein richtiger Brite, unser verehrter Lord Cameron! Genau wie Heinrich VIII.! Eine nach der anderen! Werden Sie Amanda umbringen oder sich nur scheiden lassen, Mylord?«

»Beides würde sie verdienen«, entgegnete Eric ausweichend.

»Ich werde Sie nach Virginia begleiten.«

»Kommt überhaupt nicht in Frage!«

»Sie könnten ja –«

»Damien, nehmen Sie sich zusammen! Washington wird Sie nicht fortlassen.«

»Wenn Sie ihr etwas tun«, schwor Damien mit erhobener Faust, »ist mir die ganze Revolution egal. Dann werde ich Sie umbringen!« Dabei sah er ganz so aus, als ob er Tränen in den Augen hätte.

»Damien, hören Sie zu!« begann Eric, doch der junge Mann war längst davongerannt.

»Es ist schon gut. Ich werde mit ihm reden«, versprach Anne Marie.

»Nichts ist gut, und es wird es auch nicht mehr werden!« murmelte Eric, bevor er sich verbeugte und hastig den Raum verließ.

Am Morgen des fünfundzwanzigsten Juni trafen Eric und seine Mannschaft auf die *Cynthia*, ein kleineres Kriegsschiff von Dunmores Flotte. Da die Armee der Patrioten dringend Schiffe benötigte, gingen sie sorgsam mit ihr um und mußten sogar einige Beschädigungen an der *Good Earth* hinnehmen, bis sie die *Cynthia* endlich in ihre Gewalt gebracht hatten. Die Mannschaft wanderte ins Gefängnis, während das Schiff mit einer Notmannschaft an Bord zur Reparatur in einen Hafen der Patrioten gesegelt wurde.

Als sie am Morgen des achtundzwanzigsten endlich den James River hinaufsegelten, erspähte Eric durch sein Fernglas, daß aus Cameron Hall Flammen züngelten und die *Lady Jane* gerade ablegte. Ob seine Frau an Bord war? fragte er sich, doch im selben Augenblick alarmierte er die Kanoniere. Nur wenig später krachte auf sein eigenes Kommando hin die erste Salve auf sein eigenes Schiff! Er verzog den Mund, als er daran dachte, daß Amanda sich höchstwahrscheinlich an Bord befand. Durch das Glas konnte er erkennen, daß das Haus immer noch standhielt, die Lagerhäuser dagegen ein einziges Flammenmeer waren. Die *Lady Jane* hatte inzwischen die Richtung geändert und kam direkt auf sie zu.

»Die waren ganz und gar nicht auf unseren Angriff gefaßt! Noch eine weitere Salve, und dann gehen wir längsseits!«

Pulverdampf füllte die Luft, und die Sicht wurde immer schlechter. Laut schrie Eric seine Befehle, worauf die *Good Earth* erzitterte und eine weitere Salve auf der *Lady Jane* einschlug. Der Abstand zwischen den Schiffen wurde zusehends geringer, und als sie mit einem gewaltigen Ruck und lautem Krachen aneinanderstießen, sprang Eric mit gezücktem Säbel an Bord. Das war das Zeichen für seine Soldaten, ihm zu folgen, und binnen kürzester Zeit herrschte wildes Kampfgetümmel.

»Endlich habe ich Sie!« Urplötzlich war Tarryton aus dem Pulverdampf aufgetaucht und drang mit gezückter Waffe so heftig auf Eric ein, daß dieser den Stoß kaum parieren konnte. »Sie glauben wohl, daß Sie alles mit mir machen können!« höhnte Tarryton. »Doch jetzt ist es vorbei! Ich habe gewonnen, denn ich besitze nicht nur Ihr Schiff, sondern auch Ihre Frau! Und ich verspreche, von beiden regen Gebrauch zu machen!«

Nachdem Eric den ersten Schrecken überwunden hatte, drang er mit geschickten Stößen machtvoll auf seinen Gegner ein, bis diesem die Angst in den Augen stand. »Nichts haben Sie, Tarryton! Einfach gar nichts!« Eric war der bessere Fechter und trat unverzüglich den Beweis an, indem er Tarryton mit der Spitze seiner Waffe herausfordernd und zugleich erniedrigend lässig unter dem Kinn ritzte.

Entsetzt sprang Tarryton mit einem wilden Satz nach rückwärts und war durch sein blutendes Kinn so abgelenkt, daß Eric ihm in aller Ruhe folgen und einen neuen Angriff vorbereiten konnte. Und genau in diesem Augenblick sah er Amanda.

Sie war aus der Kapitänskajüte auf das Deck getreten und wirkte in ihrem wundervollen grünen Kleid inmitten der kämpfenden und blutenden Männer wie ein Wesen aus einer anderen Welt. Zauberhaft sah sie aus, als der Wind in ihren Haaren spielte. Seine Frau – die Verräterin! Offenbar hatte sie sich nun doch für Tarryton entschieden und sollte bestimmt auf seinen Wunsch hin nach London gebracht werden, da sie in Cameron Hall nicht länger von Nutzen sein konnte.

Nein! Niemals, mein Liebster! schwor er bei sich. Solange ich lebe, wirst du diesem Mann nicht gehören! Dafür werde ich sorgen! Den nächsten Angriff von Tarryton parierte er mit kühler Entschlossenheit, was seinem Gegner nicht entging. »Lassen Sie die Waffe fallen, Tarryton!« rief er.

»Guter Gott, jemand muß mir helfen!«

Demnach war Lord Robert Tarryton und gleichzeitig Duke of Owenfield nicht gewillt, sich dem Kampf zu stellen, dachte Eric zynisch. »Eines Tages werde ich Sie töten, Tarryton!« schwor Eric in geradezu freundlichem Ton, bevor er sich den fünf Marinesoldaten zuwandte, die für ihren Anführer in die Bresche gesprungen waren. Mit Fredericks Hilfe gelang es ihm, drei der Gegner unschädlich zu machen, worauf die anderen im Pulverdampf flüchteten.

Ein lautes Platschen verriet Eric, daß ihm Tarryton jedenfalls für den Augenblick entkommen war, doch die *Lady Jane* befand sich damit wieder in seinem Besitz.

»*Highness!*« Der Aufschrei eines der Männer brachte Eric wieder in die Wirklichkeit zurück. Ohne jeden Zweifel war damit Amanda gemeint, deren wahre Identität nur ihm selbst, Frederick und einigen anderen Freunden bekannt war. Er mußte sich beeilen, um sie als erster zu erreichen! Entsetzt stellte er fest, daß sie einen Säbel in der Hand hielt. Diese Närrin! Wollte sie etwa bis zum bitteren Ende Widerstand leisten und womöglich ihr eigenes Leben opfern?

Bei Gott, mein Schatz, ich werde dir den Hals umdrehen!

fluchte er im stillen, als er sah, wie sie warnend mit der Waffe gestikulierte und dann davonlief. Im Laufen gab er seinen Männern den Befehl, das Deck zu sichern. Wollte sie sich etwa ins Wasser stürzen? Nein. In ihrer Panik war sie in die Kajüte zurückgelaufen. Ein Highlander eilte ihr zu Hilfe und wurde augenblicklich von einem von Erics Männern niedergestochen, worauf er in die Kabine zurücktaumelte. »Ich werde mich darum kümmern!« rief Eric seinen Männern zu und trat mit voller Wucht gegen die Tür.

Amanda kniete neben dem Highlander, und als sie die Augen hob, spiegelten sich Angst und Trotz in ihnen. Fast lautlos stammelte sie seinen Namen, während sie mühsam auf die Füße kam und dabei das Gewehr des Highlanders umklammert hielt.

»Highness«, sagte er leise, während er seine Klinge reinigte und die Scheide zurückschob. Und dann brach es aus ihm heraus, was er die ganze Zeit zurückgehalten hatte. Sobald Amanda ihn unterbrechen wollte, hob er die Stimme und ließ sie nicht zu Wort kommen. Es kostete ihn ungeheure Mühe, sein Temperament zu beherrschen. Wenn er sie auch nur berührte, würde er sie unweigerlich umbringen oder hier mitten unter den Männern auf den Planken seines Schiffes vergewaltigen!

»Ich bin daran absolut unschuldig!« schrie sie schließlich.

Alles Lüge, denn schließlich hatte er sie ja hier bei Tarryton gefunden! »Unschuldig, Highness?« fragte er mit hochgezogenen Brauen.

»Ich sage dir doch –«

»Und ich sage dir, daß ich genau weiß, daß du für die Briten spionierst und unter dem Namen Highness bekannt bist. Ich habe dich nämlich immer wieder mit falschen Informationen versorgt, die regelmäßig ihren Weg zu Dunmore gefunden haben! Du hast mich hintergangen – wieder und wieder!«

Unglaublich, aber sie zielte tatsächlich mit der Waffe auf ihn. Seine Frau, neben der er Nacht für Nacht geschlafen hatte, zielte auf ihn! »Gib mir das Gewehr!« forderte er wütend. »Amanda!«

»Bleib stehen!«

Namenlose Wut stieg in ihm hoch. »Gleich ist meine Geduld zu Ende, Amanda! Ich werde mir das Gewehr holen, und wenn ich dich deswegen umbringen muß!«

»Nein! Laß mich einfach gehen. Ich schwöre, daß ich absolut unschuldig –«

»Ich soll unsere *Highness* entwischen lassen? Dafür würde man mich hängen!« Er trat einen Schritt auf sie zu. »Schieß doch, aber sieh zuerst nach, ob deine Waffe auch geladen ist!« Überraschend entriß er ihr die Waffe und schleuderte sie quer durch die Kajüte. Dabei löste sich ein Schuß, und die Kugel schlug krachend in die Holzwand ein. Sekundenlang sah er sie an, bevor ein bitteres Lächeln über seine Lippen huschte. »Das Gewehr war geladen, Mylady, und du hast damit genau auf mein *Herz* gezielt!«

Sie hätte ihn umbringen können! »Nun, *Highness?*«

»Warte!«

»Worauf? Auf die Rettung? Keine Sorge, die wird nicht kommen!« Wie gern hätte er die weiche Haut ihrer Wange gestreichelt, dachte er, als sie so nah vor ihm stand. Doch sofort dachte er wieder an die Lügen.

Urplötzlich versuchte sie, an ihm vorbeizukommen, und er mußte sich schon beeilen, um sie noch an ihren Haaren zu erwischen. Als er sie in seine Arme zog, wehrte sie sich verzweifelt und trat nach ihm. Daraufhin drehte er ihr fluchend die Handgelenke auf den Rücken, so daß ihr Körper ganz dicht gegen ihn gepreßt wurde. Als sie völlig wehrlos war, warf sie stolz den Kopf in den Nacken und sah ihm nur stumm in die Augen.

Sanft strich er ihr mit der freien Hand über das Kinn und die Wange. »So wunderschön und gleichzeitig so verlogen! Doch damit ist jetzt endgültig Schluß! Gib auf, mein Liebes!«

Sie lächelte fast ein wenig wehmütig, als ob sie sich an alle wunderschönen Augenblicke der vergangenen Jahre erinnerte. »Niemals, Mylord!«

In diesem Augenblick wurden sie von einem jungen Soldaten gestört. »Wir haben sie endlich erwischt! Diese *Highness* hat den Briten unser Schiff und alle unsere Geheimnisse übergeben!«

»Ja«, wiederholte Eric leise, während er die Augen nicht von Amanda ließ, »wir haben sie gefunden!« Plötzlich wurde er von heftiger Wut gepackt. Ihn ekelte vor der Berührung, und er stieß sie so heftig von sich, daß sie nur mit Mühe das Gleichgewicht halten konnte.

Der Lieutenant pfiff leise durch die Zähne. »Kein Wunder, daß sie unsere Männer so leicht hat täuschen können!«

Bittere Worte!

»Ja, das war nicht weiter schwer!« bestätigte Eric ruhig.

»Ob sie sie hängen werden?« fragte der Soldat. »Hängen wir Frauen, General?«

Eric hatte die Frage kaum gehört, denn er hatte bemerkt, wie Amanda zusammengezuckt war. Hatte sie etwa Angst? Oder fühlte sie bereits den Strick um ihre Kehle?

»Mylord, Sie können doch unmöglich zulassen, daß man sie aufhängt!«

Eric lächelte ironisch, als er an ihren warmen Körper und ihre verführerischen, innigen Küsse dachte. »Nein, das stimmt. Das kann ich unmöglich zulassen, denn sie ist schließlich meine Frau.«

Während der junge Mann sich nur mit Mühe von seiner Überraschung erholte, erteilte Eric bereits seine Befehle. »Sagen Sie Daniel, daß er Kurs auf Cameron Hall nehmen soll und lassen Sie diesen Lieutenant abholen!« Dieser Mann hatte Amanda vor ihm schützen wollen! »Alle Briten bekommen ein Seemannsgrab, die Unseren nehmen wir mit nach Hause.« Dann wandte er sich wieder an Amanda. »Wir beide werden uns später sprechen.«

Nach einer kurzen Verbeugung verließ er rasch die Kabine und floh bis ganz nach vorne in den Bug des Schiffes, wo er sich Wind und Gischt ins Gesicht wehen ließ. Einesteils war er froh, denn die *Lady Jane* gehörte wieder ihm, und Amanda ebenfalls. Allerdings waren die Waffen und das Pulver höchstwahrscheinlich verloren. Wie es weitergehen sollte, wußte er noch nicht. Scheiden lassen konnte er sich nicht, denn genausogut hätte er sich seine Hand abhacken können. Er brauchte erst einmal Zeit, um sein Gleichgewicht wiederzufinden. Außerdem mußte er sich dringend mit General Lewis treffen, um eine Strategie gegen Dunmores Flotte zu verabreden.

Mit geschlossenen Augen lehnte er an der Takelage, bis Daniel ihm meldete, daß sie in Kürze anlegen würden.

»Frederick soll meine Frau nach Hause eskortieren und meine Dienerschaft informieren, damit sie sie im Auge behalten. Ich werde mich unverzüglich auf die Suche nach General Lewis begeben.

504

Unsere Männer können an Bord bleiben oder auch Zelte auf der Wiese aufschlagen.«

»Zu Befehl, Sir!«

Von seinem erhöhten Standpunkt aus beobachtete er, wie Frederick Amanda über das Deck führte, und es schnitt ihm ins Herz, als die Mannschaft sie wie einen würdigen Gegner verabschiedete. Verdammt, Amanda!

Nachdem der Wagen in Richtung auf das Haus davon gefahren war, verließ Eric sein Schiff und machte sich mit Daniel auf den Weg. Es dauerte nicht lange, bis sie den Freund aus früheren Tagen ausfindig gemacht und sich ausführlich mit der gegenwärtigen Lage vertraut gemacht hatten. Nachdem sie sich rasch über die gemeinsamen Unternehmungen für den kommenden Tag geeinigt hatten und Eric sich verabschieden wollte, hielt Lewis ihn noch einen Augenblick zurück.

»Lord Cameron, ich wollte Ihnen nur noch mitteilen, daß wir bisher noch keinen Beweis dafür haben, wer uns ausspioniert hat«, bemerkte der General abschließend.

»Keinen Beweis?«

Lewis räusperte sich ein wenig verlegen. »Nun, wie Sie sehen, verbreiten sich Neuigkeiten in Windeseile. Ihr Sieg an Bord der *Lady Jane* wurde von Land aus beobachtet. Wie ich gehört habe, soll Ihre Frau an Bord gewesen und deshalb für die berüchtigte *Highness* gehalten worden sein. Erinnern Sie sich daran, daß Dunmore auch Mrs. Washington entführen wollte! Immerhin ist es ja möglich, daß Ihrer Frau dasselbe geschehen ist!«

Eric nickte zwar, aber er dachte einzig und allein daran, daß Amanda das Gewehr auf ihn gerichtet hatte. Wer konnte schon wissen, welche Überraschungen ihn noch in ihrem Schlafzimmer erwarteten! »Ich danke Ihnen für den Rat. Meine Frau wird jedoch in Kürze nach Frankreich reisen und damit in jeder Hinsicht in Sicherheit sein.«

Nach einem scharfen Galopp über die Felder sprang Eric vor seinem Haus aus dem Sattel und wurde von einem überglücklichen Pierre begrüßt, der ihm das Pferd abnahm. »Was ist geschehen, Pierre? Ich will die Wahrheit wissen, und zwar die ganze!«

Pierre zuckte unbehaglich mit den Schultern. »Die ganze Wahrheit kenne ich selbst nicht. Danielle wurde niedergeschlagen und ist gerade eben erst zu sich gekommen. Sie schwört, daß Lady Cameron unschuldig ist.«

»Danielle würde sie selbst dann noch für unschuldig halten, wenn wir sie im Bett des Königs fänden!«

Pierre wurde es immer unbehaglicher zumute. »Sie hat uns aber nichts getan! Als dieser Tarryton Margaret schlagen wollte, hat Lady Cameron es ihm verboten!«

»Aber sie ist freiwillig mit ihm gegangen?«

Pierre senkte den Kopf. »So sah es jedenfalls aus«, räumte er leise ein.

»Das genügt, Pierre«, erwiderte Eric. »Ich möchte, daß sie morgen nach meiner Abreise unverzüglich nach Frankreich gebracht wird! Zu diesem Zweck werde ich die *Good Earth* zur Verfügung stellen. Sie werden meine Frau begleiten. Cassidy auch.«

»Und Danielle?«

Eric zögerte einen Moment. »Sie kann sich ebenfalls anschließen.«

»Und wie lange werden wir dort bleiben?«

Eric seufzte. »Das kann ich noch nicht sagen. Ich werde mich mit dem Comte de la Rochelle besprechen, der ja am Hof von Versailles lebt. Wenn alles vorbei ist, werde ich kommen und meine Frau und euch alle abholen.«

»Und was wird in der Zwischenzeit aus Cameron Hall?«

»Richard wird hierbleiben und nach dem Rechten sehen. Er kennt sich in der Wirtschaft inzwischen ohnehin besser aus als ich.«

»Lady Cameron hat ebenfalls sehr viel für Cameron Hall getan, wenn ich das sagen darf.«

»Dann geht es vielleicht in der nächsten Zeit einmal nicht ganz so gut, aber das kann ich nicht ändern. In Ordnung?«

»Ja, Mylord.«

»Gute Nacht, Pierre!«

»Gute Nacht, Mylord!«

Rasch nahm Eric noch die Stellen in Augenschein, an denen Feuer gelegt worden war, doch der Schaden hielt sich tatsächlich in Grenzen. Vor der Schlafzimmertür verharrte er einige Augenblicke, bevor er leise die Tür öffnete und ins Zimmer trat.

Sobald sein Blick auf Amanda fiel, überfiel ihn eine Welle aus Leidenschaft, Begehren und heißer Wut und drängte jeden Gedanken an eine kühle Begrüßung augenblicklich beiseite. Das Badewasser dampfte noch, doch Amanda Sterling hatte sich bereits in ein großes Leinenhandtuch gehüllt und blickte gerade aus dem Fenster. Sie mußte den Luftzug gespürt haben, denn plötzlich fuhr sie herum. Sie wirkte sehr unschuldig, als sie Eric mit riesengroßen grünen Augen ansah und scheu ihr Tuch über der Brust zusammenraffte.

Wie Fremde standen sie einander gegenüber, bis Eric sich endlich bewegte. Er schloß die Tür ab und lehnte sich gegen die Füllung. »Nun, *Highness*, die Zeit der Abrechnung ist gekommen.«

Eine ganze Zeit wartete er, daß sie alles abstritt und ihre Unschuld beteuerte, doch als nichts kam, trat er mit spöttischem Lächeln näher. »Ja, Mylady, der Tag der Abrechnung ist da!«

Teil IV

Nur ein Leben

15. Kapitel

Wortlos starrte Amanda Eric an und konnte kaum glauben, daß er und dieser finster und bedrohlich dreinschauende Fremde ein und dieselbe Person sein sollten. Am liebsten hätte sie wieder ihre Unschuld beteuert, doch dazu hatte sie viel zuviel Angst und beobachtete nur gebannt, wie Eric sich auf einem Stuhl niederließ und leise stöhnend seinen Fuß auf den gegenüberliegenden Stuhl legte. Sie wagte kaum zu atmen und stand wie gebannt. Ihre Hände klammerten sich hilflos um das weiße Badetuch.

Nachdem Eric sich ein Glas Wein eingegossen und einen Schluck getrunken hatte, sah er sie durchbohrend an. »Hältst du ein Messer an deinem Busen verborgen, mein Schatz?« fragte er sehr sanft.

Sie schüttelte den Kopf. »Ich habe dir niemals den Tod gewünscht!«

»Nun, das habe ich etwas anders in Erinnerung.«

»Damals war ich wütend.«

»Gerade heute hast du doch mit dem Gewehr auf mich gezielt!«

»Wenn ich deinen Tod wünschte, würde ich kein Messer bei mir tragen, das du schließlich viel leichter gegen mich benutzen kannst!«

»Ah!« Sie haßte diese spöttisch überlegene Art. »Die arme kleine Amanda! Du hast ein beachtliches Talent, deine weibliche Schwäche ins Feld zu führen, sobald du in Schwierigkeiten bist.«

»Ich bin nicht in Schwierigkeiten! Ich bin an dieser Sache unschuldig!«

»Unschuldig?« höhnte er.

Ihre Finger krampften sich in das Tuch, bevor sie begriff, daß es tatsächlich so wirkte, als verberge sie etwas. Als Eric aufsprang, schnappte sie vor Entsetzen nach Luft, doch er riß ihr blitzartig das Tuch herunter. Nackt stand sie vor ihm und sah zu, wie sich seine Augen noch mehr verfinsterten. Am liebsten wäre sie davongelaufen, doch sie wollte keinesfalls feige sein. Trotzig warf sie den Kopf in den Nacken und bemerkte mit leisem Spott: »Keine Klinge, wie du siehst!« Mit verachtungsvollem Blick griff sie nach ihrem Tuch. »Wenn du mich jetzt bitte entschuldigen würdest.«

»Dich entschuldigen? Dachtest du, daß wir hier höfliche Konversation betreiben? Nein, mein Schatz, ich habe es satt, dich zu entschuldigen!« Seine Hände krallten sich um ihre Schultern, und er zwang sie, zu ihm aufzusehen. »Vom ersten Tag an war mir klar, daß du andere Überzeugungen hattest und Dunmore nach Kräften geholfen hast, aber es hat mir nichts ausgemacht. Seit unserer Hochzeit habe ich dich überwachen lassen, aber es ging mir nicht um Informationen, sondern allein um deine Sicherheit!« Ihm versagte die Stimme, weil er sich so sehr nach ihr gesehnt hatte. Und sie hatte ihn ausgerechnet dort hintergangen, wo er auf ihre Loyalität gehofft hatte. Der Kummer riß an seiner Seele, und er packte ihre Schultern nur fester. »Mein Gott, falls es eine Entschuldigung gibt, dann rede auf der Stelle, Amanda!«

»Ich habe es nicht getan!«

»Du lügst!«

»Nein!« Tränen stiegen ihr in die Augen, weil sie sich ihm nicht verständlich machen konnte. Sie hatte ihn gehaßt und gegen ihn gekämpft, doch diesmal war sie wirklich unschuldig, und außerdem liebte sie ihn. »Mehr weiß ich nicht zu sagen!« schrie sie. »Zerre mich doch vor ein Gericht oder hänge mich meinetwegen auf, aber laß mich endlich in Ruhe!«

»Dich in Ruhe lassen!« höhnte er, während er auf seine beschmutzte, zerrissene Uniform wies. »Man hat mich aus New York zurückgerufen, weil meine Frau meinen Untergang plant! Vielleicht hast du das Haus ja selbst in Brand gesteckt!«

»Nein! Ganz im Gegenteil! Ich habe sie gebeten, Cameron Hall zu schonen. Statt dessen habe ich angeboten, freiwillig mitzugehen, wenn –«

»Halt den Mund!« fauchte er und hätte sie beinahe geschlagen. »Was hast du getan?«

»Ich habe angeboten, freiwillig mitzugehen, wenn Sie das Haus verschonen. Sie haben Wort gehalten, Eric –«

»Du bist tatsächlich freiwillig in Tarrytons Arme gelaufen? Offenbar hast du vergessen, daß wir verheiratet sind! Verschenkst dich ausgerechnet an Robert Tarryton! Die Armee und ich haben wahrlich Besseres zu tun, als die Hure eines Briten zu befreien!«

»Wie kannst du es wagen!« schrie sie ihn an, wobei ihr Tränen der Wut und Machtlosigkeit in den Augen standen. Als sie auf ihn losprügeln wollte, packte er sie nur mit machtvollem Griff und warf sie aufs Bett. Mit seinem Körper drückte er sie in die Kissen und blickte ihr unverwandt in die Augen, während er mit Daumen und Zeigefinger ihre Schläfen streichelte. »Wenn ich nachts wach lag, habe ich mir vorgestellt, wie du allein in diesem Bett liegst. Ich habe mir Vorwürfe gemacht, dich alleingelassen zu haben, doch Tag für Tag glaubte ich an deine Loyalität gegenüber dem Versprechen, das du mir gegeben hast. Ich habe davon geträumt, wie zauberhaft du nach dem Bad duftest und mich immer wieder gegen die Vorstellung gewehrt, daß Tarryton eines Tages seine Hände auf deine Brüste legen würde, wie ich das gerade tue.«

»Ich habe dich nie mit einem anderen Mann betrogen!« rief sie, aber innerlich bebte sie. »Ich kann Robert Tarryton nicht mehr ertragen, und das weißt du.«

»Ich weiß nur, daß du heute morgen freiwillig mit ihm fortgegangen bist.«

»Die Dienstboten –«

»Die Dienstboten lügen mich nicht an.«

»Aber ich –«

»Ja?« fragte er ärgerlich.

Sofort erstarb ihr die Liebeserklärung auf den Lippen. Aber die Worte hallten noch lange in ihrem Kopf. Es war zu spät. Eric würde ihr ohnehin nicht mehr glauben. »Ich habe es wirklich nicht getan«, sagte sie schließlich, doch Eric grinste nur höhnisch.

»Am liebsten hätte ich Tarryton umgebracht – und dich auch.«

»Eric –«

»Keine Angst, mein Schatz, aber so weit werde ich nicht gehen.«

»Laß mich los!«

Amanda wußte genau, daß Eric sie in diesem Moment haßte, genau wie sie dieses spöttische Lächeln nicht ertragen konnte.

Und trotzdem spürte sie sein Gewicht auf ihrem nackten Körper – Liebe und Haß lagen wirklich sehr nah beieinander. Sie wollte fort von ihm, doch gleichzeitig empfand sie größtes Verlangen danach, ihm nahe zu sein, seine Hände und seine Lippen auf ihrer Haut zu spüren.

»Du vergißt, daß du meine Frau bist«, erinnerte er sie.

»Eine Frau, die du verachtest und der du nicht glaubst. Laß mich los!«

»Nein, ganz gleich wie dieser Krieg ausgeht – die heutige Nacht gehört jedenfalls mir!«

Sie wollte und durfte dem Fieber, das in ihr brannte, nicht nachgeben. Zwei Monate lang hatte sie Eric entbehren müssen, zwei Monate, in denen sie Cameron Hall verwaltet und bewahrt hatte – Tarryton hatte alles kaputtgemacht. Seitdem spürte sie Erics Haß in jeder Berührung, in jedem Blick. Sie öffnete die Lippen, um etwas zu sagen, doch dann schwieg sie doch lieber, weil Eric sie so eindringlich ansah und sie seine Gedanken nicht erraten konnte.

Während Erics Hände über Amandas Wangen streichelten und er ihr schön geschnittenes Gesicht und ihre Lockenpracht mit bewundernden Blicken streifte, dachte er an die unendlich vielen Nächte, in denen er sie im Traum im Arm gehalten hatte. Ihre Kraft und ihre Lebenslust hatten ihn immer wieder fasziniert, und jetzt – jetzt lagen ihre Lippen leicht geöffnet direkt vor ihm. Und ihm war klar, daß er sie heute Nacht besitzen würde, daß er ohne die Erinnerung an diese Stunden den kommenden Tag nicht überstehen würde.

Sein Mund kam näher und näher. »Nein! Nicht! Tu es nicht!« protestierte Amanda. »Nicht so! Nicht, wenn du mich gar nicht liebst!«

»Seit wann ist dir Liebe wichtig? Nicht einmal bei unserer Hochzeit war davon die Rede, und auch dann nicht, als du die Karte in meiner Bibliothek gefunden und deinem Vater gegeben hast, und erst recht nicht bei diesem letzten Verrat!«

»Aber das habe ich nicht getan, Eric! Sei kein Narr und hör auf mich! Vielleicht bin ich ja an vielem schuld, aber – Ach, du verstehst gar nichts! Sie hatten doch Damien –«

»Wovon sprichst du?« fragte er in scharfem Ton.

Amanda schluckte einige Male. »Mein Vater hat mich immerfort mit Damien erpreßt. Anfangs hat er gedroht, ihn zu verhaften und zu hängen, doch dann hatten sie ihn ja wirklich gefaßt! Das Pferd! Erinnerst du dich, wie es in der Neujahrsnacht vergiftet wurde? Mein Vater hätte bestimmt nicht gezögert, Damien dasselbe anzutun!«

»Aha, aber Damien ist schon eine ganze Zeit lang frei!«

»Genau das versuche ich dir ja klarzumachen! Es muß noch eine andere Spionin geben! Ich bin es jedenfalls nicht gewesen!«

Er lächelte. »Eine hübsche Geschichte!«

»Eric, bitte –« Sie versuchte, unter ihm wegzurutschen, doch dadurch wurde sie nur näher an ihn gepreßt. Sie zitterte vor Begierde, und gleichzeitig haßte sie sich, weil ihr Stolz und Vernunft völlig gleichgültig waren, solange er sie nur in den Armen hielt. »Wir können es nicht tun!«

»Aber du bist meine Frau!«

»Die dich betrogen hat, wie du behauptest.«

»Heute nacht zählt das nicht.«

»Nein, Eric!« Sie war den Tränen nahe, doch als sie sein erregt pulsierendes Glied durch den Stoff seiner Uniform fühlte, summte ihr das Blut in den Ohren. Aber gleichzeitig wehrte sie sich wie eine Verrückte. »Eric, nein!«

Plötzlich grinste er provozierend. »Aber Mady! Möchtest du denn gar nicht, daß ich dir verzeihe?«

Augenblicklich hielt sie inne und befeuchtete ihre Lippen. »Wie bitte?«

»Vielleicht werde ich es ja tun.«

Mißtrauisch sah sie ihn an. »Du willst wirklich, daß ich dich auf diese Art um Verzeihung bitte?«

»Es wäre zumindest ein Anfang«, entgegnete er und lachte.

»Ich käme mir vor wie eine Hure, die ein Geschäft machen will. Nein, Eric! Niemals –«

In heißem Verlangen preßten sich seine Lippen auf ihren Mund. Zuerst versuchte Amanda, sich zu wehren, doch als seine Zunge ihre Lippen und dann auch ihre Zähne auseinanderdrängten, versank sie augenblicklich in einer Welle heißer Leidenschaft, die alle Gedanken ausschaltete. Sie liebte ihn, und sie konnte weder ihm noch sich selbst widerstehen.

Zitternd vor Gier glitten seine Hände über ihre Haut, erforsch-

513

ten ihren Körper, bis schließlich seine Lippen seinen Händen folgten. Sie schnappte nach Luft, als er ihre Brustwarzen umschloß und mit seiner Zunge badete. Irgendwann stellte sie fest, daß sie Eric längst umschlungen hatte.

»Gib dich mir ganz, mein Liebes!« flüsterte er an ihrem Ohr, während sein vibrierender Körper sich hart gegen den ihren drängte. »Erfülle mich mit deiner Schönheit, mit dem Zauber dieser Nacht.«

In diesem Augenblick war alle Zwietracht vergessen. Die ganze Welt war versunken, nur der salzige Windhauch vom Fluß berührte Amandas Körper, wo Eric ihn nicht bedeckte, und sie dachte daran, wie lange es her war, seit sie zum letzten Mal so umschlungen auf dem Bett gelegen hatten. Ohne jede Gegenwehr ergab sie sich seinen streichelnden Händen, seinen Lippen, seinen Zähnen, seiner Zunge, die immer hemmungsloser über ihren Körper glitten. Irgendwann erhob sich Eric, und Amanda beobachtete ihn aus den Augenwinkeln. Doch er zog sich nicht aus, wie sie angenommen hatte, sondern packte ihren Fuß und liebkoste die Wölbung und die Zehen. Dann wanderten seine Lippen über die Innenseite ihres Schenkels, bis seine Schultern ihre Beine spreizten und seine Zunge tief in ihre Scham eintauchte. Ein heftiges Zucken durchlief Amanda, ihre Hände krallten sich in seine Haare, und ihr Kopf rollte unruhig von einer Seite auf die andere. Immer heftiger wurden ihre Bewegungen, bis nur noch wildes Stöhnen und laute Lustschreie aus ihrem sich aufbäumenden Körper hervorbrachen. Ohne Rücksicht reizte Eric sie weiter und weiter, und als sie am Ende ihrer Kräfte war, löste er sich plötzlich von ihr.

Diesmal zog er sich aus, aber wenige Augenblicke später war er schon wieder über ihr und drang in ihren weichen, zuckenden Körper ein. Die Arme hatte er aufgestützt, so daß Amanda seinen wilden, verbissenen Gesichtsausdruck sehen konnte, als er immer wieder in sie hineinstieß. War das Liebe – oder Haß? Die Leidenschaft raubte ihr schließlich die Sinne, und als sie Sekunden später zitternd und erschauernd in seinen Armen lag, spürte sie deutlich, wie Eric sich mit einem gewaltigen Stoß in ihr entlud.

Zart küßte er ihre Lippen, bevor er von ihr herunterrollte und sie in seine Armbeuge bettete. Als Amanda etwas sagen wollte, verschloß er ihr mit dem Finger den Mund. »Nein, nicht heute nacht.«

»Eric, hör mir doch bitte zu!« rief Amanda verzweifelt. »Ich – ich liebe dich!«

Sofort verkrampften sich alle seine Muskeln, so daß Amanda regelrecht Angst bekam. »Bitte! Laß diese Spielchen!« stieß er unmutig hervor.

»Aber das ist kein Spiel, Eric!« entgegnete sie mit tränenerstickter Stimme.

Heftig stieß er die Luft aus. »Wenn ich dir doch nur glauben könnte!« seufzte er.

»Bitte –«

»Ich will nichts mehr davon hören! Du kannst es mir höchstens beweisen!«

Amanda lag stocksteif da, doch schon nach wenigen Augenblicken riß Eric sie mit einem tiefen Stöhnen in seine Arme und küßte ihre schweißnasse Haut. Wieder überkam sie das Verlangen, und wieder liebten sie sich. Diesmal waren Amandas Hände überall. Ihre Haare kitzelten seinen nackten Bauch, während sie sein Glied fand und streichelte. Sacht berührte sie es mit der Zungenspitze, bevor ihre Lippen es umschlossen und sie es schließlich mit ihrer Zunge streichelte.

Nachdem ihre Leidenschaft abgeebt war, hielten sie einander eng umschlungen und sanken in einen tiefen, traumlosen Schlaf. Als Amanda am nächsten Morgen die Augen öffnete, stand Eric bereits angezogen am Fenster und hatte offenbar nur auf ihr Erwachen gewartet. Instinktiv erspürte sie die veränderte Atmosphäre und zog die Decken ängstlich bis ans Kinn. Als Eric sich endlich zu ihr umwandte, blickten seine Augen kühl und fremd.

»Du gehst fort«, stellte sie fest.

»Wir müssen Lord Dunmore verfolgen, wie du weißt.«

»Ja«, hauchte sie. »Muß ich – muß ich mich als Gefangene betrachten?«

Als er den Kopf schüttelte, schöpfte Amanda für Sekunden Hoffnung. Wenn sie nur genug Zeit hätten, könnte sie ihm vielleicht erklären, daß sich in ihrem Herzen nichts geändert hatte. Sie war seine Frau und spürte deutlich, wie sehr sie zu ihm gehörte. »Dann bin ich also frei?«

»Nein.«

»Wie bitte?«

Eric durchquerte den Raum und legte seine Waffen an. »Du wirst nach Frankreich reisen.«

»Nach Frankreich? Nein, Eric!«

»O doch!«

Hastig schlang Amanda eine Decke um ihren Körper und sprang aus dem Bett. Dabei verlor sie das Gleichgewicht und stolperte genau in Erics Arme. »Eric, ich bitte dich! Laß mich hierbleiben! Ich habe dich nicht hintergangen, und ich werde es auch nicht —«

»Leider kann ich dir nicht glauben«, erklärte er mit tonloser Stimme. »Ich verzeihe dir zwar, doch ich traue dir nicht!«

»Nach Frankreich gehe ich nicht! Dann fliehe ich nach England!« drohte sie, während ihr die Tränen aus den Augen tropften. Er wollte sie loswerden!

»Das wird dir nicht gelingen, denn du wirst nicht allein sein.«

»Eric —«

»Hör auf! Das Betteln nützt nichts! Dieses eine Mal wirst du mir gehorchen! In Frankreich kannst du unserer Sache nicht schaden. Zieh dich jetzt an. Deine Begleiter werden jeden Augenblick kommen.«

»Welche Begleiter?«

»Cassidy, Pierre und Jacques Bisset.«

Bisset! Ihm würde sie nie entwischen können! »Das kannst du doch unmöglich tun!« beschwor ihn Amanda noch einmal und klammerte sich an ihn. »Eric, ich habe es wirklich nicht getan! Du bist dumm, wenn du mir nicht glaubst! Diese Person wird dir bestimmt wieder schaden!«Als er nicht auf sie hörte, sondern sie nur von sich wegdrängte, wurde sie wütend. »Verdammt, ich werde dich hassen und dir das niemals verzeihen!«

»Sei ganz ruhig, mein Schatz! Vielleicht falle ich ja Dunmore in die Hände. Wirst du dann weinen – wo du mich doch so sehr liebst?«

»Oh, Eric! Bitte schicke mich nicht fort!«

Wortlos nahm er sie auf die Arme und legte sie aufs Bett, aber als er ihre smaragdgrünen, in Tränen schwimmenden Augen auf sich gerichtet fühlte, wäre er beinahe schwach geworden. Wie gern hätte er ihren Beteuerungen geglaubt, doch nach dieser traurigen Erfahrung durfte er es nicht noch einmal riskieren. Dafür standen zu viele Menschenleben auf dem Spiel. Lächelnd beugte er sich zu ihr hinunter und konnte nicht widerstehen, sie noch einmal zu küssen. Dabei strichen seine Hände über ihren Körper, als ob er sich jede Einzelheit einprägen wollte. Schließlich riß er sich los. »*Au revoir*, mein Liebes!« sagte er knapp, bevor er auf dem Absatz kehrtmachte und fluchtartig das Zimmer verließ.

Voller Verzweiflung stürzte Amanda ihm nach. »Eric!« hörte er sie rufen. Als er nicht antwortete, hämmerte sie fluchend gegen das Holz der Tür und schließlich hörte er sie weinen. Energisch straffte er seine Schultern. Wenigstens war sie in Frankreich weit von Tarryton entfernt und somit in Sicherheit. Vor ihm lagen schwierige Aufgaben. Zunächst mußte er Lord Dunmore die Stirn bieten und dann so schnell wie möglich zu Washington zurückkehren. Der Continental Congress konnte jeden Tag zusammentreten und die Freiheit der Kolonien verkünden. Eric war sehr stolz, daß ein Virginier wie Thomas Jefferson an der Unabhängigkeitserklärung mitarbeitete.

Eric hatte seine gesamte Existenz für dieses Ziel aufs Spiel gesetzt und nicht die Absicht, alles zu verlieren. Falls er den Briten in die Hände fiel, würden sie ihn mit Sicherheit hängen, dachte er, und seinem alten Freund Dunmore dürfte dafür kein Ast zu hoch sein! Wie wunderbar wäre es doch, wenn Amanda dieselben Ziele hätte wie er, oder wenn sie ihn wenigstens liebte! Am liebsten wäre er umgekehrt und hätte sie noch einmal gestreichelt, doch zu guter Letzt besann er sich und ging die Treppe hinunter.

Vor der Haustür erwartete ihn Cassidy mit seinem Hengst. »Ich habe eine Flasche Whiskey in die Satteltasche gepackt. Wahrscheinlich werden Sie sie heute abend brauchen können!«

Eric nickte. »Ja, das mag sein, aber vorher gibt es eine Menge Arbeit!« Er schwang sich in den Sattel und blickte zu Cassidy hinunter. »Sie werden sie nach Frankreich begleiten?«

»Sie können sich auf mich verlassen, Mylord!«

Da beugte sich Eric hinunter und schüttelte seinem schwarzen Diener die Hand. »Ich danke Ihnen, Cassidy, und Pierre ebenfalls. Mir ist es wichtig, daß Jacques auch mitkommt.«

Cassidy nickte. »Jacques wird sie wie seinen Augapfel hüten. Er ist Lady Cameron sehr ergeben.«

»Das will ich auch hoffen«, murmelte Eric.

»Mylord?«

Nach kurzem Zögern beugte sich Eric noch einmal zu Cassidy hinunter. »Ich glaube, daß sie seine Tochter ist«, sagte er und lachte herzlich, als Cassidy verblüfft dreinschaute. »Bewahren Sie Stillschweigen!«

»In Ordnung!« stimmte Cassidy zu. »Soll das heißen, daß Lord Sterling –«

»Er ist ein wahres Monster!« war alles, was Eric dazu sagte. »Ich werde so bald wie möglich nachkommen, doch Gott allein weiß, wann das sein wird. Falls ich getötet werde –«

»Bitte sagen Sie so etwas nicht!«

Doch Eric winkte ungeduldig ab. »Es ist nur noch eine Frage der Zeit, bis die Unabhängigkeit und damit der Krieg erklärt werden wird. Virginia wird zu den ersten gehören, und im Krieg wird nun einmal gestorben! Also: Falls ich getötet werde, sollen Sie sich um meine Frau kümmern, denn ich liebe sie von Herzen.«

»Sie können sich auf mich verlassen«, versicherte Cassidy mit ernstem Gesicht.

Eric salutierte und ritt dann über die Wiese hinunter zum Ufer, wo seine Männer kampiert haben. Er wagte nicht, sich umzudrehen, denn er wußte, daß er schwach werden würde, wenn er ihr Gesicht am Fenster sähe.

16. Kapitel

Während der ersten Julitage wurde Dunmores kleine Flotte gegenüber von Gwynn's Island vernichtend geschlagen. Später erfuhr man, daß bereits der erste Schuß die Kabine des Gouverneurs getroffen hatte, bei der zweiten Salve waren einige Soldaten umgekommen, und beim dritten Einschlag war Lord Dunmores Porzellan zu Bruch gegangen. Wer konnte, machte sich davon, und Eric überlegte flüchtig, ob Nigel Sterling und Robert Tarryton wohl zu den Verletzten oder Getöteten gehörten. Für den Augenblick war die Bedrohung jedenfalls vorbei, und alle atmeten erleichtert auf.

In den Nächten lag er häufig wach und erinnerte sich an Amandas Gesicht, ihre Augen und an ihre verzweifelten Unschuldsbeteuerungen. Aus Wut hatte er nicht zugehört, doch nun, da Dunmore endgültig vertrieben war und auch der britischen Armee bei Charleston von den Kolonisten erhebliche Verluste beigebracht worden waren, bereute er seine Sturheit. Anstatt sich auf dem schnellsten Weg nach New York zu begeben, beschloß er, noch einmal nach Cameron Hall zu reiten. Vielleicht war Amanda ja noch nicht fort, und er konnte sie anhören und vielleicht sogar einige seiner schrecklichen Anschuldigungen zurücknehmen.

Frederick blieb weit zurück, so sehr beeilte Eric sich, doch als er sich dem Haus näherte, sank sein Herz. Auf den ersten Blick hatte er vom Hügel herab die leere Anlegestelle gesehen. Demnach war die *Good Earth* unterwegs nach Frankreich. Trotzdem ging er noch kurz ins Haus, wo ihn Richard und einige Hausmädchen begrüßten. Während er langsam die Treppe nach oben stieg, fühlte er sich plötzlich grenzenlos einsam. Ohne Amandas Stimme, ihr Parfum und das Rascheln ihrer Röcke war das Haus seltsam leer und seelenlos.

»Lord Cameron!«

Hastig drehte er sich um und sah, wie Frederick durch die Tür hereinstürmte. »Lord Cameron! Die Unabhängigkeit! Der Continental Congress hat tatsächlich die Unabhängigkeitserklärung verlesen, und jetzt wird sie noch in allen Zeitungen abgedruckt! Wir sind freie und unabhängige Bürger!«

Erics Hand umklammerte das Geländer. Bis zu diesem Tag hatten sie wahrlich einen weiten Weg zurückgelegt. Nun ließ sich das Rad der Geschichte hoffentlich nie mehr zurückdrehen! Heftiges Zittern erfaßte ihn, und er war zutiefst dankbar, daß er diese Nachricht ausgerechnet hier, in Cameron Hall, erhalten hatte. Jetzt wußte er wieder, daß sich der Kampf lohnte!

Rasch lief er die Treppe hinunter. »Richard! Brandy, und zwar den besten. Kommt alle her! Wir wollen anstoßen! Auf die – auf die Freiheit!«

Daß sich der Kampf lohnte –

Die Bedeutung dieses Satzes traf Eric mit voller Wucht, als er nach New York zu Washington zurückkehrte. Die Briten unter Howe hatten inzwischen zweiunddreißigtausend Mann in Staten Island zusammengezogen, von denen sich rund zwanzigtausend mit der Hälfte der Colonial Army Ende August eine Schlacht auf Long Island lieferten. Das Kriegsglück war leider mit den Briten, so daß Washington seine Männer von Long Island zurückziehen mußte. Nach und nach mußten sie auch Stützpunkt um Stützpunkt räumen, doch es gelang Washington immerhin, den Vormarsch der Briten ganz beträchtlich zu verlangsamen.

Ende September befand sich Eric gerade in Washingtons Zelt und studierte mit ihm die Karten von New York und New Jersey, als eine Nachricht eintraf. Während Washington las, wurde er blaß und sank förmlich in sich zusammen. »Sie haben meinen jungen Spion gefaßt!«

Eric konnte sich daran erinnern, daß Washington unter einigen tapferen jungen Männern einen Freiwilligen gesucht hatte, der die britischen Positionen ausspionieren sollte. Ein junger Mann namens Nathan Hale hatte sich gemeldet und sich als holländischer Lehrer getarnt.

Washington rieb sich heftig die Stirn. »Er war höchstens einundzwanzig! Er ist verraten worden, und Howe hat ihn aufgehängt.« Mit einem tiefen Seufzer blickte er wieder auf das Blatt. »Seine letzten Worte waren – hören Sie nur, Eric, wirklich eindrucksvoll – ›Ich bedaure zutiefst, daß ich nur ein Leben habe, um es für dieses Land zu opfern.‹ Ein Leben. Mein Gott!«

»Es ist Krieg«, erinnerte ihn Eric nach einer langen Pause.

»Ja, es ist Krieg, und wir werden noch viele verlieren –. Aber dieser junge Hale! Daß ein so mutiger Mensch so grausam sterben muß!«

Grausam. Ja, das stimmt, dachte Eric, als er am folgenden Tag seine Truppen anführte. Aber nicht nur grausam. Nathan Hales Worte hatten unter den Männern die Runde gemacht, und man sagte sie weiter. Dieser junge Mann hatte einer ganzen Armee förmlich Flügel verliehen und damit die Unsterblichkeit gewonnen!

Nachts träumte er, wie unendlich viele Männer in schwarzem

Pulverqualm ums Leben kamen, und mitten aus diesem schwarzen Nebel blickten ihn Amandas vorwurfsvolle Augen an. Hale war verraten worden. Was wäre, wenn Amanda damals tatsächlich die Wahrheit gesagt und sie das alles jemand anderem zu verdanken hätten? Stöhnend erwachte er und wußte, daß er auch heute wieder Männer in den Tod führen würde.

Am achtundzwanzigsten Oktober kam es zur Schlacht bei White Plains, wo sich die Amerikanische Armee erst nach verblüffend entschlossenen Gefechten und dem Einsatz von Verstärkungen den Briten geschlagen gab. In diesen Tagen fand Eric häufig Trost in der Gesellschaft von Sir Thomas und Anne Marie, die sich nicht nur um ihren Vater sondern auch aufopfernd um die Verwundeten kümmerte. Gelegentlich aß er bei ihnen, und eines Abends während eines kleinen Spaziergangs fiel ihm Anne Marie urplötzlich um den Hals. Eric erwiderte ihren Kuß mit hämmerndem Herzen, doch als sie seine Hände auf ihre Brüste legte, wich er zurück und streichelte ihr sanft über die Wange.

»Ich bin ein verheirateter Mann, Anne Marie, und als Geliebte sind Sie mir einfach viel zu schade!«

»Und wenn mir das nichts ausmacht?« flüsterte sie.

Eric blickte sie nur schweigend an. Anne Marie hatte ihn auch so verstanden. »Früher wollte ich immer zuerst heiraten, doch jetzt ist mir das so herzlich gleichgültig. Aber Sie haben natürlich recht, Eric. Fahren Sie lieber nach Frankreich und holen Sie Ihre Frau zurück. Ich kann mir nicht denken, daß sie Sie so gänzlich betrogen hat!«

Eric legte Anne Maries Hände ineinander. »Das kann ich nicht, Anne Marie. Vielleicht ist es besser, wenn ich nicht mehr herkomme.«

Rasch legte sie ihm den Finger auf die Lippen. »Nein! Entziehen Sie mir Ihre Freundschaft nicht! Ich brauche Sie und auch Damien!«

»Der kleine Heißsporn! Er hat mir noch nicht verziehen und spricht nur dienstlich mit mir.«

»Wußten Sie, daß er verliebt ist?«

»Nein, ich hatte keine Ahnung!«

Reizende Grübchen erschienen auf Anne Maries Wangen. »Lady Geneva ist die Auserkorene. Ich glaube, das Ganze hat schon

vor einiger Zeit in Williamsburg begonnen. Er hat schreckliche
Sehnsucht nach ihr, und da er nicht zu ihr fahren kann, wird sie
ihn besuchen.«

»Tatsächlich? Geneva liebt doch ihre Bequemlichkeit über
alles!«

»Kennen Sie sie denn so gut?«

»Das ist lange her. Wahrscheinlich hat sie das Revolutionsfieber
gepackt. Nun, die Zeit wird es weisen.«

»Das ist wahr«, bemerkte Anne Marie und küßte Eric schwe-
sterlich auf die Wange. »Holen Sie Ihre Frau zurück, Eric!«

»Das kann ich nicht!« wiederholte Eric noch einmal und sah dabei so finster drein, daß Anne Marie verstummte.

Im November fiel Fort Washington im nördlichen Manhattan, und
zweitausendachthundert amerikanische Soldaten gerieten in Gefangenschaft. Auch Fort Lee in New Jersey wurde aufgegeben,
und dabei gingen leider auch eine große Anzahl Waffen verloren.
Beim Rückzug durch New Jersey wurde Charles Lee, der die
Nachhut befehligte, in der Nähe von Morristown mit viertausend
Männern gefangen genommen.

Washington wurde blaß, als er die Nachricht erhielt, und zog
sich auf der Stelle mit den verbleibenden dreitausend Mann in
Richtung Süden über den Delaware nach Pennsylvania zurück.
Der Continental Congress war bereits von Philadelphia nach Baltimore geflohen und betraute Washington unmittelbar mit weitrei-
chenden Vollmachten.

Eric schlüpfte wieder in seine Indianerkleidung und kundschaf-
tete die Stellungen der Engländer aus, wobei er unablässig an den
unglücklichen Nathan Hale denken mußte. Mit der allergrößten
Freude würden ihn die Briten hängen sehen. Doch er kam unge-
schoren davon und konnte melden, daß General Howe sich sehr
siegessicher mit dem größten Teil seiner Armee in New York und
im südlichen New Jersey ins Winterquartier begeben hatte, um in
aller Ruhe das Frühjahr abzuwarten.

Als Weihnachten langsam näherrückte, saß Eric mit anderen bei
Washington und sah zu, wie dieser unruhig auf und ab stiefelte
und immer wieder auf die Karten blickte. »Wir befinden uns in
einer verzweifelten Lage, Gentlemen. Die Armee ist fast aufge-

rieben, und die wenigen Männer, die ich noch habe, sind des Kämpfens müde und wollen nach Hause. Ich habe allerdings einen Plan –«

Es war ein risikoreicher, verzweifelter und sehr gefährlicher Plan – aber gleichzeitig war er brillant! In der Weihnachtsnacht überquerten zweitausendvierhundert Männer fünfzehn Kilometer nördlich von Trenton in einem Schneesturm den Delaware, doch diesmal in der anderen Richtung. Es war bitterkalt und der Wind peitschte das Wasser so heftig, daß die aufspritzende Gischt zu winzigen Eisnadeln gefror. Washington stand eisern aufrecht im Boot, so daß die Männer folgen konnten und niemand die Orientierung verlor.

Im Morgengrauen überfielen sie die völlig überraschten Briten und nahmen mindestens eintausend schlaftrunkene Soldaten gefangen. Die Verluste waren auf beiden Seiten sehr gering, und die Amerikaner erbeuteten zahlreiche leichte Waffen und Munition. Die Freude währte jedoch nicht lange, denn bereits vierundzwanzig Stunden später näherte sich General Lord Cornwallis mit einer beträchtlichen Streitmacht der Position der Amerikaner, während weitere zweitausendfünfhundert Männer in Princeton auf seine Befehle warteten.

»Diese Schlacht können wir nicht bestehen«, brummte Washington. »Die Feuer vor den Zelten –«

»Lassen wir sie brennen?«

»Wir lassen sie brennen.«

Im Schutz der Nacht schlichen sie davon und überfielen die Verstärkung aus Princeton, die auf dem Weg zu Cornwallis war. Es war eine grausame Schlacht, doch diesmal blieben die Amerikaner Sieger und machten sich auf der Stelle auf den Weg nach Princeton, wo sie eine Menge militärischer Ausrüstung erbeuteten, bevor sie sich in Richtung Morristown absetzten.

In dieser Nacht gab es Anlaß zum Feiern.

»Sie werden noch als einer unser besten Kommandeure in die Geschichte eingehen«, bemerkte Eric zu Washington.

»Sobald ich wieder einige Schlachten verliere, wird man mich kreuzigen!«

»Mein Gott, mehr kann man wirklich nicht tun!«

Lächelnd streckte der General die Beine aus. »Bis zum Frühling bin ich ein Held. Cornwallis muß sich aus dem westlichen New Jersey zurückziehen, weil wir seine Nachschublinien unterbrochen haben. Es wird Zeit, daß wir uns ein Quartier für den Winter suchen. Übrigens, ich habe einige Briefe für Sie!«

Sofort zitterten Erics Hände vor Aufregung. »Etwa von meiner Frau?« Washington schüttelte den Kopf. »Nein, aber aus Frankreich. Der eine ist von Ihrem Diener Cassidy und der andere von Mr. Franklin.«

»Franklin?«

»Ja, der arme Ben. Der Continental Congress hat ihn als Botschafter nach Frankreich entsandt, um die Franzosen für unsere Sache zu gewinnen. Wie es scheint, war es genau die richtige Wahl, denn offenbar sind alle vom Charme des alten Herrn begeistert.«

»Ja, er ist ein wirklich beeindruckender Mann«, entgegnete Eric, während er Cassidys Brief aufriß und kurz überflog. Demnach war alles zufriedenstellend verlaufen, doch Cassidy bat ihn trotzdem sehr eindringlich, nach Frankreich zu kommen. Als Eric feststellte, daß der Brief bereits im September geschrieben worden war, sah er Washington stirnrunzelnd an.

»Der Brief ist erst nach Virginia gegangen und dann von dort nachgeschickt worden«, erklärte Washington.

Eric nickte nur und wandte sich dem zweiten Brief zu. In wohlgesetzten Worten teilte ihm Franklin darin mit, daß er Vater wurde. »Ich finde es bedauerlich, daß das Kind nicht auf amerikanischem Boden zur Welt kommen kann, besonders da es einen so aufrechten, charaktervollen Mann zum Vater hat! Ich habe mich verpflichtet gefühlt, Sie über diese Neuigkeit zu informieren, da ich aus Unterhaltungen mit Ihrer Frau entnehmen konnte, daß Sie nicht korrespondieren.« So ging es weiter, doch Eric begriff nichts mehr. Endlich war wahrgeworden, was er so lange erträumt hatte – und ausgerechnet jetzt befand sich Amanda auf der anderen Seite des Ozeans! Er versuchte nachzurechnen, aber auch das wollte nicht gelingen. Im Juni hatte er sie zuletzt gesehen.

»Eric?« Washington war besorgt.

»Sie – sie bekommt endlich ein Kind!« stieß Eric hervor.

»Endlich?« Washington zog die Augenbrauen hoch. »Wenn ich mich nicht irre, sind Sie doch erst seit zwei Jahren verheiratet?«

»Drei«, verbesserte Eric ihn. »Ich habe schon befürchtet, daß wir –« Er verstummte und erinnerte sich an die Anschuldigungen, die er Amanda an den Kopf geworfen hatte. Er war nur froh, daß Jacques bei ihr war. »Oh, Gott!« stöhnte er.

Washington lehnte sich zurück und ließ seine Augen nachdenklich auf Eric ruhen. »Während des Winters wird ohnehin nicht allzuviel geschehen. Vielleicht könnte ich Sie ja mit einigen wichtigen Briefen nach Paris schicken, falls – falls Sie ein Schiff auftreiben können!«

Eric grinste. »Das ist keine Schwierigkeit. Ich werde einfach die *Lady Jane* nehmen. George, das werde ich Ihnen nie vergessen! Zum Ausgleich werde ich ein britisches Schiff mit einer Ladung Waffen kapern. Das verspreche ich!«

Washington beugte sich über seinen Schreibtisch. »Ich werde sofort die nötigen Papiere schreiben lassen.«

»Lady Cameron!«

Amanda hatte sich auf eine Bank in einem der kleinen Gärten in der Nähe des *tapis vert* gesetzt, das den grünen Mittelpunkt des Parks von Versailles bildete. Sie wollte eigentlich allein sein, doch als sie Franklins freundliche Stimme erkannte, strahlte sie wie immer. Er war ein wenig außer Atem, aber ein wirklich alter Mann war er nach ihrem Empfinden noch lange nicht, denn er besaß strahlend junge Augen, die von Ideen und Träumen erzählten.

»Hier bin ich, Mr. Franklin!« rief sie, damit er sie in ihrer versteckten Ecke auch fand.

»Guten Tag, meine Liebe!«

»Setzen Sie sich, falls noch Platz genug ist!« forderte ihn Amanda auf. Sie war inzwischen so umfangreich geworden, daß sie die ganze Bank auszufüllen meinte. »Wie geht es voran?« fragte sie ihren neuen Freund, nachdem er strahlend neben ihr Platz genommen hatte.

»Ah, nicht schlecht!« antwortete er. »Aber gut nun auch wieder nicht. Ich habe zwar schon einige Unterstützung gefunden und hoffe, daß ich auch den König überzeugen kann. Die Königin ist ganz auf meiner Seite.«

»Marie Antoinette? Sie ist doch regelrecht hingerissen von Ihnen, oder etwa nicht?« neckte ihn Amanda, denn es war allgemein bekannt, daß die Damen von Benjamin Franklins Charme ganz bezaubert waren.

Franklin seufzte. »Ach, wissen Sie, manchmal denke ich, daß sie eigentlich noch Kinder sind, die den Ernst der Lage gar nicht so richtig begreifen.«

»Man sagt, daß Louis sich allergrößte Mühe gibt, einmal ein kluger König zu werden. Das wird die Zukunft zeigen. Ach, sehen Sie nur, wie riesig dieser Palast ist! Man kann sich ja glatt verlaufen.«

Das stimmte wahrhaftig, und unter normalen Umständen hätte Amanda ihren Aufenthalt sicher genossen, doch im Augenblick fühlte sie nur Bitterkeit. Sie hätte nie gedacht, daß Eric einfach so wegreiten könnte, doch als sie ihm nachgesehen hatte, hatte er sich nicht einmal umgedreht. Und wie sehr hatte sie gehofft, daß er sich umschauen und vielleicht sogar zurückkommen würde!

Statt dessen hatte man sie aus ihrem eigenen Haus weggebracht, obwohl sie absolut unschuldig war! Auf der Überfahrt hatte sie heftig unter Seekrankheit gelitten, doch es hatte lange gedauert, bis sie den wahren Grund dafür entdeckt hatte. Ihre Stimmungen hatten entsetzlich geschwankt. Manchmal hatte sie Eric so sehr vermißt, daß sie fast verrückt geworden wäre. Doch kurz darauf hatte sie regelmäßig geschworen, ihm dies niemals zu verzeihen. Je mehr sie ihn verflucht hatte, desto mehr Angst hatte sie gehabt, daß der Teufel sie womöglich erhören würde!

Erst bei ihrer Ankunft in Frankreich war ihr klargeworden, daß sie ein Kind erwartete, einen Erben für Cameron Hall! Vor diesem Wissen verblaßten alle übrigen Gedanken, und sie hoffte nur, daß das Haus den Krieg überstand. Mittlerweile befanden sich die Kolonien im Krieg, nachdem sie sich zu dreizehn vereinigten Staaten zusammengeschlossen hatten.

Anfangs hatte Amanda ihr Wissen für sich behalten, doch als Danielle ihr Geheimnis erraten hatte, hatte sie ihren Schützling angefleht, unverzüglich an Eric zu schreiben. Doch so leicht wollte Amanda es ihm nicht machen. Womöglich hätte er ihr das Kind weggenommen! Wenn er sich tatsächlich überwinden und ihr nach Frankreich folgen sollte, dann würde er es noch früh genug erfahren! Aber es gab auch noch einen anderen Grund, dachte sie und erschauerte. Sie konnte nicht vergessen, daß er sie des Ehebruchs mit Robert Tarryton beschuldigt hatte. So kalt und so wütend hatte sie Eric noch nie erlebt, und sie war fest entschlossen, ihn zu hassen.

Aber so einfach war das nicht, denn Nacht für Nacht betete sie darum, daß er diesen Krieg überleben sollte. Die Nachricht über Nathan Hales Tod war bis nach Frankreich gedrungen, und Amanda hatte ebenfalls erfahren, daß sich die Armee langsam aber stetig zurückziehen müsse bis zu Washingtons großartigen Aktionen zur Jahreswende. Da sich Eric immer in Washingtons Nähe befand, durfte sie annehmen, daß er bisher alles heil überstanden hatte.

Bisher. Mittlerweile war es allerdings bereits März und für die Männer wurde es Zeit, wieder in den Krieg zu ziehen. Womöglich würde Eric sterben, ohne erfahren zu haben, daß er Vater wurde! Amanda rechnete täglich, vielleicht sogar stündlich mit der Geburt.

»Sie sehen aus, als ob Ihnen kalt wäre.« Franklin war ehrlich besorgt. »Vielleicht sollten Sie nicht so allein im Park herumspazieren.«

»Oh, ich bin keine einzige Sekunde allein, Mr. Franklin. Aber das dürfte einem Mann von Ihrer Scharfsichtigkeit doch nicht entgangen sein. Der Diener meines Mannes behält mich unentwegt im Auge, außerdem begleiten mich noch ein Akadier und meine Kammerzofe. Selbstverständlich ist auch der Comte de la Rochelle pausenlos um mich.«

Franklin nickte und tätschelte gleichzeitig ihre Hand. »Nun, meine Liebe, es hat ja auch Gerüchte gegeben, daß Sie mit den Briten sympathisieren.«

»Manches ist wahr. Lange Zeit hat man mich mit meinem Vetter erpreßt, doch am letzten Vorfall war ich absolut unschuldig. Zu diesem Zeitpunkt war mein Vetter bereits frei, und sie hatten nichts mehr gegen mich in der Hand. Ich habe nicht das Geringste verraten!« Vor lauter Aufregung war sie aufgesprungen. »Wenn doch wenigstens Sie mir glauben würden!«

»Ist ja schon gut. Beruhigen Sie sich!« Sofort war Franklin an ihrer Seite und zog sie sanft an der Hand zur Bank zurück. »Sie müssen vorsichtig sein und dürfen das Baby nicht so erschrecken! Machen Sie sich keine Sorgen, meine Liebe! Ich verstehe Sie sehr gut.

Dieser Konflikt geht für viele von uns bis an die Wurzeln. Wenn Sie sagen, daß Sie unschuldig sind, dann glaube ich Ihnen!«

»So einfach?«

»Aber selbstverständlich. Ich kenne Sie doch inzwischen recht gut.«

Amanda mußte lachen. »Mein Ehemann sollte mich besser kennen!«

Franklin seufzte. »Er ist ein feiner Mensch, Lady Cameron. Sie dürfen nicht vergessen, daß er sich täglich neu im Kampf bewähren muß! Sie haben erwähnt, daß Sie nicht miteinander korrespondieren, doch ich bitte Sie inständig, ihm wenigstens nach der Geburt zu schreiben!«

Brüsk entzog ihm Amanda ihre Hände. Sie konnte den Gedanken nicht ertragen, daß er fallen und für immer von ihr gehen könnte. Der Schmerz packte sie plötzlich so heftig, daß sie sich vornüberbeugen mußte und keine Luft mehr bekam.

»Lady Cameron?« rief Franklin besorgt.

Amanda schüttelte den Kopf. »Es geht schon wieder.«

Da sie sich tatsächlich erholt zu haben schien, lächelte Franklin. »Ich muß Ihnen ein Geständnis machen, meine Liebe. Ich habe Ihrem Mann schon vor einer ganzen Zeit geschrieben.«

»Was?!«

»Ich mußte es einfach tun, meine Liebe! Sehen Sie, man hat mich vor kurzem im Auftrag meines Landes nach London geschickt, und in der Zwischenzeit ist meine Frau gestorben. Das Leben ist entsetzlich kurz, und vielleicht ist es irgendwann einfach zu spät. Verzeihen Sie –«

»Oh!« unterbrach ihn Amanda stöhnend. Wieder hatte sie der durchdringende Schmerz überfallen, und diesmal war klar, daß die Wehen begonnen hatten. Erschrocken sprang sie auf. »Mr. Franklin –«

Doch er stand bereits und hatte auch schon den Arm um sie gelegt. »Beruhigen Sie sich! Die erste Geburt kann viele Stunden dauern. Ich fürchte allerdings, daß ich nicht allzu viel –«

»Lady Cameron!« Als Cassidy und Jacques auf sie zustürzten, lächelte Amanda Franklin zu. »Sehen Sie, ich bin niemals allein!«

Und diesmal war sie froh, daß sie nicht allein war, denn die nächste Wehe ließ sie beinahe umsinken. Starke Arme hoben sie hoch, und sie blickte in Jacques' besorgtes Gesicht. »Ich danke Ihnen«, murmelte sie.

Es war ein weiter Weg bis ganz zum äußersten Ende des Palastes, doch für Jacques bedeutete seine Last keine Schwierigkeit. Der Comte de la Rochelle reagierte blitzschnell, als Jacques die Tür zu seinem Appartement aufstieß. »Danielle! Die Geburt hat begonnen! Rasch! Ich werde einen Arzt rufen lassen.«

Jacques trug Amanda bis in ihr Zimmer, wo Danielle bereits die Bettvorhänge zurückgezogen und die Decke abgenommen hatte. Nachdem er seine Last abgesetzt hatte, preßte sie seine Hand und wollte ihn um keinen Preis fortlassen. Doch Jacques beruhigte sie in seinem sanften Französisch und streichelte ihr flüchtig über die Stirn, bevor er mit guten Wünschen den Raum verließ.

Beim Auskleiden überfiel der Schmerz Amanda bereits wieder, so daß sie laut aufschrie.

»Halten Sie sich am Bettrand fest!« riet Danielle. »Wahrscheinlich wird es noch ein wenig schlimmer, bevor es dann besser wird.«

Danielle sollte nur zu recht behalten, denn stundenlang quälten Amanda die Schmerzen in immer kürzeren Abständen. Nur die Freude auf das Kind hielt sie aufrecht – endlich jemand, den sie lieben konnte und der sie brauchte! Irgendwann wurde es allerdings so schlimm, daß sie lieber gestorben wäre. Sie fluchte laut und schrie und wußte manchmal gar nicht recht, was sie alles sagte. Völlig erschöpft sank sie immer wieder in Halbschlaf und träumte, daß Eric Cameron sie beschimpfte. Heftig wies sie alle seine Beschuldigungen zurück, doch es war umsonst! Als Eric irgendwann ihr Kind auf den Armen hielt und es davontrug, schnitt ihr die Qual wie mit Messern durch den Leib.

»Nur ruhig, *ma petite!* Bald wird es besser!« In ihrem Dämmerzustand nahm Amanda ganz vage Danielles Stimme wahr.

Als sie das nächste Mal laut aufschrie, betupfte man ihre Stirn mit einem feuchten Tuch und strich ihr die Haarsträhnen aus dem Gesicht. »Nein!« schrie sie. »Er bekommt mein Kind nicht! Dieser verlogene Kerl. Er darf es mir nicht wegnehmen!«

»Falls du mich meinst, mein Liebes, kann ich dir versprechen, daß ich nicht die Absicht habe, dir das Baby wegzunehmen! Ich würde es nur gern endlich sehen!«

Entsetzt und ungläubig riß Amanda die Augen auf und glaubte zu träumen. Eric stand in voller Größe neben ihr und beugte sich mit einem feuchten Schwamm über sie. Das durfte doch nicht wahr sein. Daß er sie ausgerechnet so sehen mußte! Obwohl er in ganz sanftem Ton mit ihr gesprochen hatte, meinte sie, Bitterkeit und Kälte in seiner Stimme gehört zu haben.

»Nein!« flüsterte sie ungläubig.

»O doch!« entgegnete Eric und grinste. Wie in ihrem Traum trug er seine Uniform, allerdings hatte er die Jacke abgelegt und die Hemdsärmel über seine muskulösen Arme hochgekrempelt.

Es widerstrebte ihr zutiefst, daß er sie in diesem Zustand sah und womöglich nie mehr attraktiv finden würde. Doch als ihre Augen seinem Blick zum Fußende des Betts folgten, erblickte sie Danielle und den französischen Arzt. Sie mußte heftig schlucken, doch noch bevor sie etwas sagen konnte, wurde sie von einer neuen Wehe gepackt und schrie ihren Schmerz laut heraus.

Danielle beugte sich zu Erics Ohr. »Das geht nun schon länger als vierundzwanzig Stunden so! Ich weiß nicht, wie sie das aushält!«

»Es ist bald soweit!« verkündete der Arzt. »Jetzt muß sie sich anstrengen!«

Erics Arme umfaßten Amanda. »Geh weg!« bat sie ihn.

»Er hat gesagt, daß du pressen mußt, Amanda. Ich werde dir dabei helfen.«

»Aber ich will deine Hilfe nicht –«

»Tu genau, was er dir sagt!«

Auf einmal war es gar nicht mehr schwer, denn plötzlich empfand Amanda einen überwältigenden Drang. Als er jedoch nachließ, war Eric da und drückte sie nach vorn. »Pressen! habe ich gesagt!«

»Ich gehöre nicht zu deinen Soldaten!« japste sie und sog tief die Luft ein, als er sie endlich zurückfallen ließ.

»Los, los, das Köpfchen war schon fast da!«

»Los, Amanda!«

»Eric, bitte –«

»Pressen!«

Wieder gehorchte sie fast automatisch, und diesmal wurde sie mit dem Gefühl allergrößter Erleichterung belohnt. Das Kind war geboren, und der Arzt hob das winzige Wesen hoch.

»Ein Mädchen!« rief Danielle. »*Une petite jeune fille, une belle petite jeune fille!*«

»Oh!« stöhnte Amanda aufgeregt und glücklich zugleich, bis der Schmerz ganz plötzlich zurückkehrte und sie um ihr Leben fürchtete.

»Was ist los?« fragte Eric voller Panik.

»Der Schmerz –«

Der Arzt versorgte die Nabelschnur, und dann trug Danielle das kleine Mädchen fort. Amanda wollte noch etwas sagen, doch eine starke Wehe ließ sie aufstöhnen.

»Alors! Wir bekommen Zwillinge!« lachte der Arzt voller Erleichterung.

»Los, pressen!« kommandierte Eric, aber Amanda war völlig kraftlos. Kurz entschlossen nahm Eric sie in die Arme und zwang sie zum Pressen.

»*Bon, très bon!*« rief der Arzt begeistert und nickte Eric zu, worauf dieser Amanda eine Pause gönnte.

Mit geschlossenen Augen lehnte sie in seinen Armen, in denen sie einmal vor der Welt Schutz gesucht hatte. Doch jetzt waren sie einander fremd geworden. Aber Eric war gekommen, und er hielt sie! Er wollte ihr Kind!

»Diesmal ist es ein Junge, Lord Cameron! Ein kleiner Junge, aber er wird schon wachsen! Alles ist in Ordnung!«

Ein Sohn. Sie hatte eine Tochter und einen Sohn. Sie waren beide gesund, wie sie hörte. Gar zu gern wollte sie sie sehen, doch sie konnte ihre Augen einfach nicht öffnen!

»Amanda?«

Sie hörte Erics besorgte Stimme und fühlte seine Arme, doch sie konnte beim besten Willen nicht die Augen aufmachen.

»Sie waren fantastisch, Lord Cameron! Aber ihre Frau hat viel Blut verloren und ist sehr schwach. Sie braucht erst einmal Ruhe. Danielle versorgt Ihre Tochter, und ich muß Sie bitten, ihr zur Hand zu gehen und Ihren Sohn zu nehmen.«

»Meinen Sohn. Aber nur zu gern, Sir. Natürlich nehme ich meinen Sohn!«

Diesen Satz hörte Amanda noch ganz deutlich, doch dann versank die Welt um sie.

531

Sie mußte lange und tief geschlafen haben, denn als sie erwachte, war sie gebadet, frisch angezogen, und Danielle hatte ihr das Haar mit einem blauen Band aus der Stirn zurückgebunden. Als sie lautes Schreien hörte, blinzelte sie.

Danielle trat mit zwei Bündeln an das große Bett. »Ihre Tochter oder lieber Ihren Sohn?« neckte sie Amanda.

»Wenn ich das wüßte!« lachte Amanda und beschloß, die Kleinen ruhig noch einen Augenblick schreien zu lassen und sie erst einmal auszupacken und anzuschauen. »Oh, wie wunderschön!« Sie lachte, denn ihre kleine Tochter hatte eindeutig einen roten Schimmer in ihren Härchen, während ihr Sohn dunkle Haare hatte. Glücklich zählte sie sämtliche winzige Zehen und Fingerchen. »Oh, sie sind beide einfach wunderschön!«

»Nur ein bißchen klein. Lord Cameron wollte ursprünglich sofort aufbrechen, doch angesichts dieser Winzlinge hat er die Abreise verschoben.«

»Die Abreise?« stieß Amanda hervor.

»Natürlich, wir fahren nach Hause!« verkündete Danielle.

»Wir – wir alle?«

»*Mais oui!* Was denn sonst?«

Erlöst atmete Amanda aus. Natürlich, nicht einmal Eric würde seine zwei Kinder nehmen und seine Frau zurücklassen! Aber das änderte nichts an der Distanz zwischen ihnen.

»Sie sollten versuchen, beide zu stillen. Die Amme der Königin meint, daß sie dazu in der Lage sind.« Mit diesen Worten bettete Danielle ihr die Kinder in die Arme. Amanda schnappte nach Luft, als die beiden gierigen Mäulchen sich an ihren Brustwarzen festsaugten und ein herrliches Gefühl in ihrem Bauch hervorriefen.

»Sie sind so klein«, sagte sie, während sie mit dem Kinn den weichen Flaum eines Köpfchens berührte und vorsichtig mit dem Finger über die kleine Wange streichelte. »Ich hatte fast Angst um sie.«

»Pst! Gott wird sie schon beschützen. Freuen Sie sich lieber an Ihren Kindern!«

Als plötzlich die Tür ohne Klopfen geöffnet wurde, erstarrte Amanda und hätte am liebsten ihr Nachthemd zusammengerafft. Finster starrte sie Eric an, obwohl sie ihm am liebsten gesagt hätte, daß sie sich freute, daß er am Leben und daß er zu ihr gekommen war. Aber als sie ihm ihre Liebe eingestanden hatte, hatte er sie eine Lügnerin genannt, und diesen Fehler wollte sie nicht noch einmal wiederholen.

»Du hättest ruhig anklopfen können«, bemerkte sie nur.

»Das ist wahr, doch seit wann muß ich am Zimmer meiner Frau anklopfen?« Er blickte zu Danielle hinüber. »Mademoiselle, bitte –«

»Danielle!« schrie Amanda schrill, doch da war Danielle längst verschwunden.

Eric trat ans Bett und nahm seine kleine Tochter, die inzwischen erschöpft die Brustwarze losgelassen hatte und eingeschlafen war, und legte sie sich über die Schulter. Gegen das kleine Körperchen waren seine Hände gigantisch groß. »So macht man das doch, nicht wahr?«

Nervös knöpfte Amanda ihr Nachthemd zu und legte sich ihrerseits ihren kleinen Sohn über die Schulter und klopfte ihm zart den Rücken. Dabei waren ihre Augen unablässig bei Eric, der ganz vertieft seine kleine Tochter versorgte. »Ich würde sie gern Lenore nennen«, sagte er schließlich.

»Das war –«

»Der Name deiner Mutter, ja. Gefällt er dir?«

»Ja«, antwortete sie leise. »Und wie soll – unser Sohn heißen?«

»Jamie«, sagte Eric ohne langes Überlegen. »Mit einem Jamie Cameron hat alles angefangen, und dieser Jamie Cameron beginnt sein Leben in einem freien Land!«

»Der Krieg ist aber noch nicht gewonnen«, bemerkte Amanda düster. Als sie seinem kalten Blick begegnete, reckte sie trotzig ihr Kinn in die Höhe. »Nach allem, was du mir bei unserer letzten Begegnung an den Kopf geworfen hast, wundert es mich, daß du die beiden überhaupt als deine Kinder anerkennst!« Sie wußte nicht, was sie dazu getrieben hatte, denn eigentlich wartete sie doch so verzweifelt auf ein liebes Wort und hoffte, daß er seine Beschuldigungen zurücknehmen würde.

Kühl blickte er sie an. »Ich kann rechnen, Amanda.«

Ihr schossen die Tränen in die Augen. »Ich wünschte, sie wären nicht von dir!« log sie.

Erics Rücken wurde sehr gerade. »Und du hast behauptet, daß du mich liebst!« Langsam legte er seine Tochter in eine der Wie-

533

gen, die man neben Amandas Bett geschoben hatte, und trat dann zu ihr. Als er ihr über das Haar streicheln wollte, zuckte sie zurück, so daß er ihr nur den Sohn abnahm und ihn ebenfalls zum Schlafen legte. Dann trat er noch einmal neben das Bett. Er langte kurz in seine Tasche und nahm dann Amandas Hand, und während sie noch versuchte, ihm ihre Finger zu entziehen, steckte plötzlich ein großer Smaragd, der von vielen kleinen Diamantsplittern umrahmt war, an ihrem Finger. »Ich danke dir«, sagte er mit einer weichen Stimme, die ihr Herz erzittern ließ. Wie gern hätte sie die Hand ausgestreckt und seine Wange gestreichelt, doch sie wagte es nicht. »Ich wollte nicht so roh sein, doch ich warte immer noch auf den Tag, an dem ich Tarryton einmal gegenüberstehe! Du hast vergessen, daß ich dich einmal in seinen Armen überrascht habe!«

Unwillkürlich mußte Amanda lächeln. »Du hast mich aus ihnen gerettet, wenn ich mich recht erinnere!«

»Ja, das stimmt. Doch die Angst, daß du ihn immer noch lieben könntest, hat mich lange Zeit bis in meine Träume verfolgt. Ich danke dir für die Kinder und wünschte nur, sie wären zu Hause zur Welt gekommen!«

»Du hast mich ja hierher geschickt!«

»Und ich bringe dich jetzt wieder nach Hause. Aber du mußt mir schwören, daß du nichts mehr gegen mich unternehmen wirst.«

»Das habe ich nicht getan –«

»Es geht mir um die Zukunft.«

Sie senkte rasch den Kopf, weil sie fast in Tränen ausgebrochen wäre. Er glaubte ihr noch immer nicht! So wunderschöne Augenblicke hatten sie miteinander geteilt, doch er glaubte ihr trotzdem nicht! Sie wußte nicht, wie sie die Kluft überbrücken sollte. »Ich schwöre es«, sagte sie leise.

Mit den Fingerknöcheln fuhr er über ihre Wange und hielt inne, als er etwas sagen wollte. Doch im selben Augenblick wandte Amanda ihr Gesicht ab. »Es ist schon seltsam: als du mich geliebt hast, habe ich es nicht erwidert, doch seit ich mich in dich verliebt habe, bist du kühl und fremd geworden. Und jetzt ist alles tot, oder?«

Seine Hand sank herab und dann ging er zur Tür, aber bevor er in den Flur hinaustrat, drehte er sich noch einmal um. »Doch, es gibt noch etwas«, sagte er, und als sie die Augen hob, blickte er ihr mitten in die Seele. »Du irrst dich nämlich, mein Schatz. Von dem Augenblick an, als ich dich zum ersten Mal gesehen habe, habe ich dich geliebt und niemals damit aufgehört!«

Sekunden später fiel die Tür ins Schloß, und Amanda war allein.

17. Kapitel

Es dauerte einige Tage, bis Amanda Eric wiedersah. Wenn sie wach war, dachte sie unablässig an seine Worte, doch meistens schlief sie und erholte sich von der überstandenen Strapaze. Vom Comte de la Rochelle, von Benjamin Franklin und selbst vom König und von der Königin trafen Geschenke ein. Nach wenigen Tagen wurden die Kinder getauft, wobei Danielle und Benjamin Franklin als Paten fungierten.

Nach Ablauf der ersten Woche fühlte Amanda sich schon wesentlich kräftiger. Sie schmuste mit ihren Kindern und versuchte, Ähnlichkeiten zu erkennen. Doch dazu waren die Zwillinge wirklich noch viel zu klein. Jamie allerdings schien sie manchmal bereits mit den ernsten Augen seines Vaters anzuschauen. Sie war glücklich über ihre Kinder – und sie hatte Eric. Und er hatte gesagt, daß er sie liebte und schon immer geliebt hatte. Aber war das genug? Er war zwar gekommen, aber sie war ziemlich sicher, daß er ihr noch immer nicht traute.

Und er hielt sich von ihr fern. Er besuchte zwar täglich die Kinder, wie Danielle ihr berichtete, doch ansonsten konferierte er praktisch pausenlos mit französischen Ministern und verbrachte viele Stunden mit Mr. Franklin. Die Abreise war für Anfang April festgesetzt worden, damit Eric rechtzeitig zu den bevorstehenden neuen Auseinandersetzungen im Sommer und Herbst zurück sein konnte. Falls der junge Staat überhaupt so lange Bestand hatte! Manchmal machte es Amanda schon zu schaffen, daß sie ihre beiden Kinder der ungewissen Zukunft aussetzen sollte.

Eines Morgens schlug Amanda die Augen auf und sah, wie Eric

mit ernstem Gesicht seine Kinder in der Wiege betrachtete. »Bist du einverstanden, wenn wir uns am ersten April auf den Heimweg machen?«

Sie nickte und wünschte nur, daß er sie nicht so unvorbereitet überfallen hätte. Ihr Haar war noch nicht gekämmt, und sie hätte doch so gern frisch und hübsch ausgesehen. Obwohl er ihr seine Liebe gestanden hatte, fühlte sie sich, als wären sie Fremde, die einander nur immer wieder flüchtig zwischen Kanonendonner und Gefechtslärm begegneten.

Rasch schlüpfte sie aus dem Bett und lief zu Eric hinüber. »Vielleicht sollten wir hierbleiben«, meinte sie, während sie ihm liebevoll die Hand auf den Arm legte.

»Was?« Er starrte ihre Hand wie einen Fremdkörper an, so daß Amanda sie augenblicklich sinken ließ. »Bist du verrückt geworden?«

Kopfschüttelnd wich Amanda einen Schritt zurück. »Ich fürchte mich! Die Briten haben eine mächtige Armee und reichlich Nachschub, die Kolonien dagegen –«

»Die Vereinigten Staaten von Amerika«, korrigierte er sie ein ganzes Stück sanfter.

»Wir können nicht einmal unsere eigenen Truppen bezahlen!« rief Amanda. »Falls wir diesen Krieg verlieren sollten –«

»Wir?«

»Wie bitte?«

»Du hast *wir* gesagt, mein Schatz! Gehörst du jetzt dazu? Hast du etwa die Seiten gewechselt?«

Unsicher und mißtrauisch sah sie ihn an. Sie kam sich, nur im Nachthemd und mit zerzausten Haaren, regelrecht winzig gegenüber ihrem großen Mann vor, den die Uniform noch eindrucksvoller erscheinen ließ. Völlig unvorbereitet fühlte sie Sehnsucht nach ihm, doch gleichzeitig bemühte sie sich, ganz kühl zu wirken. »In gewisser Weise habe ich meine Ansichten tatsächlich geändert, aber das habe ich nicht dir zu verdanken. Meine ausführlichen, langen Gespräche mit Mr. Franklin haben vieles bewirkt. Im Augenblick habe ich allerdings eher Angst.«

»Glaubst du, daß die Amerikaner es nicht schaffen werden?«

Errötend senkte Amanda den Kopf. »Bisher habe ich nicht ge-

nau gewußt, was es bedeutet, jemanden zu lieben und ihn gleichzeitig auch schützen zu wollen.«

Eric schwieg einige Augenblicke. »Du weißt, daß ich nicht hierbleiben kann. Von Anfang an kanntest du meine Einstellung und
wußtest, wie sehr mir die Freiheit dieses Landes am Herzen liegt.«

»Und du kanntest die meine«, erinnerte sie ihn leise.

»Ich hätte aber nie gedacht, daß –«, kopfschüttelnd ließ er den
Satz unvollendet. »Wir wollen lieber nicht schon wieder darüber
diskutieren.«

»Wenn wir darüber nicht reden können, brauchen wir über gar
nichts mehr zu reden!« schrie Amanda aufbegehrend. Sofort versteifte sich Erics Haltung. Doch statt Amanda einfach in die Arme
zu nehmen, verbeugte er sich nur kurz. »Ich lasse dich jetzt allein,
denn ich nehme an, daß du Vorbereitungen für die Reise treffen
mußt.«

Das Schloß von Versailles zu verlassen, fiel Amanda nicht besonders schwer, doch daß sie sich von Benjamin Franklin verabschieden mußte, machte ihr zu schaffen. Seine Freundschaft hatte sie
durch die dunkelsten Tage ihres Lebens begleitet, und so küßte sie
ihn impulsiv auf die Wange, bevor sie zu Danielle und den Zwil-
lingen in den Wagen stieg. Natürlich würde sie auch den Comte
nicht vergessen, der ihr eine Heimat gewährt hatte. Doch als die
Peitsche knallte, existierte nur noch ihre fast kindliche Vorfreude
auf Cameron Hall. Nach Erics Aussagen hatte sich der Krieg bisher eher im Norden der Vereinigten Staaten abgespielt, so daß
Amanda Grund zu der Hoffnung hatte, das Haus unverändert
vorzufinden. Eric hatte es vorgezogen, hinter dem Wagen zu reiten, und auch bei der Übernachtung im Gasthof hielt er sich fern
von ihr. Jacques dagegen kümmerte sich aufopfernd um alles, und
jedesmal wenn er am Bettchen der Zwillinge vorbeiging, betrachtete er sie mit solch bewundernden liebevollen Blicken, daß
Amanda sich immer wieder fragte, welches Schicksal diesen Menschen geformt hatte.

Am fünften April befanden sie sich bereits auf hoher See. Eric
hatte Amanda und den Kindern die geräumige Kapitänskajüte zur
Verfügung gestellt und sich selbst in der Kabine des Ersten Offi-
ziers einquartiert. Dieser wiederum mußte mit dem Mannschafts-

raum vorliebnehmen. Anfangs fühlte Amanda sich ein wenig befangen, da die meisten der Matrosen bereits im vergangenen Juni an Bord gewesen waren, als die *Lady Jane* gekapert worden war. Da jedoch keiner der Männer ihr etwas nachzutragen schien, faßte sie sich bald ein Herz und brachte ihre Kinder an Deck, sobald es das Wetter zuließ. Auf dieser Überfahrt ging es ihr prächtig, und sie erholte sich zusehends. Es amüsierte sie besonders, wenn die erwachsenen Männer wie kleine Kinder um die Zwillinge herumhüpften und Grimassen schnitten. In solchen Augenblicken spürte Amanda immer wieder, wie Erics Blicke aus der Entfernung nachdenklich auf ihr und seinen Kindern ruhten.

Je näher sie den Gewässern vor Virginia kamen, desto häufiger schickte Eric Amanda und die Kinder unter Deck. Frederick, der Eric auf dieser Reise begleitet hatte, erklärte Amanda, daß sie auf dem Hinweg zwei britische Kriegsschiffe aufgebracht hatten.

»Nur zu gern hätte Lord Cameron Tarryton oder Sterling in die Finger bekommen –« Er verstummte, als er sich daran erinnerte, daß Nigel Sterling Amandas Vater war. »Verzeihen Sie, Mylady, aber der Überfall auf Cameron Hall –«

»Sie müssen sich nicht entschuldigen, Frederick. Was geschah mit den beiden Schiffen?«

»Wir haben sie mit einer Notbesatzung nach Charleston geschickt, wie Lord Cameron es mit George Washington besprochen hatte. Auf diese Weise hat er sich gewissermaßen die Zeit für die Reise nach Frankreich verdient. Natürlich möchte er nicht gerade jetzt in Schwierigkeiten geraten, da er sie und die Kinder an Bord hat!«

Am letzten Abend der Reise ließ Amanda die Zwillinge in der Obhut von Danielle und stieg an Deck, um Eric zu suchen. Er lehnte an der Reling und starrte über das Meer in die Nacht hinaus. Der Sternenhimmel leuchtete so hell, daß sich seine Silhouette deutlich vor dem samtschwarzen Hintergrund abhob. Leise näherte sich Amanda ihm, und als sie ihn fast erreicht hatte, fuhr er herum und griff automatisch nach seiner Waffe. Erleichtert atmete er auf, als er sie erkannte, und Amanda begriff, wie sehr der Krieg und der Kampf sein Leben verändert hatte.

»Was gibt es, Amanda? Du solltest dich nicht an Deck aufhalten. Es ist zu gefährlich.«

»Du hast behauptet, daß es viel ungefährlicher geworden ist. Sonst hättest du mich und die Kinder wohl kaum mitgenommen. Außerdem kann ich es nicht leiden, wenn du mich wie deine Dienstboten herumkommandierst.«

Eric lächelte. »Du bist zwar meine Frau, aber gleichzeitig halten dich doch auch viele noch für eine Verräterin. Deine Stellung ist also nicht ganz ungefährdet.«

»In diesem Fall möchte ich dich nicht länger belasten.«

»Was soll das heißen?«

Amanda zuckte in gespielter Gleichmütigkeit die Achseln. »Ich nehme an, daß Sterling Hall noch steht. Ich werde meine Kinder nehmen und nach Hause gehen.«

»Den Teufel wirst du tun!«

»Lord Cameron!« tönte es in diesem Augenblick vom Ausguck. »Kriegsschiff voraus! Ein Engländer!«

»Verdammt!« fluchte Eric und fuhr herum. »Frederick, das Glas! Alarm an die Kanoniere! Können Sie die Zahl der Kanonen erkennen?«

»Höchstwahrscheinlich sechs.«

»Das können wir wagen«, murmelte Eric und erinnerte sich wieder an Amanda. »Geh in die Kabine, Amanda!«

»Eric –«

»Um Himmels willen, tu mir den Gefallen! Schließlich sind unsere Kinder dort unten!«

Amanda war kaum in die Kajüte getreten, als bereits eine Kanonensalve abgefeuert wurde, und das Schiff vibrierte. »Nehmen Sie Jamie!« rief Amanda, während sie selbst Lenore aus ihrem Bettchen nahm und das wimmernde Kind an sich drückte.

Keine Sekunde später erzitterte das Schiff. »Das war ein Treffer!« rief Danielle aufgeregt.

Gleich darauf wurde das Schiff so heftig erschüttert, daß Amanda das Gleichgewicht verlor und rückwärts zu Boden stürzte. Glücklicherweise gelang es ihr instinktiv, ihr Kind bei dem Fall zu schützen. Von überallher ertönte Schreien und Fluchen. Ganz offensichtlich hatten die ersten Briten das Schiff gestürmt. Amanda schloß die Augen, als der Gefechtslärm immer lauter wurde und man sogar Musketenfeuer hörte. Sie verkroch sich in die hinterste Ecke der Koje und deckte Lenore mit ihrem Körper. Dieser verdammte schreckliche Krieg! Wieviele solcher Kämpfe konnte ein Mann überstehen – und vor allem überleben?

Irgendwann war nichts mehr zu hören, und selbst als Amanda ihr Ohr an die Tür legte, war alles still. Sofort lief sie zu Danielle hinüber und drückte ihr auch noch Lenore in den Arm. »Ich bin gleich wieder da.«

»Amanda, bleiben Sie hier!«

Doch Amanda hörte sie schon nicht mehr. Keuchend stolperte sie an Deck, weil der Pulverdampf unerträglich in ihrer Lunge brannte. Unablässig mußte sie über gefallene Soldaten beider Seiten steigen, doch nichts konnte sie aufhalten. Es war so unnatürlich still! Und dann sah sie sie. Hinter dem Ruder waren einige Rotröcke mit den Kolonisten in heftige Zweikämpfe verwickelt. Unablässig suchten Amandas Augen nach Eric, bis sie ihn endlich entdeckt hatte. Er focht gerade mit einem jungen Sergeanten, als sich von hinten ein zweiter Mann an ihn heranschlich. Als Eric herumfuhr, um den Schlag aus dem Hinterhalt abzuwehren, traf ihn der andere so unglücklich, daß ihm die Waffe aus der Hand flog. Mit einem Aufschrei stürzte Amanda nach vorn.

»Amanda!«

Sie sah seinen fassungslosen Blick, sein Entsetzen und seine Angst um sie, doch da hatte sie seinen Säbel längst gepackt und ihm gereicht. Als der Griff in seine Hand glitt, hielten ihre Blicke einander für Sekunden fest, bevor er sich wie ein Besessener auf seine Gegner stürzte, sie täuschte und sie schließlich so manövrierte, daß er erst den einen und dann den anderen ausschalten konnte.

Nachdem es vorüber war, wandte er sich um und streichelte Amanda über die Wange. »Habe ich dir nicht befohlen, in die Kabine zu gehen?«

»Das habe ich doch getan!«

Er lächelte. »Du solltest aber auch dort bleiben!«

»Dann hätte ich dir aber nicht das Leben retten können.«

»Sicher, mein Schatz, das ist wahr!«

»Lord Cameron!« rief Frederick, während er quer über das Deck hinkte. »Das Schiff sinkt, und es schwimmen noch eine Menge Männer im Wasser!«

Erics Augen ließen Amanda nicht los, und er antwortete lächelnd: »Wir müssen sie herausfischen, auch wenn sie gleich darauf ins Gefängnis wandern!«

Während Frederick sich an die Arbeit machte, bat Eric: »Würdest du jetzt bitte wieder nach unten gehen?«

Diesmal nickte Amanda widerspruchslos und gehorchte.

Der Empfang an der Anlegestelle unterschied sich gewaltig von dem im vergangenen Juni. Alle waren zur Begrüßung erschienen, und Eric hob die Zwillinge hoch und nahm voller Stolz die Glückwünsche seiner Bediensteten und seiner Arbeiter entgegen. Amanda fuhr mit den Kindern und Danielle allein im Wagen zum Haus hinauf, denn Eric mußte sich noch um die Gefangenen kümmern. Tränen der Wiedersehensfreude glänzten in ihren Augen, während sie sich dem Haus näherten. Sie liebte diesen Besitz über alles und hoffte sehr, daß die Bewohner inzwischen anderen Sinnes geworden wären.

»Willkommen, Mylady!« Aufgeregt kam ihr Richard entgegen und nahm ihr die Kinder ab. »Es sind ja zwei! Das hat uns Lord Cameron aber nicht verraten! Der Kleine schaut seinem Vater ähnlich, nicht wahr? Sie müssen schrecklich müde sein nach dieser langen Fahrt! Kommen Sie, ich helfe ihnen!«

Lächelnd folgte Amanda Richard in die Halle des Hauses, wo Margaret still und bleich auf der untersten Treppenstufe wartete. Sie knickste und lief Amanda entgegen.

»Ich bin nur geblieben, Mylady, weil ich das Geld brauche, aber ich werde selbstverständlich gehen, wenn Sie das wünschen.«

»Sie müssen nicht gehen. Ich kann verstehen, daß Sie damals glauben mußten, ich hätte den Verrat begangen. Ich kann nur schwören, daß ich es nicht getan habe, und wenn Sie mir glauben wollen, können Sie gern hierbleiben.«

Margaret schluchzte. »Ich danke Ihnen, Mylady. Gilt dasselbe auch für Remy?«

Amanda erinnerte sich, wie er vor ihr ausgespuckt hatte, doch wie konnte sie den Diener verurteilen, wenn nicht einmal ihr eigener Ehemann ihr glaubte? »Ja«, gab sie leise zur Antwort, »er kann ebenfalls hierbleiben.« Mit diesen Worten wandte sie sich ab und folgte Richard und Danielle nach oben.

Man hatte das ehemalige Kinderzimmer wiederbelebt und mit

Wickelkommode, Badewännchen und einem bezaubernden Kinderbett samt Moskitonetz ausstaffiert. »In diesem Haus hat es bereits einmal Zwillinge gegeben, Mylady«, erklärte Richard. »In kürzester Zeit werden wir auch die anderen Sachen herbeigeschafft haben!«

»Das ist wunderbar. Ich werde mich jetzt mit den Kindern für eine Weile zurückziehen.«

»Ich bin ehrlich froh, daß Sie wieder da sind, Mylady. Wir haben Sie wirklich vermißt!«

»Mir ging es ähnlich, Richard. Ich danke Ihnen.«

Nachdem Amanda die Kinder gestillt und schließlich zusammen mit Danielle gebadet und ins Bett gebracht hatte, betrat sie zum ersten Mal seit langer Zeit wieder ihr gemeinsames Schlafzimmer. Erfreut stellte sie fest, daß Richard ihr eine Wanne mit dampfend heißem Wasser, französische Seife und ein großes Badehandtuch hatte bringen lassen. Daneben erwartete sie ein Silbertablett mit kleinen Erfrischungen und einer Flasche Wein. Voller Wonne ließ sie sich in die Wanne sinken, nachdem sie während der Überfahrt neun Wochen lang auf diesen Luxus hatte verzichten müssen. Anschließend wickelte sie sich in das große Tuch und setzte sich an ihren Frisiertisch, um sich die Locken auszubürsten.

Und genau in diesem Augenblick trat Eric ein und kam rasch zu ihr herüber. Mit angehaltenem Atem hielt Amanda still, als er neben ihr niederkniete und ihr langsam das Tuch abstreifte. Sofort packte sie unerträgliche Sehnsucht, und es wurde ihr mit einem Schlag klar, daß sie einander seit fast einem Jahr nicht mehr berührt hatten. Auch wenn zwischen ihnen nicht alles in Ordnung war, hätte sie es nicht geschafft, sich ihm zu verweigern. Sie war schließlich seine Frau, und sie spürte deutlich seine Sehnsucht. Instinktiv wußte sie, daß er nie eine andere Frau so begehrt hatte wie sie.

»Vielleicht sollte ich besser gehen«, murmelte er, während seine Finger ganz zart ihre Brüste liebkosten.

»Ich habe auf dich gewartet«, entgegnete Amanda einfach.

»Und ich bin der größte Dummkopf aller Zeiten.« Mit diesen Worten nahm er sie auf die Arme und trug sie zum Bett. Sekundenlang hielt er inne und ließ seine Augen über ihren hingestreckten Körper gleiten, bevor er sich mit einem unterdrückten

Schrei über sie warf. Nie hatte er sie liebevoller gestreichelt, nie zarter geküßt, nie aufregender gereizt. Als sie schließlich nur noch stöhnte und mit heiserer Stimme um Gnade flehte, weil sie es nicht länger aushalten konnte, drang er so tief in sie ein, daß sie ihn erschauernd mit ihren Gliedern umklammerte.

Sie war so aufgewühlt, daß sie ihm fast eine Liebeserklärung gemacht hätte, doch in letzter Sekunde schreckte sie davor zurück und schrie ihre Sehnsucht, ihre Begierde nur laut heraus, als die Ekstase sie beide vereinte.

Schon der nächste Tag trennte sie wieder voneinander, da Eric sich um die Pflanzungen und sonstige Arbeiten auf seinem Besitz kümmern mußte. Doch nach dem Abendessen erwartete ihn eine sehnsuchtsvolle Amanda mit ihrem seidenweichen Körper, und sie liebten einander bis zum Morgengrauen.

Am darauffolgenden Tag mußte Eric wieder nach Norden aufbrechen, denn Washington rechnete täglich mit ihm. Wie es Tradition war, trat Amanda auf die Veranda, als Eric schon auf seinem Pferd saß, und reichte ihm den Pokal.

»Ich habe dieses Haus niemals verraten, Eric«, sagte sie schlicht.

Er beugte sich hinunter und küßte sie auf die Lippen. »Gib auf die Kinder acht, Amanda! Falls mir etwas zustößt, dann erhalte ihnen dieses Haus. Es ist schließlich ihr Erbe.« Dann küßte er sie ein weiteres Mal.

Tränen stiegen ihr in die Augen, während sie ihm nachsah. Es mochte sein, daß er sie liebte, aber er vertraute ihr noch immer nicht. »Ich liebe dich«, flüsterte sie, doch niemand hörte sie.

Im Dezember saß Amanda eines Tages auf dem obersten Balken der Pferdekoppel und sah zu, wie Jacques die Jährlinge trainierte. Als Danielle wild gestikulierend auf sie zueilte, sprang Amanda besorgt vom Zaun, doch gleich darauf erhellte sich ihre Miene, denn hinter ihr war Damien aufgetaucht. Mit einem schrillen Schrei rannte sie auf ihren Vetter zu und warf sich ihm halb lachend, halb weinend in die Arme. Übermütig wirbelte er sie einmal rundherum, bevor er sie absetzte.

»Damien! Ich kann es nicht glauben!« Erneut fiel sie ihm um den Hals. Erst als sie zum Haus gingen und sie ihn in Ruhe anschauen konnte, fiel ihr auf, daß er ziemlich mitgenommen aussah. Seine Stiefel waren abgelaufen, und seine Uniform war bereits fadenscheinig.

Nachdem sie Damien zum Sitzen genötigt und ihm ein Glas Brandy eingeschenkt hatte, prostete er ihr zu. »Du bist zwar ein bißchen dünn und blaß, aber sonst bist du schöner denn je, meine liebe Kusine! Kann ich jetzt endlich meine neuen Verwandten sehen?«

»Danielle wird sie herunterbringen, sobald sie aufgewacht sind. Aber sag mir, wie es steht! Wie geht es – wie geht es Eric?«

Damien zog die Stirn kraus. »Wie es steht? Nun, eine gute Nachricht gibt es: Seit einiger Zeit befindet sich der Marquis de Lafayette in unseren Diensten, und ich muß sagen, daß wir von seinem Geschick sehr beeindruckt sind. So oft haben die Briten nun versucht, die Kolonien zu spalten, doch bisher ist es ihnen noch nicht gelungen. General Howe ist es mit Hilfe seines Bruders, dem Admiral, gelungen, Washington bis Philadelphia zurückzudrängen, aber wir haben jedes Stück Boden mit Zähnen und Klauen verteidigt. Inzwischen haben die Briten die Stadt besetzt und werden es sich den Winter über in der Häusern der Stadt bequem machen, während Washington mit seinen Männern in Valley Forge kampieren muß.«

»Und Eric?«

»Eric geht es gut«, antwortete Damien knapp.

Amanda wunderte sich und hakte nach. »Aber Damien, weshalb redest du so komisch? Ist etwas vorgefallen?«

Statt zu antworten, ging Damien zum Kamin hinüber und starrte lange in die Flammen. »Ich finde es schlimm. wie er dich behandelt hat.«

»Damien, ich habe ihn hintergangen.«

Irritiert fuhr Damien herum. »Wie bitte?«

Es tat Amanda zwar leid, doch irgendwann mußte er einmal die Wahrheit erfahren. »Den Verrat des Waffenverstecks hier in Cameron Hall hat jemand anderer zu verantworten, der die Virginier auch weiterhin hintergehen wird, wenn Eric mir nicht endlich glaubt. Aber –« Sie zögerte, doch dann faßte sie sich ein Herz, »Vater hat mich immer wieder mit dir erpreßt.«

»Mit mir?«

»Sie wußten von Anfang an, daß du Waffen aus dem Westen von Virginia nach Boston und Philadelphia geschmuggelt hast. Anfangs haben sie gedroht, dich zu verhaften und dich zu hängen. Außerdem haben sie dein Pferd vergiftet. Erinnerst du dich?«

»O Gott!«

»Und als sie dich tatsächlich gefangen hatten, drohten sie, dich zu quälen.«

»Oh, Amanda!« Er kniete neben ihr nieder und umfaßte ihre Hände. »Das tut mir so entsetzlich leid! Ich hatte ja keine Ahnung! Warum hast du nur soviel für mich riskiert?«

Sie tätschelte seine Wange. »Wie du weißt, mag ich dich. Du kannst es getrost vergessen, denn jetzt ist ja alles vorbei.«

Er stand auf und ging wieder zum Kamin zurück. »Nichts ist vorbei«, sagte er nach einiger Zeit.

»Was soll das bedeuten?«

»Du solltest den Winter bei deinem Mann im Lager verbringen.«

»Aber –«

»Washingtons Frau ist bereits dort, und du mußt auch kommen!«

»Man hat mich aber nicht gefragt«, entgegnete Amanda seufzend. »Eric traut mir noch immer nicht, und bestimmt fürchtet er, daß ich etwas verraten könnte.«

»Du mußt aber trotzdem kommen!« wiederholte Damien.

»Und weshalb?«

Er räusperte sich ausführlich. »Anne Marie ist auch dort.«

»Anne Marie Mabry?«

»Ja. Sie versorgt ihren Vater und kocht auch oft für Eric und –«

»Und?« Eiskalte Finger griffen nach ihrem Herzen. Wie kam er dazu, über sie zu richten, solange er – Anne Marie hatte Eric schon immer gemocht, dachte sie und erinnerte sich an die Nacht in Boston. Sie versuchte, ruhig und vernünftig zu bleiben. Wenn er eine andere Frau brauchte, dann sollte er das ruhig tun. Schließlich konnte sie ihn nicht überallhin begleiten, und sie konnte ihn auch nicht zwingen, sie zu lieben. Sie beschloß, sich Klarheit zu verschaffen, und wenn er sich für Anne Marie entschied, wollte sie wenigstens nicht länger zu Hause auf seine Rückkehr warten! »Also gut, ich werde dich begleiten. Wann ist es soweit?«

»Ein mutiges Mädchen bist du! Das mag ich. Was wird aus den Kindern?«

Bei Danielle waren sie in besten Händen. Sie mußte ihnen nur, wenn auch schweren Herzens, eine Amme besorgen. »Die Kinder sind bestens versorgt. Höchstens *ich* werde sie vermissen.«

»Na wunderbar! Ich freue mich wirklich sehr, daß du mitkommst. In einer Woche bin ich wahrscheinlich startbereit. Ich muß noch einige Dinge in Williamsburg erledigen und Lady Geneva besuchen.«

»Lady Geneva?«

»Ja, meine liebe Kusine, auch ich kann mich verlieben.«

»In Geneva?« Weshalb eigentlich nicht, fragte sich Amanda. Geneva war hübsch, gefühlvoll und vielleicht genau die Richtige für Damien. »Wie lange geht das Ganze schon?«

»In Kriegszeiten ist manches anders. Das Ganze, wie du es nennst, dauert nun schon einige Jahre.«

»Ich freue mich sehr für dich! In dieser Woche werde ich mich bemühen, noch einige Ausrüstungsgegenstände wie Decken und ähnliches und vielleicht auch ein paar Nahrungsmittel zusammenzusuchen. Ich denke, das könnt ihr gebrauchen.«

»Und wie! Ich bin schon sehr auf die Gesichter gespannt, wenn wir dort ankommen.« Mit diesen Worten hob er sein Glas. »Auf den Winter in Valley Forge!«

18. Kapitel

Damien hatte Amanda, Geneva und auch Jacques Bisset zwar ausführlich auf das Elend vorbereitet, das sie erwartete, aber so schlimm, wie es dann tatsächlich war, hatte es sich Amanda beim besten Willen nicht vorstellen können. Nachdem sie den Posten passiert hatten, sahen sie nur noch gewaltige Schneehaufen, zwischen denen sich armselige, selbstgezimmerte Hütten duckten. Hunderte von Männern standen entlang des Weges und salutierten, winkten oder starrten teilweise auch nur stumpf vor sich hin. Sie zitterten vor Kälte und drängten sich eng aneinander, da sie nur dürftige Decken über ihren Uniformen trugen und meistens nicht einmal Stiefel besaßen, sondern die Füße in Lumpen gewickelt hatten.

»Oh, Gott!« hauchte Amanda und war den Tränen nahe. »Oh, Gott! Wäre es nicht besser, einfach aufzugeben?«

»Washington teilt die Strapazen und Leiden seiner Männer«, berichtete Damien. »Ich habe noch nie einen Kommandeur erlebt, der so etwas getan hätte! Hier vor uns liegt das sogenannte Hauptquartier. Diese Hütte dort drüben ist dein Heim, Amanda.«

»Und wo ist meins?« fragte Geneva.

Amanda wandte sich der Freundin zu, die sich voller Eifer angeboten hatte, Damien und sie zu begleiten und sich um die Verwundeten zu kümmern. Doch angesichts dieses Elends schien sie ihrer Sache nicht mehr ganz so sicher zu sein.

»Selbstverständlich wird es das erste Haus am Platz sein«, scherzte Damien.

»Das will ich doch hoffen!« gab Geneva zurück, und Amanda konnte förmlich spüren, wie die Funken zwischen diesen beiden sprühten. Sie lächelte Jacques kurz zu und senkte dann den Kopf. Diese beiden Menschen waren so eigenwillig und schienen sehr entschlossen, so daß sie einander wahrscheinlich verdienten.

Als Damien die Pferde zügelte, erschien Eric an der Tür seiner Hütte. Seine Uniform sah zwar ebenfalls ein wenig mitgenommen aus, und die Messingknöpfe glänzten längst nicht mehr, doch aus seiner ganzen Haltung sprach große Entschlossenheit und Energie, und er sah Amanda voller Skepsis entgegen.

Sie hatte sich darauf gefreut, ihm entgegenzulaufen, doch angesichts seiner Reaktion blieb ihr das Herz in der Kehle stecken.

»Lady Cameron!« Washington war hinter Eric aus der Tür getreten und begrüßte die Neuankömmlinge. »Da Ihrem Mann offenbar die Sprache weggeblieben ist, möchte ich Sie an seiner Stelle in Valley Forge willkommenheißen. Martha, komm und begrüße Erics Frau! Lady Cameron –«

»Amanda«, verbesserte sie ihn rasch und war von der warmherzigen, freundlichen Art der älteren Dame sofort gefangen.

»Sie sind mir vielleicht einer, Damien!« scherzte Washington. »Sie verschwinden und kommen dann gleich mit zwei wunderschönen Damen zurück! Willkommen, Lady Geneva! Guter Gott,

547

Eric, wachen Sie endlich auf! Wir werden mit den Damen teilen, was wir haben!«

»Wir haben aus Cameron Hall Vorräte mitgebracht«, verkündete Amanda, doch angesichts dieses Elends wußte sie, daß es nur ein Tropfen auf den heißen Stein war.

»Amanda?« Eric streckte die Hand nach ihr aus und zog sie an sich, doch sein Kuß war kühl. Rasch erkundigte er sich nach den Kindern, doch als sie über die Schwelle traten, erstarrte Amanda. Anne Marie stand am Herd und kochte Kaffee.

»Amanda!« begrüßte Anne Marie die Freundin und küßte sie leicht auf die Wange.

Amanda versuchte ein höfliches Lächeln, weil die anderen gerade eintraten und alle durcheinandersprachen. »Wie ich gehört habe, begleitest du deinen Vater?« erkundigte sich Amanda freundlich.

»Ja, ich bin so ziemlich von Anfang an dabei.«

»Hier herrschen entsetzliche Zustände«, berichtete Washington. »Elftausend Männer hausen hier, die ich kaum ernähren kann. Vom Kongreß kommt keine Hilfe. Eigentlich sollten Sie das nicht sehen müssen, meine Damen!«

»Ach, hör auf!« protestierte Mrs. Washington. »Wenn ich dich nicht wenigstens im Winter besuchen könnte, hätte ich bald überhaupt keinen Ehemann mehr! Es gibt Eintopf zum Abendessen. Bitte setzen Sie sich!«

Amanda fühlte sich im Quartier ihres Mannes wie ein ungebetener Gast, während Anne Marie hier zu Hause zu sein schien. Sie mußte all ihre Selbstbeherrschung aufbieten, als sie auch noch den Mantel einer Frau am Kleiderhaken an der Tür entdeckte. Ansonsten enthielt der Raum lediglich den großen Tisch mit selbstgezimmerten Stühlen und einen Ofen. Eine Tür führte außerdem in einen Nebenraum, in dem Amanda ein Bett mit grüner Decke und ein Schreibpult erspähte. An Erics Grinsen konnte sie feststellen, daß er die ganze Zeit über ihren Blicken gefolgt war und sich amüsierte. In seinen Augen war sie bestimmt mit nichts zufrieden und wünschte sicherlich, daß sie nicht hergekommen wäre!

Mrs. Washington unterbrach die allgemeine Unterhaltung, indem sie aufstand und den Eintopf austeilte. Sie war eine sehr energische Frau, die tatkräftig für alle sorgte und auch durch das verspätete Eintreffen des Barons von Steuben nicht aus der Ruhe gebracht wurde. Sie setzte auch ihm einen Teller vor, und fast automatisch wandte sich das Gespräch der militärischen Lage zu, die in allen Einzelheiten erörtert wurde. Als es Zeit zum Schlafengehen wurde, bot Mrs. Washington Geneva ein Bett im Nebenraum ihrer Hütte an, was diese erfreut akzeptierte. Damit begann der allgemeine Aufbruch.

»Ich nehme an, daß Jacques und ich hier auf dem Fußboden schlafen können, nicht wahr?« fragte Damien und hatte wieder diesen seltsamen Unterton in der Stimme.

»Mehr kann ich Ihnen leider nicht bieten«, erwiderte Eric kühl.

»Ich muß jetzt gehen«, erklärte Anne Marie.

»Ich werde Sie begleiten«, erbot sich Eric und nahm seinen Mantel vom Haken.

Anne Marie verabschiedete sich von den Anwesenden und trat dann vor die Hütte, wo sie ein heftiger Windstoß fast von den Füßen riß. Mit zusammengebissenen Zähnen registrierte Amanda Erics fürsorgliche Bewegung, als er Anne Maries Arm stützte.

Was ging hier vor? Sie wollte unbedingt vernünftig und logisch bleiben, doch es fiel ihr schwer, wenn sie daran dachte, daß er sie eine Lügnerin nannte, obwohl er offenbar im Feld immer eine Frau an seiner Seite hatte. Da Jacques und Damien im Vorraum schliefen, blieb ihr nichts weiter übrig, als ein freundliches Gesicht zu machen und im Schlafzimmer ihres Mannes zu verschwinden. Viel lieber hätte sie allerdings mit etwas geworfen – und am allerliebsten nach Eric!

Sie zog die Decke vom Bett, legte sie sich um die Schultern und setzte sich neben den fast erkalteten Ofen auf den Boden, um auf Eric zu warten. Einige Zeit später hörte sie ihn leise mit Jacques reden, und wenig später trat er ein und streifte seine Handschuhe ab, bevor er leise die Tür schloß und sich dagegen lehnte.

Etwas verwundert blickte er auf Amanda hinunter. »Du hast also die Strapaze dieser Fahrt auf dich genommen, nur um hier neben dem kalten Ofen zu hocken?«

Sie hielt die Decke über der Brust zusammen, während sie mit dem Schürhaken ein Stück Holz an die letzte Glut heranschob. »Nein, eigentlich war das nicht meine Absicht, aber nach allem, was ich vorgefunden habe, bleibt mir nichts anders übrig.«

Wütend trat er zu ihr und zerrte sie an den Händen in die Höhe. »Was soll das heißen?« herrschte er sie an.

»Anne Marie«, war alles, was Amanda herausbrachte.

»Ah.«

»Ah! Ist das alles, was du dazu zu sagen hast?«

»Was soll ich denn sonst noch sagen? Ich nehme an, daß Damien das schon besorgt hat!«

Amanda entwand sich seinem Griff und funkelte ihn mordlüstern an. »Demnach hast du nichts zu deiner Verteidigung zu sagen?«

»O doch, eine ganze Menge sogar! Ich habe sie niemals berührt – nun, das ist nicht ganz richtig. Ich habe sie einmal geküßt, als ich von deinem Verrat erfahren habe, und dann noch einmal ganz unschuldig vor meinem Aufbruch nach Frankreich.« Er ließ sich gegen die Wand sinken und kreuzte die Arme vor der Brust. »In jeder anderen Beziehung bin ich gänzlich unschuldig!«

Ihre Knie zitterten so heftig, daß sie fürchtete, die Gewalt über sich zu verlieren. Die Kluft zwischen ihnen war größer denn je. »Ich – ich glaube dir nicht!« flüsterte sie.

»Amanda, du lieber Himmel –« Ungeduldig trat er einen Schritt näher, doch Amanda hob nur die Hand und hielt ihn mit tränenerstickter Stimme zurück. »Du hast mir nie geglaubt, Eric. Nun ist es umgekehrt, fürchte ich. Faß mich nicht an!«

»Amanda!«

»Ich meine, was ich sage, Eric!«

Er runzelte die Brauen. »Soll das heißen, daß ich bestraft werde? Daß du mir deinen Charme entziehst und mir meine Rechte verweigerst?«

»Nun, ich weiß sehr wohl, daß du vor unserem gemeinsamen Leben auch nicht gerade einsam warst. Schließlich hattest du eine Affäre mit Geneva!« Als Eric sie nur verwundert ansah und die Schultern zuckte, wurde Amanda plötzlich von heftiger Eifersucht befallen. Eric und Thomas Mabry waren Partner und kannten sich schon so lange, und Eric und Anne Marie

»Amanda, du kannst mich doch nicht –« Unwillkürlich mußte er lachen. »Amanda, wir reden über Dinge, die schon viele Jahre zurückliegen. Verdammt, komm jetzt her!«

»Nein! Ich will nicht, daß du mich anfaßt!«

Eric knirschte wütend mit den Zähnen, doch dann lächelte er plötzlich. »Nun gut, mein Schatz, ich will Rücksicht auf Damien und Jacques nehmen. Aber täusche dich nicht! Du glaubst doch wohl nicht im Ernst, daß du mich daran hindern könntest, mir mit Gewalt zu nehmen, was mir gehört?«

Mit zwei langen Schritten war er neben ihr, und schon hatte er sie hochgehoben, und noch bevor sie schreien konnte, landete sie bereits unsanft auf dem schmalen Bett.

»Mistkerl!« zischte sie.

Formvollendet trat Eric einen Schritt zurück und verbeugte sich. »Du kannst das Bett haben. Du bekommst, was du verlangst! Du mußt wirklich nicht auf dem Boden schlafen! Ich werde schon ein anderes Plätzchen finden.«

Nachdem er verschwunden war, warf Amanda sich herum und weinte in die Kissen. Offenbar gab es außer diesen wenigen leidenschaftlichen Augenblicken nichts zwischen ihnen! Sie hatte die Entscheidung gesucht, und nun war sie allein.

Fluchend lief Eric in die Nacht hinaus. Heftige Wut auf Damien hatte ihn gepackt, der ganz offensichtlich den Keim zu Amandas ablehnender Haltung gelegt hatte. Er hatte doch nur neben ihr liegen und ihr weiches Fleisch spüren wollen!

Nachdenklich legte er eine Hand auf den noch unausgepackten Wagen, den Amanda mitgebracht hatte, und lächelte. Hier im Lager türmten sich täglich neue, fast unüberwindliche Probleme. Wie gern hätte er sie manchmal hinter sich gelassen und lieber im angenehmen Klima von Cameron Hall überwintert. Und vielleicht einen neuen Anfang mit Amanda versucht. Und nun war sie da – und er hatte nichts Besseres zu tun, als in die Nacht hinauszurennen! Er ballte die Fäuste. Verdammt! Begriff sie denn nicht, daß man nicht so leicht aus seiner Haut konnte? Er knirschte mit den Zähnen und schimpfte, wobei weiße Atemwolken aus seinem Mund hervorquollen. Keinesfalls wollte er nachgeben! Darum mußte sie ihn schon bitten.

Eine Woche später arbeitete Amanda in der riesigen Sanitätsbaracke, in der überwiegend Pockenkranke lagen. Als sie gerade von einem Bett zum anderen ging, fühlte sie plötzlich, wie Hände von hinten ihre Taille umfaßten.

»Übrigens, er schläft nicht mit der schönen Anne Marie. Thomas Mabry ist viel zu korrekt, um derartige Sachen zu dulden.«

Wütend fuhr Amanda herum. »Damien, ich habe dich nicht gebeten –«

»Oh, bist du denn überhaupt nicht neugierig?«

»Nicht im geringsten«, log Amanda. Damit wandte sie sich wieder ihren Patienten zu. »Ich habe zu tun, Damien.«

Damien lehnte sich gegen einen der Stützpfeiler und sah zu, wie sie den Kranken kalte Tücher auflegte. »Während der letzten drei Tage hat er Lebensmittel besorgt, und wo er vorher war, weiß ich auch!«

»So?«

»Ich denke, du bist nicht daran interessiert?«

Mit voller Wucht trat sie ihn gegen das Schienbein. »Damien –«

»Er hat mit von Steuben das Training der Armee besprochen, denn Erics Erfahrungen waren für von Steuben sehr wichtig.«

»So«, bemerkte Amanda und verstummte, denn zumindest in diesem Augenblick wußte sie sehr genau, wo sich ihr Mann befand. Er stand am Eingang und beobachtete sie beide.

»Ah, Major General Lord Cameron!« Damien salutierte und verabschiedete sich von Amanda. Während sie ihm noch nachsah, wurde sie plötzlich heftig am Arm gepackt.

»Was hast du hier zu suchen?« herrschte Eric sie wütend an.

»Ich versuche zu helfen.«

»Diese Männer haben die Pocken!«

Amanda lachte. »Die hatten Damien und ich schon als Kinder«, und nach einer kleinen Pause: »Und was machst du hier?«

»Ich versuche, dich hier herauszuholen.«

»Lord Cameron, geht es wieder los? Reiten wir?« stöhnte einer der fiebernden Männer.

Ohne Angst vor Ansteckung, beugte sich Eric zu ihm hinunter. »Nein, Roger, das hat noch Zeit. Erst im Frühjahr geht es wieder los! Von Steuben wartet schon, um dir die richtigen Tricks beizubringen! Keine Angst!«

Der Kranke lachte und sackte plötzlich zurück. Rasch befühlte Eric erst sein Herz und dann seine Stirn. »Er atmet noch. Vielleicht bekommt ihn von Steuben tatsächlich noch einmal in die Finger!«

Dann richtete er sich auf und sah Amanda an. »Komm bitte einen Augenblick mit hinaus. Ich muß mit dir reden.«

Rasch blickte sie zu den zahlreichen Frauen hinüber, die sich um ihre kranken Männer kümmerten, und schon stiegen ihr Tränen in die Augen. Falls dieser Krieg gewonnen werden sollte, so war es nicht zuletzt auch diesen aufopferungswilligen Frauen zu verdanken.

»Amanda?«

»Ich komme schon.« Rasch legte sie ihre Schürze ab und folgte Eric ins Freie.

Bevor sie frieren konnte, hatte er ihr schon seinen Mantel um die Schultern gelegt. Dann hakte er sie unter und führte sie in einen der Ställe, wo es ein wenig geschützt war.

»Nun?« fragte Amanda, während sie sich gegen die Holzwand sinken ließ.

Eric lächelte. »Weißt du, wo Howe und seine Männer den Winter verbringen?«

Alle Muskeln in ihrem Körper spannten sich. »In Philadelphia, soviel ich weiß.«

»Zweiunddreißig Kilometer von hier! Beim Beschaffen neuer Vorräte sind einige unserer Leute in Gefangenschaft geraten. Na, vielleicht geht es ihnen bei den Briten ja sogar besser als bei uns!«

»Und weshalb erzählst du mir das?«

»Weil nach wie vor irgend jemand den Briten Informationen zukommen läßt!«

Amanda war völlig überrascht, denn sie war nur ein einziges Mal mit Damien an einem Nachmittag ausgeritten. Als sie schließlich ihre Sprache wiederfand, zitterte ihre Stimme vor unterdrückter Wut. »Ich kann einfach nicht glauben, daß du mich schon wieder verdächtigst!«

»Amanda –«

Mit Tränen in den Augen drückte sie ihn von sich weg. »Sei still! Ich will nichts mehr hören! Und solche widerlichen Verdächtigungen erst recht nicht! Verdammt!«

In wilder Panik rannte sie davon und achtete nicht auf seine Rufe. Es war ihr völlig gleichgültig, wer sie sah und hörte, denn bestimmt wußte das halbe Lager ohnehin schon, daß Eric nicht bei ihr schlief. Völlig atemlos stürzte sie in ihre Hütte, wo Jacques auf der Bank saß und Gewehre reinigte.

»Was ist geschehen, Mylady?« fragte er besorgt.

Amanda schüttelte nur den Kopf, während ihr die Tränen über die Wangen liefen. »Oh, Jacques! Wie kann er nur so blind sein! Ich habe getan, was ich konnte, und trotzdem …« Sie sank neben Jacques auf die Bank und war erleichtert, als er einfach die Arme um sie legte. Mochte kommen, was da wollte, sie hatte einen Beschützer!

Während er ihr beruhigende Worte ins Ohr flüsterte krachte die Tür auf, und Eric stürmte herein. Eigentlich hätte sie erwartet, daß er neue Beschuldigungen finde würde, wenn er sie in Jacques Armen fand, doch zu ihre Überraschung sagte er überhaupt nichts. Jacques ließ sie nicht los, sondern blickte Eric nur wortlos an, bis diese kehrtmachte und die Hütte verließ.

In dieser Nacht lag sie zitternd im Bett und konnte vor Kälte nicht einschlafen. Plötzlich wurde die Tür aufgerissen, und Amanda hörte Stimmen im Vorraum. Danach war alles still, doch nur Sekunden später flog auch ihre Tür auf und Eric polterte mit seinen schweren Stiefeln ins Zimmer. Voller Angst schoß sie in die Höhe. Er muß betrunken sein, war ihr erster Gedanke, aber sie irrte sich.

»Sag noch einmal, daß du unschuldig bist!« verlangte er mit leiser, fast heiserer Stimme.

»Ich bin unschuldig«, antwortete sie und sah ihm dabei geradewegs in die Augen.

Als er lächelnd auf sie zukam, wich sie zurück. »Eric, du kannst doch nicht einfach so –«

»O doch, mein Schatz, ich kann!« Schon hatte er ihre Handgelenke gepackt und sie trotz ihres Protestes und ihrer wilden Flüche in seine Arme gezogen. Als sie dann auch noch gegen seine Brust trommelte, lachte er nur und hob sie hoch. Doch durch ihre Zappelei verlor er das Gleichgewicht, und sie krachten zusammen aufs Bett.

»Eric Cameron –«

»Sei jetzt still und hör mir zu, Amanda!«

Sie hatte gar keine andere Wahl, denn er hielt immer noch ihre Handgelenke gepackt, und sein Schenkel preßte sie auf die Matratze. Und als er redete, berührte sein Mund fast ihre Lippen, und seine tiefe, ruhige Stimme drang bis ins Innerste ihres Herzens. »Ich glaube dir. Ich glaube, daß du unschuldig bist. Und jetzt hör mir zu, Liebes, aber höre gut zu, denn ich werde es nicht noch einmal sagen: Ich bin ebenfalls unschuldig. Ich muß zwar zugeben, daß ich an einsamen Tagen manchmal Sehnsucht nach einer Frau gehabt habe, doch außer dir existiert niemand mehr für mich! Niemand hat so wundervolles seidenweiches Haar, so verzaubernde smaragdgrüne Augen oder gar deine samtweiche Stimme! Seit der Nacht, als ich dich zum ersten Mal sah, habe ich einzig und allein nur dich begehrt. Und das wird sich nie ändern. So, mein Schatz, und jetzt kannst du mich vor die Tür werfen, wenn du möchtest!«

Ganz langsam breitete sich ein Lächeln über ihr Gesicht. »Würdest du denn gehen?«

»Nein.«

»Dann laß meine Handgelenke los!«

»Und weshalb?«

»Weil ich dich sonst nicht streicheln kann.«

Mit zitternden Fingern berührte sie zuerst tastend seine Wange, und dann schlang sie plötzlich die Arme um ihn und suchte seine Lippen. Verführerisch spielte sie mit seiner Zunge, saugte sie tiefer und tiefer in ihren Mund und imitierte dabei die Bewegungen ihres Körpers. Irgendwann ertrug Eric die Folter nicht länger. Mit einem heiseren Schrei stürzte er sich auf ihren Mund, während seine Hände wie im Fieber über ihr Gesicht und durch ihre Haare tasteten.

Mit unmenschlicher Anstrengung riß er sich los und zerrte sich blitzschnell die Kleider vom Leib, während ihre Hände unentwegt überall waren, sein Glied fanden, streichelten und rieben, bis Eric sie aufs Bett zurückdrückte, sich zwischen ihre Schenkel drängte und endlich in sie eindrang. Amanda spürte keine Kälte mehr, sondern ließ ihre Augen nicht von Erics Gesicht. Er hatte sich hochgestützt und blickte sie mit großem Ernst an, während er sich in ihr bewegte.

Als ihre Gefühle sie zu überschwemmen drohten, befeuchtete sie ihre trockenen Lippen. »Ich liebe dich, Eric. Ich liebe dich«, hauchte sie beinahe flüsternd.

Liebevoll umfaßte er ihr Gesicht, ihre Haare, ihre Wangen, und als seine Lippen den ihren ganz nahe waren, flüsterte er: »Sag das noch einmal!«

»Ich liebe dich.« Bei diesem Geständnis traten ihr die Tränen in die Augen. »Ich liebe dich mit meinem ganzen Herzen!«

Stöhnend vergrub er sich in ihr und gestand ihr wieder und wieder seine Liebe, während der Höhepunkt sie beide vereinte. Als Amanda ihm später erzählte, daß sie ihn eigentlich bereits geliebt hätte, als sie ihn noch gehaßt hatte, schloß er sie lachend in die Arme, und dann liebten sie einander noch einmal, bis sie schließlich der Schlaf übermannte.

Irgendwann mitten in der Nacht erwachte Amanda und überlegte, was sie wohl geweckt hatte. Es mußte ein Geräusch gewesen sein. Ihre Tür war nur angelehnt, doch der Vorraum schien leer zu sein. Sie zog die Decke über Erics nackten Körper hoch und schlief in seinen Armen wieder ein.

Als sie viel, viel später die Augen aufschlug, war es bereits hell, und die Sonne schien fröhlich ins Zimmer.

»Amanda! Wach doch endlich auf, um Himmels willen!«

Schlaftrunken nahm Amanda wahr, daß Geneva vor ihrem Bett stand und sie mit riesigen Augen anstarrte.

»Amanda! Wach auf! Du mußt mitkommen. Eric ist verletzt!«

»Was?« Entsetzt schreckte Amanda hoch und zerrte die Decke um sich, um ihre Nacktheit zu verhüllen.

»Sie waren unterwegs, um Lebensmittel zu besorgen. Dabei muß Eric sich das Bein gebrochen haben. Damien organisiert gerade den Transport. Eric hat nach dir verlangt. Los, komm mit!«

»Guter Gott!« So rasch, wie es mit zitternden Händen ging, schlüpfte Amanda in die Kleider, doch zum Frisieren blieb keine Zeit. Oh, Himmel! Wenn ein Mann erst einmal verwundet war, hatte er in dieser Umgebung nicht viel Chancen. Nein! Nein, das durfte nicht geschehen, nachdem sie einander doch gerade erst gefunden hatten! »Geneva, wie geht es ihm?« fragte sie, während sie in den Mantel schlüpfte.

»Genau weiß ich das nicht. Ich weiß nur, daß er nach dir gefragt hat. Los, komm, wir müssen uns beeilen!«

Sie rannten hinaus, wo bereits zwei Pferde warteten. »Und wo ist Damien?« rief Amanda ängstlich.

»Er holt einen Wagen. Darum brauchen wir uns nicht zu kümmern.«

Kurz überlegte Amanda, ob wohl Washington oder Frederick Bescheid wüßten. »Geneva, vielleicht sollten wir noch anderen Bescheid sagen?«

»Das macht Damien schon. Ich kann auf den ersten Blick niemanden entdecken. Los, komm jetzt!«

Blitzschnell schwangen sie sich auf die Pferde und peitschten sie zum Galopp, so daß sie das Lager schon nach kurzer Zeit hinter sich gelassen hatten. Der Schnee lag hoch, so daß das Vorwärtskommen schwierig war, doch Geneva folgte einer Spur. Eiskalt brannte der Wind auf Amandas Wangen, und die Hände, die die Zügel hielten, spürte sie schon nach kürzester Zeit nicht mehr. Ihr Herz dagegen schlug wie rasend. Rund um sie dehnte sich eine endlos weite Schneefläche, und das Camp lag schon so weit hinter ihnen, daß die Hütten wie Kinderspielzeug wirkten.

»Geneva, wie weit ist es noch? Haben wir vielleicht den Weg verfehlt?«

»Nein, nein!« schrie Geneva zurück. Sie galoppierten in unvermindertem Tempo weiter, bis kurz darauf ein Fichtendickicht vor ihnen auftauchte. »Dort drüben ist es.«

»Gott sei Dank!« rief Amanda und schloß zu ihrer Freundin auf. »Dort drüben?«

Geneva nickte. »Ja, dort drüben im Wäldchen«, bestätigte sie und senkte dabei den Blick.

Doch plötzlich tauchten zwischen den Stämmen rote Uniformen auf. Blitzartig zügelte Amanda ihr Pferd und wollte umkehren. »Los, Geneva, wir müssen weg. Das sind Briten!«

»Ich weiß«, entgegnete Geneva in aller Ruhe. »Es hat keinen Sinn zu fliehen, denn wir sind längst umzingelt.«

Verständnislos starrte Amanda ihre Freundin an, und dann traf sie die Erkenntnis wie ein Blitz aus heiterem Himmel. »Du bist es also! Du bist *Highness!* Und du hast auch Robert und meinen Vater nach Cameron Hall geschickt! Du hast nur mit meinem Vetter geschlafen, um Informationen zu erhalten! Du – du Hure!«

»Aber, aber, Lady Cameron!«

Amanda fuhr herum, um den Reiter, der dies gesagt hatte,

näher in Augenschein zu nehmen. Es war tatsächlich Robert Tarryton!

»Wie kann man nur so schreckliche Dinge zu einer Freundin sagen!« empörte er sich.

»Verräterin!« fauchte Amanda und spuckte vor Geneva aus.

»Oh, Mylady, sie irren sich. In diesem Fall sind Sie die Verräterin! Aber keine Angst! So schöne Frauen hängen wir nicht auf! Mit Ihrer Hilfe werde ich endlich Ihren Ehemann zu fassen bekommen und vielleicht noch ein paar andere berühmte Patrioten. Vielleicht können wir ja gleich die ganze Kommandozentrale der Continental Army unschädlich machen!«

»Das wird Ihnen niemals gelingen!«

»Das werden wir ja sehen. Die Leute verhungern doch einfach!«

»Sie haben noch immer nichts begriffen, Robert! Eine Revolution ist weder auf Gewehre noch auf Schlachten angewiesen – sie findet allein in den Herzen der Menschen statt. Und die kann kein Howe, kein Cornwallis und nicht einmal König George erobern!«

»Tapfere Worte, Amanda! Wetten, daß ich dem Henker heute noch mehrere Opfer präsentieren kann? Machen Sie sich auf den Weg, Geneva, und holen Sie uns Lord Cameron!«

Es durfte ihnen nicht gelingen, Eric in dieselbe Falle zu locken! Voller Panik riß Amanda ihr Pferd herum, dabei peitschte sie es mit den Zügeln und erwischte Robert mitten im Gesicht.

»Schnappt sie!« Blitzschnell hatten die Rotröcke sie überwältigt und drückten ihr Gesicht in den Schnee, bis sie keine Luft mehr bekam. Nachdem sie sich aufgerappelt hatte, gab Robert ihr eine schallende Ohrfeige. »Hexe!« fauchte er mit maliziösem Lächeln und zwang sie mit eisernem Griff zu seinem Pferd hinüber. Rasch hob er sie hinauf und schwang sich hinter ihr in den Sattel.

»Ich überlege noch, ob ich mich zuerst mit Ihnen oder zuerst mit Ihrem Ehemann vergnügen soll. Mit ihm habe ich noch ein Hühnchen zu rupfen!«

»Er wird Sie umbringen!« fauchte Amanda.

Tarryton brach in grelles Gelächter aus und peitschte sein Pferd mitleidslos. »Nein, ganz im Gegenteil! Er wird Sie umbringen, denn ich werde ihm schon beibringen, daß allein Sie alles von langer Hand geplant und vorbereitet haben!«

19. Kapitel

Nach einem schweren Arbeitstag auf dem Exerzierplatz, wo er zusammen mit von Steuben die Truppen trainiert hatte, hatte Eric es sich in seiner Unterkunft bequem gemacht. Plötzlich wurde hysterisch nach ihm gerufen, worauf er hinauseilte und gerade noch sah, wie Geneva völlig ausgepumpt vom Pferd sank. Glücklicherweise war Damien, der gerade gegenüber beim Schmied gearbeitet hatte, rechtzeitig zur Stelle, um sie aufzufangen.

»Damien! Eric! Gott sei Dank!«

»Was ist los?« fragte Damien aufgeregt.

»Bringen Sie sie erst einmal herein. Sie ist ja beinahe erfroren!«

Kurz darauf saß Geneva mit einer Decke um die Schultern auf der Bank in der Hütte und trank ein Glas Brandy. »Amanda hat darauf bestanden, daß wir auf eigene Faust Lebensmittel besorgen! Dabei ist sie gestürzt. Ich glaube, sie hat sich den Fuß gebrochen. Jedenfalls hat sie nach Ihnen gejammert, Eric.«

Eric stellte sich vor, wie Amanda hilflos im Schnee lag, und geriet in Panik, wenn er an das Wetter dachte. Es zog ein Sturm auf, und sie mußten unverzüglich handeln! Wahrscheinlich wollte sie nur beweisen, daß sie ein loyaler Patriot war! »Guter Gott!« flüsterte Eric und setzte sich augenblicklich in Bewegung. »Damien, bitten Sie Frederick, einen Wagen herzurichten! Können Sie uns beschreiben, wo es ist, Geneva? Frederick wird Sie als Führer brauchen! An Decken und Brandy müssen wir auch noch denken!«

»Aber natürlich kann ich das!« sagte Geneva und stand auf.

In diesem Augenblick flog die Tür auf. Jacques Bisset trat ein und musterte Geneva mit finsterem Gesicht. »Diese Frau lügt!« sagte er schlicht.

»Wie bitte?« fragte Eric in scharfem Ton.

»Diese Frau lügt!«

»Wie können Sie es wagen!« ereiferte sich Geneva. »Eric, Damien, Sie werden doch diesem – diesem Diener nicht glauben?«

Ihr Ton gefiel Eric ganz und gar nicht. Lächelnd lehnte er sich gegen die Wand. »Meine liebe Geneva, ich kenne Jacques schon fast mein ganzes Leben lang. Bisher hat er noch nie die Unwahrheit gesagt. Also, Jacques! Ich möchte hören, was Sie zu sagen haben.«

»Lady Geneva kam heute morgen hierher und hat Lady Cameron aufgefordert, mit ihr zu kommen, ich folgte den beiden heimlich und konnte von ferne beobachten, wie sie von einer Gruppe Rotröcke eingekreist wurden. Es war eine eiskalt geplante Entführung, Lord Cameron!«

Erics Herz krampfte sich zusammen, und er fragte mit völlig ausgetrocknetem Mund: »Wer – wer hat sie entführt, Jacques?«.

»Es war Tarryton. Lord Robert Tarryton. Man hat sie genauso in die Falle gelockt, wie man das jetzt mit Ihnen machen wollte. Ich konnte ihr leider nicht beistehen, weil ich Sie unbedingt warnen mußte! Ihre Frau ist der Köder, um Sie in den Tod zu locken, Lord Cameron!« Dabei starrte er Geneva an, als ob er sie umbringen wollte.

Als Damien einen Schritt auf sie zutrat, wich sie zurück. »Das ist eine Lüge! Ich verstehe überhaupt nichts mehr.«

»Dafür verstehe ich um so besser!« unterbrach Eric sie und packte Geneva an den Schultern. »Sie waren es! Sie haben Nigel Sterling und Robert Tarryton das Waffenlager in Cameron Hall verraten! Sie waren es!«

»Nein!«

»Doch!« sagte Damien mit leiser Stimme. »Ich habe es ihr erzählt! Ich habe es ihr erzählt, als wir miteinander geschlafen haben. Diese Hure!«

Geneva spuckte empört vor Damien aus, doch als Antwort schlug er sie mit der flachen Hand ins Gesicht, so daß sie zu Boden stürzte. »Eric, er soll aufhören!« schrie sie.

»Was machen wir mit ihr, Eric?« wollte Damien wissen. »Gott möge mir verzeihen! Wie konnte ich ihr nur vertrauen?!«

Eric packte Geneva an den Handgelenken und zerrte sie auf die Füße. »Wieviele Männer hat Tarryton bei sich?«

»Zwanzigtausend«, antwortete sie trotzig.

Lächelnd sah Eric Damien an. »Ist Ihnen eigentlich schon einmal aufgefallen, wie eitel unsere liebe Lady Geneva ist? Ihr Gesicht ist ihr Leben. Jacques, bringen Sie das Schüreisen! Wir wollen der Dame nicht ans Leben, sondern lediglich an ihre Schönheit!«

Ungläubig riß Geneva die Augen auf, während Damien sie festhielt und Jacques mit dem glühenden Schürhaken näherkam. Wie eine Wilde wand sie sich in Damiens eisernem Griff. »Eric, hören

Sie auf damit! Sie werden doch nicht –« Sie stieß einen schrillen Schrei aus, als ihr das Eisen fast die Wimpern versengte.

»Die Wahrheit, Geneva!«

Als das Eisen immer näher kam, gab sie schließlich auf. »Also gut. Knapp hundert Männer. Howe sitzt mit seiner Armee nach wie vor in Philadelphia. Dieses Unternehmen war Sterlings Idee. Er will Sie, und Robert möchte Amanda haben! Außerdem wäre Ihr Tod eine Warnung an alle Patrioten!«

Eric ignorierte ihren Sarkasmus. »Was plant er? Wo hält er Amanda gefangen?«

»In einem – in einem Haus. Ungefähr dreizehn Kilometer von hier. Es liegt hinter einem Kiefernwäldchen. Bis dorthin sollte ich Sie bringen. Dort wollte sie die Kavallerie erwarten.«

»Jacques, bringen Sie sie zu Washington! Damien, sie holen Frederick und bitten ihn, meine Männer aus Virginia zusammenzutrommeln! Kommen Sie sofort zurück, damit ich Ihnen meinen Plan erklären kann!«

Jacques packte Genevas Arm und drehte ihn ihr brutal auf den Rücken, so daß sie vor Schmerzen aufschrie und aus der Hütte stolperte. Sie konnte sich zwar nicht erklären, weshalb dieser Mann so wütend war, doch klugerweise schwieg sie.

»Oh, Himmel, es ist alles meine Schuld!« brach es aus Damien hervor, als Geneva die Hütte verlassen hatte. »Können Sie mir jemals verzeihen, Eric?«

»Ich war nicht nur blind, sondern auch taub, Damien! Doch jetzt ist nur noch wichtig, daß wir sie gesund zurückholen, bevor Tarryton –«, ihm versagte die Stimme, doch beide wußten, was er meinte, »Sie ist mein Leben. Ohne sie ist alles sinnlos. Also hören Sie gut zu: Ich habe mir einen Plan ausgedacht, wie wir die Briten überlisten können und vielleicht nicht einen einzigen Mann opfern müssen!«

Nach dem Elend im Lager kam Amanda das luxuriöse Haus völlig unwirklich vor. Robert Tarryton hatte sie in einen prächtig ausgestatteten Wohnraum geführt und sie mit einem Glas Brandy in einen Sessel verfrachtet. Draußen dunkelte es bereits, als er eintrat, sich ebenfalls ein Glas eingoß und sich dann gegen die Tischplatte lehnte.

»Es tut mir leid, daß ich Sie alleinlassen mußte.«

Amanda beachtete ihn gar nicht, sondern starrte unverwandt durch das Fenster. Wie lange hatte Geneva wohl für den Rückweg gebraucht? Entweder würde Eric von den Wachsoldaten erschossen, oder man würde ihn aufhängen! Im Hinterhof hatte Robert das Seil an ihrer Wange gerieben und ihr genüßlich erklärt, wie ein männlicher Körper im Todeskampf reagierte. Anschließend hatte er sie in dieses Zimmer gebracht und dann alleingelassen, um seine mörderische Falle aufzubauen.

Nur wenige Augenblicke später war ihr Vater eingetreten. »Ich habe immer gehofft, daß es dir bei Cameron nicht gutgehen würde, doch statt dessen hast du dich in diesen Kerl verliebt! Nun, dann wirst du eben jetzt leiden!«

Nachdem Sterling mit diesen Worten die Tür wieder hinter sich geschlossen hatte, war Amanda zum Fenster hinübergestürzt, um nach einem Ausweg zu suchen. Zu ihrem Entsetzen hatte sie jedoch feststellen müssen, daß nicht nur die Fenster vernagelt waren, sondern auch ein Wachposten vor dem Haus auf und ab lief und jede ihrer Bewegungen verfolgte.

Robert folgte ihrem Blick. »Es dämmert schon. Jetzt kann es nicht mehr allzu lange dauern. Ich habe angeordnet, ihn unverzüglich herzubringen. Vor seinem Tod soll er seine Frau noch einmal sehen.«

»Sie können ihn doch nicht einfach so aufhängen! Sie müssen ihn erst einmal vor Gericht stellen!«

»Wollen Sie handeln, Amanda?«

»Dazu müssen Sie ihn erst einmal haben.«

»Keine Sorge, Amanda, das schaffen wir schon!«

Während er das sagte, war er neben sie getreten und spielte mit seinen Fingern an ihrem Mieder, doch plötzlich packte er so heftig zu, daß der Stoff zerriß. Wütend krallte Amanda ihre Fingernägel in seine Hand, und als er nur lachte, schlug sie ihm heftig ins Gesicht. Brutal packte er daraufhin ihre Finger und quetschte sie, indem er die widerstrebende Amanda zur Wand neben dem Kamin hinüberzerrte. Dort preßte er sie mit seinem Körper so heftig gegen die Wand, daß sie kaum atmen konnte.

»Es ist ein hübsches Haus, nicht wahr? Der Besitzer hat sich offenbar schon vor einiger Zeit verdrückt. Im oberen Stockwerk gibt es ein traumhaft schönes Schlafzimmer! Genau das richtige für uns. Aber vielleicht sollte ich es doch gleich hier an dieser Wand mit Ihnen treiben! Wie mit einer Hure. Ja, genau hier, vor den Augen Ihres Ehemanns!«

Amanda schrie vor Entsetzen laut auf, als seine Finger in ihr Mieder fuhren und sich um ihre Brüste legten.

»Ja, genau hier werde ich es tun!« Als es klopfte, ließ er seine Hände, wo sie waren, und rief ungerührt: »Herein!«

Amanda wand sich wie eine Wilde unter Tarrytons Griff, doch dann erstarrte sie unversehens. Zwei Männer, die die Hüte tief ins Gesicht gezogen hatten, schleppten Eric zwischen sich ins Zimmer. Sein Hemd war blutverschmiert, und man hatte ihm die Arme brutal auf den Rücken gedreht.

»Willkommen!« höhnte Tarryton. »Ich habe mich gerade mit Ihrer Frau unterhalten – oder besser, ich habe mich schon ein wenig mit ihr amüsiert!«

Eric fluchte heftig.

»Mandy und ich werden zusehen, wenn man Sie aufhängt!«

»Sie sind praktisch ein toter Mann, Tarryton!«

»Genau umgekehrt ist es, mein Lieber!«

»Nein!« schrie Amanda. »Töten Sie ihn nicht! Ich werde alles tun, was Sie verlangen. Alles! Bitte –«

»Amanda!« brüllte Eric.

»Ich biete Ihnen mein Leben für seines an!«

»Wollen Sie noch einen letzten Blick auf Ihre schöne Frau werfen, Cameron? Vielleicht auf ihre Brüste? Schauen Sie her –«

»Sie sind ein toter Mann, Tarryton!« schrie Eric, während er die Hände seiner Wächter abschüttelte und dem einen den Säbel aus der Scheide riß. Als der Rotrock seinen Kopf hob, schnappte Amanda nach Luft, denn es war Frederick.

Auf der Stelle ließ Tarryton Amanda los und schrie nach den Wachen. Als eilige Schritte vor der Tür zu hören waren, flog eine Gestalt von außen durch das Fenster herein und rollte über den Fußboden. Es war Damien, der mit dem gezückten Säbel in der Hand auf die Füße sprang und sich den eindringenden Wachen entgegenwarf.

Amanda drückte sich flach gegen die Wand und raffte ihr Mie-

563

der über dem Busen zusammen, während Robert und Eric unmittelbar vor ihr in einen tödlichen Zweikampf verwickelt waren. Die Klingen blitzten, während sie die Stöße des Gegners parierten, bis Robert plötzlich zurückwich und einen Stuhl als Hindernis zwischen sie warf. Eric ließ sich jedoch nicht verblüffen, sondern sprang einfach darüber und drang energisch auf seinen Gegner ein, bis dessen Klinge im hohen Bogen durch die Luft wirbelte und Amanda genau vor die Füße fiel. Rasch bückte sie sich und hob die Waffe auf, doch inzwischen hatte Eric Robert bereits die Klinge an die Kehle gesetzt.

»Voller Wonne würde ich Sie jetzt einfach abstechen! Aber General Washington soll auch etwas von Ihnen haben!«

»Amanda, nimm allen übrigen die Waffen ab!« rief Damien, der zusammen mit Frederick und dem jungen Captain zwei der Wachen erstochen hatte und die anderen beiden in Schach hielt.

Amanda gehorchte unverzüglich, doch als sie wenige Augenblicke lang mit dem Rücken zur Tür stand, fühlte sie plötzlich eine kalte Klinge an ihrem Hals.

»Aber, aber, meine Herren, welch ein Lärm!« sagte Nigel Sterling mit sanfter Stimme und preßte dabei Amanda das Messer gegen die Kehle.

Während alle wie gebannt auf Sterling blickten, schob Tarryton lachend die Klinge von seiner Kehle und rieb sich die Stelle, an der die Waffe auf seine Haut gedrückt hatte. »Demnach werden Sie doch noch hängen, Cameron!«

»Nur ein Leben, um es für dieses Land zu opfern. Was, Cameron?« höhnte Sterling. »Aber wir wollen unsere Zeit nicht vergeuden! Cameron soll endlich hängen, und du, meine liebe Tochter, sollst deinen Spaß –«

Mitten im Satz brach Sterling ab, und gleichzeitig ertönte eine energische Stimme mit einem leichten französischen Akzent. »Lassen Sie sie augenblicklich los, Sie mieses Schwein!«

Die Stimme von Jacques Bisset!

»Vorher werde ich sie töten, ihr die Kehle aufschlitzen!« drohte Sterling, und gleichzeitig grub sich die Schneide immer tiefer in Amandas Haut.

Ganz plötzlich war der Druck verschwunden. Amanda fuhr herum und schrie laut auf, als ihr Vater blutüberströmt zusammensackte. Entsetzt sprang sie zurück und blickte fassungslos zu Jacques, der reglos unter der Tür stand. »Es gab keinen anderen Ausweg.«

Mit wildem Geschrei stürzte Tarryton los und versuchte, Eric seinen Säbel zu entreißen, doch Eric hob die Waffe lediglich ein kleines Stück, so daß Robert direkt hineinrannte. »Das wäre erledigt!« brummte Eric und packte dann Amandas Hand. »Los, wir müssen schnellstens verschwinden!«

Die Schritte in der Halle konnten nur bedeuten, daß die Soldaten vom Wäldchen zurückgekommen waren, um weitere Befehle zu erhalten.

»Los, aus dem Fenster!« schrie Eric und schob Amanda auf das Fensterbrett hinauf. Dann faßte er sie um die Taille und sie sprangen gemeinsam in den tiefen Schnee. Hinter ihnen folgten Damien, Frederick und schließlich auch der Captain. »Los, weg hier!« drängte Eric und riß sie auf die Füße, doch der Schnee war so tief, daß sie nur schwer vorwärts kamen.

Sekunden später stieß Amanda einen kleinen Schrei aus, und dann verlor sie das Gleichgewicht und fiel eine Böschung hinunter. Geistesgegenwärtig ließ Eric sich ebenfalls fallen, und so rollten sie durch den eiskalten Schnee, bis sie schließlich japsend liegenblieben und ihnen die Tränen aus den Augen liefen.

Erleichtert umarmte Amanda Eric. »Ich habe zwar auch nur ein Leben, aber ich würde es mit Wonne für dich geben!«

»Für dich«, stimmte er lächelnd zu, »und für dieses Land.«

Sie küßte ihn wild, denn wenigstens diese letzte Erinnerung wollte sie mitnehmen!

»Amanda, ich liebe dich!«

»Ich liebe dich.«

»Unsere Chancen sind noch nicht alle verspielt, meine Liebe, denn ich habe Soldaten mitgebracht, die im Wäldchen auf uns warten. Ich denke, wir sollten uns auf den Weg machen und versuchen, sie zu erreichen.«

»Oh! Und du hast mich alle diese Sachen sagen lassen –« Als er grinste, mußte sie lachen. Dann schlang sie die Arme um ihn. »Oh, Eric! Geneva war übrigens die Verräterin.«

»Ich weiß.«

»Der arme Damien!«

»Er ist hart im Nehmen. Er wird es schon überleben:«

»Mein Vater ist tot.«

Statt etwas zu erwidern, zog Eric Amanda hoch. Oberhalb der Böschung erklang Gefechtslärm, und außerdem hörten sie einige Schüsse. Rasch packte Eric Amandas Hand. »Los, komm! Ich setze dich auf ein Pferd und bringe dich weg von hier!«

»Ich gehe nicht ohne dich!« keuchte Amanda, während sie hinter ihm durch den Schnee stolperte.

»Du wirst tun, was ich –« Er verstummte, denn auf den ersten Blick konnte er sehen, daß alles überstanden war. Über zwanzig Rotröcke lagen tot im Schnee, während die anderen flüchteten.

»Damien, die Stiefel!« kommandierte Eric. »Wir brauchen die Stiefel. Falls der Boden weich genug ist, werden wir die Toten begraben. Frederick, bringen Sie bitte meine Frau zurück ins Camp!«

»Aber, Eric –«

Er faßte sie um die Schultern und küßte ihre Lippen. »Bitte Amanda! Damien, Jacques und ich werden so rasch wie möglich nachkommen. Und dann müssen wir miteinander reden.«

Verwundert sah sie ihn an. Was er wohl meinte? Sein letzter Satz hatte so ernst geklungen! »Also gut«, stimmte sie zu. »Aber beeilt euch!«

Sie bedankte sich bei Frederick für den Mantel, den er ihr fürsorglich um die Schulter gelegt hatte, und nahm dann seinen Arm.

»Ich hätte nie gedacht, daß sie gehen würde!« bemerkte Damien. »Ein hartnäckiges kleines Biest, nicht wahr?«

Amanda wollte sich schon umdrehen, um ihrem Vetter ein paar passende Worte zu sagen, als Eric das bereits an ihrer Stelle erledigte. »Wie die wirklichen Patrioten eben!« sagte er, worauf die beiden lachend davongingen.

Amanda tat so, als ob sie nichts gehört hätte, doch als Frederick ihr aufs Pferd half, lächelten sie einander sekundenlang an.

Einige Stunden später kehrten die Männer nach Valley Forge zurück. Amanda saß in Erics Unterkunft am Tisch und starrte Eric, Damien und Jacques fragend an, die sich wie Schuljungen vor ihr aufgebaut hatten.

Eric räusperte sich, um etwas zu sagen, doch Jacques kam ihm zuvor. »Ich habe Ihren Vater getötet, Amanda.«

»Er wollte doch mich töten, Jacques«, entgegnete sie ruhig. »Er – er war wirklich drauf und dran! Schrecklich!«

Eric räusperte sich ein zweites Mal. »Amanda, Nigel Sterling war nicht dein Vater.«

»Wie bitte?« Vor Überraschung sprang sie auf.

Damien zog sie jedoch auf die Bank zurück und hockte sich neben ihr nieder. »Hast du dich denn nie gefragt, wie ein Mann seinem eigenen Kind gegenüber so grausam handeln kann? Natürlich erinnere ich mich auch an Gerüchte. Ich kann mich nur noch sehr schwach an deine Mutter erinnern. Jedenfalls war sie äußerst liebenswert und –«

»Großherzig«, unterbrach ihn Jacques. Er sah zwar Amanda an, aber irgendwie schien er durch sie hindurchzusehen. »Sie war wunderschön und gleichzeitig sanft und liebenswert. Sie hat sich um ihre Mitmenschen gekümmert und mir nach der Flucht aus Nova Scotia eine neue Heimat gegeben.« Einen Augenblick lang zögerte er, während seine dunklen Augen auf Amanda ruhten. »Wir haben uns ineinander verliebt und wollten zusammen nach Louisiana gehen, doch er hat uns erwischt. Mich hat er beinahe totgeschlagen, aber glücklicherweise hat mich Lord Camerons Großvater gefunden. Er hat mir das Leben gerettet, aber erst durch das Wiedersehen mit Danielle ist mir alles wieder eingefallen!«

Amanda war wie erstarrt. »Was – was soll das heißen?«

»Das soll heißen«, sagte Eric schlicht, »daß Jacques dein Vater ist.«

Vor lauter Aufregung sprach Jacques englisch und französisch durcheinander. »Ich konnte es dir doch nicht sagen! Ich habe es nicht einmal Lord Cameron gesagt, denn ich hatte Angst, daß du entsetzt sein könntest, wenn du plötzlich nicht mehr die Tochter eines großen Lords, sondern nur noch die Tochter eines einfachen Arbeiters bist. Als ich sah, *mon dieu*, was er dir antat, habe ich geschworen, ihn eines Tages zu töten! Dein Mann hat darauf bestanden, daß ich es dir sage. Ich habe dich immer aus der Ferne geliebt. Durch dich ist mein Leben reich geworden, durch dich und jetzt auch durch meine Enkel.«

Amanda blickte fassungslos von einem zum anderen, doch dann packte es sie plötzlich. Sie sprang auf und umarmte Jacques.

»Mein Vater, mon père! Oh, bin ich froh!« Mit diesen Worten küßte sie ihn auf die Wange.

»Dann bist du also nicht entsetzt über alles?« fragte Jacques mit brüchiger Stimme.

»Entsetzt? Aber nein, ich bin aufgeregt und schrecklich stolz! Ich habe kein Monster zum Vater, sondern einen Mann, der mich liebt! Oh, Eric, ist das nicht wunderbar?«

Erleichtert ließ Eric sich gegen die Wand sinken. »Ja, Amanda, das ist es!« Es war wunderbar, ihre Freude zu teilen. »Es ist allein der Mensch, der zählt, und genau dafür kämpfen wir in diesem Land. Und einen feineren Menschen kann ich mir als Schwiegervater nicht wünschen!« Mit diesen Worten reichte er Jacques die Hand.

Ergriffen drückte Jacques Erics Hand, und dabei lächelten die beiden Männer einander über Amandas Lockenkopf hinweg zu. Danach räusperte sich Eric noch einmal und versetzte dem hingerissen strahlenden Damien einen Schubs in die Seite. »Ich glaube, wir sollten die beiden für einige Minuten allein lassen.«

Bevor die Tür hinter ihnen ins Schloß fiel, hörten sie gerade noch, wie Amanda jubelte: »Dann ist Danielle ja meine Tante! Ich kann es gar nicht erwarten, sie endlich wiederzusehen!«

Als Eric eine ganze Zeit später in seine Unterkunft zurückkehrte, war Amanda bereits im Bett. Im ersten Augenblick glaubte er, daß sie bereits schlief, doch als er sich über sie beugte, blickte er direkt in ihre riesengroßen grünen Augen, die ihn träumerisch ansahen. »Hallo!« sagte er nur.

»Oh, Eric!« Heftig schlang sie die Arme um ihn und drückte sich an ihn. »Ich danke dir! Ich danke dir so sehr! Du hast mir nicht nur deine Liebe geschenkt, sondern auch unsere zauberhaften Kinder und jetzt auch noch einen Vater!«

Er lachte leise. »Eigentlich kann ich gar nichts dafür.«

»Und du hast uns allen eine Heimat gegeben, Eric. Erst heute habe ich so richtig begriffen, daß sich alles Kämpfen und Leiden lohnt. Ach, ich kann dir überhaupt nicht sagen, wie glücklich ich bin! Es ist schrecklich, wenn man so gehaßt wird! Jacques ist ein wundervoller Mensch!«

»Ja, mein Schatz, da hast du recht.«

568

»Was wird aus Geneva?« erkundigte sich Amanda besorgt.

»Zuerst wird man sie nach Baltimore und später dann nach England bringen.«

»Sie hat alles verraten!«

»Nun – zumindest fast alles!« bemerkte Eric.

Amanda errötete. »Das stimmt. Ein wenig schuldig bin ich auch. Aber wegen ihr hast du mich nach Frankreich geschickt!«

»Wofür ich dich ganz ausdrücklich um Verzeihung bitten möchte!«

Sie schmiegte sich an ihn. »Es hört sich wunderschön an, wenn du mir solche Sachen sagst!«

»Möchtest du noch mehr davon hören?«

»Hm –«

Rasch zog er sich aus, und als er dann zu ihr unter die Decke schlüpfte, nahm er ihr Gesicht in beide Hände und küßte sie.

»Endlich ist es vorbei«, flüsterte Amanda zwischen seinen Küssen.

Eric stützte sich auf den Ellenbogen und sah Amanda sehr ernst an. »Amanda, es ist noch lange nicht vorüber.«

»Der Krieg. Das stimmt. Er ist entsetzlich und macht mir Angst, aber für uns, mein Liebster, ist er endgültig vorbei. Unser Krieg ist vorbei!«

Eric lächelte. »Ja, mein Liebes, das ist allerdings richtig. Ganz gleich, was noch geschehen wird, uns kann jedenfalls nichts mehr trennen! Wir haben unsere Liebe gefunden – und das Vertrauen.«

Epilog

Weihnachten 1783

Trotz des leichten Schneefalls hatte Amanda den einsamen Reiter, der sich dem Haus näherte, sofort entdeckt. Einen so riesigen schwarzen Hengst ritt nur einer.

»Er ist da!« rief sie Danielle zu und stürzte eilig zur Tür und aus dem Haus hinaus. Richard und Cassidy, die den Ruf ebenfalls vernommen hatten, folgten langsamer, während Jacques lächelnd am Kaminfeuer sitzenblieb.

Als Eric Amanda erkannte, zügelte er Joshua und sprang vom Pferd, das seinen Heimweg jetzt genausogut auch allein finden konnte. Oh, Himmel, tat es gut, nach diesem langen Krieg endlich zu Hause zu sein!

»Eric!«

Er begann ebenfalls zu laufen, und je näher er ihr kam, desto klarer erkannte er ihr Gesicht, sah ihre wunderbaren grünen Augen, in denen Tränen schimmerten und ihre Liebe zu ihm leuchtete.

»Amanda!« Er riß sie ungestüm in seine Arme und wirbelte sie rundherum, so daß ihr Atem weiße Wolken zwischen ihnen bildete.

»Ist jetzt endgültig alles vorbei?«

Er nickte. Schon seit einiger Zeit war alles vorbei. Nach dem entsetzlichen Winter in Valley Forge waren die Kämpfe wieder aufgeflammt, doch von Steubens Drill hatte die Männer zusammengeschweißt. Nach anfangs wechselndem Kriegsglück hatte der große Sieg in der Schlacht bei Saratoga die Franzosen endgültig davon überzeugt, einen Beistandspakt mit den Amerikanern zu schließen. Als Folge davon hatten die Briten im Norden keine durchschlagenden Erfolge mehr erzielen können. Daraufhin hatten sie sich nach Süden gewandt, doch außer der Besetzung von Charleston war ihnen dank des tapferen Widerstands der Armee und der örtlichen Milizen so gut wie gar nichts geglückt. Schon fast verzweifelt hatte Cornwallis wieder den Rückweg nach Norden angetreten und in Virginia in zahlreichen Scharmützeln be-

571

trächtliche Unruhe gestiftet. Letzten Endes hatte er sich mit dem größten Teil seiner Männer in Yorktown verschanzt.

In dieser Zeit hatte Amanda häufig um die Sicherheit von Cameron Hall gefürchtet. Die Zwillinge hatte sie mit Danielle weiter nach Norden geschickt, doch entgegen Erics Befehl waren sie und Jacques auf dem Besitz geblieben und hatten wenigstens für die Ahnenbilder und das Familiensilber ein unterirdisches Versteck angelegt. Eric war damals gerade dazugekommen, als sie die letzte Schaufel Erde auf dem Versteck festgetrampelt hatten.

Mit Washingtons Einverständnis hatte Eric seine Männer mit der Miliz in Virginia vereinigt, während Washington von New York aus mit dem französischen General Rochambeau den Einsatz von Admiral de Grasse vereinbart hatte. Eilends hatte er daraufhin eigene Kräfte unter Lafayette und von Steuben und weitere französische Truppen des Generals Rochambeau nach Yorktown verlegt, während Admiral de Grasse den Nachschub der britischen Truppen von See her blockiert hatte. Nach dreiwöchiger Belagerung hatten die Engländer am 19. Oktober 1781 endgültig die Waffen gestreckt, und damit waren die Vereinigten Staaten endlich Realität geworden. Diese Tatsache war dann zum ersten Mal 1782 von George III. in seiner Thronrede anerkannt und letztlich im Vertrag von Versailles 1783 endgültig bestätigt worden.

Eric lächelte auf Amanda hinunter. »Erst vor wenigen Wochen hat der letzte Brite amerikanischen Boden verlassen! Anfang Dezember hat sich General Washington dann endgültig von seinen Truppen verabschiedet. Wir hatten alle Tränen in den Augen, und ich möchte behaupten, daß es allein seinem Mut und seiner Entschlossenheit zu verdanken war, daß wir uns in aussichtslosen Situationen. doch immer wieder aufgerappelt haben!«

Liebevoll umfaßte Amanda Erics Gesicht und küßte ihn. »Er ist mit Sicherheit ein Held«, pflichtete sie ihm bei. »Aber genauso gehörst du dazu! Ich bin allerdings froh, meinen Helden wieder zu Hause zu haben!«

Innig drückte er Amanda an sich und fuhr ihr mit den Fingern durch ihre Lockenpracht. Zehn lange Jahre waren seit den Ereignissen in Boston ins Land gegangen. In seinen Haaren zeigten sich die ersten Silberfäden, doch seine Amanda war auch heute noch mindestens genauso schön wie damals. Genauso wie das Land sich seine Unabhängigkeit erkämpft hatte, so hatten auch sie beide nur durch Kämpfe zueinander gefunden, und ihre strahlenden Augen und ihr sanftes Lächeln waren ihm nur um so kostbarer geworden.

»Du zitterst ja!« stieß er hervor, als er ihre kalten Hände fühlte, und sofort zog er den Mantel aus und legte ihn ihr um die Schultern.

»Komm endlich ins Haus! Alles ist schon geschmückt, und das Weihnachtsessen wartet!« Energisch zog sie ihn weiter.

»Vater! Vater!« jubelten die Zwillinge, die von Jacques und Danielle gefolgt, aus dem Haus gerannt kamen. Der kleine Jamie trug zur Feier des Tages einen richtigen kleinen Gehrock mit Kniehosen und Schnallenschuhen, während Lenore in ihrem bezaubernden Spitzenkleid ganz das Abbild ihrer Mutter war.

»Mein Gott, sind sie groß geworden!« stöhnte Eric. »Bei meinen seltenen Besuchen habe ich viel zu wenig davon mitbekommen.«

Während die Kinder auf ihren Vater zuliefen, bemerkte Amanda ganz beiläufig: »Nun, ich denke, daß du bald noch einmal Gelegenheit haben wirst, Kinder aufwachen zu sehen.«

Während die Zwillinge Eric mit Küssen und Liebkosungen überschütteten, hatte er Amandas Worte nicht so recht mitbekommen, doch nachdem er die Quälgeister auf die Arme genommen hatte, starrte er Amanda plötzlich an. »Wie bitte?«

»Ich kann zwar nicht garantieren, daß es noch einmal Zwillinge werden, aber ungefähr im Juni wirst du deine zweite Chance bekommen!«

»Wirklich?«

»Wirklich.«

Irgendwie gelang es ihm, auch Amanda noch in seine Arme zu schließen und sie über die Köpfe der Kinder hinweg zu küssen.

»*Alors!*« rief Danielle ungeduldig von der Veranda herüber. »Kommt jetzt endlich ins Haus! *Il fait froid!*«

»Lauft schon!« rief Eric, als er die Kinder absetzte, und dann umarmte er seine Frau und legte mit ihr gemeinsam das letzte Stück des Weges zurück.

Anita Mills

Liebende Herzen
01/9716

Brennende Sehnsucht
01/9923

Pfade der Liebe
01/10055

»*Historische Liebesromane der Superlative!*«
ROMANTIC TIMES

01/9923

Heyne-Taschenbücher

Heather Graham

Romane von zeitloser Liebe in den Wirren des Schicksals.

Eine Auswahl:

Tochter des Feuers
04/106

Irrwege der Liebe
04/116

Spiegel der Liebe
04/118

Triumph der Liebe
04/120

Die Normannenbraut
04/128

Der Herr der Wölfe
04/138

Kreuzzug des Herzens
04/143

Die Braut des Windes
04/146

Dornen im Herzen
04/157

Ondine
04/164

Wechselspiel der Liebe
04/171

Rebell der Leidenschaft
04/182

Hafen der Sehnsucht
04/188

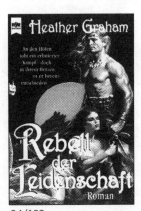

04/182

Heyne-Taschenbücher

Johanna Lindsey

»Sie kennt die geheimsten Träume der Frauen...«
ROMANTIC TIMES

Fesselnde Liebesromane voller Abenteuer und Zärtlichkeit

Eine Auswahl:

Wenn die Liebe erwacht
01/7672

Herzen in Flammen
01/7746

Stürmisches Herz
01/7843

Geheime Leidenschaft
01/7928

Lodernde Leidenschaft
01/8081

Wildes Herz
01/8165

Sklavin des Herzens
01/8289

Fesseln der Leidenschaft
01/8347

Sturmwind der Zärtlichkeit
01/8465

Geheimnis des Verlangens
01/8660

Wild wie Deine Zärtlichkeit
01/8790

Gefangene der Leidenschaft
01/8851

Lodernde Träume
01/9145

Ungestüm des Herzens
01/9452

Rebellion des Herzens
01/9589

Halte mein Herz
01/9737

Wogen der Leidenschaft
01/9862

Wer die Sehnsucht nicht kennt
01/10019

Die Sprache des Herzens
01/10114

Heyne-Taschenbücher